Anne Rice

Memnoch der Teufel

Ein Vampir-Roman

Aus dem Amerikanischen
von Barbara Kesper

Hoffmann und Campe

Die Originalausgabe erschien 1995 unter dem Titel
»Memnoch the Devil« im Verlag Alfred A. Knopf, Inc.,
New York

Die Deutsche Bibliothek – CIP-Einheitsaufnahme
Rice, Anne:
Memnoch der Teufel : ein Vampir-Roman / Anne Rice.
Aus dem Amerikan. von Barbara Kesper.
– 2. Aufl. – Hamburg : Hoffmann und Campe, 1998
ISBN 3-455-06260-1

Schutzumschlag: Büro Hamburg unter Verwendung
eines Fotos von Vertti Teräsvuori
Satz: Dörlemann Satz, Lemförde
Druck und Bindung: Franz Spiegel Buch GmbH, Ulm
Printed in Germany

Für Stan Rice, Christopher Rice
und Michele Rice

Für John Preston

Für Howard und Katherine Allen O'Brien

Für Katherines Bruder John Allen, Onkel Mickey

Und für Onkel Mickeys Sohn Jack Allen,
sowie für Jacks sämtliche Nachkommen

Und für Onkel Marian Leslie,
der in jener Nacht in Coronas Bar gewesen ist

Euch allen, mit Kind und Kegel,
ist dies Buch
in Liebe gewidmet

Prolog

Lestat hier! Sie wissen, wer ich bin? Dann überschlagen Sie die nächsten Absätze. Ich möchte nämlich, daß es für die, die mich noch nicht kennen, Liebe auf den ersten Blick ist.

Vor Ihnen steht: Ihr ewiger Held, die perfekte Nachbildung eines blonden, blauäugigen, eins achtzig großen angelsächsischen Mannes. Ein Vampir, und zwar einer der mächtigsten, die man finden kann. Meine Fangzähne sind zu klein, als daß man sie bemerken würde – außer, ich will es; aber sie sind sehr scharf. Und ich halte es nur wenige Stunden aus, nicht nach menschlichem Blut zu lechzen.

So häufig brauche ich es natürlich nicht. Und wie lange ich ohne auskommen kann, weiß ich nicht so genau, weil ich das noch nie ausprobiert habe.

Ich bin unheimlich stark. Ich kann mich in die Luft erheben. Ich kann Leute auf der anderen Seite der Stadt sprechen hören, ja sogar auf der anderen Seite der Erde. Ich kann Gedanken lesen; ich kann Leute durch bloßes Ansehen in Trance versetzen.

Und ich bin unsterblich. Seit 1789 bin ich praktisch alterslos.

Ob ich einzigartig bin? Keineswegs. Ich kenne etwa zwanzig weitere Vampire, einige zum Teil sehr gut, doch zu meinen Liebsten zähle ich nur eine Handvoll.

Rechnen Sie zu diesen zwanzig noch vielleicht zweihundert herumstreunende Fremde, von denen ich nicht mehr weiß, als daß ich hin und wieder ein paar ihrer Gedanken auffange; und hochgerechnet streifen da noch weitere tausend Unsterbliche herum, heimlich, in menschlicher Verkleidung.

Männer, Frauen, Kinder – *jedes* menschliche Wesen kann ein Vampir werden. Sie müssen nur einen Vampir finden, der willens ist, Sie dazu zu machen. Er wird Ihnen fast Ihr ganzes Blut aussaugen und es Ihnen, vermischt mit dem seinen, wieder zurückgeben. Na ja, ganz so einfach ist es nicht; aber wenn Sie das überstehen, können Sie ewig leben.

Solange Sie ein junger Vampir sind, ist Ihr Durst unerträglich, möglicherweise müssen Sie jede Nacht töten. Haben Sie aber erst einmal tausend Jahre hinter sich gebracht, werden Sie Weisheit ausstrahlen, selbst wenn Sie bei Ihrer Umwandlung noch sehr jung waren. Sie werden trinken und töten, weil Sie nicht widerstehen können, ob Sie es brauchen oder nicht.

Überleben Sie noch länger – und manchen gelingt das –, wird Ihr Körper immer härter, immer weißer, immer monströser. Sie werden alles Leid der Welt kennenlernen, Sie werden in schnell aufeinanderfolgenden Zyklen Grausamkeit und Güte, Erkenntnis und blinde Wut durchleben. Vielleicht werden Sie verrückt und danach wieder klardenkend. Vielleicht vergessen Sie sogar, wer Sie sind.

In mir mischt sich das Beste an vampirischer Jugend und hohem Alter. Zwar bin ich nur zweihundert Jahre alt, aber aus verschiedenen Gründen ist mir auch die Stärke der Alten zuteil geworden. Ich bin mit der Empfindsamkeit der heutigen Zeit begabt und habe mir gleichzeitig den erlesenen, unfehlbaren Geschmack eines längst verstorbenen Aristokraten bewahrt.

Ich weiß genau, wer ich bin. Ich bin reich. Ich bin schön. Ich kann mein Spiegelbild sehen – selbst in Schaufenstern. Ich tanze und singe mit Begeisterung.

Was ich so treibe, wollen Sie wissen? Alles, wonach mir der Sinn steht.

Und nun überlegen Sie. Habe ich Sie neugierig gemacht? Vielleicht haben Sie meine Bücher über die Vampire schon gelesen?

Und das ist genau der Haken an der Sache: Im Mittelpunkt steht nicht die Tatsache, daß ich ein Vampir bin. Das ist eine zufällige Gegebenheit, wie mein unschuldiges Lächeln, meine verführerisch weiche Stimme mit dem französischen Akzent, mein leichter, geschmeidiger Gang. So bin ich nun mal. Aber was passiert ist, was ich hier erzähle, könnte genausogut einem menschlichen Wesen widerfahren sein, bestimmt ist es das auch schon und könnte wieder geschehen.

Denn wir beide – Sie und ich – haben eine Seele, teilen den Wunsch nach Erkenntnis, leben auf derselben reichen, grünen, Gefahren bergenden Erde. Beide wissen wir nicht, was es bedeutet, zu sterben, auch wenn wir noch so oft das Gegenteil behaupten. Ganz klar: Wüßten wir es, hätte ich dieses Buch nicht geschrieben und Sie würden es nicht lesen.

Etwas ist noch wichtig für diese Geschichte: die Tatsache, daß ich für mich beschlossen habe, in dieser Welt ein Held zu sein. Ich betrachte mich selbst als eine Person mit komplexen moralischen Vorstellungen, geistiger Widerstandskraft und hohem ästhetischen Anspruch, als ein Wesen mit auffallendem Scharfblick und großer Wirkungskraft – kurz, als jemand, der Ihnen etwas zu sagen hat.

Wenn Sie das hier also lesen, tun Sie es aus folgenden Gründen: weil Lestat zu Ihnen spricht, weil er Angst hat, weil er verzweifelt nach dem Sinn des Daseins sucht, weil er verstehen möchte, was er erlebt hat, und möchte, daß Sie es verstehen – und weil es die beste Geschichte ist, die er je zu erzählen hatte.

Wenn Ihnen das alles nicht reicht, lesen Sie lieber etwas anderes.

Habe ich Ihre Neugier geweckt, lesen Sie weiter. In Ketten gelegt, habe ich diese Worte meinem Freund zur Niederschrift diktiert. Folgen Sie mir nun. Hören Sie mir einfach zu. Lassen Sie mich nicht allein.

Kapitel 1

Ich sah ihn sofort, als er durch die Tür kam. Groß, aufrecht, Haare und Augen dunkelbraun, auch die Haut immer noch genauso dunkel wie damals, als ich ihn zu einem Vampir machte. Er bewegte sich etwas zu schnell, aber im ganzen ging er doch für ein menschliches Wesen durch. Mein geliebter David.

Ich stand auf der Treppe – dem herrschaftlichen Treppenaufgang, könnte man auch sagen, denn dies war eines der alten Hotels, üppig und göttlich überladen mit Karmesinrot und Gold und sehr angenehm. Mein Opfer, das sich hier mit seiner Tochter zum Essen verabredet hatte, hatte es ausgesucht, nicht ich. Und ich hatte in den Gedanken meines Opfers gelesen, daß er sich in New York immer hier mit seiner Tochter traf, schlicht und einfach deswegen, weil auf der gegenüberliegenden Straßenseite St. Patrick's Cathedral lag.

David entdeckte mich sogleich – den lässig dastehenden blonden Jüngling, Gesicht und Hände bronzefarben, die übliche dunkelviolette Sonnenbrille vor den Augen, das Haar ausnahmsweise ordentlich gekämmt, die Figur betont durch einen dunkelblauen Zweireiher von Brooks Brothers.

Ehe er sich noch zurückhalten konnte, stahl sich ein Lächeln auf Davids Gesicht. Er wußte, wie eitel ich bin, und er wußte wohl auch, daß zu Anfang der Neunziger in diesem 20. Jahrhundert die Läden überschwemmt wurden mit italienischer Mode, die formlos und bauschig an einem herabhing. Deshalb war eines der erotischsten Kleidungsstücke, das ein Mann sich überhaupt aussuchen konnte, so ein perfekt geschnittener Anzug von Brooks Brothers.

Nebenbei gesagt, ist die Kombination edler Anzug und langhaariger Wuschelkopf immer faszinierend. Wer wüßte das besser als ich?

Also, ich will mich jetzt nicht in Kleiderfragen verbeißen. Zum

Teufel mit Kleidung! Ich war einfach nur so stolz auf dieses Bild, das ich bot – so schick aufgemacht, so voller grandioser Gegensätze: die langen Locken, dieser makellos geschnittene Anzug, in königlich-lässiger Haltung ans Geländer gelehnt.

David kam sofort auf mich zu. Er roch nach tiefstem Winter; denn draußen lag der Schnee als grauer Matsch auf den Bürgersteigen, und die Leute rutschten auf den überfrorenen Straßen aus.

Davids Gesicht schimmerte in diesem feinen übernatürlichen Glanz, den nur ich wahrnehmen und genügend würdigen konnte, um dessentwillen ich ihn liebte und hätte küssen mögen.

Wir gingen zusammen durch die mit Teppich ausgelegte Halle. Eigentlich haßte ich es, daß er ein Stück größer war als ich, aber im Moment war ich zu froh, ihn zu sehen und ihm nah zu sein. Schön warm war es hier, dämmrig, weitläufig, einer dieser Orte, wo man nicht angestarrt wurde.

»Du bist also gekommen«, sagte ich, »ich hatte nicht damit gerechnet.«

»Aber natürlich«, antwortete er tadelnd; sein leicht britischer Akzent in Verbindung mit diesem jugendlichen braungebrannten Gesicht versetzte mir den üblichen Schock. Das hier war ein alter Mann im Körper eines jungen Mannes, den ich vor noch nicht allzu langer Zeit zu einem Vampir gemacht hatte, und zwar zu einem ausgesprochen starken und mächtigen.

»Was hast du denn geglaubt?« fragte er. »Armand hat mir gesagt, daß du nach mir rufst. Maharet auch.«

»Ah, das beantwortet meine erste Frage.« Ich hätte ihn wirklich gerne geküßt; plötzlich streckte ich die Arme aus, versuchsweise, zögernd, so daß er sich noch zurückziehen konnte. Aber als er sich umarmen ließ und ich die Wärme spürte, die er mir entgegenbrachte, wurde mir bewußt, daß ich seit Monaten nicht mehr so glücklich gewesen war.

Ich glaube, so hatte ich mich nicht mehr gefühlt, seit ich ihn und Louis verlassen hatte. Wir drei waren in irgendeinem namenlosen kleinen Dschungelkaff gewesen, als wir übereingekommen waren, uns zu trennen. Das war jetzt ein Jahr her.

»Deine erste Frage?« David starrte mich intensiv an, schätzte mich ab, versuchte alles, was ein Vampir nur tun kann, um die Stimmung und die Gedanken seines Gegenübers herauszufinden; aber die Gedanken von »Erzeuger« und »Zögling« sind einander verschlossen.

Und so standen wir nun da, beide voller Emotionen, begabt mit übernatürlichen Fähigkeiten, aber zu keiner anderen Kommunikation fähig als zu der mit Worten – was vielleicht die einfachste und beste ist.

»Meine erste Frage«, erklärte ich, »ist die: Wo bist du gewesen? Hast du die anderen gefunden? Haben sie versucht, dir etwas anzutun? Dieser ganze Quatsch, du weißt schon, weil ich die Regeln verletzt habe, als ich dich machte, und so weiter.«

»Der ganze Quatsch«, ahmte er mich nach mit dem französischen Akzent, den ich immer noch habe, gemischt mit eindeutigem Amerikanisch. »Was für ein Quatsch.«

»Komm.« Ich zog ihn mit mir. »Laß uns drüben in der Bar weiterreden. Es hat dir ja offensichtlich keiner etwas getan. Ich habe eigentlich auch nicht geglaubt, daß sie das könnten oder wollten oder daß sie es überhaupt wagen würden. Ich hätte dich nicht so einfach in die Welt verschwinden lassen, wenn ich dich in Gefahr geglaubt hätte.«

Er lächelte, und seine braunen Augen leuchteten. »Das hast du mir ja wohl ein gutes dutzendmal versichert, ehe wir uns trennten.«

In der nur halb besetzten Bar fanden wir einen kleinen Tisch nahe der Wand. Wie wir wirkten? Wie zwei junge Männer, die darauf aus waren, sterbliche Männer oder Frauen anzumachen? Egal!

»Nein, keiner ist über mich hergefallen«, sagte David, »und keiner hatte auch nur das geringste Interesse daran.«

Jemand spielte Klavier, für eine Hotelbar sehr dezent, dachte ich. Etwas von Eric Satie. Wie schön.

»Dieses Halstuch!« David beugte sich mit weißblitzendem Lächeln vor, die Fangzähne natürlich verhüllt. »Diese aufgeplusterte Seide! Das ist aber nicht Brooks Brothers!« neckte er mich leise lachend. »Guck dich bloß an! Und diese spitzen Schuhe! Meine Güte! Was geht nur in deinem Kopf vor? Und um was geht es hier eigentlich?«

Ein Schatten fiel auf unseren Tisch, als ein Kellner über die Geräuschkulisse hinweg die üblichen Phrasen murmelte, die ich in meiner Erregung kaum wahrnahm.

»Irgendwas Heißes, Rumpunsch oder etwas Ähnliches«, bestellte David. Das wunderte mich nicht. Mit einem Nicken bedeutete ich dem Kellner, daß ich das gleiche wollte.

Vampire bestellen immer heiße Getränke. Zwar trinken sie sie nicht, aber es tut so gut, die Wärme zu fühlen.

David starrte mich wieder an. Oder besser gesagt, dieser mir so vertraute Körper, in dem David steckte. Denn für mich würde David immer beides sein: das ziemlich gebrechliche menschliche Wesen, wie ich es einst gekannt und geschätzt hatte; und auch diese großartige, gebräunte Hülle, gestohlenes Fleisch, das langsam von Davids Eigenart, seinem Benehmen, seinen Stimmungen geformt wurde.

Lieber Leser, seien Sie nicht weiter verwirrt: David tauschte seinen Körper gegen einen anderen ein, bevor ich ihn zu einem Vampir machte. Mit dieser Geschichte hier hat das nichts weiter zu tun.

»Irgend etwas folgt dir mal wieder?« fragte er. »Das haben mir wenigstens Armand und Jesse gesagt.«

»Wo hast du *die* beiden denn getroffen?«

»Armand? Rein zufällig, in Paris. Er ging einfach so die Straße entlang. Der erste, den ich von den andern traf.«

»Und er versuchte nicht, dich anzugreifen?«

»Warum sollte er? Jetzt sag, warum hast du nach mir gerufen? Wer oder was ist hinter dir her? Was soll das alles?«

»Und du warst bei Maharet?«

Er lehnte sich zurück und schüttelte den Kopf. »Lestat, ich habe über Manuskripten gebrütet, die seit Jahrhunderten kein Mensch mehr zu Gesicht bekommen hat. Ich habe Tontafeln in der Hand gehalten, die ...«

»David, der Gelehrte«, warf ich ein, »von der Talamasca erzogen zu einem perfekten Vampir – obwohl die wohl nie die leiseste Idee hatten, daß dir das passieren würde.«

»Aber versteh mich doch. Diese Kostbarkeiten, die Maharet mir gezeigt hat. Versteh doch, was es für mich bedeutet, Tafeln in der Hand zu halten, die mit Keilschrift bedeckt sind. Und Maharet selbst! Und wenn ich als Mensch Jahrhunderte alt geworden wäre, ich hätte sie nie zu sehen bekommen.«

Maharet war wirklich die einzige, die er je zu fürchten hatte. Das wußten wir wohl beide. Wenn ich an Maharet dachte, dann allerdings nicht mit einem Gefühl der Bedrohung. Viel mehr dominierte das Geheimnis, das sie, die Jahrtausende überlebt hatte, umgab. Sie war ein Wesen, so alt, daß jede Geste wie aus flüssigem Marmor wirkte und ihre Sprache wie die Essenz aller Sprachgewalt der Welt.

»Wenn du ihren Segen hast, ist alles andere unwichtig«, sagte ich mit einem leisen Seufzer. Ich fragte mich, ob ich sie je wiedersehen würde. Ich hoffte es weder, noch wünschte ich es.

»Ich habe auch meine geliebte Jesse gesehen«, fügte David hinzu.

»Das hätte ich mir denken können.«

»Ich hatte nach ihr gesucht. Wo immer ich war, habe ich nach ihr gerufen, so, wie du deinen wortlosen Ruf nach mir ausgesandt hast.«

Seine Jesse. Blaß, zierlich gebaut wie ein Vögelchen, rothaarig. Im 20. Jahrhundert geboren. Hoch gelehrt und mit Psikräften begabt. Er hatte sie schon gekannt, als sie beide noch Menschen waren, nun kannte er sie auch als Unsterbliche. Sie war seine Schülerin gewesen in dem Orden, den sie Talamasca nannten. Nun waren sie ebenbürtig, sowohl was ihre Schönheit als auch ihre Vampirkräfte betraf, oder zumindest fast. Ich wußte es nicht genau. Maharet hatte Jesse gemacht, Maharet von der Ersten Brut, als Mensch geboren, bevor die Menschheit Geschichtsschreibung betrieben, ja, kaum gewußt hatte, daß sie überhaupt eine Geschichte besaß.

Die Älteste, wenn es denn eine gab, war Maharet, die Königin der Verdammten, und ihre stumme Schwester Mekare, von der kaum noch einer sprach.

Ich hatte noch nie einen Zögling gesehen, der von jemandem gemacht worden war, der so alt war wie Maharet. Jesse schien ein durchscheinendes Gefäß zu sein, jedoch voller innerer Stärke, als ich sie zuletzt sah. Sie müßte inzwischen eigene Geschichten erzählen können, eigene Chroniken, eigene Abenteuer.

David hatte das Blut von mir bekommen, zweihundert Jahre altes und mit noch älterem als Maharets vermischt. Ja, Blut von Akascha und Blut von Marius, dem Alten; und natürlich war auch meine eigene Kraft darin enthalten, und die ist bekanntermaßen kaum abschätzbar.

Aus diesem Grund könnten er und Jesse wirklich großartige Gefährten sein. Was es wohl für sie bedeutet hatte, ihren betagten Mentor in dem Körper eines kräftigen jungen Mannes zu sehen?

Auf der Stelle überkamen mich Eifersucht und Verzweiflung – von diesen feengleichen weißhäutigen Wesen hatte ich David also fortgezerrt. Sie hatten ihn aufgenommen in ihrem Unterschlupf jenseits des Meeres, wo ihre Kostbarkeiten über Generationen hinweg geschützt waren vor Krieg und Krisen. Und David hatten sie dort eingelassen.

Aufgeschreckt durch ein Geräusch, schaute ich mich um, wurde dann aber verlegen, weil das so ängstlich ausgesehen hatte. Ich lehnte mich im Stuhl zurück, während ich mich für einen Moment still auf mein Opfer konzentrierte.

Mein Opfer war mit seiner Tochter immer noch hier in unserer Nähe, im hoteleigenen Restaurant. Heute nacht würde er mir nicht entwischen, dessen war ich mir sicher.

Ich seufzte. Es reichte wirklich. Schließlich folgte ich ihm jetzt schon seit Monaten. Er war interessant, aber mit dieser Sache hier hatte er nichts zu tun. Oder doch? Ich könnte ihn töten heute nacht, aber noch hatte ich Zweifel. Da ich auch seiner Tochter schon nachspioniert hatte, war ich mir ganz genau im klaren darüber, wie sehr sie sich liebten. Deshalb wollte ich auf jeden Fall warten, bis sie in ihr eigenes Heim zurückgekehrt war.

Ich meine, warum sollte ich derart gemein zu einem so jungen Mädchen sein? Meine Güte, er vergötterte sie geradezu! Eben jetzt bat er sie dringend, doch ein Geschenk von ihm anzunehmen, das er vor kurzem erst erworben hatte, ein außerordentlich großartiges Stück in seinen Augen. Leider konnte ich in beider Gedanken so recht kein Abbild dieses Geschenks entdecken.

Er war wirklich eine Beute, der zu folgen sich lohnte – grell, gierig, manchmal auch voller Güte und immer amüsant.

Zurück zu David und zu meinen Überlegungen, wie sehr mein kraftvolles unsterbliches Gegenüber die zum Vampir gewordene Jesse geliebt haben mußte und wieso er Maharets Schüler geworden war. Warum nur hatte ich keinen Respekt mehr vor den Alten? Was, um Himmels willen, wollte ich denn nur? Nein, das war nicht die richtige Frage. Die Frage war, was für ein Etwas wollte mich jetzt gerade? Wovor lief ich weg?

David wartete darauf, daß ich mich ihm wieder zuwandte. Das tat ich, doch ohne ein Wort zu sagen. Und als ich ihn durch die violetten Gläser anstarrte wie jemand, der mit einem rätselhaften Geheimnis behaftet ist, beschloß er, einfach im Gespräch fortzufahren, höflich wie immer.

»Keiner hat versucht, mir etwas anzutun«, betonte er noch einmal in dieser reizenden britischen Art. »Keiner hat in Frage gestellt, daß du mich zu einem der Euren gemacht hast. Alle waren respektvoll und freundlich zu mir, obwohl sie natürlich aus erster Hand alle Einzelheiten über den Körperdieb erfahren wollten und wie du es geschafft hast, das zu überleben. Ich glaube, du bist dir gar nicht bewußt, wie sehr du sie aufgeschreckt hast und wie sehr sie dich lieben.«

Das war ein netter kleiner Hinweis auf mein letztes Abenteuer, das uns beide zusammengebracht und mich dazu getrieben hatte, ihn zu einem von uns zu machen. Zu dem Zeitpunkt hatte er nicht gerade in den höchsten Tönen von mir geschwärmt.

»So, sie lieben mich?« Damit meinte ich die letzten unserer Art.

»Sie haben auf jeden Fall nicht versucht, mir zu helfen.« Dabei dachte ich an den Angriff des inzwischen überwältigten Körperdiebs. Ohne Davids Hilfe hätte ich diesen Kampf vielleicht nicht gewonnen. Etwas Gräßlicheres konnte ich mir überhaupt nicht vorstellen. Und ganz bestimmt wollte ich nicht an all die ach so brillanten und übersinnlich begabten vampirischen Mitstreiter denken, die tatenlos von fern zugeschaut hatten.

Der Körperdieb war zur Hölle gefahren, der Körper, um den es gegangen war, saß mir gegenüber, und Davids Seele war fest darin verankert.

»Na fein, schön zu hören, daß sie ein wenig besorgt waren«, sagte ich. »Aber die Sache ist die: Etwas ist hinter mir her, und diesmal ist es kein intrigierender Sterblicher, der die Tricks geistiger Projektion benutzt, um dadurch anderer Leute Körper in Besitz zu nehmen. Verstehst du: Ich werde *verfolgt*.«

Er schaute mich nachdenklich an, nicht ungläubig, eher auf der Suche nach einer logischen Schlußfolgerung aus dem Gesagten.

»Verfolgt«, wiederholte er bedächtig.

»Ganz bestimmt«, nickte ich. »David, ich habe Angst. Wenn ich dir meine Meinung über dieses Etwas sagte, diesen Verfolger, du würdest lachen.«

»Meinst du?«

Ich genoß den heißen Dampf der Getränke, die der Kellner inzwischen vor uns abgesetzt hatte. Es war köstlich, die Wärme zu spüren. Vom Klavier tönte immer noch ganz sanft Satie herüber. Das Leben war fast lebenswert, sogar für ein Scheusal von einem Monster, wie ich es bin.

Mir fiel etwas ein. In ebendieser Bar hatte ich mein Opfer vor zwei Nächten zu seiner Tochter sagen hören: »Weißt du, für Orte wie diesen hier habe ich meine Seele verkauft.« Obwohl mehrere Meter entfernt, außerhalb der Hörweite Sterblicher, hatte ich doch jedes Wort verstanden.

Seine Tochter faszinierte mich. Dora, so hieß sie. Dora.

Dieser merkwürdige, für mich so mächtig verlockende Mann liebte wirklich nur ein Wesen, seine Tochter, sein einziges Kind.

Mir wurde bewußt, daß David mich beobachtete.

»Ich dachte nur gerade an den Mann, hinter dem ich her bin. An ihn und seine Tochter. Sie werden heute nacht nicht mehr ausgehen; wegen des Schnees und weil der Wind so kalt ist. Er wird mit ihr nach oben in ihre Suite gehen, mit Blick auf die Türme von St. Patrick. Weißt du, ich möchte mein Opfer in meiner Nähe wissen.«

»Gütiger Himmel, hast du dich in zwei Sterbliche verliebt?«

»Nein, keineswegs. Es ist nur eine neue Art zu jagen. Der Mann ist wirklich einzigartig, wirklich eine Sammlung ausgefallener Charakterzüge. Anbetungswürdig! Als ich ihn das erste Mal sah, wollte ich ihn auf der Stelle aussaugen, aber er bringt mich immer wieder aufs neue zum Staunen. Jetzt bin ich ihm schon seit einem halben Jahr auf den Fersen.«

Ich richtete meine Aufmerksamkeit wieder auf sie. Ja, es war so, wie ich angenommen hatte: Sie gingen nach oben. Gerade hatten sie das Restaurant verlassen. Selbst Dora fand das Wetter zu scheußlich, obwohl sie eigentlich vorgehabt hatte, drüben in der Kirche für ihren Vater zu beten. Sie hatte ihn sogar bitten wollen, mit ihr zusammen zu beten. Zwischen ihnen sprangen bruchstückhafte Erinnerungen hin und her. Dora war noch ein kleines Mädchen gewesen, als ihr Vater sie zum ersten Mal in diese Kathedrale mitgenommen hatte. Er selbst glaubte an gar nichts. Sie – Theodora – war so etwas wie die Anführerin einer Sekte. Sie predigte im Fernsehen, erzählte den Leuten, daß man feststehende Werte brauche als Nahrung für die Seele. Und ihr Vater? Na ja, ich würde ihn töten, ehe ich noch mehr über ihn erfuhr, sonst würde es noch damit enden, daß ich um Doras willen diesen dicken, schmackhaften Fisch entkommen ließe.

Ich schaute wieder zu David herüber, der an der satinbespannten Wand lehnte und mich eindringlich beobachtete. In diesem Licht konnte man nicht erkennen, daß er kein Mensch war. Selbst einer von uns könnte das übersehen. Na, und ich, ich sah wahrscheinlich aus wie ein irrer Rockstar, der sich wünschte, von der Aufmerksamkeit der Massen zu Tode gedrückt zu werden.

»Von meinem Opfer erzähle ich dir ein anderes Mal. Er hat nichts mit dieser Sache zu tun. Wir sind in diesem Hotel, weil ich ihm hierher gefolgt bin. Du kennst doch meine Spielchen, meine Art zu jagen. Ich brauche das Blut genausowenig wie Maharet, aber der Gedanke, ohne es auszukommen, ist mir unerträglich.«

»Und was ist das für ein neues Spiel?« fragte er in seinem höflichen Britisch.

»Es reicht mir nicht mehr, Leute zu nehmen, die einfach nur schlecht sind, Mörder sind; ich suche eher nach einer raffinierteren Art von Kriminellen, nach Leuten mit der Mentalität eines Jago. Dieser Typ hier ist ein Drogendealer, noch dazu absolut exzentrisch, geistreich und gebildet. Ein Kunstsammler. Er genießt es, Leute töten zu lassen; jede Woche verdient er Millionen mit Kokain und Heroin – und er liebt seine Tochter. Und die, die hat eine Tele-Kirchengemeinde.«

»Du bist ja regelrecht besessen von diesen Sterblichen.«

»Schau mal über meine Schulter. Siehst du die beiden, die gerade quer durch die Lobby zu den Aufzügen gehen?« fragte ich, ohne mich umzudrehen.

»Ja.« Er fixierte sie. Wahrscheinlich standen sie gerade günstig, denn ich konnte sie fühlen, hören und riechen, aber um genau zu sehen, wo sie waren, hätte ich mich umdrehen müssen. Aber sie waren es, eindeutig, der dunkle, lächelnde Mann und sein blaßgesichtiges kleines Mädchen, das Eifer und Unschuld ausstrahlte, eine Kindfrau, obwohl sie meiner Schätzung nach durchaus fünfundzwanzig Jahre zählen mochte.

»Ich erkenne den Mann«, sagte David, »das ist einer von internationaler Größe. Man versucht im Moment, ihm etwas nachzuweisen. Er hat ein paar ganz außergewöhnlich dreiste Morde veranlaßt – wo war das doch gleich?«

»Auf den Bahamas.«

»Mein Gott, wie bist du denn an den gekommen? Hast du ihn einfach plötzlich irgendwo gesehen, wie eine Muschel im Sand, oder hast du ihn in der Zeitung aufgepickt oder in einer Illustrierten?«

»Erkennst du denn das Mädchen? Es weiß nämlich niemand, daß da eine Verbindung besteht.«

»Nein, müßte ich sie kennen? Sie ist so hübsch, so süß. Du wirst doch nicht von ihr trinken?«

Ich mußte lachen. Ganz der Gentleman, war er total entrüstet bei dieser Vorstellung. Ich fragte mich langsam, ob David wohl erst um Erlaubnis bat, bevor er seine Opfer aussaugte, oder ob er etwa darauf bestand, daß er ihnen zumindest erst offiziell vorgestellt werden müßte. Ich hatte keine Ahnung, auf welche Weise er tötete und wie oft. Ich hatte ihm so viel Kraft mitgegeben, daß er nicht jede Nacht töten mußte; das war schon ein Segen für ihn.

»Das Mädchen singt für Jesus in einer Fernsehsendung«, antwortete ich. »Sie ist dabei, eine eigene Kirche zu gründen, die dann in einem uralten Konvent in New Orleans ihren Sitz haben soll. Im Moment lebt sie da noch allein, sie nimmt ihre Sendungen in einem Studio im

Französischen Viertel auf. Ihre Show läuft über einen ökumenischen Kabelsender in Alabama.«

»Du bist verliebt in sie.«

»Aber nein, nur sehr scharf darauf, ihren Vater zu töten. Übrigens ist ihr Fernsehauftritt sehr merkwürdig. Ihre theologischen Ausführungen sind geprägt von gesundem Menschenverstand; weißt du, es hört sich so an, als könnten alle ihre Ideen tatsächlich funktionieren. Fürchten wir nicht alle jemanden wie sie? Sie tanzt wie eine Nymphe – ich sollte eher sagen, wie eine Tempeljungfrau –, sie singt wie ein Engel und fordert die Studiobesucher auf, miteinzustimmen. Theologie und Ekstase in perfekter Synthese. Und natürlich empfiehlt sie auch, daß man die entsprechenden guten Werke tut.«

»Ich verstehe«, sagte er, »alles das macht es für dich um so aufregender, dich endlich an ihrem Vater gütlich zu tun. Übrigens kann man den Vater kaum unauffällig nennen. Und beide scheinen sich nicht zu verbergen. Bist du sicher, daß niemand die Verbindung zwischen den beiden kennt?«

Die beiden waren inzwischen in den Aufzug gestiegen und schwebten Stockwerk um Stockwerk aufwärts.

»Er geht hier ein und aus, wie er will. Er hat jede Menge Leibwächter. Sie trifft ihn immer allein; wahrscheinlich verabreden sie sich über ein abhörsicheres Telefon. Seine Kokaingeschäfte wickelt er in riesigen Computertransaktionen ab; seine Tochter ist seine am besten gedeckte Verbindung. Er hat seine Leute hier über die ganze Lobby verteilt, wenn da irgendwer herumschnüffelte, verließe sie das Restaurant einfach vor ihm. Aber in diesen Angelegenheiten ist er ein wahrer Zauberer. Selbst wenn fünf Staaten mit Haftbefehlen hinter ihm her sind, hat er den Nerv, in Atlantic City bei einem Schwergewichtsboxkampf direkt vor den Kameras zu erscheinen. Sie werden ihn nicht kriegen. Kriegen werde ich ihn, ich, der Vampir, der nur darauf wartet, ihn zu töten. Und er ist ja wohl phantastisch!«

»Also, laß mich das klarstellen«, faßte David zusammen. »Du wirst von etwas verfolgt, und es hat nichts mit dem Mann zu tun, den du dir als Opfer ausgesucht hast, mit diesem – äh, Drogendealer oder wie immer man das nennt, oder mit diesem predigenden Mädchen. Aber irgend etwas ist da, etwas, das dich zwar erschreckt, aber doch nicht so sehr, daß du die Jagd auf diese dunkle Type, die da gerade in den Aufzug gestiegen ist, aufgeben würdest.«

Erst nickte ich, dann überkamen mich leichte Zweifel. Aber nein, da konnte es keine Verbindung geben. Schließlich hatte diese Sache, die mich wirklich bis ins Mark erschütterte, schon begonnen, bevor ich dieses Opfer fand.

Mein Verfolger war das erste Mal aufgetaucht, kurz nachdem ich mich von Louis und David getrennt hatte und nach Rio zurückgekehrt war, um zu jagen. Dieses Opfer hier war mir erst in New Orleans, meiner Heimatstadt, über den Weg gelaufen. Er war aus einer Laune heraus hergekommen ins Französische Viertel, nur um Dora für zwanzig Minuten zu sehen. Im Vorbeigehen hatte ich sie dort in einer Bar sitzen sehen – er sprühend wie ein Feuerwerk, sie blaß, mit großen mitleidvollen Augen, und peng!, todbringender Hunger hatte mich gepackt.

»Nein, ich werde schon seit Monaten verfolgt«, sagte ich, »er hat nichts damit zu tun. Er weiß nicht, daß ich hinter ihm her bin. Und ich selbst habe nicht auf Anhieb bemerkt, daß mir etwas folgt, dieses Etwas, dieses …«

»Dieses was?«

»Ihn und seine Tochter zu beobachten, weißt du, das ist – ein Spiel. Er ist so verflixt böse.«

»Das sagtest du schon, und was verfolgt dich? Ein Ding? Eine Person? Oder …?«

»Dazu komme ich noch. Mein Opfer – so viele Menschen sind durch ihn gestorben. Drogen! Das summiert sich, in Kilo, in Killern, codierten Konten. Und dann dieses Mädchen! Sie ist nicht die tumbe, kleine Wundertäterin, die behauptet, sie könne Diabetes durch Handauflegen heilen.«

»Lestat, deine Gedanken schweifen ständig ab. Was ist mit dir los? Warum hast du solche Angst? Und warum tötest du dieses Opfer nicht endlich und erledigst damit einen Teil der Angelegenheit?«

»Du willst so schnell wie möglich zu Jesse und Maharet zurück, nicht wahr?« fragte ich, plötzlich von Hoffnungslosigkeit übermannt. »Du willst dich für die nächsten hundert Jahre in Studien vergraben, unter diesen Tontafeln und Pergamentrollen, du willst in Maharets schmerzende blaue Augen sehen, ihre Stimme hören, gib es zu! Wählt sie immer noch blaue Augen?«

Maharet war blind – man hatte ihr die Augen herausgerissen, bevor sie eine Vampirkönigin wurde. Sie nimmt sich Augen von ihren Opfern und trägt sie, bis selbst das mächtige Vampirblut sie nicht mehr sehend erhalten kann. Sie bietet ein ergreifendes Bild – eine marmorne Königin mit blutenden Augen. Warum sie wohl nie einem neugeschaffenen Vampirzögling den Hals gebrochen und sich seiner Augen bemächtigt hatte? Loyalität für die eigene Gattung? Vielleicht würde es auch nicht funktionieren? Aber sie war ja nicht skrupellos, sie hatte Grundsätze, so hart wie ihr Körper. Eine solche Frau konnte sich an Zeiten erinnern, als es weder Moses gab noch Hammurabis Gesetze. Als allein Pharao das Tal des Todes durchschritt.

»Lestat«, beharrte David, »konzentriere dich. Du mußt mir endlich erklären, worüber du da eigentlich sprichst. Du hast noch nie so offen zugegeben, daß du dich fürchtest. Jetzt sagst du es. Denk jetzt nicht an meine Angelegenheiten. Vergiß dein Opfer und auch das Mädchen. Was ist mit dir, mein Freund? Wer ist hinter dir her?«

»Ich will dich erst noch etwas fragen.«

»Nein, laß das. Erzähl mir einfach, was passiert ist. Du bist in Gefahr, nicht wahr? Zumindest glaubst du das. Du hast nach mir gerufen. Das war eine unverhohlene Bitte.«

»Sind das Armands Worte – ›eine unverhohlene Bitte‹? Ich hasse Armand.«

David lächelte nur und schob das mit einer ungeduldigen Handbewegung beiseite. »Du haßt ihn nicht, und du weißt es.«

»Wetten, daß?«

Er schaute mich ernst und vorwurfsvoll an. Bei englischen Schuljungen wirkte das wahrscheinlich.

»Na gut«, sagte ich, »ich erzähle es dir. Aber ich möchte zuerst, daß du dich an eine Unterhaltung erinnerst, die wir damals in deinem Haus in den Cotswolds hatten. Du warst noch kein Vampir, sondern der charmante, alte Herr, verzweifelt, weil der Tod nicht mehr fern war.«

»Ich erinnere mich, das war, ehe du in die Wüste gingst.«

»Nein, direkt danach. Uns war klargeworden, daß diese einfache Methode, die ich mir ausgesucht hatte, um mich zu töten, nicht funktionierte. Ich kam total verbrannt zurück, und du hast mich gepflegt. Dann hast du von dir selbst erzählt, von deinem Leben – und von einem Erlebnis, das du vor dem Krieg hattest, in Paris in einem Café. Erinnerst du dich? Weißt du, was ich meine?«

»Ja, sicher. Ich erzählte dir, daß ich glaubte, als junger Mann eine Vision gehabt zu haben.«

»Ja, etwas in der Art, daß das Gewebe der Zeit aufgerissen sei und dir plötzlich einen Blick auf Dinge freigegeben habe, die eigentlich nicht für dich bestimmt waren.«

Er lächelte. »Das war deine Idee, die Sache mit dem Riß und daß mir durch reinen Zufall dieser Einblick gewährt wurde. Ich habe damals gedacht, daß diese Vision an mich gerichtet war, und ich meine das auch heute noch. Aber seitdem sind fünfzig Jahre vergangen. Meine Erinnerung an diese Angelegenheit ist erstaunlich schwach.«

»Nun, was erwartest du anderes? Als Vampir erinnert man sich lebhaft an alles vom Moment seiner Entstehung an, aber Einzelheiten des sterblichen Daseins entfallen einem rasch, vor allem sinnliche Eindrücke – man hängt zum Beispiel verzweifelt der Überlegung nach, wie Wein schmeckte.«

Er bedeutete mir zu schweigen. Ich machte ihn unglücklich. Das hatte ich nicht gewollt.

Ich nahm das Glas, genoß das Aroma des Getränks – es war so eine Art Glühwein – und setzte es wieder ab. Meine Hände und mein Gesicht waren noch immer gebräunt von meinem Ausflug in die Wüste, diesem hübschen Versuch, mitten ins Antlitz der Sonne zu fliegen. Welche Ironie: Das ließ mich jetzt leichter als Mensch durchgehen. Und meine Hände waren empfänglicher für Wärme geworden. Ein Schauer des Entzückens durchlief mich. Wärme!

Manchmal denke ich, daß ich es schaffe, aus jeder Situation das Beste für mich herauszuholen. Ich kann mich beim stundenlangen Betrachten des Teppichmusters in einer Hotellobby zu Tode lachen, so sehr bin ich sinnlichen Eindrücken verhaftet.

Mir wurde bewußt, daß Davids Blick auf mir ruhte. Er schien sich wieder gefaßt zu haben – oder vielleicht hatte er mir auch nur zum tausendsten Mal verziehen, daß ich seine Seele in einen Vampirkörper gesteckt hatte, ohne seine Zustimmung, ja, sogar gegen seinen Willen. Er schaute mich plötzlich fast liebevoll an, so als ob ich diesen Beweis seiner Zuneigung brauchte. Und ich brauchte ihn wirklich.

»In dem Café in Paris hörtest du, wie zwei Wesen miteinander sprachen«, sagte ich, indem ich auf seine damalige Vision zurückkam. »Du warst noch jung, die Vision war fließend. Aber dir wurde klar, die beiden waren nicht ›wirklich‹ da, nicht im materiellen Sinne, und du konntest ihre Sprache verstehen, obwohl du keine bestimmte Sprache zu erkennen vermochtest.«

Er nickte. »Genau so war es. Und für mich klang es wirklich, als ob Gott und der Teufel miteinander sprächen.«

»Ja, und als ich dich letztes Jahr verließ, da hast du gesagt, ich solle mir keine Sorgen machen, du würdest dich nicht auf die Suche nach irgendwelchen religiösen Erkenntnissen begeben, um Gott und den Teufel in einem Pariser Café zu finden. Und es sei genug, daß du dein sterbliches Leben bei der Talamasca auf der Suche nach solchen Dingen verbrachtest. Du würdest eine andere Richtung einschlagen.«

»Ja, genau das habe ich gesagt«, gab er zu. »Diese Vision ist inzwischen etwas verblaßt. Aber ich erinnere mich noch daran, wirklich, und ich glaube noch immer, daß ich etwas gesehen und gehört habe. Aber ich habe mich endgültig damit abgefunden, daß ich niemals erfahren werde, was es war.«

»Also überläßt du Gott und den Teufel der Talamasca, wie du es versprochen hast.«

»Den Teufel überlasse ich der Talamasca«, bestätigte er. »Die Talamasca befaßt sich mit Psiphänomenen; an Gott ist sie nicht so sehr interessiert.«

Ihre Sprachregelungen waren uns vertraut; wir gestanden sie ihnen zu. Auch hatten wir beide sozusagen ein Auge auf die Talamasca. Doch nur ein einziges Mitglied dieses gelehrten Ordens hatte je David Talbots wahres Schicksal erfahren, und dieser Mensch war tot. Das war Aaron Lightner gewesen, der ehemalige Oberste der Bruderschaft. Sein Verlust hatte David sehr betrübt, denn mit ihm war der einzige Mensch gestorben, der von Davids neuer Existenz gewußt hatte; er war, eingeweiht in das Geheimnis, sein verständnisvoller sterblicher Freund gewesen, so wie David einst der meine.

Er nahm den Faden wieder auf. »Hast du eine Vision gehabt? Hat dich das so erschreckt?«

Ich schüttelte den Kopf. »Nein, nichts so Deutliches. Aber dieses Etwas verfolgt mich wirklich, und hin und wieder – immer nur einen winzigen Moment lang – läßt es mich etwas sehen. Meistens höre ich es, manchmal spricht es mit ganz normaler Stimme, wie bei einer Unterhaltung, oder auf den Straßen hallen hinter mir plötzlich Schritte, die mich herumwirbeln lassen. Natürlich erschreckt mich das wahnsinnig. Und wenn es sich dann einmal zeigt, bleibe ich so desorientiert zurück, daß ich langausgestreckt in der Gosse liege wie ein gewöhnlicher Säufer. Dann vergeht eine Woche. Nichts! Und dann erreichen mich wieder Gesprächsfetzen ...«

»Und worüber?«

»Ich verstehe nicht einmal Bruchstücke. Ich höre etwas, ohne den Sinn zu erkennen. Einmal kam es mir so vor, als ob die Stimme sozusagen von einem anderen Ort aus ertönte, weißt du, nicht nur wie von einem Sterblichen im Raum nebenan. Aber meines Wissens könnte es auch irgendeine natürliche Erklärung geben, irgend etwas Elektronisches.«

»Ich verstehe.«

»Aber diese Bruchstücke – das klingt wie zwei Leute, die sich unterhalten, und einer – *der eine* – sagt: ›Oh, nein, er ist genau richtig so, das hat nichts mit Vergeltung zu tun, wie kannst du glauben, ich suchte Vergeltung?‹« Ich brach ab, zuckte die Schultern. »Weißt du, wie mitten in einem Gespräch.«

»Ja«, sagte er, »und du hast das Gefühl, der eine läßt dich absichtlich etwas davon hören ... Genau so, wie ich damals bei dem Gespräch in dem Café dachte, es sei für mich bestimmt.«

»Ja, genau so. Es quält mich. Neulich, vor zwei Tagen, war ich in New Orleans. Ich spionierte ein bißchen hinter Dora her, der Tochter meines Opfers. Sie lebt da in dem alten Kloster, das ich schon erwähnt habe. Ein alter Bau, 1880 etwa, unbewohnt seit Jahren und leer geräumt. Wirkt wie eine gemauerte Burg. Und dieser Spatz von einem Mädchen, diese süße, kleine Frau, die lebt da ganz allein, ohne Furcht. Sie geht in dem Haus herum, als ob sie unbesiegbar wäre.

Na, wie auch immer, ich war dort, war in den Hof eingedrungen – weißt du, das Gebäude hat eine Form, die so alt ist wie die Baukunst selbst, Hauptgebäude, zwei langgestreckte Flügel und ein Innenhof.«

»Ein typischer Backsteinbau des späten 19. Jahrhunderts.«

»Genau. Und ich beobachtete durch die Fenster diese Kleine, wie sie da ganz allein durch die stockdunklen Korridore ging. Sie hatte eine Taschenlampe dabei. Und sie sang vor sich hin – eine ihrer Hymnen, so eine Mischung aus mittelalterlichen und modernen Klängen.«

»Nennt man das nicht ›New Age‹?« meinte David.

»Ja, in der Richtung, aber wie ich schon sagte, das Mädchen macht so eine religiöse, kirchenübergreifende Sendung. Eigentlich ist ihr Programm recht konventionell. ›Glaub an Jesus, laß dich erlösen‹. Sie singt und tanzt die Leute sozusagen in den Himmel, besonders Frauen, oder zumindest werden die dabei vorangehen.«

»Erzähl weiter: Du beobachtetest sie also.«

»Ja, und dachte dabei, wie mutig sie war. Sie erreichte also ihre eigenen Zimmer, die sie in einem der vier Ecktürme hat, und ich hörte, wie sie alle Türen zuschloß. Ich konnte mir nicht viele Sterbliche vorstellen, die in diesem Gebäude hätten herumstreifen wollen; der Ort ist nicht einmal ganz rein – in spiritueller Hinsicht.«

»Wie meinst du das?«

»Kleine Dämonen, Elementargeister – nennt ihr das nicht so in der Talamasca?«

»Ja, genau, Elementargeister.«

»Nun, diese Sorte hatte sich rund um den Konvent eingefunden, aber für dieses Mädchen sind sie keine Bedrohung, sie ist einfach zu mutig und zu stark. Was man von dem Vampir Lestat, der ihr nachschlich, nicht behaupten konnte. Der war nämlich draußen im Hof und hatte wieder diese Stimme im Ohr, als ob sich direkt hinter seiner rechten Schulter zwei Leute unterhielten, und der andere – der, der mich nicht verfolgt – sagt ganz deutlich: ›Nein, ich sehe ihn aber nicht so.‹ Ich drehe mich um die eigene Achse, ich will dieses Etwas finden, will es mental greifen, ihm gegenübertreten, es herausfordern – doch dann merke ich nur, wie ich zittere von Kopf bis Fuß. Und weißt du was, David? Diese Elementargeister, diese lästigen, kleinen Biester, die ich dort gespürt hatte ... die haben dieses Wesen oder was auch immer da sprach, nicht einmal bemerkt.«

»Lestat, du hörst dich an, als hättest du deinen unsterblichen Verstand verloren. – Nein, nein, werd nicht ärgerlich. Ich glaube dir ja. Aber denk noch weiter zurück. Warum bist du dem Mädchen gefolgt?«

»Ich wollte sie nur sehen. Mein Opfer macht sich Sorgen – wegen seiner Vergehen und der Ermittlungen der Behörden. Er hat Angst, es könnte etwas an ihr hängenbleiben, wenn er angeklagt wird und die Zeitungen über ihn berichten. Aber es wird keine Anklage geben, das steht fest. Ich werde ihn vorher töten.«

»Hast du das vor? Das könnte ihre Sekte retten. Wenn du ihn bald tötest. Oder irre ich mich?«

»Ich will sie um nichts in der Welt verletzen, das könnte ich einfach nicht.«

Ich schwieg einen Moment.

»Bist du sicher, daß du nicht verliebt bist? Du wirkst, als hätte sie dich verzaubert.«

Ich kramte in meinen Erinnerungen. Vor kurzer Zeit hatte ich mich in eine Sterbliche verliebt, eine Nonne. Gretchen hieß sie. Und ich hatte sie in den Wahnsinn getrieben. David kannte die Geschichte – ich hatte das alles aufgeschrieben. David und Gretchen waren eingegangen in die Welt der Literatur. Das wußte er.

»Ich werde mich Dora nicht so zeigen, wie ich es damals bei Gretchen gemacht habe. Ich habe meine Lektion gelernt. Mich interessiert nur eins: ihren Vater auf eine Weise zu töten, die ihr möglichst wenig Kummer macht, aber vielleicht eine Menge Gutes bewirkt. Sie weiß über ihren Vater Bescheid, aber ich bin mir nicht sicher, ob ihr klar ist, wie unangenehm es seinetwegen für sie werden könnte.«

»Du lieber Himmel, was spielst du da für Spielchen?«

»Na, irgend etwas muß ich doch tun, um mich von dem, was mich verfolgt, abzulenken. Sonst werde ich verrückt.«

»Schhhh… was ist los mit dir? Mein Gott, du bist ja total verstört.«

»Und wie ich das bin«, flüsterte ich.

»Erkläre mir, wie sich dieses Etwas verhält. Was waren das für Wortfetzen?«

»Es lohnt sich nicht, das zu wiederholen. Ich sage dir, es ist ein Streitgespräch; es geht um mich. David, es klingt, als wenn sich Gott und der Teufel stritten – wegen *mir!*«

Ich hielt den Atem an. Mein Herz klopfte so schnell, daß es weh tat. Und das bedeutete schon einiges bei einem Vampirherzen!

Ich lehnte mich gegen die Wand und musterte die Leute in der Bar – vorwiegend ältliche Sterbliche, Damen in klassisch geschnittenen Pelzmänteln, Männer mit schütterem Haar, gerade genügend alkoholisiert, um sich laut und ungeniert zu benehmen, wie verjüngt.

Der Pianist spielte jetzt eine populäre Melodie, mir schien, etwas aus einem Stück, das gerade am Broadway lief. Traurig und süß klang das, und eine der älteren Frauen in der Bar wiegte sich sachte im Takt der Musik, mit ihren geschminkten Lippen flüsterte sie unhörbar den Text, während sie an ihrer Zigarette zog. Sie gehörte noch zu der Generation, die ihren Lebtag lang geraucht hatte, für die Nichtrauchen unvorstellbar war. Sie hatte eine Haut wie eine Eidechse. Aber sie war ein so argloses, schönes Geschöpf. Sie alle waren so – arglos und schön.

Mein Opfer? Ich konnte ihn hören. Er sprach noch immer mit seiner Tochter. Ob sie nicht doch dieses Geschenk von ihm annehmen wolle? Es war ein Bild, ein Gemälde vielleicht. Dieser Mann würde Berge für sie versetzen, aber sie wollte sein Geschenk nicht haben; und seine Seele konnte sie nicht retten.

Ich erwischte mich bei der Überlegung, wie lange die Pforten von St. Patrick's wohl geöffnet waren. Sie wollte so dringend dahin.

Wie schon vorher, lehnte sie auch jetzt sein Geld ab. Es sei »unrein«, erklärte sie ihm gerade. »Roger, ich will deine Seele. Ich kann kein Geld für meine Gemeinde von dir nehmen! Du hast es durch Verbrechen erworben. Es ist schmutziges Geld.«

Draußen fiel noch immer der Schnee. Die Klaviermusik wurde schneller, drängender. Andrew Lloyd Webber auf Hochtouren, dachte ich – Phantom der Oper.

In der Lobby wurde es plötzlich lauter, was mich abrupt über die Schulter schauen ließ und dann zu David. Ich lauschte. Ich dachte, da sind sie wieder, die Schritte, hallende Schritte, die Furcht und Schrecken erregen. Ich hörte sie wirklich. Ich spürte, daß ich zitterte. Dann war es vorüber, verschwunden. Keine Stimme in meinem Ohr.

Ich starrte David an.

»Lestat«, sagte er voller Mitgefühl, »du wirkst wie versteinert.«

»David, weiß du, was ich glaube? Ich glaube, der Teufel ist hinter mir her. Ich glaube, ich werde zur Hölle fahren.«

Ihm verschlug es die Sprache. Was konnte er schließlich auch sagen? Wie spricht ein Vampir mit einem anderen über dieses Thema? Wie hätte ich reagiert, wenn Armand, dreihundert Jahre älter als ich und eine verdammte Menge sündhafter, mir eröffnet hätte, der Teufel wolle ihn holen? Ich hätte ihn ausgelacht. Ich hätte einige recht grausame Bemerkungen dahingehend gemacht, daß ihm das recht geschähe und daß er viele unserer Gattung dort unten treffen würde, und alle würden sie einer speziell Vampiren vorbehaltenen Folter unterzogen werden, einer schlimmeren, als ein zur Hölle verdammter Sterblicher je erleiden müßte. Mich schauderte.

»Du lieber Gott«, stöhnte ich.

»Du sagst, du hast dieses Etwas gesehen?«

»Nicht so richtig. Ich war … egal wo. New York, glaube ich, ja, mit ihm.«

»Deinem Opfer.«

»Ja, ich folgte ihm. Er tätigte ein paar Transaktionen in einer Kunstgalerie. Ein Schmuggler ist er auch. Das ist Teil seiner erstaunlichen Persönlichkeit, daß er schöne Kunstwerke liebt, Antiquitäten, was du auch so sehr liebst, David. Wenn ich schließlich ein Festmahl aus ihm mache, sollte ich vielleicht ein Stück aus seiner Sammlung für dich mitnehmen.«

David schwieg, aber ich konnte sehen, daß er die Idee geschmacklos fand – die Absicht, etwas Kostbares von jemandem stehlen zu wollen, den ich, wenn ich ihn auch noch nicht getötet hatte, doch mit Sicherheit töten würde.

»Schriften aus dem Mittelalter, Kreuze, Juwelen, Reliquien, damit befaßt er sich. Sakrale Kunstgegenstände, unbezahlbare Heiligen- und Engelsstatuen, alles im Zweiten Weltkrieg aus Kirchen in Europa geraubt, die hat er verschachert. Das hat ihn erst ins Drogengeschäft gebracht. Die wertvollsten Stücke hat er in einem Apartment in der Upper East Side versteckt. Sein großes Geheimnis. Ich glaube, die Drogengeschäfte waren nur das Mittel für diesen Zweck. Jemand hatte etwas, das er selbst haben wollte. Was weiß ich! Ich verliere manchmal die Lust, seine Gedanken zu lesen. Und er ist so absolut schlecht, und an all diesen Reliquien ist absolut nichts Magisches, und ich werde zur Hölle fahren.«

»Nicht so rasch«, unterbrach mich David, »dein Verfolger – du sagst, du hast etwas gesehen. Was war das?«

Ich wurde still. Diesen Augenblick hatte ich gefürchtet. Bisher hatte ich nicht gewagt, meine Erkenntnisse auch nur mir selbst einzugestehen. Aber jetzt mußte ich weitermachen mit meinem Bericht. Ich hatte David gerufen, damit er mir half, also mußte ich es ihm erklären.

»Wir waren auf der Fifth Avenue; er – mein Opfer – fuhr mit dem Wagen, ich wußte, wohin. Er wollte zu seinem geheimen Apartment, in dem er seine Sammlung aufbewahrt. Ich ging zu Fuß – wie ein Sterblicher. Als ich an einem Hotel vorbeikam, betrat ich es, um die Blumen zu betrachten, die da immer in Mengen verteilt sind. Weißt du, wenn du glaubst, du wirst verrückt wegen des endlosen Winters, dann gehst du in so eine Hotellobby, und da stehen überall verschwenderische Blumenbuketts mit den schönsten Lilien, einfach überwältigend.«

»Ja«, sagte David mit einem kleinen halbherzigen Seufzer. »Ja, ich weiß.«

»Ich ging also in das Hotel und schaute mir diese riesigen Sträuße an. Ich wollte – äh, also … ich wollte irgend etwas da zurücklassen, so eine Art Dankopfer, wie in einer Kirche … für die, die diese Sträuße binden, und ich überlegte mir, vielleicht sollte ich mein Opfer sofort töten, und dann … ich schwöre dir, David, es war genau so – ich verlor den Boden unter den Füßen. Das Hotel war verschwunden. Ich stand im Nichts, losgelöst, und doch war ich von Menschen umgeben, Menschen, die heulten und plapperten, kreischten und weinten – und lachten, ja, wirklich, sie lachten, und all das geschah gleichzeitig, und da war Licht, David, Licht, blendend wie die Sonne.

Keine Dunkelheit, keine infernalischen Flammen, wie man es sich immer vorstellt. Ich streckte die Arme aus – nein, nicht die Arme, meine Arme konnte ich nicht mehr finden. Mit meinem ganzen Sein, jedem Glied, jeder Faser versuchte ich mich auszubreiten, etwas zu berühren, um mein Gleichgewicht wiederzuerlangen. Dann fühlte ich festen Boden unter mir und sah dieses Wesen vor mir stehen, mich überschattend. Ich finde einfach keine Worte dafür. Es war grauenvoll. Ganz bestimmt war es das Schlimmste, das ich je gesehen habe! Das Licht befand sich hinter ihm, es stand zwischen mir und diesem Licht, und es hatte ein Gesicht, das Gesicht war dunkel, extrem dunkel – und als ich es anschaute, konnte ich nicht mehr an mich halten. Ich muß gebrüllt haben. Doch ich habe keine Ahnung, ob man mich in der realen Welt hören konnte.

Als ich wieder zu Verstand kam, war ich noch an der gleichen Stelle, in der Hotellobby. Alles sah ganz gewöhnlich aus, doch ich fühlte mich, als wäre ich jahrelang an diesem anderen Ort gewesen – bruchstückhafte Erinnerungen entwichen meinem Geist, entglitten mir so schnell, daß ich keinen Gedanken, keine Vorstellung festhalten konnte.

Was ich dir gerade gesagt habe, ist alles, woran ich mich mit Sicherheit erinnern kann. Ich stand da. Ich sah die Blumen. Keiner in der Lobby beachtete mich. Ich tat so, als wäre nichts passiert. Aber mein Gehirn war immer noch damit beschäftigt, einzelnen Erinnerungsfragmenten nachzujagen, die aus Gesprächsfetzen, Drohungen, Schilderungen zu bestehen schienen. Ich sah immer noch ganz deutlich dieses wahrhaft häßliche, düstere Geschöpf vor mir, genau den Dämon, den man erfinden würde, wenn man jemanden um seinen Verstand bringen wollte. Immer wieder sehe ich dieses Gesicht und ...«

»Ja?«

»Seitdem habe ich ihn noch zweimal gesehen.«

Ich ertappte mich dabei, daß ich mir die Stirn mit der Serviette trocknete, die der Kellner gebracht hatte. Er war gerade wieder an unseren Tisch gekommen. David bestellte noch etwas. Dann beugte er sich dicht zu mir herüber.

»Du denkst also, du hast den Teufel gesehen.«

»Es gibt sonst kaum etwas, was mich so erschrecken könnte, David. Das wissen wir doch beide. Es gibt keinen Vampir, der mich wirklich schreckt, so alt, weise oder grausam er auch wäre. Nicht einmal Maharet. Und welche anderen übernatürlichen Wesen kenne ich außer unserer Art? Elementargeister, Poltergeister, kleine wirrköpfige Dinger, die wir alle kennen und sehen können … die du mit deiner Candomblé-Hexenkraft herbeirufen kannst.«

»Ja«, sagte er.

»Das war *er selbst,* David.«

Er lächelte, keineswegs unfreundlich oder mitleidlos. »Für dich, Lestat«, neckte er mich sanft und verführerisch, »für dich muß natürlich der Teufel persönlich kommen.«

Wir lachten. Obwohl das, glaube ich, die Art von Lachen war, die von Schriftstellern üblicherweise als »ein freudloses Lachen« bezeichnet wird.

Ich fuhr fort. »Das zweite Mal erwischte es mich in New Orleans, in der Nähe unserer Wohnung in der Rue Royale. Ich ging die Straße entlang, da hörte ich wieder diese Schritte hinter mir, als ob einem absichtlich jemand folgt und will, daß man es bemerkt. Verdammt, ich habe das schon selbst mit Sterblichen gemacht, und es ist so gemein, so boshaft. Gott! Warum wurde ich bloß erschaffen!

Und beim dritten Mal kam das Wesen mir noch näher. Wieder war es der gleiche Ablauf. Es war riesig, überschattete mich wie ein Turm. Flügel, David! Entweder hat es wirklich Flügel, oder ich habe es mir in meiner Angst nur eingebildet. Es ist ein geflügeltes Geschöpf, und es ist entsetzlich, und dieses letzte Mal konnte ich sein Bild gut genug erfassen, um vor ihm davonzulaufen, zu fliehen, David, wie ein Feigling. Und wie die Male vorher kam ich zu mir an genau der Stelle, an der es auch begonnen hatte. Alles war wie vorher. Nichts hatte sich auch nur im geringsten verändert.«

»Und es spricht nicht mit dir, wenn es vor dir auftaucht?«

»Nein, kein Wort. Es will mich in den Wahnsinn treiben. Es will mich … mich zu irgendeiner Handlung bewegen, vielleicht. Erinnere dich an das, was du mir erzählt hast: daß du nicht weißt, warum Gott und der Teufel dir erschienen sind.«

»Ist dir nicht der Gedanke gekommen, daß da doch eine Verbindung zu deinem Opfer besteht? Daß etwas oder jemand nicht will, daß du diesen Mann tötest?«

»Das ist absurd, David. Denk doch an all das Leid, das allein in dieser Nacht in der ganzen Welt geschieht. Denk an die Menschen, die in Osteuropa sterben, denk an den Krieg im Heiligen Land, denk an das, was hier in dieser Stadt alles passiert. Meinst du, Gott und der Teufel scheren sich auch nur einen Dreck um einen einzelnen Mann? Und unsere eigene Gattung, wir, die wir seit Jahrhunderten die Schwachen und die Anziehenden und die Unglücklichen als unsere Beute betrachten. Hat der Teufel sich jemals bei Louis, Armand oder Marius eingemischt? Oder bei sonst einem von uns? Oh, ich wollte, mit dieser einfachen Methode könnte man die Anwesenheit dieses erhabenen Wesens heraufbeschwören – dann wüßten wir es ein für allemal.«

»Du willst es wissen?« fragte er ernst.

Ich zögerte, dachte nach, schüttelte dann den Kopf.

»Vielleicht gibt es ja eine rationale Erklärung. Ich verabscheue mich selbst wegen meiner Furcht. Vielleicht ist das schon der Wahnsinn! Vielleicht ist so die Hölle! Du wirst einfach verrückt. Und all deine im Unterbewußtsein verborgenen Dämonen kommen und verschlingen dich schneller, als du sie dir überhaupt ausgedacht hast.«

»Lestat, meinst du, es ist böse?«

Ich öffnete den Mund, hielt mich dann aber zurück. Böse.

»Du hast gesagt, es sei abscheulich, du beschreibst unerträgliche Geräusche, Licht. Aber war es böse? Hast du das Böse gefühlt?«

»Nein, tatsächlich nicht. Nein. Eigentlich empfinde ich dasselbe, als wenn ich diese Gesprächsfragmente höre, eine Art – Wahrhaftigkeit ist, glaube ich, das richtige Wort, Aufrichtigkeit und eine Absicht, und, David, ich sage dir noch etwas über dieses Wesen, das mich verfolgt – sein Geist ist rastlos und sein Herz unersättlich.«

»Was?«

»Sein Geist ist rastlos und sein Herz unersättlich«, wiederholte ich; das war mir so herausgerutscht, aber ich wußte, daß das ein Zitat war. Ich zitierte etwas, aber woraus? Keine Ahnung! Teil eines Gedichts?

»Wie meinst du das?« fragte er geduldig.

»Ich weiß nicht. Ich weiß auch nicht, warum ich das gesagt habe oder wieso mir gerade diese Worte eingefallen sind. Aber es stimmt. Sein Geist ist rastlos und sein Herz unersättlich. Er ist kein Sterblicher! Er ist kein Mensch!«

»Ein rastloser Geist, ein unersättliches Herz«, zitierte David mich.

»Ja, das ist *er,* ganz recht, das Wesen, dieses maskuline Etwas. Nein, warte, ich weiß nicht, ob es maskulin ist; ich meine … ach, ich weiß nicht, welches Geschlecht es hat … Laß es mich so ausdrükken: Es ist nicht eindeutig feminin, na, und nicht eindeutig feminin, das bedeutet ja wohl … maskulin.«

»Ich verstehe.«

»Du denkst, ich bin verrückt, nicht wahr? Das hoffst du doch?«

»Aber natürlich nicht.«

»Das solltest du aber besser, denn wenn es dieses Wesen nicht nur in meiner Einbildung gibt, wenn es wirklich existiert, kann es dich auch erwischen.«

Das machte ihn sichtlich nachdenklich, er ging auf Distanz, und dann sagte er etwas Merkwürdiges, womit ich nicht gerechnet hatte.

»Aber verstehst du nicht? Mich will es nicht. Und die andern will es auch nicht. Es will dich.«

Das gab mir den Rest. Ich bin stolz, ich bin ein totaler Egomane; ich lechze nach Aufmerksamkeit; ich will Ruhm; ich will, daß Gott und der Teufel mich wollen. Ich will, ich will, ich will, ich will.

»Ich mache dir keine Vorwürfe«, fuhr er fort. »Ich erinnere dich nur daran, daß dieses Wesen die andern nie bedroht hat, daß in Hunderten von Jahren keiner von den andern … keiner, den wir kennen, je von so etwas gesprochen hat. Im Gegenteil, du selbst hast in deinen Büchern ausdrücklich erklärt, daß kein Vampir je den Teufel gesehen hat – stimmt das etwa nicht?«

Ich gab das achselzuckend zu. Louis, mein geliebter Schüler und Zögling, hatte einst die Welt durchstreift auf der Suche nach dem ältesten aller Vampire, und Armand hatte ihn mit offenen Armen aufgenommen, nur um ihm zu sagen, daß es weder Gott noch den Teufel gibt. Und ich selbst, ein halbes Jahrhundert vor ihm, hatte nach dem »Ältesten« gesucht, und Marius, zum Vampir gemacht zur Zeit des Römischen Reiches, hatte zu mir dasselbe gesagt. Kein Gott. Kein Teufel.

Ich saß ganz still, ein albernes Gefühl von Unbehagen überkam mich – der Raum war stickig, das Parfüm nicht echt, keine Lilien hier, draußen würde es verflixt kalt sein. An Ruhe konnte ich nicht vor der Morgendämmerung denken, die Nacht war noch lang, und ich konnte mich David nicht verständlich machen, ich würde ihn vielleicht verlieren … und dieses Etwas könnte kommen, dieses Etwas könnte wieder kommen.

»Wirst du bei mir bleiben?« Ich haßte, was ich da sagte.

»Ich bleibe an deiner Seite, ich halte dich fest, wenn es dich mitzunehmen versucht.«

»Das willst du tun?«

»Ja.«

»Aber warum?«

»Sei nicht albern«, sagte David. »Sieh es mal so. Ich weiß nicht, was ich damals in dem Café sah. In meinem ganzen Leben habe ich nie wieder etwas dergleichen gesehen oder gehört. Du weißt es; ich habe dir damals die ganze Geschichte erzählt – wie ich nach Brasilien gegangen bin, um mir die Geheimnisse des Candomblé anzueignen. In der Nacht, als du ... mich nahmst, habe ich versucht, die Geister zu rufen.«

»Sie kamen, aber sie waren zu schwach, um dir zu helfen.«

»Richtig. Aber du vergißt eines, nämlich, daß ich dich einfach liebe, daß ich in einer Weise mit dir verbunden bin wie keiner der anderen. Louis betet dich an. Für ihn bist du so eine Art dunkler Gott, obwohl er vorgibt, dich zu hassen, weil du ihn zum Vampir gemacht hast. Armand beneidet dich, er spioniert dir wesentlich häufiger nach, als du dir vorstellst.«

»Ich höre Armand, ich sehe ihn – und ich ignoriere ihn«, erwiderte ich.

»Und Marius, ich glaube, du weißt, daß er dir nicht verzeihen kann, daß du nicht sein Schüler geworden bist, sein Akolyth, daß du seinen Glauben an den Zusammenhang von Geschichte und Erlösung nicht teilen willst.«

»Gut formuliert. Daran glaubt er wirklich. Aber er ist wegen ein paar entschieden schwerer wiegender Sachen wütend auf mich; als ich Die Mutter und Den Vater aufweckte, warst du noch keiner von uns. Du warst nicht dabei. Aber darum geht es jetzt nicht.«

»Ich weiß alles darüber. Denk an deine Bücher! Ich lese deine Werke, kaum daß du sie geschrieben hast, sobald du sie auf die Sterblichen losläßt.«

Ich lachte bitter. »Wahrscheinlich hat der Teufel sie auch gelesen«, sagte ich. Wieder spürte ich die verhaßte Angst, das machte mich rasend.

»Die Hauptsache ist jedenfalls«, betonte David, »daß ich zu dir halte.«

Er senkte den Blick. Seine Gedanken schweiften ab, wie früher, als er noch ein Sterblicher war, als ich seine Gedanken lesen konnte und er aber in der Lage war, das abzuwehren, indem er mich bewußt ausschloß. Jetzt war da einfach eine Schranke. Nie wieder würde ich seine Gedanken aufnehmen können.

»Ich bin hungrig«, flüsterte ich.

»Geh jagen.«

Ich schüttelte den Kopf. »Sobald ich dazu bereit bin, greife ich mir das Opfer. Sobald Dora New York verläßt und in den Konvent zurückkehrt. Sie weiß, daß das Urteil über diesen Bastard schon gefällt ist. Und daran wird sie denken, wenn ich ihn erwischt habe. Sie wird glauben, einer seiner vielen Feinde habe es getan, daß das Böse auf ihn zurückgefallen sei, wie es in der Bibel heißt. Aber es war eines dieser ganz besonderen Raubtiere, die den Wilden Garten Erde durchstreifen, ein Vampir, der Ausschau hielt nach einem besonders saftigen Stück Menschenfleisch – und sein Blick fiel auf ihren Vater. Und dann ist es schließlich vorbei, einfach vorbei.«

»Hast du vor, diesen Mann zu foltern?«

»David! Du schockierst mich. Das ist eine unhöfliche Frage.«

»Hast du es vor?« fragte er zaghaft, aber eindringlich.

»Nein, eigentlich nicht. Ich will einfach ...« Ich lächelte. Er wußte jetzt selbst zur Genüge Bescheid. Ich mußte ihm nichts mehr erzählen über das Wesen des Tötens, darüber, wie man mit dem Blut auch die Seele, die Erinnerung, den Geist, das Herz des Opfers trinkt. Ich würde diese erbärmliche, sterbliche Kreatur erst wirklich kennen, wenn ich ihn genommen hatte, ihn gegen meine Brust gepreßt und sozusagen die einzige ehrliche Ader an ihm geöffnet hatte. Ah, zu viele Überlegungen, zu viele Erinnerungen, zuviel Zorn.

»Ich bleibe bei dir«, wiederholte David. »Hast du eine Unterkunft hier?«

»Nichts Ordentliches. Such doch etwas für uns. Nahe bei ... bei der Kathedrale.«

»Warum das?«

»Also David, das solltest du aber wissen. Wenn der Teufel kommt und mich die Fifth Avenue entlangscheucht, kann ich wenigstens in die Kathedrale stürzen, direkt vor den Hochaltar, um auf den Knien liegend Gott um Vergebung zu bitten, damit er mich nicht bis zum Hals im Fegefeuer versinken läßt.«

»Du bist wirklich kurz davor, total durchzudrehen.«

»Aber nicht doch. Sieh mich an: Ich kann mir noch die Schnürbänder binden. Siehst du's? Und mein Halstuch! Man braucht schon etwas Geschick, sich das Ding so um den Hals zu binden und ins Hemd zu stopfen, daß man nicht anschließend aussieht wie ein gefährlicher Irrer. Ich habe noch alle Tassen im Schrank, wie die Sterblichen so nett sagen. Sag, mietest du uns eine Wohnung?«

Er nickte.
»Direkt neben der Kathedrale ist ein verglaster Wolkenkratzer. Ein monströses Ding.«
»Der Olympic Tower.«
»Ja, kannst du es nicht da versuchen? Eigentlich könnte das auch einer meiner sterblichen Agenten erledigen. Ich weiß nicht, warum in aller Welt ich hier vor dir so idiotisch herumjammere und dich für dieses entwürdigende Alltagsgeschäft einspanne.«
»Ich kümmere mich darum. Wahrscheinlich ist es jetzt schon zu spät, aber morgen abend kann ich es hinkriegen. Ich lasse es unter dem Namen David Talbot laufen.«
»Meine Kleidung. Das Hotel hat ein oder zwei Koffer in Verwahrung und ein paar Mäntel. Hier ist ja wirklich Winter.« Ich gab ihm den Zimmerschlüssel. Wirklich demütigend! Als ob ich ihn als meinen Diener betrachtete. Vielleicht überlegte sich David es ja noch und mietete unsere neue Unterkunft besser unter dem Namen Renfield.
»Ich kümmere mich um alles. Morgen abend sitzen wir in einem Palast. Ich werde die Schlüssel für dich am Empfang hinterlegen. Und was wirst du jetzt tun?«
Ich zögerte, lauschte. Mein Opfer sprach immer noch mit Dora. Sie würde New York am Morgen verlassen.
Ich deutete nach oben. »Ich bringe den Mistkerl um. Morgen abend direkt nach Sonnenuntergang, wenn ich ihn nur schnell genug orte. Dora wird dann weg sein. Oh, ich verschmachte. Ich wünschte, sie nähme die Nachtmaschine. Dora. Dora.«
»Du magst die Kleine wirklich, nicht wahr?«
»Ja. Versuch sie mal im Fernsehen zu erwischen, dann siehst du es selbst. Sie ist wirklich sehenswert, und ihre Lehren haben etwas gefährlich Gefühlsbetontes.«
»Ist sie wirklich so begabt?«
»Beschenkt mit allem, was du dir vorstellen kannst. Sehr weiße Haut, schwarzes, kurzgeschnittenes Haar, lange dünne, aber gutgeformte Beine; und sie tanzt mit einer Hingabe, es läßt einen fast an die Derwische denken oder vielmehr an Sufis, und ihre Ansprachen sind nicht so sehr demütig – eher voller Verwunderung und Güte.«
»Das sollte man wohl meinen.«
»Nein, so ist Religion selten. Weißt du, sie kommt dir nicht mit diesen Phrasen, daß die Apokalypse naht, und droht nicht mit ewiger Verdammnis, wenn du ihr keinen Scheck sendest.«

Er überlegte einen Moment, dann sagte er bedeutungsvoll: »Ich sehe, was los ist.«

»Nein, das tust du nicht. Ich liebe sie, ja – aber ich werde sie schon bald total vergessen haben. Es ist einfach so … Sie hat eine so überzeugende Auffassung von Religion, und sie ist so zerbrechlich; und sie glaubt wirklich an all das; sie glaubt wirklich und wahrhaftig, daß Jesus auf Erden gewandelt ist.«

»Und das Wesen, das hinter dir her ist, steht in keiner Weise in Beziehung dazu, daß du dir ihren Vater zum Opfer erwählt hast?«

»Nun, das kann ich herausfinden.«

»Wie?«

»Indem ich den Hurensohn heute nacht noch töte. Vielleicht schon, wenn er hier rausgeht. Er wird nicht bei ihr bleiben, dazu fürchtet er zu sehr, er könne sie in Gefahr bringen. Er bleibt nie im gleichen Hotel wie sie. In dieser Stadt hat er verschiedene Apartments, deshalb wundert es mich, daß er überhaupt so lange hier war.«

»Ich bleibe bei dir.«

»Nein, geh nur. Ich muß das hier beenden. Ich brauche dich, ehrlich – brauche es, dir mein Herz auszuschütten, dich bei mir zu wissen; diese uralten, geheiligten menschlichen Bedürfnisse – aber du brauchst nicht an meiner Seite zu bleiben. Ich muß nicht in deinen Gedanken lesen, um zu wissen, daß du Durst hast – du hast nicht getrunken, weil du schnell herkommen wolltest, weil du mich nicht enttäuschen wolltest. Geh, durchstreif die Stadt.« Ich lächelte. »Du hast noch nie in New York gejagt, nicht wahr?«

Er schüttelte den Kopf. Sein Augenausdruck veränderte sich. Das war der Hunger. Sein Blick wurde verhangen und starr, wie wenn ein Rüde eine läufige Hündin wittert. Diesen Ausdruck bekommen wir alle, den Raubtierblick – und doch sind wir keine natürlichen Geschöpfe wie die Raubtiere. Keiner von uns.

Ich stand auf. »Du kümmerst dich um die Wohnung im Olympic Tower?« fragte ich. »Eine mit Blick auf St. Patrick, ja? Nicht zu hoch oben, damit die Kirchtürme nahebei sind.«

»Dich hat wirklich dein brillanter, übernatürlicher Verstand verlassen!«

»Nein. Aber ich gehe jetzt hinaus in den Schnee. Ich kann ihn oben hören, er küßt sie zum Abschied, züchtige, liebevolle Küsse. Sein Wagen wartet schon, um ihn zu diesem versteckten Apartment zu bringen, zu seinen Reliquien. Er denkt, daß weder seine Feinde aus der Verbrecherszene noch die Behörden etwas davon wissen oder es im besten Fall für den Kramladen eines Freundes halten. Aber ich weiß Bescheid. Und ich weiß, was diese Schätze für ihn bedeuten. Und wenn er da hingeht, bin ich ihm auf den Fersen … Keine Zeit mehr, David.«

»Ich war noch nie so total verwirrt«, bekannte er. »Ich würde gerne ›Gott mit dir‹ sagen.«

Ich lachte. Dann beugte ich mich vor und gab ihm schnell einen Kuß auf die Stirn, so schnell, daß keiner, der es bemerkte, sich etwas dabei denken würde, und dann – die sofort aufflackernde Furcht unterdrückte ich – verließ ich ihn.

In den Zimmern hoch oben weinte Dora. Sie saß am Fenster, starrte in den Schnee hinaus und weinte. Sie bedauerte jetzt, daß sie das Geschenk nicht angenommen hatte. Wenn nur … Sie preßte ihre Stirn gegen das kalte Glas und betete für ihren Vater.

Ich überquerte die Straße. Ich empfand den Schnee als angenehm, aber schließlich bin ich auch ein Monster. Vom Hinterausgang der Kathedrale aus beobachtete ich, wie mein stattliches Opfer aus dem Hotel kam, mit hochgezogenen Schultern durch das Schneegestöber eilte und sich auf den Rücksitz seines Wagens fallen ließ. Ich hörte, wie er eine Adresse nannte nahe dem … Kramladen, der seine Schätze beherbergte.

Sehr schön, da würde er eine Zeitlang allein bleiben. Solltest du es jetzt nicht tun, Lestat?

Soll der Teufel dich doch holen! Trotze der Hölle, betritt sie furchtlos. Stürz dich hinein.

Kapitel 2

Ich erreichte das Haus auf der Upper East Side vor ihm; ich war ihm schon unzählige Male hierher gefolgt, so daß ich wußte, welchen Weg er üblicherweise nahm. Er hatte die Erdgeschoßwohnung und das obere Stockwerk vermietet, wie auch wir Vampire es oft arrangieren, und auch hier wußten die Mieter wohl kaum, wer ihr Hauswirt war.

Im ersten Stock lagen seine eigenen Räume, verbarrikadiert wie ein Gefängnis und nur durch einen Hintereingang erreichbar.

Er ließ sich niemals vor dem Haus absetzen. Er pflegte in der Madison auszusteigen und auf Schleichwegen zur Hintertür zu gehen. Er wählte immer verschiedene Routen, außerdem gehörten ihm einige Gebäude im Umkreis. Niemand – keiner von denen, die ihm nachspürten – kannte diese Wohnung. Ich war mir nicht einmal sicher, ob seiner Tochter die genaue Lage bekannt war. In all den Monaten, die ich ihn, mir schon im Vorgeschmack die Lippen leckend, beobachtet hatte, war sie weder hiergewesen, noch hatte ich aus ihren Gedanken ein Bild davon aufgefangen.

Doch von seiner Sammlung wußte Dora, sie hatte sich früher auch nicht geweigert, Kunstwerke von ihm anzunehmen. Diese standen jetzt im leeren Konventgebäude in New Orleans. Auf zwei sehr schöne Stücke hatte ich einen Blick werfen können, als ich ihr damals dorthin gefolgt war.

Im Moment jammerte mein Opfer immer noch darüber, daß sie sein letztes Geschenk ausgeschlagen hatte. Es war etwas wirklich Heiliges, wenigstens seiner Ansicht nach.

Für mich war es ein leichtes, in die Wohnung zu gelangen.

Man konnte diese Ansammlung von Zimmern kaum eine Wohnung nennen, obwohl es sogar so etwas wie ein kleines Bad gab, das aber, wie oft bei unbenutzten Räumen, ziemlich schmuddelig wirkte, und die übrigen Zimmer waren eins wie das andere vollgestopft mit Truhen, Statuen, Bronzefiguren – alles eindeutig Plunder, zweifellos Tarnung für unbezahlbare Kostbarkeiten. Es war merkwürdig, hier zu sein, versteckt in diesem kleinen rückwärtigen Raum, denn bisher hatte ich das alles immer nur durch die Fenster betrachtet.

Kalt war es hier; er würde das bald ändern, wenn er kam. Ich konnte ihn spüren, er steckte auf halbem Weg in der Madison in einem Stau fest. Also begann ich ein bißchen herumzustöbern.

Und gleich als erstes erschreckte mich das riesige Marmorstandbild eines Engels. Ich bog um den Türpfosten und rannte fast mitten hinein in das Ding. Früher fand man solche Engel oft in Kirchenportalen, wo sie ein muschelförmiges Becken mit Weihwasser hielten. Das hatte ich auch in Europa und New Orleans gesehen. Dieser hier war gigantisch. Mit seinem grob behauenen Profil starrte er blind in die Schatten. Durch ein Fenster weiter unten im Gang fiel etwas Licht von den schmalen betriebsamen Straßen herein, die üblichen Geräusche des New Yorker Verkehrs drangen durch die Wände.

Dieser Engel stand da, als sei er gerade vom Himmel gekommen, um das geheiligte Wasser darzubieten. Im Vorbeigehen versetzte ich ihm einen freundlichen Klaps aufs gebeugte Knie. Ich mochte ihn nicht besonders. Ich roch Pergament, Papyrus, verschiedene Metalle. Der Raum gegenüber schien angefüllt mit russischen Ikonen; die Wände waren buchstäblich tapeziert damit, und das Licht spielte auf den Heiligenscheinen trübsinnig blickender Madonnen und starräugiger Heilandgesichter.

Im nächsten Raum nichts als Kruzifixe. Ich erkannte den spanischen Stil, dann eine Art italienischen Barock, auch sehr frühe Werke, die wirklich selten sein mußten – die Christusfigur am wurmzerfressenen Kreuz war grotesk verzerrt und schlecht proportioniert, doch sichtbar leidend und voller Furcht.

Jetzt erst fiel mir das Offensichtliche auf: All das war ausschließlich sakrale Kunst. Allerdings kann man, wenn man recht überlegt, fast alle Kunst, die vor dem 19. Jahrhundert entstanden ist, als sakral bezeichnen. Meiner Meinung nach hat der überwiegende Teil aller Kunstwerke Religion zum Thema.

Leben gab es hier drin überhaupt nicht. Deutlich hing der Gestank von Pestiziden in der Luft. Natürlich hatte er alles damit tränken müssen, um diese alten hölzernen Statuen zu bewahren. Ich konnte nichts Lebendiges riechen oder hören, nicht einmal Ratten. In der unteren

Wohnung befand sich auch niemand, obwohl in einem Badezimmer ein kleines Radio Nachrichten ausspie.

Es war nicht schwer, dieses Geräusch auszublenden. Im oberen Stockwerk wohnten Sterbliche, alte Leute – ich fing das Bild eines Mannes mit Kopfhörern auf, der sich im Takt zu irgendeiner hehren deutschen Musik wiegte, Wagner, unglückliche Liebende, die ihr Schicksal und die »verhaßte Morgenröte« beklagten, oder sonst irgendein schwülstig-dumpfer, heidnischer Blödsinn. Zur Hölle mit dem Leitmotiv. Da war noch eine zweite Person, schwach, bedeutungslos, ich gewann den Eindruck, sie mache eine Handarbeit. Aber all dem schenkte ich kaum Aufmerksamkeit.

Ich war hier sicher, und er würde bald kommen, alle Räume mit dem Duft seines Blutes erfüllen, und ich würde mich verdammt zusammenreißen müssen, ihm nicht den Hals zu brechen, ehe ich noch den letzten Tropfen aus ihm herausgeholt hatte. Ja, die Zeit war reif.

Dora würde vor morgen abend sowieso nichts erfahren, und wer konnte wissen, daß ich die Leiche hier zurückgelassen hatte?

Ich ging in den Wohnraum, der einigermaßen sauber war, denn hier pflegte er auszuspannen, zu lesen, seine kunstvollen Objekte zu studieren und zu hätscheln. Es gab bequeme, weichgepolsterte Sofas mit Bergen von Kissen, und überall, auf dem Boden, auf Tischen und Kartons, waren moderne, schwarze, spinnenbeinige Halogenlampen aufgestellt, die zerbrechlich wirkten, aber sich leicht bewegen ließen.

Der Aschenbecher aus schwerem Kristallglas quoll über von Kippen – seine Sicherheit war ihm offensichtlich wichtiger als Sauberkeit und Ordnung. Überall verstreut standen benutzte Gläser, an denen der eingetrocknete Likör klebte wie eine Glasur. Die dünnen, ziemlich schmuddeligen Stores vor den Fenstern machten das hereinfallende Licht unangenehm diffus.

Selbst dieser Raum war gestopft voll mit Heiligenfiguren – ein recht düsterer, sentimentaler St. Antonius mit einem pausbäckigen Jesuskind im Arm, eine sehr große, in sich versunkene Madonna, wahrscheinlich südamerikanischen Ursprungs. Und ein monströses, an einen Engel erinnerndes Wesen aus schwarzem Granit, das ich in diesem Dämmerlicht nicht einmal mit meinen Vampiraugen deutlich erkennen konnte; es glich eher einem mesopotamischen Dämon als einem Engel.

Für einen Sekundenbruchteil ließ mich dieses granitene Monster erbeben. Es ähnelte … nein, besser gesagt, seine Flügel erinnerten mich an die Kreatur, die ich gesehen hatte, dieses Wesen, von dem ich mich verfolgt glaubte.

Aber keine Schritte hier. Kein Riß im Gewebe der Welt. Nur eine Statue aus Granit, mehr nicht, wahrscheinlich einst der gräßliche Schmuck einer grauenhaften Kirche voller himmlischer und höllischer Symbole.

Auf den Tischen lagen Mengen von Büchern. O ja, er liebte Bücher. Sehr schöne alte Bände gab es da, aus Pergament und ähnlichem, aber auch Modernes, Titel aus Philosophie und Religion, Gegenwartsliteratur, Memoiren bekannter Kriegsberichterstatter, sogar einige Gedichtbände. Eine mehrbändige Ausgabe von Mircea Eliade, »Geschichte der Religionen«, war vielleicht ein Geschenk von Dora, und da lag nagelneu »Gottes-Geschichte« von einer gewissen Karen Armstrong. Dann noch etwas über den Sinn des Lebens: »Die Gegenwart verstehen« von Brian Appleyard. Gewichtige Literatur, aber das las er gern, die Art Bücher, die ich auch mag. Und er hatte diese Bücher benutzt, schwer haftete sein Geruch an ihnen, nichts von Dora.

Er war offenbar häufiger hier gewesen, als ich gedacht hatte. Mit meinen telepathischen Kräften durchforschte ich die dämmrigen Ekken, tastete Gegenstände ab, sog dann tief die Luft ein. Ja, er war sehr oft hier gewesen und nicht allein, und diese andere Person ... war hier gestorben! Davon hatte ich bisher nichts gewußt, das gab mir einen zusätzlichen Vorgeschmack auf dieses Mahl. So hatte also in diesem Unterschlupf der mörderische Drogenhändler einst einen jungen Mann geliebt, und das war keine billige Affäre gewesen. Wie Blitzlichter explodierten Eindrücke davon in meinem Gehirn, beziehungsweise es war eher ein Ansturm von Gefühlen, die mich ziemlich betroffen machten, so schlimm waren sie. Dieser Tod lag noch nicht lange zurück. Wäre mir mein Opfer damals begegnet, als sein Freund im Sterben lag, nie hätte ich mich an seine Fersen geheftet; ich hätte ihn einfach in Ruhe gelassen. Andererseits war er aber auch so faszinierend!

Gerade kam er über die versteckte Hintertreppe nach oben, vorsichtig, Schritt für Schritt, die Hand am Schießeisen, das er unter dem Jackett im Schulterhalfter trug, wie in einem Hollywood-Reißer – das einzige, was man vielleicht bei ihm vorhersehen konnte. Außer natürlich, daß es in der Drogenszene viele Exzentriker gibt.

Er erreichte die Tür, sah, daß sie offen war. Wut! Ich schlüpfte, um mich zu verbergen, zwischen zwei verstaubte Heilige in einer Ecke gegenüber dem überwältigenden granitenen Standbild. Dort war das

Licht so gedämpft, daß er mich nicht sofort sehen konnte, außer mit einem der Halogenstrahler, und der gab nur einen Lichtpunkt.

Jetzt horchte er angespannt. Die aufgebrochene Tür versetzte ihn in Rage, er war mehr als wütend und hatte nicht die Absicht, das ungeprüft durchgehen zu lassen; eine kleine Gerichtsverhandlung lief in seinem Kopf ab. Nein, lautete anschließend sein Urteil, niemand konnte von dieser Wohnung wissen! Das mußte irgendein mieser kleiner Dieb gewesen sein, zur Hölle mit ihm. Er zog die Pistole und untersuchte die Zimmer, auch die, die ich ausgelassen hatte. Ich hörte die Lichtschalter, sah das Licht im Flur aufflammen.

Wie zum Kuckuck konnte er wissen, daß da niemand war? Ich wußte es natürlich, aber was machte ihn so sicher? Vielleicht war es dieser Instinkt, der ihn bisher bewahrt hatte, diese Mischung aus Erfindungsreichtum und Sorglosigkeit.

Und dann kam der absolut lustvolle Augenblick. Er war überzeugt, daß er allein war. Er betrat den Wohnraum, blieb mit dem Rücken zum Flur stehen und blickte sich langsam und sorgfältig um; natürlich bemerkte er mich nicht. Dann steckte er den schweren Neun-Millimeter-Revolver wieder unter die Jacke und zog bedächtig seine Handschuhe aus.

Das Licht reichte aus, um mich all das erkennen zu lassen, was ihn für mich so begehrenswert machte. Groß, gerade Haltung, weiches schwarzes Haar, die asiatischen Gesichtszüge nicht eindeutig indisch oder japanisch; vielleicht eher griechisches oder italienisches oder sogar Zigeunerblut; ein gewitzter Ausdruck in den schwarzen Augen und ein bemerkenswert symmetrischer Gesichtsschnitt – eines der wenigen Merkmale, die Dora von ihm hatte. Dora war sehr hell, ihre Mutter mußte schneeweiße Haut gehabt haben. Ich bevorzugte seine Hautfarbe, karamelbraun.

Plötzlich fühlte er sich verunsichert. Er drehte sich um, die Augen auf etwas geheftet, das ihn aufgeschreckt hatte. Es hatte nichts mit mir zu tun, ich hatte mich nicht gerührt. Doch sein Erschrecken richtete eine Trennwand zwischen seinem und meinem Geist auf; seine extreme Wachsamkeit ließ ihn nicht mehr in logischen Sequenzen denken. Er entfernte sich noch einen Schritt von mir, und in diesem Augenblick empfing ich ein paar sich überstürzende Bilder und wußte, was ihn so irritiert hatte; es war die Statue aus schwarzem Granit.

Ja, eindeutig. Er kannte das Ding nicht, wußte nicht, wie es hierhergekommen war. Er ging näher heran, vorsichtig, als ob jemand dahinter verborgen sein könnte. Dann wirbelte er herum, und während er den Raum sorgfältig mit den Augen absuchte, zog er wieder den Revolver. Eine geordnete Folge von Überlegungen und Möglichkeiten lief in seinem Kopf ab. Er kannte einen Kunsthändler, der trottelig genug wäre, dieses Ding anzuliefern und die Tür offenzulassen, aber der Mann hätte sich vorher telefonisch gemeldet. Und was war das überhaupt? Mesopotamisch? Assyrisch? Plötzlich ließ er alle Vernunft außer acht, ganz impulsiv streckte er die Hand aus und berührte den Stein. Gott, das Ding entzückte ihn so sehr, daß er sich total idiotisch benahm.

Immerhin hätte einer seiner Feinde hier sein können. Aber andererseits, warum hätte ein Gangster oder jemand vom FBI so etwas mitbringen sollen? Wie auch immer, er war gebannt von diesem Stück. Und ich konnte es immer noch nicht deutlich sehen. Zwar hätte ich ohne die violette Brille wesentlich mehr erkennen können, doch ich wagte keine Bewegung. Ich wollte das einfach nicht verpassen, diese Anbetung, die er dem neuen Objekt entgegenbrachte. Ich konnte sein ungezügeltes Verlangen nach dem Besitz dieser Figur spüren, sie hierzubehalten ... das gleiche Verlangen, das er auf den ersten Blick in mir erregt hatte.

Er hatte nur noch die Statue im Sinn, wie fein sie gearbeitet war, nein, nicht antik, eher ein moderneres Werk, vielleicht 17. Jahrhundert, vom Stil her zu urteilen; steingewordenes Abbild eines gefallenen Engels. Ein gefallener Engel. Er hob die linke Hand und strich damit über das granitene Antlitz, das Haar. Mich wunderte, daß er sich nicht auch noch auf die Zehenspitzen stellte und es küßte.

Verdammt, ich konnte nichts sehen! Wie kam er bloß mit dieser Finsternis zurecht? Aber er stand schließlich auch direkt vor der Statue, und ich – fünf Meter entfernt und eingeklemmt zwischen zwei Heiligen – hatte einen schlechten Platz erwischt. Endlich, jetzt griff er nach einer der Halogenlampen und knipste sie an. Das Ding sah aus wie ein beutegieriges Insekt. Er bewegte das eiserne Gestänge, bis der Lichtkegel das Gesicht der Statue erfaßte. Phantastisch, so hatte ich beider Profile gleichzeitig im Blick.

Er murmelte entzückt vor sich hin. Das war einmalig! Unwichtig, wer der Händler war, verziehen die offene Tür, kein Gedanke an eventuelle Gefahr. Er schob die Pistole zurück ins Halfter, ohne es richtig zu merken, und jetzt stellte er sich wirklich auf die Zehen, um dieses furchterregende, gemeißelte Antlitz in Augenhöhe zu haben.

Die Flügel waren gefiedert, das sah ich nun. Gefiedert, also kein Reptil. Das Antlitz: klassisch, kraftvoll, die griechische Nase, das Kinn … und doch solche Wildheit in diesem Profil. Und warum war die Statue schwarz? Sollte das vielleicht der heilige Michael sein, der, zornig und von Gerechtigkeit erfüllt, die Teufel in die Hölle zurückstieß? Nein, dafür war das Haar zu üppig und wildverschlungen. Harnisch, Brustpanzer – und dann sah ich die Lösung des Rätsels: Der Engel hatte Bocksbeine. Der Teufel. *Wie das Wesen, das ich gesehen hatte.* Aber das war ja Quatsch. Ich hatte nicht einmal das Gefühl, daß der Verfolger in der Nähe sein könnte. Keine Desorientierung. Ich spürte nicht einmal wirklich Angst. Nur einen kleinen Schauder, sonst nichts.

Ich verhielt mich ganz still. Nimm dir Zeit, dachte ich, überleg jetzt genau. Hier bist du mit deinem Opfer, und der Zufall, daß diese Statue auch hier ist, bereichert das ganze Szenarium nur zusätzlich. Er richtete einen weiteren Halogenstrahl auf das Ding. Die Art, wie er es betrachtete, wirkte beinahe erotisch. Ich lächelte. Genauso erotisch, wie ich ihn betrachtete – diesen siebenundvierzigjährigen kraftstrotzenden Mann mit der Ausstrahlung eines Kriminellen. Ohne weitere Gedanken an eine mögliche Bedrohung zu verschwenden, trat er zurück und betrachtete seinen neuen Besitz. Wo kam das her? Von wem? Der Preis interessierte ihn einen Dreck. Wenn doch Dora … nein, Dora würde dieses Ding nicht mögen. Dora. Dora, die ihn heute abend bis ins Herz getroffen hatte, indem sie sein Geschenk ablehnte. Seine Haltung änderte sich total. Er wollte nicht wieder an Dora denken, an all die Dinge, die sie gesagt hatte – daß er nicht mehr so weitermachen dürfe, daß sie nicht einen Cent mehr für ihre Kirche von ihm nehmen würde, daß sie ihn trotz allem liebe, daß sie schrecklich leiden würde, wenn man ihn vor Gericht stellte – und daß sie das Tuch nicht wolle.

Was für ein Tuch? Nur eine Fälschung, hatte er gesagt, aber eine der besten, die ihm bisher untergekommen sei. Tuch? Auf einmal brachte ich die Erinnerung, die ihn so erregte, mit etwas in Verbindung, das an der gegenüberliegenden Wand hing, ein eingerahmtes Stück Tuch, ein gemaltes Christusgesicht. Ein Tuch. Das Schweißtuch der Veronika. Und vor kaum einer Stunde hatte er zu Dora gesagt: »13. Jahrhundert und so wunderschön, Dora, um Himmels willen, nimm es. Wenn ich dir diese Sachen nicht überlassen kann, Dora …« Also war dieses Antlitz Christi seine kostbare Gabe gewesen.

»Ich nehme nichts mehr von dir, ich habe es dir schon gesagt, Daddy. Ich will nicht.«

Er hatte sie gedrängt, indem er ihr klarzumachen versuchte, daß dieses Stück öffentlich ausgestellt werden könnte, so wie auch die anderen Reliquien, die er besaß, und sie damit für ihre Kirche Geld aufbringen könnte. Sie hatte zu weinen begonnen. Das war im Hotel gewesen, während David und ich nur ein paar Meter entfernt vorn in der Bar gesessen hatten.

»Und was, wenn diese Schweine mich zu fassen kriegen, wenn sie einen Haftbefehl erwirken, weil irgendein Geschäft aufgeflogen ist? Willst du etwa sagen, du nimmst meine Sachen dann nicht? Du willst zulassen, daß das alles Fremden in die Hände fällt?«

»Aber das ist doch alles gestohlen, Daddy«, hatte sie geschluchzt. »Unsauber, befleckt!«

Er konnte seine Tochter einfach nicht verstehen. Er schien schon seit seiner Kindheit ein Dieb gewesen zu sein. New Orleans. Das Haus in der St. Charles Avenue mit den Untermietern, dieser merkwürdigen Mischung aus Armut und Eleganz, und seiner Mutter, die meistens betrunken war. Der alte Kapitän mit dem Antiquitätenladen. All das ging ihm durch den Kopf. Der Kapitän hatte die Zimmer zur Straße gemietet, und er, mein Opfer, hatte ihm jeden Morgen, bevor er zur Schule ging, das Frühstück gebracht. Das war zu einer Zeit, als die Männer nach dem Abendessen auf der Veranda zu sitzen pflegten und auch die alten Damen mit ihren schicken Hüten. Tageszeiten, die ich nie wieder erleben würde. Traumgebilde.

Nein, Dora würde dieses Standbild nicht mögen. Und plötzlich war er sich nicht mehr so sicher, ob er es mochte. Eigentlich entsprach es nicht seinen üblichen Vorstellungen, die er den Leuten sowieso oft nur schwer übermitteln konnte. Er legte sich eine Art Verteidigung zurecht, als ob er mit dem Händler spräche, der dieses Stück gebracht hatte. »Es ist wirklich sehr schön, aber zu barock. Diese Verzerrung, die ich so liebe, die fehlt hier.«

Ich lächelte. Wie ich den Verstand dieses Burschen liebte! Und den Geruch seines Blutes, ja. Ganz bewußt sog ich tief die Luft ein, ließ das Raubtier in mir die Oberhand gewinnen.

Langsam, Lestat. Du wartest schon seit Monaten. Jetzt übereile nichts. Er ist selbst ein wahres Ungeheuer. Er hat Leute erschossen, erstochen. In einem kleinen Laden hatte er einst unterschiedslos nicht nur seinen Gegner, sondern auch die völlig unbeteiligte Frau des Ladeninhabers erschossen. Die Frau war im Weg gewesen. Und er war ganz kühl davongegangen. Das war in seinen Anfängen gewesen, in New York, noch bevor er nach Miami und Südamerika ging. Aber er erinnerte sich an diesen Mord, und durch seine Erinnerung wußte ich davon, so wie ich auch all diese anderen Toten vor mir sah, weil er so oft an sie dachte.

Gerade untersuchte er die Bocksfüße von diesem Ding, diesem Engel, Teufel, Dämon. Mir wurde bewußt, daß die Flügel bis zur Decke reichten; wenn ich mich nicht zusammenriß, würde ich wieder zu zittern beginnen. Ich sagte mir wieder und wieder, daß ich auf festem Boden stand, nichts hier erinnerte an unbekannte Gefilde.

Jetzt zog er das Jackett aus und stand in Hemdsärmeln da. Das war zuviel. Als er den Kragen öffnete, sah ich seinen nackten Hals, sah die so besonders verlockende Stelle direkt unterhalb des Ohrläppchens, diese Grenzlinie zwischen Hals und Nacken, die die Schönheit eines Mannes zusätzlich betont. Zum Teufel, das Wissen um die Symbolik, die einem entblößten Hals innewohnt, ist Allgemeingut, das hatte ich mir doch nicht gerade erst ausgedacht.

Er gefiel mir von Kopf bis Fuß, doch was in seinem Kopf vor sich ging, war das eigentlich Verlockende für mich. Zum Kuckuck mit seiner asiatischen Schönheit und allem, was dazugehörte, zum Kuckuck mit seiner Eitelkeit, die er fünf Meter im Umkreis um sich herum ausstrahlte. Was in seinem Kopf vor sich ging, das war es, seine Gedanken; und die waren im Moment fest auf diese Statue gerichtet und barmherzigerweise einmal nicht auf Dora.

Er zog einen weiteren Strahler heran, und indem er mit der Hand das heiße Metall umfaßte, drehte er ihn so, daß der Lichtstrahl den Flügel, den ich am besten sehen konnte, voll ausleuchtete, und auch ich wurde der Perfektion gewahr, die ihm aufgefallen war, dieser barocken Liebe zum Detail. Nein, so etwas sammelte er nicht. Sein Geschmack ging mehr zum Übersteigerten, zum Grotesken, und dieses Ding war nicht absichtlich grotesk. Gott, gräßlich war es, mit diesem wilden Haarwust, diesem düster-drohenden Gesichtsausdruck, wie William Blakes Werke sie hatten, und diesen riesigen Augen, die ihn haßerfüllt anzustarren schienen.

»Blake, genau, das ist es!« sagte er plötzlich und drehte sich um. »Blake, das verdammte Ding sieht aus wie eine von Blakes Zeichnungen.«

Ich bemerkte, daß er in meine Richtung starrte. Diesen Gedanken hatte ich ihm übermittelt, unbedacht, ja, aber doch mit Absicht. Blitzartig stellte sich die Verbindung zwischen uns her. Er entdeckte mich. Sah vielleicht die das Licht widerspiegelnden Brillengläser oder meine Haare.

Sehr langsam, mit herabhängenden Armen, trat ich vor. Etwas so Vulgäres wie den Griff zur Pistole wollte ich nicht. Aber daran dachte er auch gar nicht. Er sah mich nur an, wohl geblendet von den grellen Halogenstrahlern direkt neben ihm; das Licht warf den Schatten des Engelsflügels an die Decke. Ich kam näher. Er sagte kein Wort. Er hatte Angst. Oder lassen Sie es mich so ausdrücken: Er war eher beunruhigt. Nein, mehr als das. Er spürte, dies könnte seine letzte Begegnung sein. Jemand hatte ihn total überrumpelt! Und nun war es zu spät, die Pistole zu ziehen, zu spät im wahrsten Sinn des Wortes, und doch erstarrte er nicht vor Angst. Verdammt, als ob er wüßte, daß ich kein Mensch bin!

Ich glitt auf ihn zu und umfing sein Gesicht mit beiden Händen. Natürlich brach ihm der Schweiß aus, und er zitterte am ganzen Körper, und doch griff er nach meiner Brille und riß sie mir von den Augen, so daß sie zu Boden fiel.

»Oh, endlich«, flüsterte ich, »es ist einfach großartig, dich so nah bei mir zu haben.«

Er konnte nicht sprechen. Von keinem Sterblichen konnte man etwas anderes erwarten, als daß er betete, wenn ich ihn in diesem Griff hielt, aber er hatte keine Gebete! Er starrte mir direkt in die Augen und schätzte mich langsam, sorgfältig ab, er wagte nicht, sich zu bewegen, sein Gesicht reglos zwischen meinen eisigkalten Händen, und da dämmerte es ihm: kein Mensch.

Seine Reaktion war absolut erstaunlich! Natürlich war diese Erkenntnis immer wieder einmal einem meiner Opfer gekommen, und Gebete, Wahnsinn, verzweifelte heidnische Flüche, all das kannte ich als Reaktion. Sogar im alten Europa, wo sie noch an Nosferatu glauben, heulten sie Gebete, bevor sie meine Zähne zu spüren bekamen.

Aber dies hier, was war das? Dieser Versuch, mich zu fixieren, dieser lächerliche Mut eines Verbrechers!

»Also willst du sterben, wie du gelebt hast?« hauchte ich.

Ein Gedanke durchfuhr ihn wie ein elektrischer Schlag. *Dora.* Er sträubte sich wütend, zerrte an meinen Händen – wie Stein, stellte er fest –, wand sich, versuchte loszukommen, doch ich hielt ihn erbarmungslos fest. Er fauchte und spuckte mich an. Unerklärliches Mitleid überkam mich. Quäle ihn nicht so. Sein Wissen, sein Verständnis ist zu groß. Meine Güte, Lestat, du hast ihn monatelang beobachtet, das hier mußt du nicht in die Länge ziehen. Andererseits, wann wirst du wieder eine solche Beute finden!

Nun denn, mein Hunger überwältigte meine Urteilskraft. Ich preßte meine Stirn gegen seinen Hals, während meine Hand zu seinem Hinterkopf glitt, mein Haar streifte sein Gesicht, ich hörte ihn scharf den Atem einziehen, und dann trank ich.

Ich besaß ihn. Nahm ihn auf in einem großen Strom, ihn und den Kapitän mitsamt seinen Zimmern an der Straßenfront, an der die Straßenbahn vorbeifährt, als er ihm sagt: »Verlangen Sie das nie wieder, daß ich das anfasse oder ansehe, oder Sie haben mich das letzte Mal gesehen.« Und der Kapitän schwört: »Nie wieder.« Der Kapitän, wie er ihn ins Kino einlädt und zum Essen und wie er ihn auf einen Flug nach Atlanta mitnimmt und wie er schwört: »Ich mach's nie wieder. Laß mich nur bei dir sein, Junge, ich will dich nur um mich haben. Ich tu dir nichts, ich schwöre.« Und seine Mutter, betrunken im Hausflur, die ihre Haare bürstet: »Ich weiß, was ihr macht, du und der Alte, ich weiß es genau. Hat er dir nicht diese neuen Kleider gekauft? Meinst du, ich wüßte das nicht?« Und dann ein blondes Mädchen, Terry, mitten in der Stirn ein Loch von einer Pistolenkugel, jetzt fällt sie zur Seite und landet wie zerknittert auf dem Boden, der fünfte Mord, und ausgerechnet du mußt das sein, Terry, du. Er ist in dem Lastwagen zusammen mit Dora. Dora weiß alles. Erst sechs Jahre alt, und doch weiß sie, was los ist. Weiß, daß er gerade ihre Mutter erschossen hat, Terry. *Und sie haben niemals darüber gesprochen.* Terry, in einen Plastiksack gestopft. O Gott, Plastik. Und wie er sagt: »Mama ist weggegangen.« Dora hat nicht einmal gefragt. Sechsjährig und weiß alles. Terry, wie sie kreischt: »Du denkst, du kannst mir meine Tochter wegnehmen, du Scheißkerl bildest dir ein, du kriegst mein Kind. Ich haue ab heute nacht, und sie geht mit.« – »Peng, du bist tot, Herzchen. Ich konnte dich eh nicht mehr ausstehen.« Da liegt sie auf dem Boden wie ein Bündel, dieses niedliche grelle, ordinäre Mädchen mit den langen hellrosa Fingernägeln und dem rosigfrischen Lippenstift, den gefärbten Haaren. Rosa Shorts, zierliche Schenkel.

Er und Dora, wie sie in die Nacht hineinfahren, und niemals haben sie es erwähnt.

Was machst du mit mir? Du bringst mich um! Du nimmst mein Blut, nicht meine Seele, du Dieb, du … was in Gottes Namen?

»Du redest mit mir?« Ich hob den Kopf, Blut tropfte von meinen Lippen, guter Gott, er sprach wirklich mit mir! Ich biß wieder zu, und jetzt hatte ich ihm tatsächlich das Genick gebrochen, doch er wollte einfach nicht schweigen.

Ja, du, was bist du? Warum, warum das hier, das Blut? Sag's mir! Zur Hölle mit dir! Sei verflucht!

Ich hatte ihm die Arme zerquetscht und die Schulter ausgekugelt, in meinem Mund schmeckte ich die letzten Blutstropfen, die ich ihm noch hatte aussaugen können. Ich schob meine Zunge in die Wunde, mehr, mehr, gib mir mehr …

Aber sag mir, wie um Gottes willen nennst du dich, wer bist du?

Er war tot. Ich ließ ihn zu Boden fallen. Der hatte zu mir gesprochen! Zu mir gesprochen, während ich von ihm trank? Hatte mich gefragt, wer ich sei? Hatte der Ohnmacht, der Verzückung getrotzt?

»Oh, du bist wirklich voller Überraschungen«, hauchte ich. Ich versuchte, einen klaren Kopf zu bekommen. Ich war angefüllt mit seinem herrlich warmen Blut. Ich hatte den Geschmack noch im Mund. Ich hätte ihn aufheben mögen, seine Handgelenke öffnen, mir noch den allerletzten Tropfen einverleiben mögen, aber das war so unästhetisch, und ich hatte wahrhaftig nicht die Absicht, ihn noch einmal zu berühren. Ich schluckte, tastete mit der Zunge an den Zähnen entlang, genoß ein letztes Mal diesen Geschmack – er und Dora in dem Laster, sie sechs Jahre alt und Mama tot, in den Kopf geschossen, nun ist Papa für immer bei dir.

Das war der fünfte Mord! Laut und deutlich hatte ich es ihn sagen hören. *Wer bist du?*

»Du redest mit mir, du Dreckskerl!« Ich schaute auf ihn herab, oh, ich spürte das Blut bis in meine Fingerspitzen strömen und hinab in die Beine; ich schloß die Augen und dachte nur eines: hierfür leben, nur hierfür, für diesen Geschmack, dieses Gefühl. Und da fielen mir seine Worte ein, die Worte, die er in einem Luxusrestaurant zu Dora gesagt hatte: »Für eine Umgebung wie diese habe ich meine Seele verkauft.«

»Oh, um Gottes willen, stirb endlich, verdammt noch mal!« fluchte ich. Das Brennen des Blutes in mir sollte fortdauern, aber von ihm genug jetzt! Teufel, sechs Monate waren eine lange Zeit für eine Liebschaft zwischen Vampir und Mensch! Ich hob den Kopf.

Das schwarze Ding war gar kein Standbild! Es war lebendig. Und sah mich durchdringend an. Es lebte und atmete, und von seiner Höhe herab beobachtete es mich, die Augen wild lodernd unter den drohend zusammengezogenen Brauen.

»Nein, das ist nicht wahr«, rief ich laut. Ich versuchte, diese absolute Ruhe zu erlangen, die Gefahr sonst oft bei mir hervorruft. *Es ist nicht wahr.*

Absichtlich stupste ich den leblosen Körper vor mir mit dem Fuß an, nur um mir zu beweisen, daß ich noch hier in diesem Raum war, daß mir nicht der Irrsinn drohte oder das Entsetzen, wenn ich nicht wußte, wo ich war. Aber nichts dergleichen geschah. Und dann schrie ich, schrie wie ein Kind. Und rannte.

Ich raste aus dem Zimmer, den Flur entlang, durch die Hintertür in die Nacht hinaus.

Ich stieg in die Luft auf, hoch über die Dächer. Total erschöpft ließ ich mich schließlich in eine enge Gasse hinabgleiten, wo ich gegen eine Mauer sank. Nein, das konnte einfach nicht wahr gewesen sein. Mein Opfer hatte das getan, ein letztes Bild hatte er mir übermittelt, es mir in seinem Todeskampf entgegengeschleudert – Rache ist süß! Er hatte dem Standbild Leben eingehaucht, diesem riesigen, düsteren, geflügelten Ding, dem bocksfüßigen …

»Genau«, sagte ich und wischte mir über die Lippen. Ich lag in schmutzigem Schnee; einige Sterbliche waren in der Nähe. »Stör uns nicht.« Hatte ich sowieso nicht vor. Wieder wischte ich mir über die Lippen. »Ja, Rache«, murmelte ich vor mich hin, »weil er all die Dinge dort so sehr liebte; deshalb schleuderte er mir das entgegen. Er wußte alles. Er wußte, was ich bin. Er wußte, wie …«

Und außerdem, das Wesen, das mich verfolgte, war nie so ruhig, so gedankenversunken gewesen. Es war mir immer vorgekommen, als wenn es sich ausdehnte, aufstiege wie dichter, stinkender Rauch, und dann diese Stimmen … Nur eine Statue hatte dort gestanden.

Ich rappelte mich auf, wütend über mich selbst, noch wütender, weil ich geflohen war, weil mir der letzte Zauber, den der Tod mit sich bringt, entgangen war. Ich war so wütend, daß ich am liebsten zurückgegangen wäre, um nicht nur diesen toten Körper zu mißhandeln, sondern auch dieses Standbild, das sich zweifellos in Granit zurückverwandelt hatte in dem Moment, in dem der letzte Rest Leben aus der sterbenden Hülle meines Opfers gewichen war. Als habe Roger aus dem blutigen Klumpen, zu dem ich ihn gemacht hatte, dieses Wesen heraufbeschworen.

Und Dora wird erfahren, wie er zugerichtet ist. Schulterblätter, Arme, das Genick gebrochen.

In der Fifth Avenue mußte ich mich gegen den Wind stemmen. Die Hände in den Taschen des wollenen Blazers, der viel zu dünn war, um damit dem Schneegestöber zu trotzen, irrte ich ziellos zu Fuß weiter.

»Na gut, verdammt noch mal, du hast also gewußt, was ich bin, und du hast es geschafft, daß ich dieses Ding einen Moment lang für lebendig hielt.«

Stocksteif blieb ich stehen, starrte über den Straßenverkehr hinweg in das schneebedeckte Dunkel des Central Park.

»Wenn es da wirklich einen Zusammenhang gibt, dann komm und hol mich.« Ich meinte damit jetzt nicht ihn, auch nicht die Statue, sondern meinen Verfolger. Ich weigerte mich einfach, mich zu fürchten. Ich war nur total außer mir.

Und wo steckte David überhaupt? Auf der Jagd? Die Jagd ... das war seine Leidenschaft gewesen. Als er noch ein Sterblicher gewesen war, hatte er in den Dschungeln Indiens gejagt; und ich hatte ihn zum Jäger seiner Brüder gemacht, in Ewigkeit.

Ich traf eine Entscheidung.

Ich würde sofort zurück in die Wohnung gehen, diese verdammte Statue untersuchen, mich überzeugen, daß sie absolut leblos war, und dann sollte ich besser etwas für Dora tun – nämlich die Leiche ihres Vaters beiseite schaffen.

Nur wenige Augenblicke später traf ich wieder dort ein, ging die enge, pechschwarze Hintertreppe hinauf und hinein in die Wohnung. Ich hatte jetzt die Nase voll von meiner Ängstlichkeit, ich war einfach nur sauwütend, gedemütigt und erschüttert, aber gleichzeitig merkwürdig erregt – wie immer, wenn ich nicht weiß, was mich erwartet.

Durchdringend empfing mich der Geruch von Tod, von gerade vergossenem Blut. Kein Hinweis auf irgend etwas anderes. Ich betrat einen kleinen Raum – die ehemalige Küche, die immer noch einige Utensilien des einstigen Haushalts enthielt aus der Zeit, als mein Opfer hier mit seinem geliebten Freund gewohnt hatte. Ja, da unter der Spüle, wo Sterbliche diese Dinge immer verwahren, lag, was ich suchte, eine Schachtel mit grünen Müllsäcken aus Plastik, geradezu perfekt geeignet für seine Überreste.

Schlagartig fiel mir ein, daß er die Leiche seiner Ehefrau, Terry, in einen solchen Sack gestopft hatte, ich hatte es gesehen, gerochen, als ich mich an ihm gütlich tat. Oh, zur Hölle damit. Die Idee hatte ich also von ihm.

In der Küche gab es noch einiges an Besteck, allerdings war nichts dabei, um die Sache kunstvoll und mit chirurgischem Geschick anzugehen. Ich nahm das größte Messer, das mit der Karbonstahlklinge, vermied bewußt jede Verzögerung und ging in den Wohnraum; dort sah ich mich um und betrachtete dann dieses mammutgroße Standbild.

Die Halogenleuchten waren noch an, Lichtfinger im schattengefüllten Wirrwarr.

Eine Statue; ein bocksbeiniger Engel.

Lestat, du Idiot.

Ich näherte mich ihr, stellte mich dicht davor und faßte kalten Blicks ihre Details ins Auge. Vielleicht doch nicht 17. Jahrhundert, eher aus der heutigen Zeit, Handarbeit ja, aber von absoluter Perfektion, und das Gesicht hatte wirklich den von Blake so oft dargestellten erhabenen Ausdruck – ein dräuendes, böses, bocksbeiniges Wesen mit Augen, wie Blake sie seinen Heiligen und Sündern verlieh, voller Unschuld und Grimm in einem.

Plötzlich hatte ich den Wunsch, sie zu besitzen, zu behalten, sie irgendwie nach New Orleans in mein Haus zu schaffen als Andenken daran, daß ich sozusagen halbtot vor Angst vor ihr geflohen war.

Kalt und ernst stand sie da. Und auf einmal wurde mir klar, daß die Kunstwerke hier alle verloren sein könnten, wenn ich nicht irgend etwas unternahm; denn man würde alles konfiszieren, sobald sein Tod bekannt würde. Das waren seine Argumente Dora gegenüber gewesen, daß das hier, sein wahrer Reichtum, in gleichgültige Hände übergehen würde.

Und Dora hatte sich von ihm abgewandt, hatte geweint, ein heimatloses Kind, verzehrt von Kummer und Furcht und Enttäuschung, da sie dem keinen Trost spenden konnte, den sie am meisten liebte.

Ich blickte zu Boden. Vor meinen Füßen lag sein verstümmelter Körper, das weiche schwarze Haar wirr, die Augen halboffen. Die weißen Hemdsärmel waren mit häßlichem Rot befleckt, dem Blut aus den Wunden, die ich ihm unwillkürlich zugefügt hatte. Der Körper sah scheußlich verdreht aus, ich hatte ihm Hals und Wirbelsäule gebrochen.

Also sollte ich ihn wegschaffen, ihn irgendwo loswerden, wo man ihn so schnell nicht finden würde. Niemand würde von seinem Tod erfahren, niemand vom FBI könnte Dora bedrängen oder ihr Leid zufügen. Anschließend würde ich mir über diese Kunstsammlung Gedanken machen, sie für Dora irgendwie hier heraustricksen.

Ich nahm alle Ausweispapiere aus seiner Tasche. Alles gefälscht, nicht ein Fetzen mit seinem richtigen Namen.

Roger hatte er geheißen. Ich hatte das von Anfang an gewußt, doch nur Dora hatte ihn so genannt. Allen anderen gegenüber hatte er exotische falsche Namen benutzt, die oft geradezu mittelalterlich klangen. Dieser Ausweis hier lautete auf den Namen Frederick Wynken. Das amüsierte mich wirklich. Frederick Wynken.

Das war ein Name, der selbst Kinder zum Lachen brachte. Klang wie aus einem Kinderreim.

Alles, was ihn identifizieren könnte, raffte ich zusammen und steckte es ein, um es später zu vernichten. Dann ging ich mit dem Messer ans Werk. Zuerst die Hände, die erstaunlich schlank und grazil waren und ordentlich manikürt. Er schien wirklich ziemlich in sich selbst verliebt gewesen zu sein, und das nicht ganz grundlos. Dann der Kopf; mit diesem Messer konnte man nicht sehr geschickt vorgehen, mit brutaler Gewalt mußte ich Haut und Sehnen durchtrennen. Ich machte mir nicht die Mühe, ihm die Augen zu schließen. Der starre Blick der Toten fasziniert mich nicht, nichts Lebendiges spiegelt sich mehr darin. Sein Mund war schlaff, gefühllos, die Wangen im Tode geglättet. So sahen sie hinterher immer aus.

Kopf und Hände steckte ich in zwei verschiedene Säcke, den Körper in den dritten.

Jetzt sah ich, daß der Teppich – nur der oberste von mehreren, sie lagen wie in einem Ramschladen übereinander – ebenfalls Blutflecken aufwies. Das war schlecht. Doch wichtig war, daß ich die Leiche jetzt verschwinden lassen würde. Kein Sterblicher aus dem Haus würde durch den unvermeidlichen Verwesungsgeruch hierhergeführt werden. Und keine Leiche bedeutete auch, daß vielleicht kein Mensch je erfuhr, was aus ihm geworden war – für Dora sicher das beste, besser auf jeden Fall, als wenn sie durch Sensationsberichte und Fotos mit einer Szene konfrontiert wurde, wie ich sie hier angerichtet hatte.

Ich warf noch einen letzten Blick auf das bedrohliche Angesicht des Engels, Teufels oder was auch immer, mit seiner wilden Mähne, dem schönen Mund und den großen, glänzenden Augen. Dann, mit den drei Säcken über der Schulter wie der heilige Nikolaus, machte ich mich auf den Weg, um mich von Roger zu befreien, Stück für Stück.

Das war kein Problem.

Eine knappe Stunde trottete ich durch die leeren, verschneiten Straßen und hielt Ausschau nach heruntergekommenen Gebäuden, nach Abfallbergen und Haufen von Dreck und Unrat, die kaum jemand durchwühlen oder gar wegschaffen würde.

Seine Hände begrub ich in einem riesigen Müllberg unter einer Brücke. Ein paar Sterbliche lungerten, in Wolldecken gewickelt, um ein Feuer, das in einer Blechtonne brannte. Was ich da machte, kümmerte sie nicht im mindesten. Ich schob das plastikumwickelte Paket tief genug in den Haufen, daß es aller Wahrscheinlichkeit nach niemand mehr herausziehen konnte. Als ich zu dem Feuer hinüberging und dort ein paar Banknoten fallen ließ, schauten die Sterblichen nicht einmal auf. Fast hätte der Wind das Geld fortgeweht, doch dann schoß eine Hand hervor – eine lebendige Hand natürlich, von einem dieser Penner –, schnappte sich die Scheine und verschwand wieder im atmenden Dunkel.

»Danke, Bruder.«

»Amen«, sagte ich.

Etwas weiter entfernt entledigte ich mich auf die gleiche Art des Kopfes. Berge von Müll an einer Hintertür, stinkende feuchte Abfälle aus einem Restaurant. Kein letzter Blick mehr, das war mir zu peinlich. Schließlich war das keine Trophäe. Ich würde doch einen Menschenkopf nicht als Trophäe betrachten. Die Vorstellung an sich konnte einen schon trübsinnig stimmen. Ich fand es schlimm genug, das harte Ding durch die Folie zu spüren.

Wenn hungrige Tramps den Kopf fanden, würden sie das nicht melden. Außerdem waren die schon hiergewesen und hatten nach den eßbaren Resten von Tomaten, Spaghetti und Baguettekanten gesucht. Das Restaurant war seit Stunden geschlossen; der Müll war gefroren, und es klapperte, als ich den Sack tief in dieser Schweinerei versenkte.

Dann ging ich weiter, den letzten Sack mit seinen traurigen Überresten über der Schulter, die Fifth Avenue hinunter, vorbei am Hotel, in dem Dora schlief, vorbei an St. Patrick's, vorbei an den exklusiven Läden. Sterbliche eilten aus markisenüberdeckten Eingängen; Taxis hupten wütend hinter großen, langsamen Limousinen.

Immer weiter schleppte ich meine Last, schlurfte durch den matschigen Schnee und verging vor Selbsthaß. Ich konnte »ihn« riechen und haßte auch das. Doch wenn ich es recht bedachte, dieser

Schmaus war so göttlich gewesen, daß es nur gerecht war, die Folgen zu tragen und sozusagen den Abwasch zu erledigen.

Die anderen – Armand, Marius, all meine unsterblichen Weggenossen, Geliebte, Freunde, Feinde – verfluchten mich ständig, weil ich mich nie um »die Beseitigung der Überreste« kümmerte. In Ordnung, endlich benahm sich Lestat mal wie ein braver Vampir. Er räumte hinter sich auf.

In der Nähe des Village fand ich eine perfekte Stelle, ein riesenhaftes verlassenes Lagerhaus, in den oberen Stockwerken fing sich das Licht in zerbrochenen Scheiben. Und innen lagen unbeschreibliche Abfallmengen herum. Es roch nach verwestem Fleisch. Vor Wochen war hier jemand gestorben, und nur wegen der Kälte war der Geruch noch nicht zu anderen Menschen vorgedrungen. Aber vielleicht interessierte es auch nur niemanden. Ich ging tiefer in diese höhlengleiche Halle – Geruch nach Benzin, Metall, roten Ziegeln. In der Mitte erhob sich ein Gebirge von Unrat, gefährlich nahe daran stand ein Lastwagen, der Motor war noch warm. Aber nichts regte sich. Und in dem größten Abfallhaufen steckten Unmengen moderndes Fleisch, ich witterte mindestens drei Leichen, verborgen im Müll, vielleicht mehr. Der Geruch widerte mich derart an, daß ich kaum Zeit mit der Sondierung der Lage verschwendete.

»Okay, mein Freund, hiermit übergebe ich dich einem Friedhof«, sagte ich und bettete ihn tief zwischen zerbrochene Flaschen, eingedrückte Dosen, faulendes Obst und Schichten aus Pappe, Holz und sonstigem Unrat. Beinahe verursachte ich einen Erdrutsch, eine Art Dreck-Beben, aber dann setzte sich das Ganze wieder. Nur Ratten hörte man noch, und eine einsame glitzernde Bierflasche rollte an dem Haufen entlang.

Ich sah mir den Lastwagen näher an; er war verbeult, die Seiten unbeschriftet. Der Geruch nach Menschen hing noch in der Kabine. Ihr Treiben hier interessierte mich nicht. Sie kamen und gingen, nahmen von dem Abfallberg aber keine Notiz. Wahrscheinlich ignorierten sie ihn einfach; denn wer würde schon direkt neben seinem Mordopfer parken wollen?

In allen dichtbesiedelten Städten – ich meine die wirklich großen Weltstädte, die Höhlen des Bösen: New York, Tokio, Hongkong – findet man die erstaunlichsten Formen menschlicher Betriebsamkeit. Und das Verbrechertum mit all seinen Facetten faszinierte mich schon seit einiger Zeit. Das hatte mich auch zu Roger geführt.

Roger. So leb denn wohl.

Dann ging ich hinaus. Es hatte aufgehört zu schneien. Traurig, öde und kalt war es. An der Ecke des Häuserblocks lag eine zerschlissene Matratze im Schnee. Die Straßenlaternen waren schrottreif.

Ich hatte Schwierigkeiten, mich zu orientieren. Also ging ich in die Richtung, in der ich Wasser spürte, wo Manhattan endet, und da fand ich dann eine dieser uralten, mit einem eingezäunten Kirchhof umgebenen Kirchen, die noch aus der Zeit stammen, als Manhattan zu Holland gehörte. Die Grabsteine zeigten ehrfurchtgebietende Daten wie 1704 oder gar 1692. Das Gebäude war eine kleine architektonische Kostbarkeit und hatte auch etwas von dem Glanz der berühmten St. Patrick's Cathedral; ein willkommenes Zeichen noch vorhandener Gewißheiten in dieser Großstadtwüste.

Ich setzte mich auf die Stufen der Kirche, betrachtete liebevoll die behauene Oberfläche des geborstenen Portals, genoß es, mich zurückzulehnen ins Dämmerlicht alter geheiligter Steine.

Sorgfältig vergewisserte ich mich, daß mein Verfolger hier nirgendwo war, daß meine Tat mir weder Besuch aus unbekannten Reichen beschert noch schreckerregende Schritte ausgelöst hatte. Und daß ich immer noch Rogers Ausweise bei mir hatte, was bedeutete, daß es Wochen und Monate dauern konnte, ehe Dora sich beunruhigt fragte, warum ihr Vater sich nicht meldete. Und Einzelheiten würde sie auch nie erfahren.

Das war's also. Das Ende des Abenteuers.

Ich fühlte mich wesentlich besser als vorher – als zu dem Zeitpunkt, als ich mit David gesprochen hatte. Daß ich noch einmal zurückgegangen war zu diesem monströsen Ding war genau das richtige gewesen.

Ein Problem gab es da noch. Rogers Geruch hing immer noch an mir. Roger. Die ganze Zeit über hatte er »das Opfer« geheißen und nun? Nun nannte ich ihn Roger. War das bezeichnend für Liebe? Dora nannte ihn so, Roger, Daddy, Roge, Dad. »Schatz, ich bin's, Roge«, pflegte er zu sagen, wenn er sie anrief. »Können wir uns in Florida treffen, nur für ein paar Tage? Ich muß dich sprechen …«

Es schneite nicht mehr, doch es blies ein rauher, kalter Wind, der den Schnee am Boden zu Eis gefrieren ließ. Kein Sterblicher hätte sich in diesem schmalen, hohen, zerborstenen Portal niedergelassen, doch mir gefiel es hier.

Ich holte die gefälschten Papiere hervor und schaute mir den Paß an. Eigentlich war das eine ganze Sammlung falscher Papiere, einige davon für mich nicht verständlich. Ein Visum für Ägypten zum Beispiel. Schmuggelei, ohne Zweifel! Ich riß die Papiere in winzige Fetzen und ließ sie vom Wind davontragen über die Grabsteine hinweg in die Nacht. Ein Windstoß, und sie flogen davon wie Asche, die Asche seiner Persönlichkeit, verweht, als habe er damit einen endgültigen Tribut gezahlt.

Erschöpft fühlte ich mich, gefüllt mit seinem Blut, befriedigt und ziemlich dumm, weil ich mich so gefürchtet hatte vorher, bei meinem Gespräch mit David. Der hielt mich bestimmt für einen Trottel. Jedoch, welche Erkenntnisse hatte ich denn wirklich gewonnen? Doch nur die, daß dieses Ding nicht unbedingt über Roger, mein Opfer, gewacht hatte oder mit ihm im Zusammenhang stand. War mir das nicht von vornherein klar gewesen? Also gab es den Verfolger noch! Offensichtlich wählte er selbst den Zeitpunkt, sich zu zeigen, unabhängig von meinen Handlungen.

Diese kleine Kirche bewunderte ich wirklich, ein unbezahlbares Kleinod und so unpassend zwischen den anderen Gebäuden – wenn man davon absah, daß hier in diesem Durcheinander von Gotik, Klassizismus und Moderne eigentlich nichts mehr unpassend ist. Auf einem Straßenschild in der Nähe stand »Wall Street«. So weit war ich gegangen? Ich lehnte mich gegen die Steine, schloß die Augen. Morgen abend würde ich das alles mit David besprechen. Und was war mit Dora? Lag sie schon längst in ihrem Hotelbett in engelsgleichem Schlaf? Würde ich mir je verzeihen können, wenn ich jetzt noch einen letzten heimlichen, hoffnungslosen Blick auf sie würfe, ehe ich dieses Abenteuer endgültig vergaß? Vorbei.

Ich sollte besser keinen Gedanken mehr an die Kleine verschwenden, sollte nicht mehr daran denken, wie sie, die Taschenlampe in der Hand, die weiten, dunklen Flure des Klosters in New Orleans durchschritt – tapfere Dora. Sie war so ganz anders als die Sterbliche, die ich vor ihr geliebt hatte. Nein, vergiß es. Vergiß es, Lestat, hörst du?

Wenn man sozusagen in Kategorien wie etwa Weltanschauung oder Lebensziel oder ausgeprägte Persönlichkeit dachte, war die Welt voller potentieller Opfer. Vielleicht sollte ich nach Miami zurückkehren, wenn ich David nur überreden könnte mitzukommen. Morgen abend könnten wir uns darüber unterhalten.

Möglicherweise war er gewaltig verärgert, weil ich ihn losgeschickt hatte, im Olympic Tower Unterschlupf für uns zu finden, und ich jetzt doch wieder fort in den Süden wollte. Aber andererseits – vielleicht gingen wir auch nicht.

Eins wurde mir allerdings schmerzlich bewußt: Wenn ich in diesem Moment die Schritte hörte, den Verfolger spürte, läge ich morgen abend zitternd in Davids Armen. Dem Verfolger war es gleich, wohin ich ging. Er fand mich überall. Und es gab ihn wirklich.

Schwarze Flügel, das Gefühl, etwas Finsteres zöge heran wie dichter Rauch – und das Licht. Lieber nicht darüber nachdenken. Für eine Nacht hatten mich schon genug schauerliche Gedanken geplagt, nicht wahr?

Wann würde ich wieder auf einen Sterblichen wie Roger treffen? Wann würde wieder einmal jemand so hell aus der Menge hervorstrahlen wie er? Und dieser Mistkerl hatte auch noch die ganze Zeit mit mir gesprochen, der Ohnmacht getrotzt! Mit mir! Und durch irgendeinen telepathischen Trick war es ihm gelungen, diese Statue zum Leben zu erwecken, zur Hölle mit ihm.

Ich schüttelte den Kopf. Hatte ich das ins Rollen gebracht? Was hatte ich anders gemacht als früher? Hatte ich, als ich ihm monatelang auf den Fersen war, begonnen, ihn so sehr zu lieben, daß ich während des Tötungsaktes mit ihm sprach in einem lautlosen, hingebungsvollen Sonett? Nein, ich hatte von ihm getrunken, ihn liebend in mir aufgenommen, nichts anderes. Roger in mir.

Durch die Dunkelheit kam langsam ein Wagen heran, hielt neben mir. Sterbliche, die fragten, ob ich eine Unterkunft brauchte. Ich schüttelte den Kopf, drehte mich um, und quer über die Gräber hinweg verließ ich den Friedhof in Richtung Village. Ich bewegte mich sehr schnell, sie hatten mich wahrscheinlich nicht einmal verschwinden sehen.

Stellen Sie sich das vor! Sie sehen da einen blonden jungen Mann in blauem Zweireiher und leuchtendbuntem Halstuch auf den Stufen einer malerischen alten Kirche in der eisigen Kälte sitzen. Und im nächsten Moment ist er weg, verschwunden.

Ich lachte lauthals, entzückt von dem Echo, das zwischen den Ziegelmauern aufstieg. Ich hörte Musik, menschliche Stimmen, Leute gingen Arm in Arm, es roch nach Essen. Auch junge Leute waren hier, so gesund, daß sie Spaß an diesem bitteren Winter hatten. Ich allerdings empfand die Kälte langsam als lästig, fast schon so schmerzhaft, als wäre ich ein Mensch. Ich wollte ins Warme.

Kapitel 3

Schon nach ein paar Schritten sah ich eine Schwingtür, stieß sie auf und stand in einer Art Vorraum, wohl von einem Restaurant, und im nächsten Moment saß ich auch schon an der Bar; ganz meinen Wünschen entsprechend, war sie schlecht besucht, ziemlich schummrig, zu warm. Im Mittelteil hinter der halbrunden Theke glitzerten Flaschen. Aus dem Nebenraum klangen die tröstlichen Geräusche von Gästen herüber, die zu Abend aßen.

Die Ellbogen aufgestützt, die Füße hinter die Messingfußstütze der Bar geklemmt, saß ich zitternd auf dem Barhocker. Ohne richtig hinzuhören, ließ ich das Geplauder der Sterblichen an mir vorbeiplätschern, die unvermeidlichen Trivialitäten und Albernheiten, die sie in Bars so von sich geben.

Ich starrte vor mich hin, ohne Sonnenbrille – verdammt, ich hatte meine violetten Gläser verloren! Ja, hübsch dunkel war es hier, reichlich dunkel sogar, so eine mitternächtliche Trägheit hing über allem, sollte das so eine Art Club sein? Keine Ahnung, war mir auch egal.

»Was nehmen Sie, Sir?« Gelangweiltes, arrogantes Gesicht.

Ich verlangte ein Mineralwasser. Und kaum hatte er es vor mir abgestellt, stippte ich auch schon die Finger hinein, um sie zu säubern. Der Typ war schon wieder gegangen. Aber den hätte es auch nicht interessiert, wenn ich angefangen hätte, mit dem Wasser Babies zu taufen.

An Tischen im Hintergrund saßen noch einige andere Leute. In einer dunklen Nische weinte eine Frau, der Mann, der bei ihr war, gab ihr grob zu verstehen, daß sie Aufmerksamkeit errege. Stimmte gar nicht. Niemand kümmerte sich auch nur einen Deut um sie.

Ich nahm die Serviette zu Hilfe, um mir den Mund abzuwaschen.

»Noch mal dasselbe«, verlangte ich und schob das benutzte Glas fort. Träge führte er die Bestellung aus – junges Blut, ungeformte Persönlichkeit, zielloses Leben – und zog sich zurück.

Neben mir lachte jemand leise ... der Mann rechts von mir, zwei Hocker weiter, der schon dagewesen war, als ich mich setzte – er war einigermaßen jung und roch nach nichts. Nach absolut gar nichts, das war sehr merkwürdig. Verärgert drehte ich mich um und sah ihn an.

»Schon wieder auf der Jagd?« wisperte er.

Es war *das Opfer.*

Dort auf dem Hocker saß Roger. Seine Knochen waren heil, er war weder zerschlagen noch tot. An ihm war noch alles dran, inklusive Kopf und Händen. Er war nicht gegenwärtig. Er erweckte nur den Anschein, aber einen sehr gefestigten und ruhigen Anschein von Gegenwart, und er lächelte mich an, höchst entzückt über mein Erschrecken.

»Was ist los, Lestat?« fragte er mich mit dieser Stimme, die ich im Laufe von sechs langen Monaten so sehr lieben gelernt hatte. »Hat dich in all den Jahrhunderten auch nicht eins deiner Opfer je als Gespenst heimgesucht?«

Ich sagte gar nichts. Nicht da. Nein, nicht wirklich da. Stofflich, ja, aber nicht von der gleichen Stofflichkeit wie alles andere um uns herum. Andersgeartetes Gewebe, so wie David es damals beschrieben hatte. Ich versteifte mich. Was eine bemitleidenswerte Untertreibung ist, denn ich war absolut starr vor Unglauben und Wut.

Er stand auf und setzte sich auf den Hocker direkt neben mich. Von Sekunde zu Sekunde wurde seine Erscheinung deutlicher und detaillierter sichtbar. Jetzt produzierte er sogar Geräusche wie ein lebendiger Organismus, allerdings nicht so wie ein atmender Mensch.

»Noch ein paar Minuten, und ich habe mich genug gefestigt, um Zigaretten oder ein Glas Wein zu bestellen«, sagte er.

Aus seiner Jacke – nicht die, die er trug, als ich ihn tötete, sondern aus einem seiner in Paris geschneiderten Lieblingsjacketts – zog er sein kleines goldenes Feuerzeug hervor und ließ die Butangasflamme aufschießen, gefährlich blaues Licht. Dann musterte er mich. Ich sah, daß sein welliges Haar frisch gekämmt war, seine Augen blickten klar. Roger, der Schöne. Seine Stimme klang noch genau so, als sei er lebendig. Ohne Akzent, keine Herkunft erkennbar, in New Orleans geboren, aber weitgereist. Nicht der gewählte britische, aber auch nicht der gedehnte Südstaatentonfall. Einfach seine rasche, präzise Aussprache.

»Ich meine es ernst«, sagte er. »Willst du wirklich sagen, daß dir in all den Jahren keines deiner Opfer je erschienen ist?«

»Nein«, antwortete ich.

»Du erstaunst mich. Du erlaubst dir keinen Augenblick der Furcht, nicht wahr?«

»Nein.«

Inzwischen hatte sich seine Erscheinung gänzlich gefestigt. Ich wußte nicht, ob andere ihn auch sehen konnten, doch ich war mir fast sicher. Sein Aussehen war nicht ungewöhnlich. Mir fielen die Knöpfe an seinen weißen Manschetten auf, der weiße Kragen, über den die feinen Nackenhaare fielen, ich sah seine Wimpern, außergewöhnlich lang und dicht wie zu Lebzeiten.

Der Barkeeper brachte mein Mineralwasser, ohne ihm auch nur einen Blick zu gönnen. Ich war mir immer noch nicht sicher. Der Junge war so unsensibel, sein Benehmen bewies gar nichts, außer daß ich in New York war.

»Wie machst du das?« fragte ich.

»Wie es alle Gespenster machen«, sagte er. »Ich bin tot. Schon seit fast zwei Stunden. Aber ich muß mit dir reden! Ich weiß nicht, wie lange ich das hier durchhalten kann, ich weiß nicht, wann ich anfange zu … Gott weiß was zu werden, aber bis dahin mußt du mir zuhören.«

»Warum?«

»Sei nicht so gemein«, flüsterte er und wirkte ehrlich verletzt. »Du hast mich ermordet.«

»Na und du? Was ist mit denen, die du getötet hast – mit Doras Mutter zum Beispiel? Ist sie gekommen und hat dich um eine Audienz gebeten?«

»Oh, ich hab's gewußt. Ich hab's gewußt!« rief er, sichtlich erschüttert. »Du weißt von Dora! Gott im Himmel, laß meine Seele zur Hölle fahren, aber laß nicht zu, daß der hier Dora etwas antut!«

»Mach dich nicht lächerlich. Warum sollte ich Dora etwas tun? Ich war hinter dir her. Um die ganze Welt bin ich dir nachgejagt. Du wärst schon viel eher fällig gewesen, wenn ich nicht auf Dora soviel Rücksicht genommen hätte.«

Der Barkeeper kam wieder vorbei. Das entlockte meinem Gefährten ein absolut ekstatisches Lächeln. Er schaute dem jungen Mann direkt ins Gesicht.

»Tja, mein lieber Junge, laß sehen. Das allerletzte Glas, wenn ich mich nicht sehr täusche. Na, dann soll's Bourbon sein; ich bin in den Südstaaten aufgewachsen. Was habt ihr da? Na, weißt du was, mein Sohn, bring mir 'nen Southern Comfort.« Er ließ ein leises, vertraulich-heiteres Lachen hören.

Der Barkeeper entfernte sich, und Roger wandte sich mir zornig zu.

»Du mußt auf mich hören, was zur Hölle du auch bist – Vampir, Dämon, Teufel, das ist mir egal. Du mußt Dora einfach in Ruhe lassen.«

»Ich habe nicht vor, sie anzurühren. Ich würde ihr niemals etwas antun. Fahr zur Hölle, dann geht's dir besser. Gute Nacht.«

»Du eingebildeter Mistkerl. Was glaubst du, wie verdammt kurz mein Leben war?« Schweißtropfen bildeten sich auf seiner Stirn. Sein Haar bewegte sich sanft in der Zugluft.

»Das war mir scheißegal. Du gabst auf jeden Fall ein Festmahl ab, auf das zu warten sich gelohnt hat.«

»Zieh hier nicht so eine Schau ab!« sagte er ätzend. »So oberflächlich, wie du tust, bist du nicht.«

»Oh, meinst du nicht? Prüfe mich. Du könntest feststellen, daß ich bin wie ›ein tönend Erz oder eine klingende Schelle‹.«

Das gab ihm zu denken.

Mir allerdings auch. Woher hatte ich diese Worte? Warum kamen sie mir so glatt über die Lippen? So redete ich sonst nicht.

All dies – wie vertieft ich in diese Überlegungen war und wie unsicher – saugte er förmlich in sich auf. Ich fragte mich, wodurch sich meine Gefühle bemerkbar machten. Ließ ich die Schultern hängen, erbleichte ich leicht, wie Sterbliche manchmal, oder wirkte ich einfach nur verwirrt?

Der Barkeeper brachte ihm sein Glas. Tastend legte er die Hand darum, um es hochzuheben. Als ihm das gelang, führte er es an die Lippen und nahm einen Schluck. Er war so erstaunt, so dankbar und gleichzeitig so angsterfüllt, daß das fast zu seiner Auflösung führte. Seine Erscheinung wurde schwächer. Doch dann festigte er sich wieder.

Er war so eindeutig die Person, die ich vor kurzem getötet, zerstückelt und über Manhattan verteilt hatte, daß mir sein Anblick körperliche Übelkeit bereitete. Nur eins rettete mich vor der totalen Panik: daß er mit mir sprach. Was hatte David, als er noch lebte, einmal über seine Gespräche mit mir gesagt? Daß er einen Vampir nicht töten würde, denn der könne mit ihm reden. Und genau das tat dieses verfluchte Gespenst – redete mit mir.

»Ich muß mit dir über Dora sprechen.«

»Ich habe dir doch schon gesagt, daß ich niemals jemandem wie ihr schaden würde«, antwortete ich. »Sag mal, was machst du hier eigentlich mit mir? Du bist mir erschienen und hast nicht einmal gewußt, daß ich Dora kannte! Wolltest du mir von ihr erzählen?«

»Wie tiefsinnig! Kein Hohlkopf hat mich ermordet, sondern glücklicherweise ein Wesen, das meinen Tod zutiefst zu schätzen wußte, nicht wahr?« Er nahm noch einen Schluck von dem süßlich duftenden Southern Comfort. »Weißt du, daß Janis Joplin den immer getrunken hat?« fragte er. Die verstorbene Sängerin hatte auch ich sehr gemocht. »Hör zu, es ist mir verdammt egal, wenn du mir nur aus reiner Neugier zuhörst. Aber hör mir zu! Ich will von Dora und mir erzählen. Ich will, daß du alles über uns erfährst. Daß du mich so siehst, wie ich wirklich war, nicht nur so, wie du glaubst, daß ich war. Ich möchte, daß du auf Dora achtgibst. Und dann ist da noch etwas in der Wohnung, etwas, das du …«

»Das Schweißtuch der Veronika, das in dem Rahmen?«

»Nein, das ist Plunder. Also, es ist natürlich vierhundert Jahre alt, aber es ist eine sehr gewöhnliche Version, wenn Geld keine Rolle spielt. Du hast dich doch umgesehen in der Wohnung, nicht wahr?«

»Warum wolltest du Dora das Tuch geben?«

Das ernüchterte ihn.

»Du hast uns belauscht?«

»Unzählige Male.«

Er verlor sich in abwägenden Vermutungen. Sein dunkles asiatisches Gesicht zeigte nichts als Aufrichtigkeit und Betroffenheit, und er wirkte völlig vernünftig.

»Hast du gesagt, ich soll auf Dora aufpassen?« fragte ich. »Darum willst du mich bitten? Was für ein Vorschlag! Und warum zum Teufel willst du mir dann deine Lebensgeschichte erzählen? Wenn du ein Urteil über dein Leben oder einen Nachruf erwartest, hast du dir den Falschen ausgesucht! Mir ist egal, wie du zu dem wurdest, was du warst. Und wenn's um die Sachen in der Wohnung geht: Warum sollte sich ein Geist noch darum kümmern?«

Das entsprach nicht ganz der Wahrheit. Ich tat ein bißchen zu leichtfertig, das wußten wir beide. Natürlich sorgte er sich um seine Kostbarkeiten, doch von den Toten zurückgekehrt war er wegen Dora.

Sein Haar zeigte inzwischen ein noch tieferes Schwarz, und sein Jackett sah noch echter aus, selbst die verschlungenen Webfäden der Seide und des Kaschmirs konnte man deutlich sehen. Und seine Fingernägel, sorgfältig manikürt, ordentlich geschnitten und poliert. Die Hände, die ich im Müll vergraben hatte! Alles Einzelheiten, die Minuten vorher noch nicht zu erkennen gewesen waren.

»Jesus Christus«, murmelte ich.

Er lachte. »Du hast mehr Angst als ich.«

»Wo bist du jetzt?«

»Was meinst du damit?« fragte er. »Ich sitze hier direkt neben dir. In einer Bar im Village. Was meinst du mit ›Wo bist du‹? Was meinen Körper betrifft, weißt du so gut wie ich, wo du die Teile gelassen hast.«

»Darum geisterst du hier herum.«

»Aber nein. Nichts könnte mir gleichgültiger sein als dieser Körper. War er schon in dem Moment, als ich ihn verließ. Das mußt du doch wissen.«

»Nein, nein, ich meine, in welchem Reich bist du jetzt, was ist das, in welchen Gefilden, was hast du gesehen, als du aufstiegst ... was ...«

Todtraurig lächelnd schüttelte er den Kopf. »Du kennst die Antworten schon längst. Ich weiß nicht, wo ich bin. Irgend etwas wartet jedoch auf mich, da bin ich mir ziemlich sicher. Irgend etwas. Vielleicht nur die endgültige Auflösung, Finsternis, Vergessen. Aber mir scheint, es ist etwas, das mich persönlich betrifft. Und ich kann es nicht ewig aufschieben. Aber frag mich nicht, wieso ich das weiß.

Und mir ist auch nicht klar, warum ich zu dir durchdringen durfte, ob es ein reiner Willensakt war, ich meine, mein eigener Wille, und der war, nebenbei gesagt, schon immer verdammt stark, oder ob mir von irgendwoher noch ein paar Augenblicke gewährt worden sind. Ich weiß es nicht. Aber ich bin dir gefolgt, bei deinem ganzen Hin und Her, und dann bin ich hierhergekommen, weil ich einfach mit dir reden mußte. Ich werde dich nicht kampflos gehen lassen, nicht, bis ich dir alles erzählt habe.«

»Etwas wartet auf dich«, flüsterte ich, schlicht und ergreifend von Ehrfurcht erfüllt. »Und dann, nach unserer kleinen Plauderei, wo willst du denn hin, wenn du dich nun nicht auflöst?«

Er schüttelte den Kopf und starrte auf die Flaschen im Regal hinter der Bar, eine Flut von Licht und farbigen Etiketten.

»Das ist ermüdend«, sagte er mißmutig. »Halt die Klappe.«

Das versetzte mir schon einen Stich. »Halt die Klappe.« Er hatte den Nerv, das zu *mir* zu sagen!

»Ich kann mich nicht um Dora kümmern.«

»Was heißt das?« Er warf mir einen ärgerlichen Blick zu, während er noch einen Schluck Bourbon nahm, dann winkte er dem Barkeeper und bestellte ein weiteres Glas.

»Willst du dich betrinken?« fragte ich.

»Ich glaube, das geht gar nicht. – Du *mußt* einfach auf sie aufpassen. Mein Tod wird bald eine ziemlich öffentliche Angelegenheit sein. Ich habe Feinde, denen die Tatsache, daß sie meine Tochter ist, schon genügt, um sie ebenfalls zu töten. Du hast ja keine Ahnung, wie vorsichtig ich immer war und wie unüberlegt sie oft handelt. Sie glaubt nämlich an die göttliche Vorsehung. Und außerdem sind da noch diese Bluthunde von der Regierung und meine Sachen – meine Schätze, meine Bücher.«

Ich war fasziniert. Drei Sekunden lang hatte ich nicht daran gedacht, daß er ein Geist war, und jetzt konnten meine Augen keinen Beweis mehr dafür finden. Nicht einen. Außer, daß er nach nichts roch und daß diese schwachen Lebenszeichen, die er ausströmte, nicht klangen, als rührten sie von einem festen Körper oder wirklich vorhandenen Organen her.

»Na gut, ich sage ganz offen, daß ich Angst um sie habe«, gestand er. »Irgendwie muß sie diese Sache mit der Öffentlichkeit durchstehen. Mit der Zeit wird man sie vergessen. Die meisten meiner Widersacher wissen sowieso nichts von ihrer Existenz. Aber einige vielleicht doch. Du wußtest es, also werden auch andere von ihr wissen.«

»Nicht notwendigerweise. Ich bin kein menschliches Wesen.«

»Du mußt sie schützen.«

»Das kann ich nicht machen. Ich will nicht.«

»Lestat, warum hörst du mir nicht zu?«

»Ich will nicht. Ich will, daß du verschwindest.«

»Das ist mir klar.«

»Hör mal, ich wollte dich eigentlich nicht töten. Es tut mir leid, ich habe einen Fehler gemacht, ich hätte mir jemand anderes aussuchen sollen …« Meine Hände zitterten. O ja, später würde das alles faszinierend klingen, aber in diesem Moment bat ich ausgerechnet Gott, bitte, mach, daß das alles aufhört, laß es vorbeigehen.

»Du weißt doch, wo ich geboren wurde?« fragte er mich. »Du kennst das St.-Charles-Viertel in der Nähe von Jackson?«

»Du meinst euer Gästehaus. Du brauchst mir nicht deinen Lebenslauf zu erzählen, dazu gibt es keinen Grund. Außerdem ist sowieso alles vorbei. Die Chance, deine Biographie zu schreiben, hättest du zu Lebzeiten ergreifen sollen wie jeder andere auch. Was soll ich denn damit anfangen?«

»Ich will von den Dingen sprechen, die wirklich zählen. Sieh mich an! Bitte, sieh mich an und versuch, mich zu verstehen, mich zu lieben und Dora zu lieben an meiner Statt. Ich bitte dich.«

Es war nicht nötig, in sein Gesicht zu sehen, um seine heftigen inneren Kämpfe, seinen Hilfeschrei wahrzunehmen. Was auf Gottes Erde könnte uns größeres Leid verursachen, als das eigen Kind, geliebtes eigen Fleisch und Blut, leiden zu sehen? Dora, so klein und zierlich, wie sie durch das leere Kloster streift. Dora auf dem Fernsehschirm, mit weit ausgebrciteten Armen, singend.

Ich muß nach Luft geschnappt, gezittert haben, sonstwie reagiert haben. Was weiß ich! Ich konnte einfach keinen klaren Gedanken fassen, aber das hatte keine übernatürliche Ursache, ich fühlte mich nur so schrecklich elend durch die Erkenntnis, daß er da saß, greifbar, sichtbar, daß er Erwartungen an mich stellte, daß er die Schranke des Todes hatte überwinden können, daß er lange genug körperlos verharren konnte, um mir ein Versprechen abzuverlangen.

»Du liebst mich doch«, flüsterte er. Er wirkte so ruhevoll und so anziehend, weit jenseits jeder Schmeichelei.

»Leidenschaft«, hauchte ich. »Deine Leidenschaft hatte es mir angetan.«

»Ja, ich weiß. Ich fühle mich geehrt. Weder hat mich ein Laster überfahren, noch hat mich ein Killer erschossen. Du hast mich getötet. Und du mußt einer der Besten sein.«

»Wovon der Beste?«

»Wie immer ihr euch auch nennt. Du bist kein Mensch und bist doch einer. Du hast mir mein Blut ausgesaugt, hast es in dir aufgenommen. Es fließt noch in dir. Sicherlich bist du nicht der einzige.« Er wandte den Blick ab. »Vampire«, sagte er. »Als ich noch ein kleiner Junge war, in dem Haus in New Orleans, da habe ich Gespenster gesehen.«

»In New Orleans sieht jeder Gespenster.«

Er mußte lachen, sich selbst zum Trotz, ein kurzes, leises Gelächter.

»Ich weiß, aber ich habe sie wirklich gesehen, und nicht nur da, sondern später auch noch an anderen Orten. Aber ich habe nie an Gott oder den Teufel oder an Engel, Vampire oder Werwölfe geglaubt. Ich habe an nichts Derartiges geglaubt, das in den Lauf des Schicksals eingreifen oder die chaotische Dynamik beeinflussen könnte, die das Universum regiert.«

»Glaubst du jetzt an Gott?«

»Nein. Ich werde zwar – wie alle Geister, die ich je gesehen habe – versuchen, solange es nur geht, in dieser Form zu verharren, aber ich habe den leisen Verdacht, daß ich danach einfach langsam verblassen werde. Ich werde verlöschen. Wie eine Kerze. Das wird wohl auf mich warten. Auflösung. Und ich nehme das nicht persönlich, sondern ich denke das einfach nur, weil mein Ich – das, was davon übrig ist, was noch der Erde verhaftet ist – sich nichts anderes vorstellen kann. Oder was meinst du?«

»Mich versetzt beides gleichermaßen in Schrecken.« Ich würde ihm nicht von dem Verfolger erzählen. Ich würde ihn auch nicht nach der Statue fragen. Ich wußte jetzt, es war nicht sein Werk gewesen, er hatte der Statue kein Leben eingehaucht. Er war da schon tot gewesen, aufgestiegen.

»Das erschreckt dich?« fragte er ehrfürchtig. »Aber es widerfährt doch nicht dir. Du sorgst doch dafür, daß es anderen widerfährt. Aber jetzt laß mich noch etwas wegen Dora erklären.«

»Sie ist so schön. Ich werde … ich werde versuchen, ein Auge auf sie zu haben.«

»Nein, etwas mehr mußt du schon für sie tun. Sie braucht ein Wunder.«

»Ein Wunder?«

»Jetzt hör mal – was auch immer du genau bist, du lebst, aber du bist kein Mensch. Also kannst du doch Wunder bewirken, nicht wahr? Dann könntest du es auch für Dora tun, das kann doch für ein Wesen mit deinen Fähigkeiten kein Problem sein.«

»Du meinst, irgendeinen Schwindel mit einer gefälschten religiösen Erscheinung?«

»Na, was sonst? Ohne so ein Wunder wird sie die Menschheit nicht retten können, das weiß sie auch. Du könntest ihr dazu verhelfen.«

»Du spukst hier um mich herum und verfolgst mich bis hierher, nur um mir einen so schlitzohrigen Vorschlag zu unterbreiten!« brauste ich auf. »Du bist unrettbar verloren! Du bist tot! Und immer noch bist du ein Geschäftemacher, ein Gangster. Hör dich bloß an! Du willst, daß ich ein Wunder vortäusche, um Dora zu helfen? Du glaubst, sie würde das wollen?«

Ganz klar, das haute ihn um. Und zwar so sehr, daß er nicht einmal beleidigt war.

Er setzte das Glas ab und saß schweigend da. Gefaßt und ruhig schien er die Bar zu durchforschen. Er sah sehr würdevoll aus und gut zehn Jahre jünger als zum Zeitpunkt seines Todes. Ich schätzte, es war wohl nur natürlich, daß man, wenn man schon zum Gespenst wurde, wenigstens einen erfreulichen Anblick bieten wollte. Die unabänderliche, verhängnisvolle Faszination, die er auf mich ausübte, vertiefte sich noch. Roger: mein Opfer. *Monsieur, Ihr Blut fließt in mir!*

Er wandte sich mir zu. »Du hast recht«, flüsterte er mit rauher, gebrochener Stimme. »Du hast ja so recht. Ich darf mit dir keine Absprachen treffen, damit du für sie als Wundertäter auftrittst. Das ist widerlich. Sie fände es bestimmt abscheulich.«

»Nun klingst du wie die Grateful Dead«, frotzelte ich.

Wieder lachte er leise und verächtlich, und mit düsterer Betroffenheit forderte er: »Lestat, du mußt dich einfach um sie kümmern – wenigstens für eine Weile.«

Als ich nicht antwortete, fuhr er sanft, aber eindringlich fort: »Nur kurze Zeit, bis die Reporter sie nicht mehr belästigen, bis das Schlimmste vorbei ist. Bis sie wieder ganz und gar die alte Dora ist, bis sie zurückgefunden hat zu ihrem Leben. Denn noch hat sie ihr eigenes Leben; sie darf nicht um meinetwillen gekränkt werden, Lestat, nicht um meinetwillen. Das wäre nicht fair.«

»Fair?«

»Nenn mich bei meinem Namen. Sieh mich an.«

Das tat ich, und es erfüllte mich mit heftigem Schmerz. Er sah erbärmlich aus. Ich war mir nicht sicher, ob ein menschliches Wesen so ausdrücklich Elend widerspiegeln konnte. Ich wußte es wirklich nicht.

»Ich heiße Roger«, sagte er. Jetzt wirkte er noch jünger als vorhin, als ob sein Ich eine Reise zurück in der Zeit gemacht hätte oder als ob er wieder unschuldig wäre, so als ob die Toten, wenn sie sich denn schon unter uns bewegen wollen, das Recht hätten, sich ihrer einstigen Unschuld zu erinnern.

»Ich weiß, wie du heißt«, antwortete ich. »Ich weiß alles über dich, Roger. Roger, das Gespenst. Und niemals hast du zugelassen, daß der Kapitän dich berührte. Er durfte dich anbeten, dich erziehen, dich einladen, dich beschenken, aber nie, nie hast du den Anstand besessen, auch nur einmal mit ihm ins Bett zu gehen.«

Weil ich zusammen mit seinem Blut diese Bilder in mich aufgenommen hatte, sagte ich ihm diese Dinge, nicht aus Bosheit, sondern voller Verwunderung darüber, wie schlecht wir doch alle sind und wie verlogen.

Er schwieg eine Weile.

Kummer und Bitterkeit überwältigten mich, und ich erschrak zutiefst darüber, was ich ihm angetan hatte und was ich anderen angetan hatte und daß ich überhaupt je einer lebenden Kreatur Leid zugefügt hatte.

Was war Doras Botschaft? Wie konnten wir je erlöst werden? Etwa durch das ewiggleiche Hohelied liebender Anbetung?

Er beobachtete mich. Er wirkte jung, engagiert, ein großartiges Abbild des Lebens. Roger.

»Richtig.« Er sprach sanft und geduldig. »Ich habe nicht mit dem Kapitän geschlafen, da hast du recht. Aber eigentlich hat er das auch nie wirklich gewollt. Weißt du, es war ganz anders, er war schon viel zu alt. Du weißt nicht, wie es wirklich war. Du müßtest meine Schuldgefühle gespürt haben. Und du weißt auch nicht, wie sehr ich später bereut habe, daß ich es nicht tat. Daß wir das nicht geteilt haben. Aber das hat mich nicht auf die schiefe Bahn gebracht. Das nicht. Ich habe ihn nicht betrogen oder enttäuscht, so wie du es dir vorstellst. Ich liebte, was er mich lehrte. Und er liebte mich. Vielleicht hat er sogar durch mich ein paar Jahre länger gelebt. Wynken de Wilde, den liebten wir beide. Es hätte anders enden müssen. Ich war bei dem Kapitän, als er starb. Ich habe sein Zimmer nicht ein Mal verlassen. Wenn die, die ich liebe, mich brauchen, bin ich da, dann kann man sich auf mich verlassen.«

»Na klar, und bei Terry warst du auch, als sie starb, nicht wahr?« Das war brutal, aber ich hatte es ohne nachzudenken gesagt, weil ich ihr Gesicht wieder vor mir sah, wie er sie tötete. »Vergiß es«, bat ich ihn. »Es tut mir leid. Wer, in Gottes Namen, ist Wynken de Wilde?«

Aber ich wartete gar nicht erst auf eine Antwort. Ich fühlte mich so hundsmiserabel. »Um Gottes willen«, sagte ich zu ihm, »du suchst mich heim, quälst mich hier. Dabei bin ich tief in meinem Herzen so ein verdammter Feigling! Ein Feigling, ja. Warum erwähnst du diesen merkwürdigen Namen? Nein, ich will es gar nicht wissen. Sag's mir nicht – mir reicht es. Ich gehe. Meinetwegen kannst du in dieser Bar spuken bis zum Jüngsten Tag. Such dir eine aufrichtigere Person für deine Geschichte.«

»Hör mir endlich zu«, zischte er. »Du liebst mich. Du hast mich ausgewählt. Ich will nur, daß du jede Kleinigkeit über mich erfährst.«

»Ich werde mich auf irgendeine Art um Dora kümmern. Ich überlege mir, wie ich ihr helfen kann, mir fällt schon etwas ein. Ich kümmere mich auch um deine Sammlung, ich bringe sie in Sicherheit, bewahre sie für Dora auf, bis sie in der Verfassung ist, die Sachen anzunehmen.«

»Ja.«

»Gut, dann laß mich gehen.«

»Ich halte dich nicht«, sagte er.

Er hatte recht, ich liebte ihn. Ich wollte ihn anschauen. Ich wollte, daß er mir alles, auch noch die kleinste Kleinigkeit, erzählte! Ich beugte mich vor und ergriff seine Hand. Nicht lebendig, kein menschliches Fleisch. Aber voller Vitalität, brennend, erregend.

Er lächelte nur.

Mit seiner rechten Hand umklammerte er mein Handgelenk und rückte näher heran. An meiner Stirn konnte ich sein Haar fühlen, nur eine einzelne lose Strähne, die mich kitzelte. Große dunkle Augen sahen mich an.

»Hör mir zu«, wiederholte er. Geruchloser Atem.

»Ja …«

Und dann begann er mit gedämpfter, hastiger Stimme zu reden. Er erzählte mir seine Geschichte.

Kapitel 4

Es begann also in New Orleans: Der Kapitän schmuggelte Kunstgegenstände, aber er sammelte auch selbst. Mehrere Jahre habe ich mit ihm verbracht. Meine Mutter hatte mich nach Andover geschickt, doch sie holte mich zurück, sie kam ohne mich nicht zurecht. Ich ging dann zu den Jesuiten in die Schule, irgendwie gehörte ich nirgends so recht hin, und so kam der Kapitän vielleicht gerade zum richtigen Zeitpunkt. Auch Wynken de Wilde entdeckte ich durch den Kapitän und die Antiquitäten, mit denen er im Viertel handelte; meistens waren es kleine Gegenstände, die man direkt mitnehmen konnte.

Und das muß ich dir sagen: In meinem Leben bedeutete Wynken de Wilde nur eines – einen Traum. Daraus wurde ein ganz eigensinniges Vorhaben. Also die eine große Leidenschaft meines Lebens – von Dora abgesehen –, das war Wynken de Wilde. Und wenn ich dir alles erzählt habe und du dann immer noch nicht an ihm interessiert bist, dann weiß ich nicht, wer sonst dafür in Frage käme. Dora interessiert er jedenfalls nicht.«

»Und um was ging es bei Wynken de Wilde?«

»Um Kunst natürlich, um Schönheit. Aber mit siebzehn habe ich das ziemlich durcheinandergebracht, so daß ich mir vornahm, einen neuen Kult zu gründen – freie Liebe, Gaben an die Armen, keine Gewalt, weißt du, so eine Art Amish-People-Gemeinschaft, allerdings mit jeder Menge Sex. Bezeichnenderweise war das 1964, in der Zeit der Blumenkinder, überall wurde Marihuana geraucht, und Bob Dylans Songs schienen andauernd nur von Ethik und Nächstenliebe zu handeln. Und ich hatte eine mittelalterliche Laienbruderschaft im Sinn, nur daß ich ihre Lehren noch erweitern wollte durch meine Vorstellungen von der sexuellen Revolution. Weißt du etwas über diese Bruderschaften?«

»Ja, sie vertraten im späten Mittelalter einen volkstümlichen Mystizismus, der besagte, jedermann sei in der Lage, Gott zu erkennen.«

»Ja! Ah, daß du von solchen Dingen weißt!«

»Und man mußte kein Priester oder Mönch sein.«

»Genau. Und deshalb eiferten die Mönche heftig gegen sie; aber in meiner jugendlichen Vorstellung brachte ich die Laienbruderschaften in Verbindung mit Wynken, von dem ich wußte, daß er vom deutschen Mystizismus beeinflußt war, von Meister Eckhart und auch von populären Bewegungen der damaligen Zeit. Wynken arbeitete in einem Skriptorium, wo er Abschriften von Gebetbüchern anfertigte; seine Bücher wiesen jedoch riesige Unterschiede zu denen anderer auf. Ich glaubte damals, wenn ich nur alle seine Bücher auftreiben könnte, würde ich es schaffen.«

»Was war bei Wynken so anders?«

»Laß mich der Reihe nach erzählen. Es war also folgendermaßen: Meine Mutter leitete ihre Pension – du kennst diese schäbig-eleganten Unterkünfte! –, ohne selbst einen Finger krumm zu machen; sie beschäftigte drei Dienstmädchen und einen alten Farbigen, die machten die Arbeit. Die Gäste, alte Leute, hatten üppige Einkünfte, ihre großen Wagen standen in Garagen im Garden District, sie aßen drei Mahlzeiten pro Tag und bestanden auf roten Teppichen. Du weißt, wie das Haus war. Spätviktorianisch, nach Entwürfen von Henry Howard gebaut. Meine Großmutter hatte es meiner Mutter vermacht.«

»Ich kenne es; ich habe dich davorstehen sehen. Wem gehört es denn jetzt?«

»Ich weiß nicht. Ich hab' es sausen lassen, wie so vieles. Aber jetzt stelle dir die folgende Szene vor: Ein schläfriger Sommerabend, ich bin gerade fünfzehn, fühle mich einsam, der Kapitän lädt mich in sein Zimmer ein, und da auf dem Tisch in dem hinteren Raum – er hatte zwei zur Straßenfront gelegene Zimmer gemietet und lebte in einem Wunderland von Sammlerstücken, Messinggegenständen und anderem –«

»Ich kann es mir lebhaft vorstellen.«

»– und da auf dem Tisch liegen diese mittelalterlichen Bücher. Winzige Gebetbücher aus dem Mittelalter. Natürlich erkenne ich ein Gebetbuch auf den ersten Blick, aber mittelalterliche Handschriften, nein. Ich war als kleiner Junge Meßdiener gewesen, jahrelang bin ich mit meiner Mutter jeden Tag zur Messe gegangen, ich konnte die lateinische Liturgie und was im Gottesdienst sonst noch an Latein benutzt wurde. Eins war jedoch klar: Ich sah, daß es sich um sehr seltene Gebetbücher handelte, daß der Kapitän sie deshalb unweigerlich verkaufen würde.

›Du kannst sie anfassen, Roger, aber sei vorsichtig damit‹, sagte er. Ich hatte ihn schon seit zwei Jahren besuchen dürfen, um mir seine Platten mit klassischer Musik anzuhören und mit ihm gemeinsam spazierenzugehen. Und jetzt war ich in dem Alter, in dem ich ihn auch sexuell interessierte, obwohl mir das nicht bewußt war – und das hat auch nichts mit dem zu tun, was ich im Moment erzählen will.

An jenem Tag telefonierte er gerade mit jemandem wegen eines Schiffes, das im Hafen festgemacht hatte. Ein paar Minuten später waren wir schon auf dem Weg dorthin. Ich wußte nie, was das alles bedeutete. Auf jeden Fall Schmuggelei. Alles, woran ich mich erinnere, ist, daß der Kapitän mit der Mannschaft – Holländer, glaube ich – um einen großen Tisch saß und daß mich ein netter Offizier, der mit starkem Akzent sprach, durch das Schiff führte und mir den Maschinenraum und den Funkraum zeigte und das Kartenzimmer. Ich wurde dessen nie müde; ich liebte Schiffe. Damals arbeiteten die Werften in New Orleans noch, überall waren Ratten und Hanf.«

»Ich weiß.«

»Erinnerst du dich an diese dicken Taue, mit denen die Schiffe am Kai vertäut waren, mit dem Rattenschutz daran – Stahlscheiben, die die Ratten am Hinüberklettern hindern sollten?«

»Aber ja doch!«

»Als wir an dem Abend nach Hause kamen, ging ich nicht wie üblich zu Bett, sondern fragte den Kapitän, ob ich nicht zu ihm hereinkommen und die Bücher betrachten dürfe. Ich wollte sie unbedingt noch einmal ansehen, ehe er sie verkaufte.

Meine Mutter war nicht im Flur; sie schlief wohl schon.

Ich möchte dir einen Eindruck von meiner Mutter vermitteln und von diesem Haus. Ich sagte schon, es war ziemlich elegant. Die Möbel in diesem Stil, der die Renaissance wieder aufleben ließ, alles maschinengefertigt, ganze Häuserblocks waren damit vollgestopft worden seit 1880.«

»Ja.«

»Das Haus besaß ein großartiges, gewundenes Treppenhaus mit farbigen Glasfenstern, und am Fuß der Treppe – übrigens ein Meisterwerk von Treppe, auf das Henry Howard wirklich stolz gewesen sein muß – in der Biegung stand der riesige Schminktisch meiner Mutter, stell dir das vor! Und in dieser großen Eingangshalle saß sie immer, an diesem Schminktisch, und bürstete sich ihr Haar. Ich kriege Kopfschmerzen, wenn ich nur daran denke. Das heißt, ich kriegte sie, als ich noch lebte. Dieser Anblick war wirklich tragisch, und obwohl ich doch damit aufgewachsen war, war mir immer bewußt, daß ein Schminktisch mit Marmorplatte, Spiegeln, Filigranarbeiten und Kerzenhaltern mitsamt der dunkelhaarigen Frau davor nicht in einen öffentlichen Hausflur gehörte.«

»Und die Mieter nahmen das so hin?«

»Ja, weil die Zimmer für einige von ihnen extra hergerichtet oder aufgeteilt worden waren; für den alten Mr. Bridey die ehemalige Dienstbotenhalle, für die blinde Miß Stanton ein winziges Zimmer im Obergeschoß, und weitere vier Apartments waren aus dem einstigen Gesindetrakt im hinteren Teil des Hauses entstanden. Unordnung wird mir immer extrem bewußt, um mich herum ist entweder absolute Ordnung oder dieses vernachlässigte Durcheinander wie dort, wo du mich getötet hast. Aber wenn ich dieses Haus wieder bewohnen sollte … Ach, das ist nicht wichtig. Was ich dir klarmachen wollte, ist, daß Ordnung und Regeln mein Glaubensbekenntnis sind, und als ich noch jung war, träumte ich davon. Ich wollte ein Heiliger sein, na ja, eine Art weltlicher Heiliger. Aber zurück zu den Büchern.«

»Ja, erzähl.«

»Ich hatte also diese frommen Bücher auf dem Tisch erspäht. Ich nahm eins aus dem kleinen Stoffbeutel, mit dem es umhüllt war, und war sofort verzaubert von den winzigen Illustrationen. Auf der Stelle untersuchte ich alle Bücher, nahm mir aber vor, sie später noch einmal gründlich zu betrachten. Natürlich konnte ich das Latein in dieser Form nicht lesen.«

»Zu dicht gedrängt und verschnörkelt geschrieben.«

»Meine Güte, du kennst dich aus.«

»Vielleicht bereiten wir uns ja gegenseitig ein paar Überraschungen. Erzähl weiter.«

»Wochenlang schwänzte ich die Schule, um alle Bücher durchzugehen. Die Schule war so langweilig. Ich war den anderen im Stoff voraus und wollte etwas Aufregenderes machen, du kannst dir denken, was, zum Beispiel ein schweres Verbrechen begehen.«

»Aha, also ein Heiliger oder ein Krimineller.«

»Ja, das klingt wohl widersprüchlich. Aber du hast es genau erfaßt.«

»Dachte ich mir.«

»Der Kapitän erklärte mir vieles über die Bücher. Zum Beispiel war das Buch in dem Beutel dazu gedacht, es am Gürtel mit sich herumzutragen. Und ein anderes war ein Gebetbuch, ein weiteres, das dickste, ein Stundenbuch, und dann gab es natürlich noch eine lateinische Bibel. Er ging ganz lässig damit um. Ich weiß nicht, warum, aber diese Bücher zogen mich unglaublich an. Ich gierte schon immer nach Dingen, die Licht und Glanz verbreiten und wertvoll erscheinen, und so etwas lag nun hier gehäuft vor mir, in einer so einzigartigen Ausführung, wie ich es noch nie zu Gesicht bekommen hatte.«

Ich lächelte. »Ich verstehe dich nur zu gut.«

»Seiten um Seiten, gefüllt mit Gold und Rot und mit winzigen wunderschönen Figürchen. Ich nahm ein Vergrößerungsglas und begann, die Abbildungen ernstlich zu untersuchen. Ich ging in die Bibliothek und suchte mir alles an Material zusammen, das ich über mittelalterliche Bücher bekommen konnte. Wie die Benediktinermönche sie hergestellt hatten. Weißt du übrigens, daß Dora ein Kloster besitzt? Der Grundriß von St. Gallen ist nicht direkt die Vorlage dafür, es ist sozusagen das 19.-Jahrhundert-Gegenstück dazu.«

»Ja, das kenne ich, ich habe sie dort schon gesehen. Sie ist recht mutig, macht sich nichts aus der Einsamkeit und der Dunkelheit dort.«

»Sie glaubt in einem Maß an die göttliche Vorsehung, daß es schon an Idiotie grenzt. Sie muß noch an sich arbeiten, aber das gelingt nur, wenn diese Sache sie nicht zu sehr verletzt. Ich brauche noch einen Drink. Ich weiß, ich rede zu schnell, aber ich kann nicht anders.«

Ich winkte dem Barkeeper wegen des Bourbon. »Erzähl weiter, was geschah dann? Wer ist Wynken de Wilde?«

»Wynken de Wilde war der Autor von zweien dieser kostbaren Bücher, die der Kapitän besaß. Ich habe das aber erst später herausgefunden. Nachdem ich mir die Illustrationen vorgenommen hatte, wurde mir nach und nach klar, daß zwei Bücher von dem gleichen Künstler stammten; und obwohl der Kapitän steif und fest behauptete, daß es keine Signatur gab, fand ich in den Büchern an verschiedenen Stellen den Namen eingefügt. Nun sagte ich ja schon, daß der Kapitän mit solchen Sachen handelte, über diesen Laden in der Royal Street.«

Ich nickte.

»Na ja, ich hatte schreckliche Angst, daß er irgendwann auch diese Bücher verkaufen würde. Die waren anders als die anderen. Erstens waren die Illustrationen ausgesprochen detailliert. Auf manchen Seiten war zum Beispiel ein Weinstock abgebildet, aus dessen Blüten Vögelchen tranken, und wiederum mit den Blüten verschlungen waren Menschen, die wie in einer Laube saßen. Und die Verse in den Büchern waren Psalmen. Auf den ersten Blick hielt ich sie für biblische Psalmen. Aber nein, diese Psalmen stammten nicht aus der Bibel; das stellte ich fest, als ich sie mit lateinischen Schriften aus der gleichen Periode verglich, die ich mir in der Bibliothek besorgt hatte. Diese Bücher waren eine ganz eigenständige Arbeit. Und dann die Illustrationen, die nicht nur winzige Tiere und Bäume und Früchte darstellten, sondern auch nackte Menschen, die sich allen möglichen Beschäftigungen hingaben.«

»Bosch.«

»Genau, wie Boschs ›Garten der Lüste‹, wie dieses üppige, sinnenfreudige Paradies. Natürlich hatte ich damals noch keine Bilder von Bosch gesehen. Aber genau so etwas sah ich hier in diesen Büchern, kleine menschliche Figuren, die sich unter reich mit Früchten beladenen Bäumen vergnügten. Der Kapitän nannte sie ›Symbolische Bilder für den Garten Eden‹ und hielt sie für ziemlich gewöhnlich. Aber gleich zwei Bücher über dasselbe Thema? Nein, damit mußte es etwas auf sich haben. Diese Nuß wollte ich knacken! Ich wollte eine wörtliche Übersetzung.

Und dann tat der Kapitän etwas so Liebes wie noch nie vorher, etwas, wodurch ich ein großer religiöser Führer hätte werden können, was vielleicht sogar heute noch Einfluß auf Dora haben könnte, obwohl sie an etwas völlig anderes glaubt als ich damals.«

»Er hat dir die Bücher überlassen.«

»Ja! Stell dir das vor. Und ich sage dir noch etwas. In diesem Sommer reiste er mit mir kreuz und quer durchs Land, damit ich in mittelalterlichen Manuskripten nachschlagen konnte! Wir waren in Pasadena, in Chicago, in New York. Er hätte mich auch mit nach England genommen, aber das erlaubte meine Mutter nicht. Ich bekam die unterschiedlichsten Bücher zu Gesicht, wobei ich herausfand, daß man Wynkens Schriften mit nichts vergleichen konnte. Wynkens waren blasphemisch und weltlich. Und nicht eine dieser Bibliotheken besaß ein Buch von Wynken de Wilde, obwohl man seinen Namen kannte!

Der Kapitän überließ mir die Bücher! Und sofort begann ich mit der Übersetzung. Doch während meiner ersten Woche in der Oberstufe starb der Kapitän, vorn in seinem Zimmer zur Straße. Ich weigerte mich, zur Schule zu gehen. Ich wollte ihn nicht allein lassen, ich blieb bei ihm. Er fiel in ein Koma. Sein Gesicht veränderte sich so sehr, daß man ihn nach einigen Tagen kaum noch erkannte. Er lag da mit geöffneten Augen, ohne etwas wahrzunehmen, sein Mund hing schlaff herab, sein Atem keuchte. Und ich bin bei ihm geblieben, bis er beerdigt worden ist. Wie ich es dir erzählt habe.«

»Ich glaube dir ja.«

»Nun, ich war siebzehn, meine Mutter war schon sehr krank; es war kein Geld fürs College da, von dem jeder andere Oberstufenschüler bei den Jesuiten redete. So träumte ich also von den Blumenkindern in Kalifornien, hörte Joan Baez' Songs und stellte mir vor, ich würde nach San Francisco gehen, um mit Wynken de Wildes Botschaft einen Kult zu gründen.

So weit war ich nämlich mit meiner Übersetzung gekommen. Geholfen hatte mir dabei schon seit einiger Zeit ein alter Priester bei den Jesuiten; das war einer von diesen wirklich brillanten Lateingelehrten, die die Hälfte ihrer Zeit damit verbringen müssen, kleinen Jungen Benehmen beizubringen. Er half mir gerne bei den Übersetzungen; was für ihn natürlich auch ein bißchen die Verheißung intimer Nähe zu mir bedeutete – daß er für Stunden mit mir allein in einem Zimmer sein konnte.«

»Du hast dich also aufs neue verkauft, noch ehe der Kapitän gestorben war?«

»Nein, so war es nicht. Nicht wie du denkst. Na ja, so ähnlich. Nur daß dieser Priester wirklich im Zölibat lebte; er war Ire, solche Priester wie die damals kann man heute gar nicht mehr verstehen. Sie haben nie irgend jemandem etwas getan. Ich glaube, die masturbierten nicht mal. Ich glaube, es ging ihnen nur darum, den Jungen nahe zu sein; höchstens, daß sie mal schwer atmeten. Heutzutage fühlen sich solche total verklemmten Leute nicht mehr vom Klosterleben angezogen. Solche Männer wären eher während der Messe schreiend auf den Altar gestiegen, als daß sie ein Kind belästigt hätten.«

»Er bemerkte also gar nicht, daß er sich von dir angezogen fühlte, daß er dir deshalb eine Gefälligkeit erwies?«

»So ist es, und deshalb verbrachte er Stunden mit mir bei der Übersetzung von Wynken. Er bewahrte mich davor, durchzudrehen.

Er kam auch häufig und schaute nach dem Kapitän. Wenn der katholisch gewesen wäre, hätte ihm Father Kevin auch die Letzte Ölung gegeben. Versuch das zu verstehen, bitte. Leute wie den Kapitän und Father Kevin kannst du nicht verurteilen.«

»Nein, und Jungen, wie du einer warst, auch nicht.«

»Außerdem kam noch dazu, daß sich meine Mutter im Jahr vorher einen verheerenden Freund zugelegt hatte, einen Typ mit zuckersüßem, gespreiztem Gehabe und extrem gewählter Ausdrucksweise, aber innerlich total verdorben und aus absolut unbefriedigenden Verhältnissen. Er hatte grabentiefe Furchen in einem ansonsten recht jungen Gesicht – und er rauchte du Mauriers. Ich glaube, daß er meine Mutter heiraten wollte und sich Hoffnungen auf das Haus machte. Verstehst du?«

»Ja, das hätte bedeutet, daß du nach dem Tod des Kapitäns niemanden gehabt hättest als den Priester.«

»Du hast es erfaßt. Father Kevin arbeitete gerne mit mir in unserem Haus. Seinen Wagen stellte er in der Philip Street ab und kam zu Fuß zu uns herüber. Wir saßen dann in meinem Zimmer, das nach vorn heraus im zweiten Stock gelegen war. Von da aus hatte ich immer einen tollen Blick auf die Paraden an Mardi Gras. Ich wuchs mit der Vorstellung auf, daß es ganz normal ist, wenn eine Stadt jedes Jahr für zwei Tage verrückt spielt. Egal, wir waren da oben während einer der nächtlichen Paraden – ignorierten sie natürlich wie jeder Einheimische; irgendwann hat man genug von den geschmückten Wagen, dem bunten Fußvolk und den Fackeln –«

»Gräßlich, diese gespenstischen Fackeln.«

»Ja, das stimmt.« Er brach ab und starrte auf den Drink, den der Barkeeper gebracht hatte.

»Was ist?« fragte ich beunruhigt. »Roger, schau mich an. Lös dich jetzt nicht einfach auf, erzähl weiter. Was enthüllte dir die Übersetzung der Bücher? Nur, daß sie gottlos waren? Komm, Roger, sag was!«

Er löste sich aus seiner Versunkenheit, hob das Glas und leerte es ruckartig bis zur Hälfte. »Widerlich, aber ich liebe das Zeug. Der erste Alkohol, den ich als Junge getrunken habe, war Southern Comfort.«

Er schaute mir direkt in die Augen. »Ich löse mich nicht auf«, versicherte er. »Weißt du, dieses Haus, ich sah es plötzlich wieder vor mir, ich roch es sogar. Der Geruch nach alten Leuten, nach Tod in den Räumen. Und doch war es so schön. – Wo war ich stehengeblieben? Ach ja, also während einer dieser Paraden war es, als Father

Kevin das Unglaubliche gelang, der Durchbruch. Er fand heraus, daß Wynken de Wilde die beiden Bücher seiner Schirmherrin Blanche de Wilde gewidmet hatte, die seine Gönnerin und die Gattin seines lieben Bruders Damian war. All diese Informationen waren eingearbeitet in die verschlungenen Muster auf den ersten paar Seiten. Und das zeigte mir die Verse in einem völlig neuen Licht; sie waren nämlich durchsetzt mit lüsternen Anregungen und Verlockungen und möglicherweise sogar mit verschlüsselten Aufforderungen zu unzüchtigen Zusammentreffen. Auf allen Buchseiten tauchte immer wieder der gleiche winzigkleine, gemalte Garten auf – versteh, es geht hier um Miniaturen –«

»Du, ich habe schon viele zu Gesicht bekommen.«

»Und in diesen klitzekleinen Bildern von dem Garten war immer wieder derselbe unbekleidete Mann gemalt, zusammen mit fünf Frauen, und allesamt tanzten sie um einen Brunnen herum, der sich innerhalb der Mauern einer Burg befand. Mit fünffacher Vergrößerung konnte man das alles ganz deutlich erkennen. Und Father Kevin begann unbändig zu lachen.

›Kein Wunder, daß in keinem der Bücher ein Heiliger vorkommt oder auch nur eine Szene aus der Bibel‹, rief er und lachte immer noch. ›Dein Wynken de Wilde war rasend und ein Häretiker dazu! Er war ein Hexer oder Teufelsanbeter. Und diese Frau, Blanche de Wilde, war seine Geliebte.‹ Er war weniger geschockt als amüsiert. ›Weißt du, Roger‹, sagte er, ›wenn du nur Kontakt zu den großen Auktionshäusern knüpfen könntest, würde der Erlös dieser Bücher wahrscheinlich fürs College reichen. Nur hier darfst du sie nicht verkaufen. Es müßte schon in New York sein, vielleicht bei Sotheby's.‹

Father Kevin hatte während der letzten zwei Jahre etwa fünfunddreißig von Wynkens Gedichten ins Englische übertragen – wirklich gute Übersetzungen, ganz gradlinige, klare Prosa –, und nun gingen wir das alles noch einmal durch, achteten auf Wiederholungen und Symbolik, und langsam trat eine Geschichte zutage.

Als erstes kam heraus, daß es ursprünglich mehr als diese zwei Bücher gewesen waren; wir besaßen das erste und das dritte. Das erste beschrieb nicht nur seine Liebe zu Blanche, die er anbetete, die er immer und immer wieder mit der Jungfrau Maria in all ihrer leuchtenden Reinheit verglich, sondern war offensichtlich auch ein Echo auf Briefe, in denen die Dame sich über die Behandlung beklagte, die sie durch ihren Gemahl zu erleiden hatte.

Das war wirklich geschickt gemacht. Du mußt es einfach lesen. Du mußt zurückgehen, dahin, wo du mich getötet hast, du mußt diese Bücher holen.«

»Das heißt also, du hast sie damals nicht verkauft, um aufs College zu gehen?«

»Natürlich nicht. Wynken, der Orgien feiert mit Blanche und ihren vier Freundinnen! Das faszinierte mich zu sehr! Kraft seines Traktates war Wynken mein Heiliger geworden und Sex zu meiner Religion, weil sie auch seine gewesen war, in jedem Buchstaben seiner Philosophie war die Liebe zum Fleisch gegenwärtig! Du mußt dir klarmachen, daß ich keinerlei Glauben besaß, nie. Für mich lag die katholische Kirche im Sterben. Und den Protestantismus hielt ich für einen Witz. Erst Jahre später habe ich begriffen, daß der protestantische Weg vom Grundsatz her mystisch ist, daß er auf das tatsächliche Einssein mit Gott abzielt, so wie Meister Eckhart es hochgelobt hätte und worüber Wynken geschrieben hatte.«

»Du bist den Protestanten gegenüber großzügig. Schrieb denn Wynken wirklich über das Einssein mit Gott?«

»Ja, erreichbar durch die Vereinigung mit dem Weib! Er drückte es vorsichtig, aber deutlich aus: ›Nicht in den Lehren der Menschen, sondern in deinen Armen erfuhr ich die wahrhaftige Dreieinigkeit.‹ So etwa. Ach, ich war mir sicher, das war der wahre, der neue Weg. Aber zu der Zeit hatte ich Protestantismus nur als materialistisch und steril erlebt und in Form von baptistischen Touristen, die sich in der Bourbon Street sinnlos betranken, weil sie es in ihrer Heimatstadt nicht wagen konnten.«

»Wann hast du deine Meinung geändert?« fragte ich.

»Ich verallgemeinere jetzt. Ich meinte eigentlich, daß in der westlichen Welt zur Zeit keine Religion eine Chance hat. Eigentlich sieht Dora das auch so, aber dazu komme ich noch.«

»Habt ihr alle Bücher übersetzen können?«

»Ja, gerade noch, ehe Father Kevin versetzt wurde. Ich habe ihn nie wiedergesehen. Zwar schrieb er mir noch einmal, aber da war ich schon von zu Hause fortgerannt.

Ich war nach San Francisco gegangen. Ohne den Segen meiner Mutter. Ich hatte den Trailways Bus genommen, nur weil er ein paar Cent billiger war als der Greyhound. Nicht mal ganz fünfundsiebzig Dollar hatte ich in der Tasche. Alles, was ich je vom Kapitän bekommen hatte, hatte ich verplempert. Und du kannst dir gar nicht vorstellen, wie sich seine Verwandten aus Jackson auf seine Zimmer gestürzt haben nach seinem Tod. Sie nahmen aber auch alles mit. Ich hatte immer gedacht, er würde mir etwas hinterlassen. Aber es war mir egal. Sein größtes Geschenk waren die Bücher gewesen; und all die vielen Essen, die er mir im Hotel Monteleone spendiert hat. Ich bin so gerne mit ihm dahin gegangen!

Wo war ich? Ach ja, ich kaufte also das Ticket nach Kalifornien, danach reichte mein Geld gerade noch für ein Brötchen und einen Kaffee an jeder Station. Und dann kam etwas Merkwürdiges. Sozusagen die unabwendbare Entscheidung. Nämlich als wir durch einen Ort in Texas fuhren, stellte ich fest, daß mein Geld nicht mehr für die Rückkehr reichen würde – selbst wenn ich es gewollt hätte. Das war mitten in der Nacht, ich glaube, in El Paso. Wie auch immer, mir wurde klar, ich konnte nicht mehr zurück. So stürzte ich mich also kopfüber ins Abenteuer; auf den Lehren von Wynken de Wilde aufbauend, wollte ich eine Sekte gründen, die die Liebe pries und für sich in Anspruch nahm, daß sexuelle Vereinigung Vereinigung mit Gott war, und ich würde meinen Jüngern das alles aus seinen Büchern erklären. Das war mein Traum, obwohl, wenn ich ehrlich bin, Gott selbst mich absolut kaltließ.

Schon nach wenigen Monaten hatte ich jedoch gemerkt, daß mein Glaubensbekenntnis nicht gerade einzigartig war. Die Stadt wimmelte von Hippies, die an die freie Liebe glaubten und an ihr Recht zu betteln. Und ich hielt zwar vor meinen Freunden regelrechte Vorlesungen über Wynken ab, seine Bücher hoch erhoben in den Händen und seine Verse auf den Lippen – die waren natürlich nicht allzu anstößig –«

»Das kann ich mir vorstellen.«

»Aber hauptsächlich betätigte ich mich als so eine Art Manager und Geschäftsführer von drei Rockmusikern, die zwar berühmt werden wollten, aber ständig so gedopt waren, daß sie entweder ihre Auftritte vergaßen oder hinterher versäumten, die Gage zu kassieren. Einer von ihnen – wir nannten ihn Blue – konnte wirklich gut singen, er hatte einen klaren Tenor und einen ziemlichen Stimmumfang. Irgendwie hatte die Band schon einen besonderen Sound. Dachten wir wenigstens.

Father Kevins Brief erreichte mich, als ich im Spreckles Mansion in Buena Vista Park wohnte, sagt dir das etwas?«

»Ja, klar, das ist ein Hotel.«

»Ja, jetzt, aber damals war es noch in privater Hand; in der obersten Etage befand sich ein Ballsaal, mit einem Bad und einer kleinen Küche dabei ... das Haus war noch nicht renoviert worden. ›Zimmer mit Frühstück‹ gab es noch nicht. Ich hatte einfach nur die obere Etage gemietet, die Band übte in dem Ballsaal, und gemeinsam benutzten wir das verdreckte Bad und die Küche, und tagsüber, wenn die andern sich zum Schlafen auf dem Fußboden verteilt hatten, träumte ich von Wynken, dachte über ihn nach und fragte mich, ob ich je Genaueres über ihn in Erfahrung bringen würde. Meine Phantasie ging fast mit mir durch.

Dieser Dachboden war erstaunlich. Er hatte Erkerfenster in drei Himmelsrichtungen und breite Fensterbänke mit alten, verschlissenen Samtkissen. Von da oben konnte man, von der Ostseite abgesehen, fast ganz San Francisco herrlich überblicken. Wir saßen so gerne in diesen Fenstersitzen und redeten und redeten. Meine Freunde mochten es, wenn ich über Wynken sprach. Wir planten, einige Songs zu schreiben, die auf Wynkens Lyrik basierten. Na, daraus wurde nie etwas.«

»Besessen!«

»Total. Lestat, egal was du von mir denkst, wenn wir hier fertig sind, du mußt einfach nach den Büchern suchen. Sie sind in der Wohnung, jedes einzelne, alle, die er je geschrieben hat. Seine Bücher aufzutreiben war mein Lebenswerk. Wegen dieser Bücher bin ich ins Drogengeschäft geraten, schon damals in San Francisco.

Ich habe Father Kevins Brief erwähnt; er schrieb mir, er habe Manuskripte gefunden, in denen Wynken de Wilde erwähnt wurde, er sei als Anführer einer Sekte von Gotteslästerern hingerichtet worden. Wynken hatte nur weibliche Jünger, und die Kirche hatte seine Werke verdammt. Father Kevin meinte, das alles sei ›Geschichte‹ und ich täte besser daran, die Bücher zu verkaufen. Er wollte noch mal schreiben, aber ich hörte nichts mehr von ihm. Zwei Monate später war ich – von einem Moment zum anderen – des mehrfachen Mordes schuldig geworden, und das veränderte mein Leben.«

»Hing das mit dem Drogenhandel zusammen?«

»Sozusagen, aber der Fehler, der alles ins Rollen brachte, ging nicht auf meine Kappe. Blue handelte in größerem Rahmen als ich; der trug das Zeug in Koffern mit sich herum. Für mich fiel hin und wieder ein bißchen was ab, aber Blue besorgte den Stoff kiloweise, und dabei verschlampte er eines Tages zwei Kilo. Er konnte sich einfach nicht erinnern, wo er es gelassen hatte. Wir kamen zu dem Schluß, daß er es wahrscheinlich in einem Taxi vergessen hatte, aber wir fanden nichts Genaues raus. Damals liefen naive Kids in Mengen herum, sie kamen irgendwie ans Dealen; denen war überhaupt nicht bewußt, daß die Drogen aus ziemlich gefährlichen Quellen stammten, von Leuten, für die ein Mord nichts bedeutete. Blue dachte, es wäre ganz einfach, sich aus der Situation rauszureden, er würde schon eine Erklärung finden, zum Beispiel daß man ihn ausgeraubt oder daß Freunde ihn betrogen hätten oder so. Er meinte, seine Verbindungsleute vertrauten ihm, sie hätten ihm sogar eine Pistole gegeben. Das Ding lag in einer Küchenschublade, man hatte ihm gesagt, er würde sie gegebenenfalls benutzen müssen, aber das hätte er nie fertiggebracht. Ich schätze, wenn man derart mit Drogen abgefüllt ist – Blue nahm das Zeug ja selbst auch –, denkt man, die andern sind alle genauso voll. Er glaubte dasselbe von seinen Verbindungsleuten, man müsse sich keine Sorgen machen, alles andere wäre Gerede. Und alles wäre okay, und wir würden so berühmt wie Big Brother und die Holding Company oder Janis Joplin.

Aber eines Tages kamen sie seinetwegen – zwei Männer. Außer ihm war nur ich noch im Haus. Er sprach mit ihnen in dem großen Saal und tischte ihnen seine Ausreden auf. Ich saß in der Küche, hörte kaum auf ihr Gespräch, wahrscheinlich war ich in Wynken vertieft. Wie auch immer, ich kriegte erst nach und nach mit, was eigentlich lief.

Die beiden wollten Blue umbringen. Sehr ruhig wiederholten sie immer wieder, es sei zwar alles in Ordnung, aber er müsse mit ihnen kommen, er solle aufstehen, ja, jetzt sofort, er solle mitgehen. Schließlich sagte einer der beiden ganz leise und bösartig: ›Los, Mann, komm jetzt!‹ Und in dem Moment erstarben Blue die Hippie-Platitüden, die er vor sich hin geplappert hatte, auf den Lippen. Nichts mehr von ›Es wird sich alles klären, und was habe ich schon Schlimmes gemacht, Mann‹. Es war plötzlich ganz still, und da wußte ich, sie würden Blue mitnehmen, ihn erschießen und seine Leiche irgendwo verschwinden lassen. Das war schon genug Kids passiert, ich hatte es in den Zeitungen gelesen! Mir sträubten sich die Haare, denn mir war klar, daß Blue keine Chance hatte.

Ich dachte überhaupt nicht nach, dachte auch nicht an die Pistole in der Küchenschublade. Eine Woge von Energie überflutete mich. Ich rannte in den Saal. Die beiden Männer waren älter, härter als wir, kein bißchen wie Hippies. Auch Hell's Angels waren sie nicht. Sie waren wirklich Killer. Und sie zuckten sichtbar zusammen, als sie sahen, daß ich ihnen bei ihrem Vorhaben, Blue einfach abzuschleppen, in die Quere kam.

Ich glaube, du kennst mich, du weißt, ich bin mindestens so eingebildet wie du, und außerdem war ich absolut überzeugt, daß ich etwas ganz Besonderes war, eine Bestimmung hatte, und so ging ich also – geladen und flammend wie ein Blitz – auf die beiden zu, sprühte förmlich Funken, mit diesem absolut selbstbewußten, tänzerischen Gang. Der einzige Gedanke in meinem Kopf war: Wenn Blue sterben konnte, hieß das, auch ich konnte sterben, und für diese Wahrheit durfte es einfach keinen Beweis geben, verstehst du?«

»Ja, sehr gut sogar.«

»Ich redete also auf die Typen ein, quasselte schnell und eindringlich und in hochgestochenen viersilbigen Ausdrücken, so, als sei ich ein psychedelischer Philosoph, und ging dabei direkt auf sie zu, während ich ihnen einen Vortrag über Gewalttätigkeit hielt und ihnen unterstellte, sie hätten mich ›und die anderen in der Küche‹ bei einer wichtigen Schulung gestört.

Ganz plötzlich griff der eine in seine Jacke und zog eine Pistole. Er dachte, er hätte leichtes Spiel. Ich habe es so deutlich in Erinnerung! Er zog einfach die Pistole und richtete sie auf mich. Und er hatte noch nicht ganz gezielt, da hatte ich schon mit beiden Händen danach gegriffen, sie ihm weggerissen; ich trat ihn dabei, so hart ich konnte, und dann schoß ich, und beide Männer waren sofort tot.«

Roger hielt inne.

Ich schwieg. Ich war versucht zu lächeln. Das gefiel mir. Ich nickte, natürlich, genau so mußte es angefangen haben, warum hatte ich das nicht gleich erkannt? Er war kein geborener Killer; er wäre mir sonst niemals so interessant erschienen.

»So schnell ging das, plötzlich war ich ein Mörder«, sagte er. »So schnell. Und noch dazu mit umwerfendem Erfolg, das stell dir mal vor.« Er nahm noch einen Schluck und schaute ins Leere, in Erinnerungen versunken. Er schien jetzt in seinem Gespenstkörper völlig gefestigt, ganz präsent zu sein.

»Und was hast du dann gemacht?« fragte ich.

»Wie ich schon sagte. Mein ganzes Leben war verändert. Mir fiel alles mögliche ein – zur Polizei gehen, einen Priester holen, ich sah mich verdammt, wollte meine Mutter anrufen oder Father Kevin, das Hasch in die Toilette kippen, die Nachbarn alarmieren, mein Leben war verpfuscht oder alles zusammen. Aber dann schloß ich nur einfach die Tür ab, setzte mich zu Blue, und eine geschlagene Stunde redete ich auf ihn ein. Blue sagte gar nichts. Nur ich redete. Währenddessen betete ich, daß unten kein Wagen auf die beiden gewartet hatte, aber selbst wenn jemand an die Tür klopfte – ich war darauf vorbereitet, denn ich hatte jetzt die Pistole, in der noch eine Menge Kugeln waren, und ich saß direkt gegenüber der Tür. Also, ich saß da, wachsam und abwartend, die beiden Leichen vor mir, und redete auf Blue ein, aber der starrte die ganze Zeit nur ins Leere, als wäre er auf einem verdammt scheußlichen LSD-Trip, während ich auf Teufel komm raus nach einem Ausweg suchte. Warum sollte ich wegen dieser beiden für den Rest meines Lebens in den Knast wandern? Ungefähr eine Stunde brauchte ich für diesen äußerst logischen Entschluß.«

»Ach, ja.«

»Auf der Stelle räumten wir die Bude aus, nahmen alles mit, was uns gehörte, riefen die andern beiden von der Band an, um ihnen zu sagen, daß wir ihre Sachen an einem Busbahnhof deponiert hätten, weil wir mit einer Razzia rechnen müßten wegen der Drogen. Nach all den Parties und Orgien und nächtlichen Jam Sessions war die Wohnung derart mit Fingerabdrücken übersät, daß man da garantiert keinen Hinweis finden würde. Von uns waren auch noch nie Fingerabdrücke genommen worden. Und zur Sicherheit hatte ich immer noch die Pistole.

Und dann tat ich noch etwas, ich nahm das Geld der beiden Männer mit. Blue wollte nichts davon, aber ich brauchte die Scheine, um da wegzukommen.

Wir trennten uns. Ich habe Blue nie wiedergesehen, auch die andern nicht. Ich glaube, sie wollten nach L. A., ganz groß rauskommen. Blue hatte dann wohl hinterher Drogenprobleme, ich weiß nicht genau. Von dem Augenblick an, als das geschehen war, war ich total verändert. Ich war nie wieder derselbe.«

»Was hat dich so verändert?« fragte ich. »Ich meine, wo genau lag die Ursache? Daß du Gefallen daran gefunden hattest?«

»Nein, das bestimmt nicht. Es war kein Vergnügen. Es bedeutete Erfolg, aber Spaß hat es mir nie gemacht. Mord ist Arbeit und außerdem ein schmutziges Geschäft. Es ist wirklich harte Arbeit. Für dich ist es ein Vergnügen, aber schließlich bist du auch kein Mensch.

Nein, daran lag es nicht. Es war mehr die Tatsache, daß das überhaupt möglich gewesen war. Daß ich dem Mistkerl einfach gegenübertreten und ihm völlig unerwartet die Pistole wegnehmen konnte, einfach so – das war das letzte gewesen, womit er gerechnet hatte. Und daß ich sie dann beide ohne Zögern getötet habe – eigentlich hätten sie allein vor Überraschung sterben müssen.«

»Sie hielten euch einfach nur für Kids.«

»Sie hielten uns für Träumer. Und ich war wirklich einer. Auf dem ganzen Weg nach New York dachte ich immer nur: ›Ich bin für etwas Großartiges bestimmt, ich habe eine große Zukunft‹, und diese Fähigkeit, die Fähigkeit, einfach zwei Leute niederzuschießen, das war wie eine Erleuchtung, die Epiphanie meiner Kraft!«

»Gottgegeben, diese Erleuchtung.«

»Nein, Schicksal, Bestimmung. Ich sagte schon, Gott hat mir noch nie irgendwelche Gefühle entlockt. Du weißt, was die katholische Kirche behauptet? Daß man um seine Seele fürchten muß, wenn man die Jungfrau Maria nicht verehrt. Ich habe sie nie verehrt und auch keine andere persönliche Gottheit oder irgendeinen Heiligen. Solche Gefühle hatte ich nie. Darum erstaunte mich auch Doras Entwicklung so, besonders weil sie eine so absolut ehrliche Person ist. Aber dazu kommen wir noch. Auf dem Weg nach New York wurde mir klar, daß mein Kult von dieser Welt sein würde, was bedeutete, viele Mitläufer, viel Macht, verschwenderischer Luxus und alle Ausschweifungen dieser Welt.«

»Ja, ich verstehe.«

»Diese Vision hatte Wynken gehabt. Wynken hatte seinen weiblichen Anhängern vermittelt, daß es keinen Sinn hatte, aufs Jenseits zu warten. Was man tun wollte, mußte man im Diesseits tun, jede Art Sünde begehen … so stellten es sich die Häretiker damals gewöhnlich vor, nicht wahr?«

»Ja, einige. Oder zumindest behaupteten es ihre Gegner.«

»Beim nächsten Mal tötete ich nur wegen des Geldes. Es ging um Kopfgeld. Ich war der ehrgeizigste Bursche in der Stadt. Ich managte wieder eine Band, einen unbekannten Haufen, sie kamen einfach nicht groß raus, obwohl es bei anderen über Nacht klappte. Ich war auch wieder im Drogengeschäft, und diesmal war ich verdammt viel geschickter damit, allerdings entwickelte ich persönlich eine immer größere Abneigung gegen Drogen. Das war in den Anfängen des Drogenhandels, als der Stoff noch mit kleinen Flugzeugen über die Grenze gebracht wurde, es war fast wie früher die Wildwestabenteuer.

Und da kam mir zu Ohren, daß dieser spezielle Mann auf der Abschußliste eines mächtigen Bosses stand; auf seinen Kopf waren dreißigtausend Dollar ausgesetzt. Der Bursche selbst war absolut bösartig und verbreitete Angst und Schrecken. Er wußte, daß die ihn umlegen wollten. Aber er spazierte am hellichten Tag durch die Gegend, und keiner traute sich an ihn ran.

Ich schätze, jeder erwartete vom anderen, er würde den Job machen. Keine Ahnung, welche Verbindungen diese Leute untereinander hatten; ich wußte nur eins, der Kerl war Freiwild. Dessen hatte ich mich versichert.

Dann legte ich mir einen Plan zurecht, wie ich ihn erwischen konnte. Neunzehn war ich da. Ich zog mich an wie einer der Knaben vom College – Rollkragenpullover, Blazer, Flanellhosen, kurze Haare und ein Packen Bücher unterm Arm. Ich fand heraus, wo der Mann auf Long Island wohnte, marschierte eines Abends direkt zu der hinteren Auffahrt seines Hauses und erschoß ihn in dem Moment, als er aus seinem Wagen stieg, während seine Frau und seine Kinder ein paar Meter entfernt drinnen beim Abendessen saßen.«

Er unterbrach sich wieder. Mit tiefem Ernst sagte er dann: »Um etwas so Schändliches zu tun, bedarf es einer besonderen Gattung Lebewesen. Und nicht einmal Reue zu spüren.«

»Du hast ihn nicht gefoltert wie ich dich«, sagte ich sanft. »Du bist dir all deiner Taten bewußt, so ist es doch? Du weißt, um was es geht. Während ich dich verfolgte, habe ich nur einen unvollkommenen Eindruck davon gewonnen. Ich hatte das Gefühl, du seist auf perverse Weise von der Romantik deines Daseins überzeugt. Selbstbetrug von Grund auf.«

»Das war Folter, was du mit mir gemacht hast?« fragte er. »Ich habe keine Erinnerung an Schmerzen, nur an Wut darüber, daß ich sterben sollte. Wie auch immer, diesen Mann auf Long Island tötete ich für Geld. Der Mord bedeutete mir nichts. Ich fühlte hinterher nicht einmal Erleichterung, sondern eher eine gewisse Stärke, weil ich das hatte durchführen können. Ich wollte diese Probe noch einmal bestehen, und dazu kam es schon bald.«

»So hattest du also deinen Weg gefunden.«

»Absolut. Ganz mein Stil. Es sprach sich herum. Wenn etwas unmöglich scheint, nehmt Roger. Ich schaffte es, in ein Krankenhaus zu spazieren, aufgemacht wie ein junger Arzt, mit einem Namensschild am Kittel, ein paar Listen in der Hand, und einen Typen in seinem Bett zu erschießen, ehe auch nur irgend jemand Lunte gerochen hatte. Ich tat das tatsächlich.

Aber weißt du, ich habe meinen Reichtum nicht als Killer erworben. Der kam erst durch Heroin und später durch Kokain, und meine Verbindungen hatte ich noch aus der Zeit dieser Wildwestabenteuer. Dieselben Leute transportierten jetzt das Kokain, auf derselben Route, mit denselben Flugzeugen! Du kennst die Geschichte des Drogenhandels wie jeder heute. Die Methoden, die die Händler anfangs anwandten, waren nicht gerade raffiniert. Es war eher wie ein Räuber-und-Gendarm-Spiel mit den Knaben von der Regierung. Die Drogenflieger versuchten schneller zu sein als die Polizisten, landeten irgendwo – manchmal so vollgestopft mit dem Zeug, daß der Pilot sich kaum aus dem Cockpit quetschen konnte –, wir rasten los, luden den Stoff um und verschwanden mit einem Affenzahn.«

»Ja, die Stories kenne ich.«

»Jetzt gibt es in diesem Geschäft echte Genies, die mit Handies und Computern operieren und wissen, wie man Geld so geschickt wäscht, daß es spurlos verschwindet. Aber damals? Da war ich das Genie im Drogengeschäft. Manchmal war das alles mühsamer als Kohlenschleppen, sag' ich dir. Und ich hängte mich voll rein, fand die richtigen Mittelsmänner, denen ich trauen konnte, und die richtigen Lastesel für den Grenzübertritt, und bevor Kokain förmlich die Straßen überschwemmte, machte ich die schönsten Geschäfte mit den wirklich Reichen, weißt du, mit solchen Leuten, die man persönlich belieferte. Die mußten nicht einen Fuß vor die Tür ihrer Paläste setzen. Es kam ein Anruf; du gingst hin; dein Stoff war rein; und sie mochten dich. Aber ich ließ mich nicht lange darauf ein. Ich wollte davon nicht abhängig sein.

Ich war etwas cleverer. Als damals diese teuflische Inflation grassierte, konnte ich einige Grundstückstransaktionen tätigen, einfach weil ich das Geld bar auf der Hand hatte. Ich war wirklich brillant. Ich habe echt abgeräumt.«

»Aber wie kamst du an Terry? Und Dora?«

»Reiner Zufall. Oder Schicksal. Wer weiß? Ich kehrte nach New Orleans zurück wegen meiner Mutter, stolperte über Terry und schwängerte sie. Idiotisch.

Zweiundzwanzig war ich, und meine Mutter lag im Sterben. Sie sagte: ›Roger, bitte komm nach Hause.‹ Ihr alberner, faltengesichtiger Freund war gestorben, so daß sie ganz allein war. Allerdings hatte ich ihr schon die ganze Zeit reichlich Geld geschickt. Sie hatte das Haus wieder für sich allein, keine Gäste mehr, sie hatte zwei Dienstmädchen und einen Fahrer, der sie im Cadillac durchs Viertel kutschierte, wann immer sie Lust hatte. Das machte ihr riesigen Spaß, sie fragte nie, woher das Geld kam.

Natürlich hatte ich weiterhin nach Wynken gesucht, ich besaß inzwischen zwei weitere Bücher von ihm und das Lager in New York mit allen möglichen Kostbarkeiten. Aber darauf komme ich noch. Behalt nur den Gedanken an Wynken im Kopf.

Meine Mutter hatte mich eigentlich nie um etwas gebeten. Sie hatte jetzt für sich das große Schlafzimmer im oberen Stock zurechtgemacht. Sie lag da und sagte immer, sie unterhalte sich mit all den anderen aus der Familie, die ihr vorangegangen waren – mit ihrem armen, lieben Bruder Mickey und ihrer Schwester Alice und ihrer Mutter, dem irischen Hausmädchen – der Gründerin der Familie, sozusagen –, die das Haus von der verrückten alten Dame geerbt hatte, in deren Diensten sie gestanden hatte. Meine Mutter sprach auch häufig mit Klein Richard, ihrem Bruder, der schon mit vier Jahren gestorben war. Sie sagte, Klein Richard erscheine ihr immer, um ihr zu sagen, es sei jetzt an der Zeit, zu ihm zu kommen.

Doch jetzt wollte sie, daß ich nach Hause kam. Ich sollte bei ihr sein in diesem Zimmer; das war mir klar, ich verstand sie. Sie hatte sich früher selbst um Gäste gekümmert, die im Sterben lagen, und auch ich hatte nicht nur im Sterbezimmer des Kapitäns gesessen. Also erfüllte ich ihr den Wunsch.

In New York wußte niemand, wohin ich ging, keiner kannte meinen richtigen Namen, so daß ich die Stadt einfach hinter mir lassen konnte. Ich fuhr also zu dem Haus in der St. Charles Avenue und saß bei ihr im Krankenzimmer, hielt die Brechschale, wischte ihr den Speichel ab und versuchte, sie auf die Bettpfanne zu setzen, wenn in der Agentur keine Krankenschwester frei war. Wir hatten eine Hilfe, aber die wollte sie nicht, nicht das farbige Mädchen – so nannte sie sie immer. Oder die gräßliche Krankenschwester. Und so machte ich also die erstaunliche Entdeckung, daß ich das alles gar nicht so abstoßend fand. Ich habe so viele Laken gewaschen. Natürlich gab es eine Waschmaschine, aber ich mußte das Bett wieder und wieder abziehen. Es machte mir nichts aus. Vielleicht war ich ja immer schon in mancher Hinsicht nicht normal gewesen. Was auch passierte, ich tat einfach, was notwendig war. Ich habe bestimmt tausendmal diese Bettpfanne gereinigt. Kein Gestank hält ewig.«

»Wenigstens nicht in dieser Welt«, murmelte ich. Aber das hörte er, Gott sei Dank, nicht.

»Das ging zwei Wochen so. Sie wollte nicht ins Krankenhaus, also ließ ich Pflegerinnen rund um die Uhr kommen, die ihr den Puls und den Blutdruck maßen, wenn ihr Zustand mich beunruhigte.

Ich ließ Musik laufen, betete laut mit ihr den Rosenkranz und all das, die typische Sterbebettszene eben. Von zwei bis vier Uhr nachmittags durften Besucher zu ihr. Verwandte kamen, die fragten: ›Wo ist Roger?‹, aber ich ließ mich nicht blicken.«

»Aber es quälte dich nicht, sie so leiden zu sehen.«

»Na, ich war nicht gerade wild darauf. Sie war von Krebs zerfressen, kein Geld der Welt hätte sie retten können. Ich wollte, daß es schnell mit ihr ging, ich konnte es kaum ertragen, sie so zu sehen. Aber tief in mir gibt es wohl eine gewisse Härte, die mich zum Durchhalten zwingt, die mir sagt: ›Tu einfach, was nötig ist.‹ Und so blieb ich bei ihr, Tag und Nacht, bis sie starb.

Sie sprach oft von Geistern, aber ich hörte und sah keine. Ich dachte nur immerzu: ›Klein Richard, Onkel Mickey, kommt, nehmt sie mit euch.‹

Doch ehe es zu Ende mit ihr ging, kam noch Terry, eine private Pflegerin, wie sie sich nannte, sie sprang ein, wenn keine Krankenschwester frei war.

Terry, eins fünfundsiebzig groß, blond, die billigste und verführerischste Puppe, die ich je gesehen hatte.

Weißt du, es geht hier nur um die Frage, ob ein bestimmter Stil konsequent angewandt wird, ob alles zusammenpaßt. Dieses Mädchen war perfekt in ihrer glitzernden, kitschigen Aufmachung.«

Ich lächelte, »rosa Fingernägel und rosa Lip gloss«. Ich hatte das Bild von ihr in seinem Geist aufblitzen sehen.

»Alles paßte bis aufs I-Tüpfelchen zusammen bei ihr. Der Kaugummi, das goldene Fußkettchen, die lackierten Zehennägel und ihre Art, direkt da im Krankenzimmer die Schuhe abzustreifen, damit ich ihre rosa Zehennägel sah, und wie sie mit dem Ausschnitt ihrer weißen Nylonuniform kokettierte. Und ihre dummen Augen unter den schweren Lidern, wunderbar geschminkt mit Eyeliner und Mascara. Sie feilte ihre Nägel in meiner Gegenwart!

Ich sage dir, sie war das fleischgewordene Klischee, perfekt realisiert, nie wieder ist mir so etwas vor Augen gekommen. Ach, was soll ich sagen! Sie war ein Meisterwerk!«

Ich mußte lachen und er auch, aber er sprach weiter.

»Sie war einfach unwiderstehlich. Ein unbehaartes kleines Tier. Ich vögelte mit ihr, wann immer sich eine Gelegenheit bot. Während meine Mutter schlief, machten wir es im Stehen im Badezimmer. Ihr rosa Slip hing ihr um die Knöchel. Hin und wieder gingen wir in eins der unbenutzten Schlafzimmer; wir brauchten nie mehr als zwanzig Minuten, ich habe die Zeit gestoppt! Sie roch immer nach Blue-Waltz-Parfüm.«

Ich lachte leise und nachdenklich: »Ob ich wohl weiß, wovon du sprichst? Du hattest das durchschaut. Man stelle sich vor, du hattest sie durchschaut, und doch bist du auf sie hereingefallen.«

»Immerhin war ich Lichtjahre von New York entfernt, von den Frauen und den Knaben, die ich da haben konnte. Weit weg von dieser ganzen großen Show, die in der Drogenszene abläuft, wo dir blöde Bodyguards die Türen aufreißen und Mädchen dir auf dem Rücksitz deines Luxusschlittens Liebeserklärungen machen, nur weil sie gehört haben, du hättest in der Nacht vorher jemanden erschossen. Und Sex in einem solchen Ausmaß, daß man mittendrin, während der besten oralen Nummer, die man je hatte, plötzlich nicht mehr bei der Sache war.«

»Wir sind uns ähnlicher, als ich mir je träumen ließ. Ich lebte mit einem Selbstbetrug trotz all der mir verliehenen Fähigkeiten.«

»Was meinst du damit?«

»Die Zeit reicht nicht für Erklärungen; du brauchst nichts über mich zu wissen. Erzähl lieber von Terry. Wie kam das mit Dora?«

»Terry wurde schwanger. Ich hatte angenommen, sie nähme die Pille. Sie dachte, ich sei reich! Es spielte keine Rolle, ob ich sie liebte oder sie mich. Weißt du, ein derart dummes, einfältiges Wesen wie Terry habe ich nie wieder getroffen. Ich frage mich, ob du überhaupt so unwissende, dumpfe Leute aussaugst.«

»Und Dora war das Baby.«

»Ja. Terry drohte mit einer Abtreibung, wenn ich sie nicht heiratete. Also schloß ich einen Handel mit ihr. Hundert Riesen bei der Heirat (ich benutzte einen falschen Namen, die Ehe gab es nur auf dem Papier, und das hat sich als Segen herausgestellt, denn so gelten Dora und ich nicht als verwandt) und noch einmal das gleiche, wenn das Baby da war. Danach könne sie die Scheidung einreichen, und ich wolle nur meine Tochter.

›Unsere Tochter‹, sagte sie.

›Sicher doch, unsere Tochter‹, antwortete ich. Ich war ein Trottel. Was mir überhaupt nicht in den Sinn kam, womit ich überhaupt nicht rechnete, das war die schlichte Tatsache, daß diese Frau – dieses nagelfeilende, kaugummikauende, mascaratragende Etwas mit seinen Gummisohlen unter den Pflegerinnenschuhen und dem brillantbesetzten Ehering am Finger –, daß die etwas für ihr Kind empfinden könnte. Sie war dumm, aber sie war ein echtes Muttertier, und deshalb gab sie ihr Kind nicht her, ums Verrecken nicht. Ich konnte gerade noch Besuchsrechte aushandeln.

Sechs Jahre lang flog ich, sooft ich konnte, nach New Orleans, nur um Dora im Arm zu halten, mit ihr zu sprechen und mit ihr spazierenzugehen. Und dieses Kind gehörte wirklich zu mir, war wirklich Fleisch von meinem Fleisch – von Anfang an! Sie rannte auf mich zu, wenn sie mich nur von weitem sah, und flog in meine Arme.

Oft fuhren wir dann mit einem Taxi ins Viertel und wanderten durch die Straßen; sie liebte das, vor allem auch, die Kathedrale anzusehen. Und auf dem Markt aßen wir Muffaletas, weißt du, diese riesigen Sandwiches voller Oliven –«

»Ja, ja.«

»Sie erzählte mir immer alles, was sie in meiner Abwesenheit erlebt hatte. Wir tanzten auf der Straße, und ich sang ihr vor. Ach, sie hatte schon als Kind eine so schöne Stimme. Wie meine Mutter und wie Terry. Die Stimme hat sie von den beiden, nicht von mir. Und Köpfchen hatte sie. Wenn wir mit der Fähre über den Fluß fuhren und wieder zurück, lehnten wir immer am Geländer und sangen. Oft nahm ich sie auch mit in die Geschäfte und kaufte ihr die schönsten Kleider. Dagegen hatte ihre Mutter nichts. Allerdings war ich auch so schlau, immer etwas für Terry zu besorgen, spitzentriefende Unterwäsche oder ein Kosmetikset aus Paris oder sauteures Parfüm. Alles, nur nicht Blue Waltz!

Dora und ich hatten sehr viel Spaß zusammen. Manchmal dachte ich, nichts könnte mich erschüttern, wenn ich nur Dora oft genug sehen könnte.«

»Sie war genauso sprachgewandt und phantasiebegabt wie du.«

»Genau, immer voller Träume und Ideen. Weißt du, Dora ist nicht naiv. Sie ist eine Theologin. Das ist ja das Erstaunliche. Das Verlangen nach Außergewöhnlichem? Das habe ich in ihr entfacht. Aber den Glauben an Gott, an die Theologie? Keine Ahnung, woher sie das hat.«

Theologie. Das Wort gab mir zu denken.

»Inzwischen konnten Terry und ich uns nicht mehr ausstehen. Kaum sollte Dora in die Schule, fing der Kampf an. Es war die Hölle. Ich wollte Dora zur Sacred Heart Academy schicken, mit Ballett- und Musikunterricht und Reisen nach Europa. Und Terry haßte mich deswegen. Ich sollte ihr Kind nicht zu einem Snob machen. Aus dem Haus in der St. Charles Avenue war sie schon ausgezogen – sagte, es sei alt und gruselig – und in einen im Rancherstil aufgemachten Bungalow in einem trübseligen Vorort gezogen. Dadurch hatte sie mein Kind schon dem Garden District mit all seinen herrlichen Farben entrissen; wo sie jetzt wohnten, gab es als einzige architektonische Sehenswürdigkeit nur das nächstgelegene Seven-Eleven.

Ich war verzweifelt. Dora wurde immer älter, vielleicht war sie schon alt genug, um sie ihrer Mutter mit Erfolg zu entfremden. Sie liebte sie auf eine besondere Art, irgendwie beschützend. Ein stilles, wortloses Einvernehmen herrschte zwischen ihnen. Und Terry war sehr stolz auf Dora.«

»Und dann tauchte dieser Freund auf.«

»Stimmt. Und wäre ich nur einen Tag später gekommen, wären sie weg gewesen. Sie wollte mir glatt entwischen. Zum Teufel mit meinen großzügigen Schecks! Sie wollte mit diesem Hungerleider von Elektriker nach Florida abhauen! Sie hatten Dora nichts davon gesagt, die spielte ein Stück entfernt auf der Straße. Sie hatten schon gepackt! Und da habe ich Terry samt ihrem Freund erschossen, mitten in diesem albernen kleinen Haus in Metairie, wo Terry unbedingt mein Kind hatte großziehen wollen anstatt in der St. Charles Avenue. Ich habe sie beide erschossen. Ihr Blut tropfte auf den Polyesterteppichboden und die Frühstücksbar aus Resopal.«

»Ich sehe es vor mir.«

»Ich habe die beiden im Sumpf versenkt. So etwas hatte ich schon lange nicht mehr selbst in die Hand nehmen müssen, doch es war ganz leicht. Der Kerl hatte seinen Laster in die Garage gestellt; ich lud die beiden auf die Ladefläche und schaffte sie so aus dem Haus. Irgendwo draußen beim Jefferson Highway versenkte ich sie, keine Ahnung, wo genau. Oder war's bei Chef Menteur? Ja, irgendwo da. Sie verschwanden einfach im Schlamm.«

»Das kann ich nachempfinden. Mich hat man auch schon mal im Sumpf versenkt.«

Er war zu erregt, um mein Gemurmel überhaupt wahrzunehmen, und setzte seine Erzählung fort.

»Dann fuhr ich zurück zu Dora. Sie saß auf den Treppenstufen vorm Haus, die Ellbogen auf die Knie gestützt, verwundert, warum keiner zu Hause war und die Tür verschlossen, so daß sie nicht hereinkonnte. Kaum sah sie mich, rief sie: ›Daddy! Ich wußte, daß du kommst, Daddy!‹

Ich riskierte gar nicht erst, wegen ihrer Sachen ins Haus zu gehen. Sie sollte das Blut nicht sehen. Ich habe sie zu mir in den Laster gesetzt und bin aus New Orleans herausgefahren. In Seattle, Washington, habe ich den Truck stehenlassen. Eine Odyssee war das, kreuz und quer durchs Land, mit Dora. All diese Meilen, Wahnsinn. Nur wir beide, und ich redete immerzu. Ich glaube, ich habe versucht, Dora mein ganzes Wissen zu vermitteln. Ich redete nicht von Schlechtigkeit, Selbstzerstörung und Verderbnis, sondern ich sprach über das Gute, über Tugenden und Redlichkeit und darüber, was Menschen korrumpieren kann und welche Dinge wirklich der Mühe wert sind.

›Du kannst nicht einfach die Hände in den Schoß legen, Dora‹, sagte ich ihr immer wieder, ›du kannst die Welt nicht lassen, wie sie ist.‹ Ich erzählte ihr sogar, daß ich in meiner Jugend so etwas wie ein religiöser Führer hatte werden wollen, daß ich jetzt dabei sei, eine wunderbare Sammlung aufzubauen mit sakralen Kunstwerken aus aller Welt. Ich hätte angefangen, damit zu handeln, um mir die wenigen Stücke leisten zu können, an denen mir wirklich lag. Ich ließ Dora in dem Glauben, daß dieser Handel mich so reich gemacht hätte, und zu dem Zeitpunkt war das, so komisch es klingt, sogar teilweise wahr.«

»Aber sie wußte, daß du Terry getötet hattest.«

»Nein, da hast du etwas Falsches aufgeschnappt. Ich habe gemerkt, daß all diese Erinnerungen sich in meinem Kopf überschlugen, während du mein Blut trankst. Aber es war anders. Sie wußte, daß ich Terry irgendwie losgeworden war, daß ich sie von Terry befreit hatte, daß sie jetzt immer bei Daddy sein, mit ihm überall hinfliegen konnte. Aber das zu wissen bedeutete nicht, von einem Mord zu wissen. Das weiß sie bis heute nicht. Als sie zwölf war, fragte sie mich weinend: ›Daddy, bitte, Daddy, sag mir doch, wo Mutter ist, wohin ist sie mit ihrem Freund gegangen?‹ Ich log ihr vor, ich hätte sie mit der Nachricht von Terrys Tod nicht verletzen wollen. Gott sei Dank war das am Telefon, da kann ich das ganz gut, es ist beinahe, als spräche man im Radio.

Aber zurück zu Dora, als sie sechs Jahre alt war. Daddy nahm Dora mit nach New York, mietete eine Suite im Plaza. Und seitdem bekam Dora von Daddy alles, was man nur kaufen kann.«

»Hat sie da denn immer noch Terry nachgeweint?«

»Ja, aber ich glaube, da war sie die einzige. Vor der Hochzeit hatte Terrys Mutter zu mir gesagt, Terry sei eine Schlampe. Die beiden konnten sich nicht ausstehen. Terrys Vater, ein ehemaliger Polizist, war ganz in Ordnung, aber auch er hatte nichts für seine Tochter übrig. Terry war wirklich nicht besonders erfreulich; sie hatte einen miesen Charakter. Man mochte ihr nicht mal auf der Straße begegnen, geschweige denn mit ihr leben.

Ihre Familie glaubte, sie sei nach Florida abgehauen und habe Dora mir überlassen. Mehr erfuhren sie bis zu ihrem Tode nicht – ich meine ihre Eltern. Da gibt es noch ein paar Cousinen, aber was anderes wissen die auch nicht. Von denen weiß sowieso keiner, wer ich bin; das alles ist wirklich etwas kompliziert. Vielleicht haben sie inzwischen aus Zeitungsartikeln ihre Rückschlüsse gezogen. Weiß ich nicht, ist auch nicht wichtig.

Dora weinte wegen ihrer Mutter, das ja. Aber später, nachdem ich ihr diese Lügen erzählt hatte, hat sie nie wieder gefragt. Terry hat Dora hingebungsvoll geliebt, wie jedes Muttertier seine Jungen liebt! Sie versorgte und schützte sie instinktiv, ernährte sie mit gesunden Lebensmitteln, kleidete sie hübsch, brachte sie zu Tanzkursen, wo sie dann mit den andern Müttern saß und tratschte. Sie war stolz auf Dora. Aber kaum, daß sie je drei Worte mit ihr sprach! Ich glaube, sie sahen sich tagelang nicht einmal an.«

»Es ist schon komisch, daß ausgerechnet du an so eine Person geraten bist.«

»Nein, nicht komisch. Schicksal. Dora ist aus uns entstanden. Von ihr hat Dora ihre Stimme und ihre Schönheit. Und noch etwas hat sie von Terry, eine gewisse Härte, aber das ist kein sehr nettes Wort dafür. Dora ist schon eine Mischung aus uns beiden, eine optimale Mischung.«

»Na, von deiner Schönheit hat sie auch etwas abbekommen.«

»Schon, aber als unsere Gene sich vereint haben, hat sich etwas noch Interessanteres ergeben, etwas, das auch einen Marktwert besitzt.

Du hast meine Tochter gesehen. Sie ist fotogen, aber unter ihrer auffallenden Erscheinung, die sie von mir hat, lauert Terrys Beharrlichkeit. Über die Wellen der Fernsehsender bekehrt sie Menschen! ›Und was ist die wahre Botschaft Christi?‹ verkündet sie und starrt direkt in die Kamera. ›Daß Christus in jedem unserer Brüder ist, in unserem Nachbarn ebenso wie in jedem Armen, jedem Hungrigen, jedem Kranken.‹ Und die Zuschauer glauben ihr.«

»Ja, das fiel mir auf, als ich sie sah. Sie könnte es schaffen.«

Er seufzte.

»Ich schickte Dora also auf eine Schule. Damals machte ich gerade das große Geld, ich mußte sie während der Zeit möglichst von mir fernhalten. Bis zu ihrem Abschluß mußte sie dreimal die Schule wechseln, das war hart für sie, aber sie fragte nichts, auch nicht, weswegen wir uns heimlich trafen. Ich ließ sie in dem Glauben, daß ich immer auf dem Sprung sei, zum Beispiel, um in Florenz ein Fresko vor der Zerstörung durch irgendeinen Idioten zu bewahren oder in Rom eine gerade entdeckte Katakombe zu erforschen.

Als Dora sich dann ernsthaft mit Religion zu beschäftigen begann, dachte ich, darin zeige sich ihre geistige Eleganz. Ich glaubte, meine wachsende Sammlung – meine Bücher und Statuen – hätte sie beeinflußt. Und als sie mir mit achtzehn sagte, sie habe die Zulassung für Harvard und wolle Vergleichende Religionswissenschaft studieren, fand ich das amüsant. Ich hatte die üblichen sexistischen Vorstellungen: ›Studiere, was du willst, und heirate reich‹; und ich zeigte ihr meine neueste Ikone oder Statue.

Aber Doras Inbrunst und theologische Neigungen entwickelten sich viel heftiger, als ich erwartet hatte. Mit neunzehn besuchte sie das Heilige Land und kehrte vor ihrem Abschluß noch zweimal dahin zurück. Während der folgenden zwei Jahre studierte sie die verschiedensten Religionen in aller Welt.

Und dann legte sie mir die Idee für ihr Fernsehprogramm vor: Sie wollte zu den Menschen sprechen! Durch die Entwicklung des Kabelfernsehens waren eine Menge religiöser Sender entstanden. Jederzeit konnte man das eine oder andere religiöse Programm empfangen.

›Meinst du das ernst?‹ fragte ich. Ich hatte mir nicht klargemacht, daß sie glaubte, was sie predigte. Aber sie beabsichtigte, getreu dieser Ideale zu leben, die ich nie ganz verstanden, ihr aber doch irgendwie übermittelt hatte.

›Dad, verschaff mir drei Stunden pro Woche im Fernsehen, und laß sie mich nutzen, wie ich will, du wirst staunen, was daraus wird.‹

Sie warf alle möglichen ethischen Fragen auf, zum Beispiel, wie man in der heutigen Welt seine Seele retten könne, und stellte sich vor, sie könne von ekstatischem Gesang oder Tanz unterbrochene Predigten halten. Zur Abtreibungsfrage nahm sie leidenschaftlich, aber logisch Stellung, wobei sie beiden Seiten zustimmte, indem sie zwar die Heiligkeit allen Lebens betonte, jedoch auch den Frauen das Recht zusprach, über ihren Körper selbst zu bestimmen.«

»Die Sendung habe ich gesehen.«

»Vergegenwärtige dir bitte, daß fünfundsiebzig Sender dieses Programm übernommen haben und was die Nachricht von meinem Tod folglich für Doras Kirche bedeuten könnte!«

Er unterbrach sich, dachte einen Moment nach, dann nahm er den Faden wieder auf, redete wie ein Schnellfeuergewehr.

»Ich glaube nicht, daß ich je religiöse Sehnsüchte, geistige Ziele sozusagen, hatte, die nicht in gleißendem Materialismus untergegangen sind, wenn du weißt, was ich meine.«

»Aber natürlich.«

»Aber bei Dora ist das anders. Materielle Dinge sind ihr gleichgültig. Die sakralen Kunstwerke, die Ikonen, glaubst du, sie bedeuten ihr etwas? Dora glaubt entgegen jeder psychologischen und intellektuellen Wahrscheinlichkeit an die Existenz Gottes.«

Wieder hielt er inne, schüttelte bedauernd den Kopf. »Du hast mit deiner Bemerkung vorhin recht gehabt. Ich bin ein Planer, ein Geschäftemacher. Dora ist nicht so.«

Mir fiel wieder ein, was er in der Bar gesagt hatte. »Für Orte wie diesen habe ich meine Seele verkauft.« Mir war klarer denn je, was er damit meinte.

»Zurück zur Sache. Ich selbst hatte schon sehr bald die Vorstellung von einer weltlich orientierten Religion aufgegeben. Als Dora ernstlich damit begann, hatte ich diesem Ehrgeiz seit Jahren keinen Gedanken mehr gewidmet. Ich hatte Dora, ich hatte Wynken – meine fixe Idee. Einige seiner Bücher hatte ich noch auftreiben können und durch diverse Verbindungen außerdem noch fünf verschiedene Schriften, in denen sowohl Wynken und Blanche als auch ihr Gatte Damian erwähnt wurden. Leute überall in Amerika und Europa waren von mir auf den mittelalterlichen rheinischen Mystizismus angesetzt worden. Sie fanden in deutschen Texten Wynkens

Geschichte in einer verschlüsselten Version. Etwas über Frauen, die den Kult der Diana wiederaufleben ließen, Hexen und Wynkens Ausschluß aus dem Kloster und seine öffentliche Anklage. Die Niederschrift des Prozesses selbst war allerdings verloren, im Zweiten Weltkrieg verschwunden. Aber es gab noch andere Dokumente, verborgene Briefe – mit dem Codewort Wynken kam man weiter, wenn man erst einmal wußte, wonach man suchte.

In jeder freien Stunde schaute ich mir Wynkens kleine nackte Menschlein an und flüsterte seine Liebesgedichte vor mich hin; ich konnte sie auswendig! Wenn ich an den Wochenenden Dora sah – wir verabredeten uns, sooft es ging –, trug ich sie ihr vor.

Sie tolerierte meine ›abgewrackte Hippie-Version von freier Liebe und Mystizismus‹ – so nannte sie das. ›Ich liebe dich, Roger‹, sagte sie immer. ›Aber romantisch, wie du bist, hältst du diesen sündigen Priester für eine Art Heiligen. Aber alles, was er tat, war doch nur, mit diesen Frauen zu schlafen. Und diese Bücher waren nichts anderes als ihr Kommunikationssystem … um Zusammenkünfte zu arrangieren.‹

›Aber Dora‹, sagte ich dann, ›in Wynkens Büchern ist nicht ein lasterhaftes oder ekliges Wort. Sieh doch selbst!‹ Da hatte ich schon sechs Bücher. Und alle handelten von der Liebe. Der Mann, der jetzt für mich übersetzte, hatte eine Professur an der Columbia University. Er war sehr verwundert über diese mystische Poesie, in der die Liebe zu Gott und zum Fleisch so sehr miteinander verschmelzen. Aber Dora nahm mir das nicht ab. Allerdings war sie nahezu besessen von ihrer persönlichen religiösen Frage. Sie las zu der Zeit jede Menge Autoren, die über den Zustand der modernen Welt geschrieben haben. Das ist nämlich Doras Besessenheit: der Zustand der heutigen Welt.«

»Und Dora wäre nicht interessiert, wenn ich ihr Wynkens Bücher brächte?«

»Nein; wie es zur Zeit steht, würde sie nicht ein Stück meiner Sammlung auch nur anrühren!« Er schien resigniert.

»Und doch verlangst du, daß ich das alles in meine Obhut nehmen soll?« fragte ich.

Er seufzte: »Vor zwei Jahren gab es da ein paar Zeitungsartikel. Zwar wurde unsere Verbindung nicht aufgedeckt, aber was Dora selbst betraf, war ich aufgeflogen. Sie hatte schon vorher ihre Vermutungen gehabt. Ihre unvermeidliche Schlußfolgerung war, daß mein Geld nicht sauber sei.«

Er schüttelte den Kopf. »Nicht sauber!« wiederholte er und fuhr fort: »Das letzte, was ich für sie tun durfte, war, das Kloster zu kaufen. Je eine Million für das Gebäude und dafür, es wieder in seinen ursprünglichen Zustand zu versetzen, so, wie es einst 1880 die Nonnen bewohnt hatten, mit der Kapelle und dem Refektorium, den großen Schlafräumen und den weiten Korridoren ... Aber selbst da war sie schon zögerlich. Und was die Kunstwerke betrifft, vergiß es! Vielleicht wird sie ja nicht einmal mein Geld nehmen, um ihre Gemeindemitglieder dort unterrichten zu können, ihren Orden oder wie zur Hölle ein Fernsehprediger das nennt. Dieses Drei-Stunden-Kabelprogramm ist ein Dreck im Vergleich zu dem, was ich für sie daraus hätte machen können, mit dem Kloster als Basis. Und die Sammlung – die Statuen und Ikonen –, stell dir das bloß vor. ›Ich könnte dich so groß rausbringen wie Billy Graham, Schatz‹, sagte ich zu ihr. ›Du kannst dich schon um Jesus willen nicht um mein Geld herumdrücken.‹«

Wieder schüttelte er verzweifelt den Kopf. »Sie trifft sich jetzt nur noch aus purem Mitleid mit mir, aber davon hat meine schöne Tochter ja einen unerschöpflichen Vorrat. Manchmal nimmt sie sogar ein kleines Geschenk an. Aber nicht heute nacht. Einmal, als sie mit ihrem Programm fast am Ende war, hat sie sich gerade so weit von mir unterstützen lassen, daß sie über den Berg kam. Aber meine Heiligen und Engel, die rührt sie nicht an. Und meine Bücher, meine Kostbarkeiten, beachtet sie nicht.

Natürlich wußten wir beide, daß ihr Ruf durch mich in Gefahr war. Du warst da eine große Hilfe, indem du mich beseitigt hast. Aber bald wird mein Verschwinden in den Nachrichten auftauchen. ›Fernsehpredigerin von Kokainkönig finanziert‹ – kann man das geheimhalten? Dieses Geheimnis muß über meinen Tod hinaus bewahrt bleiben, und sie muß meinen Tod unbeschadet überstehen. Egal, um welchen Preis! Lestat, hörst du das?«

»Ich höre zu, Roger, ich höre jedes Wort. Beruhige dich, niemand ist hinter ihr her, das versichere ich dir.«

»Meine Gegner sind gnadenlos. Und die Regierung, die Behörden ... weiß der Teufel, wer das ist oder was die tun.«

»Fürchtet sie den Skandal?«

»Nein, vielleicht bricht ihr das Herz, aber den Skandal fürchten? Nie! Sie nimmt hin, was kommt. Was sie wirklich wollte, war, daß ich alles aufgebe. Das war ihr ewiges Reden. Es war ihr gleich, was über uns beide bekannt würde. Sie wollte, daß ich auf alles verzichte. Sie hatte Angst um mich, wie die Tochter eines Gangsters eben Angst hat oder die Ehefrau.

Immer wieder bat ich sie: ›Erlaube mir wenigstens, dir beim Aufbau deiner Gemeinde zu helfen. Nimm das Geld dafür.‹ Wieviel Courage sie hat, haben ihre Fernsehshows bewiesen. Aber nichts … Alles um sie herum fällt zusammen. Es ist nichts mehr übrig als diese paar Sendungen pro Woche. Sie muß die Leiter zum Himmel allein erklimmen. Ich bin raus aus dem Spiel. Sie verläßt sich darauf, daß ihr Publikum die Millionen herbeischafft, die benötigt werden. Sie zitiert aus den weiblichen Mystikern. Sicher hast du gehört, wie sie aus den Werken der Hildegard von Bingen, Juliana von Norwich und Teresa von Avila vorliest? Hast du die gelesen?«

»Alle«, sagte ich.

»Frauen mit scharfem Verstand und dem Wunsch, daß ihnen ihresgleichen zuhört. Aber langsam zieht sie auch die Aufmerksamkeit anderer auf sich. Du kannst es unmöglich in dieser Welt zu etwas bringen, wenn du dich nur an ein Geschlecht wendest. Sogar ich weiß das, ich, der Wirtschaftsexperte, das Wall-Street-Genie – und das bin ich auch, täusche dich da nicht. Sie fesselt jedermann. Ach, wenn ich doch diese beiden letzten Jahre noch einmal leben könnte, ich hätte ihre Bewegung in Gang bringen können, ehe sie herausfand …«

»Kein Bedauern jetzt. Du siehst das vom falschen Standpunkt. Wenn du ihre Kirche ›groß rausgebracht‹ hättest, hättest du dadurch die Enthüllungen und den Skandal nur beschleunigt.«

»Nein, wenn eine Sache erst einmal groß genug ist, kann kein Skandal mehr etwas ausrichten. Da liegt nämlich der Haken. Weil sie so unbedeutend ist, kann ein Skandal sie vernichten!«

Jetzt schüttelte er eher ärgerlich den Kopf. Er war sehr erregt, aber seine Erscheinung wurde dadurch nur noch deutlicher.

»Ich darf doch nicht der Grund für Doras Niederlage sein …«

Seine Stimme verlor sich, schaudernd sah er mich an. »Was wird werden, Lestat?« fragte er.

»Dora muß da durch«, sagte ich. »Auch wenn dein Tod bekannt wird, muß sie an ihrem Glauben festhalten.«

»Ja, also bin ich wohl ihr größter Feind, tot oder lebendig. Und was ihre Gemeinde betrifft, na, da bewegt sie sich auf dünnem Eis; puritanisch ist sie nicht, meine Tochter. Sie hält zwar Wynken für einen Häretiker, aber ihr ist nicht bewußt, wie sehr ihr eigenes neuzeitliches Mitleid mit dem Fleisch dem ähnelt, was Wynken predigte.«

»Ja, das leuchtet mir ein. Aber was ist mit Wynken, soll ich den auch in Sicherheit bringen? Was mache ich mit Wynken?«

Er ignorierte meine Frage und fuhr fort: »Sie ist auf ihre Art ein Genie, das meinte ich, als ich sie eine Theologin nannte. Sie hat das fast Unmögliche geschafft, sie hat Griechisch, Latein und Hebräisch gelernt, obwohl sie nicht zweisprachig aufgewachsen ist. Weißt du, wie schwer das ist?«

»Ja, obwohl es uns nicht so schwer fällt, aber ...« Ich brach ab. Etwas absolut Entsetzliches war mir gerade aufgegangen, ein Gedanke, der all meine Überlegungen zunichte machte.

Ich konnte Roger nicht mehr unsterblich machen. Er war tot!

Die ganze Zeit, während wir redeten und er seine Geschichte vor mir ausbreitete, hatte ich im Unterbewußtsein erwogen, daß ich ihn, wenn ich wollte, hinüberbringen könnte zu mir, ihn bei mir behalten, ihn am Fortgehen hindern könnte. Schockartig eröffnete sich mir jetzt die grausame Wahrheit: Roger war ein Geist! Ich sprach mit jemandem, der schon tot war. Diese Situation war so widerwärtig schmerzhaft, so frustrierend und absolut gegen die Norm, daß ich wie vom Donner gerührt dasaß; ich hätte wohl laut gestöhnt, wenn ich mich nicht um seinetwillen gezwungen hätte, meinen Zustand zu verbergen. Er sollte weitererzählen.

»Was ist mit dir?« fragte er.

»Nichts. Erzähl mir mehr von Dora. Was sagt sie sonst noch?«

»Sie spricht oft über die sterile Kälte unserer heutigen Welt und darüber, daß die Menschen nach dem Jenseits verlangen. Sie prangert die ausufernde Kriminalität und die Ziellosigkeit der Jugendlichen an. Sie will eine Religion aufbauen, in der keiner den anderen verletzt. Eigentlich der amerikanische Traum! Die Heilige Schrift kennt sie in- und auswendig samt allen Werken der großen religiösen Führer und Heiligen, und sie ist überzeugt davon, daß die Verteufelung der Sexualität der christlichen Kirche den Niedergang gebracht hat – mit dieser Vorstellung erfüllt sie allerdings nicht den Anspruch auf Originalität. Aber sicherlich spricht sie damit die Frauen besonders an ...«

»Ja, das ist mir klar, aber dann muß sie doch eigentlich ein wenig Sympathie für Wynken haben.«

»Sie hat Wynkens Büchern nie irgendeine Erleuchtung abgewinnen können so wie ich ...«

»Ah, ja.«

»Und im übrigen, Wynkens Bücher sind nicht nur perfekt, sondern in vielem auch einzigartig. Fünfundzwanzig Jahre bevor Gutenberg die Buchdruckkunst erfand, hat Wynken sie hergestellt. Dabei hat er alles selbst gemacht, er war Schreiber, Dichter und Miniaturmaler in einem, er selbst malte all diese sich im Paradies erfreuenden Gestalten und das Efeu und die Ranken, die jede Seite überwuchern. Obwohl in den Skriptorien damals diese Funktionen von verschiedenen Mönchen ausgeübt wurden, machte Wynken alles allein. Soviel über Wynken. – Also, du mußt die Bücher holen!«

»Großartig«, sagte ich düster.

»Ich gebe dir noch mal einen Überblick, du wirst diese Bücher lieben, auch wenn Dora sie uninteressant findet.

Ich habe alle zwölf Bücher, wie ich dir schon sagte. Wynken war Rheinländer, ging als junger Mann gezwungenermaßen zu den Benediktinern, und er liebte Blanche, die Gattin seines Bruders.

Sie hatte dem Skriptorium den Auftrag erteilt, die Bücher anzufertigen, und damit begann alles, so entstand die Verbindung zu ihrem heimlichen Geliebten, dem Mönch. Ich besitze auch einen Briefwechsel zwischen Blanche und ihrer Freundin Eleanor. Und aus den Büchern selbst konnten einige Geschehnisse entschlüsselt werden.

Besonders traurig sind die Briefe, die Blanche ihrer Freundin schrieb, nachdem Wynken zu Tode gekommen war. Sie mußte die Briefe aus dem Haus schmuggeln, Eleanor gab sie weiter an Diana, und auch eine weitere Frau wird noch erwähnt, doch in deren Händen befanden sich nur Fragmente. All dem konnte man folgendes entnehmen: Die rituellen Treffen fanden gewöhnlich im Garten der De-Wilde-Burg statt, nicht im Klostergarten, wie ich zuerst angenommen hatte. Auf welchen Wegen Wynken dahin kam, weiß ich nicht, aber in den Briefen wird angedeutet, daß er über einen versteckten Pfad aus dem Kloster in das Anwesen seines Bruders gelangte.

Und das war wohl recht sinnvoll. Sie nutzten für ihre Treffen einfach die Gelegenheit, wenn Damian seinen wie auch immer gearteten Lehnsherrenpflichten nachging; dann vollführten sie ihre Tänze um den Brunnen und ihre Liebesspiele. Wynken schlief der Reihe nach mit jeder der Frauen, manchmal schien das wie ein Ritual abzulaufen. Das ist alles mehr oder minder deutlich in den Büchern niedergelegt. Nun, sie wurden erwischt. Damian kastrierte seinen Bruder und erstach ihn vor den Augen der Frauen, womit er ihnen einen vernichtenden Schlag versetzte. Nach Tagen eindringlichster Befragungen gestanden die erniedrigten Frauen ihre Liebe zu Wynken und wie sie sich mittels der Bücher mit ihm verständigt hatten. Und dann nahm der Bruder alle Bücher an sich, alle zwölf Bände, die Wynken de Wilde verfaßt hatte, seine Schöpfung – verstehst du?«

»Das, was ihn unsterblich machte«, flüsterte ich.

»Ganz genau, seine Abkömmlinge! Seine Bücher! Und Damian ließ sie zusammen mit der Leiche seines Bruders an dem bewußten Brunnen begraben. Von ihrem Fenster aus blickte Blanche nun Tag für Tag auf den Brunnen, den Platz, an dem Wynken zur Ruhe gebettet war.

Also keine Rede von einem Gerichtsverfahren oder von Häresie oder einer Hinrichtung. Er wurde von seinem Bruder ermordet, schlicht und einfach. Vielleicht hat Damian sogar noch eine Menge Geld an das Kloster zahlen müssen, wenn Wynken dort unter Umständen sehr beliebt gewesen war. Das einstige Kloster ist nur noch eine Ruine, von Touristen gerne fotografiert, und die Burg wurde im Zweiten Weltkrieg durch Bombentreffer zerstört.«

»Aber was geschah denn sonst noch? Wie kamen die Bücher ans Licht? Hast du nur Kopien? Oder …«

»Nein, ich habe die Originale. Zwar existieren auch einige wenige Abschriften, ziemlich grob angefertigt, die wohl für die anderen Vertrauten bestimmt gewesen waren. Aber es gab im ganzen nur zwölf Bücher. Und ich weiß nicht, wieso sie wiederaufgetaucht sind. Ich habe nur Vermutungen.«

»Und die wären?«

»Ich nehme an, daß Blanche eines Nachts zusammen mit den anderen Frauen hinab in den Garten ging; sie gruben die Leiche aus und nahmen die Bücher aus dem Sarg oder worin auch immer die traurigen Überreste Wynkens begraben worden waren.«

»Meinst du, so war es?«

»Ja, ich denke schon; ich kann mir gut vorstellen, wie die fünf Frauen dort in dem Garten graben, bei Kerzenlicht. Meinst du nicht auch?«

»Ja, doch.«

»Ich glaube, das geschah aus einem ähnlichen Gefühl heraus, wie ich es für Wynken habe. Sie liebten die vollendete Schönheit der Bücher. Lestat, sie wußten, daß diese Bücher ein kostbarer Schatz waren, und darin zeigt sich, wie übermächtig Besessenheit und Liebe sein können. Und wer weiß, vielleicht wollten sie auch Wynkens Knochen für sich, man könnte sich vorstellen, eine nahm einen Hüftknochen, eine andere die Knochen der Hand und – ach, was weiß ich!«

Ein erschreckendes Bild erschien vor meinen Augen, rief mir unverzüglich Rogers Hände in Erinnerung, ungeschickt abgetrennt mit einem Küchenmesser und in Plastik verpackt in den Müll gestopft. Ich starrte auf die Projektion dieser Hände vor mir, die aufgeregt mit dem Glas spielten und deren Finger unruhig auf die Theke trommelten.

»Hast du die Irrfahrt dieser Bücher weit zurückverfolgen können?«

»Nicht so sehr weit. Aber so ist es oft bei Antiquitäten. Die Bücher tauchten unerwartet auf, manchmal gleich zwei auf einmal. Einige bei privaten Sammlern, zwei in Museen, die im Krieg zerstört worden waren. Ein- oder zweimal habe ich sie fast umsonst bekommen. Ich brauchte sie nur zu sehen und wußte sofort, um was es sich handelte – nicht so andere Leute. Ich bin ein Experte fürs Mittelalter, ich kenne die Sprache der Künstler dieser Zeit! Lestat, du mußt meine kostbarsten Besitztümer in Sicherheit bringen. Du kannst nicht zulassen, daß Wynken wieder verlorengeht. Das ist mein Vermächtnis an dich.«

»So sieht es wohl aus. Aber was, wenn Dora nichts davon wissen will, auch nicht von deiner Sammlung?«

»Dora ist noch jung; sie wird sich ändern. Sieh mal, ich habe immer noch eine Vision – daß vielleicht ein Stück meiner Sammlung – und jetzt vergiß Wynken –, also, daß ein bedeutendes Stück dabei ist, das für Doras Kirche den Durchbruch bringt. Kannst du den Wert der Sammlung überhaupt abschätzen? Du mußt Dora wieder damit in Kontakt bringen, sie soll die Sachen anfassen, untersuchen, ihre Ausstrahlung spüren. Du mußt ihr bewußt machen, welche Macht in diesen Statuen und Bildern verborgen liegt, daß sie ein Ausdruck der menschlichen Suche nach Wahrheit sind, der Suche nach der Wahrheit, von der sie selbst so besessen ist. Ihr ist das nämlich immer noch nicht klar.«

»Aber ich denke, sie hatte nie den Hang zu Stuck und Statuen?«

»Dann ändere das.«

»Ich? Wie denn? Ich kann das alles irgendwo sicher aufbewahren, ja, aber wie sollte ich Dora dazu bringen, ein Kunstwerk zu lieben?

Wie kannst du das überhaupt vorschlagen? Ich meine, daß ich mich deiner kostbaren Tochter nähern soll?«

»Du wirst meine Tochter lieben«, murmelte er kaum hörbar.

»Wie bitte?«

»Finde etwas Passendes für sie in meiner Sammlung, etwas, das Wunder wirkt.«

»Das Turiner Grabtuch?«

»Oh, das mag ich so an dir, wirklich! Ja, such ihr irgend etwas heraus, mit dem sie ein Zeichen setzen kann, etwas, das auch sie verändert, ein Stück, das ich, ihr Vater, erworben und geliebt habe, etwas, das ihr nützt.«

»Weißt du, du bist tot genauso irre, wie du als Lebender warst. Du planst und intrigierst immer noch und versuchst, dir durch einen Marmorklotz oder einen Pergamentstapel den Weg zur Erlösung zu erkaufen. Oder glaubst du wirklich an die Heiligkeit deiner Kunstwerke?«

»Natürlich glaube ich daran. Es ist das *einzige*, woran ich glaube. Das ist doch der springende Punkt, nicht wahr? Es ist auch das einzige, woran du glaubst … an Glanz und Gold.«

»Na, das raubt mir den Atem!«

»Genau darum hast du mich doch in der Wohnung ermordet, inmitten all meiner Kostbarkeiten. Aber lassen wir das, wir müssen uns beeilen. Keine Ahnung, wieviel Zeit mir noch bleibt.

Zurück zu den technischen Einzelheiten. Also, was Dora betrifft, könntest du ihren Ehrgeiz als deine Trumpfkarte bezeichnen. Das Kloster hat sie erworben, um ihre weiblichen Missionare dort auszubilden für ihren Orden, der die Kraft der Liebe lehren soll. Er würde natürlich genauso von einem einzigartigen Feuer beseelt sein wie andere missionierende Gruppen auch. Sie beabsichtigt, ihre Anhängerinnen in die unterprivilegierten Stadtteile, die Ghettos, die Arbeiter- und Armenviertel zu schicken. Dort sollen sie zu den Leuten sprechen und ihnen sagen, daß diese neue Bewegung unbedingt aus dem Herzen des Volkes hervorgehen und sich so weit ausbreiten müsse, daß sie letztendlich auch die Machthaber in den Regierungen erreiche, so daß aller Ungerechtigkeit ein Ende gesetzt werde.«

»Was würde diese Bewegung denn von anderen Orden unterscheiden, wie zum Beispiel den Franziskanern oder sonst irgendwelchen Predigern?«

»Nun, zum Beispiel, daß sie Frauen sind und noch dazu predigende Frauen. Nonnen waren Pflegerinnen, Kindergärtnerinnen, Lehrerinnen, Dienende oder eingeschlossen hinter Klostermauern, wo sie zu Gott schrien wie eine Herde trübsinniger Schafe. Ihre Frauen sollen Gelehrte der Kirche sein, Predigerinnen! Sie sollen mit ihrer Inbrunst die Massen aufrütteln, sollen sich an die Frauen wenden, an die verarmten, entmachteten Frauen, und ihnen helfen, die Welt zu verändern.«

»Eine feministische Vision, verknüpft mit Religion?«

»Sie hätte genausoviel Aussicht auf Erfolg wie andere Bewegungen. Weiß man, warum im 13. Jahrhundert der eine Mönch für wahnsinnig gehalten wurde und der andere für heilig? Dora hat die Fähigkeit, die Menschen zum Nachdenken zu bringen. Ach, ich weiß nicht! Du mußt dir da was einfallen lassen, unbedingt!«

»Und bis es soweit ist, wenigstens den Kirchenschatz verwahren«, antwortete ich.

»Ja, bis sie nachgibt oder bis sie sich entschließt, ihn für einen guten Zweck zu verwenden. So kriegst du sie! Rede über das Gute.«

»So kriegst du jeden«, flüsterte ich traurig. »So kriegst du sogar mich!«

»Also du machst es, ja? Für Dora bin ich ein irregeleitetes Schaf. Sie sagte: ›Nach all dem, was du getan hast, bilde dir nicht ein, du könntest deine Seele retten, indem du mir deine sakralen Kunstwerke überläßt.‹«

»Aber sie liebt dich«, versicherte ich ihm. »Das konnte ich bei all euren Treffen wahrnehmen.«

»Ich weiß; diese Bestätigung brauche ich nicht. Die Zeit reicht auch nicht mehr für solche Diskussionen. Bedenke nur eins: Doras Vision ist überwältigend. Jetzt ist sie nur ein kleiner Fisch, obwohl sie die Welt verändern möchte. Mir ist klar, der Kult, wie er mir vor Augen stand, befriedigt sie nicht – sich als Guru mit einer Schar hingebungsvoller Anhänger in eine Art Klausur zurückzuziehen. Sie will wirkliche Veränderungen, sie meint, jemand muß jetzt endlich etwas tun.«

»Aber denkt denn nicht jeder religiös empfindende Mensch so?«

»Nein, es träumt kaum jemand davon, ein Mohammed oder Zarathustra zu sein.«

»Und du glaubst, daß Dora das will?«

»Dora hält es für notwendig.« Er schüttelte den Kopf, nahm noch einen kleinen Schluck von seinem Drink, während er den Blick ziellos über den halbleeren Raum schweifen ließ. Nachdenklich runzelte er die Stirn.

»Sie sagte: ›Dad, Religion entsteht nicht aus heiligen Reliquien und Schriften, diese Dinge sind nur die Form, in der Religion ihren Ausdruck findet!‹ Und so weiter und so fort. Und nach all ihren Studien war sie zu der Überzeugung gelangt, daß nur eines zählte: das Wunder in der eigenen Seele. Sie narkotisierte mich damit. Mach jetzt keine gemeinen Witze!«

»Wie käme ich dazu.«

»Was wird bloß aus meiner Tochter?« flüsterte er verzweifelt. Er sah mich nicht an. »Hier, in ihrem Vater, siehst du ihr Erbe. Ich bin leidenschaftlich bis zum Äußersten, bin grausam und verrückt. In unzähligen Kirchen bin ich mit Dora gewesen, habe ihr die kostbarsten Kruzifixe gezeigt – ehe ich sie um des Profits willen verschacherte. Wie viele Stunden lang bestaunten wir die Deckengemälde in den Barockkirchen Deutschlands!

Splitter vom Kreuz Christi, prachtvoll mit Silber und Rubinen verziert, habe ich ihr geschenkt. Mehrmals erwarb ich ein Schweißtuch der Veronika – immer wieder ein großartiges, atemberaubendes Kunstwerk. Mein Gott!«

»Sag, ist dir jemals der Begriff der Sühne in den Sinn gekommen – auf Dora bezogen, meine ich. So etwas wie Schuld?«

»Du meinst, weil sie Terry ohne weitere Fragen aus ihrem Leben ausgeklammert hat? Ich habe das auch überlegt. Aber wenn, dann hat Dora das schon vor langer Zeit überwunden. Dora glaubt, daß unsere Welt eine Offenbarung braucht. Einen neuen Propheten. Aber man wird nicht aus heiterem Himmel zum Propheten. Sie sagt, durch das eigene Sehen, Erkennen und Fühlen wird ihre Wandlung vollzogen werden; aber sie meint nicht diese Revival-Tent-Erfahrungen.«

»Mystiker weisen das immer von sich.«

»Das ist nur natürlich.«

»Ist Dora eine Mystikerin? Würdest du das so sehen?«

»Warum weißt du das nicht? Du hast sie verfolgt und beobachtet. Nein, Dora hat nie behauptet, das Antlitz Gottes gesehen oder seine Stimme gehört zu haben, wenn du das damit meinst. Aber sie erwartet so etwas. Sie wartet auf den Augenblick der Offenbarung, auf das Wunder!«

»Auf den Engel, der kommen muß!«

»Genau das.«

Auf einmal verstummten wir beide. Vielleicht dachte er genau wie ich an seinen früheren Vorschlag, daß ich ein Wunder vortäuschen sollte, ich, der dunkle Engel, der einst eine Nonne in den Wahnsinn getrieben hatte, so daß ihre Hände und Füße bluteten, Stigmata gleich.

Als er sich aufraffte und fortfuhr, war ich erleichtert.

»Wenn ich wirklich je im Sinn gehabt haben sollte, die Welt zu verändern, so habe ich diesen Gedanken in dem Moment aufgegeben, als ich mein Leben mit all diesen weltlichen Reichtümern ausstattete. Ich habe mir meine eigene Welt geschaffen. Aber sie hat ihre Seele weit und klar geöffnet, geöffnet für ... ich weiß nicht, was. Meine Seele ist tot.«

»Augenscheinlich nicht«, widersprach ich. Der Gedanke, daß er früher oder später verschwinden könnte – und müßte –, war mir unerträglich und löste heftigeres Erschrecken in mir aus, als es anfangs seine Erscheinung getan hatte.

»Jetzt noch einmal zum Grundsätzlichen. Ich werde langsam unruhig ...«, sagte er.

»Wieso?«

»Mach mich nicht nervös jetzt, hör einfach zu. Ich habe Geld auf die Seite gebracht für Dora, clever genug, so daß man keine Verbindung zu mir herstellen kann. Es ist für die Behörden unerreichbar, außerdem bin ich nie angeklagt, geschweige denn verurteilt worden, dafür hast du ja gesorgt. Du findest die Unterlagen – eine schwarze Ledermappe – in der Wohnung in einem Karteikasten. Quittungen über den Kauf von Bildern und Statuen sind auch dabei. Bitte sorge dafür, daß das alles für Dora aufbewahrt wird. Mein Lebenswerk, mein Erbe! Ich lege es in deine Hände, für sie. Du schaffst das, ja? Du mußt dich ja nicht beeilen, immerhin hast du mich recht geschickt beiseite geschafft.«

»Ja, ich weiß. Und jetzt bittest du mich also, Doras Schutzengel zu sein und dafür zu sorgen, daß sie diese Erbschaft ungetrübt entgegennehmen kann.«

»Ja, mein Freund, um genau das bitte ich dich. Ich weiß, du kannst es! Und vergiß meinen Wynken nicht! Wenn sie die Bücher nicht will, mußt du sie behalten!«

Er tippte mir auf die Brust, und ich spürte, er klopfte an die Tür meines Herzens.

»Wenn die Zeitungen meiner Geschichte überdrüssig sind«, fuhr er fort, »immer vorausgesetzt, das FBI läßt es überhaupt soweit kommen, sieh zu, daß Dora das Geld bekommt. Mit Geld kann Doras Kirche immer noch aufblühen. Dora besitzt eine magnetische

Anziehungskraft. Sie schafft es allein, wenn sie nur genügend Geld zur Verfügung hat. Kannst du mir folgen? Ihr kann es gelingen, wie Franziskus, wie Paulus, wie Jesus. Wenn ihr nicht ihre eigenen theologischen Vorstellungen im Wege wären, wäre sie schon längst durch ihr Charisma eine Berühmtheit. Sie hat alle Voraussetzungen dafür. Nur denkt sie zuviel, und durch ihre theologisch gefärbten Ideen unterscheidet sie sich von anderen.«

Er holte tief Luft. Er sprach jetzt schrecklich schnell, und mir lief es kalt über den Rücken; ich konnte förmlich spüren, wie Furcht ihm entströmte gleich einem dunklen Fluß. *Furcht wovor?*

»Ich wiederhole dir jetzt, was Dora gestern gesagt hat. Wir lasen ein Buch von Brian Appleyard, einem englischen Zeitungskolumnisten. Hast du schon von ihm gehört? Er hat etwas veröffentlicht: ›Die Gegenwart verstehen‹. Dora hatte es für mich kopiert. Und genau ihre Ansichten vertritt er darin ... wie zum Beispiel, daß wir alle ›geistig verarmt‹ sind.«

»Das sehe ich auch so.«

»Aber er sagte noch etwas, nämlich über das Dilemma, daß man zwar theologische Vorstellungen entwickeln kann, aber damit sie realisierbar sind, muß ihr Ursprung immer in der tiefsten Tiefe einer Persönlichkeit liegen ... Jetzt fällt mir ein, wie sie es bezeichnete ... was Appleyard sagte ... ›Die Gesamtheit menschlicher Erfahrungen!‹« Er hielt verwirrt inne.

Verzweifelt bemühte ich mich, ihm zu versichern, daß ich ihn verstand: »Ja, danach sucht sie, das sehnt sie herbei, dafür öffnet sie sich.«

Mir wurde plötzlich bewußt, daß wir uns krampfhaft gegenseitig festhielten.

Er starrte ins Nichts.

Mich erfüllte eine unaussprechliche Traurigkeit. Ich hatte diesen Mann getötet! Und warum? Ich meine, natürlich war er für mich der Ausdruck des Bösen gewesen und interessant dazu, aber Gott, wie hätte ich ... doch andererseits, wenn er in dieser Form bestehen bliebe, so mein Freund bleiben könnte?

Ach, das war absolut kindisch, selbstsüchtig und habgierig! Das Thema hieß Dora, Theologie. Natürlich war mir Appleyards Standpunkt nicht fremd. »Die Gegenwart verstehen«. Ich sah das Buch vor mir. Schon deswegen würde ich zurückgehen. Ich prägte es meinem übernatürlichen Gedächtnis ein: Sofort lesen!

Roger saß immer noch stumm und starr da.

»Hör mal, was erschreckt dich so?« fragte ich. »Verschwinde jetzt nicht einfach!« Ich fühlte mich so unbedeutend und verletzlich, klammerte mich an ihn und weinte fast bei dem Gedanken, daß ich ihn getötet, ihm das Leben genommen hatte; jetzt wollte ich wenigstens seinen Geist bei mir behalten.

Er wirkte verängstigt, antwortete nicht.

Nein, ich war nicht das verhärtete, gefühllose Monster, für das ich mich immer gehalten hatte; noch lief ich nicht Gefahr, mich an das Leid Sterblicher zu gewöhnen. Ich war ein verdammt abgedrehter Menschenfreund!

»Roger? Sieh mich an! Sprich weiter.«

Er murmelte etwas in der Art, daß Dora vielleicht fände, was ihm nie gelungen war.

»Was?« verlangte ich zu wissen.

»Theophanie«, flüsterte er.

Plötzlich weiteten sich seine Augen, eher verwundert als erschreckt. »Du, ich glaube, jetzt bin ich dran.« Er lauschte auf etwas. Auch ich konnte es hören. »Behalte meinen Tod in Erinnerung«, sagte er, als habe er jetzt gerade überdeutlich daran gedacht. »Erzähl ihr, wie ich gestorben bin. Überzeuge sie, daß mein Tod das Geld geläutert hat. Ja, das ist es! Ich habe bezahlt durch meinen Tod, das Geld ist nicht mehr unrein. Die Bücher von Wynken, alles andere, nichts ist mehr unrein! Du mußt diese Idee nur noch etwas frisieren – das Blut hat meine Schuld ausgelöscht, das Vermögen gereinigt! Du weißt, was ich meine, Lestat! Nutz deine Redegewandtheit! Erklär's ihr!«

Diese Schritte.

Da ging irgend etwas langsam, ganz langsam, gemessenen Schrittes ... dumpfes Stimmengemurmel, Gesänge, Geplapper. Mir wurde schwindelig, ich schien zu fallen. Ich klammerte mich an Roger und an die Theke.

»Roger!« schrie ich so laut, daß es sicher in der ganzen Bar zu hören war. Er sah mich an, sein Gesicht so friedvoll, daß es beinahe unbelebt wirkte, und doch schien er verwirrt, höchst verwundert ...

Dann sah ich die Flügel aufragen über uns beiden, sah dieses alles verschlingende Dunkel emporquellen wie aus den Schrunden eines Vulkans und dahinter das Licht aufsteigen. Blendendes, wundervolles Licht.

Ich weiß, ich schrie: »Roger!«

Der Lärm war ohrenbetäubend, die Stimmen, die Gesänge, die Gestalt, alles wuchs ins Unermeßliche.

»Nimm ihn nicht mit dir. Ich bin der Schuldige!« Wutentbrannt warf ich mich dem Wesen entgegen, bereit, es in der Luft zu zerreißen, wenn es nicht von ihm abließe! Doch ich konnte ihn nur noch undeutlich sehen. Ich wußte auch nicht mehr, wo ich war. Und undurchdringbar dicht, machtvoll und unaufhaltsam wallte es wieder auf, wie Rauch, in dessen Mitte für einen Augenblick ein Antlitz sichtbar wurde, das drohend gegen den langsam verblassenden Roger und gegen mich gerichtet war – das Antlitz der steinernen Statue, die Augen –

»Laß ihn los!«

Nichts war mehr vorhanden, die Bar, das Village, die Welt umher, alles war eins. Und vielleicht waren die Gesänge nur der Klang splitternden Glases. Dann Schwärze und Schweigen.

Stille.

Mir schien, als sei ich eine Weile bewußtlos gewesen. Draußen auf der Straße kam ich zu mir. Neben mir stand der Barkeeper und fragte mich ziemlich genervt in seinem näselnden Tonfall: »Alles in Ordnung, Mann?«

Auf seinen Schultern lag Schnee. Er fror und war drinnen sicher besser aufgehoben, also nickte ich und stand auf. Mein Halstuch saß noch, wie es sich gehörte, meine Jacke war ordentlich zugeknöpft, jedoch voller Schnee. Meine Hände waren sauber. Rings um mich fiel weicher, flockiger Schnee, wunderbar anzusehen.

Ich stieß die Schwingtüren auf und betrat erneut den gefliesten Eingang zur Bar. Von der Tür aus konnte ich die Stelle sehen, an der wir gesessen und uns unterhalten hatten. Rogers Glas stand noch da. Nichts hatte sich verändert. Dem Barkeeper, der jetzt gelangweilt mit einem Gast sprach, war wohl nichts aufgefallen, außer daß ich plötzlich aufgesprungen und hinaus auf die Straße gestolpert war.

Jeder Nerv in mir sagte: »Flieh!« Aber wohin? Aufsteigen in die Luft? Keine Chance, es hätte mich auf der Stelle. Besser die Füße fest auf dem Boden lassen.

Du hast Roger geholt! Bist du mir deshalb die ganze Zeit gefolgt? Wer bist du?

Über den leeren, staubflimmernden Raum hinweg sah mich der Barkeeper an. Hatte ich etwas gesagt, getan? Nein, ich heulte nur erbärmlich. Ein Mann mit tränenüberströmtem Gesicht im Eingang einer Bar, idiotisch. Und in diesem speziellen Fall bedeutete das noch dazu blutige Tränen. Hier war ein schneller Abgang angesagt!

Ich drehte mich um und ging wieder hinaus in den Schnee. War es nicht endlich Morgen? Wer zwang mich, bis zur Morgendämmerung durch diese elende, schneidende Kälte zu trotten? Warum suchte ich mir nicht ein Grab und legte mich schlafen?

»Roger!« weinte ich laut heraus und wischte mir die Tränen am Ärmel ab. »Wer bist du, verdammt noch mal!« Mitten auf der Straße stand ich und schrie so laut, daß meine Stimme von den Häuserwänden widerhallte. »Sei verdammt!« Blitzartig war mir wieder alles gegenwärtig. Ich hörte das Durcheinander der Stimmen, kämpfte dagegen an. Das Gesicht. Es hat ein Gesicht! *Ein ruheloser Geist und ein unersättliches Herz.* Nur kein Schwindelanfall jetzt, verdräng die Erinnerung. Über mir öffnete sich ein Fenster, und jemand schrie, ich solle verschwinden. »Schluß mit dem Gebrüll da unten!« Und auch Schluß mit den Rekonstruktionen, sonst wirst du wieder bewußtlos.

Zu allem Überfluß fiel mir jetzt auch noch Dora ein, und nun hatte ich erst recht das Gefühl, ich müsse auf der Stelle zitternd und hilflos zusammenbrechen, und wahrscheinlich würde ich dann jeder hilfreichen Seele absoluten Blödsinn entgegenquasseln. Das war nun wirklich schlimm, das Schlimmste überhaupt, das war ein Desaster von kosmischen Ausmaßen! Und was, in Gottes Namen, hatte Rogers Gesichtsausdruck bedeutet in seinem letzten Moment? Hatte er überhaupt eine Bedeutung? Etwa Friede, Ruhe, Verstehen? Oder war Roger nur ein Geist, dem seine Lebenskraft abhanden kam? Ein Geist, der seinen Geist aufgab!

Ah, ich hatte wieder geschrien. Das machten mir ein Dutzend Sterbliche klar, die über mir in der dunklen Nacht nach Ruhe verlangten.

Weiter und weiter ging ich, allein, still vor mich hin weinend. Sonst war nichts in den leeren Straßen zu hören. Zusammengekrümmt schleppte ich mich fort, ohne daß noch jemand von mir Notiz genommen oder mich aufgehalten hätte, obwohl ich jetzt wieder lauthals jammerte. Ich spürte den Drang, das Geschehene noch einmal vor meinen Augen aufleben zu lassen, doch ich hatte schreckliche Angst, daß mich das endgültig umwerfen würde. Und Roger, Roger … O Gott, meine ungeheuerliche Selbstsucht brachte mich fast so weit, zu Dora zu gehen und mich vor ihren Füßen niederzuwerfen. Das ist mein Werk, ich habe ihn getötet, ich …

Scheinbar befand ich mich wieder mitten in der Stadt. In einem

Schaufenster waren Nerzmäntel ausgestellt. Schneeflocken senkten sich sanft und zart auf meine Augenlider. Ich nahm das Halstuch und wischte mir damit sorgfältig das Gesicht ab, um die Spuren der blutigen Tränen zu beseitigen. Dann stolperte ich in ein kleines, freundliches Hotel, nahm ein Zimmer – Barzahlung, extra großes Trinkgeld, keine Störung für die nächsten vierundzwanzig Stunden, bitte –, ging nach oben, schloß die Tür hinter mir ab, zog die Vorhänge dicht zu, drehte die miefige, lästige Heizung ab. Dann kroch ich unter das Bett und legte mich schlafen.

Die Sonne würde erst in einigen Stunden aufgehen – Zeit genug für Träume –, und ehe ich tief in sterblichem Schlummer versank, ging mir noch ein merkwürdiger Gedanke durch den Kopf, nämlich, daß David ganz schön sauer sein könnte, aber daß Dora vielleicht alles glauben und verstehen würde …

Der Himmel hellte sich schon auf, als ich erwachte. Also hatte ich doch wenigstens ein paar Stunden Ruhe gehabt. Jetzt war die Nacht fast vorbei, das Vergessen nahe. War ich froh! Keine Zeit mehr zu grübeln. Eintauchen in den tiefen Vampirschlaf. Tot mit all den anderen Untoten, wo immer sie sich auch vor dem nahenden Licht verkriechen mochten.

Da schreckte mich eine Stimme auf. Sie sagte sehr deutlich: »So einfach wird es nicht sein.«

In einem Schwung, das Bett über mir kippte weg, stand ich auf den Füßen und starrte in die Richtung, aus der die Stimme gekommen war. Das kleine Hotelzimmer wurde zur Falle.

In der Ecke stand ein Mann, ein ganz gewöhnlicher Mann, nicht besonders groß oder klein oder schön wie Roger oder auffallend wie ich, nicht einmal sehr jung oder sehr alt, einfach ein Mann. Ein recht nett aussehender Mann, Arme gekreuzt, ein Fuß über den andern geschlagen.

In diesem Augenblick erschien die Sonne über den Dächern, ihr Feuer traf das Fenster und blendete mich so, daß ich nichts mehr erkennen konnte.

Ich sank wieder zu Boden, vom Licht nur leicht verletzt, das Bett fiel schützend über mich.

Dann das Nichts. Wer oder was auch immer das gewesen sein mochte, ich war machtlos, nun, da die Sonne aufging, und hätte der weiße Schleier des Wintermorgens sie auch noch so dicht verhüllt.

Kapitel 5

Also gut«, sagte David. »Laß jetzt das Hin-und-her-Gerenne und setz dich. Und ich bitte dich, mit mir noch einmal jede winzige Kleinigkeit durchzugehen. Wenn du vorher trinken mußt, werden wir eben gehen und –«

»Ich habe es dir schon mal gesagt! Ich bin darüber hinaus, trinken zu müssen. Ich brauche das Blut nicht. Ich lechze danach, ich liebe es. Aber jetzt will ich keins. Letzte Nacht habe ich mich wie ein unersättlicher Dämon an Roger gütlich getan. Sprich jetzt bloß nicht von Blut!«

»Würdest du dich dann bitte zu mir an den Tisch setzen?«

David hatte im Olympic Tower genau die richtigen Räumlichkeiten für uns bekommen, auf gleicher Höhe mit den Turmspitzen der Kathedrale, so daß ich durch die Panoramafenster, vor denen ich gerade stand, auf ihre Dächer hinabsehen konnte.

Das Apartment war um vieles größer als für uns notwendig, aber die unmittelbare Nachbarschaft der Kathedrale, die mir so wichtig war, machte es zu einem perfekten Domizil. Diese Räume wurden »schlüsselfertig« vermietet, möbliert in dem übertriebenen edlen Stil der Geschäftswelt – jede Menge Mahagoni und Leder, alles dezent und unaufdringlich in Beige, Braun und Gold gehalten. Und Blumen. David hatte dafür gesorgt, daß ihr Duft nicht fehlte.

Ich seufzte. »Hör mal, es tut mir leid. Aber ich will nicht wieder von vorn anfangen. Entweder du akzeptierst alles so, wie ich es dir erzählt habe, oder ich ... ich ... verliere den Verstand. Wir haben jetzt auch gar nicht genug Zeit. Ich muß Rogers Wohnung irgendwie absichern oder diese kostbaren Objekte dort wegschaffen. Sonst passiert noch irgendein blödes Mißgeschick mit Doras Erbschaft.«

David blieb ganz ruhig am Tisch sitzen. »Wir machen das schon.

Aber ehe wir gehen, versuch doch bitte Folgendes: Beschreibe mir den Mann noch einmal ganz genau ... nein, nicht Rogers Geist, nicht das geflügelte Wesen oder die belebte Statue. Ich meine den Mann, den du in deinem Hotelzimmer bei Sonnenaufgang gesehen hast.«

»Gewöhnlich, ich sagte doch, ganz gewöhnlich. Vielleicht angelsächsisch? Kann sein. Nicht eindeutig irisch oder nordisch. Wirkte auch nicht wie ein Franzose. Einfach ein Mann. Guter amerikanischer Durchschnitt. Relativ groß, etwa so wie ich, aber bei weitem nicht so groß wie du. Ich habe ihn höchstens fünf Sekunden gesehen. Schließlich ging gerade die Sonne auf! Er hatte mich festgenagelt, ich konnte nicht fliehen. Mein Kopf war wie leer. Dann fiel die Matratze über mich, und als ich erwachte – nichts, kein Mann. Verschwunden, als wäre er nur eine Einbildung. Aber ich habe ihn mir nicht eingebildet.«

»Gut. Sein Haar?«

»Aschblond, fast grau. Wie Aschblond manchmal eben so ins Graubraune spielt oder fast schon farblos wirkt.«

Er zeigte mit einer kleinen Bewegung, daß er wußte, was ich meinte.

Vorsichtig lehnte ich mich gegen das Fensterglas. Das fehlte noch, daß ich, stark wie ich war, in meiner Trotteligkeit das Glas zerschmetterte.

David erwartete offensichtlich mehr von mir, und ich tat mein Bestes. Ich konnte mich recht deutlich an den Mann erinnern. »Ein angenehmes Gesicht, sehr angenehm. Er beeindruckte nicht so sehr durch seine Körpergröße oder sein Aussehen als eher durch seine Haltung. Aufmerksam, intelligent, könnte man sagen. Er weckte Interesse.«

»Die Kleidung?«

»Unauffällig. Schwarz, glaube ich, vielleicht sogar leicht angestaubt? Wenn es so ein tiefes Schwarz gewesen wäre oder sogar glänzend, könnte ich mich bestimmt daran erinnern.«

»Auffallende Augen?«

»Nein, sie waren nicht groß, auch nicht von intensiver Farbe, wirkten aber sehr klug. Er sah ganz normal aus. Dunkle Augenbrauen hatte er, jedoch nicht dicht oder buschig. Gerade Stirn, volles, ordentlich frisiertes Haar, aber nicht so dandylike wie meines. Oder deines.«

»Und du glaubst, er sagte diese Worte?«

»Ich bin absolut sicher. Ich bin aufgesprungen. Ich war wach, hellwach. Ich sah die Sonne, das kannst du an meiner Hand sehen.«

Ich war noch nicht wieder so bleich wie vor meinem Ausflug in die Wüste, als ich versucht hatte, mich von der Sonne töten zu lassen. Trotzdem nahmen wir beide die Rötung wahr, die die Sonnenstrahlen heute morgen auf meiner Hand hinterlassen hatten. Und auch meine rechte Wange brannte noch, obwohl man nichts sehen konnte. Ich hatte mich wohl schnell genug abgewendet.

»Und als du aufwachtest, lagst du unter dem Bett, und das Bett stand schief, so, wie es zurückgekippt war, nachdem du es umgestoßen hattest«, faßte David noch einmal zusammen.

»Genau. Eine Lampe war auch umgefallen. Das war kein Traum, genausowenig wie Roger ein Traum war oder alles andere. Jetzt hör mal, ich möchte gerne, daß du mit mir kommst. Ich will, daß du Rogers Wohnung und seine Sachen siehst.«

»Aber gern.« Er stand auf. »Um nichts in der Welt würde ich darauf verzichten wollen. Weißt du, ich wollte dir nur noch etwas Ruhe gönnen, damit du ...«

»Damit ich was? Mich beruhige? Nachdem ich all das erlebt habe? Mit dem Geist meines Opfers gesprochen habe? Diesen Mann mitten in meinem Zimmer gesehen habe? Gesehen habe, wie dieses Etwas sich mit Roger davonmachte, dieses Etwas, das mich um die halbe Welt verfolgt hat, dieser Bote des Wahnsinns, dieser –«

»Aber du hast doch eigentlich nicht gesehen, daß es Roger mitnahm, nicht wahr?«

Ich überlegte einen Moment. »Ich bin mir nicht sicher. Ich weiß nicht einmal, ob Rogers Erscheinung überhaupt noch belebt war, so absolut unbewegt wirkte er. Er verschwand langsam. Dann wurde für einen winzigen Augenblick das Gesicht dieser unbeschreiblichen Kreatur sichtbar. Da hatte ich aber schon total die Orientierung verloren – kein Gleichgewichtssinn mehr, kein Ortsgefühl, nichts. Ich weiß nicht, ob Roger sich einfach auflöste, als es nach ihm griff, oder ob er nachgab und mitging.«

»Lestat, weder das eine noch das andere weißt du sicher. Alles, was du weißt, ist, daß Rogers Geist verschwand und dieses Etwas erschien.«

»Ja, du könntest recht haben.«

»Sieh es doch mal so: Dein Verfolger beschloß, sich dir zu zeigen, und deinen geisterhaften Begleiter ließ er verlöschen.«

»Nein. Da gab es eine Verbindung. Roger hörte ihn kommen! Er wußte, daß er auf dem Weg war, noch ehe ich die Schritte hörte. Eins ist nur gut!«

»Und das wäre?«

»Daß ich dir nicht in einem Gedankenstrom meine Furcht übermitteln kann. Daß ich dich nicht spüren lassen kann, wie entsetzlich es wirklich war. Im Moment genügt es mir, daß du mir glaubst, aber wenn du es genauso erlebt hättest wie ich, wärst du nicht so ruhig und gelassen und ganz der britische Gentleman.«

»Vielleicht doch. Jetzt komm. Ich will diese Schatzkammer sehen. Ich glaube, du hast recht. Du kannst nicht zulassen, daß diese Sammlung dem Mädchen abhanden kommt.«

»Frau, junge Frau.«

»Und wir sollten schnellstens herausfinden, wo sie sich aufhält.«

»Das habe ich schon auf dem Weg hierher besorgt.«

»In deinem Zustand?«

»Na, immerhin konnte ich mich lange genug zusammenreißen, um in ihr Hotel zu gehen und mich ihrer Abreise zu versichern. Das wenigstens mußte ich tun. Sie ist heute morgen mit der Neun-Uhr-Maschine geflogen und heute abend in New Orleans angekommen. Ich habe allerdings keine Ahnung, wie man sie in diesem Konvent erreichen kann. Ich weiß auch nicht, ob sie überhaupt einen Telefonanschluß hat. Im Moment ist sie aber da genauso sicher, als wenn Roger noch lebte.«

»Das stimmt. Also los.«

Angst ist manchmal ein Warnsignal. So, als ob einem jemand eine Hand auf die Schulter legt und sagt: »Geh nicht weiter!« Genau das Gefühl hatte ich für ein paar Sekunden, als wir in die Wohnung kamen. Panik. *Geh nicht weiter!*

Aber mein Stolz verbot mir, es zu zeigen, außerdem betrat David, von Neugier getrieben, den Flur schon vor mir und bemerkte zweifellos genau wie ich, daß hier nichts Lebendiges war. Spürte er den Mord, der hier stattgefunden hatte? Der Geruch traf ihn sicher genauso wie mich. Ob er ihn wohl als weniger unangenehm empfand, weil der Tote nicht sein Opfer gewesen war?

Roger! In meiner Erinnerung vermischten sich die Bilder seines verstümmelten Körpers mit denen seiner Erscheinung als Geist, was mir einen heftigen Schlag versetzte.

David ging direkt zum Wohnraum durch, während ich noch bei dem großen weißen Marmorengel mit seiner Weihwasserschale verweilte, ihn in Gedanken mit der granitenen Statue verglich. Blake.

William Blake hatte es gewußt. Er mußte Engel und Teufel gesehen haben, sonst hätte er nicht so perfekt ihre Proportionen gestaltet. Mit Roger hätte ich über Blake reden können.

Aber das war vorbei. Und jetzt war ich hier in diesem Flur. Daß ich nun vorwärts gehen sollte, Schritt für Schritt, bis ich den Wohnraum erreicht hätte, daß ich dem schwarzen Standbild gegenübertreten sollte, war plötzlich mehr, als ich ertragen konnte.

»Sie ist nicht hier«, stellte David fest. Nein, er hatte nicht meine Gedanken gelesen. Er bestätigte nur eine Tatsache. Er stand etwa zwölf Meter von mir entfernt im Wohnraum, sah mich an und sagte noch einmal: »In diesem Zimmer ist keine schwarze Statue aus Granit.«

Ich stöhnte laut auf. »Also werde ich zur Hölle fahren.« Ich konnte David ganz deutlich sehen, obwohl das für einen Sterblichen wegen der düsteren Schatten in dem Raum nicht möglich gewesen wäre. Er wirkte sehr groß und sehr stark, wie er da mit dem Rücken zu dem trübe beleuchteten Fenster stand, inmitten der Halogenstrahler, die die Messingknöpfe an seiner Jacke aufblitzen ließen. »Was ist mit dem Blut?«

»Ja, Blut ist da und deine Brille, die mit den violetten Gläsern. Ein hübsches Beweisstück.«

»Beweis für was?«

Wie angewachsen stand ich an der Hintertür und redete über diese Entfernung mit ihm, das war doch wirklich zu blöd. Also begann ich den Flur hinabzuschreiten, als ginge ich munteren Schrittes zum Schafott, und betrat dann das Zimmer. Wo die Statue gestanden hatte, war eine freie Stelle, die mir nicht einmal mehr groß genug für sie zu sein schien. Ein Durcheinander von Gipsheiligen und Ikonen, manche so alt und bröckelig, daß sie durch Glas geschützt waren. Letzte Nacht war mir die große Anzahl gar nicht aufgefallen. Überall an den Wänden reflektierten sie glitzernd das Licht der Strahler.

»Ich kann es nicht glauben«, flüsterte David.

»Daß du hingerissen sein würdest, war mir klar«, sagte ich bedrückt. Es hätte mich genauso hingerissen, wenn ich nicht bis ins Mark erschüttert gewesen wäre.

Seine Augen glitten forschend über die Ikonen und Heiligen. »Absolut großartige Objekte. Das ist eine … eine außergewöhnliche Sammlung. Weißt du, was sie alles enthält?«

»Na ja, teils, teils«, antwortete ich. »Ich bin schließlich kein Kunstbanause.«

»Die Reihe Bilder da an der Wand?« fragte er und deutete auf eine Reihe zerbrechlich aussehender Ikonen.

»Die? Was ist damit?«

»Das Schweißtuch der Veronika. Das sind ganz frühe Kopien des ursprünglichen Tuches, das schon seit Jahrhunderten als verloren gilt. Das ist eine russische Kopie, makellos, und die da ist italienisch. Und da, auf dem Boden gestapelt, die Stationen des Kreuzwegs.«

»Er war besessen davon, für Dora Reliquien aufzustöbern. Und selbst liebte er das Zeug auch. Hier, dieses Tuch aus Rußland, das hatte er für Dora mit nach New York gebracht. Sie haben sich vergangene Nacht gestritten, weil sie es nicht annehmen wollte.«

Es war sehr schön, er hatte es ihr ganz lebhaft beschrieben. Mein Gott, mir kam es vor, als hätte ich ihn schon immer gekannt, als hätten wir uns über all diese Kunstwerke schon einmal unterhalten, als spiegele ihre Oberfläche seine Wertschätzung und seine komplexen Gedankengänge wider.

Wie jedes katholische Kind kannte ich natürlich die Stationen des Kreuzwegs. Damals in meiner Heimat pflegten auch wir den Leidensweg Christi nachzuvollziehen, indem wir in der dämmerigen Kirche an jeder der vierzehn Stationen niederknieten und die gehörigen Gebete sprachen. War nicht Veronika an der sechsten Station zu Jesus getreten, um ihm mit ihrem Schleier das Gesicht zu trocknen?

David ging von Objekt zu Objekt. »Also, dieses Kruzifix ist wirklich sehr alt. Das könnte einige Aufregung verursachen.«

»Aber könnte man das nicht von jedem dieser Dinge hier sagen?«

»Ja, sicher, aber ich meine jetzt nicht wegen Dora und ihrer Religion oder worum auch immer es ihr geht. Ich meine nur wegen der Einmaligkeit der Kunstwerke. Du hast recht, wir können diese Dinge unmöglich ihrem Schicksal überlassen. Sieh mal, diese Statuette könnte keltisch sein, 9. Jahrhundert. Unglaublich wertvoll. Und das hier, vielleicht aus dem Kreml.«

Er hielt inne, ergriffen von einer Ikone, die die Madonna mit dem Kind zeigte. Extrem stilisiert, wie alle Ikonen, aber ein recht trauliches Bild – das Jesuskind, das sich an seine Mutter klammert, verliert gerade eine Sandale. Engel quälen es mit symbolischen Darstellungen seiner zukünftigen Leiden, und die Mutter neigt zärtlich ihren Kopf gegen den des Kindes, so daß sich die Heiligenscheine überschneiden. Das Kind Jesus, das sich seiner Zukunft entziehen will und in die Arme seiner Mutter flüchtet.

»Was für ein grundsätzliches Prinzip einer Ikone zugrunde liegt, ist dir bekannt, nicht wahr?« fragte David.

»Ja, der Künstler hat eine göttliche Eingebung.«

»Noch unmittelbarer. Es soll keine handwerkliche Arbeit sein, sondern Gott selbst läßt das Abbild auf dem Untergrund erscheinen. Angeblich entstand manchmal sogar eine zweite Ikone, indem man das Original auf eine Leinwand preßte – sozusagen eine magische Übertragung.«

»Ah ja, es gab also eigentlich keinen Künstler.«

»Ganz genau. – Meine Güte, diese Reliquie – ein in Juwelen gefaßter Splitter vom Kreuz Christi ... und das hier, das kann nicht sein ... ein berühmtes Stundenbuch, das während des Zweiten Weltkriegs verschwand.«

»David, diese liebevolle Inventarisierung können wir uns für später aufheben, okay? Jetzt stellt sich eher die Frage, wie wir vorgehen sollen.«

Meine Furcht hatte sich langsam gelegt, obwohl ich es nicht lassen konnte, immer wieder den leeren Fleck zu betrachten, an dem der steinerne Teufel gestanden hatte. Und der Teufel war es gewesen, das wußte ich. Und mich würde wieder dieses Zittern überkommen, wenn wir jetzt nicht endlich zur Tat schritten.

»Wie können wir das bloß in Sicherheit bringen und wo?« überlegte David. »Komm, fang an, erst die Schränke und die schriftlichen Unterlagen, dann suchen wir nach den Wynken-Büchern; wir sollten nicht planlos vorgehen.«

»Laß dir nur nicht einfallen, deine einstigen sterblichen Verbündeten hier hinzuzuziehen.« Ich war plötzlich argwöhnisch und, zugegebenermaßen, auch unfreundlich.

»Meinst du die Talamasca?« David sah mich an, in der Hand das kostbare antike Stundenbuch mit dem mürben, fast zerfallenden Einband.

»Das gehört alles Dora«, sagte ich. »Für sie müssen wir das bewahren. Und Wynken gehört mir, wenn sie ihn nicht will.«

»Aber sicher, ist mir doch klar. Lieber Himmel, Lestat, glaubst du, ich pflegte immer noch Kontakte mit der Talamasca? Natürlich könnte man ihnen in dieser Beziehung trauen, aber ich will keinerlei Berührung mehr mit meinen ›sterblichen Verbündeten‹, wie du sie nennst. Nie wieder. Ich hege nicht das Verlangen, eine eigene Akte in deren Archiven zu haben, so wie du. Weißt du noch: Der Vampir

Lestat! Für sie möchte ich nichts anderes sein als ihr Generaloberster, der an Altersschwäche starb. Und jetzt mach voran!«

Das klang leicht angeekelt, aber auch bekümmert. Ich hielt mir vor Augen, daß Aaron Lightner, sein verstorbener Freund, für ihn das letzte Bindeglied zur Talamasca gewesen war. Irgendeine ungeklärte Streitfrage hatte Lightners Tod überschattet, aber ich hatte nie erfahren, um was es ging.

Der Aktenschrank war im Nebenzimmer, zusammen mit mehreren Kassetten voller Papiere. Wir fanden die gesuchten Unterlagen auf Anhieb und gingen sie gemeinsam durch. Da ich ebenfalls ausgedehnte Besitztümer mein eigen nenne, sind mir juristische Schriftstücke nicht fremd und auch nicht die finanziellen Tricks der internationalen Banken. So erkannte ich rasch, daß Dora unanfechtbare Einkünfte vermacht worden waren, auf die auch zur Entschädigung für Rogers Verbrechen nicht zurückgegriffen werden konnte. Wegen der Fülle der Dokumente konnte ich im Moment nicht den genauen Wert abschätzen, aber es sah so aus, als könne Dora, wenn sie wollte, einen Kreuzzug damit finanzieren und Istanbul von den Türken zurückerobern.

Aus einigen Briefen entnahm ich auch das genaue Datum, an dem Dora vor zwei Jahren weitere Zuwendungen aus den Fonds abgelehnt hatte, von denen sie wußte. Was den Rest betraf, fragte ich mich, ob sie überhaupt eine Vorstellung von dessen Umfang hatte. Geld ist immer nur in großen Mengen interessant. In Mengen und mit entsprechender Phantasie. Wenn eins von beiden fehlt, kann man keine moralisch gültigen Entscheidungen treffen, meine ich wenigstens. Das klingt geringschätzig, ist es aber nicht. Geld ist Macht – Macht, die Hungrigen zu speisen und die Armen zu kleiden. Aber dessen muß man sich bewußt werden. Nun, Dora besaß jetzt jede Menge davon.

Einen kummervollen Moment lang dachte ich an mein geliebtes Gretchen – Schwester Margarete –, wie ich sie hatte unterstützen wollen und wie mein bloßer Anblick alles zerstört hatte – ich hatte mich aus ihrem Leben entfernt mit all meinem Gold noch in den Truhen. Lief es nicht immer so ab? Ein Heiliger, der die Armen speist, war ich nicht.

Aber Dora! Plötzlich dämmerte es mir – sie war jetzt meine Tochter! Meine Heilige, so wie sie es für Roger gewesen war. Jetzt hatte sie einen zweiten reichen Vater – mich!

»Was ist los?« fragte David mich irritiert. Er blätterte gerade einen Karton Papiere durch. »Hast du das Gespenst wieder gesehen?«

Beinahe wäre ich in einen meiner heftigeren Zustände verfallen, ich konnte mich gerade noch zusammenreißen. Ich antwortete nicht, aber ich sah jetzt alles ganz klar vor mir. »Beschütze Dora!« Natürlich würde ich sie beschützen, und ich würde sie auch irgendwie überzeugen, daß sie die Erbschaft annehmen könnte. Vielleicht hatte Roger bisher nicht die richtigen Argumente gehabt. Und nun war er ein Märtyrer, das hatte er richtig erkannt, als er sagte, mit seinem Tod habe er seine Schätze ausgelöst. Ich mußte es Dora wohl nur vernünftig erklären.

Doch dann wurde ich abgelenkt; denn da waren sie, die zwölf Bücher, jedes einzelne fein säuberlich in eine Plastikhülle geschweißt, standen sie aufgereiht auf einem kleinen Pult neben dem Aktenschrank. Ich wußte, das waren sie. Kleine weiße Schildchen mit Rogers ausgefallener Schrift klebten darauf: »W.d.W.«.

»Sieh mal«, sagte David. »Ich habe hier lauter Kaufverträge, das ist juristisch alles ganz in Ordnung, jede Menge Empfangsbestätigungen und Echtheitszertifikate. Ich denke, wir schaffen das jetzt alles weg.«

»Ja, aber wie und wohin?«

»Was denkst du? Deine Unterkunft in New Orleans kommt bestimmt nicht in Frage. Und in ein Lagerhaus können wir die Sachen auch nicht geben.«

»Richtig. Ich habe mich zwar hier in einem kleinen Hotel im Park eingemietet …«

»Du meinst doch nicht etwa das, das der Körperdieb ausfindig gemacht hatte? Du hast diese Adrese nicht aufgegeben? Das kann doch nicht wahr sein!«

»Ist unwichtig. Die Größe wäre sowieso nicht ausreichend.«

»Aber dir ist klar, daß unsere Etage im Olympic Tower voll und ganz ausreicht!«

»Meinst du das ernst?« fragte ich.

»Aber natürlich. Was könnte denn sicherer sein? Und jetzt an die Arbeit. Sterbliche Verbündete können wir nicht brauchen, diese Schufterei müssen wir schon allein bewältigen.«

»Ah«, stöhnte ich angewidert. »Wir beide sollen das alles verpakken und fortschleppen?«

Er lachte. »Sicher! Was Herkules konnte, können wir auch. Jetzt komm! Du weißt gar nicht, wie leicht sich das alles mit dieser modernen Plastikfolie auspolstern läßt, und wir tragen es dann selbst weg. Das wird ein tolles Ding. Am besten gehen wir über die Dächer.«

»Ach, es nervt einen doch nichts so sehr wie die Energie eines Vampirzöglings«, sagte ich mürrisch. Aber ich wußte, daß er recht hatte. Und unsere Körperkraft war unvergleichlich größer, als die eines sterblichen Helfers je sein konnte. Es war möglich, die Wohnung noch in dieser Nacht auszuräumen. Das wurde vielleicht eine Nacht!

Im Rückblick muß ich sagen, daß körperliche Arbeit ein gutes Gegenmittel ist gegen Angst und Bedrängnis und gegen die Befürchtung, der Teufel könne einen jeden Moment beim Genick packen und ins Höllenfeuer befördern!

Wir besorgten uns einen ordentlichen Vorrat an Luftpolsterfolie, die selbst den zerbrechlichsten Gegenstand noch sanft umhüllt. Zuerst verpackte ich die Akten und Wynkens Bücher; dann machten wir uns an die Schwerarbeit.

Wie David vorgeschlagen hatte, nahmen wir unseren Weg über die Dächer. Kein Sterblicher bemerkte die beiden verstohlenen schwarzen Gestalten, die dahinflogen wie die Hexen zum Blocksberg und dabei Säcke mit den kleineren Kunstwerken transportierten. Die größeren Objekte behandelten wir etwas vorsichtiger, indem wir sie Stück für Stück liebevoll in unseren Armen davontrugen.

Absichtlich ließ ich den großen weißen Marmorengel für David stehen, der ihn begeistert zu seinem Ziel brachte, wobei er den ganzen Weg über zu ihm sprach. Wie es sich gehörte, trugen wir all unsere Lasten mit der gebotenen menschlichen Geschwindigkeit über den Lieferanteneingang in unsere sicheren Räumlichkeiten des Olympic Tower. Immer wenn wir den Boden berührten, verlangsamten wir unsere innere Uhr, so daß man nur zwei Gentlemen eifrig beschäftigt sah, ihre neue Bleibe mit entsprechend gut verpackten Schätzen zu möblieren.

Bald schon war in den sauberen, teppichbedeckten Räumen ein Wald von gespenstischen, plastikumhüllten Paketen emporgewachsen, von denen einige allzusehr unfachmännisch gewickelten Mumien ähnelten. Das größte war wohl der marmorweiße Engel mit seiner Weihwasserschale. Auf dem Eßtisch lagen gut verpackt Wynkens Bücher. Ich hatte immer noch keine Gelegenheit gehabt, sie mir genauer anzusehen, und auch jetzt war nicht der richtige Augenblick dafür.

Ich ließ mich in einen Sessel fallen, keuchend vor reiner Langeweile und Wut wegen dieser Sklavenarbeit.

David allerdings frohlockte. »Hier sind sie absolut sicher«, sagte er enthusiastisch.

Sein junger männlicher Körper schien entflammt von Davids ureigenem Geist. Manchmal verwirrten sich vor meinen Augen die beiden unterschiedlichen Personen – der betagte David und die äußere Form des strammen, jungen angloindischen Mannes; doch fast immer wirkte er einfach und wahrhaftig vollkommen. Und mit Sicherheit war er der kraftvollste Zögling, den ich je geschaffen hatte. Das rührte nicht nur von meinem mächtigen Blut her oder von den Heimsuchungen und leidvollen Erfahrungen, die ich hatte durchmachen müssen, bevor ich ihn zu einem von uns machte. Sondern als ich ihn machte, hatte ich ihm mehr Blut gegeben als je einem anderen zuvor. Ich hatte mein eigenes Leben dabei aufs Spiel gesetzt. Aber wie auch immer. Hier saß ich, voller Liebe zu ihm, zu meinem Geschöpf.

Ich war ganz staubig und stellte fest, daß wir alles erledigt hatten. Selbst die Teppiche hatten wir aufgerollt und mitgenommen, auch den, der mit Rogers Blut befleckt war. Eine Reliquie von Roger, dem Märtyrer. Nun, dieses Detail würde ich Dora vorenthalten.

»Ich muß jagen.« Davids Flüstern weckte mich aus meinen Überlegungen.

Ich antwortete nicht.

»Kommst du mit?«

»Möchtest du das denn?« fragte ich.

Er stand da und sah mich an mit einem seltsamen Blick, keine Spur von Verurteilung oder Widerwillen in dem dunklen jugendlichen Gesicht.

»Warum nicht? Bereitet es dir keinen Genuß, dabei zuzusehen, auch wenn du es selbst jetzt nicht tun willst?«

Ich nickte. Im Traum hätte ich nicht geglaubt, daß ich ihn beobachten durfte. Louis haßte das. Im letzten Jahr, als wir drei zusammengewesen waren, war David viel zu zurückhaltend und argwöhnisch gewesen, als daß er so etwas vorgeschlagen hätte.

Wir gingen in die dichtverschneite Düsternis des Central Park. Überall konnte man die nächtlichen Parkbewohner hören, ihr Schnarchen, Gemurre, einzelne Gesprächsfetzen; wir rochen Zigarettenrauch. Starke Typen sind das, die sich hier aufhalten. Typen, die wissen, wie man in dem Dschungel einer Stadt überleben kann, die in dem Ruf steht, für die vom Glück Verlassenen verhängnisvoll zu sein.

David fand schnell, was er suchte – einen jungen Mann, Wollmütze über den Ohren, seine nackten Zehen lugten durch zerrissene Schuhe, ein nächtlicher, einsamer Wanderer, der Selbstgespräche mit längst verlorenen Freunden führte. Ich stand im Hintergrund unter ein paar Bäumen, der feuchte Schnee störte mich nicht. David faßte den jungen Mann an der Schulter, zog ihn sanft zu sich heran und schloß ihn in die Arme. Klassisch. Als David sich zum Trinken herabbeugte, begann der Junge in einem Atemzug zu lachen und zu reden; dann erstarrte er und wurde ganz still, bis schließlich sein Körper am Fuße eines kahlen Baumes sacht zur Ruhe gebettet wurde.

Südlich von uns glühten die Wolkenkratzer am Himmel, ringsumher umgaben uns die kleinen, heimeligeren Lichter der East und West Side. David stand ganz starr, so daß ich mich fragte, was in ihm vorging. Es war, als habe er nicht mehr die Fähigkeit, sich zu bewegen. Ich ging zu ihm. Er hatte nichts von dem kühlen, arbeitsamen Archivar mehr an sich. Er schien sehr heftig zu leiden.

»Was ist mit dir?« fragte ich.

»Das weißt du doch«, hauchte er. »Ich werde das nicht lange überleben.«

»Das ist nicht dein Ernst. Mit den Fähigkeiten, die ich dir verliehen habe –«

»Pssst, wir haben uns angewöhnt, Sachen zu sagen, von denen wir wissen, daß sie für den anderen nicht akzeptabel sind. Das sollten wir lassen.«

»Und nur noch die reine Wahrheit sagen? Also gut. Hier hast du die Wahrheit: Jetzt, in diesem Moment, glaubst du, du kannst nicht überleben. Jetzt, wo du sein Blut heiß durch deinen Körper strömen fühlst. Klar! Aber daß dieses Gefühl nicht ewig anhält – das ist der Schlüssel zum Überleben. Und ich bin das ewige Gerede vom Überleben satt. Ich hatte einen netten Versuch gestartet, mein Leben zu beenden, es hat nicht geklappt; und nebenbei, es gibt noch ein paar andere Sachen, über die ich mir Gedanken machen muß – dieses Etwas, das mich verfolgt, und wie ich Dora helfen kann, ehe es mich erwischt.« Das stopfte ihm den Mund.

Wir durchquerten den Park zu Fuß wie Sterbliche; meine Schritte knirschten im tiefen Schnee. Kreuz und quer wanderten wir durch unbelaubtes Gebüsch, schoben die nassen schwarzen Äste beiseite, die Umrisse der City immer in Sichtweite.

Ich war gespannt, ob ich wieder Schritte hören würde. Ja, ich war gespannt, und gleichzeitig war mir ein ernüchternder Gedanke gekommen – daß das monströse Wesen, das sich gezeigt hatte, der Teufel selbst oder was auch immer, doch nur hinter Roger hergewesen war ... Aber was war dann mit dem Mann, dem anonymen, völlig unauffällig aussehenden Mann? Denn so sah ich ihn in meiner Vorstellung, als den Unauffälligen. Er war es, den ich in der Morgendämmerung kurz wahrgenommen hatte.

Wir näherten uns den Lichtern südlich des Central Park, wo die Gebäude mit einer Arroganz emporragten, wie Babylon sie nicht dem Himmel hätte entgegenschleudern können. Doch von dort kamen auch die tröstlichen Geräusche der Gutbetuchten, dem Leben Hingegebenen, ihr Kommen und Gehen und der unermüdliche Strom der Taxis, der den Lärm noch verstärkte.

David brütete vor sich hin.

Endlich sagte ich zu ihm: »Wenn du wie ich dieses Wesen gesehen hättest, wärst du nicht so wild darauf, die nächste Stufe zu erklimmen.« Ich seufzte. Noch einmal würde ich dieses geflügelte Etwas nicht beschreiben.

»Oh, es inspiriert mich ganz schön«, gestand er. »Das kannst du dir kaum vorstellen.«

»Zur Hölle zu fahren? Mit einem Teufel wie dem?«

»Hattest du denn das Gefühl, es sei aus der Hölle? Spürtest du das Böse? Ich habe dich das schon einmal gefragt. Hast du das Böse gespürt, als es Roger mitnahm? Zeigte Roger Anzeichen von Schmerz?«

Diese Fragen schienen mir ein wenig haarspalterisch. »Du solltest den Tod nicht übermäßig optimistisch betrachten. Ich warne dich, meine Sicht der Dinge verändert sich. Der Atheismus und Nihilismus meiner Jugendjahre scheint mir recht hohl, wenn nicht sogar etwas eingebildet.«

Er lächelte ablehnend, wie damals, als er noch sterblich gewesen war und die sichtbaren Zeichen ehrbaren Alters getragen hatte.

»Hast du je die Stories von Hawthorne gelesen?« fragte er leise.

Wir hatten jetzt die Straße erreicht, überquerten sie, gingen langsam an dem Brunnen vorm Plaza vorbei.

»Ja, irgendwann mal«, sagte ich.

»Und erinnerst du dich an Ethan Brands Suche nach der einen unverzeihlichen Sünde?«

»Ich glaube ja. Er machte sich auf den Weg und ließ seinen Gefährten zurück.«

»Ruf dir diesen Abschnitt ins Gedächtnis zurück«, beharrte er sanft.

Und während wir die selbst um diese Zeit noch betriebsame, erleuchtete Fifth Street hinuntergingen, zitierte er die Worte: »Er hatte sich von dem Band der Humanität gelöst, das die Menschheit verbindet. Er war nicht mehr der Bruder seiner Mitmenschen, der Kammern und Kerker der gemeinsamen menschlichen Natur mit den Schlüsseln geheiligten Mitgefühls öffnet und so mit Recht alle Geheimnisse des Lebens teilt; er war jetzt ein kalter Beobachter; er betrachtete die Menschheit als Objekt seines Experimentes, und schließlich machte er Männer und Frauen zu seinen Marionetten, die, von ihm dirigiert, zu den unglaublichen Verbrechen getrieben wurden, die er für seine Studie benötigte.«

Ich schwieg. Eigentlich wollte ich widersprechen, aber das wäre nicht ehrlich gewesen. Ich wollte sagen, daß ich nie, niemals Menschen wie Marionetten behandeln würde. Ich hatte nichts anderes getan, als Roger zu beobachten, verdammt noch mal, und Gretchen im Dschungel. Ich hatte nicht die Fäden gezogen, sondern Ehrlichkeit hatte sie und mich zusammen ins Verderben gestürzt. Aber eigentlich meinte er auch nicht mich mit diesen Worten. Er meinte sich selbst damit, den Graben, durch den er sich von den Menschen getrennt fühlte. Er war auf dem Wege, ein Ethan Brand zu werden.

»Laß mich noch einen Satz sagen«, bat er mich höflich und setzte zu einem weiteren Zitat an. »So also wurde Ethan Brand zum Unhold von dem Moment an, als seine Moralvorstellungen nicht mehr Schritt hielten mit seiner intellektuellen Entwicklung –« Er brach ab.

Ich antwortete nicht.

»Das ist unser Fluch«, flüsterte er. »Unsere moralische Entwicklung ist abgeschlossen, doch unser Intellekt wächst und wächst.«

Ich schwieg noch immer. Was sollte ich auch sagen? Verzweiflung war mir nur zu vertraut, doch der Anblick einer wunderschönen Schaufensterpuppe konnte sie bannen, das Spiel des Lichts auf einer Turmspitze konnte sie vertreiben, der riesige geisterhafte Schemen von St. Patrick's konnte mich erleichtern. Und später kam die Verzweiflung wieder.

Bedeutungslos, hätte ich beinahe laut gesagt, aber ich sagte etwas völlig anderes. »Ich muß an Dora denken.«

Dora.

»Ja, und das habe ich dir zu verdanken«, antwortete er, »daß auch ich jetzt Dora habe, nicht wahr?«

Kapitel 6

Die Frage war jetzt: Was sollte ich Dora erzählen, und vor allen Dingen, wie und wann sollte das geschehen?

Früh am nächsten Abend machte ich mich zusammen mit David auf den Weg nach New Orleans.

In meinem Stadthaus an der Rue Royale war von Louis weit und breit nichts zu sehen, aber das war keineswegs ungewöhnlich. Immer häufiger neigte er dazu umherzuschweifen. Selbst in Paris hatte David ihn schon gesehen, in Armands Gesellschaft. Das Stadthaus war makellos, zeitlos schön, eingerichtet mit den von mir so geliebten Louis-XV.-Möbeln, prachtvollen Tapeten und den kostbarsten Teppichen.

David war das Haus natürlich vertraut, obwohl er seit über einem Jahr nicht hiergewesen war. In einem der vielen wie aus dem Bilderbuch gestalteten Schlafräume – überschwemmt mit safranfarbener Seide und ausgefallenen türkischen Tischchen und Wandschirmen – stand immer noch sein Sarg, in dem er während seines ersten kurzen Aufenthalts als einer der Unseren zu schlafen pflegte. Selbstverständlich war dieser Sarg entsprechend getarnt. Wie fast alle Zöglinge, wenn sie nicht gerade Nomaden von Natur aus sind, hatte auch David unweigerlich auf einem echten Sarg bestanden, der aber geschickt in einer massiven bronzenen Truhe verborgen war, die Louis im nachhinein dafür ausgewählt hatte – ein klobiges, rechteckiges Ding, unförmig wie ein überdimensionales Klavier und genauso platzraubend. Eine Öffnung war nicht zu sehen, doch der Deckel hob sich sofort, wenn man nur an der richtigen Stelle drückte.

Meinen Ruheplatz hatte ich nach meinen eigenen Plänen gestaltet, als ich damals dieses Haus restaurieren ließ, in dem Claudia, Louis und ich gelebt hatten. Und zwar hatte ich mir nicht in meinem alten

Schlafzimmer, in dem jetzt nur noch das unerläßliche wuchtige Himmelbett und der Toilettentisch standen, sondern im Dachgeschoß, im sogenannten Kofferboden, eine Zelle aus Marmor und Stahl einbauen lassen.

Alles in allem besaßen wir also hier ein gemütliches Basislager, und, ehrlich gesagt, war ich erleichtert, daß Louis nicht da war, der mir meine Erlebnisse bestimmt nicht geglaubt hätte. Seine Zimmer waren, abgesehen von den neu hinzugekommenen Büchern, unverändert. Ein neues Bild gab es, in lebhaften, fesselnden Farben, einen Matisse. Ansonsten war alles wie gewohnt.

Wie üblich überprüften wir zuerst unsere Sicherheit durch einen flüchtigen Rundumcheck, mit heftigem Widerwillen gegen diese nicht nur den Sterblichen vorbehaltene Tätigkeit. Dann richteten wir uns häuslich ein und beschlossen, daß ich allein losgehen sollte, um nach Dora zu sehen.

Es gab keinen Hinweis darauf, daß mein Verfolger in der Nähe war, und auch der Unauffällige war nicht wiederaufgetaucht. Aber wir rechneten beide damit, daß der eine oder der andere schon bald wieder erscheinen könnte. Dennoch trennte ich mich von David und überließ ihn dem Vergnügen, die Stadt nach seinen Vorstellungen zu erkunden.

Ehe ich mich in Richtung Stadtrand aufmachte, holte ich noch Mojo ab, meinen Hund.

Sollten Sie Mojo aus meinen Abenteuern mit dem Körperdieb nicht kennen, lassen Sie mich nur soviel über ihn sagen: Er ist eine riesiger deutscher Schäferhund, und eine gütige Sterbliche, die in einem meiner Häuser zur Miete wohnt, kümmert sich um ihn. Er liebt mich hingebungsvoll, weshalb ich ihn unwiderstehlich finde. Er ist nur ein Hund, nicht mehr und nicht weniger, außer daß er von enormer Größe ist, mit dichtem langen Fell, und ich mag nicht lange ohne ihn sein.

Während der ein oder zwei Stunden, die ich jetzt mit ihm verbrachte, tollten wir im Garten hinter dem Haus umher und rangelten miteinander auf dem Boden, wobei ich ihm all meine Abenteuer erzählte und mit ihm überlegte, ob er mich später begleiten sollte. Tatsächlich gab Mojo mir ein Gefühl von Sicherheit. Wenn der Teufel kam, und ich hatte Mojo ... Aber das war nun wirklich absurd. Ich würde also mit Hilfe eines Hundes aus Fleisch und Blut die Hölle abwehren. Na ja, ich schätze, Menschen haben schon an Erstaulicheres geglaubt.

Ehe ich David verließ, hatte ich ihn noch gefragt: »Was, glaubst du, hat das zu bedeuten, ich meine diese Sache mit dem Verfolger und dem Unauffälligen?«

Und ohne Zögern antwortete er: »Die bildest du dir beide ein, du bestrafst dich selbst erbarmungslos; das ist für dich der einzige Weg, dich weiterhin zu amüsieren.«

Ich hätte beleidigt sein sollen. War ich aber nicht. Es ging jetzt um Dora und nicht um mich.

Schließlich entschied ich, Mojo doch hierzulassen. Wenn ich Dora nachspionieren wollte, mußte ich allein sein. Also küßte ich Mojo und ging. Später könnten wir noch einmal an unserer Lieblingsstelle, dem Brachland unter den Brücken am Fluß, zusammen umherstreifen. Das wenigstens blieb mir, solange die Natur es erlaubte; doch für den Moment mußte das warten.

Zurück zu Dora.

Natürlich wußte sie nichts von Rogers Tod. Das war gar nicht möglich, außer – vielleicht – Roger war auch ihr erschienen. Jedoch hatte er mir nicht den Eindruck vermittelt, daß er das überhaupt könnte. Es hatte ihn eindeutig seine ganze Energie gekostet, mir zu erscheinen. Und außerdem dachte ich, daß er viel zu sehr darauf bedacht war, Dora zu schonen, als daß er sich ihr absichtlich als Gespenst gezeigt hätte.

Aber was wußte ich schon von Gespenstern? Von einigen wenigen ziemlich undeutlichen Erscheinungen abgesehen, hatte ich niemals die Gelegenheit gehabt, mit einem zu sprechen.

Und nun würde ich mich auf ewig seiner beeindruckenden Liebe zu Dora erinnern und dieser so besonderen Mischung aus Gewissen und übersteigertem Selbstvertrauen, die er ausstrahlte. Rückblickend schien mir allein sein Erscheinen schon außergewöhnliches Selbstbewußtsein zu offenbaren. Es gibt genügend eindrucksvolle und auch glaubhafte Gespenstergeschichten, so daß mir sein Spuken an sich nicht als so unwahrscheinlich erschien. Aber daß er mich in eine Unterhaltung verstricken, mich zu seinem Vertrauten machen konnte – das war ein Beweis für seinen enormen, fast schon blendenden Stolz.

Ganz wie ein Sterblicher ging ich zu Fuß zu Doras Konvent, atmete tief die von den Gerüchen des Flusses durchtränkte Luft, froh, die behäbigen Häuser von New Orleans mit ihrem heimeligen Licht wiederzusehen, wieder zu Hause zu sein bei meinen schwarzborkigen Eichen und den aus jeder Nische sprießenden Gräsern, Blüten und Ranken.

Viel zu schnell erreichte ich das alte Ziegelgemäuer des Klosters an der Napoleon Avenue, wo Dora lebte. Diese Straße war außerordentlich schön, sogar für New Orleans; auf dem extrem breiten Mittelstreifen fuhren früher die Straßenbahnen, jetzt war er dicht mit schattenspendenden Bäumen bepflanzt, wie sie auch rund um den Konvent wuchsen, dessen Front zur Straße zeigte. Hier befand man sich tief im viktorianischen Stadtteil mit all seinem Grün.

Langsam näherte ich mich dem Gebäude, darauf bedacht, mir alle Einzelheiten genau einzuprägen. Das Hauptgebäude sowie die Seitenflügel des Konvents hatten ein Mansardendach mit kupfernen Regenrinnen. Hier und dort waren Dachpfannen von den ungewöhnlichen, gerundeten Dachgauben gefallen. Das Ziegelwerk selbst, die Fensterbögen, die vier Ecktürme und der zweigeschossige Vorbau über dem Eingang, im Plantagenstil gehalten, mit weißen Säulen und gußeisernen schwarzen Geländern – all das war andeutungsweise italienischer Stil, sehr anmutig in den Proportionen, typisch für New Orleans. An den zahllosen, in verblichenem Weiß gestrichenen Fenstern gab es keine Läden, obwohl sie sicherlich ursprünglich vorhanden gewesen waren.

Vor der Front des Gebäudes lag ein großer, spärlich bepflanzter Garten, und den ausgedehnten Innenhof kannte ich natürlich schon. Dieses kleine, in sich geschlossene Universum, das den ganzen Straßenzug beherschte, hatte also einst Nonnen und Waisenmädchen beherbergt. Riesige Eichen breiteten ihre Kronen über den Gehweg, und eine Reihe uralter Myrten säumte die Seitenstraße an der Südseite.

Als ich das Gebäude umrundete, fielen mir die bunten Glasfenster der zwei Stockwerke hohen Kapelle ins Auge und dahinter flackernder Kerzenschein, als seien Altar und Tabernakel noch vorhanden – was ich bezweifelte. Dort an der Rückseite stieg ich über die Mauer.

Nur wenige Türen waren abgeschlossen; das Gebäude lag in Schweigen gehüllt. Und in seinem Innern war es frostig kalt, kälter als draußen in dem winterlichen New Orleans. Vorsichtig betrat ich den unteren Flur und war sofort verliebt in die Proportionen dieser Räume, in die Erhabenheit und Weite der Korridore, in den Duft, den die nackten gelben Dielen aus Kiefernholz verströmten. Alles wirkte sehr rustikal, auf die Art, wie es in den Großstädten zur Zeit bei den Künstlern in ist, die in alten Lagerhäusern leben oder ihre riesigen Altbauetagen »Loft« nennen. Aber das hier war kein Lagerhaus, sondern eine gewissermaßen geweihte Behausung, das hatte ich gleich gefühlt. Langsam schritt ich den langen Korridor hinab bis zum Treppenhaus, rechts über mir, im dritten Geschoß, im sogenannten nordöstlichen Turm, hatte Dora ihre Wohnräume.

Ich konnte niemanden spüren in dem Gebäude, konnte auch von Dora weder etwas riechen noch hören. Die Geräusche von Ratten, Ungeziefer nahm ich wahr, auch ein etwas größeres Tier, vielleicht ein oben im Dachboden futternder Waschbär. Dann versuchte ich, geistige Strömungen zu erfassen – Elementargeister, wie David sie nannte, ich zog die Bezeichnung »Poltergeister« vor.

Ganz still stand ich da, mit geschlossenen Augen, und lauschte. Die Stille schien undeutliche Persönlichkeitsströme auszusenden, doch sie waren zu schwach, als daß sie mich gerührt oder auch nur einen Gedanken in mir entfacht hätten. Ja, da waren Geister ... aber keine spürbare geistige Unruhe, keine ungeklärten Tragödien, keine ungesühnte Ungerechtigkeit, eher im Gegenteil eine geistige Ruhe und Festigkeit.

Dieses Gebäude war ganz es selbst, mir schien, als genieße es, wieder in seinen ursprünglichen Zustand zurückversetzt worden zu sein. Selbst die einst verputzten Deckenbalken sahen wieder wunderschön aus in ihrem dunklen schweren Holz, meisterlich geglättet von Handwerkern, die damals mit großer Sorgfalt gearbeitet hatten. Auch das Treppenhaus war unverändert erhalten. Durch wie viele ebensolche Treppenhäuser war ich in New Orleans nicht schon gegangen. Hier gab es mindestens fünf davon. All die von den Füßen vieler Kinder ausgetretenen Stufen waren mir vertraut, so wie die seidige Oberfläche des Geländers, mit seinem im Laufe des Jahrhunderts wieder und wieder gewachsten Holz.

Als ich das zweite Stockwerk erreichte, stellte ich fest, daß sich hier der Durchgang zur Kapelle befand. Sie war geräumiger, als ich vermutet hatte. Aber in meinem Leben hatte ich schon viele Kirchen gesehen, die von außen auch nicht größer wirkten. Um die zwanzig Bankreihen gab es rechts und links vom Mittelgang. Die Stuckdecke war gewölbt und mit hübschen Verzierungen versehen, die alten Stuckmedaillons, an denen einst zweifellos gasbetriebene Kronleuchter gehangen hatten, hielten noch immer fest im Putz. Die bunten Glasfenster waren zwar nicht mit bildlichen Darstellungen versehen, aber dennoch schön gearbeitet, wie das Licht der Straßenlampen unschwer erkennen ließ. Und am unteren Rand jedes Fensters stand in schönsten Lettern der Name des Spenders. Ein Ewiges Licht gab es nicht, jedoch stand eine Reihe von Kerzen vor einer Statue der Himmelskönigin; so nennt man die Heilige Jungfrau, wenn sie mit einer geschmückten Krone dargestellt wird.

Diese Kapelle war wohl in demselben Zustand wie damals, als die Schwestern sie nach dem Verkauf verlassen hatten. Selbst das Weihwasserbecken war noch vorhanden, wenn auch nicht von einem marmornen Engel dargeboten, sondern nur als Marmorschale auf einer Säule. Über dem Eingang zur Kapelle befand sich eine Empore. Als ich unter ihr hindurchschritt, fiel mir sofort die erstaunlich klare Gliederung des gesamten Raumes auf. Wie mußte man sich wohl fühlen, wenn eine Kapelle zum eigenen Wohnsitz gehörte? Vor zweihundert Jahren hatte ich häufig genug in der Kapelle meines Vaters gekniet; allerdings war das kaum mehr als ein winziger, bruchsteingemauerter Raum unseres Schlosses gewesen, doch dieses weite Gewölbe hier mit seinen alten elektrischen Ventilatoren, die die Sommerhitze vertreiben sollten, schien mir die gleiche Atmosphäre zu haben wie damals die kleine Kapelle in meinem Vaterhaus.

Plötzlich schien mir das gesamte Klostergebäude eher ein Palast zu sein und die Kapelle geradezu eines Königs würdig. Ich stellte mir vor, wie ich hier leben würde – bestimmt nicht so, daß Dora es billigen könnte, sondern in Glanz und Gloria, endlose, glänzend gebohnerte Flure durchschreitend auf meinem Weg zu dieser heiligen Zufluchtsstätte, in der ich Nacht für Nacht meine Gebete sprechen würde.

Ich mochte diesen Ort. Ein Gedanke drängte sich mir auf: Ich sollte ein Kloster kaufen, irgendwo an einem vergessenen Fleckchen in einer modernen Großstadt, und dort würde ich leben, in meinem eigenen Palast, inmitten seiner Sicherheit und Großartigkeit. Mein Respekt vor Dora wuchs. Zahllose Europäer lebten in solchen mehrstöckigen Gebäuden mit köstlich intimen Innenhöfen; in Paris gab es sicherlich eine Menge davon. Doch auch hier, in Amerika, mußte es entzückend sein, so europäisch-luxuriös zu leben.

Aber das war natürlich nicht Doras Traum. Sie wollte hier ihre Frauen ausbilden, ihre weiblichen Prediger, die, feurig wie einst der heilige Franziskus, das Wort Gottes verkünden sollten.

Na ja, sollte Rogers Tod sie in plötzlichen Unglauben stürzen, könnte sie hier immerhin in allem Glanz leben.

Und welche Macht hatte ich denn über Dora, daß ich ihre Träume hätte beeinflussen können? Wessen Wünschen würde ich Vorschub leisten, wenn ich sie irgendwie überreden könnte, diesen enormen Reichtum zu akzeptieren und eine Prinzessin zu sein in diesem Palast? Ein einziges menschliches Wesen, glücklich und bewahrt vor dem Elend, das Religion so leicht hervorbringen kann? So ganz übel war die Vorstellung nicht. Und so typisch für mich. Mir den Himmel auf Erden auszumalen, pastellfarben gestrichen, mit marmornen Böden und zentralgeheizt.

Gräßlich, Lestat!

Wer war ich, an so etwas nur zu denken? Nun ja, sicher, wie die Schöne und das Biest könnten wir hier leben, Dora und ich. Ich mußte schallend lachen. Ein Schauder lief mir über den Rücken, aber die Schritte vernahm ich nicht.

Ich fühlte mich plötzlich sehr allein. Ich lauschte, alles sträubte sich in mir.

»Wage bloß nicht, mir jetzt zu nahe zu kommen«, flüsterte ich, obwohl mein Verfolger meines Wissens gar nicht hier war. »Dies ist eine Kapelle. Hier bin ich sicher. So sicher wie in der Kathedrale.« Ich fragte mich, ob der Verfolger sich über mich lustig machte. »Lestat, du hast dir alles nur eingebildet.«

Egal. Geh einfach den Gang hinab bis zum Altargitter – ja, das Altargitter war noch vorhanden –, beachte nur, was vor dir ist, mach dir nicht ausgerechnet jetzt Gedanken.

Rogers drängende Stimme klang in meiner Erinnerung nach. Aber liebte ich Dora nicht schon jetzt? Ich war ja hier, bereit, etwas zu unternehmen. Ich brauchte nur noch etwas Zeit! Absichtlich ließ ich meine Schritte in der Kapelle widerhallen.

In den Wänden zwischen den bunten Glasfenstern waren die Stationen des Kreuzwegs als kleine Reliefs eingearbeitet. Sie zeigten den üblichen Prozessionsweg, aber der Altar war entfernt worden – statt dessen stand dort jetzt eine riesige Statue des Gekreuzigten.

Kruzifixe haben mich schon immer fasziniert. Es gibt so unzählig viele unterschiedliche Darstellungen, die Museen sind voll davon, genauso wie die Kathedralen und Basiliken, die inzwischen selbst zu Museen geworden sind. Dieses Kreuz aber fand ich ziemlich beeindruckend. Es war wirklich sehr groß, sehr realistisch im Stil des späten 19. Jahrhunderts, das spärliche Lendentuch des Heilands wand sich wie von einem Luftzug bewegt, sein Antlitz war hohlwangig und zutiefst verhärmt. Sicher eine von Rogers Entdeckungen, denn zum einen war es zu groß für die Altarnische und zum anderen von beachtlicher Kunstfertigkeit, wohingegen die auf Piedestalen in der ganzen Kapelle verteilten Heiligen nur mittelmäßige Stuckfiguren waren. Es gab da, wie nicht anders zu erwarten, eine hübsche heilige Theresa in ihrem Karmeliter-Habit, mit Kreuz und Rosenbukett, einen heiligen Josef mit der Lilie und die gekrönte Himmelskönigin in ihrem Schrein, sie alle waren lebensgroß, sorgfältig bemalt – aber keine Kunstwerke.

Dieser Gekreuzigte zwang einen zu einer wie auch immer gearteten Entscheidung; entweder zu »Ich verabscheue das ganze blutgetränkte Christentum« oder zu einem schmerzhafteren Gefühl, das eine Zeit der Kindheit heraufbeschwor, in der man sich vorstellte, wie diese Nägel systematisch in das eigene Fleisch getrieben wurden. Fastenzeit. Meditationen. Die Kirche. Und der Priester, Gebete murmelnd. »Unser Herr«.

Ich fühlte beides, Abscheu und Schmerz. Und Erinnerungen an meine Kindheit drängten sich mir auf, während ich zögernd zwischen den Schatten herumschlenderte und das Spiel des von außen einfallenden Lichtes in dem bunten Glas der Fenster betrachtete. Auch an Rogers Liebe zu Dora dachte ich, und da war die Erinnerung nichts, und die Liebe war alles.

Ich betrat die Stufen, die einst zu Altar und Tabernakel geführt hatten, hob die Hand und berührte den Fuß des Gekreuzigten. Altes Holz, leise Klänge von Hymnen, undeutlich und geheimnisvoll. Ich sah das Gesicht an und sah keine in Agonie verzerrten Züge, sondern einen Ausdruck von Weisheit und Ruhe, wie vielleicht in den letzten Sekunden vor dem Tod.

Ein laut hallendes Geräusch ertönte plötzlich irgendwo in dem Gebäude. Ein allzu hastiger Schritt rückwärts ließ mich dummerweise stolpern, so daß ich mich der Kirche zugewandt fand. Jemand bewegte sich durch das Haus, jemand, der gemessenen Schrittes über den unteren Flur in Richtung auf genau das Treppenhaus zuging, das auch mich zur Kapelle geführt hatte. Eilig huschte ich zur Tür. Weder vernahm ich eine Stimme, noch konnte ich einen Geruch aufnehmen. Kein Geruch! Mein Herz stockte. »Ich kann es nicht mehr ertragen!« flüsterte ich, schon zitternd. Aber manchmal erreichen einen auch menschliche Gerüche nicht so schnell, vielleicht sollte ich die Luftbewegungen oder, besser gesagt, die kräftige Zugluft berücksichtigen.

Jemand eilte die Treppe herauf. Ich drückte mich an die Tür zur

Kapelle, um sehen zu können, wer um die Biegung kam. Sollte es Dora sein, würde ich mir sofort ein Versteck suchen. Aber es war nicht Dora, und so schnell und leichtfüßig kam es die Treppe herauf, direkt auf mich zu, daß ich erst erkannte, wer es war, als er schon vor mir stand.

Der Unauffällige.

Ich stand stocksteif und starrte ihn an. Nicht ganz meine Größe, auch nicht ganz meine Figur; aber wie ich es in Erinnerung hatte: Er war von absolutem Ebenmaß. Geruchlos? Nein, aber der Geruch stimmte nicht, er enthielt eine Mischung von Blut und Schweiß und Salz, und ich hörte sachte ein Herz klopfen …

»Quäle dich nicht«, sagte er sehr höflich und diplomatisch. »Ich kämpfe noch mit mir, ob ich dir jetzt mein Angebot vortragen sollte, bevor du dich mit Dora einläßt. Ich bin mir nicht sicher, was das beste ist.«

Er stand jetzt etwa einen Meter von mir entfernt. Ich lümmelte arrogant am Türrahmen, die Arme über der Brust verschränkt. Hinter mir lag die ganze weite, von Kerzengeflacker erfüllte Kapelle.

Sah ich entsetzt aus? War ich entsetzt? Verging ich gleich vor Entsetzen?

»Werden Sie mir sagen, wer Sie sind und was Sie wollen, oder erwarten Sie von mir, daß ich frage und alles aus Ihnen herausquetsche?«

»Du weißt, wer ich bin«, stellte er in der gleichen schlichten, zurückhaltenden Art fest.

Plötzlich ging mir ein Licht auf. Das Ungewöhnliche an ihm waren die Proportionen seines Gesichtes und seines Körpers – er war die Regelmäßigkeit in Person, sozusagen das vorgegebene Muster der Gattung.

»Genau«, sagte er lächelnd. »Diese Form habe ich schon immer und überall bevorzugt, weil sie so unauffällig ist.« Immer noch diese gutmütige Stimme. »Weißt du, Bocksfüße und schwarze Flügel – das überwältigt die Sterblichen auf der Stelle.«

»Ich will, daß Sie, zum Teufel noch mal, hier verschwinden, bevor Dora kommt!« schrie ich, plötzlich total durchgedreht.

Er drehte sich um sich selbst, schlug sich auf die Schenkel und lachte. »Du bist wirklich unmöglich, Lestat«, sagte er, immer noch mit dieser so wenig eindrucksvollen Stimme. »Deine Freunde haben das richtig erkannt. Du kannst mir nichts befehlen.«

»Und warum nicht? Was ist, wenn ich Sie rauswerfe?«

»Möchtest du es versuchen? Soll ich mich verwandeln? Soll ich meine Flügel ...«

Ich vernahm Stimmengewirr, meine Sinne vernebelten sich.

»Nein!« schrie ich.

»In Ordnung.«

Er verwandelte sich nicht weiter. Der Staub legte sich. Das Herz in meiner Brust klopfte, als wolle es jeden Moment herausspringen.

»Weiß du, was ich machen werde?« sagte er. »Da du ja davon besessen zu sein scheinst, kannst du diese Sache mit Dora durchziehen. Davon werde ich dich kaum abbringen können. Aber wenn du das alles hinter dich gebracht hast, dieses Mädchen, ihre Träume und so weiter, dann können wir uns unterhalten, du und ich.«

»Und worüber?«

»Über deine Seele, was sonst?«

»Ich bin bereit, zur Hölle zu fahren«, log ich ihm mitten ins Gesicht. »Aber ich glaube nicht, daß Sie sind, was Sie vorgeben zu sein. Sie sind ein ähnliches Wesen wie ich, etwas, wofür es keinen wissenschaftlichen Beweis gibt, aber in Ihnen steckt ein mieser, mickriger Kern, auf dem alles beruht und der alles bis hin zur Beschaffenheit auch noch der letzten schwarzen Feder Ihrer Flügel erklärt.«

Er runzelte ein wenig die Stirn, aber er war nicht verärgert. »Wir werden nicht in diesem Tempo fortfahren, das versichere ich dir. Ich überlasse dich für den Moment deinen Gedanken an Dora. Sie ist unterwegs hierher; ihr Auto ist gerade in den Hof eingebogen. Also gehe ich jetzt, und zwar mit ganz normalen Schritten, wie ich gekommen bin. Aber laß dir noch einen Rat geben, was uns beide betrifft.«

»Und der wäre?« verlangte ich zu wissen.

Er wandte sich von mir ab und ging die Treppe so schnell und leichtfüßig hinab, wie er sie vorher hinaufgekommen war, erst auf dem Treppenabsatz hielt er inne und drehte sich zu mir herum. Da hatte ich schon Doras Geruch aufgenommen.

»Was für einen Ratschlag?« drängte ich noch einmal.

»Du solltest Dora ganz und gar in Ruhe lassen. Übergib ihre Angelegenheiten einem weltlichen Anwalt. Sieh zu, daß du hier wegkommst. Wir haben wichtigere Dinge zu besprechen. Das hier lenkt nur ab.«

Dann war er mit lauten Schritten verschwunden, ich vernahm das

Geräusch einer sich öffnenden und wieder zufallenden Tür, er hatte wohl eine Seitentür genommen.

Unmittelbar danach hörte ich Dora durch die gleiche Tür, die auch ich benutzt hatte, den Haupttrakt des Hauses betreten und die Halle im Erdgeschoß durchqueren. Sie sang, oder besser, sie summte vor sich hin. Sie verströmte den süßlichen Geruch von Blut. Menstruation. Aufreizend verstärkte sich dadurch der schwere Duft dieser jungen Frau, die sich jetzt auf mich zubewegte. Ich glitt zurück in den schattenerfüllten Vorraum der Kapelle, so daß sie mich auf dem Weg zu ihren Zimmern nicht bemerken konnte.

Über der Schulter trug sie einen Rucksack. Ihr Kleid war aus hübsch geblümter Baumwolle, altmodisch lose geschnitten, mit langen Ärmeln, an denen weiße Spitze aufblitzte. Sie übersprang die eine oder andere Stufe und erreichte den zweiten Stock, blieb dann an der Biegung des Geländers plötzlich stehen und wandte sich in meine Richtung. Sie konnte mich bei dieser Beleuchtung unmöglich sehen. Und doch kam sie auf mich zu. Sie streckte die Hand aus, ihre weißen Finger berührten etwas – einen Lichtschalter. Ein schlichter plastikgefaßter Schalter – und von der Deckenbirne ergoß sich eine Lichtflut.

Stellen Sie sich vor: Da ist dieser blondhaarige, männliche Eindringling, die Augen hinter den violetten Gläsern der Sonnenbrille verborgen, inzwischen wieder hübsch sauber, das Blut ihres Vaters abgewaschen, in schwarze Schurwolle gekleidet.

Ich hob die Hände in einer Geste, die besagen sollte: »Ich werde Ihnen nichts tun!« Ansonsten war ich sprachlos!

Ich verschwand.

Was bedeutet, ich bewegte mich so schnell, daß sie es nicht wahrnehmen konnte; wie ein Luftzug strich ich an ihr vorbei. Das war's. Ich sauste durch das Treppenhaus hinauf, erreichte einen Dachboden und schlüpfte durch eine offene Tür in die dunkle Nische oberhalb der Kapelle, wo nur einige Dachfenster einen winzigen Lichtstrahl von der Straße hereinließen. Eins der Fenster war zerbrochen. Das war vielleicht der schnellste Weg, sich davonzumachen. Doch ich blieb. Mit angezogenen Knien hockte ich mich ganz still in eine Ecke, schob die Brille über die Stirn hinauf und behielt quer durch den Raum die Tür im Auge, durch die ich gekommen war.

Ich hörte nichts; keine Schreie, kein hysterisches Gekreisch. Sie rannte auch nicht in Panik durch das Haus oder alarmierte die Polizei. Obwohl sie diesen männlichen Eindringling gesehen hatte, war sie furchtlos und ruhig. Also, ich meine, was um alles in der Welt – von einem Vampir einmal abgesehen – ist gefährlicher für eine alleinlebende Frau als ein sterblicher junger Mann?

Mir klapperten tatsächlich die Zähne. Ich schlug mit der zur Faust geballten Rechten in meine linke Handfläche. Teufel, Mann, wer zur Hölle war das, daß er mich erwartete, mir sagte, ich sollte Dora in Ruhe lassen. Was waren das für Tricks? Roger, was zum Teufel soll ich jetzt tun? Ich hatte nie vorgehabt, mich ihr so zu zeigen!

Nie, niemals hätte ich ohne David herkommen dürfen. Ich benötigte einen Zeugen, der mir den Rücken stärkte. Und der Unauffällige – hätte er in Davids Gegenwart überhaupt gewagt, sich zu nähern? Wie ich ihn verabscheute! Wie in einem Strudel fühlte ich mich! Ich würde das nicht überstehen. Und was bedeutete das? Was würde mich denn töten?

In diesem Moment wurde mir klar, daß sie die Treppe heraufkam, dieses Mal jedoch langsam und sehr leise. Ein Sterblicher hätte es gar nicht wahrgenommen. Sie hatte ihre Taschenlampe dabei; das war mir vorhin nicht aufgefallen. Aber jetzt glitt der Lichtstrahl durch die geöffnete Speichertür und dann an der Dachschräge entlang. Sie betrat den Raum, knipste die Lampe aus und sah sich vorsichtig um, das von draußen durch die Rundbogenfenster einfallende Licht fing sich in ihren Augen. Und dann, als sie direkt in meine Richtung blickte, entdeckte sie mich in meiner Ecke.

»Warum hast du Angst?« fragte sie mich in einem Ton, als wolle sie mich beruhigen.

Ich wußte, daß ich in dieser Ecke ziemlich eingeklemmt war – die Füße über Kreuz, die Arme um die hochgezogenen Knie geschlungen, so sah ich zu ihr auf.

»Ich … ich … es tut mir leid«, sagte ich. »Ich fürchtete, ich hätte Sie verängstigt, und war beschämt, daß ich Ihnen Kummer gemacht hatte. Ich glaube, ich habe mich unverzeihlich plump benommen.«

Ohne Furcht trat sie auf mich zu. Ihr Duft füllte den Raum wie eine Wolke, die von brennendem Weihrauch aufsteigt. In ihrem geblümten Kleid mit den Spitzen an den Ärmelbündchen wirkte sie groß und geschmeidig. Das kurze schwarze Haar bedeckte ihren Kopf wie eine Kappe, zwei Löckchen schmiegten sich an ihre Wangen. Die Augen, groß und dunkel, ließen mich an Roger denken.

Besonders auffallend aber war die Art, wie sie mich ansah. Mit diesem Blick hätte sie ein Raubtier entnerven können; das Licht hob ihre Wangenknochen hervor, ihr Mund war unbewegt und verriet keinerlei Gefühl.

»Ich kann sofort hier weggehen, wenn Sie das möchten«, sagte ich mit bebender Stimme. »Ich kann einfach ganz langsam aufstehen und gehen, ohne Sie zu verletzen. Ich schwöre. Sie brauchen sich nicht zu beunruhigen.«

»Warum du?« fragte sie.

»Ich verstehe Ihre Frage nicht«, erwiderte ich. Weinte ich etwa? Oder zitterte ich nur am ganzen Körper? »Was meinen Sie mit ›Warum du‹?«

Sie kam noch näher und blickte auf mich herab. Sie sah wohl nur einen blonden Haarschopf und das Gleißen des Lichts in den Brillengläsern und daß ich jung zu sein schien.

Ich betrachtete ihre gebogenen Wimpern, das kleine feste Kinn und die Art, wie ihre Schultern unter dem geblümten Kleid abrupt abfielen, so daß sie kaum Schultern zu haben schien – der in der Länge verzerrte Aufriß eines Mädchens, einer liliengleichen Frau, wie aus einem Traum. Die Taille unter dem losen, weich fallenden Kleid war so schmal, man würde sie kaum fühlen, wenn man den Arm um sie legte.

Ihre Gegenwart erzeugte ein beinahe frostiges Gefühl; kalt oder bösartig schien sie nicht, jedoch irgendwie erschreckend! War das Heiligkeit? Ich fragte mich, ob ich je einer echten Heiligen gegenübergestanden hatte. Wobei ich den Begriff auf meine Weise definierte.

»Warum bist *du* gekommen, um es mir zu sagen?« fragte sie sanft.

»Dir was zu sagen, Liebste?«

»Roger. Daß Roger tot ist.« Ganz leicht hob sie die Augenbrauen. »Deswegen bist du gekommen, nicht wahr? Ich wußte es, als ich dich sah. Ich wußte, daß Roger tot ist. Aber wieso bist *du* gekommen?«

Sie ließ sich dicht vor mir auf die Knie nieder.

Ich atmete tief durch. Also hatte sie es in meinen Gedanken gelesen! Mein großes Geheimnis! Mein großartiger Entschluß! Mit ihr reden? Sie zur Vernunft bringen? Ihr nachschleichen? Sie täuschen? Ihr Ratschläge geben? Und dann hatte ich ihr mittels meiner Gedanken diese tolle Nachricht sozusagen um die Ohren geschlagen: Hey, Schatz, Roger ist tot!

Sie rückte nah an mich heran, viel zu nah. Das sollte sie besser nicht. Gleich würde sie schreien. Sie hob die Taschenlampe.

»Mach die Lampe nicht an«, sagte ich.

»Warum willst du das nicht? Ich will dich nicht blenden, ehrlich, ich will dich nur sehen können.«

»Nein.«

»Hör mal, du machst mir keine angst, falls du das meinst«, sagte sie schlicht und undramatisch, wobei ihre Gedanken trotz der Worte wild herumwirbelten, ihr Geist sog jede Kleinigkeit, die er erhaschen konnte, in sich auf.

»Und warum nicht?«

»Gott würde nicht zulassen, daß ein Wesen wie du mich verletzt. Ich weiß das. Was du bist, weiß ich nicht – ein Teufel oder ein böser Geist oder vielleicht ein guter Geist? Woher soll ich das wissen? Vielleicht verschwindest du ja, wenn ich das Kreuz schlage, obwohl ich das nicht annehme. Ich möchte vielmehr wissen, warum du vor mir Angst hast. Mit Tugendhaftigkeit hat das ja wohl nichts zu tun, oder?«

»Moment mal! Du willst sagen, du weißt, daß ich kein Mensch bin?«

»Ja. Das kann ich sehen und fühlen! Ich habe Wesen wie dich schon vorher gesehen, wenn auch immer nur für einen Augenblick, im Vorbeigehen, im Menschengewühl der Großstädte. Ich werde jetzt nicht behaupten, daß du mir leid tust, daß wäre dumm, aber Angst habe ich auch nicht vor dir. Du bist ein irdisches Wesen, nicht wahr?«

»Aber sicher«, antwortete ich, »und bis auf weiteres hoffe ich das auch zu bleiben. Hör mal, mit der Nachricht vom Tod deines Vaters wollte ich dir keinen Schock versetzen. Ich habe ihn geliebt.«

»Tatsächlich?«

»Ja. Und ... er hat dich sehr geliebt. Er wollte, daß ich dir ein paar Sachen erkläre. Aber hauptsächlich wollte er, daß ich auf dich achtgebe.«

»Du machst nicht den Eindruck, als ob du dazu fähig wärest. Wie ein verschreckter Elf siehst du aus. Du solltest dich sehen!«

»Nicht du bist es, die mir Angst einjagt, Dora«, sagte ich mit plötzlich aufflammender Ungeduld. »Ich weiß nur im Moment nicht so recht, was noch geschehen wird. Ich bin irdisch, erdgebunden, ja, das ist wahr. Und ich ... ich habe deinen Vater getötet, habe ihm das Leben genommen, ich war das. Und anschließend hat er mit mir geredet. Er sagte: ›Paß auf Dora auf.‹ Er ist zu mir gekommen, um mir das zu sagen. Das ist es! Nicht du erschreckst mich, sondern eher die Situation. In einer solchen Lage war ich noch nie, solche Fragen haben sich mir noch nie gestellt.«

»Ach so!« Sie war verblüfft. Ihr blasses Gesicht glänzte, als wäre es naß von Schweiß, und ihr Herz raste. Sie senkte den Kopf. Ich konnte ihre Gedanken nicht lesen, sie hatte sich absolut verschlossen, aber daß sie tiefen Kummer fühlte, konnte jeder sehen, und die Tränen liefen ihr über die Wangen. Es war kaum auszuhalten.

»Oh, Gott, wäre ich doch in der Hölle«, murmelte ich, »ich hätte ihn nicht töten dürfen ... nicht aus ... aus derart simplen Motiven heraus. Er war einfach ... er lief mir über den Weg. Es war ein gräßlicher Irrtum. Aber hinterher ist er zu mir gekommen, Dora, wir haben stundenlang miteinander geredet, sein Geist und ich. Er hat mir alles über dich erzählt und über seine Reliquien und über Wynken.«

»Wynken?« Sie sah mich an.

»Ja, Wynken de Wilde, weißt du nicht? Die zwölf Bücher. Sag mal, Dora, könnte ich deine Hand halten? Ich möchte versuchen, dich zu trösten, vielleicht gelingt mir das. Aber ich will nicht riskieren, daß du schreist.«

»Warum hast du meinen Vater getötet?« fragte sie. Aber sie meinte etwas anderes. Eigentlich fragte sie: »Warum hat jemand, der so spricht wie du jetzt, so etwas getan?«

»Ich wollte sein Blut. Davon ernähre ich mich, vom Blut der Menschen. Damit bleibe ich lebendig und jung. Glaubst du, daß es Engel gibt? Dann mußt du auch glauben, daß es Vampire gibt. Daß es mich gibt. Es gibt schlimmere Dinge auf der Welt.«

Sie war gehörig verdutzt.

»Nosferatu«, sagte ich sanft. »Verdilak, Vampire, Lamia. Alle irdisch.« Kopfschüttelnd hob ich die Schultern, ich fühlte mich so hilflos. »Es gibt aber auch andere Spezies. Roger kam mit seiner Seele, er kam als Geist, weil er mit mir reden wollte. Deinetwegen.«

Ein Zittern schüttelte sie, und sie begann zu weinen. Aber es war nicht Wahnsinn, sondern Kummer, der die Tränen fließen ließ und ihr Gesicht verzerrte.

»Dora, ich will dich nicht kränken, um nichts in der Welt, ich schwöre es. Ich will dir nicht weh tun ...«

»Mein Vater ist wirklich tot, nicht wahr?« fragte sie, und plötzlich brach sie schluchzend zusammen, ihre schmalen Schultern zuckten, und sie vergrub das Gesicht in den Händen.

»Mein Gott, hilf mir, o Gott«, flüsterte sie und unter Tränen: »Roger! Roger!« Unvermittelt schlug sie tatsächlich ein Kreuz, saß von Weinkrämpfen gepackt da, jedoch ohne Furcht.

Ich wartete ab. Schmerz und Kummer zehrten an ihr, ließen sie immer elender werden, schließlich sank sie vornübergebeugt auf den Dielen zusammen. Aber noch immer keine Angst. Als sei ich überhaupt nicht vorhanden.

Sehr langsam schlüpfte ich aus meiner Ecke. War einem das erst gelungen, konnte man durchaus aufrecht stehen. Ich glitt hinter sie und faßte sie ganz zart bei den Schultern. Sie wehrte sich nicht, wimmerte nur in einem fort, und ihr Kopf pendelte hin und her.

Wie um nach etwas zu greifen, bewegte sie die Hände, und wieder weinte sie laut: »Oh, Gott, oh, Gott! Roger!«

Ich hob sie hoch. Sie war wirklich so leicht, wie ich vermutet hatte, aber ihr Gewicht spielte sowieso keine Rolle für jemanden mit meiner Kraft.

»Ich wußte es. Als er mich küßte, wußte ich es.« Vor lauter Schluchzen verstand ich sie kaum. »Ich wußte, ich würde ihn nie wiedersehen, ich wußte es ...«

Sie ließ sich gegen meine Brust fallen, und ich zog sie mit mir aus dem Bodenraum. Ich mußte wirklich sehr vorsichtig sein, so zerbrechlich und zart, wie sie war, und als ihr Kopf nach hinten fiel, zeigte ihr Gesicht eine solche Hilflosigkeit und Blässe, daß es den Teufel hätte erbarmen können.

Auf dem Weg zu ihrem Zimmer lag sie ohne Widerstand an mich gelehnt, schlaff wie eine Stoffpuppe.

Wärme drang aus ihrer Wohnung. Ich stieß die Tür auf. Der Raum – ein sehr großes Eckzimmer – schien einst ein Klassenzimmer oder ein Schlafraum gewesen zu sein, mit zahlreichen Fenstern an zwei Seiten, durch die das helle Licht der Straßenlampen und der vorbeifahrenden Autos hereinfiel. An der hinteren Wand stand ihr Bett, ein altes, sehr schlichtes schmales Eisengestell, das vielleicht früher zum Kloster gehört hatte, mit einem hohen rechteckigen Rahmen, der ursprünglich für ein Moskitonetz bestimmt war. Das Netz fehlte jetzt, und die weiße Farbe blätterte von den dünnen Eisenstäben. Das Zimmer war vollgestellt mit Bücherschränken, Bücher lagen in Stapeln herum, aufgeschlagen, mit Lesezeichen versehen, auf Buchstützen abgelegt; und überall sah ich ihre eigenen Kunstwerke, Dutzende von Bildern, Statuen, vielleicht sogar Dinge, die Roger ihr geschenkt hatte, ehe sie die Wahrheit erfuhr. Auf alle Türen und Fensterrahmen hatte sie mit dicker schwarzer Tinte Worte geschrieben.

Ich brachte Dora zu ihrem Bett und legte sie nieder. Dankbar, schien mir, sank sie auf das Bettzeug, das auf eine neuzeitliche Art sauber und frisch war und beinahe wie neu wirkte durch das fortwährende sorgfältige Bügeln und Waschen.

Ich reichte ihr mein seidenes Taschentuch. Sie nahm es, aber als sie es ansah, sagte sie: »Aber das ist doch viel zu gut.«

»Nein, nein, nimm es ruhig. Es macht nichts. Ich habe Hunderte davon.«

Schweigend betrachtete sie mich, dann wischte sie sich die Tränen ab. Ihr Herz klopfte nicht mehr so stark, doch durch ihren Gefühlsausbruch hatte sich der Duft, den sie verströmte, noch verstärkt. Ihre Menstruation. Säuberlich aufgefangen von einer weißen Baumwollbinde zwischen ihren Beinen. Ich konnte meine Gedanken nicht davon lösen, denn der Monatsfluß war sehr heftig, so daß ich den Geruch als überwältigend köstlich empfand. Die Vorstellung, dieses Blut aufzulecken, war geradezu quälend. Natürlich ist das nicht reines Blut, das ist klar, aber Blut ist der Träger, und so überkam mich die für Vampire unter solchen Umständen normale Versuchung, nämlich, dieses Blut dort unten zwischen ihren Schenkeln aufzusaugen, mich so auf diese Art von ihr zu nähren, ohne sie zu verletzen. In dieser Situation war das allerdings ein absolut abscheuliches, zügelloses und unmögliches Verlangen.

Wir schwiegen längere Zeit.

Ich saß einfach da, auf einem hölzernen, unbequemen Stuhl, fühlte sie neben mir, jetzt aufgerichtet und mit gekreuzten Beinen; eine Packung Papiertaschentücher bot ihr die tröstliche Beschäftigung, sich die Nase zu putzen und die Augen zu trocknen, wobei sie mein seidenes Tuch immer noch zusammengeknüllt in der Hand hielt.

Meine Gegenwart hatte eine starke Erregung in ihr ausgelöst, doch weiterhin keine Angst, und sie war immer noch zu sehr in ihren Kummer versunken, um genießen zu können, daß alles, an was sie je geglaubt hatte, sich bestätigte, daß da ein Wesen bei ihr war, pulsierend vor Leben, nichtmenschlich und doch wie ein Mensch in Aussehen und Sprache. Sie konnte das jetzt noch nicht so richtig in sich aufnehmen. Aber ganz außer acht lassen konnte sie es auch nicht. Sie war nicht dumm, ihre Furchtlosigkeit war echter Mut. Sie war von Furcht weiter entfernt, als es ein Feigling je hätte ermessen können.

Ein Dummkopf hätte sie wahrscheinlich für fatalistisch gehalten, doch ihren Mut verdankte sie einfach der Fähigkeit, vorausschauend zu denken und so Panik gar nicht erst aufkommen zu lassen. Manche Menschen scheinen diese Haltung einnehmen zu können, wenn der Tod unmittelbar bevorsteht, in dem Wissen, daß alles vorbei, der Abschied vollzogen ist. Aus dieser tragisch-schicksalsgläubigen Perspektive heraus betrachtete sie alle Dinge.

Ich starrte vor mich hin auf den Boden. Nein, ich durfte mich nicht in sie verlieben!

Die bernsteinfarbenen Kiefernbohlen waren geschliffen, lackiert und gewachst worden, wunderschön sah das aus. So könnte vielleicht eines Tages dieser ganze Palazzo sein. Die Schöne und das Biest. Und was Biester betrifft, na ja, ich meine, da bin ich ein echter Knaller.

Verdammt, war das peinlich, daß ich mir angesichts ihres Kummers noch vorstellen konnte, mit ihr die Flure entlangzutanzen!

Ich dachte an Roger, und das ernüchterte mich sofort, und an den Unauffälligen, dieses Monster, das auf mich wartete!

Um mich abzulenken, sah ich mich im Raum um: auf ihrem Schreibtisch zwei Telefone, ein Computer, weitere Bücher in einem Regal und in einer Ecke ein kleiner, offensichtlich nur zum Arbeiten gedachter Fernseher. Der Bildschirm war kaum fünfzehn Zentimeter im Durchmesser, doch mit der Welt draußen verbunden durch ein langes, schwarzes, sich auf dem Boden schlängelndes Kabel. Auch anderes elektronisches Handwerkszeug wies darauf hin, daß dies nicht die Zelle einer Nonne war. Und die auf Fenster- und Türrahmen gekritzelten Notizen enthielten doch tatsächlich Parolen wie »Mysterium widersetzt sich der Theologie«, »Befremdliche Erschütterung«. Der Gipfel war: »Finsterling, ich lausche«.

Ja, dachte ich, das Mysterium widersetzt sich wirklich der Theologie, genau das hatte Roger mir zu sagen versucht, als er meinte, daß ihr Aufstieg nicht erwartungsgemäß verlief, weil diese Mischung von Mystik und Theologie in ihr keine echte Begeisterung, keine echte Magie auslösen konnte. Er hatte sie immer wieder als Theologin bezeichnet. Und seine Kunstwerke hatte er natürlich als mystisch empfunden. Was sie ja auch waren.

Wieder stieg eine vage Erinnerung an meine Kindheit in mir auf, an die Kirche in meiner Heimat in der Auvergne, wo ich vor dem Kruzifix gestanden und von Ehrfurcht ergriffen das aufgemalte, von den Nägeln tropfende Blut angestarrt hatte. Da muß ich sehr klein gewesen sein. Als ich dann fünfzehn war, verführte ich dort hinten in der alten Kirche die Dorfmädchen – schon für die damalige Zeit war ich wohl eine Art Ungeheuer, aber andererseits wurden in unserem Dorf vom Sohn des Schloßherrn Unzüchtigkeiten mehr oder weniger erwartet. Das war einfach so. Und meine Brüder, dieser konservative Haufen, waren für die dörfliche Mythenbildung sowieso schon enttäuschend gewesen, so brav, wie sie sich immer verhielten. Es war schon ein Wunder, daß die Fruchtbarkeit der Felder nicht unter ihrer erbärmlichen Tugendhaftigkeit gelitten hatte. Ich lächelte. Mein Verhalten hatte das mit Sicherheit wieder wettgemacht.

Doch als ich staunend dieses Kruzifix betrachtet hatte, war ich wohl nicht älter als sechs oder sieben gewesen. Und ich hatte gesagt: »Was für ein gräßlicher Tod!« Es war einfach so aus mir herausgeplatzt, so daß meine Mutter lauthals gelacht und mein Vater sich sehr geschämt hatte!

Von der Napoleon Avenue klangen leise die vertrauten Geräusche des Straßenverkehrs herauf. Ich hörte Dora seufzen. Dann spürte ich, nur für eine Sekunde, ihre Hand auf meinem Arm, fest, aber zart, als sie versuchte, durch die schützende Kleidung hindurch die Beschaffenheit meiner Haut zu ertasten.

Ihre Finger streiften über mein Gesicht.

Ich weiß nicht, warum, aber wenn Sterbliche sich unserer Existenz versichern wollen, machen sie es so, daß sie mit der Außenseite ihrer Fingerknöchel über unsere Wangen streichen. Kann man so die Berührung unpersönlich erscheinen lassen? Ich vermute, die Berührung mit der Handfläche, den empfindlichen Fingerkuppen, ist zu vertraulich.

Ich hielt still und ließ sie gewähren, als sei sie blind und als täte ich es aus Gefälligkeit. Ihre Hände glitten zu meinem Haar. Mir war bewußt, daß das Licht ausreichte, um es wunderschön aussehen zu lassen. Unverschämt eitel und eingebildet, selbstsüchtig, verwirrt und zeitweise irregeleitet, wie ich war, rechnete ich nachgerade damit.

Wieder machte sie das Kreuzzeichen, obwohl sie keine Angst verspürte. Ich glaube, sie wollte sich damit etwas bestätigen. Obwohl, bei genauerer Überlegung, was stand denn noch in Frage? Sie betete stumm.

»Das kann ich auch«, sagte ich. »Im Namen des Vaters und des Sohnes und des Heiligen Geistes. Amen.« Dann wiederholte ich das Ganze auf latein.

Sie betrachtete mich verwundert, dann entschlüpfte ihr ein leises, freundliches Lachen.

Ich lächelte zurück. Bett und Stuhl – auf denen wir so dicht beieinander saßen – standen in einer Ecke des Raumes, und hinter uns war an jeder Wand ein Fenster. Fenster, nichts als Fenster, dies war ein Palast aus Fenstern und erst gut vier Meter über uns das dunkle Holz der Decke. Diese Ausmaße fand ich verehrungswürdig. Man könnte sagen, das alles wirkte sehr europäisch, diesem Gebäude überaus angemessen. Nichts war modernen Raumvorstellungen geopfert worden.

»Weißt du«, sagte ich, »als ich das erste Mal Notre-Dame betreten habe, nachdem ich zum Vampir gemacht worden war – und nebenbei gesagt, ich habe mir das nicht ausgesucht; ich war vollkommen menschlich und jünger als du jetzt; ich bin dazu gezwungen worden und kann mich nicht genau daran erinnern, ob ich gebetet habe, als es geschah, aber dagegen gekämpft habe ich, das ist noch total lebendig in meiner Erinnerung, und ich habe es auch schriftlich niedergelegt. Aber … wie ich schon sagte, als ich danach das erste Mal Notre-Dame betrat, dachte ich, nun, warum erschlägt Gott mich nicht?«

»Du mußt deinen Platz in der Ordnung der Dinge haben.«

»Meinst du? Daran glaubst du tatsächlich?«

»Ja. Ich habe niemals erwartet, etwas wie dich von Angesicht zu Angesicht zu sehen, aber für unmöglich oder unwahrscheinlich habe ich es nie gehalten. All die Jahre habe ich auf ein Zeichen, eine Bestätigung gewartet. Natürlich hätte ich mein Leben auch ohne das gelebt, aber immer war dieses Gefühl da … daß es kommen müßte, dieses Zeichen.«

Ihre Stimme war hell und sehr feminin, aber sie sprach mit erstaunlicher Selbstsicherheit, so daß ihre Worte Autorität auszustrahlen schienen, als redete ein Mann.

»Und nun kommst du mit der Nachricht, daß du meinen Vater getötet hast. Und du behauptest, daß er hinterher mit dir sprach. Nein, ich bin nicht der Typ, das so einfach von der Hand zu weisen. Was du da sagst, klingt zu verführerisch, es hat das gewisse Etwas. Weißt du was? Aus dem gleichen Grund hielt ich als junges Mädchen die Bibel für wahr – weil sie dieses gewisse Etwas hatte. Doch in meinem Leben finden sich immer wieder solche Muster. Ich verrate dir jetzt ein Geheimnis: Genau an dem Tag, an dem ich mir als Kind wünschte, meine Mutter wäre tot, verschwand sie für immer aus meinem Leben. Ich könnte dir noch mehr Beispiele dieser Art aufzählen. Aber was ich eigentlich sagen will, ist, daß ich von dir lernen will. Du hast also Notre-Dame betreten, und Gott erschlug dich nicht.«

»Ich werde dir sagen, was ich wirklich amüsant fand«, sagte ich. »Das war vor zweihundert Jahren in Paris, vor der Revolution. Es gab damals schon Vampire in Paris, sie lebten auf einem riesigen Friedhof, Les Innocents, der ist längst dahin. Doch damals lebten sie dort in den Katakomben unter den Grabstätten. Und sie fürchteten sich, Notre-Dame zu betreten. Als sie mich hineingehen sahen, dachten sie ebenfalls, jetzt werde Gott mich erschlagen.«

Sie betrachtete mich ziemlich gelassen.

»Damals habe ich ihren Glauben zerstört. Sie glaubten an Gott und den Teufel, obwohl sie doch Vampire waren. Irdische Wesen wie ich, halb Dämon, halb Mensch, ungebildet, fehlbar, und sie glaubten, Gott werde sie strafen.«

»Und ehe du kamst, hatten sie tatsächlich einen Glauben?«

»Ja, eine regelrechte Religion hatten sie. Sie hielten sich für Diener des Teufels, glaubten, sie seien dazu ausersehen. Sie waren Vampire, aber sie führten ein elendes Dasein, das sie bewußt als eine Strafe ansahen. Man könnte vielleicht sagen, ich war ein Fürst. In einem roten, mit Wolfspelz gefütterten Mantel streifte ich großspurig durch Paris; doch dieser Mantel, der gehörte zu meinem menschlichen Leben. Beeindruckt dich das, daß Vampire gläubig waren? Durch mich änderte sich alles für sie. Ich glaube, das haben sie mir niemals verziehen, die paar, die überlebten, wenigstens nicht. Es gibt nämlich nicht mehr sehr viele von uns.«

»Einen Moment«, unterbrach sie mich. »Ich möchte dir zuhören, aber ich muß dich zuerst etwas fragen.«

»Ja?«

»Mein Vater – wie geschah das? Ging es schnell und …«

»Ich kann dir versichern, es war absolut schmerzlos«, sagte ich, indem ich mich ihr zuwandte und sie ansah.

»Er hat es mir selbst bestätigt. Kein Schmerz.«

Sie sah aus wie eine Eule – blaß und mit riesigen dunklen Augen, so daß sie sogar ein bißchen angsteinflößend wirkte. Ich meine, so wie sie aussah und da sie eine solche Stärke ausstrahlte, hätte sie einen Sterblichen leicht einschüchtern können.

»Dein Vater starb in einer Art Ohnmacht«, erklärte ich, »ekstatisch und erfüllt mit wilden Phantasien, bis er das Bewußtsein verlor. Sein Geist hatte den Körper schon verlassen, noch ehe sein Herz aufhörte zu schlagen. Wenn ich seinem Körper Gewalt angetan habe, so hat er es nicht gespürt. Wenn erst das Blut fließt, wenn ich trinke … nein, er hat nicht gelitten.«

Ich drehte mich ganz ihr zu, ich wollte ihr ins Gesicht sehen. Sie saß mit untergeschlagenen Beinen, der Rocksaum entblößte ihre weißen Knie.

»Hinterher habe ich zwei Stunden mit Roger gesprochen«, fuhr ich fort. »Zwei ganze Stunden. Er kam nur aus einem einzigen Grund zurück, nämlich, um sicherzustellen, daß ich auf dich achtgeben würde, damit seine Feinde dich nicht erwischen oder die Behörden und all die Leute, zu denen er Verbindung hatte. Und er wollte, daß sein Tod dich nicht mehr als nötig schmerzen sollte.«

»Warum sollte Gott das tun?« flüsterte sie.

»Was hat Gott damit zu tun? Hör zu, ich weiß nichts von Gott. Ich habe es schon gesagt. Ich betrat Notre-Dame, und nichts ist passiert, niemals, bis heute nicht …«

Nun, das war ja wohl eine Lüge. Was war mit *ihm*? Türenschlagend hierherzukommen in seiner Tarnung als der Unauffällige, der arrogante Hund, wie konnte er es wagen?

»Wie kann das Gottes Plan sein?« fragte sie.

»Du meinst das wirklich ernst, nicht wahr? Sieh mal, ich könnte dir jede Menge solcher Geschichten erzählen. Diese Geschichte von den Pariser Vampiren, die an den Teufel glaubten, ist nämlich erst der Anfang! Weißt du, da … da …«

Ich brach ab.

»Was ist los?«

Dieses Geräusch. Diese langsamen, gemessenen Schritte! Kaum hatte ich voller Mißachtung und Zorn an ihn gedacht, hörte ich auch schon seine Schritte.

»Ich … wollte sagen …« Verzweifelt kämpfte ich, wollte ihn ignorieren. Doch ich hörte sie herannahen, sie drangen in mein Bewußtsein, undeutlich noch, aber unverkennbar die Schritte des geflügelten Wesens, als hallten sie in einem riesigen Raum wider, in dem ich mich auch befand, völlig losgelöst von meiner Anwesenheit hier in diesem Zimmer.

»Dora, ich muß dich verlassen!«

»Was ist denn?«

Die Schritte kamen immer näher.

»Du wagst es, in ihrer Gegenwart zu mir zu kommen!« schrie ich und sprang auf die Füße.

Dora hatte sich auf dem Bett aufgerichtet und rief wieder: »Was ist denn?«

Rückwärts bewegte ich mich zur Tür. Als ich sie erreichte, verhallten die Schritte langsam.

»Zur Hölle mit dir!« hauchte ich.

»Sag mir, was los ist«, sagte Dora. »Wirst du wiederkommen, oder gehst du jetzt für immer?«

»Nein, bestimmt nicht. Ich bin hier, um dir zu helfen. Hör zu, Dora, wenn du mich brauchst, ruf mich einfach.«

Ich legte die Fingerspitzen an die Schläfen. »Ruf immer und immer wieder. Weißt du, wie beim Beten! Glaub nicht, das sei Götzenverehrung, ich bin kein böser Gott. Mach's einfach. Ich muß weg!«

»Wie heißt du?«

Wieder die Schritte, entfernt, aber gut hörbar, ohne daß man hätte sagen können, woher sie kamen; für mich waren sie bestimmt, verfolgten nur mich.

»Lestat.« Ich sprach meinen Namen ganz deutlich aus für sie – mit der Betonung auf der zweiten Silbe und einem deutlichen »t« am Ende. »Jetzt hör zu: Keiner weiß etwas über deinen Vater, das wird auch noch eine Weile so bleiben. Ich habe alles erledigt, worum er mich gebeten hat. Ich habe auch seine Sammlung.«

»Wynkens Bücher?«

»Alle. Ich habe alles, was ihm heilig war … Ein Vermögen für dich und alles aus seinem Besitz, was du haben sollst. Ich muß jetzt gehen.«

Wurden die Schritte leiser? Ich war mir nicht sicher, aber ich konnte es einfach nicht riskieren, hier zu bleiben.

»Ich komme wieder, sobald ich kann. Du glaubst an Gott? Dann bleib dabei, Dora, das könnte sich wirklich und wahrhaftig als richtig herausstellen.«

Wie ein Lichtblitz verschwand ich aus dem Raum, über die Treppe und durch das zerbrochene Bodenfenster hinaus auf das Dach. Ich bewegte mich so schnell, daß keine Schritte mehr zu hören waren und die Stadt unter mir sich in einen trügerischen Lichtwirbel verwandelte.

Kapitel 7

Nur Augenblicke später stand ich im Französischen Viertel auf dem Hof hinter meinem Stadthaus in der Rue Royale und schaute hinauf zu den erleuchteten Fenstern. Ich hoffte und betete, daß David da war.

Wie ich es haßte, davonzulaufen! Ich mußte erst einmal innehalten, damit meine Wut abkühlte. Warum war ich geflohen? Um mich nicht vor Dora demütigen lassen zu müssen, die vielleicht nur mitgekriegt hätte, daß ich voller Entsetzen vor dem Wesen in die Knie gegangen wäre? Aber Dora hätte *es* vielleicht auch sehen können! Mein Gefühl sagte mir, daß ich mich instinktiv richtig verhalten hatte, als ich mich aus dem Staub machte, um das Wesen von Dora fernzuhalten. Es war hinter mir her, also mußte ich Dora schützen. Wenigstens hatte ich nun einen verflixt guten Grund, dieses Wesen zu bekämpfen – ihretwegen, nicht meinetwegen.

Erst jetzt bekam ich langsam eine klare Vorstellung von Doras tatsächlicher Güte, das heißt, erst jetzt gewann ich einen richtigen Eindruck von ihr, weil ich nicht mehr abgelenkt wurde durch den Geruch ihres fließenden Blutes und sie mich nicht mehr mit ihren Eulenaugen fixierte. Die Menschen stolpern von der Geburt bis zum Tode blind durch ihr Leben; nur ein- oder zweimal in einem Jahrhundert stößt man auf eine Person wie Dora, von brillanter Intelligenz und mit klarer Auffassung von Gut und Böse. Begabt mit dem, was Roger so eifrig zu beschreiben versucht hatte, mit dieser magnetischen Anziehungskraft, die sie, gefangen in dem Wirrwarr aus Glaube und Schrifttum, noch nicht hatte zur Geltung bringen können.

Die Nacht war warm und angenehm. In diesem Winter waren die Bananenstauden in meinem Garten nicht vom Frost angegriffen worden; wie ein Dickicht wucherten ihre überhängenden Blätter vor der Ziegelmauer. Impatiens und Lantane glühten in den üppig bepflanzten Beeten, und der Brunnen mit dem pausbäckigen Engel, aus dessen Füllhorn das Wasser in ein Becken plätscherte, klang kristallklar wie Musik.

Ich rannte die Stufen vom Hof zur Hintertür hinauf, betrat das Haus und stapfte durch die Diele. Ein Schatten bewegte sich im Wohnraum.

»David!«

»Der ist nicht hier.«

Ich stoppte im Türrahmen.

Es war der Unauffällige. Er stand mit dem Rücken zu Louis' Schreibtisch zwischen den beiden Fenstern zur Straße, die Arme hatte er locker verschränkt, sein Gesicht zeigte Klugheit und Geduld und eine Art unzerstörbare Gelassenheit.

»Renn nicht wieder davon«, sagte er ohne Groll. »Ich würde dir sowieso folgen. Ich hatte dich doch gebeten, dieses Mädchen aus der Sache herauszuhalten, nicht wahr? Ich wollte dich einfach nur dazu bringen, das Ganze etwas abzukürzen.«

»Ich bin nicht vor Ihnen geflohen!« sagte ich, ziemlich unsicher, aber mit dem festen Entschluß, daß das von jetzt an tatsächlich so sein sollte. »Also, nicht direkt! Ich wollte Sie nicht in Doras Nähe haben. Was wollen Sie?«

»Was denkst du denn?«

»Das habe ich schon gesagt«, antwortete ich und nahm meinen ganzen Mut zusammen. »Wenn Sie gekommen sind, mich zu holen, gut, ich bin bereit für die Hölle.«

»Du bist in blutigen Schweiß gebadet. Sieh dich nur an, du hast ja solche Angst. Weißt du, es ist wirklich anstrengend für mich, zu jemandem wie dir durchzudringen.« Er sprach ganz vernünftig und gut hörbar. »Also, bei einem Sterblichen genügte es, ihm einfach zu erscheinen, einmal nur, und zu sagen, was zu sagen ist. Aber bei dir muß ich anders vorgehen, du bist in deiner Entwicklung schon zu weit, du hast zu viel erreicht, um nicht einen Handel eingehen zu wollen, aber genau darum bist du mir gerade jetzt so viel wert.«

»Handel? Sie meinen, daß ich irgendwie aus dieser Sache wieder rauskommen kann? Keine Hölle? Es könnte so eine Art Gerichtsverhandlung stattfinden? Ich könnte jemanden finden, der für mich spricht, mich verteidigt?« Ich sprach voller Spott und Unduldsamkeit, und doch war das die Frage, die sich folgerichtig ergab und auf die ich eine Antwort wollte.

»Lestat«, sagte er mit der ihm eigenen Nachsicht, während er die untergeschlagenen Arme lockerte und gemächlich einen Schritt auf mich zu tat. »Es gibt da eine Verbindung zu David und seiner Vision in dem Pariser Café. Ich bin der Teufel. Und ich brauche dich. Ich bin nicht gekommen, um dich mit Gewalt in die Hölle zu schleppen, und im übrigen weißt du sowieso nicht das geringste von der Hölle. Sie ist nicht das, was du dir vorstellst. Ich bin hier, um deine Hilfe zu erbitten! Ich bin müde, und ich brauche dich. Ich bin im Begriff, einen Kampf zu gewinnen, ich darf einfach nicht unterliegen.«

Mir verschlug es die Sprache.

Er betrachtete mich eine Weile, und dann begann er sich zu verändern; seine Gestalt schien an Größe zu gewinnen, sich zu verdunkeln, wieder entfalteten sich Flügel wie zur Decke aufsteigender Rauch, Stimmengewirr setzte ein und schwoll zu ohrenbetäubender Lautstärke an. Licht glühte hinter ihm auf. Ich sah, wie behaarte Bocksbeine sich mir näherten. Ich verlor den Boden unter meinen Füßen, meine Hände griffen ins Leere, und ich schrie. Ich nahm den Glanz der schwarzen Federn wahr, den immer höher aufsteigenden Bogen der Flügel, und der tosende Lärm schien ein Gemisch aus exquisiter Musik und Stimmen zu sein!

»Nein, dieses Mal nicht, nein!« Ich warf mich direkt gegen ihn, griff nach ihm und fand meine Finger um das jettschwarze Handgelenk geklammert. Mitten in dieses unheimliche Antlitz starrte ich, in das Gesicht der Granitstatue, das jedoch nun voller Leben und großartig ausdrucksvoll war, während meine Worte untergingen im wachsenden Getöse gräßlicher Gesänge, Schreie und Hymnen. Ich sah seinen geöffneten Mund, die zusammengezogenen Brauen, und seine großen, unschuldvollen mandelförmigen Augen wuchsen ins Unendliche und füllten sich mit Licht.

Mit der linken Hand klammerte ich mich fest an seinen machtvollen Arm, dabei schien mir, daß er versuchte, sich zu lösen, was ihm aber nicht gelang! Aha! Es gelang ihm nicht! Und da rammte ich meine rechte Faust mitten in sein Gesicht. Ich spürte etwas Hartes, übernatürlich Hartes, als schlüge ich einen meiner eigenen Art. Aber da war kein massiver vampirischer Körper.

Die gesamte Gestalt, verdichtet und in Verteidigung begriffen, veränderte sich immer noch; sie zog sich zurück, formte sich neu und begann wieder zu wachsen. Ich preßte meine gespreizten Finger mit aller Kraft gegen seine schwarze Rüstung, den Brustpanzer so nah vor Augen, daß ich die Gravierungen im Metall erkennen konnte. Dann schlugen die Flügel schreckenerregend über mir. Plötzlich stand er in einigem Abstand vor mir im Raum, immer noch gigantisch, ja, aber ich hatte ihn zurückgeschlagen, den verfluchten Kerl. Das war ein verflixt guter Schlag gewesen. Ehe ich mich noch zurückhalten konnte, stieß ich einen regelrechten Kriegsschrei aus und stürzte mich wieder auf ihn, obwohl ich nicht hätte sagen können, von welchem Halt aus oder durch welche Kraft.

Ein Wirbel schwarzer Federn umgab mich, glatt und schimmernd, und dann fiel ich; nein, ich würde nicht schreien, einen Dreck würde ich, ich wollte einfach nicht. Ich fiel wie ein Stein in eine alptraumhafte Tiefe, und ringsumher war eine unvorstellbare, vollkommene Leere. Nur das Licht überstrahlte alles in einer solchen Schönheit, daß mir jedes Gefühl für meinen Körper abhanden kam. Ich hatte weder Form noch Gewicht. Nur der anhaltende Fall jagte mir noch Schrecken ein, so als solle mich die Schwerkraft an den sicheren Untergang erinnern. Eine Woge von Stimmen überflutete mich.

»Sie singen wirklich!« rief ich aus. Dann lag ich still.

Zögernd tastete ich nach dem Boden unter mir, fühlte die rauhe Oberfläche des Teppichs. Geruch nach Staub und Wachs. Ich wußte, wir waren immer noch im selben Zimmer.

Er hatte sich in Louis' Sessel gesetzt, und ich lag da, auf dem Rükken, und starrte an die Decke, meine Brust voll von beißendem Schmerz.

Ich richtete mich mit gekreuzten Beinen auf und sah ihn trotzig an.

Er war verwundert. »Die Sache ergibt Sinn«, sagte er.

»Welchen Sinn sollte sie ergeben?«

»Du bist genauso mächtig wie einer von uns.«

»Nein«, sagte ich wutentbrannt. »Das glaube ich nicht. Flügel kann ich mir nicht wachsen lassen und auch keine Musik erzeugen.«

»Aber ja doch, du hast Sterblichen Visionen eingegeben oder sie in Bann geschlagen, und zwar ganz bewußt. Du bist so stark wie wir. Du hast wirklich eine interessante Stufe in deiner Entwicklung erreicht. Ich wußte die ganze Zeit, daß ich recht hatte mit dem, was ich von dir denke. Ich bin wirklich beeindruckt.«

»Weswegen? Wegen meiner Unabhängigkeit? Weißt du, laß mich dir etwas sagen, Satan oder wer immer du bist.«

»Benutz diese Bezeichnung nicht, ich hasse sie.«

»Das könnte mich veranlassen, meine Worte um so häufiger damit zu würzen.«

»Mein Name ist Memnoch«, sagte er mit einer kleinen bittenden Geste. »Memnoch, der Teufel. So solltest du es dir einprägen.«

»Memnoch, der Teufel.«

»Ja.« Er nickte. »Mit diesem Namen pflege ich zu signieren.«

»Nun denn, laßt Euch eins sagen, Königliche Hoheit der Finsternis: Ich werde Euch in keiner Weise behilflich sein! Ich diene Euch nicht!«

»Ich glaube, du wirst deine Meinung ändern«, sagte er ruhig. »Ich denke, du wirst die Dinge schon bald von meinem Standpunkt aus sehen.«

Plötzlich fühlte ich mich vollkommen erschöpft und verzweifelt, ich sackte zusammen. Typisch für mich. Ich rollte mich auf den Bauch, legte den Kopf auf die Arme und begann zu heulen wie ein Kind. Ich verging fast vor Erschöpfung, so erledigt und elend fühlte ich mich. Und außerdem weine ich natürlich gerne. Und jetzt brauchte ich das einfach; ich weinte mit Hingabe, und so kummerbeladen, wie ich war, befreite mich das zutiefst. Mir war verdammt egal, wer mich sah oder hörte. Ich weinte ohne Unterbrechung.

Wissen Sie, was ich glaube? Die meisten Leute können nicht richtig weinen. Aber wenn man den Trick erst einmal raus hat, dann gibt es nichts Besseres. Mir tut jeder leid, der das nicht kann. Es ist wie Singen oder Pfeifen.

Wie auch immer, aus dieser momentanen Erleichterung durch Schluchzen und salzig-blutige Tränen schöpfte ich dennoch nicht allzuviel Trost.

Ich erinnerte mich daran, wie ich vor vielen, vielen Jahren Notre-Dame betreten hatte, während diese miesen kleinen Vampire mir draußen auflauerten, diese Diener des Satans; ich dachte an mein sterbliches Ich, dachte an Dora, an den Armand jener Tage, den unsterblichen knabenhaften Anführer der Auserwählten Satans, der als dunkler Heiliger seine zerlumpten Bluttrinker aussandte, um Sterbliche zu foltern und zu quälen, Furcht und Tod zu verbreiten wie einen Pesthauch. Schluchzen schnürte mir wieder die Kehle zu.

Ich glaube, ich sagte: »Das ist einfach nicht wahr! Es gibt keinen Gott, es gibt keinen Teufel.«

Er antwortete nicht. Ich drehte mich um, richtete mich auf und wischte mir das Gesicht am Ärmel ab. Natürlich, kein Taschentuch; das hatte ich ja Dora gegeben. Meine Kleider verbreiteten dort, wo sie an meiner Brust gelehnt hatte, einen feinen Duft nach Dora, o süßer Duft von Blut. Ich hätte Dora nicht allein lassen dürfen in ihrem Zustand. Lieber Gott, ich mußte aufpassen, daß sie ihren gesunden Verstand behielt! Verdammt.

Ich sah ihn an. Er saß immer noch in Louis' Stuhl und beobachtete mich.

Ich seufzte. »Du wirst mich nicht zufrieden lassen, nicht wahr?«

Er stutzte, dann lachte er, wobei sein bisher teilnahmsloser Gesichtsausdruck fast schon freundlich wurde.

»Nein, natürlich nicht«, sagte er mit gedämpfter Stimme, als wolle er vermeiden, mein Gleichgewicht noch stärker zu erschüttern. »Lestat, ich habe jahrhundertelang auf jemanden wie dich gewartet. Ich habe dich zwei Jahrhunderte lang beobachtet, ich kann dich nicht in Ruhe lassen, so leid es mir tut, aber ich will nicht, daß du dich so elend fühlst. Was kann ich zu deiner Beruhigung tun? Irgendein kleines wie auch immer geartetes Wunder, so daß wir weitermachen können?«

»Und wie, zur Hölle, wird es weitergehen?«

»Ich werde dir alles erklären.« Er zuckte leicht mit den Schultern. »Dann wirst du verstehen, warum ich siegen muß.«

»Das bedeutet ... daß ich mich weigern kann, mit dir zusammenzuarbeiten, richtig?«

»Aber sicher. Niemand kann mir helfen, der es nicht freiwillig tut. Und ich bin müde, dieser ganzen Aufgabe müde. Ich brauche Unterstützung. Das hat dein Freund David schon richtig verstanden, als er damals diese zufällige Erscheinung hatte.«

»War diese Erscheinung denn ein Zufall? Was geschah da, wie war das ...? Sollte David euer Gespräch damals überhaupt mitkriegen?«

»Das ist schwer zu sagen.«

»Habe ich eure Pläne durcheinandergebracht, als ich David nahm und ihn zu einem der Unseren machte?«

»Ja und nein. Aber Tatsache ist, daß David eins richtig verstand, nämlich, daß meine Aufgabe schwer ist und ich müde bin. Seine restlichen Vorstellungen davon, na ja –« Er schüttelte den Kopf. »Bedenke nur das eine: Du bist derjenige, den ich jetzt will, und es ist außerordentlich wichtig, daß du alles erfährst, ehe du dich entscheidest.«

»So schlecht bin ich also?« flüsterte ich mit zitternden Lippen. Ich war drauf und dran, wieder loszuheulen. »Die Sterblichen tun die schrecklichsten Dinge, unglaubliche Scheußlichkeiten fügen sich die Menschen gegenseitig zu, überall auf der Welt lassen sie Frauen und Kinder unsäglich leiden! – Und derart schlecht bin ich, daß du *mich* willst! – Wahrscheinlich war David zu gut, er ist nicht dermaßen böse geworden, wie du geglaubt hast. Stimmt das?«

»Nein, natürlich bist du nicht so schlecht«, sagte er besänftigend. »Das ist es ja gerade.«

Mittlerweile nahm ich die Einzelheiten seiner Erscheinung etwas deutlicher wahr, nicht weil sie immer konkreter wurde, wie es bei Roger gewesen war, sondern weil ich mich langsam etwas beruhigte. Sein Haar hatte die Farbe von dunklem Aschblond. Die Augenbrauen waren sehr klar gezeichnet, sie ließen weder den Eindruck von Aufgeblasenheit oder Arroganz noch den von Naivität aufkommen. Seine Allerweltskleider wirkten auf mich nicht wie echte Kleidung; zwar schienen sie irgendwie aus Materie zu sein, aber der Überrock war zu glatt und hatte keine Knöpfe, und das weiße Hemd war gar zu schlicht.

Er fuhr fort: »Du weißt, daß du immer dein Gewissen gespürt hast! Genau danach suche ich doch, merkst du das nicht? Gewissen, Vernunft, Sinn, Hingabe. Meine Güte, ich konnte dich gar nicht übersehen. Und eins sage ich dir: Mir kam es vor, als hättest du mich gerufen.«

»Niemals.«

»Nun komm aber, erinnere dich all der Herausforderungen, die du dem Teufel entgegengeschleudert hast.«

»Das war romantisch gemeint, eher so eine Art dichterische Freiheit, wie man's nimmt.«

»Nein, nein. Denk an alles, was du gemacht hast. Wie du Akascha, eure Urmutter, geweckt und sie auf die Menschheit losgelassen hast.« Er lachte auf. »Als wenn die Evolution nicht schon reichlich Monster erzeugt hätte. Und dann dein Abenteuer mit dem Körperdieb. Noch einmal zu Fleisch und Blut zu werden und diese Chance verwerfen, damit du wieder sein konntest, wozu du geworden warst. Du weißt, daß deine Freundin Gretchen im Regenwald als Heilige gilt, nicht wahr?«

»Ja. Ich habe es in den Zeitungen gelesen. Ich weiß –«

Mein Gretchen, die Nonne, meine Geliebte während meiner so

kurzen Zeit als Sterblicher, hatte nie wieder auch nur ein Wort gesprochen seit der Nacht, in der sie vor mir geflohen war. In ihrer Missionskirche hatte sie sich vor dem Kreuz auf die Knie geworfen, und dort ist sie liegengeblieben, Tag und Nacht in Gebete versunken. Seitdem nimmt Gretchen fast keine Nahrung zu sich, und freitags reisen die Menschen meilenweit durch den Dschungel, sogar aus Caracas und Buenos Aires kommen sie herbei, um das Blut von ihren Händen und Füßen fließen zu sehen. So endete Gretchen.

Schlagartig überfiel mich in diesem Augenblick der Gedanke: Vielleicht war Gretchen wirklich mit Christus!

»Nein, ich glaube das nicht«, sagte ich abweisend. »Gretchen hat den Verstand verloren; sie lebt in einem fortwährenden Zustand von Hysterie, und das ist meine Schuld. So hat also die Welt wieder einmal eine mystische Person, die blutet wie Christus. Davon hat es schon Tausende gegeben.«

»Ich habe mir kein Urteil erlaubt«, erwiderte er. »Zurück zu dem, was ich sagen wollte. Nämlich, daß du alles versucht hast, außer mich direkt zu dir zu bitten. Du hast jede nur mögliche Macht herausgefordert, jede nur mögliche Erfahrung gesucht. Zweimal hast du dich lebendig begraben, einmal hast du versucht, dich, indem du der Sonne direkt entgegenflogst, zu Asche zu verbrennen. Was blieb denn noch, außer nach mir zu rufen? Es war, als hättest du gesagt: ›Memnoch, was soll ich denn noch tun?‹«

»Hast du das Gott erzählt?« fragte ich kühl in dem Versuch, mich unbeteiligt zu geben. In dem Versuch, nicht so verdammt neugierig und erregt zu sein.

»Aber sicher«, sagte er.

Das verschlug mir die Sprache. Mir fiel absolut nichts Gescheites mehr ein. Zwar sausten kleine theologische Gedankenspiele durch meinen Kopf und eklige kleine Fragen wie »Warum wußte Gott das nicht längst?« und ähnliches. Doch offensichtlich waren wir über diesen Punkt schon hinaus. Ich mußte nachdenken, mußte mich auf das konzentrieren, was meine Sinne mir rieten.

»Du und Descartes«, sagte er. »Du und Kant.«

»Wirf mich nicht mit denen in einen Topf«, wehrte ich ab. »Ich bin der Vampir Lestat, der Eine und Einzigartige.«

»Wenn du es sagst.«

»Wie viele von uns gibt es denn noch auf der Welt, Vampire, meine ich? Ich rede nicht von anderen Nichtsterblichen, nicht von Monstern und bösen Geistern und ähnlichem oder was du zum Beispiel bist, ich rede von Vampiren. Kaum einhundert sind wir noch, und nicht einer ist wirklich wie ich. Lestat.«

»Ich stimme dir voll und ganz zu. Und ich will dich. Dich will ich als Gehilfen.«

»Ärgert es dich nicht, daß ich dich nicht respektiere, nicht an dich glaube oder dich fürchte, nicht einmal nach allem, was geschehen ist? Daß wir hier in meinem Haus sind und ich dich verspotte? Ich kann nicht glauben, daß Satan das hinnehmen würde. Ich tu das gewöhnlich nicht. Ich habe mich schon mit dir verglichen, weißt du. Luzifer, Sohn des Lichtes. Sowohl meinen Verleumdern als auch den Neugierigen habe ich erzählt, ich sei der Teufel oder daß ich Satan in die Flucht schlagen würde, wenn ich ihn je träfe.«

»Memnoch«, verbesserte er, »benutz nicht den Namen Satan. Bitte. Und die anderen auch nicht, als da sind: Luzifer, Beelzebub, Azazel, Sammael, Marduk, Mephistopheles und so weiter. Mein Name ist Memnoch. Du wirst schon noch sehen, daß die anderen nur Kompromisse und Wortspielereien sind. Memnoch ist für immer und ewig, passend und angenehm. Memnoch, der Teufel. Und such gar nicht erst im Lexikon. Du wirst nichts darin finden.«

Ich gab keine Antwort, ich versuchte gerade, mir so einiges zusammenzureimen. Er konnte also seine Gestalt verändern, aber da schien ein unsichtbarer Kern zu sein. Als ich ihm die Hand ins Gesicht stieß, hatte ich da dieses Unsichtbare getroffen? Ich hatte keine Konturen gefühlt, nur eine Kraft, die mir Widerstand bot. Und wenn ich nun nach ihm griffe, wäre diese Mannesgestalt erfüllt von diesem Kern, so daß sie mich mit der gleichen Kraft wie der des schwarzen Engels abwehren würde?

»Ja«, sagte er. »Und nun stell dir vor, wie man einen Sterblichen von all diesen Dingen überzeugen sollte. Aber nicht, weil es für dich leichter ist, diese Dinge zu verstehen, wählte ich dich aus, sondern weil du einfach der ideale Mann für diesen Job bist.«

»Der ideale Gehilfe des Teufels.«

»Ja, meine rechte Hand sozusagen, mein Stellvertreter, wenn ich erschöpft bin. Mein Prinz.«

»Wie konntest du dich nur so irren? Du hältst meine selbstauferlegten Gewissensbisse für amüsant? Du glaubst, ich liebe das Böse und denke an das Böse, wenn ich etwas so Schönes wie Doras Gesicht betrachte!«

»Nein, ich glaube, du liebst das Böse genausowenig wie ich.«

»Du liebst das Böse nicht«, wiederholte ich seine Worte.

»Es ist mir widerwärtig. Und ich sage dir eins: Wenn du mir nicht zur Seite stehst, wenn du zuläßt, daß Gott weiterhin die Dinge auf Seine Weise tut, dann wird das Böse – das im Grunde ein Nichts ist – die Welt zerstören.«

»Es ist Gottes Wille, daß die Welt zerstört wird?« fragte ich bedächtig.

»Wer weiß?« erwiderte er kühl. »Immerhin nehme ich an, daß Gott keinen Finger krumm machen würde, um es zu verhindern. Ich aber will es nicht, das steht fest. Und meine Art, die Dinge anzugehen, ist richtig, doch die Wege Gottes sind blutgetränkt, verschwenderisch und extrem gefährlich. Das weißt du auch, deshalb mußt du mir helfen. Ich habe dir gesagt, daß ich den Sieg vor Augen habe. Aber dieses Jahrhundert ist nahezu unerträglich für uns alle.«

»Du behauptest also, du bist nicht böse …«

»Ganz genau. Erinnere dich an die Frage, die dein Freund David dir stellte. Er wollte wissen, ob du in meiner Gegenwart das Böse gespürt hattest, und du sagtest nein.«

»Der Teufel ist berüchtigt für seine Lügen.«

»Meine Feinde sind berüchtigt für ihre Verleumdungen. Weder Gott noch ich lügen an sich. Aber sieh mal, ich erwarte nicht eine Sekunde lang, daß du meinen Worten Glauben schenkst. Ich bin nicht hergekommen, um dich mit Worten zu überzeugen. Ich werde dir Himmel und Hölle zeigen, wenn du es willst. Du kannst zu Gott sprechen, solange Er es erlaubt und du es verlangst. Nicht Gottvater, genaugenommen … aber nun, all das wird dir noch klarwerden. Obwohl alles hinfällig ist, wenn ich nicht auf deine feste Absicht zählen kann, daß du die Wahrheit erkennen willst, wenn du nicht den ernsthaften Wunsch hast, deinem Leben Sinn und Bedeutung zu geben, eine entscheidende Schlacht um das Schicksal der Welt zu schlagen.«

Ich antwortete nicht, ich war mir meiner Worte nicht sicher. Wir waren schon Verbündete, seitdem wir zu diskutieren begonnen hatten. »Den Himmel sehen?« flüsterte ich, als wenn seine Worte mich erst langsam erreichten. »Und die Hölle?«

»Ja, sicher«, sagte er mit gleichbleibender Geduld.

»Ich möchte eine Nacht lang darüber nachdenken.«

»Was?«

»Ich sagte, ich möchte eine Nacht lang darüber nachdenken.«

»Du glaubst mir nicht. Du willst ein Zeichen.«

»Nein, ich fange wirklich langsam an, dir zu glauben. Gerade darum muß ich nachdenken, ich muß alles gegeneinander abwägen.«

»Aber ich bin doch hier, ich kann dir auf der Stelle alle Fragen beantworten, alles zeigen.«

»Laß mich zwei Nächte in Ruhe. Den Rest der heutigen Nacht und morgen nacht. Das ist doch nun wirklich nicht zuviel verlangt, oder? Laß mich in Ruhe.«

Er war sichtlich enttäuscht, vielleicht war ihm das sogar etwas verdächtig. Aber ich meinte es Wort für Wort so, wie ich es gesagt hatte, ich konnte ihm jetzt keine andere Antwort geben. Noch während ich es aussprach, wußte ich, es war die Wahrheit, Gedanke und Worte waren eins gewesen.

»Kann man dich betrügen?« fragte ich ihn.

»Aber natürlich«, erwiderte er. »Ich verlasse mich auf meine Fähigkeiten, genau wie du, und genau wie du habe ich natürlich Grenzen. Dich kann man betrügen, warum nicht mich?«

»Und wie ist das mit Gott?«

»Ach! Wenn du nur wüßtest, wie irrelevant diese Frage ist. Du hast keine Vorstellung davon, wie sehr ich dich brauche. Ich bin so müde«, sagte er mit einer kleinen Gefühlsregung. »Gott ist ... jenseits jeder Täuschung, soviel kann ich barmherzigerweise sagen. Ich gebe dir heute und morgen nacht Zeit. Ich werde dich nicht belästigen, oder wie du es nennst, verfolgen. Aber erlaube mir die Frage: Was hast du vor?«

»Warum? Entweder gewährst du mir diese Frist oder nicht!«

»Du bist als unberechenbar bekannt«, grinste er breit.

Das war außerordentlich erfreulich. Und da fiel mir an ihm noch etwas eigentlich ganz Einleuchtendes auf: Er war nicht nur perfekt proportioniert, es gab auch sichtlich keinen Makel an ihm, er war wirklich ein Ausbund an Durchschnittlichkeit. Auf diese Beurteilung reagierte er nicht, und ich wußte nicht, ob er sie in meinen Gedanken gelesen hatte. Er wartete einfach höflich ab.

»Dora«, sagte ich. »Ich muß noch einmal zurück zu Dora.«

»Wieso?«

»Ich will dir das jetzt nicht weiter erklären.«

Wieder war er von meiner Antwort überrascht. »Nun, du wirst ihr doch im Zusammenhang mit all den Verwirrungen um ihren Vater behilflich sein? Warum kannst du etwas so Einfaches nicht erläutern?

Ich wollte nur wissen, wie weit du dich darauf einlassen, wieviel du dieser Frau enthüllen willst. Ich habe das Gewebe der Dinge im Sinn, um mit Davids Worten zu sprechen. Das heißt, wie wird es mit dieser Frau sein, nachdem du dich mir angeschlossen hast?«

Ich schwieg.

Er seufzte. »In Ordnung, ich habe Jahrhunderte auf jemanden wie dich gewartet. Was bedeuten mir zwei weitere Nächte, so wie die Dinge liegen. Wir sprechen nur von morgen nacht, das ist doch richtig? Wenn am darauffolgenden Abend die Sonne untergeht, werde ich dich abholen.«

»Einverstanden.«

»Ich gebe dir eine Kleinigkeit mit auf den Weg, damit du mir Glauben schenkst. Es ist für mich gar nicht so einfach, deinen Grad an Verständnis einzuschätzen, denn du bist so voller Paradoxa und Zwiespältigkeiten. Ich biete dir jetzt etwas Außergewöhnliches.«

»Okay.«

»Also, nenn es meinetwegen ein Zeichen: Frag Dora nach Onkel Mickeys Auge. Sie soll dir erzählen, was Roger nie darüber erfahren hat.«

»Das klingt nach spiritistischen Salonspielereien.«

»Meinst du? Frag sie einfach.«

»Na gut. Die Wahrheit über Onkel Mickeys Auge. Jetzt habe ich aber auch noch eine letzte Frage. Du bist der Teufel, ja? Aber du bist nicht schlecht? Wieso?«

»Eine absolut unbedeutende Frage. Oder um es etwas rätselhafter auszudrücken: Ich habe es gar nicht nötig, schlecht zu sein, das wirst du schon noch sehen. Ach, ich finde das alles jetzt so unbefriedigend, weil du noch so vieles sehen solltest.«

»Aber du stehst im Gegensatz zu Gott?«

»O ja, ich bin voll und ganz Sein Gegenspieler! Lestat, wenn du alles gesehen und gehört hast, was es zu sehen und zu hören gibt, wenn du mit Gott gesprochen hast und Seine und meine Sicht der Dinge kennst, wirst du dich mir anschließen, da bin ich ganz sicher.«

Er stand auf. »Ich gehe jetzt. Soll ich dir vom Boden aufhelfen?«

»Unbedeutend und unnötig«, sagte ich verdrießlich. »Du wirst mir fehlen.«

Die Worte waren mir mehr oder weniger herausgerutscht und erstaunten mich selbst.

»Ich weiß«, antwortete er.

»Ich habe die ganze morgige Nacht, denk bitte daran.«

»Ist dir nicht klar, daß es weder Tag noch Nacht gibt, wenn du mit mir gehst?«

»Oh, das führt mich in Versuchung, aber genau das können Teufel ja so gut. Versuchen. Ich muß erst über das alles nachdenken, ich muß mich mit anderen beraten.«

»Rat suchen?« Er schien tatsächlich überrascht.

»Ich werde mich nicht mit dem Teufel davonmachen, ohne es jemandem zu erzählen«, sagte ich. »Du bist doch der Teufel! Warum, verdammt noch mal, sollte ich dem Teufel trauen? Das ist doch absurd! Du spielst nach irgendwelchen Regeln, wie jedermann. Aber ich kenne deine Spielregeln nicht. Nun, du hast mich vor die Wahl gestellt, und ich habe mich entschieden. Zwei ganze Nächte und nicht eher. Laß mich die ganze Zeit über in Ruhe! Schwöre es.«

»Warum?« fragte er höflich, als habe er es mit einem widerspenstigen Kind zu tun. »Damit du nicht den Klang meiner Schritte fürchten mußt?«

»Möglich.«

»Was bedeutet ein Schwur, wenn du nicht an die Wahrheit meiner Worte glaubst?« Er schüttelte den Kopf, als benähme ich mich wie ein törichter Mensch.

»Kannst du schwören oder nicht?«

»Ich schwöre« – er legte die Hand auf sein Herz oder auf die Stelle, wo es hätte sein sollen – »und natürlich vollkommen aufrichtig.«

»Danke, jetzt geht es mir schon besser.«

»David wird dir nicht glauben«, sagte er sanft.

»Ich weiß«, räumte ich ein.

»Übermorgen nacht werde ich dich abholen, wo auch immer du bist.« Er nickte nachdrücklich und verschwand mit seinem üblichen strahlenden Lächeln. Nicht wie ich zu verschwinden pflegte, nämlich in einem derartigen Tempo, daß kein Sterblicher es verfolgen konnte. Nein, er löste sich wirklich und wahrhaftig auf der Stelle in Luft auf.

Kapitel 8

Zittrig erhob ich mich vom Boden und klopfte meine Kleidung ab, dabei stellte ich ohne Verwunderung fest, daß der Raum noch genau so war, wie ich ihn zuvor betreten hatte. Der Kampf hatte sich offensichtlich auf einer anderen Ebene abgespielt. Doch was für eine Ebene war das?

Oh, wenn ich doch nur David finden könnte. Es blieben kaum noch drei Stunden, bis der winterliche Morgen dämmerte, also machte ich mich sofort auf die Suche. Da ich ja nicht in der Lage war, Davids Gedanken aufzufangen oder ihn auf diese Art zu rufen, gab es nur die Möglichkeit, mit ein bißchen Telepathie auf gut Glück in den Köpfen Sterblicher herumzustöbern, um dort eine Spur von David zu finden.

Doch ich war noch keine drei Straßen weiter, als ich eine sehr deutliche Projektion von ihm aufnehmen konnte und noch dazu bemerkte, daß ich sie von einem anderen Vampir empfing. Ich schloß die Augen und konzentrierte mich ganz auf den Versuch, einen beredten Gedankenfluß auszusenden. In Sekundenschnelle stellte sich der Kontakt zu den beiden her, wobei David die Gedanken seines Gefährten nutzte, und ich sah und erkannte das Gehölz, in dem sie sich aufhielten.

Früher führte die Bayou Road durch dieses Gebiet hindurch direkt aufs Land, und nicht weit entfernt lag die Stelle, an der Claudia und Louis, nachdem sie versucht hatten, mich zu ermorden, meine Überreste im Sumpf versenkt hatten. Nun war hier ein großer gepflegter Park, in dem es tagsüber vermutlich von Müttern und Kindern nur so wimmelte; auch gab es ein Museum mit zeitweise recht interessanten Gemäldeausstellungen. In diesem Park standen einige der ältesten Eichen New Orleans', und über einen hübschen, langgezogenen Teich spannte sich eine malerische Brücke. Weitab von den häufig benutzten Wegen, in der tiefsten Dunkelheit eines dichten Wäldchens, fand ich die beiden Vampire, wie sie sich miteinander unterhielten. David, wie nicht anders zu erwarten, war in seinem üblichen ordentlichen Anzug ganz er selbst. Aber der Anblick des anderen versetzte mich in Erstaunen.

Es war Armand.

Da saß er auf der steinernen Parkbank, jungenhaft lässig ein Bein angezogen, und schaute zu mir auf mit dieser so vertrauten Unschuld im Blick. Natürlich war er von oben bis unten voller Staub, sein Haar eine Masse langer, wirrer, kastanienfarbener Locken. In seinen engen Jeans und der Reißverschlußjacke aus schwerem Denim ging er mit Sicherheit als menschliches Wesen durch, als ein Herumstreuner vielleicht, obwohl sein Gesicht bleich wie Papier war und noch glatter als bei unserem letzten Treffen.

Er erinnerte mich irgendwie an eine kindliche Puppe mit glänzendbraunen Augen aus Glas, eine Puppe, die man auf dem Dachboden gefunden hatte. Mich verlangte danach, ihn mit Küssen zu bedecken und zu säubern, um ihn noch heller strahlen zu lassen.

»Das willst du doch immer.« Armands Stimme versetzte mir einen Schock. Nicht einmal mehr das kleinste Restchen eines französischen oder italienischen Akzents konnte ich hören, und sein Tonfall klang schwermütig und kein bißchen gemein. »Schon damals, als du mich unter Les Innocents gefunden hattest, wolltest du mich in Parfüm baden und in Samt und Seide stecken.«

»Ja und dein Haar, dieses herrliche, rotbraune Haar kämmen«, sagte ich grimmig. »Mir scheint, du siehst gut aus, du verdammter kleiner Teufel, so richtig zum Lieben und Umarmen.«

Wir musterten uns einen Augenblick. Und dann, als ich ihn in die Arme schließen wollte, überraschte er mich, indem er aufstand und mir entgegenkam, ohne Zögern, jedoch so, daß ich mich hätte verweigern können. Das tat ich nicht, und so hielten wir uns eine Weile fest umschlungen – zwei kalte, harte Körper aus dem gleichen Stoff.

»Engelsgleiches Kind.« Ich streckte kühn, beinahe trotzig, die Hand aus und zerwuschelte seine Lockenpracht.

Er war kleiner von Statur als ich, doch ihn schien diese Geste nicht zu stören, im Gegenteil, er lächelte und schüttelte den Kopf, beiläufig strich er sich ein paarmal ordnend übers Haar. Seine Wangen röteten sich plötzlich, und sein Mund entspannte sich. Dann ballte er die Rechte zur Faust und versetzte mir spaßeshalber einen harten Schlag vor die Brust. Wirklich hart; er zog eine Schau ab. Gab ein bißchen an. Nun war es an mir zu lächeln.

»Keine bösen Erinnerungen zwischen uns«, sagte ich.

»Doch, schon, aber was bedeuten denn Erinnerungen?«

»Ja«, grinste ich, »wir sind beide noch hier.«

Er lachte los, wenn auch gedämpft, schüttelte den Kopf und warf David einen Blick zu, der deutlich zeigte, wie gut sie sich kannten, zu gut vielleicht. Mir paßte es nicht, daß sie sich überhaupt kannten. David war mein David, und Armand war mein Armand.

Ich ließ mich auf der Bank nieder und sagte mit einem Blick von einem zum andern: »Also hat David dir die ganze Geschichte erzählt?«

David schüttelte verneinend den Kopf. »Nicht ohne deine Einwilligung, mein prinzlicher Flegel«, kam es ein wenig geringschätzig von ihm. »Das hätte ich mir nie herausgenommen. Armand ist hergekommen, weil er wirklich in Sorge ist um dich.«

»So, ist er das?« Ich zog die Augenbrauen hoch. »Und?«

»Du weißt verdammt genau, daß das stimmt«, sagte Armand. Er hatte eine lässige Pose eingenommen. Ich schätze, sein Umherstreifen hatte ihn einiges gelehrt; er bot nicht mehr den Anschein eines Gipsheiligen auf seinem Podest. Da stand er, die Hände in den Taschen, ein richtiger kleiner Macker.

»Du suchst doch wieder Ärger«, fuhr er fort, immer noch bedächtig, ohne Zorn oder Bosheit. »Die ganze weite Welt reicht dir nicht aus, nie und nimmer. Ich dachte, ich sollte dieses Mal mit dir reden, bevor das Blatt sich wendet.«

»Was für ein besorgter Schutzengel du doch bist!« höhnte ich.

»Aber sicher«, sagte er, ohne auch nur mit der Wimper zu zucken. »Was treibst du also? Darf ich das erfahren?«

»Kommt, wir wollen etwas tiefer in den Park gehen«, forderte ich sie auf und ging ihnen, immer im Tempo eines Sterblichen, voraus bis zu einer Gruppe uralter knorriger Eichen, zwischen denen das Gras kniehoch wuchs und wo sich keine Menschenseele, und sei sie noch so einsam und verzweifelt, niedergelassen hätte. Dort, neben den mächtigen schwarzen Wurzeln, setzten wir uns auf die winterkalte Erde. Der Duft der frischen, kühlen Brise, die vom nahen See herüberwehte, trug kaum Spuren der nahen Stadt.

So saßen wir drei also zusammen, und Armand fragte noch einmal: »Wirst du mir sagen, was du vorhast?« Unerwartet beugte er sich nah zu mir herüber und küßte mich in einer kindlichen, irgendwie europäisch anmutenden Weise. »Du steckst doch bis zum Hals in Schwierigkeiten. Nun komm schon. Das sieht man doch.« Die Metallknöpfe seiner Jeansjacke waren eisig kalt, als sei er in kürzester Zeit von einem Ort, an dem tiefster Winter herrschte, hierhergekommen.

Wir sind uns niemals ganz über die Fähigkeiten des jeweils anderen im klaren. Das einzuschätzen ist Glückssache. Aber ich hätte ihn ebensowenig gefragt, wie und auf welche Art er hergekommen war, wie ich einen Sterblichen gefragt hätte, welche Stellung er beim Beischlaf bevorzugte.

Während ich ihn betrachtete, war ich mir die ganze Zeit über bewußt, daß David, der sich, auf einen Ellbogen gestützt, im Gras niedergelassen hatte, seinerseits uns beobachtete.

Schließlich begann ich. »Der Teufel hat mir einen Besuch abgestattet und mich gebeten, mit ihm zu kommen. Ich soll den Himmel und die Hölle sehen.«

Armand reagierte nicht, aber er runzelte die Stirn.

»Genau der Teufel«, fuhr ich fort, »dessen Existenz ich vor zweihundert Jahren geleugnet habe, als du ganz fest an ihn glaubtest. In einem Punkt hattest du jedenfalls recht. Es gibt ihn. Ich habe ihn getroffen.« Ich sah David an. »Er will mich als Gehilfen. Er hat mir heute und morgen nacht gewährt, um mich mit euch zu beraten. Er will mich in den Himmel und die Hölle führen. Er behauptet, er sei nicht böse.«

Davids Blick schweifte ab ins Dunkel. Armand starrte mich einfach nur an, hingerissen und stumm.

Und dann erzählte ich ihnen alles. Für Armand wiederholte ich die ganze Geschichte von Roger und seiner Erscheinung. Und beiden berichtete ich haargenau von meinem mißglückten Besuch bei Dora und wie der Teufel mich danach verfolgt und schikaniert hatte, bis hin zu unserer handgreiflichen Auseinandersetzung. Ich erwähnte jedes winzige Detail und ließ Armand auch an all meinen Gedanken teilhaben, damit er daraus entnehmen konnte, was immer ihm wichtig war.

Nachdem ich ihnen alles geschildert hatte, lehnte ich mich zurück. »Haltet mir jetzt bitte keine demütigenden Vorträge«, sagte ich dann. »Fragt nicht, warum ich vor Dora geflohen bin oder warum ich mit dieser Sache über Roger vor ihr herausgeplatzt bin. Ich werde einfach den Gedanken an Rogers Gegenwart nicht los, an seine Zuneigung für mich, an seine Liebe zu Dora. Und dieser Memnoch, der Teufel ist ein vernünftiges Individuum mit gutem Benehmen und starker Überzeugungskraft. Was diesen Kampf betrifft, bin ich mir nur einer Sache sicher – daß ich ihm einen Denkzettel verpaßt habe. Übermorgen nacht will er zurückkommen, und wenn mich mein Gedächtnis nicht täuscht – was nie der Fall ist –, sagte er, er fände mich, wo immer ich auch sei.«

»Ja, das ist klar«, murmelte Armand.

»Du genießt mein Elend doch nicht etwa?« seufzte ich leise und niedergeschlagen.

»Nein, bestimmt nicht«, beteuerte Armand, »nur wie gewöhnlich machst du keinen besonders elenden Eindruck. Du bist im Begriff, dich in ein Abenteuer zu stürzen, und läßt gerade mal etwas mehr Vorsicht walten als damals, als du diesen Sterblichen mit deinem Körper hast abhauen lassen und seinen übernommen hast.«

»Vorsichtiger ist nicht das richtige Wort. Eher zu Tode erschrokken. Ich glaube, daß dieses Geschöpf, Memnoch, wirklich der Teufel ist. Du würdest das genauso glauben, wenn du diese Erscheinungen gehabt hättest. Ich rede jetzt nicht davon, Illusionen zu erzeugen, um jemanden in seinen Bann zu schlagen. Das kannst du auch, Armand, du hast es selbst schon mit mir gemacht. Doch ich habe mit diesem Wesen gekämpft. Es hat einen Kern, der zu einem realen Körper gehören kann. Es selbst ist gleichzeitig greifbar und körperlos, dessen bin ich mir sicher. Und alles andere? Vielleicht waren das alles nur Illusionen. Immerhin zeigte er mir, daß er diese Kunst genauso beherrscht wie ich.«

»Du beschreibst da einen Engel, ganz klar«, sagte David kurzab, »und dieser hier behauptet eben, ein gefallener Engel zu sein.«

»Der Teufel in Person«, grübelte Armand. »Was verlangst du von uns, Lestat? Sollen wir dir Ratschläge geben? Ich an deiner Stelle ginge nicht freiwillig mit diesem Wesen.«

»Was veranlaßt dich zu dieser Entscheidung?« fragte David, noch ehe ich ein Wort hatte sagen können.

»Hör mal, wir wissen, daß es erdgebundene Wesen gibt, die wir nicht einordnen können«, sagte Armand, »die wir nicht aufspüren oder unter Kontrolle bringen können, genauso wie es unsterbliche Geschöpfe gibt, die menschlich aussehen, es aber nicht sind. Diese

Kreatur könnte wer weiß was sein. Und die Art und Weise, wie er dich umwirbt – diese Visionen und seine Höflichkeit –, erregt mein Mißtrauen.«

»Oder macht vielleicht gerade das Sinn?« erwog David. »Er ist der Teufel, und vernunftbegabt ist er auch, wie du immer vermutet hast, Lestat – kein sterblicher Idiot, sondern ein wahrhaftiger Engel, der deine Mitarbeit wünscht. Er will dich zu nichts zwingen. Zwang hat er nur benutzt, um auf sich aufmerksam zu machen.«

»Aber ich würde ihm nicht glauben«, sagte Armand. »Was heißt denn, er wünscht deine Hilfe? Daß du dann gleichzeitig hier auf der Erde und in der Hölle existierst? Nein, ich würde einen großen Bogen um ihn machen, schon wegen seiner Metaphern, seines Vokabulars. Wegen seines Namens. Memnoch, das klingt böse.«

»Das sind alles Dinge, die ich vor langer Zeit einmal dir gesagt habe«, mußte ich zugeben.

»Ich habe den Fürsten der Finsternis noch nicht mit eigenen Augen gesehen«, fuhr Armand fort. »Jahrhunderte des Aberglaubens habe ich erlebt und Wundertaten von dämonischen Wesen, wie wir es sind. Du hast ein bißchen mehr erlebt als ich. Aber du hast recht, genau das waren deine Worte, und ich sage dir jetzt das gleiche: Glaub nicht an den Teufel oder daran, daß du sein Geschöpf bist. Diesen Ratschlag gab ich damals schon Louis, als er von mir Aufklärung über Gott und das Universum wollte. Ich glaube an keinen Teufel, und deshalb: Glaube ihm nicht; wende dich ab von ihm.«

»Was Dora angeht«, fügte David ruhig hinzu, »da hast du unklug gehandelt, aber möglicherweise kann man das wiedergutmachen.«

»Wohl kaum.«

»Wieso?«

»Jetzt sagt mir bitte eins … glaubt ihr, was ich euch erzählt habe?«

»Ich weiß, daß du die Wahrheit sagst«, gab Armand zu, »aber ich glaube weder, daß dieses Wesen der Teufel ist, noch, daß er dir Himmel und Hölle zeigen wird. Und offen gesagt, wenn es wahr wäre, wäre das nicht erst recht Grund genug, ihm nicht zu folgen?«

Ich musterte Armand eine Zeitlang, wobei ich mich bemühte, die Dunkelheit zu durchdringen, denn ich wollte einen Eindruck davon bekommen, wie seine Haltung in dieser Sache war. Ich fand in ihm nur Wahrhaftigkeit, keinen Neid, keinen langgehegten Groll, auch keine offene Wunde, keine Hinterhältigkeit, nichts. All diese Gefühle hatte er längst überwunden – oder ich hatte sie ihm vielleicht nur unterstellt.

»Ja, vielleicht«, beantwortete er meine Gedanken direkt. »Aber du hast recht damit, daß ich offen und ehrlich zu dir bin, und ich sage dir, ich würde dieser Kreatur nicht trauen und auch nicht der Behauptung, daß du in irgendeiner Form deine Zustimmung geben mußt.«

»Zu so etwas wie einem mittelalterlichen Pakt«, ergänzte David.

»Und was soll das heißen?« fragte ich schärfer als beabsichtigt.

»Nun, einen Pakt mit dem Teufel zu schließen«, sagte er, »dich mit ihm auf irgend etwas zu einigen. Armand meint, daß du das nicht tun sollst. Du sollst keinen Pakt schließen.«

»Genau«, stimmte Armand zu. »Daß er eine moralische Verpflichtung mit eurem Abkommen verknüpft, macht mich zutiefst mißtrauisch.« Sein jugendliches Gesicht war ängstlich besorgt, und seine schönen Augen leuchteten lebhaft. »Warum ist es so wichtig, daß du einwilligst?«

»Ich weiß gar nicht, ob das von so großer Bedeutung ist«, antwortete ich verwirrt. »Aber du hast recht, denn etwas Ähnliches hatte ich ihm auch schon gesagt, von wegen, daß nach bestimmten Regeln gespielt würde.«

»Noch einmal zurück zu Dora«, sagte David, wobei er die Stimme dämpfte, »du mußt deinen Fehler so schnell wie möglich ausbügeln oder wenigstens versprechen, daß du nicht …«

»Ich werde gar nichts versprechen. Das kann ich nicht.«

»Lestat, zerstöre diese junge Sterbliche nicht!« drängte David. »Wenn wir hier wirklich auf einer neuen, höheren Ebene sind, in der die Geister der Toten mit uns verhandeln können, dann können sie uns vielleicht auch Schaden zufügen. Ist dir das schon mal in den Sinn gekommen?« David richtete sich verärgert auf, bemüht, die Fassung zu wahren. In seinem hübschen britischen Tonfall fuhr er fort: »Zerstöre dieses sterbliche Mädchen nicht. Ihr Vater hatte gewünscht, daß du sie deinem besonderen Schutz unterstellst und nicht, daß du ihren Glauben in seinen Grundfesten erschütterst.«

»David, halt jetzt keine Reden. Ich weiß, was du sagen willst. Aber ich stecke in all dem ganz allein drin. Allein! Allein mit diesem teuflischen Memnoch. Ihr zwei habt euch als liebevolle Freunde erwiesen. Aber ich glaube, ihr könnt mir beide nicht raten, was ich tun soll. Das kann nur Dora.«

»Dora!« David war entgeistert.

»Du hast vor, ihr die ganze Geschichte zu erzählen?« fragte Armand zaghaft.

»Ja, genau das. Dora ist die einzige, die an den Teufel glaubt. Und bei Gott, jemanden, der gläubig ist, brauche ich jetzt, eine Heilige, vielleicht eine Religionsgelehrte, und deshalb wende ich mich an Dora.«

»Du verhältst dich pervers, stur und unheilbar zerstörerisch!« zischte David; es klang wie ein Fluch. »Du machst, was du willst!« Er war stinksauer, das sah ich. Alles, was er an mir verachtete, kochte in ihm hoch, und es gab nichts, was ich zu meiner Verteidigung hätte sagen können.

»Lestat, warte«, sagte Armand, »das ist Wahnsinn. Das ist ja, als wolltest du das Sibyllinische Orakel befragen. Sie, eine Sterbliche, willst du als Orakel benutzen, um zu hören, was du tun sollst?«

»Sie ist nicht einfach eine Sterbliche. Sie ist anders. Sie hat überhaupt keine Angst vor mir. Sie verhält sich wie eine Heilige, Armand. Vielleicht war Jeanne d'Arc so, als sie dereinst das Heer anführte. Sie weiß etwas über Gott und den Teufel, was ich nicht weiß.«

»Du beziehst dich auf ihren Glauben, und das ist natürlich sehr verführerisch«, sagte David, »so wie damals bei deiner Nonne Gretchen, die nun dem Wahnsinn verfallen ist.«

»Einem stummen Wahnsinn, denn sie redet nicht mehr, außer wenn sie betet – so steht es wenigstens in den Zeitungen. Aber schon ehe Gretchen mich traf, fehlte ihr der echte Glaube an Gott, das solltest du dir vor Augen halten. Glaube und Wahnsinn sind für Gretchen ein und dasselbe.«

»Du wirst es nie kapieren«, stöhnte David.

»Was kapieren?« erwiderte ich. »David, Dora ist die einzige, zu der ich gehen kann. Und außerdem kann ich sie nicht in ihrem Zustand allein lassen. Schon deswegen muß ich wieder hin. Nur von dir, Armand, möchte ich ein Versprechen. Ich habe ein schützendes Netz um Dora gewoben. Keiner von uns darf ihr etwas antun.«

»Das steht doch außer Frage. Natürlich tue ich deiner kleinen Freundin nichts. Du kränkst mich.« Er zeigte echte Betroffenheit.

»Tut mir leid. Aber ich weiß auch, was Blut für uns bedeutet und Unschuld, und beides zusammen kann so deliziös sein. Schließlich spüre ich diese Versuchung am eigenen Leibe.«

»Dann wärest du derjenige, der ihr nachgibt«, sagte Armand scharf. »Du weißt, daß ich meine Opfer schon seit langem nicht mehr auswähle. Ich brauche, wie immer schon, nur vor einem Haus zu warten, und zu mir heraus kommt, wer in meinen Armen liegen möchte. Natürlich werde ich ihr nichts antun. Du bist wirklich nachtragend; du meinst, ich lebe in der Vergangenheit. Du willst einfach nicht wahrhaben, daß ich mich tatsächlich dem jeweiligen Zeitalter anpasse, so gut ich kann. Ich wüßte nur zu gerne, was Dora dir Hilfreiches sagen könnte.«

»Ich weiß es nicht, aber trotzdem werde ich mich morgen nacht direkt auf den Weg zu ihr machen. Wenn die Zeit ausreichte, ginge ich noch jetzt. David, sollte mir etwas passieren, sollte ich nicht mehr auftauchen … du hast Doras Erbschaft.«

Er nickte. »Mein Ehrenwort, ich werde ihre Interessen wahren. Aber du darfst nicht zu ihr!«

»Lestat, wenn du mich brauchst«, sagte Armand, »wenn dieses Geschöpf dich gewaltsam mit sich nimmt!«

»Warum sorgst du dich um mich?« fragte ich ihn. »Nach allem, was ich dir angetan habe? Warum?«

»Ach, sei nicht ein solcher Idiot«, bat er sanft. »Du hast mich schon vor Zeiten davon überzeugt, die Welt als Wilden Garten zu betrachten. Denk nur an deine poetischen Worte von einst, als du dich allein den Gesetzen der Ästhetik unterwarfst als den einzig wahren, denen man trauen konnte.«

»Ja, ich erinnere mich, und ich fürchte, es ist wahr; ich ahnte es schon als Kind, als ich noch sterblich war. Eines Morgens wachte ich auf und hatte keinerlei Glauben mehr.«

»Nun denn, mein Freund«, sprach Armand, »in diesem Wilden Garten leuchtest du in einem wunderbaren Glanz, und du bewegst dich darin, als sei er dein und als könntest du ihn nach deinem Gefallen nutzen. Und obwohl ich weit umherstreife, kehre ich doch immer wieder zu dir zurück. Ich kehre zurück, um den Regenbogen dieses Gartens in deinem Schatten zu finden oder seinen Widerschein in deinen Augen – vielleicht auch nur, um von deiner letzten Verrücktheit oder einer neuen irren Idee zu hören. Und außerdem, wir sind doch Brüder, nicht wahr?«

»Warum hast du mir nicht beigestanden, als ich in Schwierigkeiten war, nachdem ich diesen Körpertausch mit einem Sterblichen vollzogen hatte?«

»Wenn ich es dir sage, wirst du mir nie vergeben«, antwortete er.

»Sag's trotzdem.«

»Weil ich gehofft und gebetet habe, daß du in diesem sterblichen

Körper bleiben und so deine Seele retten würdest. Meiner Ansicht nach war dir das größte Geschenk überhaupt gewährt worden – wieder ein Mensch zu sein. Mein Herz hoffte sehnlichst auf diesen deinen Triumph! Ich konnte einfach nicht eingreifen.«

»Du bist ein Kind und ein Dummkopf, das hat sich nicht geändert.«

Er zuckte die Schultern. »Na, es sieht ja so aus, als hättest du die nächste Chance, etwas mit deiner Seele anzustellen. Aber Lestat, diesmal solltest du besser deine Kräfte und deinen Einfallsreichtum verdoppeln. Ich traue diesem Memnoch weniger als jedem menschlichen Gegner, dem du, gefesselt an sterbliches Fleisch, gegenübergestanden hast. Memnoch klingt wenig himmlisch. Warum sollten sie dich mit ihm hineinlassen?«

»Ausgezeichnete Frage.«

»Lestat«, warf David erneut ein, »geh nicht zu Dora. Bitte, erinnere dich daran, daß dir schon letztes Mal viel erspart geblieben wäre, wenn du auf mich gehört hättest.«

Oh, dagegen konnte man jede Menge einwenden, denn seine Ratschläge hätten vielleicht auch ihn selbst davor bewahren können, zu werden, was er jetzt war. Dennoch gefiel es mir durchaus, daß er nun hier war in dieser schönen Gestalt, daß er die fleischgewordene Trophäe des Körperdiebs errungen hatte.

»Ich glaube gerne, daß der Teufel dich will«, sagte Armand.

»Warum?« fragte ich.

»Bitte, geh nicht zu Dora!« beschwor mich David.

»Ich muß einfach hin, und der Morgen dämmert beinahe schon. Ich liebe euch, alle beide.«

Die beiden starrten mich an, perplex, mißtrauisch und unsicher.

Ich tat das einzig Richtige. Ich ging.

Kapitel 9

Als ich am nächsten Abend mein Dachbodenversteck verließ, machte ich mich sofort auf die Suche nach Dora. Von Armand und David wollte ich nichts mehr hören und sehen. Niemand konnte mich mehr von meinem Vorhaben abbringen. Es stellte sich höchstens die Frage, wie ich vorgehen sollte. Immerhin hatten die beiden mir unwissentlich bestätigt, daß ich nicht völlig verrückt war. Was da um mich herum vor sich ging, spielte sich nicht nur in meiner Phantasie ab – ein Teil vielleicht, aber nicht alles.

Wie auch immer, ich beschloß, was Dora betraf, ziemlich radikale Maßnahmen zu ergreifen, die begreiflicherweise weder David noch Armand billigen würden.

Da ich so einiges über Doras Gewohnheiten und die Orte, die sie üblicherweise aufsuchte, herausgefunden hatte, fing ich sie ab, als sie gerade das Fernsehstudio in der Chartres Street verließ, wo sie den gesamten Nachmittag mit der Aufzeichnung einer einstündigen Show verbracht hatte. Ich wartete im Eingang eines nahe gelegenen Ladens, während sie sich von ihren hingebungsvollen »Schwestern« verabschiedete. Zwar waren das keine Teenager mehr, doch waren sie alle noch sehr junge Frauen und alle fest davon überzeugt, daß sie mit Dora zusammen die Welt verändern würden. Sie strahlten Sorglosigkeit und Nonkonformismus aus.

Schließlich eilten sie davon, und Dora ging in die entgegengesetzte Richtung zu ihrem Wagen. Sie trug einen schmal geschnittenen Mantel aus schwarzer Wolle und schwarze wollene Strümpfe zu extrem hochhackigen Schuhen. Zusammen mit ihrem eng am Kopf anliegenden dunklen Haar wirkte sie außerordentlich dramatisch und gleichzeitig zerbrechlich zart, höchst verwundbar in dieser von Männern beherrschten Welt.

Ehe sie wußte, wie ihr geschah, hatte ich sie um die Taille gefaßt, und blitzschnell erhob ich mich mit ihr in die Luft, so daß sie kaum zu einem klaren Gedanken fähig war. Meinen Mund dicht an ihrem Ohr, sagte ich: »Du bist bei mir, in Sicherheit.« Ich hielt sie ganz fest mit meinen Armen umschlungen, damit ihr weder der Wind noch die Geschwindigkeit unseres Fluges etwas anhaben konnte, leicht bekleidet, verwundbar und auf mich angewiesen, wie sie war. Über den heulenden Wind hinweg lauschte ich besorgt, ob ihr Herz und ihre Lunge auch richtig arbeiteten.

Ich spürte, wie sie sich in meinen Armen entspannte, oder eher könnte man sagen, sie vertraute sich mir einfach an, was ebenso verwunderlich war wie ihr sonstiges Verhalten. Das Gesicht hatte sie in meinem Mantel vergraben, als wolle sie aus Furcht nichts sehen und hören, doch gab es in dieser Kälte auch rein praktische Gründe dafür. Als wir eine gewisse Höhe erreicht hatten, öffnete ich meinen Mantel und wickelte Dora darin richtig ein, ehe wir die Reise fortsetzten.

Wir waren länger unterwegs, als ich erwartet hatte, denn mit diesem zarten menschlichen Wesen konnte ich einfach nicht so hoch in die Atmosphäre aufsteigen wie sonst. Übrigens war dies hier bei weitem nicht so ermüdend und gefährlich, als wenn wir einen qualmenden, stinkenden und noch dazu explosionsgefährdeten Jet genommen hätten.

Nach einer knappen Stunde stand ich mit ihr hinter den Glastüren des Olympic Tower. Sie erwachte in meinen Armen wie aus einem tiefen Schlaf. Daß sie aus rein physischen und psychischen Gründen das Bewußtsein verloren hatte, war wohl unvermeidlich gewesen; aber ihre Füße hatten kaum den Boden berührt, da kam sie auch schon wieder zu sich. Mit ihren großen Augen schaute sie zuerst mich an und dann hinüber auf die andere Straßenseite, wo St. Patrick's in all seiner steinernen Pracht gen Himmel ragte.

»Komm mit«, sagte ich, »jetzt führe ich dich zum Nachlaß deines Vaters« und bewegte mich in Richtung Aufzüge. Sie eilte mir so begierig nach, wie wir Vampire es immer von den Sterblichen erträumen, wie es aber nie und nimmer eintrifft; so, als sei dies alles ein Wunder und als gebe es nicht den geringsten Grund, sich zu fürchten.

»Ich habe nicht genügend Zeit«, erklärte ich, als wir im Aufzug nach oben schossen. »Mir ist etwas auf den Fersen, und ich weiß nicht genau, was es von mir verlangt. Aber ich wollte dich schnell herbringen, und ich werde dafür sorgen, daß du sicher wieder nach Hause kommst.« Dann erläuterte ich ihr, daß ich den Zugang über das Dach dieses Gebäudes leider nicht kannte, sonst hätten wir natürlich den Weg gewählt. Es machte mich ziemlich verlegen, daß wir einen halben Kontinent in einer Stunde überqueren konnten und dann einen ratternden, glitzernden Aufzug benutzen mußten, der kaum weniger wunderbar schien als die vampirische Gabe des Fliegens.

Der Lift erreichte das richtige Stockwerk. Ich gab ihr den Schlüssel und führte sie zu dem Apartment. »Schließ du auf, alles darin gehört dir.«

Einen Augenblick sah sie mich mit leicht gerunzelter Stirn an, dann strich sie achtlos über ihr windzerzaustes Haar, steckte den Schlüssel ins Schloß und öffnete die Tür.

»Ja, das sind Rogers Sachen!« Sie erkannte sie schon am Geruch, etwa so, wie ein Altertumsforscher diese Ikonen und Reliquien daran erkannt haben mochte. Dann fiel ihr Blick auf den marmornen Engel, der im Korridor direkt vor der gläsernen Wand aufgestellt war, und ich dachte, sie würde mir ohnmächtig in die Arme sinken, denn sie kippte nach hinten, als ob sie fest auf meine stützenden Hände vertraute. Ich hielt sie nur mit den Fingerspitzen, wie schon zuvor ängstlich, daß ich sie versehentlich zerdrücken könnte.

»Lieber Gott«, hauchte sie. Ihr Herz raste. »Hier sind wir, und du hast mir tatsächlich die Wahrheit gesagt.«

Ehe ich noch antworten konnte, löste sie sich hastig von mir und ging mit flottem Schritt an dem Engel vorbei in den vorderen, größeren Raum der Wohnung, von wo aus man die Türme von St. Patrick's im Blickfeld hatte. Und überall standen diese sperrigen Pakete herum, durch deren Plastikhüllen man die Form eines Kreuzes oder eines Heiligen erahnen konnte. Wynkens Bücher lagen natürlich auf dem Tisch, aber ich wollte sie nicht gerade jetzt darauf aufmerksam machen.

Sie wandte sich zu mir um, und ich konnte geradezu fühlen, wie sie mich mit abschätzenden Blicken einer eingehenden Prüfung unterzog. Wenn jemand mich so anerkennend mustert, empfinde ich das dermaßen intensiv, daß ich zu der Ansicht gekommen bin, meine Eitelkeit müsse in jeder einzelnen meiner Zellen zutiefst verwurzelt sein.

Ich hörte sie eine paar Worte vor sich hin murmeln, doch da ich nichts mitbekam außer, daß es Latein zu sein schien, tauchte in meinen Gedanken auch nicht automatisch die Übersetzung auf.

»Was hast du gesagt?«

»Luzifer, Sohn des Lichtes«, flüsterte sie, während sie mich mit offenkundiger Bewunderung anstarrte. Dann ließ sie sich in einen ausladenden Ledersessel fallen, ihre Augen immer noch auf mich gerichtet.

»Nein, das bin ich nicht«, sagte ich, »ich bin wirklich nichts anderes als ein Vampir. Allerdings ist Luzifer derjenige, der hinter mir her ist.«

»Der Teufel?«

»Ja. Deswegen hör mir jetzt gut zu. Ich werde dir gleich alles erzählen, und du mußt mir einen Rat geben. Aber vorher« – ich sah mich um, ja, da war der Aktenschrank – »deine gesamte Erbschaft – du hast jetzt ein sauber und ordentlich versteuertes Vermögen, von dem du bisher nichts wußtest; da in den schwarzen Mappen ist alles erläutert. Dein Vater starb mit dem ausdrücklichen Wunsch auf den Lippen, daß du das alles für deine Kirche bekommen solltest. Wenn du es jetzt ablehnst, sei dir nicht so sicher, daß das wirklich Gottes Wille ist. Bedenke, dein Vater ist tot. Das Geld ist geläutert durch sein Blut.«

Glaubte ich das tatsächlich? Na ja, todsicher hatte Roger gewollt, daß ich ihr genau das erzählte.

»Roger hat verlangt, daß ich dir das sagen soll«, fügte ich hinzu und versuchte, meiner Stimme noch mehr Selbstsicherheit als sonst zu verleihen.

»Ich verstehe dich schon. Aber du sorgst dich um etwas, was jetzt ganz belanglos ist. Willst du nicht zu mir kommen? Ich möchte dich umarmen. Du fröstelst ja.«

»Ich fröstele!«

»Es ist warm hier drin, doch du scheinst das nicht zu spüren. Komm her.«

Ich kniete mich vor sie hin und zog sie unvermittelt in meine Arme, so wie ich es bei Armand getan hatte. Ich lehnte meine Stirn an die ihre, und obwohl sie sich kalt anfühlte, würde sie niemals eine solche Kälte ausströmen können wie ich; so eisig konnte kein Mensch sein. Die Winterkälte hatte ich förmlich in mich aufgesogen, als sei ich aus porösem Marmor – und vermutlich war ich das auch.

»Dora, Dora, Dora«, murmelte ich, »wie sehr er dich doch geliebt hat und wie sehr er wünschte, alles für dich in Ordnung bringen zu können.« Ihr Duft umfing mich ebenso heftig, wie ich ihm widerstehen mußte.

»Lestat, erkläre mir die Sache mit dem Teufel«, drängte sie mich sanft.

Ich ließ mich auf dem Teppich nieder, damit ich sie ansehen konnte. Sie kauerte auf dem Rand des Sessels. Unter dem schwarzen Mantel, der über ihren unbedeckten Knien nachlässig auseinanderfiel, zeigte sich ein Zipfelchen eines goldfarbenen Schals. Ihr Gesicht war bleich, aber auf eine Art belebt, die sie strahlend und ein wenig wie verzaubert aussehen ließ, als sei sie genausowenig menschlich wie ich.

»Nicht einmal dein Vater hat deine Schönheit beschreiben können«, sagte ich. »Tempeljungfrau, Waldnymphe.«

»Das hat mein Vater gesagt?«

»Genau das. Aber der Teufel, ah, der Teufel meinte, ich soll dich etwas fragen, und zwar nach der Wahrheit über Onkel Mickeys Auge!« Gerade war es mir wieder eingefallen. Ich hatte vergessen, David und Armand davon zu erzählen, aber war das jetzt noch von Bedeutung?

Sie war überrascht, aber auch beeindruckt. Sie ließ sich in den Sessel zurücksinken: »Der Teufel hat genau diese Worte gewählt?«

»Ich sollte sie als ein kleines Präsent betrachten. Er will, daß ich ihn unterstütze, und behauptet, er sei nicht schlecht und daß Gott sein Widersacher sei – das werde ich dir noch alles erläutern –, aber diese Worte sollten so eine Art zusätzliche Gabe sein – wie sagen wir in New Orleans dazu, lagniappe? –, eine Art Beweis, der mich überzeugen soll, daß er ist, was er zu sein vorgibt.«

Irritiert legte sie die Hände an ihre Schläfen und schüttelte den Kopf. »Warte. Die Wahrheit über Onkel Mickeys Auge – hat er das ganz bestimmt so gesagt? Hat mein Vater irgend etwas von Onkel Mickey erzählt?«

»Nein, und auch die Gedanken, die Seele deines Vaters enthüllten nichts dergleichen. Der Teufel hat behauptet, daß Roger die Wahrheit nicht kannte. Was soll das heißen?«

»Er kannte sie wirklich nicht«, erwiderte sie. »Seine Mutter hat ihm nie die Wahrheit gesagt. Mickey war sein Onkel, also der Bruder meiner Großmutter. Er starb, als mein Vater noch ein Junge war; mein Vater hat ihn wirklich geliebt. Dieser Onkel Mickey hatte einen gespaltenen Gaumen und ein Glasauge, und als mein Vater mir eines

Tages ein Foto von ihm zeigte, erzählte er mir dabei, daß sein Onkel Mickey so gerne Feuerwerke veranstaltete, und als er eines Tages mit Feuerwerkskörpern hantierte, verfing sich ein Kracher in einer Blechdose, explodierte dort, und die Dose flog ihm ins Auge. Das war die Geschichte, wie sie mir erzählt worden war, und ich kannte ihn selbst ja nur von den Fotos, denn er und auch meine Großmutter waren schon vor meiner Geburt gestorben.

Die Verwandten meiner Mutter haben mir aber erzählt, was wirklich geschehen war. Demnach war es so: Die Mutter meines Vaters war wohlhabend und besaß ein schönes Haus in der St. Charles Avenue.«

»Darüber weiß ich Bescheid, ich kenne auch das Haus, dort hat Roger Terry getroffen.«

»Ja, genau, aber meine Großmutter war in ihren jungen Jahren arm, und ihre Mutter arbeitete als Hausmädchen im Garden District wie so viele irische Mädchen. Und Rogers Onkel Mickey war einer dieser leichtlebigen Typen, die nichts Rechtes zustande bringen.

Von Onkel Mickeys tatsächlicher Lebensführung hat mein Vater nie etwas erfahren. Die Mutter meiner Mutter sagte immer, mein Vater spiele sich auf, was sehr dumm sei, da er doch aus so kleinen Verhältnissen komme.«

»Ah, ich verstehe.«

»Mein Großvater, der Vater meiner Mutter, war Polizist, der kannte Rogers Familiengeschichte. Er behauptete, Rogers Großvater sei ein Trunkenbold gewesen und Onkel Mickey im großen und ganzen auch. In seiner Jugend jobbte Mickey als eine Art Vermittler für einen Buchmacher. Einmal hatte er Geld von einem Kunden zurückgehalten, anstatt es in eine Wette einzuzahlen, und unglücklicherweise wurde gerade dieses Pferd Sieger. Mickey hockte nun ziemlich verschreckt in Corona's Bar.«

»In der Magazine Street«, warf ich ein, »die Bar dort gab es schon ewig, fast ein Jahrhundert lang.«

»Ja, und dann kamen die Handlanger des Buchmachers und zerrten Onkel Mickey in den hinteren Teil der Bar. Mein Großvater war dort, er hat alles miterlebt, aber er konnte nichts tun. Keiner hätte das gekonnt, aber es wollte auch niemand helfen, weil alle sich nicht trauten. Mein Großvater sah, wie die Männer Onkel Mickey schlugen und traten; sie haben ihm auch seinen Gaumen zerschmettert, so daß er hinterher nur noch undeutlich sprechen konnte. Schließlich traten sie ihn so sehr, daß sein Auge aus der Höhle sprang, und sie stießen es mit den Füßen über den Boden. Mein Großvater sagte jedesmal, wenn er mir die Geschichte erzählte: ›Dora‹, sagte er, ›man hätte dieses Auge retten können, aber stell dir vor, sie haben es zertreten. Ganz absichtlich haben sie es zertreten mit ihren spitzen Schuhen.‹«

Sie brach ab.

»Und das hat Roger nie erfahren?«

»Kein lebender Mensch weiß es«, sagte sie, »außer mir natürlich. Mein Großvater ist tot, und soweit ich weiß, lebt auch sonst niemand mehr, der dabei war. Onkel Mickey ist in den frühen Fünfzigern gestorben. Wenn Roger sein Grab besuchte, hat er mich immer mitgenommen. Er hatte Onkel Mickey gemocht – Onkel Mickey mit der dumpfen Stimme und dem Glasauge. Wie Roger sagte, mochte ihn jedermann irgendwie. Selbst Mutters Verwandtschaft. Er muß ein Schatz gewesen sein. Vor seinem Tod arbeitete er als Nachtwächter, wohnte in der Magazine Street über einer Bäckerei, und er starb an einer Lungenentzündung, ehe sie im Krankenhaus herausgefunden hatten, was ihm fehlte. Roger hat tatsächlich nie erfahren, was mit Onkel Mickeys Auge geschehen war, denn sonst hätten wir bestimmt darüber gesprochen.«

Ich dachte über das, was sie da beschrieben hatte, nach, oder besser, ich stellte es mir bildlich vor. Sie hatte sich fest in sich verschlossen, ich empfing keine Bilder von ihr, aber ihr Tonfall hatte mir mühelos alles verraten. Ich kannte das Corona's wie jeder, der auch die berüchtigten irischen Wohnblocks in der Magazine Street gekannt hatte. Auch über die kriminellen Typen von damals mit ihren spitzen italienischen Schuhen wußte ich Bescheid. Das Auge zertreten!

»Sie haben einfach draufgetreten und es zerquetscht«, sagte Dora, als habe sie meine Gedanken gelesen. »So hat es mein Großvater immer erzählt: ›Man hätte es retten können, wenn sie nicht einfach so draufgetreten hätten mit diesen spitzen Schuhen.‹«

Wir schwiegen beide.

»Das beweist gar nichts«, sagte ich.

»Es beweist, daß dein Freund – oder Feind – Geheimnisse kennt.«

»Aber es ist kein Beweis dafür, daß er der Teufel ist, und warum sollte er ausgerechnet eine solche Geschichte wählen?«

»Vielleicht war er dabei«, entgegnete sie mit einem bitteren Lächeln.

Wir lachten beide leise.

»Du hast gesagt, er sei der Teufel, doch er sei nicht böse«, wiederholte sie. Sie strahlte Überzeugungskraft und Vertrauen aus, so als habe sie alles voll im Griff. Mir schien, daß es die absolut richtige Entscheidung gewesen war, ihren Rat einzuholen. Sie betrachtete mich ruhig und forderte mich auf: »Erzähl mir, was dieser Teufel gemacht hat.«

Ich erzählte ihr die ganze Geschichte. Natürlich mußte ich eingestehen, daß ich ihrem Vater beständig auf den Fersen gewesen war, ich konnte mich nicht erinnern, schon vorher darüber gesprochen zu haben, und daß der Teufel mit mir dasselbe gemacht hatte. So wie ich David und Armand das Geschehen ausführlich geschildert hatte, wiederholte ich jetzt alles für sie, und wie schon einmal zuvor endete ich mit den rätselhaften Worten: »Und eins sage ich dir: Was auch immer er ist, er hat einen rastlosen Geist und ein unersättliches Herz. Als ich beim ersten Mal diese Worte wählte, um ihn zu beschreiben, kamen sie wie aus dem Nichts über meine Lippen. Ich wußte nicht, aus welchen Abgründen meines Gedächtnisses sie aufgetaucht waren. Aber ich spürte intuitiv, daß sie wahr waren.«

»Wiederhol sie noch einmal«, bat sie.

»Sein Geist ist rastlos und sein Herz unersättlich.«

Sie schwieg, wobei sie die Augen zusammenkniff und das Kinn auf ihre Hand stützte.

»Lestat, ich bitte dich jetzt um etwas ziemlich Ungewöhnliches. Laß etwas zu essen kommen, oder besorg mir irgendwo eine Mahlzeit. Ich muß das alles erst mal überdenken.«

Schon stand ich auf den Beinen. »Was willst du haben?« fragte ich.

»Das ist mir gleich. Was Nahrhaftes. Ich habe seit gestern nichts mehr gegessen, und ich möchte nicht, daß meine Überlegungen durch dieses unfreiwillige Fasten beeinträchtigt werden. Geh und besorg das Essen. Ich möchte jetzt allein sein; ich will beten, nachdenken, hier zwischen den Sachen meines Vaters sein. Es besteht doch wohl nicht die Gefahr, daß dieser Dämon dich entgegen seinen Versprechungen schon jetzt holt?«

»Ich weiß auch nur das, was ich dir gesagt habe, aber ich glaube nicht. Ich kümmere mich jetzt besser um das Essen.«

Ich machte mich sofort auf den Weg, verließ das Gebäude wie ein Sterblicher und suchte eins dieser überfüllten Innenstadtrestaurants, wo ich eine komplette Mahlzeit zum Mitnehmen einpacken ließ. Außerdem kaufte ich einige Flaschen Mineralwasser einer bekannten

Marke, denn speziell danach scheinen Sterbliche heutzutage gierig zu verlangen. Mit dem Paket im Arm nahm ich mir dann gebührend Zeit für den Rückweg.

Erst als der Lift schon auf der richtigen Etage hielt, kam mir mein ungewöhnliches Verhalten zu Bewußtsein. Hier war ich, zweihundert Jahre alt, von Natur aus grausam und stolz, und ich hatte ein paar Botengänge für ein sterbliches Mädchen erledigt, nur weil sie mich – noch dazu verdammt deutlich – dazu aufgefordert hatte. Natürlich gab es mildernde Umstände! Immerhin hatte ich sie gekidnappt und sie Hunderte Kilometer weit verschleppt! Ich brauchte sie. Zur Hölle, ich liebte sie. Aber was mir dieser simple Umstand gezeigt hatte, war dies: Sie hatte tatsächlich die Fähigkeit, die wohl auch Heilige oft haben, nämlich sich bei anderen Gehorsam zu verschaffen. Ohne mit der Wimper zu zucken, war ich losgezogen, um ihr etwas zu essen zu besorgen. Ganz munter und höchstpersönlich, als erweise sie mir auch noch eine Gnade mit ihrem Wunsch.

Ich brachte die Speisen in die Wohnung und setzte sie vor sie auf den Tisch.

Eine Mischung unterschiedlichster Düfte strömte von Dora aus und überschwemmte das Apartment förmlich, wobei der durchdringend schwere Geruch ihres Menstruationsblutes überwog. Der Raum atmete sie förmlich, was natürlich das rasende Verlangen in mir auslöste, mich an ihr zu sättigen, bis sie niedersank. Ich ignorierte es einfach.

Sie kauerte mit verschränkten Händen im Sessel und starrte vor sich hin. All die schwarzen Ledermappen hatte sie um sich verstreut, also wußte sie jetzt von ihrem Erbteil oder hatte zumindest eine vage Vorstellung davon. Die Mappen schaute sie allerdings jetzt nicht an, und von meiner Rückkehr schien sie nicht überrascht.

Zögernd, wie traumversunken, bewegte sie sich auf den Tisch zu, während ich die Küchenschubladen und -fächer nach Teller und Besteck durchstöberte. Schließlich fand ich ein paar dezente Messer und Gabeln aus Edelstahl und einen Porzellanteller und deckte vor ihr den Tisch mit den dampfenden Speisen. Fleisch, Gemüse, irgendwelche Beilagen und ein süßes Dessert – mir ebenso fremd wie eh und je, trotz meines kürzlichen Ausflugs in die Sterblichkeit, während dessen ich natürlich auch richtige Speisen gekostet hatte. Ich hatte wirklich keine Lust, über diese Erfahrung weiter nachzudenken!

»Danke«, sagte sie abwesend, ohne mich auch nur eines Blickes zu würdigen, »daß du das gemacht hast, du bist wirklich ein Schatz.« Dann öffnete sie eine Mineralwasserflasche und trank sie gierig aus.

Während sie trank, konnte ich ihre Kehle nicht aus den Augen lassen. Ich zwang mich, nur auf die liebevollste Art an sie zu denken, doch ihr Duft reichte fast aus, mich die Flucht ergreifen zu lassen. Genau das werde ich tun, schwor ich mir. Wenn ich diese Gier nicht unter Kontrolle halten konnte, würde ich von hier verschwinden!

Gleichgültig, fast mechanisch aß sie die Speisen, plötzlich sah sie zu mir auf. »Oh, verzeih, setz dich doch hin, bitte. Du kannst nichts essen, nicht wahr? Ich meine, nicht diese Nahrung.«

»Nein«, sagte ich, »aber hinsetzen kann ich mich.«

Ich saß neben ihr, versuchte aber, sie nicht häufiger als notwendig anzusehen oder ihren Duft einzuatmen. Durch das gegenüberliegende Fenster konnte ich draußen den weißen Himmel sehen. Ob noch Schnee fiel, hätte ich nicht sagen können, aber es schien so, da ich nichts anderes als diese weiße Wand erkennen konnte. Na, das bedeutete ja wohl, daß New York entweder spurlos verschwunden war oder daß es heftig schneite.

Wenig später hatte sie die gesamte Mahlzeit verschlungen. So schnell habe ich noch nie jemanden essen sehen. Sie stapelte das Geschirr und die Essensreste und brachte alles in die Küche. Dort mußte ich sie vom Abwasch wegzerren und sie zurück in den Wohnraum holen, was mir die Gelegenheit bot, ihr sehr nah zu sein und ihre warmen, zerbrechlichen Hände zu halten.

»Und was rätst du mir nun?«

Sie setzte sich, sehr nachdenklich. »Ich meine, du hast kaum etwas zu verlieren, wenn du mit diesem Wesen kooperierst. Es ist ganz offensichtlich, daß es dich jederzeit vernichten könnte. Selbst als du wußtest, daß er – den Unauffälligen hast du ihn genannt – deine Unterkunft kannte, hast du noch in deinem Haus geschlafen. Also fürchtest du ihn nicht auf irgendeiner körperlichen Ebene. Und sogar in seinem Reich konntest du genügend Kraft aufbringen, um ihn abzuwehren. Was gehst du also für ein Risiko ein? Nimm einmal an, er könnte dich wirklich in Himmel und Hölle führen. Und du gehst doch stillschweigend davon aus, daß du dich immer noch weigern kannst, ihm beizustehen, nicht wahr? Dann kannst du doch auch sagen, um seine eigenen geschliffenen Worte zu benutzen: ›Ich sehe die Dinge nicht so wie du.‹«

»Ja.«

»Was ich damit meine, ist: Wenn du dich dem öffnest, was er dir zeigen will, bedeutet das nicht, daß du es auch akzeptierst, verstehst du? Im Gegenteil, es liegt bei ihm, dir seine Perspektive deutlich zu machen. Und nebenbei gesagt, ist es doch so: Wie immer die Regeln auch lauten, du brichst sie sowieso.«

»Du meinst, er kann mich nicht durch einen Trick in die Hölle befördern?«

»Das meinst du doch nicht ernst! Glaubst du etwa, Gott ließe es zu, daß Leute mit List in die Hölle gebracht werden?«

»Ich bin nicht ›Leute‹, Dora. Ich bin, was ich bin. Ich will keine Parallelen zu Gott ziehen, indem ich meine Beinamen allzuoft wiederhole. Ich will nur sagen, ich bin böse, wirklich böse. Ich weiß das. Ich bin so, seitdem ich begann, mich von Menschen zu ernähren. Ich bin Kain, der Brudermörder.«

»Dann könnte Gott dich jederzeit in die Hölle befördern, oder etwa nicht?«

Ich schüttelte den Kopf. »Ich wünschte, ich wüßte das. Ich wünschte, ich wüßte, warum Er es noch nicht getan hat. Das wüßte ich zu gerne. Aber was du meinst, ist doch, daß da beiden Seiten eine gewisse Macht innewohnt.«

»Das ist ganz klar.«

»Und an eine List zu glauben wäre fast schon Aberglaube.«

»So ist es. Wenn du wirklich in den Himmel kannst, mit Gott sprechen kannst …« Sie hielt inne.

»Würdest du denn mit ihm gehen, wenn er dich um Hilfe bäte, wenn er dir sagte, er sei nicht böse, sondern nur Gottes Gegenspieler und er könne deine Sicht der Dinge ändern?«

»Ich weiß nicht«, sagte sie. »Vielleicht. Ich würde meinen freien Willen in diesem Experiment wahren wollen, dennoch könnte es gut sein, daß ich es mitmachte.«

»Das ist es ja gerade. Freier Wille. Werden mir mein Wille und mein Verstand vielleicht abhanden kommen?«

»Im Moment scheinst du mir im Vollbesitz deiner geistigen Kräfte und im Besitz enormer übernatürlicher Kräfte zu sein.«

»Spürst du das Böse in mir?«

»Nein, dazu bist du zu schön, und das weißt du auch.«

»Aber es muß doch etwas Verdorbenes, Lasterhaftes in mir sein, das du wahrnehmen kannst.«

»Du verlangst nach Trost, den ich dir nicht geben kann«, sagte sie.

»Ich fühle nichts dergleichen. Ich glaube das, was du mir gesagt hast.«

»Warum?«

Geraume Zeit überlegte sie. Dann stand sie auf, ging hinüber zu der gläsernen Fensterwand und schaute hinaus; auf das Dach der Kathedrale vielleicht, was ich von meinem Platz aus allerdings nicht sehen konnte. »Ich habe dem Übernatürlichen eine Aufgabe gestellt. Ich habe um eine Vision gebeten.«

»Und du glaubst, daß ich die Antwort darauf sein könnte?«

»Möglicherweise«, sagte sie; sie wandte sich um und sah mich an. »Ich will damit nicht sagen, daß all dies wegen Dora oder wegen ihrer Wünsche geschieht. Letztendlich widerfährt das alles dir. Aber ich habe um eine Vision gebeten, und dann ereigneten sich eine ganze Reihe wunderähnlicher Dinge, und, ja, ich glaube dir, so, wie ich an die Existenz Gottes und an Seine Güte glaube.« Sie stieg vorsichtig über die verstreuten Ordner hinweg. »Weißt du, keiner kann sagen, warum Gott das Böse zuläßt oder woher es über die Welt kam. Aber Millionen Menschen in aller Welt, Schriftgelehrte – Moslems, Juden, Katholiken, Protestanten –, alles Nachkommen Abrahams, werden auf unterschiedlichste Weise mit dem Bösen konfrontiert, mit Geschichten, in denen es einen Teufel gibt, dessen Existenz Gott zuläßt, einen Gegenspieler, um den Ausdruck deines Freundes zu gebrauchen.«

»Ja, Gegenspieler. Genau so hat er sich genannt.«

»Ich vertraue auf Gott«, sagte sie.

»Und du meinst, das sollte ich auch?«

»Was könntest du denn schon dabei verlieren?« fragte sie.

Darauf antwortete ich nicht.

Sie wanderte nachdenklich umher; eine Locke ihres schwarzen Haars fiel ihr auf die Wange, ihre langen, schwarz bestrumpften Beine wirkten erschreckend dünn und doch so graziös, wie sie da auf und ab schritt. Den schwarzen Mantel hatte sie schon vor längerer Zeit abgelegt, und ich bemerkte erst jetzt, daß sie nur ein leichtes, schwarzseidenes Kleid trug. Der Geruch ihres Blutes, dieses verborgenen, aromatischen, weiblichen Blutes, stieg mir erneut in die Nase.

Ich wandte meinen Blick von ihr ab.

Sie fuhr fort: »Was ich bei dieser Sache zu verlieren hätte, weiß ich. An Gott zu glauben und dann feststellen zu müssen, daß es keinen Gott gibt, das kann mich das Leben kosten. Mir könnte auf dem Totenbett klarwerden, daß ich die einzige wirkliche Erfahrung des Universums, die mir je hätte zuteil werden können, verpaßt habe.«

»Ja, genau das dachte ich auch, als ich noch lebendig war. Ich wollte mein Leben nicht mit dem Glauben an etwas fraglos Unbeweisbares verschwenden. Ich wollte alle Erfahrungen machen, die man im Laufe eines Lebens mit seinen Sinnen aufnehmen kann.«

»Ja, das ist es. Aber weißt du, du kannst deine Lage nicht mit meiner vergleichen, denn du bist ein Vampir. Rein theologisch gesehen, bedeutet das, du bist ein Dämon, mit einer speziellen Macht ausgestattet, und du kannst keines natürlichen Todes sterben. Du hast da einen Vorteil.«

Das ließ ich mir erst einmal durch den Kopf gehen.

»Weißt du, was allein heute alles auf der Welt geschehen ist«, fragte sie, »nur an diesem einzigen Tag? Wir beginnen unsere Fernsehübertragungen immer mit solchen Berichten; weißt du, wie viele Menschen in Bosnien starben, in Rußland und Afrika? Und wie viele Gefechte ausgetragen, wie viele Morde begangen wurden?«

»Ich weiß, was du sagen willst.«

»Was ich sagen will, ist, daß es höchst unwahrscheinlich ist, daß dieses Wesen die Macht hat, dich auszutricksen. Deswegen geh mit ihm. Es soll dir zeigen, was es versprochen hat. Und wenn ich unrecht habe ... wenn du doch hereingelegt wirst und in der Hölle landest, dann habe ich einen gräßlichen Fehler gemacht.«

»Nein, das nicht. Du hast dann den Tod deines Vaters gerächt, sonst nichts. Aber ich stimme mit dir überein, daß Tricks in diesem Zusammenhang zu billig sind. Das sagt mir mein Instinkt. Ich will dir noch etwas über Memnoch, den Teufel, sagen, etwas, das dich vielleicht verblüffen wird.«

»Daß du ihn magst? Das ist mir schon die ganze Zeit klar.«

»Wie ist das möglich? Ich mag mich nicht einmal selbst. Natürlich habe ich eine gewisse Eigenliebe, ich bin mir selbst verpflichtet bis zu meinem Lebensende. Aber ich mag mich nicht.«

»Du hast letzte Nacht etwas zu mir gesagt«, bemerkte sie. »Nämlich, wenn ich dich brauchte, daß ich dich dann mit der Kraft meiner Gedanken, meines Herzens, rufen sollte.«

»Ja.«

»Das gleiche sage ich dir jetzt auch. Wenn du dieser Kreatur folgst, und du brauchst mich, ruf nach mir. Laß es mich so sagen: Wenn du dich nicht aus eigener Kraft entfernen kannst und meine Fürbitte benötigst, dann sende diesen Ruf aus. Ich werde dich hören. Ich werde deinetwegen den Himmel anrufen. Nicht um Gerechtigkeit, sondern um Gnade. Versprichst du mir, mich zu rufen?«

»Ich verspreche es.«

»Was wirst du jetzt machen?« fragte sie.

»Eigentlich wollte ich den Rest der Nacht bei dir bleiben und mich um deine Angelegenheiten kümmern. Meine zahlreichen sterblichen Verbündeten sollen sicherstellen, daß dir im Zusammenhang mit dieser Hinterlassenschaft kein Leid geschehen kann.«

»Mein Vater hat das alles geregelt«, sagte sie. »Glaub mir, er hat das wirklich absolut clever angefaßt.«

»Bist du dir sicher?«

»Mit seiner üblichen Brillanz! Es wird mehr Geld in die Hände seiner Feinde fallen, als er mir vermacht hat. Es besteht also keine Notwendigkeit für sie, weiterzusuchen. Wenn erst einmal feststeht, daß er tot ist, werden sie das greifbare Vermögen nur so an sich reißen.«

»Du bist dir sehr sicher.«

»Absolut. Bring du deine Angelegenheiten in Ordnung, du brauchst dich nicht um meine zu sorgen. Bereite dich sorgfältig vor, so daß du dich wirklich auf diese Sache einlassen kannst.«

Lange Zeit beobachtete ich sie. Ich saß immer noch am Tisch; sie stand mit dem Rücken zum Fenster, eine Silhouette wie ein Scherenschnitt, wenn ihr bleiches Gesicht nicht gewesen wäre.

»Gibt es einen Gott, Dora?« hauchte ich. Genau diese Frage hatte ich schon so oft gestellt! Gretchen hatte ich dasselbe gefragt, als ich in Fleisch und Blut in ihren Armen lag.

»Ja, Lestat, es gibt einen Gott«, antwortete Dora. »Sei dessen ganz sicher. Vielleicht hast du so oft und so laut zu Ihm gebetet, daß Er dich endlich beachtet. Manchmal frage ich mich, ob Gott nicht dazu neigt, nicht hinzuhören, wenn wir schreien und weinen, sondern ganz absichtlich Seine Ohren verschließt!«

»Willst du hierbleiben, oder soll ich dich lieber nach Hause bringen?«

»Ich bleibe hier. Nie im Leben möchte ich noch einmal auf diese Art reisen. Ich glaube, ich werde ein gut Teil meines restlichen Lebens in dem Versuch verbringen, mich präzise daran zu erinnern – was mir bestimmt nicht gelingen wird. Ich will hier in New York bleiben, bei den Sachen meines Vaters. Und was das Geld betrifft, ist deine Mission ausgeführt.«

»Du nimmst die Sammlung und das Vermögen?«

»Ja, natürlich. Ich werde auch Rogers kostbare Bücher aufbewahren, bis man sie der Öffentlichkeit vorführen kann – seinen geliebten Wynken de Wilde.«

»Kann ich noch irgend etwas für dich tun?« fragte ich.

»Sag mir ... meinst du, daß du Gott liebst?«

»Ganz bestimmt nicht.«

»Warum sagst du das?«

»Wie könnte ich Ihn lieben? Wie kann Ihn überhaupt jemand lieben? Was hast du mir denn gerade noch über den Zustand der Welt erzählt? Merkst du denn nicht, daß Gott heutzutage von allen Menschen gehaßt wird? Gott ist nicht etwa tot in diesem 20. Jahrhundert, nein, das nicht, aber jedermann haßt Ihn! Das ist jedenfalls meine Meinung. Vielleicht versucht Memnoch uns das zu sagen.«

Sie war verblüfft. Voller Enttäuschung, sehnsüchtig runzelte sie die Stirn, wollte etwas sagen. Sie ruderte mit den Händen in der Luft, als wolle sie unsichtbare Blumen aus dem Nichts pflücken, um mir deren Schönheit zu zeigen, wer weiß?

»Nein, ich hasse Ihn«, sagte ich.

Sie schlug ein Kreuz und faltete die Hände zum Gebet.

»Betest du für mich?«

»Ja«, antwortete sie. »Sollte ich dich nach dieser Nacht nie wieder zu Gesicht bekommen, sollte ich nie wieder auch nur den geringsten Beweis dafür erhalten, daß du wirklich existierst, daß du hier mit mir zusammen warst, daß auch nur eines dieser Worte gesprochen wurde, so werde ich deinetwegen doch nicht mehr dieselbe sein – das bin ich ja jetzt schon nicht mehr. Du bist mein persönliches Wunder. Ein größerer Beweis, als er Millionen von Sterblichen je zuteil wurde. Du bist nicht nur der Beweis für das Übernatürliche, das Mysteriöse und Wundersame, sondern der Beweis für alles, an das ich glaube.«

»Ah ja«, lächelte ich. Das war alles so logisch und symmetrisch. Und so wahr. Dann sagte ich kopfschüttelnd: »Ich verlasse dich nicht gern.«

»Geh«, erwiderte sie brüsk, dann ballte sie die Fäuste. »Frag Gott, was Er von uns verlangt!« rief sie wütend. »Du hast recht, wir hassen Ihn!« Aus ihren Augen blitzte der Zorn, verrauchte dann, und sie starrte mich an, die Augen noch größer und glänzender als zuvor, jetzt naß von salzigen Tränen.

»Leb wohl, mein Liebes«, sagte ich. Das war alles so außergewöhnlich und so schmerzhaft.

Ich ging hinaus in das dichte Schneetreiben. Die Pforten der großen Kathedrale waren verriegelt und verrammmelt, ich stand am Fuße der steinernen Stufen und schaute noch einmal auf zum Olympic Tower und fragte mich, ob Dora mich sehen konnte, wie ich da in der Kälte stand, während mir der Schnee sacht und beharrlich ins Gesicht fiel, schmerzlich und doch voller Schönheit.

»Nun denn, Memnoch«, sagte ich laut. »Unnötig, noch länger zu warten. Bitte, komm jetzt, wenn du denn willst.«

Im gleichen Moment hörte ich die Schritte!

Mir war, als hallten sie in der monströsen Gruft der Fifth Avenue wider, zwischen diesen scheußlichen Türmen von Babel, und ich hatte mein Geschick dem Sturm anvertraut.

Ich drehte mich um und um. Kein Sterblicher war zu sehen!

»Memnoch, der Teufel«, schrie ich, »ich bin bereit!«

Ich verging vor Furcht.

»Beweise deine Behauptungen, Memnoch!« rief ich.

Die Schritte wurden lauter. Oh, er hatte wirklich seine besten Tricks drauf.

»Vergiß nicht, du mußt mir deinen Standpunkt beweisen! Du hast es versprochen!«

Ein Wind kam auf, doch ich wußte nicht, aus welcher Richtung. Die gesamte große Metropole schien leer, eisig, mein Grab. Der Schnee wirbelte in dichten Flocken vor der Kathedrale. Die Türme verblaßten.

Neben mir hörte ich seine Stimme, körperlos, vertraut. »Nun denn, mein Liebster«, sagte er. »Beginnen wir also.«

Kapitel 10

Wir befanden uns im Zentrum eines Wirbelwindes wie in einem Tunnel, und doch herrschte um uns herum eine Stille, in der ich meinen Atem hören konnte. Memnoch, der seinen Arm fest um mich gelegt hatte, war mir so nahe, daß ich sein dunkles Profil direkt vor Augen hatte und seine Haarmähne an meiner Wange spürte.

Er war jetzt nicht mehr der Unauffällige, sondern tatsächlich der schwarze Engel, dessen Flügel uns beide fest umschlossen.

Und während wir gleichmäßig und schwerelos emporschwebten, erkannte ich zweierlei ganz deutlich. Einmal, daß uns Tausende und Abertausende einzelner Seelen umgaben. Seelen, sage ich! Wie sie aussahen? Ich erkannte nur Umrisse. Manche zeigten vollständige menschliche Gestalten, andere bloß Gesichter; es waren eindeutig geistige Manifestationen von Individuen, und sehr schwach hörte ich ihre Stimmen – Flüstern, Weinen und Geschrei –, die sich mit dem Heulen des Windes um uns herum mischten.

Diese Geräusche konnten mir jetzt nichts mehr anhaben, wie es bei den früheren Erscheinungen der Fall gewesen war. Ich lauschte ihnen bei unserem wirbelnden Aufstieg, während der Tunnel sich rhythmisch verengte und wieder weitete, so daß die Seelen uns zu berühren und sich wieder von uns zu entfernen schienen.

Als zweites fiel mir auf, daß Memnochs dunkle Gestalt ausbleichte oder besser, daß die Dunkelheit gänzlich aus ihm herausgesogen zu werden schien. Sein Profil war jetzt hell, beinahe durchscheinend, wie auch seine formlose Kleidung. Und die Bocksbeine waren den Beinen eines hochgewachsenen Mannes gewichen. Kurz gesagt, die ganze schlammfarbene, rauchgleiche Wesenheit war verwandelt worden in etwas Kristallklares, Glänzendes, das sich jedoch geschmeidig und warm und lebendig anfühlte.

Aus Schriften und Visionen, Prophezeiungen und Dichtungen aufgeschnappte Worte kamen mir in den Sinn; doch es gab keine Zeit, sie abzuwägen oder zu analysieren.

Memnoch sprach zu mir, vielleicht war seine Stimme rein technisch gar nicht hörbar, und dennoch vernahm ich die vertraute, akzentfreie Sprache des Unauffälligen.

»Was du nun siehst, wird dich verblüffen und verwirren, denn es ist schwierig, den Himmel zu betreten, ohne sich ein wenig vorbereitet zu haben. Aber wenn ich ihn dir nicht sofort zeige, wirst du während unseres gesamten folgenden Gesprächs danach verlangen, deshalb führe ich dich jetzt direkt vor die Tore. Richte dich darauf ein, daß es nicht Gelächter ist, was du hörst. Es ist Frohlocken, Freude. Nur klingt es für dich wie Lachen, weil derart ekstatische Klänge physisch nur so aufgenommen werden können.«

Er hatte kaum die letzten Silben ausgesprochen, als wir uns auch schon in einer Parklandschaft befanden, auf einer Brücke über einem Wasserlauf! Sekundenlang wurden meinen Augen von Licht in einem solchen Ausmaß geblendet, daß ich sie schloß, und ich dachte, die Sonne hätte mich gefunden, um mich zu verbrennen, wie es mir gebührte: ein Vampir, in eine Fackel verwandelt und so auf ewig ausgelöscht.

Aber dieses Licht, das keine bestimmbare Quelle zu haben schien, war absolut durchdringend und dennoch sehr wohltuend. Ich öffnete die Augen wieder und sah, daß wir uns inmitten Hunderter anderer Wesen befanden, die auf der Brücke, an den Flußufern und überall waren, die sich begrüßten, umarmten, miteinander sprachen, weinten und aufschrien. Und wie schon zuvor waren ihre Umrisse unterschiedlich deutlich ausgeprägt. Ein Mann war von solcher Körperlichkeit, daß ich ihn genausogut überall auf der Straße hätte treffen können. Ein Wesen schien nur aus einem gigantischen Gesichtsausdruck zu bestehen, andere nur aus wirbelnden Licht- und Materieteilchen. Dann gab es noch gänzlich durchsichtige – und wieder andere schienen unsichtbar, aber dennoch war ich mir ihrer Anwesenheit bewußt! Man konnte ihre Zahl unmöglich schätzen.

Der Ort selbst war grenzenlos, und auf der Wasseroberfläche des Flusses glitzerten Lichtreflexe, das Gras war so grün, als sei es in seiner unmittelbaren Entstehung, seiner Geburt begriffen, alles erschien wie in einer bewegten Bildfolge!

Ich wandte mich Memnoch zu, damit ich ihn in seiner neuen, lichten Gestalt betrachten konnte. Er war nun das genaue Gegenteil des aus tiefster Dunkelheit geformten Engels, und doch hatte sein Antlitz mit den sanft zusammengezogenen Brauen die gleiche starke Ausdruckskraft wie das granitene Standbild. Betrachtet man die Engel und Teufel William Blakes, weiß man, was ich meine. Einen Ausdruck jenseits jeglicher Unschuld.

»Nun werden wir hineingehen«, sagte er.

Ich merkte, daß ich mich mit beiden Händen an ihn klammerte. »Willst du sagen, daß dieses hier noch *nicht* der Himmel ist?« schrie ich, doch meine Stimme senkte sich zu normaler Lautstärke, ganz intim, nur für ihn bestimmt.

»Ja«, lächelte er und führte mich über die Brücke. »Wenn wir ihn nun betreten, mußt du stark sein. Du mußt dir vor Augen halten, daß du – ungewöhnlich, wie das auch ist – in deinem erdgebundenen Körper steckst, deshalb werden deine Sinne überwältigt sein! Was du erleben wirst, wirst du nicht so gut ertragen können, als wenn du gestorben oder ein Engel wärest oder auch mein Stellvertreter, wie ich es mir wünsche.«

Doch es gab keine Zeit für Diskussionen. Zügig hatten wir die Brücke überschritten, gigantische Tore öffneten sich vor uns, so hoch, daß ich die Mauerkrone nicht sehen konnte. Der Lärm schwoll an und umfing uns, und wirklich, er war wie Gelächter, wie Wogen klingenden, leuchtenden Lachens, wie ein Choral, als sängen all die Lachenden gleichzeitig mit der ganzen Kraft ihrer Stimmen.

Was ich sah, überwältigte mich jedoch ebenso wie die Klänge. Dies hier war ganz einfach der am dichtesten besiedelte, lebhafteste und geschäftigste, der großartigste Ort, der mir je vor Augen gekommmen war. Unsere Sprache müßte unendlich viele Wörter für schön haben; die Augen sahen, was der Mund unmöglich beschreiben konnte.

Und auch hier waren sie: Wesen überall, lichterfüllt, von eindeutig menschlicher Gestalt; sie hatten Arme, Beine, strahlende Gesichter, Haare, Kleidung der unterschiedlichsten Art, doch schien keine von besonderer Wichtigkeit. Alle waren in Bewegung, gingen in Gruppen oder allein umher, fanden sich zusammen, umarmten sich, klammerten sich aneinander oder hielten sich bei den Händen. Sie waren in Unterhaltungen vertieft oder tauschten Zärtlichkeiten und Küsse aus, einige tanzten, und die Gruppen und Grüppchen vergrößerten sich oder lösten sich wieder auf.

In diesem Zusammenspiel von scheinbarer Unordnung und Ordnung lag das Geheimnis. Hier gab es kein Chaos, keine Verwirrung, kein wildes Getöse. Es schien die allumfassende Heiterkeit einer großen und endgültigen Versammlung zu sein, und mit endgültig meine ich, es schien, als entfalte sich etwas fortschreitend hin zu einer Art alles umfassenden Lösung. Ein Wunder immerwährender Enthüllungen, ein sich zusammenfügendes wachsendes Verständnis, an dem jedermann teilhatte, gleich wie er sich beschäftigte, ob er eilte oder über Pfade, Hügel und Täler dahinschlenderte (oder in einigen wenigen Fällen fast untätig dasaß), ob er sich in grüner Natur bewegte oder in Gebäuden, die eines aus dem anderen zu wachsen schienen, völlig verschieden von allen, die ich auf Erden je gesehen hatte.

Nirgends entdeckte ich so etwas wie ein wirkliches Haus oder einen Palast. Nein, die Architektur war unendlich viel größer und so lichtdurchflutet wie die Landschaft draußen, mit Fluren und Treppen, die sich in vollkommener Harmonie verzweigten. Reiche Ornamente schmückten jedes Teil, und die Oberflächen und Materialien variierten in einem Maße, daß ich mich in jedes einzelne auf ewig hätte vertiefen können.

Ich kann das Gefühl der Gleichzeitigkeit meiner Beobachtungen nicht wiedergeben, deswegen erzähle ich eins nach dem anderen. Ich kann nur einige Teile dieser grenzenlosen, glanzvollen Welt schildern und mein eigenes fehlbares Licht über alles leuchten lassen.

Bogengänge, Türme, weite Hallen und Galerien, Gärten, ausgedehnte Felder, Wälder und Ströme sah ich. Eins fügte sich ins andere, und durch all dies wanderte ich, neben mir Memnoch, der mich mit festem, sicherem Griff hielt. Immer wieder wurden meine Augen von einer überaus schönen Skulptur, einer in Kaskaden herabfallenden Blütenpracht oder einem riesigen, ins wolkenlose Blau aufragenden Baum angezogen, so daß Memnoch mich, als hinge ich an einer Sicherheitsleine, ohne die ich tödlich abstürzen könnte, wieder zu sich zurückholen mußte.

Ich lachte und weinte gleichzeitig, und mein Körper wurde von Gefühlen erschüttert. Ich versuchte, über Memnochs Schulter, um seinen Körper herum zu spähen und wand mich in seinem Griff wie ein Kind. Zugleich versuchte ich, Blickkontakt mit dem einen oder anderen Wesen aufzunehmen, das mich zufällig ansah, oder einen Moment zum Verweilen in all den sich hin und her bewegenden Gruppen und Ansammlungen zu finden.

Dann waren wir plötzlich in einer sich weithin ausdehnenden Halle. »Gott, wenn das doch David sehen könnte!« rief ich; ungezählte Berge von Büchern und Schriftrollen gab es hier, und an der Art, wie diese Dokumente offen dort ausgebreitet lagen, zu Einblick und Untersuchung bereit, schien nichts unlogisch oder verwirrend.

»Geh nicht hin, nichts wird in deiner Erinnerung haften bleiben«, sagte Memnoch und nahm mich erneut an die Hand wie ein herumwuselndes Kleinkind. Ich hatte versucht, nach einer Rolle zu greifen, die eine erstaunliche Erklärung über Atome und Photonen und Neutrinos zum Thema hatte. Doch er hatte recht. Das Wissen war im Nu ausgelöscht, und während ich das Gleichgewicht verlor und gegen Memnoch taumelte, umgab uns wieder der unermeßliche Garten.

Ich blickte zu Boden und sah Blumen von großartigster Perfektion und auf einer Entwicklungsstufe, die die Blumen unserer Welt erst noch erreichen mußten! Ich weiß nicht, wie sonst ich die Vollkommenheit der Blütenblätter, der Staubgefäße, der Farben beschreiben soll. Die Farben selbst waren so eindeutig, so fein umrissen, daß ich mir plötzlich nicht mehr sicher war, ob sie mit unserem irdischen Spektrum überhaupt in Zusammenhang standen. Also ich meine, daß es über unser Farbspektrum hinaus noch Farben gibt! Ich denke, es gab dort andere Gesetzmäßigkeiten. Oder vielleicht war es bloß ein Darüberhinauswachsen, die Fähigkeit, Farbschattierungen wahrnehmen zu können, die auf der Erde nicht sichtbar sind.

Die Wogen aus Gelächter, Gesängen, Gesprächen erreichten eine Lautstärke, die meine Sinne überwältigte; ich fühlte mich plötzlich wie geblendet davon, obwohl doch das Licht jedes kostbare Detail bloßlegte.

»Saphirgrün!« rief ich aus in dem Versuch, das kräftige Grünblau der großen Blätter zu beschreiben, die uns, sanft hin- und herwehend, umgaben. Memnoch lächelte und nickte wie zustimmend, wobei er wieder nach mir griff, um mich davon abzuhalten, den Himmel zu berühren in dem Versuch, die Großartigkeit dessen, was ich sah, festzuhalten.

»Aber ich kann doch nichts zerstören, wenn ich etwas anfasse?« Es schien mir unvorstellbar, daß irgend jemand irgend etwas hier zerstören könnte, von den Mauern aus Quarz und Kristall mit ihren ins Endlose ragenden Türmen und Dächern bis hin zu den lieblichen, zarten Ranken, die sich an den Ästen der von herrlichen Früchten und Blüten schweren Bäume emporwanden. »Nein, nein, nichts hier würde ich zerstören wollen!« sagte ich. Deutlich hörte ich meine eigene Stimme, obwohl die Stimmen all derer um mich herum sie zu übertönen schienen.

»Schau hin«, sagte Memnoch, »schau sie dir an. Schau nur!« Und dabei drehte er meinen Kopf, als wollte er mich zwingen, mich nicht an seiner Brust zu verbergen, sondern geradewegs diese Unmengen von Geschöpfen anzusehen. Und so nahm ich wahr, daß alle Wesen, die ich beobachtete, irgendwie zueinandergehörten, es waren Clans, die sich versammelten, Familien, Verwandte oder Freunde, Wesen, die ein grundsätzliches gemeinsames Wissen voneinander hatten, Geschöpfe, die die gleiche physische oder materielle Manifestation teilten! Und einen kurzen, mutigen Augenblick lang hatte ich die Erkenntnis, daß all diese Wesen, vom einen Ende dieses grenzenlosen Ortes bis zum andern, miteinander in Kontakt standen, sich berührten, durch Händedruck oder mit den Fingerspitzen, an den Armen oder mit den Füßen. Daß tatsächlich ein Clan sich dem andern einfügte, ein Stamm sich in zahllose Familien hinein verzweigte und Familien sich vereinten und Nationen bildeten und daß diese gesamte versammelte Menge wirklich eine wahrnehmbare, sichtbare, untereinander verbundene Struktur bildete. Jedermann wirkte auf den anderen ein, jeder war gleichzeitig eine einzelne Person und doch dem anderen verbunden!

Ich blinzelte, mir war schwindlig, ich brach fast zusammen. Memnoch stützte mich und flüsterte: »Sieh genau hin!«

Doch ich bedeckte meine Augen, denn ich wußte, wenn ich all diesen ineinander verschachtelten Verbindungen noch einen Blick gönnte, bräche ich wirklich zusammen! Ich würde vergehen in dem Gefühl meines völligen Alleinseins! Dabei war doch jedes, aber auch jedes der Wesen, das ich sah, für sich allein.

»Sie sind alle sie selbst!« schrie ich, immer noch die Hände vor meinen Augen. Noch deutlicher konnte ich jetzt die wilden, um mich herum aufbrandenden Gesänge hören, diese langen, kaskadenartigen Sequenzen all der vielen Stimmen. Und unterlegt waren sie mit so fließenden, sich überschneidenden Rhythmen, daß ich selbst zu singen begann. – *Ich* sang mit all den anderen! Ich stand ganz still, für einen Moment losgelöst von Memnoch, öffnete meine Augen und hörte meine Stimme aus mir hervorschallen und aufsteigen, als wolle sie geradewegs das Universum füllen.

Ich sang ohne Unterlaß; doch mein Lied war ebenso voller Sehnsucht und immenser Wißbegier und Melancholie wie voller Lobpreisung. Und tief in mir pochte das Gefühl, daß niemand, nicht einer von denen hier um mich herum, nicht geborgen war oder unzufrieden oder auch nur annähernd ein Gefühl der Leblosigkeit oder der Eintönigkeit empfand; und doch paßte ein Begriff wie »Wahn« oder »Besessenheit« nicht für diese permanente Bewegung der Gestalten und Gesichter.

Mein Lied war der einzige traurige Klang im Himmel, doch wurde diese Trauer sofort in Harmonie umgewandelt, in eine Art Psalm oder Choral, in eine Hymne aus Lobpreisungen, Dank und Wunder. Ich schrie laut auf. Ich glaube, ich schrie nur dies einzige Wort, »Gott«. Und das war kein Gebet, kein Eingeständnis und auch keine Bitte, sondern schlicht ein riesiger Aufschrei.

Wir standen unter einem Durchgang. Vor uns öffnete sich eine weite Landschaft, und plötzlich überkam mich das undeutliche Gefühl, daß hinter der nahen Balustrade die Welt lag.

Die Welt, die all die Jahrhunderte in sich trug, all die Geheimnisse der Vergangenheit offenbarte, wie ich sie noch nie hatte wahrnehmen können. Wenn ich nur das Geländer erreichte, könnte ich hinabspähen, und ich sähe den Garten Eden oder das antike Mesopotamien oder den Augenblick, in dem die römischen Legionen durch die Wälder meiner irdischen Heimat zogen. Ich sähe den Vesuv seine grausige, tödliche Asche emporstoßen und hinabspeien auf das antike, von Leben wimmelnde Pompeji.

All das dort unten zu sehen und endlich zu verstehen, allen Fragen ein Ende zu setzen, den Geruch, den Geschmack einer anderen Zeit ...

Ich rannte auf die Balustrade zu, die sich jedoch immer weiter zu entfernen schien. Immer schneller stürzte ich darauf zu; doch sie schien mir auf unerklärliche Art mit jedem Schritt unerreichbarer, und mir wurde klar, daß diese Sicht der Erde für mich untrennbar verknüpft wäre mit Rauch und Feuer und Leid und daß das mein überfließendes Gefühl der Wonne, das ich empfand, gänzlich zerstören könnte. Und dennoch, ich mußte es einfach sehen. Ich war nicht tot. Ich brauchte nicht hier zu bleiben.

Memnoch griff nach mir. Aber ich war schneller.

Doch dann ergoß sich grellstes Licht aus einer unmittelbaren Quelle, unendlich heißer und blendender als das großartige Licht, das ohnehin schon vorurteilslos alles um uns herum verklärte. Dieses riesige, konzentrierte, magnetische Licht verstärkte sich immer weiter, bis die Welt dort unten, diese sich ausbreitende undeutliche Landkarte aus Rauch und Grauen und Leid weiß glühte und, im Verglühen begriffen, zu einer Abstraktion ihrer selbst wurde.

Memnoch riß mich zurück, wobei er mit seinen Armen meine Augen schützte. Ich spürte, daß er den Kopf gebeugt hielt und selbst seine Augen hinter meinem Körper verbarg.

Ich hörte ihn seufzen, oder war es ein Stöhnen? Ich wußte es nicht. Für eine Sekunde war das Universum von diesem Ton erfüllt; all die Schreie, das Lachen, die Gesänge und etwas Trauererfülltes aus der Tiefe der Erde selbst – all diese Klänge, sie waren gefangen in Memnochs Seufzer.

Dann gaben seine kräftigen Arme nach und ließen mich los. Ich hob den Kopf, und inmitten der Lichtflut sah ich wieder die Balustrade, und an sie gelehnt stand eine einzelne Gestalt.

Eine hochgewachsene Gestalt, die, die Hände auf das Geländer gelegt, auf die Landschaft hinabblickte. Es schien ein Mann zu sein. Er drehte sich um, sah mich an und breitete die Arme aus, um mich willkommen zu heißen.

Sein Haar und seine Augen waren dunkel, brünett, sein Gesicht absolut symmetrisch und makellos, sein Blick durchdringend; und der Griff seiner Hand sehr fest. Ich schnappte nach Luft. Als seine Finger die meinen umschlossen, wurde ich mir meines Körpers, meiner Zerbrechlichkeit extrem bewußt. Ich war dem Tode nahe. In dem Augenblick hätte ich aufhören können zu atmen, hätte aufhören können, mich dem Rhythmus des Lebens hinzugeben, hätte einfach sterben können!

Das Wesen zog mich zu sich heran, Licht ging von ihm aus, das sich mit dem Licht ringsumher mischte, so daß sein Antlitz noch stärker leuchtete und noch deutlicher zu sehen war. Ich sah die Poren seiner dunkelgoldenen Haut, sah die feinen Linien seiner Lippen, den Schatten des rasierten Bartes.

Und dann sprach er zu mir, bittend, mit lauter, zu Herzen gehender Stimme, einer Stimme, die kräftig und männlich und vielleicht sogar jung klang.

»Würdest du je mein Gegner sein? Das würdest du nicht wollen, nicht wahr? Du nicht, Lestat, nein, du nicht!«

Mein Gott.

In absoluter Agonie wurde ich aus Seinem Griff, Seiner Gegenwart gerissen. Wieder umgab uns der Wirbelsturm. Ich schluchzte und hämmerte mit den Fäusten gegen Memnochs Brust. Kein Himmel mehr!

»Memnoch, laß mich los! Das war Gott, *Gott!*«

Memnoch verstärkte seinen Griff noch, kämpfte mit all seiner Kraft darum, meinen Widerstand zu brechen, mich nach unten zu tragen, mich zum Abstieg zu zwingen.

Wir fielen rasend schnell – wieder dieser entsetzliche Fall, der solche Furcht in mir auslöste, daß ich nicht fähig war, zu protestieren oder auch nur mich an Memnoch festzuhalten. Ich nahm nur wahr, wie in einem eilenden Strom die Seelen um uns herum auf- und abstiegen, wie die Dunkelheit über uns fiel, alles bedeckte, bis wir plötzlich durch feuchte Luft voller vertrauter, natürlicher Gerüche schwebten und dann sanft und geräuschlos landeten.

Auch das hier war ein Garten, ruhig und wunderschön. Doch es war die Erde. Ich wußte es. Meine Erde; und ich empfand sie mit ihren Gerüchen und ihrer Stofflichkeit keineswegs als enttäuschend. Im Gegenteil, ich ließ mich ins Gras fallen und grub meine Finger tief in die Erde, spürte sie weich und krümelig unter den Fingernägeln. Ich schluchzte, schmeckte feuchte Erde.

Die Sonne schien auf uns beide herab. Sie konnte mir hier nichts anhaben. Memnoch saß da, und während er mich beobachtete, verblaßten seine riesigen Flügel langsam. Nun waren wir beide menschenähnlich, der eine schwach und weinend wie ein Kind, der andere ein mächtiger Engel, nachdenklich und abwartend, sein Haar eine Mähne allmählich verblassenden Lichtes.

Ich richtete mich auf. »Du hast gehört, was Er zu mir gesagt hat!« rief ich. Meine Stimme schien mir ohrenbetäubend, doch sie war wohl gerade laut genug, um gut verständlich zu sein. »Er hat gesagt: ›Du würdest doch nie mein Gegner sein wollen!‹ Du hast Ihn gehört! Er hat mich beim Namen genannt.«

Memnoch war vollkommen ruhig und natürlich noch viel verführerischer und bezaubernder in dieser hellen, engelsgleichen Gestalt, als er je als der Unauffällige gewesen war.

»Natürlich nannte er dich beim Namen.« Er hob die Augenbrauen. »Er will nicht, daß du mir hilfst; das sagte ich dir doch schon. Ich stehe vor dem Sieg.«

»Aber was haben wir da gemacht? Wie konnten wir den Himmel betreten, wenn wir doch gegen ihn sind?«

»Schließ dich mir an, Lestat, sei mein Statthalter, und du kannst im Himmel kommen und gehen, wie du willst.«

Ich starrte ihn erstaunt an. »Das meinst du wörtlich? Kommen und gehen?«

»Ja. Jederzeit. Wie ich es gesagt habe. Kennst du die Schrift nicht? Ich behaupte nicht, daß die noch vorhandenen Fragmente oder die ursprünglichen Texte authentisch sind, aber du kannst natürlich kommen und gehen. Du gehörst nicht eher zu diesem Ort, bis du erlöst bist und deshalb hineinkommst. Aber ganz sicher kannst du hinein und wieder hinaus, wenn du erst an meiner Seite bist.«

Ich versuchte, mir über seine Worte klarzuwerden, versuchte, mir die Galerien und Bibliotheken mit ihren langen Buchreihen vorzustellen, und merkte plötzlich, wie unwirklich mir alles vorkam; die Einzelheiten entglitten mir schon. Nur ein Zehntel dessen, was ich gesehen hatte, kam mir noch vor Augen, vielleicht sogar weniger. Was ich hier in diesem Buch beschreibe, ist das, woran ich mich soeben noch erinnern konnte. Und so vieles mehr war da gewesen!

»Wie kann das möglich sein, daß Er uns in den Himmel läßt?« fragte ich. Ich wollte mich auf die Worte der Schrift konzentrieren, auf etwas, das David vor langer Zeit über das Buch Hiob erzählt hatte und über Satan, der umherschweifte und zu dem Gott ganz nebenbei sagte: »Wo bist du gewesen?« Irgendeine Erklärung des *bene ha elohim* – des Himmlischen Hofes.

»Wir sind seine Kinder«, entgegnete Memnoch. »Willst du hören, wie alles begann, willst du die volle Wahrheit über die Geschichte von Schöpfung und Sündenfall wissen, oder willst du nur einfach zurück und dich in Seine Arme werfen?«

»Was bleibt mir sonst?« fragte ich. Aber ich kannte die Antwort. Ich verstand Memnochs Worte sehr gut. Man kam nicht bedingungslos in den Himmel! Ich konnte nicht einfach hingehen, das wußte Memnoch. Sicher, ich hatte die Wahl, nämlich entweder ihm zu folgen oder zur Erde zurückzukehren. Aber in den Himmel würde ich nicht automatisch eingelassen. Seine Bemerkung war der reine Sarkasmus. Ich konnte nicht zurück und mich in Seine Arme werfen.

»Da hast du recht«, sagte Memnoch. »Und doch hast du auch unrecht.«

»Ich will die Hölle nicht sehen!« beschloß ich plötzlich. Ich setzte mich weiter auf und schreckte zurück, als ich mich umsah. Dies war ein unkultivierter Garten, dies war mein Wilder Garten, voller dorniger Ranken und mächtiger Bäume, mit wucherndem Gras und Orchideen, die an den moosigen Knorren der Äste hingen, und Vögel strichen hoch oben durch das Blätterdach. »Ich will die Hölle nicht sehen!« heulte ich. »Ich will nicht, ich will nicht! …«

Memnoch antwortete nicht. Er schien in Nachdenken versunken. Schließlich fragte er: »Willst du das Warum wissen oder nicht? Ich war mir so sicher, daß gerade du – vor allen anderen Geschöpfen – es würdest wissen wollen. Ich hatte gedacht, du würdest auch das kleinste Bißchen Erkenntnis wollen!«

»Das will ich auch!« rief ich. »Natürlich will ich alles wissen! Aber ich … ich glaube, ich schaff's nicht.«

»Ich kann dir all mein Wissen vermitteln«, sagte er sanft und zuckte leicht mit den mächtigen Schultern.

Sein Haar war seidiger und kräftiger als menschliche Haare, die Strähnen dichter und eindeutig glänzender. Es ordnete sich fast wie von selbst, schien sich einfach zu entwirren. Ich konnte die Haarwurzeln oberhalb seiner glatten Stirn sehen. Die Haut seines Gesichts, die lange, gutgeformte Nase, der volle, breite Mund, die feste Linie des Kiefers, alles war gleichermaßen glatt und geschmeidig. Ich stellte fest, daß seine Flügel zwar noch vorhanden waren, aber kaum sichtbar. Die Anordnung der Federn, Schicht für Schicht, konnte ich erkennen, aber nur, wenn ich die Augen zusammenkniff in dem Versuch, die Einzelheiten vor einem dunklen Hintergrund, etwa einem Baumstamm, auszumachen.

»Ich bin zu keinem Gedanken fähig«, sagte ich. »Ich weiß, was du von mir denkst, du glaubst, du hast einen Feigling ausgewählt! Du meinst, daß du einen gräßlichen Fehler gemacht hast. Aber ich kann meinen Verstand nicht gebrauchen. Ich … ich habe Ihn gesehen. Er hat gesagt: ›Du würdest doch nicht mein Gegner sein wollen!‹ Und genau das verlangst du nun von mir! Du hast mich zu Ihm hingeführt und von Ihm fort.«

»So wie er es erlaubt hat!« sagte Memnoch und zog leicht die Augenbrauen hoch.

»Ist das so?«

»Natürlich!« antwortete er.

»Warum dann hat er mich so dringend gebeten! Warum sah er mich so an?«

»Weil er dir im Fleisch erschien, und der fleischgewordene Gott leidet und fühlt in Seiner menschlichen Gestalt wie ein Mensch, und so teilte Er sich dir mit, gab dir diesen Teil von Sich, das ist alles! Leiden! Ah, Leiden!«

Er sah zum Himmel auf und schüttelte den Kopf, dann runzelte er nachdenklich ein wenig die Stirn. Sein Gesicht, in seiner jetzigen Form, konnte gar nicht ergrimmt oder von häßlichen Gefühlen verzerrt erscheinen. Blake hatte wirklich in den Himmel geschaut.

»Aber es war *Gott*«, beharrte ich.

Er hatte den Kopf auf die Seite gelegt und sagte voll Überdruß: »Ah, ja, der Leibhaftige Herr.«

Sein Blick schweifte ab zu den Baumwipfeln. Er schien nicht verärgert oder ungeduldig oder auch nur müde. Ich wußte auch nicht, ob er dazu überhaupt imstande war. Ich merkte, daß er den Geräuschen dieses fruchtbaren Gartens lauschte.

Ich schwieg. Ich roch alles mögliche, Tiere, Insekten, den zu Kopf steigenden Duft von Dschungelblüten, jenen überentwickelten, mutierten Blüten, die der Regenwald in seinen Tiefen oder auch den grünblättrigen Höhen der Baumriesen hervorbrachte. Und plötzlich stieg mir der Geruch von Menschen in die Nase! In diesem Wald gab es Menschen. Wir waren an einem realen Ort.

»Hier sind noch andere Leute«, bemerkte ich.

»Ja«, antwortete er und lächelte mich sehr liebevoll an. »Du bist kein Feigling. Soll ich dir nun alles erzählen, oder soll ich dich jetzt einfach gehenlassen? Du weiß jetzt schon mehr, als Millionen Menschen jemals im Laufe ihres Lebens erfahren werden. Du weißt zwar nicht, was du mit diesem Wissen anfangen sollst oder wie du weiterhin existieren wirst oder auch nur sein kannst, was du bist … aber du hattest deinen Blick in den Himmel. Soll ich dich gehenlassen? Oder willst du nicht doch erfahren, warum ich dich so sehr brauche?«

»Doch, ich will es wissen. Aber vor allen Dingen, mehr als alles andere, will ich wissen, wie es kommt, daß du und ich hier Seite an Seite stehen können, als Gegner, und wieso du, trotz deines Äußeren, doch der Teufel bist, und wieso … wieso …« – ich lachte – »… und wieso ich mit meinem Aussehen, wie es nun mal ist, dennoch immer wieder so teuflisch sein konnte! Das genau möchte ich wissen. Nie während meiner ganzen Existenz habe ich erlebt, daß die ästhetischen Gesetze der Welt gebrochen wurden. Schönheit, Gleichmaß, Symmetrie, das sind die einzigen Gesetze, die ich je als natürlich anerkannt habe.

Und der Wilde Garten war mein Name für diese Gesetzmäßigkeit! Weil sie gnadenlos ist und dem Leid gegenüber gleichgültig – gleichgültig angesichts der Schönheit eines im Spinnennetz gefangenen Schmetterlings! Gleichgültig angesichts des Wildes, dessen Herz noch schlägt, wenn es am Boden liegt und der Löwe schon an der Wunde in seiner Kehle leckt.«

»Ja, wie gut ich doch deine Philosophie verstehe und respektiere«, sagte er. »Ich könnte es nicht besser ausdrücken.«

»Aber da oben habe ich mehr gesehen!« rief ich. »Ich habe den Himmel gesehen. Den vollendeten Garten, der nicht länger der Wilde Garten war. Ich habe ihn gesehen!« Wieder begann ich zu weinen.

»Ich weiß, ich weiß«, tröstete er mich.

»In Ordnung.« Ich riß mich zusammen, leicht beschämt. Dann suchte ich in meinen Taschen, fühlte ein leinenes Taschentuch, zog es hervor und trocknete mir das Gesicht. Das Tuch roch wie mein Haus in New Orleans, wo ich das Taschentuch eingesteckt und das Jackett angezogen hatte, bevor ich mich am heutigen Abend bei Sonnenuntergang aufgemacht hatte, Dora zu kidnappen.

War das überhaupt noch die gleiche Nacht? Ich hatte keine Ahnung.

Ich drückte das Tuch gegen meine Lippen. Es roch nach New-Orleans-Staub, nach Moder und Wärme. Ich wischte mir den Mund ab.

»In Ordnung!« wiederholte ich atemlos. »Wenn du mich noch nicht total überhast.«

»Kaum!« erwiderte er so höflich, daß es fast hätte von David kommen können.

»Dann erzähl mir jetzt die Schöpfungsgeschichte. Erzähl mir alles. Leg los. Sag's mir! Ich …«

»Ja …?«

»Ich muß es wissen!«

Er erhob sich, schüttelte das Gras von seinem lose fallenden Gewand und sagte: »Darauf habe ich die ganze Zeit gewartet. Nun können wir endlich beginnen.«

Kapitel 11

Laß uns hier im Wald spazierengehen, während wir reden«, schlug er vor. »Wenn dir das Laufen nichts ausmacht.«

»Nein, überhaupt nichts«, antwortete ich.

Er klopfte noch etwas Gras von seiner Kleidung, einem fein gewebten Gewand, so zeitlos und schlicht, daß man es genausogut gestern wie auch schon vor Urzeiten hätte tragen können. Seine Gestalt war insgesamt etwas größer und kräftiger als meine – und auch als die der meisten anderen Menschen. Er entsprach allen mythischen Vorstellungen, die man von einem Engel haben konnte, nur daß seine weißen Schwingen transparent schienen. Ihre Form schimmerte durch eine Art Tarnkappe hindurch, die er mehr aus Bequemlichkeit als aus irgendwelchen anderen Gründen zu tragen schien.

»Wir bewegen uns außerhalb der Zeit«, sagte er. »Mach dir keine Sorgen wegen der Männer und Frauen in diesem Wald. Sie können uns nicht wahrnehmen und auch sonst niemand, deshalb kann ich im Moment diese Gestalt beibehalten. Ich muß mich nicht in diesen düsteren, teuflischen Körper zurückziehen, von dem Er meint, daß er mir eher entspräche, wenn ich mich irdischen Dingen widme. Ich selbst wähle eigentlich lieber die Gestalt des unauffälligen Mannes, aber auch das ist jetzt nicht nötig.«

»Meinst du damit, daß du mir auf der Erde nicht als Engel hättest erscheinen können?«

»Nicht ohne jede Menge triftige Gründe anzuführen, und ehrlich gesagt, wollte ich es auch gar nicht. Es ist einfach zu überwältigend. Es hätte dich zu sehr zu meinen Gunsten beeinflußt, denn der Engelsgestalt haftet mehr als allen anderen der Anschein des Guten an. Aber den Himmel kann ich nur so betreten, Er will die andere Gestalt nicht sehen, und das nehme ich Ihm nicht übel. Und auf der

Erde ist es, offen gesagt, am einfachsten, als der Unauffällige aufzutreten.«

Etwas wacklig stand ich auf und akzeptierte dabei die Hand, die er mir bot; sie fühlte sich warm und fest an. Und sein ganzer Körper schien genauso wirklich, wie Rogers Körper mir kurz vor dem Ende seiner Erscheinung vorgekommen war.

Meinen eigenen Körper empfand ich ganz und gar als den meinen und völlig unversehrt. Daß meine Haare total zerzaust waren, wunderte mich nicht. Der Ordnung halber fuhr ich eilig mit einem Kamm hindurch und klopfte dann meine Kleidung ab – den dunklen Anzug, den ich in New Orleans angelegt hatte und der jetzt mit Staubflocken und Grashalmen bedeckt, doch ansonsten unbeschädigt war. Mein Hemd war am Kragen aufgerissen, als hätte ich in dem verzweifelten Bemühen, mir Luft zu verschaffen, daran gezerrt. Ansonsten war ich der gewohnte Dandy, nur daß ich in einem dichten, grünen Wald stand, der völlig anders aussah als all die Wälder, die ich bis dahin kennengelernt hatte. Selbst ein ganz flüchtiger Blick zeigte mir, daß dies kein Regenwald, sondern etwas weitaus weniger Dichtbewachsenes war, wenn auch genauso ursprünglich.

»Außerhalb der Zeit«, murmelte ich halblaut.

»Na ja, wir bewegen uns eher in ihr, wie es uns paßt«, sagte er, »wir sind im Moment eigentlich nur ein paar tausend Jahre vor deiner Zeit, falls es dich interessiert. Aber wie ich schon sagte, für die Menschen, die hier umherschweifen, sind wir unsichtbar. Mach dir also keine Sorgen. Auch die Tiere können uns nichts anhaben. Wir sind hier nur Beobachter, wir können nichts bewirken. Komm, ich kenne diese Gegend in- und auswendig, folge mir, und du wirst merken, daß es einen bequemen Pfad durch diese Wildnis gibt. Ich muß dir eine Menge erzählen. Einiges um uns herum wird sich verändern.«

»Und dein Körper ist keine Illusion? Der ist real?«

»Engel sind von Natur aus unsichtbar«, antwortete er. »Das heißt, wir bestehen nicht aus Materie, wenn man den Begriff irdische Materie oder Materie des physikalischen Universums benutzt oder wie auch immer du das für dich definieren würdest. Aber du hattest recht mit deiner ursprünglichen Theorie, daß wir eine Art Wesenskern, den essentiellen Mittelpunkt unseres Seins, haben; um den herum können wir aus verschiedenen Quellen Materie ansammeln, um uns einen vollständigen, funktionierenden Körper zu schaffen, den wir auch genauso wieder zerstören und verschwinden lassen können, so wie es uns eben angebracht erscheint.«

Wir gingen langsam und gemächlich durch das Gras. Meine Schuhe, robust genug für den New Yorker Winter, waren für den unebenen Boden gerade richtig.

»Ich will damit sagen«, erläuterte Memnoch und blickte mich dabei mit seinen großen, mandelförmigen Augen an, »daß ich diesen Körper nicht geliehen oder mir nur ausgedacht habe. Es ist einfach mein Körper, wenn ich ihn erst mit Materie umgeben und durchdrungen habe. Mit anderen Worten, er ist das natürliche Ergebnis davon, daß mein Wesenskern all die Materie an sich gezogen hat, die er für einen Körper benötigt.«

»Du meinst, du erscheinst, wie du erscheinst, weil das einfach dein Erscheinungsbild ist.«

»Genau. Die Teufelsgestalt ist eine Buße, die Gestalt des Unauffälligen ist ein Euphemismus. Aber so wie jetzt sehe ich wirklich aus. Überall im Himmel gibt es Engel so wie mich. Nur hattest du dein Augenmerk hauptsächlich auf die menschlichen Seelen gerichtet. Aber die Engel waren auch da.«

Ich versuchte mich zu erinnern. Hatte es dort größere, geflügelte Wesen gegeben? Ja, vielleicht schon, aber ich war mir nicht sicher. Der glückselige, dröhnende Hall des Himmels tönte plötzlich in meinen Ohren. Ich spürte die Freude, die Gewißheit und auch die Zufriedenheit all derer, die dort existierten. Aber Engel – nein, sie waren mir nicht aufgefallen.

»Ich nehme meine eigene Gestalt an«, fuhr Memnoch fort, »wenn ich mich im Himmel aufhalte oder außerhalb der Zeit. Wenn ich sozusagen für mich bin und nicht auf dem Weg zur Erde. Andere Engel, Michael, Gabriel, sie alle können auch auf der Erde in ihrer glorifizierten Gestalt erscheinen, wenn sie wollen. Auch das wäre nur natürlich. Wie durch magnetische Anziehungskraft legt sich Materie um sie, so daß sie wunderbar aussehen, so wie Gott sie geschaffen hat. Aber in den seltensten Fällen lassen sie sich so sehen. Sie wählen einen ganz durchschnittlichen menschlichen Körper, weil es viel einfacher so ist. Ständig Menschen in überwältigende Ehrfurcht zu versetzen dient unseren Zwecken nicht besonders – weder denen des Herrn noch meinen.«

»Und das ist genau meine Frage. Was ist der Zweck? Was betreibst du, wenn du denn nicht böse bist?«

»Laß mich mit der Schöpfung beginnen. Und laß dir von vornherein sagen, daß ich nichts darüber weiß, woher Gott gekommen ist oder warum oder auf welche Weise. Das weiß niemand. Die Chronisten mystischer Ereignisse, die irdischen Propheten, ob Hindus oder Anhänger Zarathustras, ob Hebräer oder Ägypter – sie alle haben erkannt, daß man den Ursprung Gottes unmöglich verstehen kann. Auch für mich ist das nie eine Frage gewesen, obwohl ich vermute, daß wir es am Ende aller Zeiten wissen werden.«

»Du meinst, Gott hat nicht verheißen, daß wir von seiner Herkunft erfahren.«

»Weißt du was?« lächelte er. »Ich glaube, Gott kennt sie selbst nicht. Ich glaube, daß das materielle Universum nur den einen Zweck hat: Gott glaubt, indem Er die Evolution des Universums beobachtet, könnte Er das Geheimnis seiner Herkunft enträtseln. Was Er in Bewegung gesetzt hat, ist ein gigantischer Wilder Garten, ein riesenhaftes Experiment, um herauszufinden, ob es schließlich Wesen wie Ihn selbst hervorbringen wird. Wir sind nach Seinem Bild gemacht, wir alle. Er ist anthropomorph, zweifellos, aber dennoch besteht Er nicht aus Materie.«

»Und als das Licht erschien, als du da im Himmel deine Augen bedeckt hast: Das war Gott?«

Er nickte. »Gott, der Vater, Gott, der Geist, Brahma, Aton, der Gütige Gott, En-Sof, Jahwe, eben: Gott!«

»Aber wie kann Er dann anthropomorph sein?«

»Der Kern Seines Wesens, Sein Geist, ist nicht gestaltlos, genauso wie bei mir. Wir, Seine allererste Schöpfung, wurden nach Seinem Bilde geschaffen. Das hat Er uns gesagt. Er hat zwei Arme, zwei Beine, einen Kopf. Er schuf uns als unsichtbare Abbilder Seiner Selbst. Und dann setzte Er das Universum in Gang, um zu erforschen, wie sich diese Gestalt unter dem Einfluß der Materie entwickeln würde, verstehst du?«

»Nicht ganz.«

»Ich glaube, Gott rollte die Sache von hinten auf, indem Er von diesem Abbild Seiner Selbst ausging. Er schuf ein physikalisches Universum mit Gesetzmäßigkeiten, in deren Folge sich Geschöpfe entwickeln würden, die Ihm gleich waren. Mit Ausnahme eines verblüffenden und wichtigen Unterschieds. Sie würden aus Materie bestehen. Ach, aber schlußendlich gab es eine Menge Überraschungen. Du kennst meine Meinung schon. Dein Freund David stieß zufällig darauf, als er noch ein Mensch war. Ich meine einfach, daß Gottes Plan auf ganz schreckliche Weise schiefging.«

»Ja, genau das hat David gesagt, als er behauptete, die Engel hätten das Gefühl, Gottes Schöpfungsplan sei grundverkehrt.«

»Ja. Ich bin der Überzeugung, daß Er es ursprünglich deshalb tat, weil Er herausfinden wollte, was sich entwickelt hätte, wenn Er Selbst aus Materie bestanden hätte. Und wahrscheinlich suchte Gott nach einer Erklärung, wie Er genau dahin gekommen war, wo Er war, und warum in dieser Gestalt, nämlich so wie du oder ich. Indem Er die Entwicklung der Menschheit beobachtet, hofft Er seine eigene Entwicklung zu verstehen, sofern die überhaupt stattgefunden hat. Und ob das nun funktioniert hat oder nicht, na, das kannst du dir nur selbst beantworten.«

»Einen Moment mal«, sagte ich. »Wenn Er doch eine geistige Existenz ist, aus Licht oder aus gar nichts – wie kam er denn dann überhaupt auf den Einfall mit der Materie?«

»Ah, das wiederum ist das unermeßliche Mysterium. Meiner Meinung nach schuf Er die Materie durch reine Vorstellungskraft. Er sah sie in Seinem Geiste, verlangte nach ihr. Und ich glaube, das Verlangen danach war die eigentliche Ursache. Du siehst, Lestat, wenn Er wirklich selbst aus Materie hervorging – dann ist all dies ein Experiment, um festzustellen, wie Materie sich wieder zu Gott entwickeln kann.

Und wenn Er nicht aus Materie entstand, wenn Er also vor allem anderen da war und die Materie etwas ist, das Er sich vorstellte, wünschte, ersehnte, nun, die Auswirkungen auf Ihn wären grundsätzlich die gleichen. Er wollte Materie. Er fand es unbefriedigend, daß sie fehlte. Sonst hätte Er sie nicht erschaffen. Es war kein Zufall, das versichere ich dir.

Aber Vorsicht, nicht alle Engel stimmen dieser Interpretation zu, manche haben nicht das Bedürfnis nach einer Interpretation, und einige haben eine völlig andere Theorie. Dies hier ist meine Theorie, und da ich der Teufel bin, schon seit Jahrhunderten, da ich der Gegenspieler bin, der Prinz der Finsternis, der Fürst der Menschenwelt und der Hölle, denke ich, meine Meinung ist es wert, dargelegt zu werden. Sogar wert, daran zu glauben. Da hast du also mein Glaubensbekenntnis.

Vorsichtig ausgedrückt, ist das Universum eine ungeheuerliche Konstruktion. Dieser gesamte Evolutionsprozeß ist Sein wohlberechnetes Experiment, und wir, die Engel, waren schon lange vorher geschaffen worden.«

»Wie war es, bevor die Materie erschien?«

»Ich kann es nicht sagen. Ich weiß es, und doch vermag ich mich genaugenommen nicht zu erinnern. Das hat einen ganz einfachen Grund: Als die Materie geschaffen wurde, wurde damit auch die Zeit geschaffen. Alle Engel existierten von diesem Augenblick an nicht nur im himmlischen Einklang mit Gott, sondern auch als Zeugen der Zeit zugleich in ihr.

Zwar können wir uns außerhalb der Zeit bewegen, und ich erinnere mich auch bis zu einem gewissen Grad daran, daß es den Reiz, den Zeit und Materie darstellen, einst nicht gab, aber wie dieser vorzeitliche Zustand wirklich war, das vermag ich jetzt kaum noch zu sagen. Die Materie und die Zeit veränderten alles. Nicht nur, daß sie das vorhergehende reine Sein auslöschten, nein, sie übertrafen es; überschatteten es; sie … wie soll ich sagen …?«

»Verfinsterten, verdeckten es.«

»Genau so. Materie und Zeit verdeckten die Zeit vor dem Entstehen der Zeit.«

»Aber erinnerst du dich daran, glücklich gewesen zu sein?«

»Eine interessante Frage. Wie soll ich es ausdrücken?« grübelte er. »Sollte ich sagen, die Erinnerung an eine Sehnsucht, eine Unvollständigkeit haftet tiefer als die Erinnerung an vollkommene Glückseligkeit? Könnte ich sagen, es gab weniger zu verstehen?

Unterschätze jedoch nicht die Auswirkungen, die die Erschaffung des materiellen Universums auf uns hatte. Denk doch mal darüber nach, was Zeit bedeutet und wie unglücklich du ohne sie wärst. Nein, das ist falsch. Was ich meine, ist, daß du ohne die Zeit deiner selbst nicht bewußt wärest, es gäbe für dich weder Erfolge noch Mißerfolge, weder Zukunft noch Vergangenheit, nichts hätte irgendwelche Auswirkungen auf dich.«

»Ich verstehe, was du meinst. Beinahe wie die alten Leute, die, fast ohne Verstand, sich kaum noch an etwas erinnern. Staunend vegetieren sie dahin, doch sie können mit anderen Menschen keinen Umgang mehr pflegen, weil nichts mehr ihr Bewußtsein erreicht.«

»Ein perfekter Vergleich. Obwohl ich dir versichere, daß auch diese alten, kranken Leute immer noch eine Seele haben, die sich allerdings schon längst aus der Abhängigkeit von ihrem verkrüppelten Gehirn befreit hat.«

»Seelen!« wiederholte ich.

Wir schritten langsam und gleichmäßig dahin, und ich versuchte, mich von all dem Grün rundherum und von all den Blüten nicht ablenken zu lassen. Aber ich habe Blumen noch nie widerstehen können, und hier sah ich so riesige, daß man heute sicher der Meinung wäre, sie seien unpraktisch und kaum zu pflegen. Die verschiedenen Baumarten jedoch waren mir bekannt. So also hatte die Welt einst ausgesehen.

»Ja, damit hast du recht. Spürst du die Wärme? Dieser Planet macht jetzt gerade eine Phase erfreulichster evolutionärer Entwicklungen durch. Wenn die Menschen vom Garten Eden oder dem Paradies sprechen, ›erinnern‹ sie sich an diese Zeit.«

»Die Eiszeit muß erst noch kommen.«

»Die zweite Eiszeit. Und dann wird die Welt sich erneuern, und Eden wird neu erstehen. Und während der ganzen Eiszeit wird die Menschheit sich fortentwickeln. Aber du mußt dir auch klarmachen, daß selbst in diesem Stadium Leben, wie wir es kennen, schon seit Millionen von Jahren existierte!«

Ich blieb stehen und vergrub mein Gesicht in meine Hände. Ich versuchte, das alles noch einmal zu überdenken. (Wenn Sie das auch tun möchten, lesen Sie einfach die letzten Seiten noch einmal.)

»Aber Er wußte, was Materie ist!« rief ich aus.

»Da bin ich mir nicht sicher«, sagte Memnoch. »Er nahm diesen Samen, dieses Ei, diesen Urstoff und formte ihn in etwas um, das zu Materie wurde! Aber ich weiß nicht, ob Er wirklich und wahrhaftig die Bedeutung dessen, was Er tat, vorhersah. Siehst du, darum kreist unsere große Auseinandersetzung. Ich glaube, Er erkennt die Konsequenzen aus seinen Handlungen nicht! Ich glaube, Er achtet nicht einmal darauf! Und um genau das geht es in diesem großen Kampf!«

»So erschuf Er also die Materie, indem Er während dieses Schöpfungsprozesses entdeckte, was sie war.«

»Ja, Materie und Energie, die, wie du weißt, austauschbar sind. Ja, Er schuf beides, und ich habe den Verdacht, daß der Schlüssel zu Ihm, zu Seinem Wesen, in dem Wort ›Energie‹ liegt. Und daß, falls die menschliche Entwicklung je den Punkt erreicht, an dem die menschliche Sprache eine zufriedenstellende Erklärung für Engel und Gott findet – daß dann ›Energie‹ das Schlüsselwort sein wird.«

»Also war Er Energie«, schlußfolgerte ich, »und Er veranlaßte, daß sich ein Teil seiner Energie in Materie umwandelte, und so schuf Er das Universum.«

»Ja, und damit schuf Er einen Kreislauf, der unabhängig von Ihm ablief. Aber natürlich verriet uns das niemand zu diesem Zeitpunkt. Er sagte es auch nicht. Ich glaube nicht einmal, daß Er es wußte. Wir Engel wußten es mit Sicherheit nicht. Das einzige, was wir erfuhren, war, daß wir geblendet waren von Seiner Schöpfung. Wir waren so absolut verwundert darüber, wie sich Materie anfühlte, wie sie schmeckte, wie heiß und fest sie war und welche Gravitationskraft sie in ihrer Schlacht mit der Energie freisetzte. Wir erkannten nur, was wir sahen und fühlten.«

»Ah, und ihr saht, wie sich das Universum entfaltete. Ihr saht den Urknall.«

»Diesen Begriff solltest du mit Skepsis benutzen. Ja, wir sahen die Geburt des Universums; wir bestaunten, wie sich alles in Bewegung setzte. Und wir waren von Ehrfurcht überwältigt! Aus dem gleichen Grund feiert auch fast jede der frühen Religionen die Majestät und Großartigkeit und das Genie des Schöpfers, ja, selbst die Hymnen der Frühzeit besingen die Herrlichkeit Gottes. Wir waren beeindruckt, genau wie später die Menschheit beeindruckt sein würde, und ehe noch der Mensch erschaffen wurde, sagte uns unser Engelsverstand, daß Gott allmächtig und wunderbar und jenseits unserer Fassungskraft war.

Aber gerade jetzt, da wir durch diesen herrlichen Garten schreiten, laß mich dir sagen, daß wir Augenzeugen unzähliger Explosionen und chemischer Umwandlungen waren, daß wir einen Aufruhr von durchweg anorganischen Molekülen sahen, ehe noch ›Leben‹, wie wir es kennen, entstand.«

»Die Gebirgszüge bildeten sich.«

»Ja.«

»Und es fiel Regen?«

»Sturzbäche, Ströme von Regen.«

»Vulkane brachen aus.«

»Laufend. Du hast keine Vorstellung davon, wie hingerissen wir waren. Wir beobachteten, wie die Atmosphäre entstand, sich verdichtete und ihre Zusammensetzung sich änderte.

Und dann, dann folgte, was ich für dich die Dreizehn Offenbarungen der Physischen Evolution nennen will. Und mit Offenbarung meine ich das, was während dieses Prozesses uns Engeln offenbart wurde, also denen, die das beobachteten.

Ich könnte dir das alles wesentlich detaillierter erklären, dich in die

Zusammensetzung eines jeden grundlegenden Organismus, der je auf Erden existiert hat, einweihen. Aber du würdest es vergessen. Alles, was dein Gedächtnis aufzunehmen vermag, werde ich dir erzählen, damit du jetzt, solange du noch lebst, deine Entscheidung treffen kannst.«

»Ich lebe noch?«

»Natürlich. Deine Seele hat nie den physischen Tod erfahren; sie hat nie die Erde verlassen, außer mit mir – und einem speziellen göttlichen Dispens für diese Reise. Du weißt doch, daß du lebst. Du bist Lestat de Lioncourt, trotz der Mutation deines Körpers, in den ein fremder, alchimistischer Geist eindrang, dessen elende Geschichte du eigenhändig niedergeschrieben hast.«

»Wenn ich mich entschließe, mit dir zu kommen ... dir zu folgen ... dann muß ich also sterben, nicht wahr?«

»Natürlich«, antwortete er.

Ich stand bewegungslos; die Hände an die Schläfen gepreßt, starrte ich auf das Gras zu meinen Füßen. Ich erahnte die Schwärme gleißender Insekten im Sonnenlicht. Und ich sah seinen Glanz und das Grün des Waldes sich in Memnochs Augen spiegeln.

Sehr langsam hob er die Hand, so als wolle er mir die Möglichkeit lassen, vor ihm zurückzuweichen, und dann legte er mir seine Hand auf die Schulter. Ich liebe diese Geste, sie zeugt von Achtung. Häufig genug versuche ich mich selbst an derartigen Gebärden.

»Du hast die Wahl, hast du das vergessen? Du kannst zurückkehren und genau das sein, was du warst.«

Ich konnte nicht antworten. Doch ich war mir meiner Gedanken genau bewußt. »Unsterblich, körperlich, erdgebunden, ein Vampir«. Aber ich sprach die Worte nicht aus. Gab es von hier eine Rückkehr? Und wieder sah ich Sein Gesicht und hörte Seine Worte. »Du würdest doch nie mein Gegner sein wollen, nicht wahr?«

»Du reagierst sehr gut auf meine Erzählung«, sagte Memnoch herzlich. »Das dachte ich mir schon.«

»Warum?« fragte ich. »Sag's mir bitte. Mein Ich braucht eine kleine Bestätigung. Mein vorheriges Geheule und Gestammel hat mich doch zu sehr niedergeschmettert; dabei muß ich zugeben, daß ich im Moment nicht allzu interessiert daran bin, über mich selbst zu sprechen.«

»Was du bist, ist ein Teil von dem, was wir gerade tun.«

Wir standen vor einem enorm großen Spinnennetz, das mit dichten schimmernden Fäden quer über unseren breiten Pfad gespannt war. Anstatt es zu zerstören, bückte er sich respektvoll und ging gebeugt darunter hindurch, wobei er seine Flügel eng um sich herum faltete, und ich folgte seinem Beispiel.

»Du bist neugierig, das ist eine deiner Tugenden«, fuhr er fort. »Du verlangst nach Wissen. Genau das sagte schon dein alter Marius, daß er, der Jahrtausende überdauert hatte, na ja, beinahe wenigstens … daß er dir, diesem jungen, neugeborenen Vampir, Rede und Antwort stehen wollte, weil deine Fragen ehrlich gemeint waren. Du wolltest wirklich wissen. Und genau diese Eigenschaft hat auch mich zu dir hingezogen.

In all deiner Überheblichkeit suchtest du doch die Wahrheit, wolltest das Wissen! Fortwährend warst du ungeheuer unverschämt, mir und auch Gott gegenüber, aber andererseits, wer ist das in der heutigen Zeit nicht? Das ist nichts Ungewöhnliches, nur daß bei dir jede Menge echte Neugier, echtes Staunen dahintersteckt. Du hast die Welt als den Wilden Garten erkannt, der er ist, du hast dich nicht mit dem Vordergründigen zufriedengegeben. Das ist ein Grund mit, warum ich dich auswählte.«

»Okay«, seufzte ich. Das klang vernünftig. Natürlich erinnerte ich mich daran, wie Marius sich mir offenbart hatte, und auch daran, daß er sich auf dieselben Eigenschaften bezogen hatte wie Memnoch jetzt. Ich wußte auch, daß ich deshalb eine tiefe Liebe zu David – und zu Dora – empfand, weil sie die gleichen Eigenschaften in sich trugen: eine Wißbegier, die keine Furcht kannte, und den Willen, die Konsequenzen aus den Antworten zu tragen!

»Himmel, meine Dora, geht es ihr gut?«

»Ah, es überrascht mich immer wieder, wie leicht du dich ablenken läßt. Gerade wenn man meint, man hat dich wirklich in Erstaunen versetzt und deine Aufmerksamkeit gefesselt, ziehst du dich zurück und verlangst, nach deinen eigenen Bedingungen behandelt zu werden. Es ist für dich sozusagen das Mittel, um die Kontrolle zu behalten.«

»Willst du mir etwa sagen, daß ich für den Moment Dora vergessen muß?«

»Nein, viel mehr: Du hast keinen Grund zur Sorge. Deine Freunde, Armand und David, haben Dora gefunden und passen auf sie auf, ohne sich ihr zu zeigen.« Er schenkte mir ein beruhigendes Lächeln und schüttelte etwas zweifelnd, vielleicht auch tadelnd den Kopf. »Und du mußt dir eines vergegenwärtigen: Deine kostbare Dora besitzt erhebliche physische und psychische Kräfte. Vielleicht hast du schon längst erfüllt, um was Roger dich bat. Dora hat sich schon vor Jahren durch ihren tiefen Glauben an Gott vor ihren Mitmenschen ausgezeichnet, und die Begegnung mit dir hat ihre Bindung an alles, woran sie glaubt, nur noch gefestigt. Aber ich will nicht mehr über Dora reden. Ich möchte mit der Beschreibung der Schöpfung fortfahren.

Also, wo waren wir? Da war Gott; und wir waren bei Ihm. Wir hatten anthropomorphe Gestalten, aber wir nannten das nicht so, weil wir uns nie in materieller Gestalt gesehen hatten. Wir kannten unsere Gliedmaßen, Kopf, Antlitz, Gestalt, und die rein himmlische Art der Bewegung unserer Glieder in fließender Harmonie. Aber wir kannten keine Materie, geformte Materie. Und dann erschuf Gott das Universum und die Zeit. Na, unser Erstaunen war groß, und außerdem waren wir fasziniert. Total fasziniert!

Gott sprach zu mir und den anderen Engeln: Seht dies an, denn es wird schön sein und es wird eure Vorstellungen und Erwartungen noch übertreffen und meine auch. Schaut und wacht darüber!

Und wenn du in alten Schriften blätterst, wirst du feststellen, daß dieser Begriff eine der ältesten Bezeichnungen für Engel ist. Beobachter, Wächter.«

»Stimmt, bei Enoch und in vielen hebräischen Texten.«

»Richtig. Und bei anderen Religionen, deren Symbole und Sprache dir nicht so geläufig sind, findest du einen ganzen Kosmos an vergleichbaren Wesen, ein frühes Geschlecht gottähnlicher Kreaturen, das über die Menschen wachte oder sie leitete. Oft ist das verschlüsselt dargestellt – aber es steht da. Wir waren die Zeugen der göttlichen Schöpfung, denn wir wurden vorher geschaffen. Als Er die Sterne schuf, waren wir bereits da!«

»Behauptest du etwa, daß die anderen Religionen die gleiche Wahrheit enthalten wie die, auf die wir uns jetzt offensichtlich beziehen? Wir sprechen von Gott und Unserem Herrn, als wären wir europäische Katholiken …«

»All das ist sehr entstellt, aber es kommt in zahllosen Texten vor. Manche Texte, sowohl bekannte wie auch inzwischen unwiderbringlich verlorene, enthielten verblüffend korrekte Informationen über die Entstehung des Weltalls; dann gibt es auch noch Texte, die zwar in Vergessenheit geraten sind, aber zur rechten Zeit wiederauftauchen können.«

»Zur rechten Zeit«, echote ich.

»Im Prinzip ist es immer die gleiche Geschichte. Aber hör dir meine Interpretation an, und es wird dir nicht schwerfallen, sie mit deinen eigenen Ansichten in Einklang zu bringen und auch mit dem Symbolismus, der dich ja eher anspricht.«

»Aber was ist mit der Gültigkeit anderer Religionen! Du sagtest, daß das Wesen, das ich im Himmel sah, nicht Christus war.«

»Das habe ich *nicht* gesagt. Genaugenommen sagte ich, es war Gott in Menschengestalt. Warte ab, bis wir zu diesem Punkt kommen!«

Wir waren aus dem Wald herausgetreten und standen nun am Rande einer Art Steppe. Jetzt endlich sah ich die Menschen, deren Geruch mich die ganze Zeit schon irritiert hatte – eine kleine Gruppe spärlich bekleideter Nomaden, die sich in einiger Entfernung mit gleichmäßigem Tempo zu Fuß durch das Gras bewegten.

»Und die Eiszeit wird erst noch kommen«, wiederholte ich. Ich wandte mich hierhin und dorthin, bemüht, mir das Aussehen der enorm großen Bäume genau einzuprägen. Doch dabei bemerkte ich, daß der Wald sich verändert hatte.

»Schau dir nur die Menschen sorgfältig an.« Er zeigte auf sie. »Was siehst du?«

Ich kniff die Augen zusammen und griff auf meine vampirischen Kräfte zurück, um deutlicher sehen zu können. »Männer und Frauen, die den heutigen Menschen ziemlich ähneln. Ja, ich würde sagen, Homo sapiens. Ich schätze, die heutige Spezies.«

»Exakt. Fällt dir an ihren Gesichtern etwas auf?«

»Sie haben eindeutig die Ausdrucksfähigkeit, die der der heutigen entspricht oder zumindest die, die von uns heutigen Menschen gedeutet werden kann. Einige blicken finster, andere reden, einige scheinen in Gedanken versunken. Der Mann mit den wirren Haaren, der ein wenig nachhinkt, scheint betrübt zu sein. Und die Frau, die mit den großen Brüsten – bist du sicher, daß sie uns nicht sehen kann?«

»Ja. Sie schaut nur zufällig in unsere Richtung. Was unterscheidet sie von den Männern?«

»Na, ihre Brüste, ganz klar, und die Tatsache, daß sie keinen Bart hat. Die Männer haben Bärte. Ihr Haar ist auch länger, und, na ja, sie ist hübsch; sie hat einen zarten Knochenbau, sie ist sehr weiblich. Sie trägt kein Kind wie die andern, deshalb muß sie die jüngste sein oder noch kein Kind geboren haben.«

Er nickte.

Mir schien, sie konnte uns sehen. Sie kniff die Augen genauso zusammen wie ich. Ihr Gesicht war länglich, oval, die Art, die ein Archäologe wohl als Cro-Magnon bezeichnen würde; sie hatte absolut nichts Affenartiges an sich, genausowenig wie ihre Sippe. Ihre Haut war goldbraun, etwa wie bei semitischen oder arabischen Menschen, wie Seine Haut, als ich Ihn im Himmel sah. Ihr dunkles Haar bewegte sich außerordentlich hübsch im Wind, als sie sich abwandte und weiterging.

»Diese Leute sind so gut wie nackt.«

Memnoch lachte laut auf.

Wir zogen uns in den Wald zurück, verloren die Steppe aus den Augen. Die dunstig-feuchte Luft, die uns umgab, hatte einen intensiven Geruch. Und über uns türmten sich ungeheure Koniferen und Farne. Noch nie hatte ich Farne von dieser Größe gesehen, mit monströsen Wedeln, größer als die Blätter von Bananenstauden. Und was die Koniferen betraf, fielen mir als Vergleich nur die riesengroßen Rotholzbäume in den Wäldern Westkaliforniens ein – Bäume, die in mir stets ein Gefühl der Furcht und Einsamkeit hervorriefen.

Memnoch schritt weiterhin voran, schenkte dem wimmelnden tropischen Dschungel, durch den wir uns bewegten, keine Beachtung. Merkwürdige Dinge glitten an uns vorbei; von fern hörte ich gedämpftes Gebrüll. Selbst der Boden war bedeckt mit grünem Gestrüpp, samtig, uneben, und an manchen Stellen schienen die Steine zu leben!

Plötzlich spürte ich eine recht kühle Brise und schaute zurück über meine Schulter. Steppe und Menschen waren längst nicht mehr zu sehen. Hinter uns wuchsen die schattigen Farne so dicht, daß ich den Regen nicht gleich bemerkte, der weit oben auf das Grün fiel und nur mit seinem beruhigenden weichen Tropfen zu uns drang.

Menschen hatte es in diesem Wald noch nie gegeben, das stand fest, aber was für Monster mochten hier in den Schatten lauern?

»So«, sagte Memnoch, wobei er im Gehen die dichtbelaubten Zweige mit seinem rechten Arm mühelos beiseite schob, »und nun wollen wir präziser werden und zu dem kommen, was ich die Dreizehn Offenbarungen der Evolution genannt habe, so wie wir Engel sie wahrgenommen und mit Gott diskutiert haben. Halte dir stets vor Augen, daß wir durchweg nur von dieser Welt sprechen – Planeten, Sterne, andere Galaxien haben mit unserer Diskussion hier überhaupt nichts zu tun.«

»Du meinst, wir sind das einzige Leben im gesamten Universum?«

»Ich meine, meine Welt und mein Himmel und mein Gott sind alles, was ich kenne.«

»Ich verstehe.«

»Wie ich schon sagte, waren wir Zeugen komplexer geologischer Prozesse; wir sahen die Gebirge entstehen, wir sahen, wie das Meer entstand, sahen die Verschiebung der Kontinente. Unsere Hymnen voller Lob und Verwunderung endeten nie. Diese himmlischen Klänge kannst du dir nicht vorstellen; du hast im Himmel nur einen Vorgeschmack davon bekommen, in einem Himmel voller menschlicher Seelen. Damals bestanden die Himmlischen Chöre nur aus uns Engeln, und jeder neuen Entwicklung folgten die passenden Verse und Lobgesänge. Das war ein völlig anderer Klang. Nicht schöner, aber eben anders.

Inzwischen waren wir Engel eifrig dabei, in die Erdatmosphäre hinabzusteigen und uns in die Betrachtung all der verschiedensten Einzelheiten zu vertiefen. Die Winzigkeit des Lebens dort verlangte einen Blickwinkel, der im himmlischen Reich nicht erforderlich war.«

»Du meinst, daß dort alles ausgedehnt und von großer Klarheit war.«

»Die Liebe Gottes schien klar und hell, und keinerlei Zweifel konnten sie trüben oder schmälern.«

Wir erreichten einen schmalen, wilden Wasserfall, der sich schäumend in ein Becken ergoß. Ich blieb einen Moment stehen, der Sprühnebel des Wassers auf Gesicht und Händen erfrischte mich. Auch Memnoch schien das zu genießen. Erst jetzt bemerkte ich, daß er barfuß war. Er schob einen Fuß in das Wasser und beobachtete, wie es um seine Zehen wirbelte. Seine Zehennägel waren elfenbeinfarben und perfekt geformt.

Als er in das sprudelnde, perlende Wasser schaute, wurden seine Flügel sichtbar, wölbten sich wie Spitzbögen über ihm, und ich konnte glitzernde Feuchtigkeit auf den Federn sehen. Dann spürte ich eine Erschütterung; die Flügel schienen sich zu schließen wie bei einem Vogel und sich hinter seinem Rücken zu falten. Damit entzogen sie sich wieder meinem Blick.

»Nun stell dir vor«, sagte er, »wie ganze Legionen von Engeln, Unmengen aller Rangstufen – und es gibt Rangstufen – auf die Erde herabkommen und sich in etwas so Schlichtes verlieben wie das schäumende Wasser, so wie wir es hier vor uns sehen, oder in die sich ändernde Farbe des Sonnenlichts, wenn es die Erdatmosphäre durchbricht.«

»War das interessanter als der Himmel?«

»Ja. Das muß man einfach zugeben. Natürlich, wenn man zurückkehrt, findet man den Himmel vollkommen zufriedenstellend, besonders wenn Gott erfreut ist; aber die Sehnsucht überkommt einen abermals und die angeborene Neugier. In unseren Köpfen schienen sich Gedanken zu sammeln, es wurde uns bewußt, daß dies an der Art unseres Verstandes lag. Doch laß mich nun zu den Dreizehn Offenbarungen kommen.

Die Erste Offenbarung war die Umwandlung anorganischer Moleküle in organische ... sozusagen vom Gestein zum winzigen lebendigen Molekül. Vergiß diesen Wald. Er existierte damals natürlich noch nicht. Aber betrachte dieses Wasserbecken, diesen Tümpel. In solchen Teichen, inmitten der Berge gelegen, warm, immer in Bewegung und voller Gase aus dem Hochofen der Erde selbst, begann es – das erste organische Molekül zeigte sich.

Ein Tumult stieg gen Himmel. ›Herr, sieh, was aus der Materie entstanden ist.‹ Und der Allmächtige zeigte uns Sein gewohntes strahlendes Lächeln der Zustimmung. ›Wartet ab und schaut‹, sagte Er wieder, und wir schauten und sahen die Zweite Offenbarung: Moleküle begannen sich zu organisieren, und zwar in drei unterschiedliche Stoffe – Zellen, Enzyme und Gene. Und tatsächlich, kaum hatten sich einzellige Formen gebildet, da erschienen auch schon die mehrzelligen, und was wir bei den ersten organischen Molekülen so göttlich gefunden hatten, war nun endgültig sichtbar; irgendein Lebensfunke belebte sie. Uns kam es vor, als könnten wir diesen Lebensfunken sehen, als könnten wir darin einen winzigkleinen Beweis für die Ursubstanz des Lebens erkennen, die wir selbst in solchem Überfluß besaßen!

Kurz gesagt: Die Welt war mit einer bis dahin uns unbekannten Unruhe erfüllt; und während wir diese kleinen vielzelligen Wesen beobachteten, wie sie durch das Wasser trieben, schlossen sie sich zu primitivsten Arten von Algen oder Pilzen zusammen. Wir sahen, wie diese grünen lebenden Dinger selbst das Land in Besitz nahmen! Dieser Schleim, der seit Jahrmillionen an den Ufern geklebt hatte, kroch aus dem Wasser. Und aus diesem kriechenden Grün entstanden Farne, und die Koniferen, die du nun um uns herum siehst, wuchsen heran, bis sie schließlich diese mächtige Größe erreichten.

Wir, die Engel, hatten nun etwas, an dem wir unsere Größe messen konnten, und spazierten unter diesen Dingen auf der grünenden Erde einher. Stell dir die Lobgesänge vor, die zum Himmel schallten, die Chöre, Reden und Gebete der Engel und die Freude Gottes!

Die Engel besuchten bald jedes Fleckchen der Erde und erfreuten sich bestimmter Orte ganz besonders; einige liebten die Berge, andere zogen die satten Täler vor oder ein Gewässer, einige auch die grünen Schatten der Wälder.«

»So wurden sie Wasser- oder Waldgeistern gleich – jenen Geistern also, die die Menschen später anbeteten.«

»Da hast du recht. Aber du greifst vor!

Ich reagierte auf die ersten beiden Offenbarungen wie viele meiner Mitengel; indem wir den Lebensfunken verspürten, der diesen vielzelligen Pflanzenorganismen innewohnte, nahmen wir auch den Tod dieses Funkens wahr, wenn ein Organismus den anderen verschlang oder ihn überwucherte, um ihm die Nahrung zu entziehen; wir sahen Vielfalt und Zerstörung!

Was zuerst nur Umwandlung gewesen war – der Austausch von Energie und Materie –, nahm nun andere Dimensionen an. Wir erkannten langsam, wie die Dritte Offenbarung sich andeutete. Es dämmerte uns aber erst, als sich der erste animalische Organismus deutlich von den Pflanzen zu unterscheiden begann. Seine rasche, entschlossene Fortbewegung, seine deutlich größere Bewegungsfreiheit ließen uns ahnen, daß dieser Lebensfunke, den er besaß, wirklich sehr stark dem Leben in uns selbst ähnelte. Und was geschah mit diesen Kreaturen? Mit diesen winzigen Tieren und mit den Pflanzen? Sie starben, das war es, was mit ihnen geschah. Sie wurden geboren, lebten und starben und verwesten langsam. Und das war die Dritte Offenbarung der Evolution: Tod und Verwesung.«

Memnoch sah finsterer drein als je zuvor. Sein Gesicht bewahrte den Ausdruck von Unschuld, von Staunen, aber er wurde überschattet von etwas Entsetzlichem, das eine Mischung aus Furcht und Enttäuschung zu sein schien; vielleicht war es aber nur die kindliche Verwunderung über eine grausame Schlußfolgerung.

»Die Dritte Offenbarung war Tod und Verwesung«, sagte ich in das Schweigen hinein, »und du fühltest dich davon abgestoßen.«

»Nicht abgestoßen! Ich vermutete einfach, es müsse ein Irrtum sein! Ich schoß nachgerade zum Himmel auf! ›Sieh nur‹, sagte ich zu Gott, ›diese winzigen Dinger können aufhören zu leben, der Funke kann verlöschen – wie es bei Dir oder uns nie geschehen könnte, und zurück bleibt nur Materie, die vermodert.‹ Ich war nicht der einzige Engel, der dies laut Gott ins Gesicht schrie.

Aber ich glaube, daß meine Lobpreisungen stärker von Mißtrauen und Furcht gefärbt waren. Ja, in meinem Herzen war so etwas wie Furcht erwacht. Ich war mir dessen nicht bewußt, aber es war die Erkenntnis von Tod und Verwesung, die sie in mir entstehen ließ; und diese Erkenntnis schien für mich eine Strafe zu sein.«

Er sah mich an. »Vergiß nicht, wir sind Engel. Bis zu diesem Augenblick hatte es den Begriff Strafe für uns nicht gegeben; keinen Gedanken, der Leid hervorrief! Verstehst du? Und jetzt litt ich, und Furcht war ein kleiner Bestandteil meines Leidens.«

»Und was sagte Gott?«

»Was, glaubst du, sagte Er?«

»Daß es zu Seinem Plan gehörte.«

»Genau. ›Gebt acht. Beobachtet, schaut, und ihr werdet sehen, daß nichts wesentlich Neues geschieht; es ist immer noch der gleiche Austausch von Energie und Materie.‹«

»Und was ist mit dem Funken?« rief ich.

»›Ihr seid lebende Wesen‹, sprach Er. ›Daß ihr diese Dinge erkennt, könnt ihr eurem scharfen Verstand zugute halten. Gebt nur acht. Das ist noch nicht alles.‹«

»Aber dieses Leiden, dieser Anschein von Bestrafung …«

»Es wurde alles in einer Großen Diskussion geklärt. Eine Diskussion mit Gott schließt nicht nur klar verständliche Worte ein, sondern auch eine von ihm ausströmende, unermeßliche Liebe, das Licht, daß auch du gesehen hast, umhüllte und durchdrang uns alle. Gott vermittelte uns so die Ruhe und vielleicht auch die Gewißheit, nach der diese Ahnung von Leid in mir verlangte – daß es *nichts zu befürchten* gab.«

»Ich verstehe.«

»Nun folgt die Vierte Offenbarung, und denke immer daran, ich habe diese Offenbarungen willkürlich geordnet, denn ich kann dir, wie gesagt, nicht jedes winzige Detail erklären. Die Vierte Offenbarung nenne ich die Offenbarung der Farben. Und mit den blühenden Pflanzen begann es. Mit der Erschaffung der Blumen; damit, daß eine ganz und gar außergewöhnliche und mit sichtlich schöneren Mitteln vollzogene Paarung von Organismen ihren Anfang nahm. Du mußt wissen, daß es eine Paarung immer gegeben hatte, selbst bei den einzelligen Tieren hatte eine Art Paarung stattgefunden.

Aber Blumen! Blumen bedeuteten eine Farbenvielfalt, die es in der Natur vorher nicht gegeben hatte, außer beim Regenbogen! Farben, die wir vom Himmel her kannten und von denen wir gedacht hatten, sie seien nur dem Himmel vorbehalten – aber nun sahen wir, daß es anders war und sie sich in diesem großen Laboratorium, das wir Erde nannten, ganz natürlich entwickeln konnten.

Hier muß ich einfügen, daß sich auch bei Fischen und anderen Organismen im Wasser extrem auffallende Farben entwickelten. Aber die Blumen insbesondere fand ich auserlesen schön, und als sich herausstellte, daß es eine unermeßliche Zahl von Arten geben würde, daß ihre Blütenblätter in unendlich vielfältigen Mustern angeordnet waren, da schallten unsere Lobgesänge so laut gen Himmel, daß alle vorherigen gering und ohne Gemütstiefe schienen.

Allerdings hatten diese Hymnen schon einen Hauch von etwas Dunklem – ich wage es kaum zu sagen –, von einer Zögerlichkeit, einem Schatten, der in uns entstanden war durch die Offenbarung von Tod und Verfall. Und nun, als wir die Blüten sahen, verstärkte sich dieses dunkle Element in all unseren von Dank und Staunen erfüllten Liedern und Ausrufen, denn wenn die Blumen starben, wenn ihre Blütenblätter abfielen und zu Boden sanken, schien der Verlust nur um so größer und schrecklicher.

Überall wuchsen nun große Pflanzen und Bäume im Überfluß heran, aus denen, wie aus den Blumen, der Lebensfunke machtvoll strahlte; und somit bekamen die Gesänge einen ernsteren Klang.

Doch die Erde zog uns stärker denn je in ihren Bann. Ich möchte sogar sagen, daß sich der Charakter des Himmels zu diesem Zeitpunkt völlig verändert hatte. Alle, Gott und die Engel aller Rangstufen, alle waren auf die Erde fixiert. Es war uns unmöglich, hier im Himmel Gott einfach nur die alten Hymnen darzubieten. Die Hymnen sollten nun von der Materie, von Wandlung, von Schönheit handeln. Und gerade die Engel, die die kompliziertesten Gesänge erzeugten, woben natürlich in ihre Intonationen Ausdruckselemente von Tod, Verfall und Schönheit, und das wesentlich überzeugender, als ich es in meinen Liedern konnte.

Ich war beunruhigt. Mein Geist war rastlos, glaube ich, und eine Art Unersättlichkeit hatte sich eingestellt …«

»Diese Worte – als du mich anfangs verfolgt hast, da habe ich das zu David gesagt, als ich von dir erzählte«, unterbrach ich.

»Sie stammen aus einem alten Lied über mich, in Hebräisch, man findet es kaum noch irgendwo übersetzt. Die Sibylle sprach diese Worte in einem Orakel, in dem sie die Wächter beschrieb ... uns, die Engel, die Gott als Beobachter gesandt hatte. Sie hatte recht. Weil ich die Verse mochte, habe ich sie mir gemerkt. Ich nahm sie in meine Definition von mir selbst auf. Warum andere Engel eher zufriedenzustellen sind als ich, weiß Gott allein.«

Memnochs ganze Haltung strahlte noch tieferen Ernst aus. Ich fragte mich, ob diese von ihm beschriebene dunkle Note auch der himmlischen Musik innewohnte, die ich vernommen hatte, oder ob die pure Freude wieder im Himmel eingekehrt war.

»Nein, man hört jetzt die Musik der menschlichen Seelen, die im Himmel sind, zusammen mit der der Engel. Das klingt völlig anders. Aber laß mich schnell mit diesen Offenbarungen fertig werden, denn ich weiß, daß sie nicht anders zu begreifen sind denn als Ganzes.

Die Fünfte Offenbarung war die Entstehung von Gehirn. Die Tiere im Wasser hatten sich vor längerer Zeit schon sehr stark von den Pflanzen differenziert, und nun begannen diese gelatinösen Kreaturen Nervensysteme zu entwickeln und Skelette, und mit dieser Umformung einhergehend entstanden Gehirne. Die Kreaturen bekamen Köpfe!

Und nicht eine göttliche Sekunde lang entging es unserer Aufmerksamkeit, daß wir, die Engel, Köpfe hatten! Die Denkprozesse der solcherart entstandenen Organismen konzentrierten sich in ihren Köpfen. Und so war es eindeutig auch bei uns! Das brauchte uns niemand zu sagen. Mit unserer Engelsintelligenz erfaßten wir sehr wohl, wie wir zusammengesetzt waren. Die Augen, das war ein Hinweis. Wir hatten Augen, und diese Augen waren Teil unseres Gehirns. Dieses Sinnesorgan steuerte uns, sei es in unseren Bewegungen, unseren Reaktionen oder in unserem Wissensdurst, mehr als jedes andere.

Wieder geriet der Himmel in Aufruhr. ›Herr‹, fragte ich, ›was geschieht da? Diese Kreaturen entwickeln eine Form ... Glieder ... Köpfe.‹ Und erneut setzten die Lobpreisungen ein, die diesmal jedoch sowohl von Verwirrung als auch von Ekstase begleitet waren und von Furcht vor Gott, daß er solche Dinge geschehen lassen konnte – daß aus der Materie Dinge entstehen konnten, die einen Kopf hatten.

Und dann, noch ehe die Meerestiere begonnen hatten, aufs Land zu kriechen, entdeckte ich die Sechste Offenbarung, die nicht weniger Schrecken in mir hervorrief. Diese Kreaturen, mit ihren Köpfen und Gliedern, wie bizarr und vielgestaltig sie auch immer waren, diese Wesen hatten ein Angesicht! Ein Angesicht wie wir: zwei Augen, Nase und Mund. Erst der Kopf und jetzt auch noch ein Gesicht, der Ausdruck eines denkenden Geistes!

Ich war entsetzt! Ich löste eine erregte Auseinandersetzung aus, indem ich Gott bedrängte: ›Willst du wirklich so etwas geschehen lassen? Wo wird das enden? Was sind das für Kreaturen? Der Lebensfunke in ihnen ist noch stärker, glüht heiß und stirbt nur schwer! Hörst du, was ich sage?‹

Einigen der anderen Engel grauste es. Sie sagten: ›Memnoch, du treibst es zu weit! Offensichtlich gibt es zwischen diesen Kreaturen und uns, den Söhnen Gottes, den Bewohnern des *bene ha elohim*, eine Verwandtschaft – wie großartig wir auch sind. Der Kopf, das Gesicht, ja, das ist eindeutig. Aber wie kannst du es wagen, Gottes Plan anzuzweifeln?‹

Ich war untröstlich und voller Mißtrauen, und denen, die meiner Meinung waren, ging es ebenso. Wir waren irritiert, und so begaben wir uns zurück auf die Erde, die zu weiteren Streifzügen einlud, und wanderten dort umher. Ich konnte meine Größe ja nun an den Dingen dort messen, wie ich es vorhin erwähnt habe, und ich konnte unter geschmeidigen, laubengleichen Pflanzen liegen, ihrem Wachstum lauschen und über sie nachdenken, während ich mich an ihren Farben satt sah.

Dennoch verfolgte mich die Ahnung bevorstehenden Unheils. Bis etwas Außergewöhnliches eintrat. Gott kam zu mir!

Gott verläßt den Himmel dabei nicht. Er dehnt sich sozusagen nur aus; Sein Licht kam herab zu mir, umfing mich, nahm mich auf und zu Ihm hin; und dann sprach Er zu mir.

Naürlich war das an sich schon ein Trost. Ich hatte mir die Glückseligkeit des Himmels seit langer Zeit versagt, und diese Wonne nun herabkommen zu sehen und davon in vollkommener Liebe und Ruhe umfangen zu sein besänftigte mich zutiefst. All die Fragen, die Zweifel schwanden. Der Schmerz verging. Dieses Gefühl der Bestrafung, das Tod und Verfall in mir hervorgerufen hatten, war wie weggewischt.

In dieser natürlichen Verschmelzung mit Ihm hatte ich keinerlei Gespür für meine Gestalt; schon viele Male waren wir so eng verbunden gewesen, auch, als Er mich erschuf, als ich aus Ihm hervorging. Doch dies jetzt zu fühlen war ein ergreifendes, barmherziges Geschenk für mich.

Gott sprach: ›Du nimmst mehr wahr als andere Engel. Du denkst voraus, etwas, was die anderen gerade erst lernen. Sie sind wie Spiegel, die jeden Schritt in seiner Großartigkeit reflektieren, wohingegen du Argwohn hegst. Du vertraust mir nicht.‹

Diese Worte bekümmerten mich. ›Du vertraust mir nicht.‹ Ich hatte meine Befürchtungen nicht für Mißtrauen gehalten, aber kaum, daß es mir klar wurde, war Ihm diese Erkenntnis auch schon genug. Er rief mich zu sich zurück in den Himmel und sagte, daß ich die Dinge nun häufiger von diesem bevorzugten Standort aus betrachten und mich nicht so tief in die Gegebenheiten der Welt einlassen sollte.«

Ich konnte Memnoch nur wortlos anstarren, während er mir all dies erklärte. Wir standen immer noch am Ufer des Wasserlaufs. Auch jetzt, als er mir von diesen Tröstungen erzählte, schien er mir nicht sonderlich beruhigt. Es lag ihm sehr daran, mit seiner Geschichte fortzufahren.

»Ich kehrte also zurück in den Himmel, aber wie ich schon sagte, die gesamte himmlische Struktur hatte sich verändert. Der Himmel war auf die Erde fixiert. Die Erde war *das* himmlische Thema. Und nie war ich mir dessen stärker bewußt gewesen als jetzt bei meiner Rückkehr. Ich trat vor Gott, kniete anbetend nieder und schüttete Ihm mein Herz aus wegen der Zweifel, die ich hegte, vor allem aber zeigte ich auch meine Dankbarkeit darüber, daß Er zu mir gekommen war. Ich fragte, ob ich die Freiheit hätte, zur Welt dort unten zurückzukehren.

Er antwortete mir in Seiner hintergründigen, unverbindlichen Art: ›Es ist dir nicht verboten. Du bist ein Wächter, und deine Pflicht liegt darin, zu wachen, zu beobachten.‹ So ging ich also wieder hinab –«

»Einen Moment«, sagte ich. »Ich möchte dich etwas fragen.«

»Ja«, erwiderte er geduldig. »Doch komm, laß uns unsere Reise fortsetzen. Tritt auf die Steine dort, dann kannst du den Fluß durchqueren.«

Es war einfach, ihm auf diesem Weg zu folgen, so daß nach wenigen Minuten das Rauschen des Wassers hinter uns verklang und wir durch einen noch dichteren Wald gingen, belebt von seltsamen und geheimnisvollen Geschöpfen.

Jetzt konnte ich meine Frage nicht länger zurückhalten: »Wurde der Himmel im Vergleich zur Erde langweilig?«

»O nein, das nicht, nur war die Erde jetzt der Mittelpunkt unserer Betrachtungen. Man konnte die Erde einfach nicht mehr vergessen, denn alle im Himmel beobachteten sie und besangen sie. So einfach war das. Nein, der Himmel war faszinierend und segensreich wie zuvor; und die Variationen der himmlischen Lieder und Erörterungen wurden wirklich bereichert durch diesen neuen dunklen Klang, durch die erhabene Würdigung von Tod und Verfall.«

»Ah ja; der Himmel wurde also mannigfaltiger mit diesen Offenbarungen?«

»Aber ja; erinnere dich nur an die himmlische Musik, sie ist nicht nur ein religiöses Klischee, denk das nur nicht. Die himmlische Musik erreichte mit der Lobpreisung dieser wunderbaren Geschehnisse neue Dimensionen. Erst Jahrtausende später konnten irdische Instrumente einen blassen Abglanz der Klänge erzeugen, die von den Engeln mit ihren Stimmen und Flügelschlägen hervorgebracht wurden.«

Ich nickte.

»Was ist?« fragte er. »Was bewegt dich?«

»Ich finde keine Worte dafür! Ich meine, daß wir zwangsläufig eine falsche Vorstellung vom Himmel haben, weil uns niemand lehrt, daß die Erde im Brennpunkt der himmlischen Betrachtungen liegt. Also, solange ich lebe, habe ich immer nur das Gegenteil gehört, nämlich die Verteufelung der Materie als eines Kerkers für die Seele.«

»Nun, du hast den Himmel selbst gesehen«, sagte er. »Aber laß mich fortfahren:

Die Siebte Offenbarung war, daß die Tiere aus dem Meer aufs Land kamen und in die Wälder vordrangen, die nun die Erde großenteils bedeckten, und dort Möglichkeiten des Überlebens fanden. Das war die Geburt der Reptilien. Manche wurden zu monströsen Echsen, die zu einer Größe heranwuchsen, daß nicht einmal ein Engel sie hätte aufhalten können. Und auch diese Ungetüme hatten einen Kopf, ein Gesicht und Beine – Beine wie wir –, und jetzt benutzten sie sie nicht mehr nur zum Schwimmen, sondern sie konnten laufen. Einige bewegten sich sogar auf zwei Beinen statt auf allen vieren, wobei vor ihrer Brust kleine Beine herabbaumelten, die Armen glichen.

Ich betrachtete dieses Geschehen wie jemand, der ein flackerndes

Feuer betrachtet, das sich von einer kleinen wärmenden Flamme zur Feuersbrunst auswächst!

Es entwickelten sich die verschiedenartigsten Insekten. Die seltsamsten unter ihnen erhoben sich in die Lüfte in einer Art, die sich auf ungeheuerliche Weise von unserer Art zu fliegen unterschied. Die Welt wimmelte von all diesen neuen Spezies. Alle waren äußerst beweglich und hungrig, und ein Geschöpf fraß das andere. Das war zwar schon vorher so gewesen, aber nun, da es sich nicht mehr um Mikroorganismen, sondern um Tiere handelte, war dieses Töten und Schlingen viel offensichtlicher, und es gab gewaltige Kämpfe zwischen den großen Echsen, die sich gegenseitig in Stücke rissen, und große, reptilartige Vögel stürzten sich auf die kleineren am Boden kriechenden Reptilien, um sie als Beute zu ihren Brutstätten zu tragen.

Die Art der Fortpflanzung veränderte sich. Diese Tiere kamen in Eiern auf die Welt. Und bei späteren Formen wurde der Nachwuchs sogar lebendig geboren.

Millionen von Jahren studierte ich das alles, redete mit Gott darüber, stimmte einen Gesang an, wenn ich von all der Schönheit überwältigt wurde, stieg zum Himmel empor, wo ich, wie stets, feststellte, daß ich mit den Fragen, die ich aufwarf, alle verstörte. Große Debatten fanden statt. Durften wir gar nichts in Frage stellen? Seht nur, wie feurig und riesengroß der Lebensfunke aus diesem gigantischen Tier hervorflammt, wenn es stirbt! Und immer wieder, gerade wenn ich glaubte, diese Erschütterungen raubten mir endgültig meinen Frieden, nahm mich Gott an Sein Herz.

›Betrachte den Plan noch genauer. Du nimmst vorsätzlich nur einen Teil davon wahr‹, sprach Er zu mir. Er wies mich darauf hin, wie Er es schon in den Anfängen getan hatte, daß der Begriff Verschwendung im Universum nicht vorkam, daß Verfall Nahrung für andere bedeutete, daß der Energieaustausch nun durch Töten und Verschlingen, Verdauen und Ausscheiden stattfand.

›Wenn ich bei Dir bin‹, sagte ich zu Ihm, ›sehe ich die Schönheit, die darin liegt. Aber wenn ich hinabgehe, wenn ich im hohen Gras liege, empfinde ich es anders.‹

›Du bist mein Engel und mein Wächter. Überwinde diesen Widerspruch‹, forderte Er.

Also kehrte ich zur Erde zurück. Und dann kam die Achte Offenbarung der Evolution: Es tauchten warmblütige Vögel mit gefiederten Schwingen auf!«

Ich mußte lächeln. Einerseits wegen seines Gesichtsausdrucks, dieses geduldigen, wissenden Ausdrucks, und andererseits wegen des Nachdrucks, den er auf die Beschreibung der Flügel gelegt hatte.

»Gefiederte Schwingen!« wiederholte er. »Nicht genug, daß wir unser Antlitz bei Insekten, Echsen, Ungeheuern wiederfanden! Nein, nun gab es auch noch ein warmblütiges Geschöpf, zerbrechlich und noch dazu pulsierend von kostbarem Leben, das gefiederte Schwingen hatte! Es flog auf die gleiche Art wie wir. Es erhob sich, breitete die Flügel aus und glitt dahin.

Nun, dieses Mal war mein Aufschrei nicht der einzige im Himmel. Tausende von Engeln staunten über die Entdeckung, daß kleine Wesen aus Materie Flügel hatten, die den ihren so sehr glichen, Flügel mit weichen Federn, denen gleich, die unsere Flügel bedeckten und sie befähigten, mit dem Wind zu gleiten … Zu all dem gab es nun das Gegenstück in der materiellen Welt!

Der Himmel dröhnte von Gesängen, Ausrufen, Aufschreien. Engel verfolgten fliegend die Vögel, umkreisten sie, ahmten sie nach und folgten ihnen bis zu ihren Nestern, wo sie zusahen, wie Junge aus den Eiern schlüpften und flügge wurden.

Nun weißt du ja, daß wir diese ganze Sache von Geburt und Heranwachsen schon bei anderen Geschöpfen gesehen hatten, aber keines hatte so sehr uns selbst geähnelt.«

»Und Gott schwieg?« fragte ich.

»Nein. Dieses Mal rief er uns zusammen und fragte, ob wir inzwischen nicht genug gelernt hätten, um von solchem Entsetzen und Hochmut Abstand zu nehmen. Hochmut, sagte Er, sei es, worunter wir so sehr litten; wir seien außer uns, weil solch schwächliche, winzige Dinger, deren Angesicht eigentlich kaum ausgeprägt war, nun wahrhaftig gefiederte Schwingen hatten. Er erteilte uns einen strengen Verweis und mahnte uns: ›Ich sage es euch noch einmal – dieser Prozeß wird sich fortsetzen, und ihr werdet noch seltsamere Dinge sehen, doch ihr seid meine Engel, ihr gehört zu mir, also habt Vertrauen!‹«

Die Neunte Offenbarung der Evolution war für alle Engel sehr schmerzlich. Sie erfüllte uns mit Schrecken und Furcht. Es war die Entstehung der Säugetiere, deren scheußliche Schmerzensschreie durchdringender zum Himmel emporstiegen als die Laute vom Leiden und Sterben anderer Tiere je zuvor!

Oooh, hier erfüllte sich aufs schrecklichste die Ahnung einer Furcht, die uns angesichts von Tod und Verfall überkommen hatte.

Die Gesänge der Engel veränderten sich. Alles, was uns in unserer Angst, unserem Leid blieb, war, das stetig wachsende Erstaunen in Tönen auszudrücken, noch dunkler und noch vielschichtiger als zuvor. Doch das Antlitz Gottes, Sein Licht, zeigte keine Regung.

Und schließlich die Zehnte Offenbarung der Evolution. Die Affen gingen aufrecht! Wurde da nicht Gottes selbst gespottet? Da war es, plump geformt, mit Haaren bedeckt, das zweibeinige, zweiarmige, aufrechte Geschöpf, nach demselben Bild wie wir geschaffen! Ihm fehlten unsere Schwingen, Gott sei Dank! Aber auch die geflügelten Geschöpfe hatten wahrhaftig in ihrer Entwicklung nicht annähernd unser Vorbild erreicht. Doch da stampfte es über die Erde, mit einem Knüppel bewaffnet, roh und wild; zerriß das Fleisch seiner Feinde mit den Zähnen, schlug, biß und stach alles zu Tode, was sich ihm entgegenstellte. Das Bild Gottes und seiner stolzen Söhne, Seiner Engel, in einer behaarten, stofflichen Gestalt, die unbeholfen mit Werkzeugen hantierte!

Wie vom Donner gerührt, untersuchten wir die Hände des Geschöpfs. Besaß es etwa Daumen? Beinahe. Mit der gleichen Erschütterung umringten wir seine Sammelplätze. War das Sprache, was aus ihren Mündern drang, der hörbare, flüssige Ausdruck von Gedanken? Beinahe! Was konnte Gott nur für einen Plan haben? Warum hatte Er das getan? Würde das nicht Seinen Zorn erregen?

Aber das Licht Gottes schien ewig und ohne Unterlaß, als könnte der Schrei des sterbenden Primaten es nicht erreichen, als gäbe es keine Zeugen, wenn der Affe vom größeren Angreifer zerfetzt wurde und der hellodernde Lebensfunke noch einmal aufflackerte, ehe er verglomm.

›Nein, nein, das ist undenkbar, unvorstellbar‹, sagte ich.

Wieder schoß ich voller Widerspruch zum Himmel empor, und Gott sprach, ganz einfach und ohne tröstliches Beiwerk: ›Memnoch, wie kannst du dich durch dieses Wesen verspottet glauben, wenn ich, der ich es geschaffen habe, nicht so fühle? Gib dich zufrieden, Memnoch, und erfreue dich des Wunders, und bekümmere mich nicht weiter! Rings um dich her erheben sich Lobgesänge, die mir von jeder winzigen Errungenschaft meiner Schöpfung künden. Du aber kommst mit Fragen, die eine einzige *Anklage* sind, Memnoch! Ich will nichts mehr davon hören!‹

Ich fühlte mich beschämt. Das Wort ›Anklage‹ ängstigte mich und veranlaßte mich, eine lange gedankliche Pause einzulegen. Weißt du, daß Satan im Hebräischen ›Ankläger‹ bedeutet?«

»Ja«, antwortete ich.

»Laß mich fortfahren. So hatte ich das bisher noch nicht gesehen, aber nun wurde mir klar, daß ich Gott schon seit geraumer Zeit mit Anklagen überschüttet hatte. Ich war davon ausgegangen, daß dieser evolutionäre Prozeß nicht so abliefe, wie Er es gewollt oder beabsichtigt hatte. Doch nun sagte Er mir ganz schlicht, ich solle damit aufhören und alles erst einmal einer näheren Untersuchung unterziehen. Und wieder einmal zeigte Er mir, von einer höheren Warte aus, den umfassenden und mannigfaltigen Verlauf der Entwicklungen, deren Zeuge ich war. Kurzum: Er segnete mich mit der Teilhabe an Seiner Sichtweise, die nie die meine würde sein können.

Wie gesagt, ich war beschämt. ›Darf ich mich Dir anschließen, Herr?‹ fragte ich. Und Er antwortete: ›Aber natürlich.‹ So waren wir also wieder versöhnt, und während ich in dem göttlichen Licht schlummerte, war ich doch auf der Hut, wie ein Tier, das sich immer des lauernden Feindes bewußt ist, wachsam und voller Furcht: Was nur geschieht dort unten?

Und nun schaue! Oder sollte ich diesen Ausdruck voll wilder Kraft aus dem Buche Genesis wählen und ›Siehe!‹ sagen? Diese behaarten Aufrechtgehenden hatten merkwürdige Rituale, hatten alle möglichen Arten komplexer Verhaltensweisen entwickelt. Die bemerkenswerteste war: Die behaarten Aufrechtgehenden hatten begonnen, ihre Toten zu begraben.«

Ich kniff die Augen zusammen und schaute Memnoch verblüfft an. Er hatte sich in diese Erzählung so hineingesteigert, daß er jetzt zum ersten Mal überzeugend unglücklich wirkte, und doch blieb seinem Antlitz die Schönheit erhalten. Nichts – nicht einmal dieses Gefühl des Elends – konnte es entstellen.

»War denn das die Elfte Offenbarung der Evolution?« fragte ich. »Daß sie ihre Toten begruben?«

Er sah mich lange an, und ich spürte seine Enttäuschung darüber, daß es ihm einfach nicht gelang, mir alles, was ich wissen sollte, zu übermitteln.

»Was bedeutete es denn?« drängte ich eifrig und wißbegierig. »Was bedeutete das – daß sie ihre Toten begruben?«

»Sehr viel«, flüsterte er und hob bedeutungsvoll den Zeigefinger, »denn dieses Begräbnisritual ging einher mit dem Gefühl für Blutsverwandtschaft, das wir bei anderen Spezies für kaum mehr als einen Augenblick – wenn überhaupt – beobachtet hatten; das reichte von Fürsorge für die Schwachen über Hilfe und Nahrung für die Gebrechlichen bis schließlich hin zu diesen Begräbniszeremonien mit Blumen. Blumen, Lestat! Sie legten Blumen rund um den in die Erde gebetteten Leichnam, und das war die Elfte Offenbarung der Evolution, die Geburt des heutigen Menschen. Zottelig, vornübergebeugt, unbeholfen, mit affenartigem Haar bedeckt, aber mit einem Angesicht, daß stärker als je zuvor dem unseren glich, so schritt der Mensch über die Erde. Und dieser Mensch konnte Zuneigung und Liebe in einem Maße empfinden, wie es im Universum bisher nur Engel gekannt hatten und Gott, der sie geschaffen hatte! Der neuzeitliche Mensch überschüttete mit diesen Gefühlen seine Familie, und der neuzeitliche Mensch liebte die Blumen wie wir, und er trauerte, wenn er – mit Blumengaben – seine Toten bestattete.«

Ich schwieg lange, überdachte das alles, vor allem auch Memnochs Eingangsthese: daß er und Gott und die Engel das Ideal verkörperten, auf das sich – direkt vor ihren Augen – die menschliche Gestalt hinentwickelte. Von diesem Standpunkt aus hatte ich das noch nicht betrachtet. Und wieder sah ich Sein Bild vor mir, als Er sich von der Brüstung abwandte und Seine Stimme mich so überzeugend bat: ›Du würdest nie mein Gegner sein, nicht wahr?‹

Memnoch beobachtete mich. Ich wich seinem Blick aus. Schon jetzt fühlte ich ihm gegenüber eine starke Loyalität, allein durch seine Geschichte, die er voller Emotionen erzählte, und ich war verwirrt durch die Worte Gottes.

»Und dazu hast du auch allen Grund«, sagte Memnoch. »Denn die Frage, die du dir stellen mußt, ist folgende: Da Er dich ja gewiß kennen muß, Lestat, warum betrachtet Er dich nicht als Seinen Gegner? Was meinst du?«

Ich war wie gelähmt.

Er wartete ab, bis ich wieder fähig war, ihm zuzuhören, und zeitweise schien mir, als schaffte ich es nie mehr. Sosehr ich mich zu ihm hingezogen fühlte, so bezaubert ich auch war, hatte ich doch das sterbliche Verlangen, einer überwältigenden Einsicht zu entkommen, die die Grundfesten meines Verstandes bedrohte.

»Als ich mit Gott war«, fuhr Memnoch fort, »sah ich mit Seinen Augen: Ich sah die Menschen mit ihren Familien; sah, wie sie sich bei Geburten halfen; ich sah, wie sie die Gräber rituell mit Steinen bedeckten. Ich sah mit Gottes Augen, ewigwährend und endlos weit. Die unendliche Kompliziertheit jedes einzelnen Aspekts der Schöpfung, jedes Wassermoleküls, jedes winzigen Geräuschs, ob von Menschen oder Vögeln, all das schien allein das Produkt der absoluten Größe Gottes. Unvergleichliche Lobgesänge entströmten meinem Herzen.

Und wieder sagte Gott zu mir: ›Memnoch, bleib nah bei mir, bleib im Himmel. Betrachte das alles lieber aus der Ferne.‹

›Befiehlst du es, Herr?‹, fragte ich. ›Ich möchte sie so gerne beobachten und über sie wachen. Mit meinen unsichtbaren Händen möchte ich spüren, wie ihre Haut weicher und weicher wird.‹

›Du bist mein Engel, Memnoch. So geh und schaue und merke dir, daß alles, was du siehst, von mir geschaffen und gewollt ist.‹

Bevor ich den Himmel verließ, blickte ich noch einmal hinab – ich spreche jetzt in Metaphern, das weißt du so gut wie ich –, ich blickte also hinab, und ich sah, daß die Schöpfung von beobachtenden Engeln nur so wimmelte, fasziniert von den vielen reizvollen Gegenden, von den Wäldern über die Täler bis zum Meer, wie ich es schon einmal beschrieben habe.

Doch etwas schien die Erdatmosphäre verändert zu haben, ein neues Element. Ein fast unsichtbarer Wirbel von winzigen Partikelchen etwa? Nein, das ließe schon an etwas Größeres denken, als es tatsächlich war. Doch da war etwas.

Als ich auf die Erde kam, bestätigten mir die anderen Engel sofort, daß auch sie dieses neue Element in der Atmosphäre gespürt hatten, obwohl es auf die Luft nicht angewiesen zu sein schien wie jedes andere Leben sonst.

›Wie kann das zugehen?‹ fragte ich.

›Lausche‹, sagte der Engel Michael. ›Lausche einfach, du kannst es hören.‹

Und Raphael ergänzte: ›Es ist etwas, das unsichtbar, aber lebendig ist! Und was gibt es unter dem Himmel außer uns, das unsichtbar ist und lebt!‹

Hunderte von Engeln versammelten sich, um darüber zu diskutieren, um ihre Erfahrungen mit diesem neuen Element auszutauschen, dieser plötzlichen Anwesenheit von etwas Unsichtbarem, das uns umfing. Aber wir konnten es nicht recht einordnen, es verursachte Vibrationen oder eher einen unhörbaren Ton, den wahrzunehmen wir uns sehr anstrengen mußten.

›Nun hast du es geschafft!‹ sagte einer der Engel, den ich lieber nicht nennen will, zu mir. ›Du hast Gott durch all deine Anschuldigungen und dein Wüten enttäuscht, und jetzt hat Er etwas anderes als uns erschaffen, genauso unsichtbar und mit gleichen Fähigkeiten wie den unsrigen! Memnoch, du mußt zu Ihm gehen und herausfinden, ob Er uns vernichten und dieses neue, unsichtbare Etwas an unserer Stelle herrschen lassen will.‹

›Wie könnte das denn sein?‹ fragte Michael. Michael ist einer der ruhigsten und besonnensten aller Engel. Das findest du in Legenden und auch in der Lehre von den Engeln, der Volksglaube sagt es und weiß der Himmel wer sonst noch. Und es stimmt. Er ist vernunftbetont. Und nun erläuterte er den verstörten Engeln, daß diese winzigen, unsichtbar Anwesenden begreiflicherweise nicht unsere Fähigkeiten haben konnten. Sie konnten sich uns ja kaum bemerkbar machen, und wir waren Engel, vor denen sich unmöglich irgend etwas auf Erden verbergen konnte!

›Wir müssen herausfinden, was es ist‹, sagte ich. ›Es ist erdgebunden und Teil der Erde. Es ist nichts Himmlisches. Es ist hier, nahe den Wäldern und Hügeln.‹

Dem stimmten alle zu. Wir waren Wesen, vor denen nichts verborgen blieb, woraus es auch bestand. Du würdest Jahrtausende brauchen, um den Aufbau und die Funktionen eines Nitrogenmoleküls zu verstehen, aber wir konnten es! Doch dies hier verstanden wir nicht. Oder besser gesagt, wir waren nicht in der Lage, es als das zu erkennen, was es war.«

»Ja, ich verstehe, was du meinst.«

»Wir lauschten. Wir versuchten es zu berühren. Dabei stellten wir fest, daß es körperlos und unsichtbar war, aber daß Beständigkeit und Individualität zu seinen Eigenschaften gehörte, und tatsächlich waren das, was wir wahrnahmen, sogar Unmengen von Individuen. Und sie weinten; ganz allmählich konnten wir diesen Ton mit unseren eigenen geistigen Ohren heraushören.«

Er unterbrach sich und fragte: »Begreifst du, welche Unterscheidung ich treffe?«

»Es waren geistige Individuen«, sagte ich.

»Und während wir noch überlegten, während wir singend die Arme ausbreiteten und ihnen Trost zu spenden versuchten, wobei wir zugleich mit gewandten Schritten unsichtbar die irdische Materie durchmaßen, tat sich uns etwas Bedeutendes kund, das uns schockartig aus unseren Beobachtungen aufschreckte. Hier, vor unseren eigenen Augen, erstand sie, die Zwölfte Offenbarung der Evolution! Sie traf uns wie das Licht des Himmels, sie ließ uns den Jammer der Unsichtbaren vergessen! Sie erschütterte uns zutiefst. Sie verwandelte unsere Lieder in Gelächter und Wehklagen.

Die Zwölfte Offenbarung der Evolution bestand darin, daß der weibliche Teil der menschlichen Rasse ein Äußeres entwickelt hatte, das sich von dem der Männer ganz erheblich unterschied, und zwar in einem Maße, daß es mit keinem anderen Anthropoiden vergleichbar war! In unseren Augen schienen die weiblichen Wesen anmutig und verführerisch, ihre Gesichter waren nicht mehr behaart, ihre Glieder waren geschmeidig; ihre Verhaltensweise ging über den puren Überlebenskampf hinaus; und sie waren schön, wie Blumen schön sind oder die Schwingen eines Vogels! Aus den Paarungen der stark behaarten Affen war ein zarthäutiges, weibliches Wesen mit strahlendem Gesicht erstanden. Und obwohl wir keine Brüste hatten und sie keine Schwingen, sahen sie aus wie wir!!!«

Stumm starrten wir einander an.

Nicht eine Sekunde mußte ich nachdenken. Ich begriff sofort. Ich wußte es. Ich sah ihn an, sah sein wunderschönes Antlitz, sein fließendes Haar, seine geschmeidigen Gliedmaßen und seine sanfte Miene, und ich wußte, daß er natürlich recht hatte. Auch ohne Evolutionslehre studiert zu haben, wurde mir klar, daß mit der voranschreitenden Entwicklung der Spezies ein solcher Zeitpunkt einfach hatte kommen müssen; und wenn je ein Geschöpf das Weibliche verkörperte, dann war er es. Er war wie die marmornen Engel, wie die Statuen Michelangelos, sein Körperbau spiegelte das absolute Gleichmaß und die Harmonie des Weiblichen wider.

Er war aufgewühlt, er schien im Begriff, die Hände zu ringen. Er sah mich durchdringend an, als wolle er in mich hinein-, durch mich hindurchsehen.

»Und in kürzester Zeit«, fuhr er fort, »zeigte sich die Dreizehnte Offenbarung der Evolution. Die männlichen Wesen vermählten sich mit den hübschesten der weiblichen, mit denen, die besonders schlanke Glieder, besonders weiche Haut, besonders sanfte Stimmen hatten. Und aus diesen Verbindungen entstanden Männer, die nicht weniger schön waren als die Frauen. Und bald gab es Menschen mit unterschiedlicher Hautfarbe, mit rotem und blondem, schwarzem oder fast weißem Haar oder mit braunen Locken, auch unterschiedliche Augenfarben traten auf – Grau, Braun, Grün oder Blau. Vorbei war es mit der überhängenden Stirn, dem mit Haaren zugewachsenen Gesicht, dem affenähnlichen Ausdruck; auch der Mann strahlte in engelsgleicher Schönheit, genau wie seine weibliche Gefährtin.«

Ich schwieg.

Er wandte sich von mir ab, aber das war nicht kränkend gemeint. Es schien, als gönne er sich eine Pause, eine kurze Erholung zur Erneuerung seiner Kräfte. Ich ertappte mich dabei, wie ich die hochgewölbten, zusammengelegten Schwingen anstarrte, deren untere Spitzen knapp über dem Boden endeten, jede einzelne Feder schillerte leicht. Er drehte sich um und sah mich an, und sein anmutiges Antlitz versetzte mir einen Schock.

»Da standen sie, Mann und Frau, Er hatte sie erschaffen, und abgesehen davon, Lestat, abgesehen davon, daß das eine männlich und das andere weiblich war, waren sie nach dem *Bilde Gottes* und *Seiner Engel* erschaffen! Dazu war es gekommen! Dazu! Gott – zweigeteilt! Die Engel – zweigeteilt!

Ich weiß nicht, wie lange die anderen Engel mich zurückhalten konnten, doch schließlich mußten sie aufgeben, und ich stieg zum Himmel empor. Gedanken, Zweifel und Vermutungen erregten mich. Ich wußte, was Zorn war. Die Schreie leidender Säugetiere, das Kreischen und Brüllen der sich bekriegenden affengleichen Wesen hatten mich Zorn gelehrt. Verwesung und Tod hatten mich Furcht gelehrt. In der Tat hatte mich die gesamte göttliche Schöpfung alles gelehrt, was ich nun benötigte, um in rasender Eile vor ihn hinzutreten und zu fragen: ›Wolltest Du das? Dein eigenes Bild zweigeteilt, in männlich und weiblich! Ein Lebensfunke, der so hoch aufflammt, wenn einer von ihnen stirbt, Mann oder Frau! Solch eine Groteske, solch unmögliche Teilung, solch Monstrosität! War das Dein Plan?‹

Ich geriet außer mir. Ich betrachtete das als Katastrophe! Wütend gestikulierend schrie ich Gott an, er möge mich zur Vernunft bringen, möge mir vergeben. Doch von Gott kam nichts. Gar nichts. Kein Wort. Keine Strafe. Kein Urteil.

Ich war von Engeln umringt, die alle gespannt beobachteten und abwarteten. Von Gott dem Allmächtigen kam keine Reaktion, nur das überaus ruhevolle Licht entströmte ihm. Ich weinte. Und während ich weinte und sie mir dabei zusahen, bemerkte ich, daß ich nicht der einzige zu sein schien, der Tränen vergoß.

Wer war denn noch hier? Ich drehte mich um und schaute sie an: Ich sah all die Engelschöre – Wächter, Cherubim, Seraphim, Ophanim, alle. Ihre Gesichter waren verzückt und geheimnisvoll, und doch vernahm ich dieses Weinen!

›Woher kommt dieses Weinen?‹ rief ich.

Und dann wußte ich es. Und auch die andern wußten es. Wir strömten zusammen, mit gefalteten Schwingen und gebeugten Köpfen, und lauschten, und wir hörten die Stimmen jener unsichtbaren Geister, jener unsichtbaren Individuen von der Erde aufsteigen; sie waren es – diese nichtstofflichen Wesen –, die da weinten! Und ihr Weinen drang bis zum Himmel, während das Licht Gottes in ewiger Dauer und ohne Unterschied uns alle umhüllte.

›So kommt nun und seid Zeugen‹, forderte Raphael die Engel auf. ›Kommt und schaut, wie es unser Auftrag ist.‹

›Ja, ich muß einfach sehen, was das ist!‹ sagte ich, und ich begab mich hinab in die Luftschicht der Erde, und die anderen taten es mir gleich, so daß diese winzigen jammernden, weinenden Wesen, die wir nicht einmal sehen konnten, in einem Wirbel dahingetrieben wurden.

Und dann drang menschliches Wehklagen an unsere Ohren. Menschliches Weinen mischte sich mit dem der Unsichtbaren!

Gemeinsam näherten wir uns, dicht gedrängt umringten wir unsichtbar ein kleines Lager der glatthäutigen, schönen Menschenwesen. In ihrer Mitte lag ein sterbender junger Mann, der sich im Todeskampf auf einem Lager wand, das sie für ihn aus Gras und Blumen hergerichtet hatten. Der Biß eines Insekts hatte bei ihm ein todbringendes Fieber hervorgerufen; das war Teil des Kreislaufs, hätte Gott wohl gesagt, wenn wir gefragt hätten.

Doch das Wehklagen der Unsichtbaren schwebte über diesem Todgeweihten. Und die Klagen der Menschenwesen erhoben sich eindringlicher, als ich es ertragen konnte.

Wieder weinte ich.

›Sei still, lausche‹, sprach der geduldige Michael.

Er bedeutete uns, die Blicke über den kleinen Lagerplatz hinaus auf den Hintergrund zu richten; und dort in der klaren Luft sahen wir die Geisterstimmen weinend versammelt!

Zum ersten Mal erblickten wir diese Geisterwesen mit unseren eigenen Augen! Wir sahen, wie sie sich zusammendrängten und wieder zerstreuten, umherschweiften, wieder herankamen und dann zurückschreckten. Jedes von ihnen hatte den vagen Umriß eines menschlichen Wesens behalten. Schwach, verwirrt, verloren, ihrer selbst unsicher, trieben sie inmitten der Atmosphäre. Jetzt breiteten sie ihre Arme aus und reckten sie dem Mann entgegen, der sterbend auf dem Totenbett lag. Und dann starb er wirklich.«

Memnoch sah mich an, als sei es an mir, die Geschichte zu Ende zu erzählen.

»Und ein Geist fuhr aus dem sterbenden Mann«, sagte ich. »Der Lebensfunke flackerte auf, doch er verlosch nicht, sondern er wurde zu einem unsichtbaren Geist wie all die anderen. Der Geist des Mannes, geformt wie der Mann selbst, stieg auf und schloß sich den Geistern an, die gekommen waren, um ihn mit sich zu nehmen.«

»Ja!« Er seufzte abgrundtief und streckte die Arme aus. Er sog den Atem ein, als wolle er aufbrüllen. Dann wandte er den Blick durch die riesigen Bäume hinauf zum Himmel.

Ich stand wie gelähmt.

Der dichte Wald um uns herum ächzte. Ich spürte, daß Memnoch bebte, spürte den Schrei, der in ihm lauerte und, einem gräßlichen Trompetenton gleich, hervorzubrechen drohte, der jedoch einfach erstarb, als Memnoch den Kopf senkte.

Der Wald hatte sich inzwischen verändert. Jetzt war es ein Wald, wie wir ihn heute kennen. Unsere Eichen, unsere dämmrigen Bäume und auch das Moos und die Wildblumen kannte ich und die Vögel und die kleinen Nager, die zwischen den Schatten einherhuschten.

Ich wartete ab.

»Die Luft war voll mit diesen Geistern«, fuhr er fort, »denn nun, da wir sie einmal entdeckt, ihre unermüdlichen Stimmen vernommen hatten, ihre blassen Umrisse erspäht hatten, konnten wir sie nie wieder übersehen, und sie umgaben die Erde wie ein Kranz! Die Geister der Toten, Lestat! Die Seelen der verstorbenen Menschen.«

»Seelen, Memnoch?«

»Seelen.«

»Seelen waren aus der Materie erstanden?«

»Ja. Nach seinem Bilde. Seelen, der innerste Kern des Menschen, unsichtbare Individuen, Seelen!« Er seufzte. »Komm mit.« Er fuhr mit dem Handrücken über sein Gesicht. Als er nach meiner Hand griff, spürte ich zum ersten Mal ganz deutlich seine Schwingen, die meinen Körper streiften, und ein Schauer durchfuhr mich, der Furcht ähnlich und doch wieder auch nicht.

»Seelen waren aus diesen Menschenwesen entwichen«, betonte er. »Heil und lebendig waren sie und schwebten um die Körper jener Menschen, deren Stamm sie angehört hatten.

Sie konnten weder uns noch den Himmel sehen. Sie konnten nur ihre Nachkommenschaft sehen, diejenigen, die sie begraben hatten, die sie im Leben geliebt und die den roten Ocker über ihre toten Körper gestreut hatten, bevor sie sie sorgfältig, die Gesichter nach Osten gewandt, mit ihren Besitztümern in ihren Gräbern bestattet hatten!«

»Und die Menschen, die daran glaubten«, fragte ich, »die ihre Vorfahren verehrten – fühlten die deren Gegenwart? Erspürten sie das? Vermuteten sie, daß ihre Vorfahren sie noch in geistiger Form umgaben?«

»Ja«, antwortete er.

Ich war so mit dem Gehörten beschäftigt, ich konnte nichts sagen. Und meine Sinne wurden gleichsam überschwemmt vom Geruch des Waldes, von seinen kräftigen Farben, von den unendlich vielfältigen Abstufungen in Braun und Gold und tiefem Rot. Ich sah zum Himmel auf, wo das blendende Licht sich grau und trübe brach und dennoch grandios wirkte.

Aber trotzdem dachte ich nur an eines: an den Wirbelsturm und an die Seelen, die uns dort umgeben hatten, als sei die Luft zwischen Himmel und Erde angefüllt mit ihnen. Seelen, die immer und ewig dahintrieben. Wohin wendet man sich in solcher Dunkelheit? Wonach sucht man? Welche Erfahrungen kann man machen?

Lachte Mennoch? Nein, ein kurzer, betrübter Ton, sehr persönlich und voller Schmerz. Vielleicht sang er leise, als sei die Melodie eine natürliche Folge seiner Gedanken. Sie entströmte seinem Denken, wie Duft von Blumen aufsteigt: Gesang, die Äußerungsform der Engel.

Ich merkte, daß er litt, aber ich konnte es nicht mehr aushalten. »Memnoch, wußte Gott das?« fragte ich. »Wußte Gott, daß die Männer und Frauen einen geistigen Wesenskern entwickelt hatten? Memnoch, wußte Er von ihren Seelen?«

Er gab keine Antwort. Ich vernahm nur diesen gedämpften Klang, seinen Gesang. Er blickte wieder zum Himmel auf, und nun wurde sein Gesang deutlicher, wurde zu einem dunklen demütigen Lobgesang voller Ausdruckskraft und Schmerz, der unserer gemessenen, klar aufgebauten Musik fremd war.

Konnte die Schönheit dieses Waldes mit der des Himmels, die ich gesehen hatte, konkurrieren? Das konnte man unmöglich beantworten. Aber ganz sicher konnte ich, ohne zu lügen, für mich sagen, daß der Vergleich mit dem Himmel diese Schönheit nicht schmälerte. Dieser Wilde Garten, möglicherweise der Garten Eden, dieser uralte Ort war voller Wunder in sich selbst und seiner eigenen Begrenztheit. Plötzlich konnte ich seinen Anblick nicht mehr ertragen, konnte den Anblick der schlanken, zu Boden schwebenden Blätter und meine Liebe zu ihm nicht mehr ertragen, wenn meine Frage unbeantwortet blieb. Nichts in meinem Leben schien mir plötzlich wichtiger.

»Wußte Gott von den Seelen, Memnoch?« wiederholte ich. »Wußte Er es?«

Er wandte sich mir zu. »Wie konnte Er es nicht wissen, Lestat! Wie könnte Er es nicht gewußt haben! Und wer, glaubst du, flog hinauf in die höchsten Höhen des Himmels, um es Ihm zu sagen? Und war Er jemals überrascht oder ahnungslos? Hatte je eine der Neuigkeiten, die ich Seiner ewigen und allwissenden Aufmerksamkeit nahebrachte, Aufklärung oder Verwirrung bewirkt?«

Erneut stieß er einen Seufzer aus, schien am Rande eines fürchterlichen Ausbruchs, dessen Gewalt die vorherigen verblassen lassen würde. Doch dann beruhigte er sich wieder und versank in Grübeln.

Wir gingen weiter. Die Flora veränderte sich, Mammutbäume machten schlankeren, zierlicheren Arten Platz, und hier und da gab es Flecken mit saftigem, wehendem Gras.

Mit dem leichten Wind erreichte uns der Geruch von Wasser. Memnochs blondes Haar, so schwer es auch war, wehte von seinen Schläfen. Der Wind kühlte mir Kopf und Hände, doch nicht mein Herz.

Durch die Bäume blickten wir auf ein dichtbewachsenes, wildes Tal. In der Ferne konnte ich Berge und grüne Hänge erkennen, auf denen vereinzelt neben struppigem Gebüsch auch Buchweizen oder anderes wildes Getreide stand. Der Wald zog sich die Hügel und Berge hinauf bis zu den felsigen Höhen. Und als wir uns dem Tal näherten, sah ich durch die Zweige das Blinken und Schimmern eines Gewässers.

Als wir aus dem älteren Teil des Waldes heraustraten, lag vor uns wunderbares, fruchtbares Land. Gelbe und blaue Blumen wuchsen hier im Überfluß, woben einen leuchtenden Farbenteppich. Es gab

Oliven- oder Obstbäume, und ihre tief herabhängenden knorrigen Zweige ließen erkennen, daß von ihnen seit Generationen Früchte geerntet worden waren. Und alles strahlte in herrlichstem Sonnenlicht.

Wir schritten durch das hohe Gras bis zum Wasser, das sanft, ohne Gezeiten, schien mir, in kleinen Wellen ans Ufer spülte; und wenn es hell und klar zurückwich, glitzerten die Kiesel und Steine im Licht.

Ich konnte weder rechts noch links ein Ende der Uferlinie erkennen, doch in der Ferne sah ich die felsigen Hügel zum Wasser hinabreichen wie die Wurzeln riesiger Bäume.

Ich schaute umher. Überall felsige Hügel, die sich in der Ferne zu Bergen erhoben, sanfte Anhöhen und Haine voller Obstbäumen, aber auch dunkle Höhlenschlünde.

Memnoch sagte nichts. Er war niedergeschlagen und traurig und starrte auf das Gewässer hinab und zum fernen Horizont, wo das Wasser sich den Weg durch die Berge, die es einzuschließen drohten, erzwang und weiter hinten sich unserer Sicht entzog.

»Wo sind wir?« fragte ich leise.

Er ließ sich Zeit mit der Antwort. Schließlich sagte er. »Von den Offenbarungen der Evolution habe ich dir fürs erste alles, was ich sah, berichtet – wenn es auch nur ein magerer Überblick über all das ist, was du erfahren wirst, wenn du stirbst.

Was nun noch fehlt, ist der Kernpunkt meiner Geschichte, und ich würde ihn dir gerne hier erzählen. Hier an diesem wunderbaren Ort, obwohl die Flüsse schon längst in der Erde versickert sind, vergangen wie die Männer und Frauen, die damals hier umherstreiften. Und um deine Frage zu beantworten, laß mich dir sagen: Hier, an dieser Stelle war es, wo Er mich schließlich hinabstieß aus dem Himmel. Dies ist der Ort meines Falls.«

Kapitel 12

Gott rief: ›Warte!‹, und so sah ich mich an den Himmelstoren aufgehalten, zusammen mit meinen Gefährten, also den Engeln, die sich mir gewöhnlich anschlossen. Michael, Gabriel und Uriel, die nicht zu ihnen gehörten, waren auch da.

›Memnoch, mein Ankläger‹, sagte Gott. Er sprach die Worte mit der für ihn charakteristischen Sanftmut, und er strahlte in gleißendem Licht. ›Bevor du nun den Himmel betrittst und deine Schmähungen ausstößt, sollst du dich wiederum auf die Erde hinabbegeben. Nutze jede Gelegenheit, alles die Menschen Betreffende sorgfältig und ehrfürchtig zu studieren, denn dann kannst du, wenn du zu mir zurückkommst, meine Worte besser auffassen und verstehen. Ich sage dir nun, daß die Menschheit ein Teil der Natur und den Naturgesetzen unterworfen ist, deren Entfaltung du mit ansehen konntest. Niemand außer mir sollte das besser verstehen als du.

Doch geh, sieh selbst. Dann, und erst dann, will ich im Himmel eine Zusammenkunft einberufen, an der alle Engel teilnehmen sollen, Engel aller Rangstufen und jeglicher Wesensart, und dann will ich hören, was du zu sagen hast. Nimm diejenigen mit, die gleich dir nach Antworten suchen, und laß die Engel bei mir zurück, die nie einen anderen Wunsch, ein anderes Interesse oder einen anderen Gedanken hatten, als in meinem Licht zu leben.‹«

Wir gingen langsam den schmalen Uferstreifen entlang, bis wir an eine Stelle kamen, wo einige Felsbrocken einen natürlichen Sitz- und Ruheplatz boten. Wir setzten uns, und diese Körperhaltung schien meine Ängste, meine Konzentration und meinen Eifer, ihm zu lauschen, nur noch zu verstärken. Er wandte sich mir zu, so daß seine Flügel nicht mehr zu sehen waren. Zunächst hatte er sie gestreckt und ausgebreitet – die linke Schwinge hatte sich weit über meinem

Kopf erhoben und ihre Spannweite mich eingeschüchtert. Aber im Sitzen reichte der Platz einfach nicht, um sie hinter sich zu falten, also ließ er seine Flügel einfach verschwinden.

Memnoch erzählte weiter: »Im Himmel entstand aufgrund dieser Worte eine große Aufregung über die Frage, wer sich mit mir hinabbegeben und die Schöpfung begutachten wolle und wer nicht. Wie du schon weißt, bewegten sich die Engel frei innerhalb der Schöpfung. Viele waren schon seit langer Zeit auf der Erde und hatten eine Leidenschaft für bestimmte Bäche, Täler und sogar für die inzwischen entstandenen Wüsten entwickelt. Doch was der Herr mir hier aufgetragen hatte, war eine besondere Mission – ›Geh hinab und lerne alles, was du kannst, über die Menschheit‹ –, und so gab es Unstimmigkeiten darüber, wer ebenso leidenschaftlich an den Geheimnissen der menschlichen Art interessiert war wie ich.«

»Moment«, unterbrach ich ihn. »Entschuldige. Wie viele Engel gibt es denn? Du hast Gott zitiert, und dabei fielen die Begriffe ›aller Rangstufen‹ und ›jeglicher Wesensart‹.«

»Bestimmt weißt du aus Sagen schon einiges von dem, was wahr ist«, antwortete er. »Gott erschuf uns, die Erzengel, zuerst – Memnoch, Michael, Gabriel, Uriel und viele weitere, deren Namen – absichtlich oder unabsichtlich – niemals bekannt wurden, deshalb werde ich sie jetzt auch nicht nennen. Die gesamte Anzahl der Erzengel? Fünfzig. Wir waren Seine ersten Geschöpfe, wie gesagt, wobei die Frage, wer genau vor wem erschaffen wurde, für hysterische Streitereien im Himmel gesorgt hat, Streitereien, an denen ich schon seit langem das Interesse verloren habe. Und nebenbei, ich bin sowieso davon überzeugt, daß ich der erste war. Aber das ist jetzt nicht wichtig.

Wir stehen in unmittelbarster Beziehung zu Gott und auch zur Erde. Deshalb hat man uns den Namen Schutzengel oder auch Erzengel gegeben und in manchen religiösen Schriften als rangniedrig bezeichnet, aber das ist nicht wahr. Was stimmt, ist, daß wir die ausgeprägteste Persönlichkeit haben und uns am besten anpassen können, an Gott und an die Menschen.«

»Ah ja. Und Ratziel, Metatron, Remiel?«

Er lächelte. »Ich dachte mir, daß dir diese Namen bekannt sind«, sagte er. »Sie werden den Erzengeln zugeordnet, aber ich kann dir das unmöglich alles jetzt erklären. Du wirst es erfahren, wenn du gestorben bist. Außerdem ist es ein bißchen zuviel für den menschlichen Verstand, selbst wenn es ein vampirischer Verstand wie der deine ist.«

»Na gut. Aber du gibst doch zu, daß die Namen sich auf tatsächliche Wesenheiten beziehen?«

»Ja. Aber jetzt laß mich weitermachen. Ich möchte mich an meinen Zeitplan halten. Wir also sind, wie ich sagte, Gottes Boten, die mächtigsten Engel, und es dauerte nicht lange, bis ich auch Gottes Ankläger wurde, wie du sehen wirst.«

»Satan bedeutet Ankläger«, warf ich ein. »Und all die anderen scheußlichen Namen, die du nicht magst, haben irgend etwas mit dieser Bedeutung ›Ankläger‹ zu tun.«

»Richtig«, bestätigte er. »Die Verfasser der frühesten religiösen Texte kannten nur Bruchteile der Wahrheit und dachten, es seien die Menschen, die ich anklage, und nicht Gott; nun, dafür hatten sie Gründe, wie du gleich sehen wirst. Man könnte sagen, ich bin zum Generalankläger für alle und jeden geworden.« Er wirkte leicht außer Atem, doch dann hatte er seine Stimme wieder in der Gewalt und sprach ruhig und gemessen weiter. »Mein Name ist aber Memnoch, und es gab und gibt keinen mächtigeren oder klügeren Engel als mich.«

»Davon bin ich überzeugt«, sagte ich, nicht nur, um höflich zu sein, sondern auch, weil ich diese Feststellung wirklich nicht in Frage stellen wollte. Warum sollte ich? Mir fiel aber noch etwas ein. »Was ist mit den Neun Chören?«

»Die gibt es. B*ene ha elohim* besteht aus diesen Neun Chören und wird, dank offenbarungs- und vielleicht auch unheilträchtiger Zeiten – welcher Art die Ereignisse auch immer waren –, sehr schön beschrieben von hebräischen und christlichen Gelehrten. Die Erste Triade bilden drei Chöre, die Seraphim, Cherubim und Ophanim, die eng mit der Herrlichkeit Gottes verbunden sind. Sie stehen in Seinem Bann, gedeihen in Seinem blendenden, schwindelerregenden Licht und entfernen sich so gut wie nie aus diesem Lichtkreis.

Zuzeiten, wenn ich zornig bin und im Himmel Ansprachen halte, klage ich sie alle an – wenn du den wiederholten Gebrauch des Ausdrucks entschuldigst –, daß sie an Gott hafteten wie an einem Magneten und keine eigene Persönlichkeit und keinen freien Willen hätten. Aber natürlich haben sie beides, selbst die Ophanim, die sich am seltensten und dann nur stockend äußern – tatsächlich sagen die Ophanim für Äonen kein Wort. Jeder Engel dieser Ersten Triade kann von Gott Aufträge jeglicher Art erhalten, und sie sind auch schon auf der Erde erschienen, einige der Seraphim sogar den Menschen, und das in ziemlich spektakulären Auftritten. Zu ihren Gunsten muß man sagen, daß sie Gott absolut anbeten. Sie erfahren die Ekstase Seiner Gegenwart ohne Einschränkung, sie sind gänzlich und kritiklos von Ihm erfüllt, sie sind fügsam oder wahrlich Seiner am stärksten gewahr – je nachdem, von welchem Standpunkt aus man es betrachtet.

Die Zweite Triade besteht aus weiteren drei Chören, die sich aber außer im Namen von den vorhergenannten dreien kaum unterscheiden, nur daß sie dem Lichte Gottes etwas ferner stehen – gerade so nahe, wie es ihre Wesensart erlaubt; und wenn es um Logik geht, sind sie vielleicht nicht so clever. Wer weiß? Mit Sicherheit sind sie noch fügsamer, allerdings auch häufiger zwischen Himmel und Erde unterwegs als die Gott hingegebene Erste Triade, von der besonders die Seraphim manchmal ganz schön arrogant sein können. Du siehst, das kann zu einer Menge Auseinandersetzungen führen.«

»Ich denke, das verstehe ich ganz gut.«

»Im Himmel singen all diese Engel ohne Unterlaß und meistens auch während ihrer Aufenthalte auf der Erde. Unmittelbar und ausdauernd erschallen ihre Gesänge zum Himmel, nicht so eruptionsartig und mit überlegtem Jubel, wie ich und meinesgleichen singen. Sie schweigen nie für längere Zeit, so wie wir – die Erzengel – es tun.

Wenn du tot bist, wirst du all die unterschiedlichen Gesänge wahrnehmen können. Jetzt würde es dich den Verstand kosten. Dieses himmlische Klanggebilde ließ ich dich nur ansatzweise hören, und doch war es für dich nichts anderes als Getöse – ein Wirrwarr von Gesängen und Lachen, scheinbar unberechenbare Ausbrüche wunderschöner Klänge.«

Ich nickte, denn die Geräusche hatte ich als schmerzhaft, aber auch als übermächtig empfunden.

»Zur letzten Triade gehören die Prinzipalen, die Erzengel und die Engel. Aber der Begriff ist irreführend, wie ich schon sagte – wir Erzengel sind die mächtigsten und wichtigsten Engel, haben die stärkste Persönlichkeit und sind diejenigen, deren Betroffenheit und Wißbegier am ausgeprägtesten sind. Die anderen Engel halten das natürlich für einen Makel. Kein durchschnittlicher Seraphim käme je auf den Gedanken, um Barmherzigkeit für die Menschheit zu bitten.

Aber gut, jetzt kennst du den groben Aufbau. Es gibt unzählig viele Engel, und sie halten sich so lange in Gottes Nähe auf, bis Seine Großartigkeit sie überwältigt, dann entfernen sie sich wieder und singen verhaltener. Es ist ein ewiges Auf und Ab.

Entscheidend ist, daß die Schutzengel der Erde, die Wächter, die, die sich intensiv mit der Schöpfung befaßten, Engel aller Rangstufen waren! Selbst unter den Seraphim gibt es Beobachter, die unzählige Jahre auf der Erde verbracht haben, ehe sie heimkehrten in den Himmel. Dieses Kommen und Gehen ist üblich. Sie sind nicht auf ihr angeborenes Verhalten fixiert.

Engel sind nicht ohne Fehl, das hast du sicher inzwischen bemerkt. Sie sind vom Schöpfer gemacht. Sie wissen zwar nicht alles, was Gott weiß, das ist klar, aber sie haben dennoch ein enormes Wissen. Sie können alles erfahren, was im Laufe der Zeiten geschieht, *wenn sie es nur wollen*; und siehst du, darin eben unterscheiden sich die Engel, daß die einen das Wissen wollen und andere nur an Gott interessiert sind oder am Abglanz Gottes in den Seelen derer, die sich Ihm vollkommen hingegeben haben.«

»Aha, ich verstehe. Du meinst, daß alle irgendwie recht haben und zugleich auch irgendwie unrecht.«

»Eher recht als unrecht. Engel sind Individuen, darin liegt der Schlüssel zum Verständnis. Wir, die gefallenen Engel, sind keine besondere Spezies, es sei denn, unsere größere Intelligenz und Klugheit und unsere außergewöhnliche Einsicht machten uns dazu; was ich aber eigentlich nicht glaube.«

»Sprich weiter.«

Er lachte. »Denkst du, ich höre jetzt auf?«

»Ich weiß nicht. Ich meine, wo passe ich da rein? Nicht ich, Lestat de Lioncourt, sondern – ich als Vampir.«

»Du bist ein erdgebundenes Phänomen wie ein Geist. Dazu kommen wir gleich. Als Gott uns als Beobachter auf die Erde sandte, besonders als Beobachter der Menschen, waren wir auf die Lebenden genauso neugierig wie auf die Toten – diese Ansammlung von Seelen, die für uns hör- und sichtbar über der Erde schwebten. Wir nannten sie Scheol, denn uns schien dieser von Unglücklichen bevölkerte Ort ein Reich der Trübnis und Schwermut zu sein. Scheol bedeutet soviel wie Dunkelheit.«

»Und der Geist, der die Vampire hervorbrachte –«

»Warte ab. Es ist ganz einfach. Aber ich möchte es dir in der Reihenfolge schildern, *wie es mir bewußt wurde*. Wie kannst du sonst meinen Standpunkt verstehen? Was ich von dir verlange – daß du mein Stellvertreter wirst –, ist so persönlich und so allumfassend, daß du es nicht vollständig begreifen wirst, wenn du nicht richtig zuhörst.«

»Entschuldige. Fahr bitte fort.«

»Also gut. Eine ganze Gruppe von Engeln beschloß, mit mir zu gehen und sich ganz intensiv mit der Materie zu befassen; sie meinten, wenn wir unser gesammeltes Wissen einsetzten, kämen wir zu tieferen Einsichten, so wie Gott es von uns verlangt hatte. Michael war dabei und mehrere weitere Erzengel, ebenso ein paar Seraphim und Ophanim. Dazu kamen noch einige Engel geringeren Ranges, die nicht die intelligentesten sind, aber immerhin Engel und der Schöpfung sehr zugetan; sie waren neugierig zu erfahren, was an der Schöpfung solchen Unmut über Gott in mir erzeugte.

Ich kann dir nicht sagen, wie viele wir waren. Als wir die Erde erreichten, trennten wir uns, trafen aber in regelmäßigen Abständen zusammen, um unsere Erfahrungen auszutauschen.

Uns vereinte das Interesse an Gottes Aussage, daß die Menschheit ein Teil der Natur sei. Wir konnten uns das einfach nicht vorstellen, also forschten wir nach.

Alsbald stellte ich fest, daß die Menschen inzwischen in großen Gruppierungen lebten, ganz anders als die anderen Primaten. Daß sie sich Schutzhütten bauten, sich ihren Körper mit bunten Farben bemalten, daß die Frauen häufig von den Männern getrennt wohnten und daß sie an etwas Unsichtbares glaubten. Nur an was? Etwa an die Seelen ihrer Vorfahren, ihrer lieben Dahingegangenen, die, körperlos und verwirrt, immer noch an die Erde gefesselt waren?

Ja, das schon, aber die Menschen beteten auch noch andere Wesen an. Sie hatten die Vorstellung von einem Gott, der die wilden Tiere geschaffen hatte, und ihm brachten sie auf Altären blutige Opfer dar, wobei sie diesen Gott, der doch nur eine Facette von Gott dem Allmächtigen darstellte, für ein Wesen von begrenzter Macht hielten, das recht leicht zu erfreuen oder zu beleidigen war.

Nun kann ich nicht sagen, daß mich das alles sehr überraschte. Ich hatte die Zeichen, die darauf hinwiesen, sehr früh erkannt. Doch fasse ich jetzt für dich Millionen von Jahren fortgesetzter Offenbarungen zusammen. Als ich mich dann aber diesen Altären näherte und die an den Gott der wilden Tiere gerichteten Gebete vernahm, als ich sah, wie bedachtsam und sorgfältig sie mit dem vorgesehenen Opfer umgingen – einem geschlachteten Widder oder Hirschen –, war ich merklich betroffen von der Tatsache, daß die Menschen nicht nur in ihrem Äußeren den Engeln glichen, sondern daß sie auch in gewisser Weise auf die Wahrheit gestoßen waren.

Instinktiv waren sie darauf gekommen! Es gab einen Gott, sie wußten es, auch wenn sie sein Wesen nicht verstanden. Und dieses instinktive Wissen schien den gleichen Ursprung zu haben wie ihre Seelen, die über den Tod des Körpers hinaus weiterlebten. Ich will das noch klarer machen: Selbst-Bewußtheit und die Erkenntnis, sterben zu müssen – all dies hatte in den Menschen einen deutlichen Sinn für ihre Individualität geweckt, und diese Individualität ließ sie den Tod fürchten. Sie sahen ihn geschehen, wußten, worum es sich handelte, mußten ihn hinnehmen. Und sie flehten zu einem Gott, damit Er dem Sterben Sinn verlieh.

Dieser Individualität entsprang dann die Hartnäckigkeit, die die menschliche Seele befähigte weiterzuleben, nachdem sie den Körper verlassen hatte; denn indem sie die Form des Körpers nachahmte, sozusagen darin Halt fand, klammerte sie sich an ein Leben, wie sie es kannte, und sicherte sich so ihren Fortbestand durch Anpassung an die einzige ihr bekannte Form der Existenz.«

Ich war gefesselt von seinen Worten. Aber natürlich kam mir Roger in den Sinn, und zwar ganz lebhaft, da er der einzige Geist war, den ich je zu Gesicht bekommen hatte. Und was Memnoch gerade dargelegt hatte, war eine äußerst lebendige Beschreibung von Rogers letzter Erscheinungsform.

»O ja, wie recht du hast«, sagte Memnoch. »Dann war es vielleicht doch ganz gut, daß er sich dir zeigte, obwohl ich es zum damaligen Zeitpunkt ausgesprochen lästig fand.«

»Du wolltest nicht, daß Roger zu mir kam?«

»Ich habe euch gesehen und gehört. Er verblüffte mich wie dich, aber das ist mir bereits mit anderen Geistern passiert. So außergewöhnlich war er nun auch wieder nicht. Aber von mir inszeniert war sein Erscheinen nicht, falls du das meinst.«

»Aber er kam fast gleichzeitig mit dir! Mir schien es da einen Zusammenhang zu geben.«

»So? Worin sollte der bestehen? Such ihn in dir selbst. Meinst du nicht, daß die Toten schon früher versucht haben, zu dir zu sprechen? Glaubst du nicht, daß auch vorher schon die Seelen deiner Opfer hinter dir her waren? Zugegeben, deine Opfer geben ihren Geist üblicherweise in totaler Seligkeit und Verwirrung auf, ohne dich als Verursacher ihres Todes überhaupt wahrzunehmen. Aber das ist nicht immer so. Vielleicht hast du dich ja verändert! Und wie wir beide wissen, hast du diesen Sterblichen Roger geliebt, du hast ihn bewundert, hattest Verständnis für seine Eitelkeit, für seine Liebe zu Heiligem, zu Mysterien – und zu Kostbarkeiten, denn das sind auch deine Neigungen.«

»Zweifellos ist das alles wahr, aber ich meine immer noch, daß du etwas mit seinem Erscheinen zu tun hattest«, beharrte ich.

Schockiert schaute er mich eine Weile an, fast so, als wollte er ärgerlich werden, aber dann lachte er.

»Warum?« fragte er. »Warum sollte ich mich mit so etwas herumplagen? Du weißt, worum ich dich bitte! Du weißt, was es bedeutet! Dir sind mystische oder theologische Offenbarungen nicht fremd. Schon damals waren sie es nicht, als du noch ein lebendiger Mensch warst – denk an Frankreich zurück, an den Jüngling, der du warst, als dir bewußt wurde, daß du sterben könntest, ohne herausgefunden zu haben, was es mit dem Universum auf sich hat. Du ranntest zum Dorfpriester, weil du von dem armen Kerl wissen wolltest, ob er an Gott glaube.«

»Ja, ja. Aber hier geschah doch wirklich alles gleichzeitig. Und wenn du jetzt behauptest, da gäbe es keine Verbindung – ich … ich glaube es einfach nicht«, sagte ich.

»Du bist doch wirklich und wahrhaftig ein verdammter Quälgeist!« rief er, und eine gewisse Erbitterung war nicht zu überhören. »Lestat, siehst du denn nicht, was dich zu diesen komplexen Persönlichkeiten, zu Roger und seiner Tochter Dora, hindrängte? Ebendies zwang auch mich, zu dir zu kommen! Du hattest einen Punkt in deiner Entwicklung erreicht, der dich zum Übernatürlichen greifen ließ. Du hast zum Himmel um Vernichtung geschrien! Als du David nahmst, war das vielleicht dein wirklich erster Schritt zur gänzlichen Aufgabe jeglicher Moral! Daß du dieses Kind Claudia zu einem Vampir gemacht hattest, konntest du dir noch vergeben, denn damals warst du jung und dumm. Aber David da hineinzuziehen, gegen seinen Willen! Davids Seele diesem vampirischen Dämon zu opfern? Das war ein Verbrechen ohnegleichen, eine himmelschreiende Untat! Gerade David, dem wir einst einen Blick auf uns gestattet hatten, weil wir so sehr daran interessiert waren, was für eine Entwicklung er nehmen würde.«

»Aha, also war die Erscheinung, die David hatte, beabsichtigt.«

»Hatte ich das nicht gesagt?«

»Aber Roger und Dora, die waren einfach nur im Weg?«

»Ja. Allerdings hattest du dir ein äußerst auffallendes und verlockendes Opfer ausgesucht! Einen Mann, der sein Handwerk – als Krimineller, als Spieler, als Dieb – genauso gut verstand wie du das deine. Es war ein weitaus kühneres Unterfangen. Dein Appetit wächst und gefährdet dich und deine Umgebung zusehends. Du gibst dich nicht mehr mit den vom Schicksal Gebeugten, mit Heruntergekommenen und Mördern zufrieden. Als du die Hand nach Roger ausstrecktest, griffst du damit nach Macht und Ruhm, was willst du also?«

»Ich fühle mich zerrissen«, flüsterte ich.

»Weswegen?«

»Weil ich Liebe für dich empfinde«, antwortete ich, »und dieser Empfindung schenke ich immer Aufmerksamkeit, wie wir wohl beide wissen. Ich habe das Gefühl, du verschlingst mich. Ich will wissen, was du mir noch zu sagen hast! Und ich meine, daß du mich in bezug auf Roger – und Dora – belügst. Ich glaube, daß da ein Zusammenhang besteht. Und wenn ich an Gott, den fleischgewordenen Gott, denke –« Ich brach ab, unfähig weiterzusprechen.

Die Erinnerung daran, wie es im Himmel gewesen war – soweit ich die Gefühle noch rekonstruieren konnte –, überwältigte mich, und ich stieß den Atem mit einem so kummervollen Seufzer aus, daß Tränen nicht ausdrucksvoller hätten sein können.

Ich mußte wohl die Augen geschlossen haben, denn als ich sie wieder öffnete, hielt Memnoch mich bei beiden Händen. Seine Hände waren warm und kräftig und ungewöhnlich glatt. Wie kalt ihm meine Hände scheinen mußten. Er hatte größere Hände als ich, makellos. Meine Hände ... meine seltsam weißen, schlanken, schimmernden Hände. Die Fingernägel blitzten wie Eis in der Sonne, daran hatte sich nichts geändert.

Er zog sich zurück, und das empfand ich als überaus qualvoll. Meine Hände verharrten in ihrer Haltung, starr, ganz verlassen. Er stand jetzt einige Schritte von mir entfernt und drehte mir den Rükken zu, während er über das Wasser blickte. Seine Flügel waren sichtbar, riesenhaft, in unruhiger Bewegung, wie von innerer Spannung getrieben. Er sah vollkommen aus, unwiderstehlich und verzweifelt.

»Vielleicht hat Gott doch recht!« rief er mit Wut in der gedämpften Stimme.

»Womit denn?« Ich erhob mich. Immer noch drehte er sich nicht zu mir um. »Memnoch, bitte rede weiter. Hin und wieder habe ich das Gefühl, ich müßte unter dem, was du mir eröffnest, zusammenbrechen. Aber sprich weiter. Bitte, bitte, sprich weiter.«

»Das ist deine Art, dich zu entschuldigen, nicht wahr?« fragte er sanft. Die Schwingen verschwanden. Langsam kam er zu mir herüber, und wir nahmen wieder nebeneinander Platz. Ohne daß ich weiter darauf geachtet hätte, bemerkte ich dabei, daß sich Staub auf dem Saum seines Gewandes befand. Auch waren ein paar grüne Blätter in den lose fallenden Strähnen seines Haares hängengeblieben.

»Nein, eigentlich nicht«, sagte ich. »Das war keine Entschuldigung. Ich sage gewöhnlich genau das, was ich meine.«

Eingehend betrachtete ich sein Gesicht – das wie gemeißelt wirkende Profil, die Haut, die so überwältigend menschlich aussah und doch nicht ein Härchen aufwies. Unbeschreiblich. Wenn man in einer Renaissancekirche eine überlebensgroße Statue betrachtet, ihre Vollkommenheit wahrnimmt, dann spürt man keine Angst, weil man weiß, sie ist aus Stein. Aber das hier vor mir war lebendig.

Er wandte sich mir jetzt direkt zu, so, als habe er bemerkt, daß ich ihn betrachtete. Er sah mir direkt in die Augen – seine Augen waren klar, mit Myriaden von Farben darin. Dann beugte er sich vor, und ich spürte seine Lippen meine Wange berühren – sanft, glatt, ein ganz klein wenig feucht. Glühendes Leben fuhr durch die harte Kälte meines Ich. Eine wilde Flamme fraß sich in jede Zelle meines Körpers, wie es sonst nur Blut kann, lebendiges Blut. Schmerz durchzuckte mein Herz, ich hätte den Finger direkt auf die Stelle in meiner Brust legen können.

»Und was fühlst du?« fragte ich, während ich noch mit den verheerenden Folgen dieser Berührung kämpfte.

»Ich fühle das Blut ungezählter Opfer«, flüsterte er. »Ich fühle eine Seele, die tausend Seelen erkannt hat.«

»Erkannt? Oder nur zerstört?«

»Willst du mich aus Selbsthaß fortschicken?« fragte er. »Oder soll ich mit meiner Erzählung fortfahren?«

»Bitte, sprich weiter, bitte.«

»Der Mensch hatte also Gott erfunden oder entdeckt«, sagte er. Seine Stimme klang gefaßt und hatte wieder den kultivierten und fast bescheidenen, belehrenden Ton angenommen. »Und manche Stämme verehrten mehrere dieser Gottheiten, je nach ihren Vorstellungen von deren Schaffenskraft. Ach ja, und die Menschen wußten natürlich, daß die Seelen der Toten weiterexistierten; sie versuchten, mit ihnen Kontakt aufzunehmen, indem sie ihnen Opfergaben darbrachten, zum Beispiel an den Gräbern. Sie riefen die Seelen der Verstorbenen an, baten sie um Beistand bei der Jagd, bei Geburten und vielem mehr.

Und als wir Engel unsere Aufmerksamkeit auf Scheol richteten – unsichtbar glitten wir hinein, denn unser eigentlicher Wesenskern konnte in diesem Reich, das nur aus Seelen bestand, nicht stören –, da bemerkten wir, daß diese Seelen daraus Kraft schöpften, daß sie dadurch, daß die Lebenden ihnen Aufmerksamkeit schenkten, daß sie ihnen Zuneigung entgegenbrachten und in ihren Gedanken bei ihnen waren, ermutigt wurden weiterzubestehen.

Und so wie die Engel waren auch diese Seelen Individuen mit unterschiedlichem Grad an Intelligenz und Wissensdurst und mit verschiedenen Interessen; und ebenso konnten sie alle menschlichen Gefühle empfinden. Einige Seelen wußten beispielsweise, daß sie gestorben waren, und versuchten, auf die Gebete ihrer Kinder zu antworten und aktiv Rat zu spenden, indem sie mit aller Kraft, die sie ihrer geistigen Stimme verleihen konnten, zu ihnen sprachen. Sie verwandten große Mühe darauf, in Gegenwart ihrer Kinder sichtbar zu werden, und manchmal erreichten sie das sogar für Sekunden, indem sie mit der äußersten Kraft ihres unsichtbaren Wesens Materieteilchen um sich sammelten. Oder sie nutzten die Träume der Menschen, um ihnen zu erscheinen, da die menschliche Seele sich im Schlaf anderen Seelen öffnet. Dann sprachen sie zu ihren Kindern von der Bitternis und Dunkelheit des Todes und ermahnten sie, sich unerschrocken und stark dem Leben zu stellen.

Und in einigen Fällen wenigstens schienen sie zu wissen, daß sie durch den Glauben und die Aufmerksamkeit ihrer Söhne und Töchter in ihrer Existenz bestärkt wurden. Sie verlangten Opfergaben und Gebete und erinnerten ihre Nachkommen an ihre Pflichten ihnen gegenüber. Diese Seelen waren bis zu einem gewissen Grade auch die am wenigsten verwirrten, wenn man einmal außer acht läßt, daß sie annahmen, alles Menschenmögliche schon gesehen zu haben.«

»Kein Hinweis auf den Himmel?« fragte ich.

»Nein, und vom Himmel drang kein Licht nach Scheol durch und auch nicht der Wohlklang der Gesänge. Von Scheol aus sah man nur die Finsternis, die Sterne und die Menschen auf der Erde.«

»Das ist unerträglich.«

»Nicht, wenn du glaubst, du bist ein Gott für deine Kinder, und wenn du immer noch Kraft aus dem bloßen Anblick der Trankopfer schöpfen kannst, die über deinem Grab ausgegossen werden. Nicht, wenn du Freude verspürst über die, die auf deine Ratschläge hören, und Ärger über die andern und nicht, wenn du dann auch noch – und manchmal mit ziemlich spektakulären Ergebnissen – Kontakt aufnehmen kannst.«

»Ah ja, natürlich. Und für ihre Kinder waren sie offenbar Götter.«

»Eine Art göttlicher Vorfahren. Nicht der allmächtige Schöpfer. Die Menschen unterschieden da sehr genau.

Ich ließ mich von Scheol und den damit verknüpften Fragen ziemlich fesseln. Manche der Seelen dort wußten gar nicht, daß sie tot waren, sie wußten nur, daß sie verloren waren und blind und unglücklich, und deswegen weinten sie fortwährend wie Kinder. So schwach waren sie, daß sie, glaube ich, nicht einmal die Anwesenheit anderer Seelen fühlten.

Es gab auch verblendete Seelen, die ganz eindeutig dachten, sie lebten noch! Sie verfolgten ihre Verwandten in dem vergeblichen Versuch, die Aufmerksamkeit dieser offensichtlich schwerhörigen, vergeßlichen Kinder zu erlangen, obwohl die sie zwangsläufig nicht hören und sehen konnten. Und diese Seelen, die sich noch lebendig wähnten, versuchten natürlich nicht, Materie um sich zu sammeln, um sich sichtbar zu machen oder jemandem im Traum zu erscheinen, da sie sich ja ihres Zustands nicht bewußt waren.

Des weiteren gab es Seelen, die die Sterblichen heimsuchten und dabei wußten, daß sie nur Geister waren. Dann gab es noch die, die einfach dahintrieben und andere Wesen nur wie im Traum wahrnahmen.

Und einige Seelen starben. Direkt vor meinen Augen starben sie. Ich stellte schon bald fest, daß sogar viele starben. Wenn sie ihren menschlichen Körper verlassen hatten, überlebten sie eine Woche, vielleicht einen Monat, währenddessen sie ihre menschliche Form beibehielten. Danach wurde ihre Erscheinung immer schwächer. Ihre Substanz, ihr Kern schien nach und nach zu zerfließen, so wie es bei den Tieren geschah, wenn sie starben. In Luft aufgelöst, vielleicht wieder verschmolzen mit der göttlichen Energie, dem göttlichen Wesenskern.«

»Das war alles?« fragte ich verzweifelt. »Ihre Energie floß zurück in ihren Schöpfer, das Licht der Kerze kehrte heim ins ewige Feuer?«

»Ich weiß nicht. Und so etwas habe ich auch nicht gesehen – ich meine, kleine Flämmchen, die zum Himmel schwebten, angezogen von einer liebespendenden, machtvoll lodernden Flamme. Davon sah ich nichts.

Wie ich dir schon sagte, von Scheol aus konnte man das Licht Gottes nicht wahrnehmen, die Tröstungen Gottes existierten für diesen Ort nicht. Dabei waren dies doch spirituelle Wesen, geschaffen nach unserem und Seinem Bilde, und an dieses Abbild klammerten sie sich, voller Sehnsucht nach einem Leben nach dem Tode. Das eben war so unerträglich schmerzhaft. Dieser Hunger nach einem Leben über den Tod hinaus.«

»Wenn dieses Verlangen zum Zeitpunkt des Todes fehlte, wurde die Seele dann automatisch ausgelöscht?« fragte ich.

»Nein, keineswegs. Das Verlangen schien angeboren. Erst wenn es in Scheol nachließ, löste die Seele sich auf. Die Seelen waren ja dort unzähligen Erfahrungen ausgesetzt, und die, die dadurch stärker wurden, betrachteten sich selbst oft als Götter oder als Menschen, die in das Reich des gütigen Gottes eingegangen waren und über andere Menschen wachen sollten. Diese Seelen gewannen häufig auch Macht über andere Seelen, so daß sie ihnen Kraft verleihen und sie manchmal auch vor dem Verlöschen bewahren konnten.«

Er unterbrach sich, als sei er nicht sicher, wie er fortfahren sollte. Dann sagte er: »Aber es gab einige Seelen, die ein anderes Verständnis ihrer Lage entwickelten. Die wußten, daß sie keine Götter waren, sondern tote Menschen und daß sie nicht das Recht hatten, das Schicksal derer, die zu ihnen beteten, zu beeinflussen; sie wußten, daß die Trankopfer im wesentlichen symbolisch waren, sie verstanden die Bedeutung des Begriffs ›symbolisch‹. All das war ihnen klar, und deshalb hielten sie sich für verloren. Wenn sie gekonnt hätten, wären sie wieder in einen Körper zurückgekehrt, denn das Körperliche war für sie alles, was sie je gekannt hatten, war Licht, Wärme und Trost. Und manchmal gelang solchen Seelen das auch!

Sie benutzten dazu die unterschiedlichsten Methoden. In voller Absicht näherten sie sich geisteskranken Sterblichen und ergriffen Besitz von ihnen, von ihren Gliedern und Gehirnen, und dann lebten sie darin, bis der menschliche Körper genügend Kraft entwickelte, die fremde Seele abzuschütteln. Du weißt um diese Dinge. Eigentlich wissen es alle Menschen – was es mit Besessenheit auf sich hat. Du selbst hast einen Körper in Besitz genommen, der nicht der deine war, und dein Körper war im Besitz einer anderen Seele.«

»Ja.« Meine Erinnerung an diese Erfahrung war durchaus noch frisch.

»Aber das hier war nur der Beginn einer solchen Entwicklung.

Und es war ein faszinierender Anblick, die klugen Seelen zu beobachten, wie sie die Regeln des Spiels lernten – zu sehen, wie ihre Stärke stetig wuchs.

Aber eine Sache beunruhigte mich doch – mich, den geborenen Ankläger, der die Natur als etwas Entsetzliches betrachtet, wie Gott sagt. Was mir Furcht einflößte, war, daß diese Seelen der Verstorbenen durchaus Einfluß auf die Lebenden hatten! Schon übernahmen einige Menschen die Rolle von Orakeln. Sie tranken oder atmeten eine Droge ein, wodurch sie in eine Passivität verfielen, die es der Seele eines Verstorbenen erlaubte, durch ihren Mund zu sprechen!

Und weil diese mächtigen Geister – denn diese Seelen würde ich Geister nennen – nur die Erde und Scheol kannten, konnten sie die Menschen zu den schrecklichsten Irrtümern verleiten. Ich sah, wie sie Männer in die Schlacht schickten, Exekutionen anordneten und Blutopfer verlangten.«

»Du sahst also die Erschaffung der Religion durch die Menschheit«, sagte ich.

»Ja, soweit der Mensch etwas erschaffen kann. Wir wollen nicht vergessen, wer uns alle erschuf.«

»Die anderen Engel, wie gingen die mit diesen Entdeckungen um?«

»Die Engel reagierten sehr unterschiedlich. Einige, vor allem die Seraphim, fanden die ganze Entwicklung von Grund auf bewundernswert und meinten, man müsse Gott in unzähligen Lobgesängen preisen für Seine Schöpfung, denn die habe ein Wesen hervorgebracht, das aus sich selbst heraus eine unsichtbare Gottheit entwickeln konnte, die es dann wiederum zu noch größeren Anstrengungen im Überlebenskampf oder im Krieg anspornte.

Dann gab es diejenigen, die dachten: ›Dies ist ein Irrtum, eine Ungeheuerlichkeit! Menschliche Seelen, die vorgeben, Götter zu sein! Das ist unsäglich, und man muß dem sofort Einhalt gebieten.‹

Und dann war da natürlich meine leidenschaftliche Reaktion: ›Dies ist wirklich haarsträubend, und es wird zu immer größerem Unglück führen! Hier entsteht eine gänzlich neue Stufe des menschlichen Lebens, körperlos, doch zielstrebig und unwissend; der Prozeß beschleunigt sich zusehends und füllt die ganze Welt mit mächtigen, herumpfuschenden Wesenheiten, die genauso beschränkt und unwissend sind wie die Menschen, um die sie herumschwirren.‹«

»Sicherlich stimmten dir doch einige der anderen Engel zu.«

»Ja, einige reagierten genauso ungestüm wie ich, aber Michael sagte: ›Memnoch, vertraue auf Gott, der dies vollbracht hat. Gott kennt Seinen göttlichen Plan.‹

Mit Michael führte ich besonders eingehende Gespräche. Raphael, Gabriel und Uriel hatten sich nicht an dieser irdischen Mission beteiligt. Dafür gibt es einen einfachen Grund. Die vier gehen fast nie dieselben Wege. Es ist fast schon ein Gebot für sie, ein Brauch, eine … eine Art Berufung, daß zwei von ihnen immer im Himmel zur Hand sind, um Gottes Ruf zu folgen; deswegen gehen nie alle vier gleichzeitig fort. In diesem Fall war Michael der einzige, der überhaupt mitwollte.«

»Gibt es diesen Erzengel Michael immer noch?«

»Aber natürlich! Du wirst ihn noch treffen. Wenn du willst, jetzt sofort. Aber nein, er würde nicht kommen, jetzt nicht! Er ist auf Gottes Seite. Aber du wirst ihm nicht unbekannt sein, wenn du dich mir anschließt. Du wärst wahrscheinlich ziemlich erstaunt, wie einfühlsam Michael meinen Ansichten gegenüber sein kann. Auch der Himmel steht ihnen sicherlich nicht unversöhnlich gegenüber, sonst hätte ich nicht die Erlaubnis, zu tun, was ich tue.«

Er sah mich scharf an.

»Alle im *bene ha elohim*, die ich dir beschrieben habe, leben. Sie sind schließlich unsterblich. Wie kannst du denken, es wäre anders? Sicher, es gab damals in Scheol Seelen, die heute nicht mehr existieren, zumindest in keiner mir bekannten Form, aber vielleicht in einer Form, von der Gott weiß.«

»Ja, ich verstehe, das war eine dumme Frage«, gab ich zu. »Als du das alles beobachtetest und deine Angst wuchs, konntest du da eine Übereinstimmung feststellen mit Gottes Worten über die Natur – daß du die Menschheit als Teil der Natur sehen müßtest?«

»Das gelang mir nicht, außer ich sah es unter dem allgemeinen Gesichtspunkt ›unaufhörlicher Austausch von Energie und Materie‹. Die Seelen waren Energie; dennoch war in ihnen ein Wissen, das aus der Materie herrührte. Darüber hinaus fand ich nichts, das mit Gottes Worten vereinbar gewesen wäre. Doch Michael betrachtete es aus einem anderen Blickwinkel. Wir befanden uns doch auf einer Art Treppe, oder nicht? Die geringsten Moleküle, die aus nichtorganischer Materie, stellten die niedrigste Stufe dar, diese körperlosen Seelen aber nahmen die Stufe über dem Menschen, jedoch noch unterhalb der Engel ein. Für Michael war das alles ein fließender Prozeß, aber schließlich vertraute er auch darauf, daß Gott all dies überlegt tat und es nicht anders wollte.

Ich konnte das einfach nicht glauben! Denn mich entsetzte das Leid dieser Seelen! Auch Michael litt darunter. Aber noch stärker erschütterte mich der endgültige Tod der Seelen. Wenn Seelen fortleben konnten, warum durften sie es dann nicht alle? Und waren sie etwa verurteilt, auf ewig in diesem Dämmerlicht zu existieren? Gab es irgend etwas in der Natur, das in einem vergleichbaren statischen Zustand verharrte? Umkreisten sie, fühlenden Asteroiden gleich, in alle Ewigkeit diesen Planeten – Monde, die schreien, weinen, Tränen vergießen?

Ich fragte Michael: ›Was wird wohl geschehen? Jeder Stamm betet zu einer anderen Seele und macht sie zu seinem Gott. Einige sind stärker als andere. Sieh nur die Kriege überall, die Schlachten.‹

›Aber Memnoch‹, sagte er, ›das haben schon die Primaten getan, ehe sie noch Seelen hatten. Alles in der Natur frißt und wird gefressen. Genau das versucht Gott dir klarzumachen, seit dir die leidvollen Klänge, die von der Erde aufsteigen, deinen ersten Protestschrei entlockten. Diese Götter-Geister-Seelen sind eine Ausdrucksform der Menschen, Teil der Menschheit, aus Menschen geboren und von ihnen am Leben erhalten, und selbst wenn diese Geister mit ihren neuen Kräften lebende Menschen ganz hervorragend beeinflussen können, sind sie dennoch aus Materie geboren und Teil der Natur, wie Gott sagt.‹

›Also ist Natur dieses unaussprechliche, sich fort und fort entfaltende Grauen‹, folgerte ich. ›Nicht genug, daß der Haifisch den Babydelphin verschlingt und der Schmetterling ungeachtet seiner Schönheit zwischen den Zähnen des Wolfes zermalmt wird. Das ist nicht genug. Nein, die Natur geht also darüber hinaus und entwikkelt aus der Materie diese gequälten Geister. Damit kommt die Natur dem Himmel nahe und doch nicht nahe genug, so daß kein anderer Name als Scheol für diesen Ort angemessen wäre.‹

Das war zuviel für Michael. So kann man mit Erzengel Michael nicht reden. Das funktioniert einfach nicht. Deshalb kehrte er sich sofort von mir ab, nicht zornig, auch nicht aus Feigheit, weil Gottes Blitz mich ja um ein Haar verfehlen und seinen linken Flügel zerschmettern könnte, sondern in tiefem Schweigen, als wolle er sagen: ›Memnoch, du bist unduldsam und töricht.‹ Dann wandte er sich mir wieder zu und sagte barmherzig: ›Memnoch, du schaust nicht tief genug. Diese Seelen sind erst am Anfang ihrer Entwicklung. Wer weiß, wie stark sie einst sein werden? Der Mensch hat den Schritt ins Überirdische getan. Was, wenn er so werden soll wie wir?‹

›Aber wie sollte das angehen, Michael?‹ verlangte ich zu wissen. ›Wie sollen diese Seelen wissen, was ein Engel, was der Himmel ist? Meinst du, wenn wir uns ihnen zeigten, ihnen sagten …?‹ Ich hielt inne. Selbst mir war klar, daß das undenkbar war. Ich hätte es nicht gewagt. Nicht in einer Million Jahren.

Aber wir kamen gar nicht dazu, diesen Gedanken weiterzuspinnen, denn andere Engel gesellten sich zu uns und sagten: ›Seht nur, lebende Menschen wissen, daß es uns gibt.‹

›Wie das?‹ fragte ich. So leid mir die Menschheit auch tat, so hielt ich doch weder Männer noch Frauen für besonders klug. Doch die Engel erklärten das sogleich.

›Einige von ihnen haben unsere Gegenwart erspürt, so wie sie die Gegenwart einer verstorbenen Seele spüren. Mit dem gleichen Teil ihres Gehirns, mit dem sie auch andere unsichtbare Dinge erfassen. Wir sagen euch, sie haben einen Blick auf uns erhascht, und sie besitzen nun eine Vorstellung davon, wie wir aussehen.‹

›Das kann nicht Gottes Wille sein‹, sagte Michael. ›Wir sollten sofort in den Himmel zurückkehren.‹

Die Mehrzahl stimmte ihm sofort zu in dem wortlosen Verstehen, wie nur Engel es können. Ich stand allein da und schaute die anderen an.

›Was wollt ihr?‹ fragte ich. ›Gott hat mir einen Auftrag gegeben. Ich kann nicht zurück, bis ich alles verstanden habe. Und ich verstehe es einfach nicht!‹

Darüber diskutierten sie heftig. Aber schließlich küßte Michael mich sanft auf Lippen und Wangen, wie es unter Engeln üblich ist, und stieg mit der ganzen Gesellschaft zum Himmel auf.

Ich blieb allein auf der Erde zurück. Ich betete nicht zu Gott, beschäftigte mich nicht mit den Menschen. Ich horchte in mich hinein und dachte: ›Was soll ich tun? Ich möchte nicht als Engel gesehen werden. Ich will nicht angebetet werden wie diese weiterlebenden Seelen. Ich will auch nicht Gott erzürnen, aber was Er mir aufgetragen hat, muß ich fortführen. Ich muß einfach verstehen. Jetzt bin ich unsichtbar. Aber was wäre, wenn mir gelingt, was diesen klugen Seelen gelang – wenn ich Materie um mich sammeln könnte, um mir einen Körper zu schaffen? Und woraus der Mensch gemacht ist, weiß keiner besser als ich, der ich gesehen habe, wie er aus dieser Anhäufung von Zellen, Knochen, Fasern und Gehirnmasse entstanden ist. Nur Gott weiß es besser.‹

Also konzentrierte ich meine gesamte Kraft, meinen gesamten Willen darauf, für mich eine lebendige Hülle aus menschlichem Fleisch zu schaffen, in allen Teilen vollkommen; und ohne überhaupt darüber nachzudenken, wählte ich die männliche Form. Muß ich dir das erklären?«

»Eigentlich nicht«, sagte ich. »Ich kann mir vorstellen, daß du genug gesehen hattest – Vergewaltigungen, Geburten, ohnmächtige Kämpfe –, um die klügere Wahl zu treffen. Finde ich jedenfalls für mich.«

»Richtig. Aber manchmal, manchmal frage ich mich doch, ob nicht alles ganz anders gekommen wäre, wenn ich mich entschieden hätte, weiblich zu sein. Ich hätte es gekonnt. Ehrlich gesagt, sind die Frauen uns ähnlicher. Aber wenn wir schon beides sind, so doch nicht zu gleichen Teilen, der männliche Anteil überwiegt eindeutig.«

»Nach dem zu urteilen, was du mich bisher von dir hast sehen lassen, neige ich dazu, dir zuzustimmen.«

»Also. Ich hüllte mich in Fleisch. Das dauerte etwas länger, als ich gedacht hatte. Ich mußte meine Erinnerung ganz gründlich nach jedem bißchen Wissen durchforschen; ich mußte diesen Körper konstruieren und meinen Wesenskern so hineinpflanzen, wie die Natur es vorgesehen hatte; und ich mußte mich diesem Körper überlassen, also mich in diesen Körper einschließen, wirklich hineingehen, all seine Winkel ausfüllen, ohne in Panik zu geraten. Und dann mußte ich mit seinen Augen sehen.«

Ich nickte still, die Spur eines Lächelns auf den Lippen. Da ich meinen Vampirkörper einmal gegen einen menschlichen getauscht hatte, konnte ich Memnochs Erfahrungen ein ganz klein wenig nachfühlen. Ich wollte aber nicht aufschneiderisch behaupten, ich hätte ihn ganz verstanden.

»Der Vorgang war nicht schmerzhaft«, versicherte er. »Er erforderte nur Unterwerfung. Und ich hatte keinen Anlaß, mein innerstes Selbst, meinen Wesenskern, mit Fleisch zu umhüllen, außer den, daß das in der Natur begründet war – um Gottes bevorzugten Ausdruck zu benutzen. Nur die Flügel ließ ich bei diesem Konzept weg, und so stand ich also da, groß wie ein Engel, und als ich zu einem nahen Teich schritt und in das klare Wasser schaute, sah ich Memnoch zum ersten Mal als stoffliches Wesen. Aufs Haar genau glich ich mir selbst, das helle Haar, die Augen, die Haut, all die Gaben, die Gott mir in unsichtbarer Form geschenkt hatte, manifestiert im Fleisch.

Ich sah sofort, daß das alles ein bißchen zuviel war! Ich war einfach zu groß, und ich glühte förmlich aus meinem inneren Kern heraus! So ging das nicht. Also machte ich mich daran, meinen Körper umzuformen, die Masse zu verringern, bis das Ganze der menschlichen Größe angenähert war.

All das wirst du auch lernen, wenn du dich mir erst angeschlossen hast«, sagte er. »Wenn du dich entscheidest, mit mir zu kommen, zu sterben und mein Stellvertreter zu sein. Soviel will ich jetzt nur sagen, daß es weder unmöglich noch fürchterlich einfach ist. Aber es ist auch nicht so, als lehnte man sich zurück, drückte die Tasten eines Computers, und die Maschine führte einen Befehl nach dem andern aus. Andererseits ist es auch nicht besonders beschwerlich oder ein kraftraubender geistiger Prozeß. Man braucht nur das Wissen, die Geduld und den Willen eines Engels.

So stand also ein Mann an dem Teich, nackt, blondhaarig, mit hellen Augen, den Leuten, die in dieser Gegend lebten, nicht unähnlich, wenn auch vielleicht wesentlich vollkommener, und mit Organen ausgestattet, die von ganz ordentlicher, wenn auch nicht übermäßiger Größe waren.

Als nun mein Innerstes sich in diesen Organen ausbreitete – in Hoden und Penis, um genau zu sein –, überkamen mich Erkenntnisse, die ich als Engel absolut nicht gekannt hatte. Es war eine Mischung unterschiedlichster Empfindungen. Ich lernte den Geschlechtsunterschied, das Gefühl der Männlichkeit kennen, und aus erster Hand erfuhr ich menschliche Verletzlichkeit, die ich vorher nur hatte beobachten, erspüren können; und ich war sehr überrascht, wie mächtig ich mich dabei fühlte.

Ich hatte erwartet, in dieser Gestalt vor Demut zu erbeben! Zu zittern vor Beschämung schon allein wegen meiner geringen Größe, meiner Unbeweglichkeit und wegen einer Menge weiterer Dinge – die du alle empfunden hast, als du deinen Vampirkörper gegen den eines Menschen getauscht hattest.«

»Ich kann mich verdammt gut daran erinnern.«

»Aber all das fühlte ich nicht. Ich hatte nie vorher einen stofflichen Körper gehabt. Es war mir noch nie in den Sinn gekommen, daß ich das tun könnte, und nie und nimmer hatte ich mir auch nur vorgestellt, wie ich in einem irdischen Spiegel aussehen könnte. Ich kannte mein Äußeres, weil es sich in den Augen der anderen Engel spiegelte, ich kannte meine Körperteile, weil ich sie mit meinen Engelsaugen wahrnehmen konnte.

Aber jetzt, jetzt war ich ein Mensch. Ich spürte das Gehirn in meinem Schädel, seinen komplizierten und beinahe chaosartigen Mechanismus. Diese Gewebeschichten in der Gehirnrinde, die die Informationen aus den frühesten Stufen der Evolution enthielten und gleichzeitig mit höhergearteten Zellen verbanden in einer Art und Weise, die völlig unlogisch schien und dennoch völlig natürlich – natürlich, wenn man weiß, was ich als ein Engel weiß.«

»Und das ist?« fragte ich, so höflich es mir nur möglich war.

»Zum Beispiel kann man von Gefühlsregungen, die das limbische System des Gehirns ansprechen, überwältigt werden, ohne daß man sich ihrer vorher bewußt wird«, sagte er. »Das kann einem Engel nicht passieren. Unsere Gefühle können nicht an unserem Bewußtsein vorbeischlüpfen. Irrationaler Schrecken ist uns fremd. Denke ich wenigstens. Wie auch immer, mit Sicherheit dachte ich so, als ich da auf der Erde stand in dem Körper eines Mannes.«

»Hättest du in dieser Gestalt verwundet oder getötet werden können?« wollte ich wissen.

»Nein. Aber dazu komme ich sowieso gleich. Denn da ich mich in einem wilden, bewaldeten Gebiet aufhielt, hier, in ebendiesem Tal – Palästina, ehe es überhaupt einen Namen hatte –, als ich also hier stand, ging mir auf, daß dieser Körper durchaus Beute für wilde Tiere sein könnte, deshalb schuf ich um mich herum einen äußerst starken Schild aus meinem Wesenskern, der Ursubstanz der Engel. Der basierte auf elektrischen Strömen. Wenn mich also ein Tier angriff – und das geschah noch im selben Moment –, wurde es durch diesen Schutzschild zurückgestoßen.

So geschützt, beschloß ich, als erstes durch eine nahe gelegene Siedlung zu gehen und alles aus der menschlichen Perspektive zu betrachten, da ich ja nun die Gewißheit hatte, daß mir niemand etwas anhaben konnte. Doch der Schutzschild sollte nicht übernatürlich wirken. Im Gegenteil, es würde nur so aussehen, als wehrte ich Hiebe ab, sofern welche gegen mich ausgeteilt würden – und außerdem wollte ich versuchen, mich so unauffällig wie möglich zu bewegen.

Ich wartete bis zum Einbruch der Nacht und ging zur nächsten Ansiedlung, die kreisförmig angelegt und mit einem Wall versehen war. Es war die größte in diesem Gebiet und schon so mächtig, daß sie Tribut von anderen im Umkreis gelegenen Siedlungen forderte. In über den Platz verteilten Hütten, in denen jeweils ein Feuer brannte, lebten die Männer und Frauen. Es gab einen Versammlungsplatz in der Mitte, und in der Umzäunung waren Tore, die nachts geschlossen werden konnten.

Ich schlüpfte hindurch, ließ mich neben einer Hütte nieder und beobachtete, was die Menschen in diesem Lager bis zum Dunkelwerden und dann während der Nacht taten; von Hütte zu Hütte kroch ich und begutachtete alles.

Am nächsten Tag setzte ich meine Beobachtungen im Wald fort und blieb einer Gruppe von Jägern auf der Spur, immer auf der Hut, daß man mich nicht sah. Entdeckte man mich doch, rannte ich davon, das schien mir die gebräuchlichste und berechenbarste Verhaltensweise. Man verfolgte mich nicht.

Drei Tage und drei Nächte trieb ich mich in der Umgebung dieses Dorfes herum, und in dieser Zeit lernte ich die Beschränktheiten der Menschen kennen, ihre körperlichen Bedürfnisse und Leiden; und nach und nach hatte ich auch ihre Lust kennengelernt, denn ganz plötzlich stellte ich fest, daß sie sich in mir selbst regte.

Das geschah in der Dämmerung des dritten Tages. Ich war inzwischen zu einer ganzen Reihe von Schlußfolgerungen gekommen, die begründeten, warum diese Menschen kein Bestandteil der Natur waren. Ich konnte Gott eine komplette Kette von Beweisen vorlegen und war deshalb drauf und dran, die Erde zu verlassen.

Aber es gab da noch etwas, was Engel immer schon fasziniert hat und was ich selbst in meiner fleischlichen Form noch nicht erfahren hatte, und das war die sexuelle Vereinigung. Nun kann man den Paaren, die sich vereinigen, recht nahe kommen, wenn man unsichtbar und ein Engel ist; man sieht ihre halbgeschlossenen Augen, hört ihre Seufzer, man berührt die geröteten Brüste der Frau und spürt den rasenden Schlag ihres Herzens.

Viele Male hatte ich das getan. Und jetzt wurde mir bewußt, daß diese leidenschaftliche Vereinigung – als wahrhafte Erfahrung – für mich entscheidend sein könnte. Ich hatte Durst und Hunger, Schmerz und Erschöpfung kennengelernt, ich kannte jetzt die Lebensweise der Menschen, ihre Gefühle, Gedanken und Worte. Aber ich wußte nicht, was während der sexuellen Vereinigung geschieht.

Und dann, in der Dämmerung des dritten Tages, als ich an genau diesem See stand, hier an dieser Stelle, die weit von der Siedlung entfernt ist, kam wie aus dem Nichts ein schönes Weib auf mich zu – eine Tochter der Menschen.

Nun hatte ich schon jede Menge schöner Frauen gesehen! Das habe ich dir ja erzählt – als ich das erste Mal die Schönheit einer Frau wahrnahm – ehe die Männer noch so glatt und unbehaart waren –, das war für mich einer der Schocks der Evolution gewesen. Und natürlich hatte ich auch während dieser drei Tage viele schöne Frauen von weitem betrachtet. Aber ich hatte mich nicht allzu nahe herangewagt. Schließlich wollte ich unbemerkt bleiben.

Aber wohlgemerkt, drei Tage lang befand ich mich schon in diesem Körper. Und die Organe, da ich sie so perfekt konstruiert hatte, reagierten sofort auf den Anblick dieser Frau, die da mutig, ohne männlichen Schutz oder Frauenbegleitung, am Seeufer entlangschritt; eine junge, kühne, ein wenig zornige Frau, langhaarig und schön.

Ihre Bekleidung bestand aus kaum mehr als einem groben Tierfell, das mit einem Lederband zusammengehalten wurde, sie lief barfuß, und ihre Beine waren von den Knien abwärts unbedeckt. Die Haare waren lang und dunkel und ihre Augen blau – eine betörende Kombination. Ihr Gesicht, das sehr jung wirkte, zeigte deutlich ihren Zorn und ihren Widerspruchsgeist – sie war von Schmerz und trotzigem Leichtsinn erfüllt und von dem Wunsch, sich selbst weh zu tun.

Dann sah sie mich.

Sie blieb stehen, ihr fiel ein, wie verletzlich sie war. Und ich, der die ganze Zeit über keinen Gedanken an Kleidung verschwendet hatte, stand nackt da und sah sie an. Und dieses Organ, das ich jetzt besaß, begehrte sie, begehrte sie mit unmittelbarer Wildheit; und ich spürte eine erste Verheißung dessen, was diese Vereinigung sein könnte. Ich fühlte das erste Aufflammen echter Begierde. Drei Tage lang hatte der Verstand eines Engels mein Leben beherrscht. Nun sprach mein Körper, und ich lauschte ihm mit dem Gehör eines Engels.

Sie floh nicht vor mir, sondern kam einige Schritte näher; nun traf sie tollkühnen Herzens eine Entscheidung – was sie dazu bewog, weiß ich nicht –, nämlich die, daß sie mich mit offenen Armen empfangen würde, wenn ich sie wollte. Und sie zeigte es deutlich: durch eine reizvoll-gleitende Bewegung ihrer Hüften und durch eine Geste ihrer rechten Hand, mit der sie ihr Haar leicht anhob und zurückfallen ließ.

Ich ging zu ihr, sie nahm mich bei der Hand und führte mich die Felsen hinauf nach dort oben, wo diese Höhle ist, die du sehen kannst, wenn du über deine linke Schulter und den Hang hinauf blickst. Sie nahm mich also mit dahin, und als wir dort angekommen waren, sah ich, daß sie für mich ebenso heftig entbrannt war wie ich für sie.

Dieses Mädchen war keine Jungfrau. Was auch immer mit ihr sein mochte, Leidenschaft war ihr nicht fremd. Sie kannte sie, und sie wollte sie, und in eindeutiger Absicht drängte sie ihre Hüften gegen meine, als sie mich küßte und mir ihre Zunge in den Mund schob.

Ich war überwältigt. Einen Augenblick schob ich sie zurück, nur um sie anzuschauen in ihrer mysteriösen körperlichen Schönheit – dieses fleischliche Wesen, das, obwohl zur Verwesung bestimmt, dennoch die Engel übertraf –, und dann erwiderte ich ihre Küsse wild und heftig, und sie lachte und preßte ihre Brüste gegen meinen Körper.

In der nächsten Sekunde lagen wir auf dem moosig-weichen Boden der Höhle, wie ich es so oft vorher bei Sterblichen gesehen hatte. Und als mein Organ in sie eindrang, die Leidenschaft mich übermannte, da wußte ich, was kein Engel je wissen konnte! Das war nichts, was man durch den Verstand, durch Beobachten, durch Mitgefühl oder Zuhören oder Lernen je erfassen konnte. Ich war in ihrem Fleische und von Lust verzehrt, genau wie sie, als die empfindsamen Muskeln ihrer behaarten, engen Scheide mich umschlossen, als wollten sie mich verschlingen, und als ich wieder und wieder zustieß, geriet auch sie in Verzückung, ihre Augen schlossen sich und ihr Herzschlag stockte.

Ich kam im selben Moment. Ich spürte, wie der Samen aus meinem Körper schoß und ihre warme, enge Höhlung überspülte. Mein Körper bewegte sich im rhythmischen Auf und Ab, bis dieses Gefühl, dieses unbeschreibliche, so völlig neue Gefühl, langsam abebbte und verging.

Ich lag erschöpft an ihrer Seite, den Arm noch um sie geschlungen, und mit dem Mund suchte ich ihre Wange und küßte sie. In ihrer Sprache überschüttete ich sie mit den Worten: ›Ich liebe dich, liebe dich, liebe dich, du süßes, schönes Geschöpf, ich liebe dich!‹

Darüber lächelte sie hingebungsvoll, dann schmiegte sie sich an mich und schien den Tränen nahe. Ihre Sorglosigkeit hatte sie zu Intimitäten verleitet! Sie litt mit ganzer Seele, und der Strom ihrer Empfindungen teilte sich mir durch ihre Handflächen mit!

In mir jedoch tobte ein Aufruhr an Wissen! Ich hatte den Orgasmus gespürt. Ich hatte diese hochentwickelten physischen Empfindungen kennengelernt, die der Höhepunkt der sexuellen Vereinigung zweier Menschen sind! Ich starrte an die Höhlendecke, unfähig, mich zu bewegen oder zu sprechen.

Doch dann merkte ich allmählich, daß etwas sie aufgeschreckt hatte. Zunächst klammerte sie sich an mich, aber dann richtete sie sich auf, und schließlich lief sie fort.

Ich setzte mich auf. Licht kam vom Himmel! Gottes Licht strömte aus dem Himmel herab, auf der Suche nach mir! Ich beeilte mich, aufzustehen und hinauszulaufen in dieses Licht.

›Hier bin ich, Herr!‹ rief ich. ›Herr, ich bin voller Wonne! Herr, Mein Gott, was habe ich für Gefühle kennengelernt, Herr!‹ Ich stimmte einen gewaltigen Lobgesang an, und im gleichen Moment lösten sich die materiellen Teilchen meines Körpers auf, fielen von mir ab, fast als habe das die Macht meiner Engelsstimme bewirkt; ich wuchs zu meiner vollen Größe, breitete meine Schwingen aus und sang dem Himmel meinen Dank für das, was ich in den Armen dieser Frau erfahren hatte.

Gottes Stimme ertönte ruhig und dennoch voller Grimm. ›Memnoch!‹ sprach Er. ›Du bist ein Engel! Was hat ein Engel, ein Sohn Gottes, mit einer Tochter der Menschen zu schaffen?‹

Ehe ich noch antworten konnte, verlosch das Licht und überließ mich einem Wirbelsturm, und während ich darin herumwirbelte, mit den Schwingen darin verfangen, merkte ich, daß die sterbliche Frau noch dort war, am Ufer des Sees, und daß sie etwas ihr Unerklärbares gesehen hatte, denn sie floh nun voller Schrecken.

Sie rannte davon, und ich wurde von dem Wirbel hinaufgetragen, direkt vor die Tore des Himmels, und zum ersten Mal erhoben sie sich vor mir in ihrer ganzen Größe, so wie auch du sie gesehen hast, und direkt vor mir schlugen sie zu. Das Licht traf mich wie ein Blitz und zwang mich nieder, so daß ich fiel wie Blei, mit rasender Geschwindigkeit, wie es auch dir in meinen Armen geschah, nur ich, ich war allein, allein, als ich auf der feuchten Erde aufschlug, unsichtbar, jedoch verletzt, gebrochen, weinend.

›Du, mein Wächter, was hast du getan!‹ hörte ich Gottes Stimme leise, aber ganz deutlich, an meinem Ohr.

Ich begann hemmungslos zu weinen. ›Herr, Gott, dies ist ein entsetzliches Mißverständnis. Laß mich … laß mich Dir meine Sache darlegen …‹

›Bleibe bei den Sterblichen, die du so sehr liebst!‹ sprach Er. ›Mögen sie dir behilflich sein, denn ich will nichts hören, bis mein Zorn vorüber ist. Umarme das Fleisch, nach dem dich so sehr verlangt und mit dem du befleckt bist. Du wirst mir nicht vor die Augen kommen, bis ich dich holen lasse, und *ich* werde den Zeitpunkt bestimmen.‹

Wieder erhob sich der Sturm, und als ich mich auf den Rücken warf, merkte ich, daß ich keine Schwingen mehr hatte und gefangen war im Fleische, in dem Körper, den ich mir geschaffen hatte. Der Allmächtige hatte ihn mir großzügigerweise bis hin zur letzten Zelle wieder zusammengefügt. Und so lag ich dort am Boden, verletzt, schwach, mit schmerzenden Gliedern, wehklagend und traurig.

Ich hatte mich bis dahin noch nicht mit menschlicher Stimme weinen hören. Das Geräusch war nicht laut, nicht herausfordernd oder verzweifelt. Dazu war ich mir immer noch zu sehr bewußt, ein Engel zu sein. Ich war mir zu sicher, daß Gott mich liebte. Ich wußte, daß Er zornig war, ja, aber viele, viele Male schon war er wegen mir erzürnt gewesen.

Was ich fühlte, war der grausame Schmerz, von Ihm getrennt zu sein! Ich konnte nicht mehr nach meinem Willen in den Himmel aufsteigen! Ich konnte dieses Fleisch nicht abschütteln. Und noch während ich mich aufrichtete und die Arme zum Himmel reckte, wurde mir klar, daß ich genau das gerade mit meinem ganzen Sein versuchte, und es gelang mir nicht. Tiefe Trauer kam über mich, so allumfassend, daß ich nur noch den Kopf senken konnte.

Die Nacht war hereingebrochen. Die Sterne am Firmament waren mir so fern, als hätte ich den Himmel nie gekannt. Ich schloß die Augen und hörte das leise Jammern der Seelen in Scheol. Sie drängten sich näher an mich heran, wollten wissen, was ich sei, was das, was sie mit angesehen hatten, bedeutete? Von wo ich zur Erde herabgefallen sei? Bis dahin war ich unbemerkt geblieben, hatte meine Verwandlung verheimlichen können, aber als Gott mich zur Erde hinabgestoßen hatte, war ich ziemlich aufsehenerregend gefallen – als Engel – und unmittelbar darauf in der Gestalt eines Mannes aufgestanden.

Ganz Scheol schrie auf voller Wißbegier und Unruhe.

›Herr, was soll ich ihnen sagen? Hilf mir!‹ bat ich.

Und dann spürte ich den Duft der Frau nahe bei mir. Ich wandte mich um und sah, daß sie vorsichtig herankam, und als sie mein Gesicht sah, meine Tränen und mein Elend, trat sie kühn zu mir. Sie zog mich an ihre warme Brust und umfaßte mit zitternden Händen mein Gesicht.

Kapitel 13

Sie nahm mich mit zu ihrer Siedlung und führte mich durch das Tor. Männer und Frauen erhoben sich, Kinder liefen mir entgegen. Da ich mir meiner engelhaften Schönheit bewußt war, überraschten mich ihre bewundernden Blicke nicht. Aber ich fragte mich doch, was um Himmels willen sie vorhatten.

Sie ließen mich niedersitzen und gaben mir zu essen und zu trinken. Das brauchte ich auch. Drei Tage lang hatte ich nur Wasser und ein paar im Wald gesammelte Beeren zu mir genommen. Ich aß das zubereitete Fleisch, das sie mir reichten, und sie, mein Weib, meine Menschentochter, preßte sich an mich, als wolle sie mit mir zusammen jedem Herausforderer trotzen.

Schließlich stand sie auf, hob mit einer heftigen Bewegung die Arme und erzählte ihnen mit lauter Stimme, was geschehen war. Ihre Sprache war einfach, aber das zu beschreiben, reichten ihre Worte voll und ganz aus – daß sie mir am Ufer des Sees begegnet sei und gesehen habe, daß ich nackt war, daß sie sich mir in heiliger Anbetung hingegeben habe, weil sie erkannt habe, daß ich kein irdisches Wesen sein konnte. In dem Augenblick, als mein Samen in sie gelegt worden war, sei ein herrliches, erhabenes Licht vom Himmel herabgekommen und habe die Höhle erfüllt. Sie sei voller Angst davor geflüchtet, aber ich, der ich es wohl kannte, hätte mich furchtlos direkt hineinbegeben, und vor ihren Augen hätte ich mich verwandelt, so daß sie durch mich hindurchsehen und mich dennoch hätte wahrnehmen können. Und ich hätte an Größe gewonnen und riesige weiße Schwingen gehabt!

Diese Vision sei nur sekundenlang wahrnehmbar gewesen, dann sei ich verschwunden. Zögernd, unsicher, habe sie ausgeharrt, zitternd zugeschaut, habe dabei ihre Ahnen, den Schöpfer, die Dämonen der Wüste und alle sonstigen Schutzmächte angerufen, bis sie mich plötzlich wiedergesehen habe – mit ihren schlichten Worten ausgedrückt, war ich durchscheinend, jedoch sichtbar und im Fallen begriffen, geflügelt, riesig, und ich sei auf den Boden aufgeprallt mit einer Wucht, die einen Menschen getötet hätte – aber, wie jeder sehen konnte, saß ich hier als Mensch im Staub.

›Gott‹, betete ich. ›Was mache ich bloß? Was diese Frau erzählt, ist wahr! Und doch bin ich kein Gott. Du bist Gott. Was soll ich nur tun?‹ Der Himmel schwieg, keine Antwort drang an mein Ohr oder mein Herz, nicht in mein schwerfälliges, kompliziertes Gehirn.

Was nun die Zuhörer betraf, deren Anzahl ich auf etwa fünfunddreißig, die Kinder nicht mitgerechnet, schätzte: Von ihnen äußerte sich keiner. Sie dachten über das Gehörte nach, weder wollten sie es voreilig akzeptieren, noch wollten sie die Glaubwürdigkeit der Frau anzweifeln. Etwas an meinem Benehmen und meiner Haltung verunsicherte sie.

Das war nicht weiter verwunderlich. Ich wich vor ihnen nicht zurück oder zitterte oder zeigte irgendeine Form von Schmerz. Ich hatte noch nicht gelernt, wie man das Leid eines Engels im Fleische ausdrückt. Ich saß einfach da, wohl wissend, daß ich für ihre Begriffe jung und anmutig war und geheimnisumwittert; und ihr Mut reichte nicht aus, um einen Angriff gegen mich zu wagen, wie sie es sonst mit ihren Feinden oder den Ausgestoßenen ihrer Sippe machten, die sie erstachen, aufspießten oder sogar verbrannten – das alles hatte ich oft genug selbst gesehen.

Plötzlich begann ein aufgeregtes Gemurmel in der Gruppe. Ein sehr alter Mann erhob sich. Er sprach in noch simpleren Worten als meine Fürsprecherin zuvor. Obwohl er vielleicht nur die Hälfte ihres Sprachschatzes besaß, reichte seine Ausdrucksfähigkeit doch aus, um mich zu fragen: ›Was kannst du zu deiner Verteidigung sagen?‹

Die andern reagierten darauf, als sei diese Frage ein Ausdruck absoluten Genies. Vielleicht war das für sie ja auch so. Die Frau drängte sich in diesem Augenblick dicht an mich, umarmte mich und warf mir einen flehenden Blick zu.

Da wurde mir klar: Ihr Schicksal war mit dem meinen verbunden. Sie fürchtetet sich vor ihren eigenen Leuten, ihrer Sippe. Aber sie hatte keine Angst vor mir! Interessant. Das also können Liebe und Zärtlichkeit bewirken und Wunder natürlich auch, dachte ich. Und Gott sagt, diese Leute sind Teil der Natur!

Ich ließ verlegen den Kopf sinken, doch nur kurz. Schließlich erhob ich mich, und sie – meine Gefährtin, wie es nun schien – zog ich an meine Seite, und indem ich alle Worte ihrer Sprache benutzte, sogar die, die erst die Kinder dieser Generation hinzugefügt hatten und die den Älteren noch unbekannt waren, sagte ich: ›Ich will euch kein Leid zufügen. Ich bin vom Himmel gekommen. Ich kam, um euch kennenzulernen, euch zu lieben. Und um Gottes willen wünsche ich nur das Beste für euch.‹

Daraufhin brach ein ziemlicher Tumult aus, ein freudiges Lärmen, denn die Leute klatschten in die Hände, sprangen auf, und die kleinen Kinder hüpften umher. Es schien allgemeine Übereinkunft zu sein, daß Lilia, so hieß die Frau neben mir, zu ihrem Stamm zurückkehren durfte. Man hatte sie nämlich vertrieben und damit dem Tod preisgegeben, als sie auf mich traf. Aber jetzt war sie zurückgekommen und hatte einen Gott mitgebracht, eine Gottheit, ein Himmelswesen … mit vielsilbigen Worten und Wortkombinationen versuchten sie, den richtigen Begriff zu finden.

›Nein‹, erklärte ich. ›Ich bin kein Gott. Ich habe die Welt nicht geschaffen. Ich verehre den Gott, der das getan hat, genau wie ihr.‹

Auch das akzeptierten sie freudig. So freudig, daß dieser Wirbel mich schon beängstigte. Angesichts der johlenden, schreienden Tänzer, die den brennenden Hölzern der Lagerfeuer Fußtritte versetzten, während diese liebliche Lilia an mir hing, wurde ich mir der Beschränktheit dieses meines Körpers lebhaft bewußt.

›Ich muß jetzt schlafen!‹ sagte ich kurzentschlossen. Und das war nicht mehr und nicht weniger als die reine Wahrheit. In den drei Tagen, die ich in diesem Leib verbracht hatte, hatte ich selten einmal eine Stunde geschlafen; ich fühlte mich erschöpft bis auf die Knochen, war zerschlagen und vom Himmel verbannt. Ich wollte mich nur dieser Frau zuwenden und in ihren Armen meinen Kummer begraben.

Das billigten alle; sie bereiteten eine Hütte für uns, man lief hin und her, besorgte die feinsten Pelze und Felle, das weichste Leder, dann führte man uns stumm hinein, und ich sank rücklings nieder auf ein langhaariges weiches Ziegenfell.

›Gott, was verlangst du von mir, was soll ich tun?‹ fragte ich laut. Aber es kam keine Antwort. Nur tiefes Schweigen und Dunkelheit herrschten in der Hütte, und dann waren da die Arme der Menschentochter, die sich wollüstig und liebevoll, zärtlich und leidenschaftlich an mich schmiegte, in diesem Mysterium, diesem gänzlich dem Leben vorbehaltenen Wunder, in dem sich Zärtlichkeit und Lust untrennbar vereinten.«

Memnoch hielt inne. Er schien auf einmal erschöpft. Er erhob sich und ging ein paar Schritte bis zum sandigen Ufer. Einen Lidschlag lang blitzten die Umrisse seiner Flügel auf, so hatte sie vielleicht auch damals jene Frau wahrgenommen, dann glich er nur einer großen Gestalt mit hochgezogenen Schultern, die mir den Rücken zuwandte und offenbar das Gesicht in den Händen vergrub.

»Memnoch, wie ging es weiter? Sicherlich ließ Gott dich doch nicht dort! Was tatest du? Was geschah am nächsten Morgen, als du erwachtest?«

Er seufzte und drehte sich endlich um. Langsam kam er zurück und setzte sich wieder. »Bis zum Morgen hatte ich ein halbes dutzendmal mit ihr geschlafen und war halb tot, was an sich schon eine weitere Lehre für mich war. Aber ich hatte kein Ahnung, was ich tun sollte. Während sie schlief, hatte ich Gott angerufen, hatte nach Michael und den andern Engeln gerufen, hatte immer und immer wieder um Rat gebeten. Und wer, glaubst du, antwortete mir?«

»Die Seelen in Scheol«, vermutete ich.

»Ja, ganz genau! Diese Geister antworteten mir. Wieso wußtest du das? Die stärksten Seelen in Scheol hatten meine Gebete an den Schöpfer vernommen, sie hatten die drängende Kraft und die eigentliche Aussage meiner Rufe gehört, meine Entschuldigungen, meine Bitten um Gnade und Vergebung und Verständnis – alles hatten sie in sich aufgesogen, förmlich in sich hineingetrunken, genau wie die auf das Geistige gerichteten Sehnsüchte ihrer noch lebenden Nachkommen. Und dann, als die Sonne aufging, als die Männer der Sippe sich zu sammeln begannen, wußte ich nur eins: Was mir auch geschah, was auch immer Gottes Wille war, die Seelen in Scheol würden ein für allemal verändert sein! Zuviel hatten sie erfahren durch diesen in die stoffliche Welt gefallenen Engel, der so rückhaltlos zum Himmel und zu Gott geschrien hatte.

Natürlich war mir das volle Ausmaß der Veränderungen noch nicht bewußt geworden, so weit hatte ich noch gar nicht gedacht. Doch die stärksten der Seelen hatten einen ersten kurzen Blick ins Paradies getan. Sie wußten nun, es gab da ein Licht, das einem Engel Tränen und verzweifeltes Flehen entlockte, weil er befürchtete, dieses Licht nie mehr sehen zu dürfen.

Das war mir nicht in den Sinn gekommen. Nein. Ich stand völlig unter dem Eindruck, daß Gott mich dort zurückgelassen hatte. Gott hatte mich verlassen.

Ich ging hinaus zu den Leuten; die Siedlung war überfüllt, denn die Bewohner der Nachbardörfer waren alle gekommen, um mich zu sehen. So mußten wir den umzäunten Platz verlassen und uns aufs freie Feld begeben. – Schau dort hinüber, wo das Gelände langsam abfällt; siehst du da hinten die Stelle, an der das Feld breiter wird und der Strom die Richtung ändert ...«

»Ja.«

»Dort versammelten wir uns. Und schon bald war klar, daß all diese Leute eine gewisse Erwartung in mich setzten – daß ich eine Ansprache hielt, vielleicht ein Wunder vollbrachte oder daß mir Flügel wuchsen, irgend etwas, aber ich wußte nicht, was. Und Lilia, die klebte an mir wie vorher schon, verführerisch und schön und von unbestimmter Verwunderung erfüllt.

Gemeinsam kletterten wir auf einen Felsbrocken ... einen von denen dort, die die Gletscher vor Millionen von Jahren hier zurückgelassen haben. Genau da. Wir stiegen also hinauf, sie setzte sich, doch ich blieb vor diesen Menschen stehen; und dann schaute ich zum Himmel auf und breitete die Arme aus.

Von ganzem Herzen bat ich Gott, mir zu vergeben, mich wieder zu sich zu nehmen, mich – als Krönung meiner Einmischung auf der Erde – barmherzigerweise verschwinden zu lassen, mir meine unsichtbare Engelsgestalt wiederzugeben, damit ich mich zum Himmel erheben könnte. Meinen ganzen Willen setzte ich in diese Vorstellung, bemühte mich nach Kräften, meine ursprüngliche Natur wiederzuerlangen. Aber ohne Erfolg. Der Himmel zeigte mir nur, was auch Sterbliche sehen: sein Blau und die zart zerfaserten weißen Wolken, die mit dem Wind ostwärts zogen, und das kalte Licht der bleichen Mondsichel. Auf meinen Schultern und meinem Kopf brannte schmerzhaft die Sonne. Und da dämmerte mir eine gräßliche Erkenntnis: daß ich womöglich in diesem Körper sterben würde! Daß ich meine Unsterblichkeit verwirkt hatte! Gott hatte mich sterblich gemacht und sich von mir abgewandt.

Darüber dachte ich geraume Zeit nach. Schon früher war mir der Verdacht gekommen, doch jetzt, mit menschlicher Hast, war ich überzeugt davon. Ein wilder Zorn wuchs in mir. Ich betrachtete all diese Männer und Frauen. Ich dachte an Gottes Worte, daß ich mit denen gehen möge, die ich mir selbst erwählt hatte, mit den sterblichen Kreaturen, die ich dem Himmel vorgezogen hatte. Und ich traf eine Entscheidung.

Wenn so mein Ende sein sollte, wenn ich in diesem Körper sterben sollte wie jeder andere Mensch auch, wenn mir also nur noch einige Tage, Wochen oder Jahre blieben – solange ich eben mit diesem Körper angesichts der vorhandenen Gefahren hoffen konnte zu überleben –, dann mußte ich das Erhabenste tun, was mir einfiel. Ich mußte Gott etwas Edles darbieten. Wie ein Engel mußte ich handeln, wenn denn Handeln von mir erwartet wurde!

›Mein Herr, ich liebe dich‹, sagte ich laut. Und zerbrach mir den Kopf, was ich Großartiges vollbringen könnte. Und sofort fiel mir das Naheliegende und ganz und gar Logische ein. Ich würde diese Leute all mein Wissen lehren! Ich würde weniger vom Himmel und den Engeln und Gott erzählen, denn was würde es ihnen nützen? Aber natürlich wollte ich ihnen von Scheol berichten und ihnen raten, sich um einen friedlichen Tod zu bemühen, damit ihre Seelen in Scheol Frieden fanden, denn das war für sie ein erreichbares Ziel. Das war das einzige, was ich in diese Richtung tun wollte, und zunächst nicht so wichtig! Vordringlicher schien mir, sie all das über ihre Welt zu lehren, was durch logische Schlußfolgerungen begreifbar war, was sie aber noch nicht erkannt hatten.

Auf der Stelle begann ich meine Ansprache. Ich führte sie in die Höhlen der Berge und zeigte ihnen dort, wo die Erzadern verliefen, ich sagte ihnen, daß dieses Metall, wenn man es erhitzte, aus dem Gestein herausfloß, daß man es nach dem Abkühlen aufs neue erwärmen könnte, bis es weich genug war, um bearbeitet zu werden, und was man daraus machen konnte.

Zurück am Seeufer, nahm ich die weiche Erde und formte sie zu kleinen Figürchen, um ihnen zu demonstrieren, wie einfach das war. Dann nahm ich einen Stecken und zeichnete Kreise in den Sand, wobei ich ihnen erklärte, was Symbole sind. Man könnte zum Beispiel ein Symbol für Lilia machen, das der Blume ähnelte, nach der sie benannt war, der Lilie. Und man könnte ein Symbol zeichnen für das, was ich gewesen war, ein Mann mit Flügeln. Ein Zeichen nach dem anderen malte ich, um ihnen zu zeigen, wie einfach man ein Bild mit einem konkreten Gegenstand in Verbindung bringen konnte.

Als der Abend kam, versammelte ich die Frauen um mich und unterwies sie in den verschiedenen Arten, die weichen Lederstreifen, die sie benutzten, zu einem Gewebe zu verbinden, sie so miteinander zu verflechten, daß man ein großes, zusammenhängendes Stück bekam; darauf waren sie selbst noch nicht gekommen. Und es war alles so folgerichtig, es leitete sich alles aus dem ab, was ich als Engel von der ganzen Welt wußte.

Diesen Menschen waren immerhin schon die Mondwechsel bekannt, aber sie wußten nichts über den Kalender, den man aus dem Sonnenstand und dem Lauf der Planeten errechnen konnte. So lehrte ich sie auch dies und zeigte ihnen, wie man es in Form von Symbolen auf Tonplatten festhalten konnte. Ich formte Ton vom Flußufer zu flachen Platten, ritzte mit einem Zweig kleine Sterne und Sternenhimmel und Engel ein, und dann ließ ich alles in der Sonne trocknen.

Viele Tage und Nächte hindurch unterrichtete ich mein Volk. Wenn eine Gruppe ermüdete und nichts mehr in sich aufnehmen konnte, wandte ich mich der nächsten zu, schaute, was sie taten, und zeigte ihnen Methoden, ihre Arbeit zu verbessern.

Vieles, wußte ich, würden sie allein herausfinden. Wie man webte, war ihnen schon bald klar, so daß sie bessere Kleidung herstellen konnten. Das war alles schön und gut. Ich wies sie auf die Pigmentfarben hin, ähnlich dem roten Ocker, den sie schon benutzten, grub auch Wurzeln aus dem Boden, die Farbstoffe abgaben. Jeden Fortschritt, der mir in den Sinn kam, gab ich an sie weiter. Auch ihre Sprache bereicherte ich, was dann in der Folge zu einer Schrift führte. Und dann lehrte ich sie zu singen, eine ganz neue Art von Musik. Die Frauen kamen zu mir, immer und immer wieder – Lilia ließ ihnen den Vortritt –, damit der Samen des Engels in viele, viele Frauen eingehe, in diese ›anmutigen Menschentöchter‹.«

Wieder stockte Memnoch. Die Erinnerung schien ihm das Herz zu brechen. Er starrte ins Nichts, und seine Augen reflektierten nur das Blau des Wassers.

Ich sprach ihn sehr leise und behutsam an und zitierte aus dem Gedächtnis, bereit, auf ein Anzeichen hin sofort zu unterbrechen. Ich zitierte aus dem Buch Enoch:

»Und Azazel … brachte ihnen die Metalle zur Kenntnis und wie man sie bearbeitet zu Ketten und Schmuck, und lehrte sie den Gebrauch von Antimon, mit dem man die Lider verschönert, und zeigte ihnen viele Sorten kostbarer Steine und farbiger Tinkturen.«

Er wandte sich mir zu und sah mich an. Er war kaum fähig zu sprechen. Als er das Zitat vervollständigte, war seine Stimme verhalten, fast so gedämpft wie meine zuvor. »Und es erwuchs daraus viel Gottlosigkeit, und sie begingen Unzucht und wurden auf den falschen Weg geführt.« Wieder machte er eine Pause, um dann fortzufahren: »Und als die Menschen umkamen, erhob sich Geschrei, und ihr Jammer stieg auf zum Himmel.«

Er brach ab, mit einem zögernden, bitteren Lächeln. »Und was bleibt davon, Lestat, was liegt zwischen deinen und meinen Zeilen? Lügen! Ich lehrte sie Zivilisation. Ich kündete ihnen vom Himmel, von den Engeln! Alles das lehrte ich sie und nichts sonst. Nichts von Blut, Gesetzlosigkeit, monströsen Giganten. Lügen, nichts als Lügen, bruchstückhafte Wahrheiten, durch Lügen verschleiert!«

Ich nickte, und ich sah alles ganz deutlich vor mir, betrachtete es auch vom Standpunkt der Hebräer aus, die sich in späteren Zeiten so fest an rituelle Reinigungen und Gesetze hielten und die vorhergehenden Verhaltensweisen als unrein und schlecht verurteilten ... und die immer und immer wieder von diesen Wächtern, diesen Lehrern, diesen Engeln erzählten, die in Liebe entbrannt waren zu den Töchtern der Menschen.

»Es hatte nichts mit Magie zu tun«, sagte Memnoch. »Nichts mit Zauberei. Ich habe sie auch nicht gelehrt, Schwerter zu schmieden! Ich habe sie nicht gelehrt, wie man Krieg führt. Wenn ein anderes Volk auf der Erde ein ihnen unbekanntes Wissen besaß, von dem ich erfuhr, gab ich es an sie weiter. Daß in einem anderen Flußtal die Menschen den Weizen mit der Sichel schnitten! Daß es im Himmel die Ophanim gab, Engel von runder Gestalt, Rädern gleich, und daß, wenn sie diese Form nachbauten und zwei davon mit einer hölzernen Stange verbanden, sie etwas daraus herstellen konnten, das sich auf diesen Rädern fortbewegte!«

Er seufzte. »Ich war rastlos, es war Tollheit. Ich überschüttete sie förmlich mit meinem Wissen, erschöpfte sie damit, sie wankten unter seiner Bürde, und so ging ich zu den Höhlen und ritzte dort meine Symbole in die Wände, Bilder des Himmels und der Erde und immer wieder Engel. Ich verewigte das Licht Gottes. Unermüdlich arbeitete ich, bis jeder Muskel meines sterblichen Körpers schmerzte.

Und dann, ihrer Gesellschaft überdrüssig und übersättigt von den schönen Frauen, erzählte ich ihnen, ich müsse stumme Zwiesprache mit meinem Gott halten, und ging fort in die Wälder, wo ich zusammenbrach. Da lag ich nun in absolutem Schweigen, getröstet durch Lilias lautlose Anwesenheit, und grübelte über alles, was geschehen war. Ich dachte an die Argumente, die ich Gott hatte vortragen wollen, und wie passend sich das, was ich seitdem erfahren hatte, in genau diesen Streitfall einfügte!

Ich hatte bei den Menschen nichts gesehen, weswegen ich meine Meinung hätte ändern müssen. Daß ich Gott beleidigt hatte, daß ich ihn für immer verloren hatte, daß es für mich in Zukunft und alle Ewigkeit nur Scheol zu erwarten gab, das waren Realitäten, ich kannte sie, und sie machten mir das Herz schwer und lasteten auf meiner Seele. Aber ich konnte meine Meinung einfach nicht aufgeben.

Die Verteidigung, die ich dem Allmächtigen hatte vortragen wollen, besagte, daß diese Wesen der Natur überlegen und über sie hinausgewachsen waren, daß sie deshalb mehr von ihm erwarteten, und alles, was ich bei ihnen gesehen hatte, unterstützte meine Ansicht nur. Wie sehr sie doch von himmlischen Geheimnissen angezogen wurden. Welche Leiden sie doch ertragen mußten, und wie sehr sie nach einer Rechtfertigung dafür suchten! Wenn es doch nur einen Schöpfer gäbe, wenn dieser Schöpfer seine Gründe hätte ... Oh, tiefste Pein war das. Und in ihrem Innersten flammte das Geheimnis der Lust.

Während des Orgasmus, wenn sich mein Samen in die Frauen ergoß, hatte ich eine Ekstase verspürt, die überwältigend wie die Freuden des Himmels war, und ich fühlte sie einzig und allein durch die körperliche Vereinigung mit der Person, mit der ich beisammen war. In einem Sekundenbruchteil war ich mir bewußt geworden, daß der Mensch nicht Teil der Natur war, nein, er war etwas Höheres, er gehörte zu Gott und zu uns!

Als mir die Menschen ihre verworrenen Glaubensvorstellungen vortrugen – gab es nicht allenthalben unsichtbare Monster? –, sagte ich nein. Nur Gott und Seinen Himmlischen Hofstaat gebe es, der den Lauf der Dinge fügte, und die Seelen ihrer Angehörigen in Scheol.

Als sie mich fragten, ob schlechte Menschen – die, die den Gesetzen nicht gehorchten – nach dem Tode in ein ewiges Feuer geworfen würden – eine sehr häufig vertretene Vorstellung –, war ich entsetzt und sagte ihnen, daß Gott so etwas nie zulassen würde. Eine zarte, gerade wiedererstandene Seele auf ewig der Strafe des Feuers überantworten? Eine Ungeheuerlichkeit, versicherte ich. Und wieder riet ich ihnen, die Seelen der Toten zu ehren, um ihren eigenen Schmerz zu lindern und den der Seelen in Scheol, und ich erzählte ihnen, daß sie, wenn ihr eigener Tod nahe, sich nicht fürchten, sondern leichten

Herzens dem Dunkel entgegengehen sollten, die Augen immer auf das gleißende Licht des irdischen Lebens gerichtet.

Ich wußte einfach nicht, was ich ihnen sonst hätte sagen sollen. Welch Blasphemie. Und ich hatte sie begangen, wirklich ich. Und was würde nun mein Schicksal sein? Ich würde alt werden und sterben, ein verehrter Lehrmeister, und ehe das Alter kam – oder ehe irgendeine wilde Bestie oder eine Krankheit meinen Lebensfaden abschnitt –, würde ich soviel wie möglich in Stein und Ton einritzen. Und wenn ich dann in Scheol einginge, würde ich dort die Seelen zu mir rufen und sie auffordern: ›Schreit! Schreit zum Himmel!‹ Ich würde sie lehren, aufwärts zu blicken, und ihnen sagen: ›Dort ist das Licht!‹«

Tief atmete er durch, als verursache ihm jedes Wort einen brennenden Schmerz.

Wieder zitierte ich leise aus dem Buch Enoch. »Und nun sehet, die Seelen jener, die gestorben sind, stehen schreiend und bittend vor den Himmelstüren.«

»Ja, du kennst die Schriften, wie es sich für einen ordentlichen Teufel gehört«, sagte er bitter, doch sein Antlitz war derart von Trauer und Mitgefühl gezeichnet und sein Spott so seinen Gefühlen unterworfen, daß den Worten der Stachel fehlte. »Und wer kannte wohl die Folgen?« fragte er. »Wer wohl! Ja, ja, ich würde die Seelen in Scheol stärken, bis die Himmelstore unter ihren Schreien zerbrächen und niederstürzten. Wenn man eine Seele hat und diese Seele sich entwickeln kann, dann kann man auch den Engeln gleich sein! Einzig eine Hoffnung war mir geblieben: unter den von Gott Vergessenen zu herrschen.«

»Aber Gott ließ das nicht zu, nicht wahr? Er ließ dich nicht in diesem Körper sterben?«

»Nein. Und meine Lehren wurden auch nicht mit der Sintflut fortgeschwemmt. Etwas blieb erhalten und wurde in Mythen und Schriften verarbeitet, nämlich daß ich dort gewesen war, daß ich sie etwas gelehrt hatte. Und zwar durchaus im Rahmen menschlicher Möglichkeiten; es war logisches Denken und nicht Magie, und sogar die Geheimnisse des Himmels hätten die Seelen vielleicht ganz allein herausgefunden. Früher oder später hätten sie das alles bestimmt selbst erkannt.«

»Aber wie entkamst du von dort? Was geschah mit Lilia?«

»Lilia? Ach, Lilia. Sie starb als die verehrte, angebetete Frau eines

Gottes. Lilia.« Seine Miene hellte sich auf, und er lachte. »Lilia«, wiederholte er, und die Erinnerung brachte sie ihm wieder nahe. »Meine Lilia. Ausgestoßen, um ihr Los mit einem ›Gott‹ zu teilen.«

»Gott hat dich zurückgeholt?« fragte ich. »Er hat deinem Tun ein Ende gesetzt?«

Wir blickten uns einen Moment lang an. »Nicht ganz so einfach. Drei Monate etwa war ich dort gewesen, da wachte ich auf und entdeckte, daß Michael und Raphael zu mir gekommen waren und ganz deutlich sprachen: ›Gott verlangt nun nach dir.‹

Und da ich nun einmal Memnoch, der Unverbesserliche, war, sagte ich: ›Oh? Warum hebt Er mich dann nicht empor und nimmt mich von hier fort oder was immer Er auch mit mir tun will?‹

Bei diesen Worten schaute Michael um meinetwillen sehr betrübt drein und sagte: ›Memnoch, um der Liebe Gottes willen, begib dich freiwillig zurück in deine dir entsprechende Gestalt. Fühle, wie dein Körper an Größe gewinnt; laß dich von deinen Flügeln in den Himmel hinauftragen. Du sollst nur kommen, wenn du es selbst willst! Nun, Memnoch, denk nach, ehe du …‹

›Nein, du brauchst mich nicht zu warnen, mein Liebster‹, unterbrach ich Michael. ›Ich komme, mit Tränen in den Augen komme ich.‹ Ich kniete neben der schlafenden Lilia nieder und küßte sie. Da sah sie zu mir auf. ›Dies ist der Abschied, meine Gefährtin, meine Lehrmeisterin‹, sagte ich. Sie weinte. Ich küßte sie abermals, und als ich mich abwandte, wurde ich zum Engel, grenzte mich, für sie sichtbar, vom Stofflichen scharf ab, damit sie diese letzte Vision von mir in sich aufnehmen und als trostspendende Erinnerung in ihrem Herzen bewahren konnte. Dann, unsichtbar, schloß ich mich Michael und Raphael an und ging *heim.*

Einen Moment lang konnte ich es kaum glauben; als ich Scheol durcheilte, weinten die Seelen voller Schmerz, und ich streckte ihnen tröstend die Hände entgegen. ›Ich werde euch nicht vergessen! Ich schwöre es. Ich nehme eure Bitten mit in den Himmel.‹ Und dann stieg ich höher und höher empor, das Licht strömte mir entgegen und umfing mich und ebenso Gottes tiefempfundene Liebe – ob ich einer Verurteilung, Strafe oder Vergebung entgegenging, wußte ich nicht. Das freudige Jubilieren im Himmel war selbst für meine Ohren betäubend.

Alle Engel des *bene ha elohim* waren versammelt. Aus ihrer Mitte strahlte pulsierend Gottes Licht.

›Werde ich bestraft werden?‹ Und doch fühlte ich nur Dankbarkeit, als ich dieses Licht wieder gesehen hatte, wenn auch nur für Sekunden. Ich konnte diesen Glanz nicht anschauen. Ich mußte die Hände vor mein Gesicht halten. Und wie immer bei einer himmlischen Zusammenkunft schlossen sich die Seraphim und die Cherubim eng um Gott, so daß sich das Licht in gleißenden Strahlen zwischen ihnen hindurch ergoß und wir den Glanz ertragen konnten.

Gottes Stimme klang unmittelbar und allumfassend. ›Ein Wort an dich, mein tapferer, mein arroganter Sohn‹, sagte Er. ›Ich habe einen Gedanken entwickelt, den du in deiner engelhaften Weisheit erwägen sollst. Er betrifft *gehenna*, die Hölle.‹ Die folgenschwere Bedeutung dieses Wortes lag offen vor meinen Augen. ›Feuer und Qualen in Ewigkeit‹, sagte Gott, ›die Verkehrung des Himmels. Sage mir, Memnoch, ganz ehrlich, wäre das die passende Bestrafung für dich – das genaue Gegenteil der Herrlichkeit, der du der Menschentöcher wegen entsagt hast? Wäre das der angemessene Richtspruch – immerwährend zu leiden bis ans Ende der Zeit?‹«

Kapitel 14

Ich benötigte nicht einmal eine Sekunde für die Antwort«, sagte Memnoch. Er hob leicht die Augenbrauen, als er mich ansah. »Ich antwortete: ›Nein, Herr, das würdest du niemandem antun. Wir alle sind deine Geschöpfe. Das ist ein zu entsetzlicher Greuel für jedes bewußt geschaffene Wesen. Nein, Herr. Als mir die Männer und Frauen auf der Erde erzählten, derartige Qualen seien in ihrer Vorstellung für die schlechten Menschen vorgesehen, da habe ich ihnen versichert, einen solchen Ort habe es nie gegeben und werde es nie geben.‹

Gelächter brauste im Himmel auf. Von einem Ende des Firmaments zum andern. Jeder, aber auch jeder Engel lachte, was natürlich melodisch klang und wie immer erfüllt von Wunder und Entzücken, aber Gelächter blieb es dennoch.

Nur einer lachte nicht. Memnoch. Ich. Ich hatte vollkommen ernsthaft gesprochen, und nun stand ich da und war überaus erstaunt, daß sie über meine Worte lachten. Ein höchst befremdliches Phänomen wurde mir offenbar. Gott hatte ebenfalls gelacht und lachte noch, leise, aber in Einklang mit ihnen oder eher als Oberstimme, und erst als Sein Lachen verebbte, schwiegen auch sie.

›Das hast du ihnen also erzählt, Memnoch? Daß es keine Hölle für die ewige Bestrafung der Sünder geben werde, nie, niemals? Daß ein solcher Ort einfach nicht existiere?‹

›Ja, Herr, das sagte ich‹, erwiderte ich. ›Ich konnte mir nicht einmal vorstellen, wie sie auf eine solche Idee gekommen waren, wenn man einmal außer acht läßt, daß sie manchmal über ihre Feinde sehr aufgebracht sind …‹

Wieder erhob sich Gelächter, doch Gott bedeutete den Engeln zu schweigen.

Gott fragte: ›Memnoch, hast du wirklich all deine sterblichen Zellen auf der Erde zurückgelassen? Bist du wieder im vollen Besitz deiner Engelsfähigkeiten? Du hast nicht etwa eine Gewohnheit daraus gemacht, den Einfältigen zu spielen?‹

Ich erhob meine Stimme über das abermals aufklingende Gelächter. ›Nein, Herr. Ich habe diesen Augenblick im Traum herbeigesehnt. Von Dir getrennt zu sein war tödlicher Schmerz. Was ich getan habe, tat ich aus Liebe, ist es nicht so? Bestimmt weißt Du das besser als ich.‹

›Das fürchtete ich‹, antwortete Er. ›Ja. Liebe war es, das ist gewiß wahr.‹

›Herr, ich ging davon aus, ich dürfte vor Dich hintreten und Dir alles erklären, dürfte Dir meine Argumente vortragen. Wird mir das gewährt werden?‹

Stille.

Kein Laut kam von der Quelle des göttlichen Lichts, doch ich bemerkte plötzlich, daß einige aus dem *bene ha elohim* sich mir näherten. Zuerst dachte ich, nein, sie ändern nur ihre Haltung und spreizen die Schwingen ein wenig im Licht, doch dann sah ich eine kleine Gruppe von Engeln direkt hinter mir stehen, die sich die ganze Zeit über schon am Rande der Menge aufgehalten hatten und nun zu mir herübergeschoben wurden.

Ich kannte diese Engel natürlich, einige näher durch Gespräche und Erörterungen, und sie kamen aus allen Rangstufen. Ich sah sie verwirrt an und blickte dann zu Gott.

›Memnoch‹, sagte der Herr plötzlich. ›Die dort hinter dir stehen, deine Mitläufer, bitten ebenfalls darum, daß dir dein Wunsch, diesen Streitfall vorzutragen, gewährt werde, denn sie hoffen, daß du auch für sie sprichst.‹

›Herr, ich verstehe nicht.‹ Doch sogleich wurde es mir klar, als ich die Beunruhigung in ihren Mienen sah; und sie hielten sich so nah an mich, als sei ich ihr Beschützer. Sofort wußte ich, was geschehen war, nämlich, daß diese Engel während ihres Aufenthalts auf der Erde das gleiche getan hatten wie ich.

›Nicht so spektakulär und nicht mit solchem Erfindungsgeist‹, sprach der Herrgott. ›Aber auch sie erlebten das Feuer und das Mysterium, wenn Mann und Frau sich vereinten; und auch sie fanden die Töchter der Menschen ansehnlich und nahmen sie zum Weibe.‹

Wieder erhob sich ein ziemlicher Aufruhr. Einige lachten immer noch in dieser leichten, fröhlichen Art, als sei das alles ein herrliches und recht neues Vergnügen, andere staunten nur, und die Wächter, die sich an mich hielten – im Vergleich zum *bene ha elohim* eine recht kleine Zahl –, sahen mich verzweifelt an und ein paar sogar anklagend, und aus ihrer Mitte erhob sich ein Flüstern.

›Memnoch, wir sahen, daß du es tatest.‹

Lachte Gott? Es drang nicht an meine Ohren. Das Licht strömte in unermeßlichem Glanz zwischen den Gestalten der Seraphim und Cherubim hervor, und der Reichtum an Liebe schien ewiglich und beständig.

›Zu Stämmen auf der ganzen Welt haben sich meine Himmlischen Söhne begeben, das Fleisch kennenzulernen, wie du es erfahren hast, Memnoch. Allerdings wesentlich weniger geneigt und willens, den dichten Urnebel der Natur aufzurühren und dadurch absichtlich meine göttliche Vorsehung zu durchkreuzen.‹

›Herr, Gott, vergib mir‹, flüsterte ich. Und die Gruppe um mich stimmte im Chor ein, gedämpft und respektvoll.

›Aber ihr, die ihr hinter Memnoch steht, was könnt ihr anführen über das Warum und Weshalb eures Tuns? Was habt ihr entdeckt? Welche Klage wollt ihr hier vor dem Himmlischen Gerichtshof vortragen?‹

Die Antwort war Schweigen. Die Engel fielen demütig hingestreckt vor dem Herrn nieder, und mit einer solchen Hingabe baten sie um Vergebung, daß es keiner Redegewandtheit bedurfte. Ich stand allein da.

›Nun‹, sagte ich, ›es scheint, Herr, daß ich allein bin.‹

›Warst du das nicht immer? Mein Himmlischer Sohn, mein Engel, der kein Vertrauen in Gott hat.‹

›Herr, Gott, gewiß vertraue ich dir!‹ rief ich mit plötzlichem Zorn. ›Ganz bestimmt! Aber ich verstehe das alles nicht, und ich kann weder meinen Geist noch meine Persönlichkeit verleugnen, das ist mir unmöglich. Nein, nicht unmöglich, aber es … es scheint mir, zu schweigen wäre unrecht. Klage zu erheben scheint mir gerecht. Ich denke, das Beste, was ich tun kann, ist, zum einen diesen meinen Streitfall vorzutragen und zum andern, Dir, Gott, zu gefallen.‹

Unter den übrigen Engeln schien große Uneinigkeit zu herrschen – nicht unter den Wächtern hinter mir, die meine ich nicht, die wagten kaum, sich auf ihre unsichtbaren Füße zu stellen, und hatten ihre Schwingen um sich gefaltet wie ängstliche Vögel in ihrem Nest, sondern ich meine den gesamten Himmlischen Hofstaat. Gemurmel und gedämpftes Singen, Bruchstücke von Melodien und Gelächter erklangen und dazwischen leise, eindringliche Fragen. Viele wandten sich mir neugierig zu, einige aber auch voller Zorn.

›Trage deine Klage vor!‹ forderte der Herr. ›Aber ehe du beginnst, erinnere dich, um meinetwillen und wegen all der anderen, die zugegen sind, daß ich alles weiß und kenne. Ich kenne die Menschheit, wie du sie niemals kennen wirst. Ich habe ihre blutigen Altäre gesehen, ihre Regentänze und ihre stinkenden Opferfeuer, ich habe die Schreie der Verwundeten, der Gequälten, der langsam Dahinsiechenden gehört. Ich sehe in der Menschheit die Natur, wie ich sie in der Wildnis der Meere und Wälder sehe. Verschwende nicht meine Zeit, Memnoch. Oder deutlicher gesagt, damit du verstehst, was ich meine, verschwende nicht die Zeit, die du mit mir gemeinsam hast.‹

So war also der Augenblick gekommen. Ich stand stumm da, bereitete mich innerlich vor. Niemals in meinem ganzen Sein hatte ich ein Ereignis als derart wichtig oder bedeutend empfunden wie dieses hier. Ein Gefühl von Erregung, du würdest vielleicht sagen, von Übersteigerung. Ich hatte meine Zuhörerschaft. Und ich selbst kannte keine Zweifel! Aber inzwischen war ich so erbost über die Menge hinter mir, die da auf dem Bauch am Boden lag, stumm und reglos! Und in meiner Wut über sie entschied ich, daß ich kein Wort sagen würde, solange sie da liegenblieben, um mich Gott und seinem Hofstaat allein zu überlassen. Ich verschränkte die Arme und verharrte in dieser Haltung.

Gott begann zu lachen, ein langsames, sacht anschwellendes Lachen, in das alle im Himmel unwiderstehlich einfielen. Und Gott sprach zu den am Boden liegenden Wächtern: ›Steht auf, meine Söhne, oder wir werden hier noch am Ende aller Zeiten stehen.‹

›Spott, Herr, und ich habe ihn verdient‹, sagte ich. ›Aber ich danke Dir.‹

Ich hörte hinter mir anhaltendes Geraschel von Flügeln und Gewändern, also erhoben sie sich nun, so daß sie gerade und aufrecht standen, mutigen irdischen Menschen gleich.

›Herr, der Fall liegt sehr einfach‹, begann ich, ›und Du kannst ihn gewiß nicht ignorieren. Ich werde ihn so schlicht und klar darlegen, wie ich nur kann.

Bis zu einem bestimmten Punkt in seiner Entwicklung war der Primat dort unten Teil der Natur und damit deren Gesetzen unterworfen. Und als sein Gehirn wuchs, wuchs auch seine Schlauheit, und seine Kämpfe mit anderen Tieren wurden so brutal und blutig, wie der Himmlische Hof es nie zuvor gesehen hatte. Das alles ist wahr. Und mit zunehmender Intelligenz fand der Mensch mehr Mittel und Wege, seinesgleichen großes Leid zuzufügen.

Doch niemals habe ich in Kriegen, Exekutionen oder selbst bei der Zerstörung ganzer Siedlungen und Dörfer etwas gesehen, das die Gewalttätigkeiten des Insektenreichs oder der Welt der Reptilien oder die der niederen Säugetiere übertrifft, denn diese Tiere kämpfen blind und wollen nur zweierlei erreichen – überleben und ihre Art erhalten.‹

Ich hielt inne, aus Höflichkeit und auch um des Effekts willen. Der Herr schwieg. So fuhr ich fort.

›Dann jedoch gelangten die Primaten – in ihrer mittlerweile stark ausgeprägten Ähnlichkeit mit Deinem Bilde, in dem auch wir uns erkennen – an einen Punkt, an dem sie sich in ganz auffallender Weise von der übrigen Natur unterschieden. Und das war nicht nur das Sich-selbst-Bewußtwerden, Herr, als ihnen der Zusammenhang von Leben und Tod offenbar wurde. So einfach war es nicht. Im Gegenteil, dieses Bewußtwerden erwuchs aus der neuerworbenen und völlig im Gegensatz zur Natur stehenden Fähigkeit zu lieben.

Das war der Moment, in dem die Menschheit sich in Familienverbänden, in Clans und Stämmen zusammenschloß, deren enge Verbundenheit auf dem Wissen um die Individualität des einzelnen beruhte und nicht auf dem bloßen Erkennen der eigenen Art; und dieses Band der Liebe einte sie auf Dauer, in Leid und Glück.

Herr, die menschliche Familie ist über die Natur hinausgewachsen. Wenn Du hinabgingest und –‹

›Memnoch, nimm dich in acht!‹

›Ja, Herr‹, nickte ich und verschränkte die Hände hinter dem Rükken, um nicht in hemmungsloses Gestikulieren zu verfallen. ›Ich hätte sagen sollen, daß, als ich hinabging und diese Familien betrachtete – und es gab sie überall in dieser Welt, die Du in so großartiger Vielfalt geschaffen hast –, da betrachtete ich sie wie unbekannte und unerwartete Blumen. Blüten aus Gefühlen und Verstand, in ihrer zarten Jugend abgetrennt vom Stamm der Natur, die sie bisher genährt hatte, waren sie nun der Barmherzigkeit des Sturms überlassen. Liebe, Herr, erfuhr ich, ich fühlte die Liebe, die Männer und Frauen füreinander hegten und für ihre Nachkommen, ich fühlte die Bereitwilligkeit, sich füreinander zu opfern und um die Toten zu trauern und deren Seelen im Jenseits zu suchen – und, Herr, sich ein Jenseits auszudenken, in dem sie mit diesen Seelen wieder vereint sein könnten.

Durch diese Liebe, durch diesen Zusammenhalt der Familien, der so außergewöhnlich und beispiellos aufblühte – in so schöpferischer Vielfalt, Herr, daß er ein Abbild Deiner Schöpferkraft zu sein schien –, schafften es die Seelen dieser Geschöpfe, nach ihrem Tode fortzuleben! Wer oder was in der Natur bringt das ebenfalls zustande, Herr? Was immer man der Erde nimmt, man muß es ihr zurückgeben. Deine Weisheit ist allenthalben offenbar; und alle, die leiden und sterben unter Deinem Himmelszelt, hüllst Du in barmherzige Unwissenheit über dieses System, in dem ihr eigener Tod beschlossen ist.

Nicht so die Menschen! Die gegenseitige Liebe von Gefährte und Gefährtin und auch die der Angehörigen einer Familie ließen in ihren Herzen das Bild des Himmels entstehen. Sie haben ihn erträumt, diesen Ort, an dem die Seelen vereint, die Familien zusammengeführt werden, und alle singen in seliger Freude! Sie haben sich die Ewigkeit in ihrer Vorstellung geschaffen, denn ihre Liebe verlangte danach, Herr! Diese Ideen reiften in ihnen, wie ihre leiblichen Kinder als Samen in ihnen reiften. Ich, der Wächter, habe das gesehen.‹

Wieder Stille. Im gesamten Himmel herrschte tiefstes Schweigen, allein die Geräusche der Erde drangen herauf, das Säuseln des Windes, das dunkle Wogen der Meere und die Schreie, verhaltene, von fern herüberklingende Schreie sowohl der irdischen Seelen als auch der Seelen in Scheol.

›Herr‹, drängte ich, ›sie sehnen sich nach dem Himmel. Und da sie sich die Ewigkeit ausmalen oder die Unsterblichkeit, ich weiß nicht, was von beiden, erdulden sie Ungerechtigkeit, Trennung, Krankheit und Tod, wie es kein Tier sonst könnte. Ihre Seelen sind groß, und im Namen der wahren Liebe überwinden sie in Scheol Eigenliebe und Eigennutz. Die Liebe zwischen Scheol und der Erde ist ein immerwährender Fluß. Herr, sie haben sich dort eine niedere Form des überirdischen Hofes geschaffen! Herr, sie suchen Deinen Zorn zu besänftigen, denn sie wissen, daß es Dich *gibt*! Und, Herr, sie wollen alles über Dich erfahren. Und über sich selbst. Sie sind wissend, und sie streben nach noch mehr Wissen!‹

Dies war der wichtigste Punkt meines Plädoyers, und ich wußte es. Doch wie bisher kam von Gott weder eine Antwort noch eine Unterbrechung.

›Dieser sich selbst bewußte Mensch, der eine Vorstellung von Zeit hat, der mittlerweile ein Gehirn mit einem solchen Fassungsvermögen entwickelt hat, daß wir Wächter kaum mit seinen Lernerfolgen Schritt zu halten vermögen, ist in meinen Augen die höchste Vollendung Deiner Schöpfung. Doch das Leid, die Qualen, die Wißbegier – dieses Wehklagen schien mir für die Ohren der Engel bestimmt und für Gottes Ohren, wenn ich es wagen darf, das zu sagen.

Herr, ich plädiere nun für folgendes: Können diese Seelen nicht, entweder im Fleische oder in Scheol, an unserem Licht teilhaben? Kann man ihnen nicht dieses Licht geben, wie man Tieren Wasser gibt, wenn sie dürsten? Und wenn diese Seelen erst einmal Dein göttliches Vertrauen erlangt haben, werden sie dann nicht auch würdig sein, einen kleinen Platz an diesem Hofe, der doch unendlich ist, einzunehmen?‹

Die Stille schien traumgleich und ewiglich wie die Zeit vor Anbeginn der Zeit.

›Könnte man es nicht versuchen, Herr? Denn ohne diesen Versuch, was wird dann das Schicksal dieser unsichtbar überlebenden Seelen sein? Werden sie nicht immer mehr Kraft erlangen und sich so tief in die irdischen Belange verstricken, daß ihnen kein Raum bleibt, dem Wesen der Dinge auf den Grund zu gehen, werden nicht verwerfliche Ideen die Oberhand gewinnen, die nur teilweise auf Tatsachen beruhen, dafür aber auf instinktiver Furcht?‹

Jetzt verzichtete ich auf eine höfliche Pause und ging gleich weiter auf mein Ziel los.

›Herr. Als ich mich in diesen Leib begab, als ich mich der Frau zuwandte, geschah das, weil sie schön war, das ja, und weil sie uns ähnlich sah und weil sie Freuden des Fleisches bot, die uns fremd sind. Ich gebe zu, daß diese Freuden unsäglich gering sind im Vergleich zu Deiner erhabenen Herrlichkeit, doch Herr, ich sage Dir, als wir beisammenlagen, sie und ich, und wir diese Freuden gemeinsam genossen, da schoß diese unbedeutende Flamme hochauf mit einem Klang, nicht unähnlich den Gesängen der Allerhöchsten!

Unserer beider Herzschlag stockte, Herr; wir erfuhren im Fleische die Ewigkeit; der Mann in mir erkannte, daß das Weib es ebenso empfand. Uns widerfuhr etwas, das alle irdischen Erwartungen überstieg, etwas rein Göttliches.‹

Ich verstummte. Was mehr konnte ich sagen? Das hieße nur, mein

Plädoyer mit Beispielen auszuschmücken für jemanden, der ohnehin alles weiß. Ich verschränkte die Arme und senkte den Blick ehrerbietig und nachdenklich, während ich den Seelen in Scheol lauschte, deren leises, weit entferntes Flehen mich eine Sekunde lang ablenkte, mich unmittelbar dieser himmlischen Gegenwart entzog und mir bewußt machte, daß sie nach mir riefen, um mich an meine Versprechen zu erinnern, und auf meine Rückkehr hofften.

›Herr, Gott, vergib mir‹, sagte ich. ›Deine Wunder lockten mich in diese Falle. Und ich müßte mich irren, wenn das nicht Dein Plan war.‹

Erneutes hallendes Schweigen in einer samtigen Leere, einer Leere, unvorstellbar für Erdenmenschen. Ich hielt stand, denn ich konnte nicht bereuen, was ich getan hatte, und tief in meinem Herzem wußte ich, jedes meiner Worte war die Wahrheit und nicht von Furcht verzerrt. Sehr deutlich war mir klar: Was immer der Herr täte und wenn Er mich aus dem Himmel würfe, ich hatte es wirklich verdient. Ich, Sein Engel, von Ihm geschaffen, Ihm zu Gehorsam verpflichtet – und von Ihm vernichtet, wenn Er es wünschte. Wieder hörte ich die Schreie aus Scheol, und wie ein Sterblicher fragte ich mich, ob er mich nicht schon bald dorthin befördern oder mir vielleicht etwas weitaus Furchterregenderes antun würde, denn die Natur bot unzählige Möglichkeiten qualvoll vernichtender Katastrophen, und Gott konnte mir, seinem Engel, Leid zufügen nach Seinem Willen, das wußte ich.

›Ich habe Vertrauen in Dich, Herr.‹ Ich sprach plötzlich aus, was mir gerade durch den Kopf ging. ›Andernfalls hätte ich mich wie die übrigen Wächter vor Dir niedergeworfen. Und damit will ich nicht sagen, daß sie Dir nicht vertrauen, sondern nur, daß ich daran glaube, daß Du mich Güte lehren willst und Du nicht zulassen wirst, daß diese Seelen weinend in Unwissenheit dahindämmern. Du wirst nicht zulassen, daß diese erfindungsreichen Menschenkinder fortleben ohne eine winzige Ahnung des Göttlichen.‹

Endlich antwortete Er, sehr leise und obenhin. ›Memnoch, du botest ihnen etwas mehr als nur eine winzige Ahnung.‹

›Ja, Herr, das stimmt. Aber, Herr, auch die Seelen der Toten gaben den Menschen eine Menge ermutigender Ideen ein, und diese Seelen sind nicht mehr den Gesetzen der Natur unterworfen, wie wir gesehen haben, und sie gewinnen Tag für Tag an Kraft. Herr, wenn es eine naturgewollte Spezies aus Energie gibt, und sei sie noch so kompliziert, die ich nicht begreifen könnte, dann überraschte mich das doch sehr. Denn mir scheint, sie sind aus dem gleichen Stoff wie wir gemacht, Herr, aus dem Nichtsichtbaren, und eine jede Seele ist ein Individuum für sich mit eigenem Willen.‹

Wieder Schweigen. Bis der Herr sprach: ›Nun denn. Ich habe dein Plädoyer gehört. Jetzt habe ich eine Frage an dich. Für all das, was du den Menschen gegeben hast, Memnoch, was genau gaben sie dir zurück?‹

Die Frage verwirrte mich.

›Und rede mir jetzt nicht von Liebe, Memnoch‹, fügte er hinzu. ›Und nicht von ihrer Fähigkeit, einander zu lieben. Das weiß der Himmlische Gerichtshof zur Genüge und stimmt dem zu. Aber was nun gaben sie dir, Memnoch? Was war dein Lohn für das Risiko, das du auf dich nahmst, als du ihr Reich betratest?‹

›Bestätigung, Herr‹, antwortete ich, ohne zu zögern. ›Sie erkannten den Engel, als sie ihn sahen. So wie ich es vermutet hatte.‹

›Ah!‹ Schallendes Gelächter ertönte vom Himmlischen Thron und durchdrang abermals den Himmel in einer solchen Lautstärke, daß ich mir sicher bin, es klang bis hin zu den kraftlosen, sich mühenden Seelen in Scheol. Der Himmel bebte von Gesang und Gelächter.

Zuerst wagte ich nicht zu sprechen oder mich zu rühren, doch dann plötzlich, vielleicht zornig, oder sollte ich eher sagen, mutwillig, hob ich die Hand. ›Aber ich meine das alles wirklich ernst, Herr! Ich war kein Wesen jenseits aller Vorstellungen für sie! Herr, als Du das Universum erschufst, hast Du da schon die Saat dafür gelegt, daß diese Wesen einst ihre Stimme zu Dir erheben würden? Wirst Du mir das sagen? Darf ich es erfahren?‹

Zuerst kehrte nur bei einigen kleinen Grüppchen Ruhe ein, bis sich dann das Gelächter der Engel nach und nach ganz verlor und ein leises Singen einsetzte als Tribut an Gott in Seiner Geduld, eine Anerkennung Seiner Geduld mit mir.

Ich stimmte in diesen Gesang nicht ein. Ich schaute auf die breit auslaufenden Strahlen des Lichts, das Gott verströmte, und das Rätsel, als das mein Starrsinn, mein Zorn und meine Wißbegier mir selbst erschienen, dämpfte meinen Elan etwas, brachte mich aber nicht für eine Sekunde ins Wanken.

›Ich vertraue Dir, Herr. Du weißt, was Du tust. Das muß so sein. Andernfalls sind wir … verloren.‹

Ich brach ab, gelähmt von meinen eigenen Worten. Das übertraf bei weitem jede Herausforderung, jede Anschuldigung, die ich Gott bis dahin entgegengeschleudert hatte. Und voller Entsetzen schaute ich auf das Licht und dachte: Was ist, wenn Er nicht weiß, was Er tut – und es nie gewußt hat?

Mein Hände fuhren hoch und verschlossen voreilig hervorsprudelnde Worte hinter meinen Lippen, um die überstürzten blasphemischen Gedankengänge meines Hirns zu unterbrechen. Ich kannte Gott! Gott war da. Und ich stand vor Ihm. Wie konnte ich so etwas auch nur zu denken wagen – und doch, Er hatte gesagt: ›Du vertraust mir nicht‹, und genau jene Gedanken hatte er damit gemeint.

Mir schien, daß Gottes Licht heller und immer heller strahlte. Es dehnte sich aus. Die Umrisse der Seraphim und Cherubim wurden klein und gänzlich durchscheinend, und das Licht erfüllte mich und erfüllte das tiefste Innere eines jeden Engels, und in völliger Gemeinschaft mit ihnen fühlte ich die absolute Liebe Gottes zu uns, so gewaltig, daß wir nie und nimmer uns nach etwas anderem sehnen, uns etwas anderes vorstellen konnten.

Dann sprach der Herr und wählte nun ganz andere Worte als vorher, denn sie mußten mit dieser überfließenden Liebe wetteifern, die den denkenden Verstand überwältigte. Dessen ungeachtet, vernahm ich sie, und sie drangen mir ins Herz.

Und alle andern vernahmen sie auch.

›Memnoch, begib dich nach Scheol‹, sagte er, ›und finde dort in all den Millionen nur zehn Seelen, die es wert sind, mit uns im Himmel vereint zu sein. Sprich mit ihnen, wie du es willst, während du sie prüfst; aber suche zehn, die du würdig findest, mit uns zu leben. Die bringe mir, und dann werden wir fortfahren.‹

›Herr, das wird mir gelingen, ich weiß es!‹ rief ich ekstatisch.

Und plötzlich sah ich die Gesichter von Michael und Raphael und Uriel, die bis dahin von Gottes Licht, das sich nun wieder zu erträglicher Leuchtkraft abgeschwächt hatte, fast verdeckt gewesen waren. Michael sah aus, als fürchte er um mich, und Raphael weinte. Uriel schien lediglich zu beobachten, emotionslos, weder für noch gegen mich oder die Seelen oder wen auch immer – das Antlitz der Engel aus der zeitlosen Zeit.

›Kann ich sofort gehen?‹ fragte ich. ›Und wann soll ich wiederkommen?‹

›Wann du willst‹, sagte der Herr, ›und sobald du kannst.‹

Ah, ich begriff sehr gut. Wenn ich diese zehn Seelen nicht fand, würde ich nie zurückkehren. Ich nickte ob dieser Logik. Ich verstand und akzeptierte sie.

›Jahre fliegen auf der Erde dahin während dieser Unterredung, Memnoch. Deine Siedlung und auch die, die von anderen Engeln aufgesucht wurden, sind längst zu Städten herangewachsen; die Welt dreht sich im Licht des Himmels. Was soll ich noch sagen, mein geliebter Engel, außer daß du nun nach Scheol gehen solltest, um mit jenen zehn Seelen zurückzukehren, sobald du nur kannst.‹

Ich wollte etwas sagen, fragen, was mit den Wächtern geschehe, jener demütigen, in Fleischeslust geübten Schar der Engel hinter mir, als der Herr schon die Antwort gab.

›Sie werden an einem angemessenen Ort im Himmel auf deine Rückkehr warten. Sie werden weder meine Entscheidung noch ihr Schicksal erfahren, ehe du mir nicht diese Seelen bringst, Memnoch – Seelen, die ich meiner Himmlischen Heimstatt würdig befinde.‹

›Ich verstehe Dich, Herr, mit Deiner Erlaubnis will ich nun gehen!‹

Und ohne weitere Fragen bezüglich irgendwelcher Auflagen oder Einschränkungen verließ ich, Memnoch, Erzengel und Ankläger Gottes, auf der Stelle den Himmel und stieg hinab in die weiten, luftigen Nebel Scheols.«

Kapitel 15

Aber Memnoch«, unterbrach ich ihn. »Er gab dir keinerlei Kriterien! Wie solltest du die geeigneten Seelen denn auswählen? Wie konnte dir das gelingen?«

Memnoch lächelte. »Ja, Lestat, aber er machte es genau so und nicht anders, und glaub' mir, ich war mir dessen bewußt. Ich hatte Scheol kaum betreten, da widmete ich auch schon meine ganze Aufmerksamkeit der Frage nach den Eigenschaften, die eine Aufnahme in den Himmel gewährleisten könnten. Ich war geradezu besessen davon. Aber so geht Er eben die Dinge an, nicht wahr?«

»Ich hätte gefragt.«

»Nein, nein. Das war nicht meine Absicht. Ich ging einfach und machte mich an die Arbeit! Wie gesagt, das war Seine Methode, und mir war klar, daß meine einzige Chance darin lag, eigene Kriterien auszuarbeiten und dann Argumente dafür zu finden, verstehst du das denn nicht?«

»Doch, ich glaube schon.«

»Also. Stell dir folgendes vor: Die Weltbevölkerung ist auf Millionen angewachsen, Städte sind entstanden, wenn auch nicht überall auf der Welt, sondern hauptsächlich in dem Tal, in das ich vom Himmel gefallen war und wo ich meine Zeichen an den Höhlenwänden hinterlassen hatte. Die Menschheit hatte sich nach Norden und Süden hin ausgebreitet, in Siedlungen, Städten und Verteidigungsanlagen der unterschiedlichsten Entwicklungsstufen. Das Land der Städte nennt ihr heute Mesopotamien, oder sagt ihr Sumer oder Ur? Kaum ein Tag vergeht, ohne daß eure Gelehrten etwas Neues darüber entdecken.

Die lebhaften Phantasien der Menschen von Unsterblichkeit und einer Vereinigung mit den Toten hatten überall Religionen entstehen lassen. Eine erstaunlich stabile Zivilisation hatte sich im Niltal entwickelt, während das Land, das wir das Heilige Land nennen, andauernd im Kriegszustand war.

Ich erreichte also Scheol, das sich inzwischen enorm ausgedehnt hatte, und ich fand darin noch immer einige derjenigen Seelen, in denen sich der Funke des ewigwährenden Lebens zuallererst entzündet hatte. Außerdem gab es Millionen von Seelen hier, deren Glaube an die Ewigkeit und deren heftiges Verlangen danach sie hergebracht hatten. Tausende waren durch irrsinnige, hochgesteckte Erwartungen in Verwirrung gestürzt worden. Andere hatten solche Macht entwickelt, daß sie eine Art Führungsposition einnahmen. Und wieder andere hatten den Trick gelernt, sich aus dem Magnetfeld der anderen unsichtbaren Seelen zu lösen und sich auf die Erde hinabzubegeben, um dem Fleisch näher zu kommen, das sie gerne wieder besessen hätten – oder beeinflußt, verletzt, geliebt hätten, wie auch immer.

Die Welt war bevölkert von Geistern! Und einige, die sich nicht einmal mehr an ihr Menschsein erinnern konnten, wurden zu dem, was die Menschen in alle Ewigkeit als Dämonen bezeichnen werden: Sie schweiften umher in dem Versuch, einen Körper in Besitz zu nehmen, Verwüstungen anzurichten und Unheil zu stiften, was auch immer ihre Entwicklungsstufe zuließ.«

»Und einer von denen«, sagte ich, »schlüpfte in die vampirischen Eltern unserer Art.«

»Ja, genau so. Amel schuf diese Mutation. Aber er war nicht der einzige. Es gibt noch andere irdische Monster, die in dem Mittelreich zwischen dem Sichtbaren und Unsichtbaren existieren; aber in ihrer Entwicklung wurde die Welt immer nur durch das Schicksal der vielen Millionen Menschenkinder vorangetrieben.«

»Die Mutationen haben nie den Lauf der Geschichte beeinflußt?«

»Nun, ja und nein. Wenn eine irrsinnige Seele durch den Mund eines Propheten aus Fleisch und Blut spricht und diese Worte heutzutage in fünfzehn Sprachen gedruckt in den Regalen der New Yorker Läden ausliegen, nennt man das beeinflussen? Sagen wir, der Prozeß, den ich beobachtet, den ich Gott beschrieben hatte, hatte sich fortgesetzt; manche Seelen starben, andere wurden stark, einige schafften es tatsächlich, in einen neuen Körper zu schlüpfen, obwohl ich zu der Zeit nicht wußte, wie sie es machten.«

»Weißt du es denn jetzt?«

»Reinkarnation ist bei weitem nicht das Übliche. Denk das bloß nicht. Und sie bringt der betroffenen Seele nicht allzuviel. Du kannst dir ja wohl die Situationen vorstellen, die sie ermöglichen. Ob dabei immer eine Kinderseele ausgelöscht wird – also ob immer ein Austausch in dem neuen Körper stattfindet –, das hängt von dem jeweiligen Fall ab. Man kann die, denen eine Reinkarnation immer wieder gelingt, sicherlich nicht einfach ignorieren. Aber genau wie die Vampire und anderen erdgebundenen Unsterblichen bilden auch sie nur eine kleine Gruppe. Hier aber sprechen wir über das Schicksal der Menschheit als Ganzes, über die gesamte menschliche Welt.«

»Ja, ich verstehe das durchaus, vielleicht besser, als du denkst.«

»Na gut. Ich hatte also keinerlei Auswahlkriterien mitbekommen. Und in Scheol fand ich etwas völlig Neues vor: eine zunehmende Nachbildung der irdischen Welt! Die Seelen hatten aus ihrer Vorstellungskraft heraus vielerlei durcheinandergewürfelte Bauten und Geschöpfe und Monster in ihre irreale Existenz hineinprojiziert. Doch ohne himmlische Leitung war es ein wildes, ungeordnetes Durcheinander an Phantasien geblieben, und wie ich mir schon gedacht hatte, wußte die große Mehrheit der Seelen wirklich nicht, daß sie tot waren.

Ich ließ mich also ins Zentrum von Scheol hineinfallen, wobei ich versuchte, in diesem Reich des Unsichtbaren ebenfalls möglichst nicht sichtbar zu sein. Aber mich selbst als gänzlich gestaltlos zu empfinden, das war schwierig. Und so begann ich also meine Wanderung auf diesen tristen, sich im Halbdunkel hinziehenden Pfaden, inmitten mißgebildeter, unfertiger oder gänzlich ungeformter Seelen, inmitten Wehklagen und Sterben; und mittendrin ich in meiner Engelsgestalt.

Dennoch nahmen diese verwirrten Seelen kaum Notiz von mir! Es kam mir vor, als ob viele kaum klar sehen konnten. Du weißt sicher, daß dieser Zustand von menschlichen Schamanen beschrieben worden ist, auch von Heiligen und von denen, die tot oder dem Tode nahe waren und dann wiederbelebt wurden.«

»Ja.«

»Nun, was diese Seelen sehen, sind Bruchstücke. Ich aber sah das Ganze. Ich schweifte weit umher, furchtlos und ungeachtet der Zeit oder auch außerhalb der Zeit, obwohl diese natürlich nicht stillstand; ich ging, wohin ich wollte.«

»In einem Irrenhaus voller Seelen.«

»Beinahe. Aber innerhalb dieses Irrenhauses gab es viele, viele Räume, um mit der Schrift zu sprechen. Seelen, die den gleichen Glauben teilten, hatten sich in Verzweiflung zusammengefunden und suchten sich gegenseitig im Glauben zu stärken, um ihre Ängste zu überwinden. Doch das Licht der Erde war hier zu trübe, um sie zu wärmen! Und das Himmelslicht drang nicht bis hierher vor.

Von daher hast du recht, es war in gewisser Weise wirklich ein Irrenhaus, das Tal der Todesschatten, der fürchterliche, von Ungeheuern bevölkerte Strom, vor dessen Überwindung die Seelen zurückschreckten – der letzte Schritt zum Paradies, den noch keine Seele je geschafft hatte.

Zunächst lauschte ich nur: Ich lauschte dem Lied einer jeden Seele, die sich mir mitteilen, das heißt, sich mir mit meinen Mitteln verständlich machen konnte; jede auch nur einigermaßen zusammenhängende Botschaft, Frage, Idee nahm ich auf, die an mein Ohr drang. Was wußten diese Seelen? Wozu waren sie geworden?

Und schon bald entdeckte ich, daß es in diesem schrecklichen, von Trübsal erfüllten Ort feste Bindungen gab. Sie waren dem Wunsch der Seelen entsprungen, eine verwandte Seele zu finden. Scheol war in Ebenen unterteilt, wenn auch nur grob, aber es gab eine Ordnung, die den Grad der Wachheit, Anerkennung, Verwirrung oder des Zorns jeder Seele widerspiegelte.

Der Erde am nächsten waren die armen Verdammten, die sich immer noch abmühten, zu essen, zu trinken oder menschliche Körper in Besitz zu nehmen, jene, die nicht akzeptierten, was ihnen geschehen war, oder es nicht einmal verstanden.

Direkt darüber befanden sich die hoffnungslos verwirrten Seelen, die nichts anderes kannten, als zu kämpfen, die kreischten, heulten, stießen, schoben, stritten, um zu verletzen, zu besiegen, zu überwältigen oder zu entkommen. Diese Seelen nahmen mich nicht einmal wahr. Doch auch solche Dinge haben Sterbliche schon geschaut, so daß sie in sehr vielen Schriften und Manuskripten im Laufe der Jahrhunderte immer wieder beschrieben wurden. Sicherlich ist das alles nichts Neues für dich.

Weiter entfernt von diesen Kämpfen, der Ruhe des Himmels schon sehr nahe – wobei ich hier nicht im wörtlichen Sinne von einer Richtung rede – waren die, die verstanden hatten, daß sie sich außerhalb der Naturgesetze und an einem andern Ort befanden. Und diese Seelen – von denen einige seit den Anfängen von Scheol dort waren –

hatten eine abwartende Haltung eingenommen. Geduldig beobachteten sie die Erde, und entsprechend verhielten sie sich ihren Mitseelen gegenüber, denen sie liebevoll zu helfen versuchten, damit sie ihren Tod akzeptierten.«

»So fandest du die Seelen, die liebten.«

»Oh, sie alle lieben«, sagte Memnoch. »Wirklich alle. Es gibt keine Seele, die nicht wenigstens etwas liebt, und sei es nur eine Erinnerung oder ein Ideal. Aber ich fand auch die in friedvoller Heiterkeit existierenden Seelen, die nicht nur einander in unerschöpflicher Liebe zugetan waren, sondern die auch die Menschen auf der Erde liebten. Da gab es einige, die ihre Aufmerksamkeit vollends der Erde zugewandt hatten, und zwar aus dem alleinigen Wunsch heraus, die Gebete der Bedürftigen, Kranken und Verzweifelten zu erhören.

Und wie du weißt, hatte die Erde zu diesem Zeitpunkt schon unbeschreibliche Kriege gesehen, und ganze Zivilisationen waren durch Vulkanausbrüche untergegangen. Es vervielfältigten sich die Gefahren, die Leid und Schmerz zur Folge hatten, und das nicht nur im Hinblick auf den fortschreitenden Wissensstand der Menschen oder auf ihre kulturelle Entwicklung. Hier war ein System entstanden, das kein Engel mehr verstand. Wenn ich die Erde betrachtete, machte ich nicht einmal mehr den Versuch, zu begreifen, welche heftigen Gemütsbewegungen die eine Dorfgemeinschaft in dem einen Wald zu Feinden der in einem anderen Wald machten; oder warum eine Bevölkerungsgruppe sich über Generationen mit der Aufschichtung von Steinen befaßte. Zwar wußte ich mehr oder weniger alles, aber jetzt war ich auf keiner irdischen Mission. Mein Reich war nun das der Toten.

Ich begab mich in die Nähe der Seelen, die auf die Erde voller Barmherzigkeit und Mitleid sahen. Die durch ihre Gedankenkraft zum Guten hin wirken wollten. Zehn, zwanzig, dreißig, ja, Tausende fand ich da. Tausende, sage ich, hatten jede Hoffnung auf Wiedergeburt oder gerechten Lohn aufgegeben. Das waren Seelen, die voll und ganz akzeptierten, daß dies der Tod war, die Ewigkeit. Seelen, bezaubert von Fleisch und Blut, so wie wir Engel davon bezaubert waren und noch sind.

Ich setzte mich manchmal zu diesen Seelen und sprach mit ihnen, sofern ich ihre Aufmerksamkeit erlangen konnte. Bald wurde mir klar, daß sie meinem Äußeren recht gleichgültig gegenüberstanden, weil sie von der Vermutung ausgingen, daß ich es mir selbst ausgedacht hatte, so, wie sie sich ihre Gestalt gewählt hatten; einige von ihnen ähnelten ja Männern oder Frauen, andere wiederum kümmerte ihre Gestalt gar nicht. Vermutlich hielten sie mich einfach für recht neu in Scheol, weil ich Arme und Beine und Flügel so großartig zu Schau stellte. Doch wenn man sich ihnen sehr höflich näherte, konnte man ihre Aufmerksamkeit von der Erde ablenken, und so begann ich sie auszufragen, wobei ich immer darauf bedacht sein mußte, die Wahrheit herauszufinden, ohne plump zu sein.

Ich habe wohl mit Millionen von ihnen gesprochen, während ich Scheol durchstreifte, wobei es immer am schwierigsten war, die einzelne Seele dazu zu bewegen, von der Erde als dem Mittelpunkt ihrer Gedanken abzulassen oder von irgendwelchen Phantastereien über ihre verlorene Existenz. Ich mußte sie in ihrer Kontemplation stören, in der ihnen Konzentration völlig fremd war, und ihnen so eine ungeheure, kaum zu ertragende Anstrengung abfordern.

Die weisesten Seelen – und damit auch die liebevollsten – wollten sich mit meinen Fragen gar nicht herumplagen; erst nach und nach ging ihnen auf, daß ich kein Sterblicher war, sondern ein Wesen aus ganz andersartigem Stoff und daß meine Fragen Bezug nahmen auf einen Ort weit jenseits alles Irdischen. Das war ein Dilemma. Sie waren schon so lange in Scheol, daß sie nicht mehr über das Warum des Lebens oder der Schöpfung spekulierten. Schon längst fluchten sie nicht mehr auf einen unbekannten Gott, noch suchten sie ihn. Und als ich ihnen mit meinen Fragen kam, glaubten sie, ich stünde auf einer Stufe mit den neuentstandenen Seelen mit ihren Träumen von Strafe und gerechtem Lohn, was doch beides nicht zu erwarten war.

In einem fortwährenden Traumzustand gefangen, blickten diese weisen Seelen ohne Zorn auf ihr vergangenes Leben zurück, nur darauf bedacht, wie schon erwähnt, die Bitten der Menschen zu erhören. Sie wachten über ihre Nachkommen, ihre Verwandten, ihre Nation und über die, die ihre Aufmerksamkeit durch auffällig zur Schau gestellte Religiosität erregten. Voller Trauer sahen sie das Leid der Menschen und wünschten, sie könnten helfen, versuchten es auch durch ihre Gedanken, so gut es ging.

Nur ganz selten bemühten sich diese sehr starken und geduldigen Seelen darum, wieder ins Fleisch zurückzukehren. Einige hatten es gewagt, sie waren hinabgegangen und wiedergeboren worden, aber ihre spätere Analyse des Geschehens hatte ihnen gezeigt, daß sie sich in der jeweiligen Inkarnation nicht an die vorhergehende hatten erinnern können. Worin also lag dann der Sinn einer Wiedergeburt? Da war es doch besser, hier zu verweilen, in der Ewigkeit, die sie kannten, und die Schönheit der Schöpfung zu betrachten, die ihnen als ein großes Wunder erschien – sie empfanden also ganz wie wir.

Nun, aus diesen Gesprächen mit den Gestorbenen, aus diesen endlosen, gedankenschweren Gesprächen erarbeitete ich meine Kriterien.

Zuerst einmal, um des Himmels würdig zu sein, um also eine wie auch immer geartete Chance bei Gott zu haben, mußte die Seele ein Mindestmaß an Verständnis für Leben und Tod haben. Das fand ich bei vielen Seelen. Zusätzlich zu diesem Verständnis mußte sie Gottes Werk in seiner ganzen Schönheit zu würdigen wissen – die Harmonie der Schöpfung aus der Sicht Gottes, diese Vorstellung von einer Natur, die Überleben und Zeugen, Fortentwicklung und Wachstum in endlos sich fortsetzenden Spiralbewegungen bedeutete.

Auch das taten viele Seelen. Doch viele wiederum, die das Leben als wunderschön empfanden, beklagten den Tod als traurig, endgültig und schrecklich, und hätten sie die Wahl gehabt, hätten sie gar nicht erst geboren werden wollen!

Ich wußte nicht, wie ich mich angesichts dieser weitverbreiteten Überzeugung verhalten sollte: Warum schuf Er uns, wer immer Er auch ist, wenn wir hier in diesem Zustand für immer verharren sollen, der Natur entrissen und nie wieder Teil von ihr, es sei denn, wir gleiten wieder hinab und erleiden all die Qualen aufs neue für einen kurzen Augenblick der Herrlichkeit, die wir dann genausowenig schätzen können wie vorher, denn unsere Weisheit können wir nicht mitnehmen, wenn wir wiedergeboren werden!

Und tatsächlich, wenn sie an diesem Punkt angelangt waren, hatten viele Seelen es aufgegeben, sich weiterzuentwickeln oder zu verändern. Ihre Anteilnahme und ihr Erbarmen mit den Lebenden war groß, sowohl Kummer als auch Freude konnten sie sich noch sehr gut vorstellen. Sie strebten eine friedvolle Existenz an, und in der Tat schien Frieden das zu sein, was sie am ehesten zu erreichen vermochten. Das ständige Bemühen, auf Gebete zu reagieren, machte es natürlich schwierig, Frieden zu finden, doch schien mir als Engel dieser Zustand äußerst verlockend. Und so blieb ich lange Zeit in der Gesellschaft dieser Seelen.

Ach, wenn ich es ihnen nur richtig erklären könnte, dachte ich, wenn ich sie lehren könnte, vielleicht könnte ich sie bekehren, sie vorbereiten, sie für das Himmlische empfänglich machen. Doch so, in diesem Zustand, waren sie noch nicht soweit, und ich wußte nicht, ob sie meinen Worten überhaupt geglaubt hätten. Und was, wenn sie es glaubten, wenn ein jähes Verlangen nach dem Himmel über sie gekommen wäre, und Gott hätte sie dann nicht eingelassen?

Nein, ich mußte wirklich sehr vorsichtig zu Werke gehen. Ich konnte mich nicht auf einen Felsblock stellen und Weisheiten verkünden, wie ich es in meinem kurzen Erdendasein getan hatte. Wenn ich die Entwicklung auch nur einer dieser Seelen beeinflussen wollte, mußte es schon eine vernünftige Chance geben, daß die Seele mir zu Gottes Thron folgen könnte.

Verständnis für Leben und Tod? Nein, das war nicht genug. Den Tod akzeptieren? Auch das reichte nicht. Gleichgültigkeit gegenüber Leben und Tod, das war mit Sicherheit nicht das richtige. Stillverwirrtes Dahintreiben? Nein. Eine solche Seele hatte ihren Charakter verloren, sie ähnelte sowenig einem Engel wie der Regen, der auf die Erde niederfiel.

Schließlich aber kam ich in einen Bereich, der kleiner als die vorherigen war und mit nur einigen wenigen Seelen bevölkert. Ich meine natürlich vergleichsweise. Vergiß nicht, ich bin der Teufel und verbringe eine Menge Zeit in Himmel und Hölle. Wenn ich also sage ›wenige‹, dann benutze ich nur ein für deinen Verstand faßbares Bild. Sagen wir, nur zur näheren Erläuterung, einige tausend oder mehr. Aber ich meine durchaus eine große Anzahl.«

»Ich kann dir folgen.«

»Diese Seelen erstaunten mich nun besonders wegen ihrer Ausstrahlung, ihrer Gelassenheit und ihres umfassenden Wissens. Jede von ihnen besaß eine vollständige menschliche Gestalt, was bedeutete, daß sie ihre ursprüngliche, vielleicht auch ihre ideale Gestalt im Irrealen verwirklicht hatten. Sie glichen uns Engeln! Diese Männer, Frauen und Kinder trugen Gewänder, die ihnen offensichtlich während ihres Lebens lieb gewesen waren. Einige dieser Seelen waren ganz neu hier und nach ihrem Tode von tiefen Gedanken erfüllt und suchend hergekommen, vorbereitet auf ein Mysterium. Für andere Seelen war Scheol selbst der Ort des Lernens gewesen, in dem sie Jahrhunderte lang die Vorgänge dort beobachteten, so erschreckend diese auch waren, und das trotz der ständigen Furcht vor dem Persönlichkeitsverlust. Das entscheidende aber war: Alle diese anthropomorphen Seelen waren deutlich sichtbar – wenn sie auch, wie alle Geister, durchscheinend waren –, also für sich und andere wahrnehmbar.

Als ich mich unter sie mischte, wurde mir schnell klar, daß diese Seelen mich anders beurteilten als die übrigen Scheolbewohner zuvor. Sie standen in größerem Einklang mit der subtilen überirdischen Welt, da sie deren Bedingungen gänzlich akzeptiert hatten. Wenn es mein Wunsch war, so zu sein, wie ich war, wollten sie mich ruhig gewähren lassen, dachten sie, und sie begutachteten mich und meine Erscheinung sehr eingehend – wie gut es mir doch gelang, dieses hochgewachsene Wesen mit den Schwingen und den langen Haaren und diesen fließenden Gewändern darzustellen. Gleich vom ersten Moment meiner Ankunft an spürte ich Glückseligkeit und eine Bejahung der Dinge bei ihnen, keinerlei Abneigung schlug mir entgegen, dafür aber eine verwegene Neugier. Sie wußten, daß ich keine menschliche Seele war. Sie wußten es einfach, denn sie hatten eine Stufe erreicht, die ihnen diese Erkenntnis ermöglichte! Sie nahmen überhaupt in den Seelen, die ihnen vor Augen kamen, eine Menge wahr und eine Menge von der Welt dort unten.

Eine dieser Seelen hatte die Gestalt einer Frau – es war übrigens nicht etwa meine Lilia; die habe ich in keiner Gestalt je wiedergesehen. Doch es war eine Frau, die in ihren besten Jahren gestorben war, nachdem sie zahlreichen Kindern das Leben geschenkt hatte; einige dieser Kinder waren nun hier bei ihr, andere lebten noch. Diese Seele existierte in einer stillen Heiterkeit, die beinahe schon von ihr ausstrahlte. Das bedeutete, daß sie die Stufen des Überirdischen schon so weit erklommen hatte, daß sie kurz davorstand, ein Licht, ähnlich dem Gottes, zu erzeugen!

›Was läßt dich so anders sein?‹ fragte ich die Frau. ›Was ist es, was euch alle, die ihr an diesem Ort versammelt seid, so anders macht?‹

Mit erstaunlichem Scharfsinn entgegnete mir diese Frau, wer denn ich sei. Diese Frage stellen die Seelen der Toten normalerweise nicht, sondern sie greifen in der Regel sofort auf ihre unnützen Vorurteile und fixen Ideen zurück. Doch sie fragte: ›Was und wer bist du? Hier habe ich so etwas wie dich noch nie gesehen. Jedoch zu der Zeit, als ich noch lebte.‹

›Ich möchte dir das vorerst noch nicht sagen‹, antwortete ich. ›Ich möchte von dir etwas erfahren. Würdest du mir sagen, warum du so glücklich wirkst? Denn du bist doch glücklich, nicht wahr?‹

›Ja‹, erwiderte sie, ›denn ich bin mit denen zusammen, die ich liebe, und auf das dort unten schaue ich hinab, auf alles.‹

›So beschäftigst du dich also nicht mit Fragen über all dies hier?‹ drängte ich. ›Du hast nicht das Verlangen, zu erfahren, warum du geboren wurdest, warum du leiden mußtest oder was mit dir geschah, als du starbst, oder warum du hier bist?‹

Zu meinem erneuten Erstaunen lachte sie jetzt. Gelächter hatte ich in Scheol noch nie gehört. Es war ein sanftes, wohltuendes und fröhliches Lachen, ein melodisches Lachen, beinahe wie das Gelächter der Engel, und ich glaube, als Antwort darauf stimmte ich, ganz meiner Natur gemäß, einen leisen Gesang an, und daraufhin blühte diese Seele auf, so wie die menschlichen Seelen auf der Erde aufgeblüht waren, als sie sich gegenseitig zu lieben lernten! Sie wurde zutraulicher und öffnete sich mir. ›Du bist schön‹, flüsterte sie ehrfürchtig.

›Doch warum, warum nur sind alle anderen an diesem Ort so unglücklich, und warum seid nur ihr wenigen hier so froh und friedvoll? Ja, ich weiß, ich habe hinabgeschaut. Und ich weiß, du bist mit deinen Lieben hier. Doch so geht es doch all den andern auch.‹

›Wir grollen Gott nicht mehr‹, antwortete sie. ›Niemand hier. Wir hassen Ihn nicht.‹

›Und die andern hassen Ihn?‹

›Das vielleicht nicht‹, sagte sie sanft, sehr behutsam, als fürchtete sie, mich zu verletzen. ›Es ist eher so, daß sie Ihm nicht vergeben können – nicht den Zustand der Welt, nicht, was dort geschieht, nicht ihren Aufenthalt in Scheol. Doch wir können das. Wir haben Ihm vergeben, aus den unterschiedlichsten Gründen zwar, doch wir können Gott vergeben, das ist uns gelungen. Wir haben uns damit abgefunden, daß unser Leben eine wundersame Erfahrung und des Leidens und der Schmerzen wert war, und wir hegen und pflegen die Erinnerung an die Freuden und die Augenblicke der Harmonie, die wir erlebt haben. Wir haben Ihm vergeben, daß Er uns keinerlei Erklärungen gibt, daß Er nichts rechtfertigt, daß Er die Schlechten nicht straft und die Guten nicht belohnt, obwohl die anderen Seelen, lebendig oder tot, anscheinend genau das von Ihm erwarten. Wir haben ihm vergeben. Wir wissen es nicht, doch vermuten wir, daß Er vielleicht das große Geheimnis kennt, wie all dies Leid zustande kommen und zu etwas gut sein kann. Und wenn Er es nicht erklären will, nun, Er ist Gott. Doch wie es auch sei, wir vergeben Ihm, wir lieben Ihn in dieser Vergebung, obwohl wir wissen, daß wir Ihm möglicherweise auf ewig gleichgültig sind, so gleichgültig wie die Kiesel auf einem irdischen Strand.‹

Ich war sprachlos. Ganz still saß ich da, während sich die Seelen um mich versammelten. Dann sagte eine sehr junge Seele, die eines Kindes: ›Es schien uns zuerst schrecklich, daß Gott uns in die Welt kommen ließ, nur damit wir ermordet wurden, wie es uns geschah, uns allen – denn siehst du, wir drei wurden im Krieg getötet –, doch wir haben Ihm vergeben, weil wir wissen, daß er die Einsicht in die Dinge haben muß, da er etwas so Wunderbares wie Leben und Tod schaffen konnte.‹

Und eine andere Seele fügte hinzu: ›Weißt du, es ist doch folgendermaßen: Wir würden das alles aufs neue über uns ergehen lassen, wenn es sein müßte. Und wir würden dann versuchen, besser zu den anderen zu sein und liebevoller. Aber das wäre es wert.‹

›Ja‹, fiel noch eine weitere ein. ›Es kostete mich ein ganzes irdisches Leben, Gott den Zustand der Welt zu vergeben, doch ich tat es, bevor ich starb, so daß ich nun mit diesen hier beisammen bin. Und nun sieh, wenn du dich gründlich umschaust, wirst du finden, daß wir hier etwas wie einen Garten geschaffen haben. Das ist schwer für uns; denn wir können nur unsere Gedanken einsetzen, unsere Willenskraft, unser Gedächtnis und unsere Phantasie, doch wir haben einen Ort geschaffen, an dem wir dessen gedenken können, was gut war. Und so vergeben wir Ihm und lieben Ihn dafür, daß Er uns wenigstens dies gab.‹

›Ja‹, sagte wieder eine andere, ›daß Er uns überhaupt etwas ließ. Wir empfinden Dankbarkeit und tiefe Liebe für Ihn. Denn sicherlich ist dort draußen in der Dunkelheit ein unendliches Nichts, und dort unten auf der Erde haben wir so viele gesehen, die von Leere und Elend gequält waren und nie unsere Freuden gekannt haben.‹

›Das ist nicht einfach‹, betonte die nächste Seele. ›Es war ein schwerer Kampf. Aber es war gut, zu lieben und zu trinken, wunderbar war es, zu tanzen und zu singen, und welches Vergnügen war es, trunken durch den Regen zu laufen! Und jenseits all dessen liegen Chaos und Leere, und ich bin dankbar, daß ich mit geöffneten Augen durch die Welt ging und daß ich mich ihrer hier oben erinnern und sie von hier sehen kann.‹

Lange dachte ich darüber nach, ohne ihnen zu antworten, während sie laufend auf mich einredeten, magisch von mir angezogen, als locke sie das Licht in mir, wenn denn da überhaupt sichtbares Licht war. Und tatsächlich, je mehr ich auf sie einging, desto mitteilsamer wurden sie, und ihre eigenen Antworten schienen ihnen bedeutungsvoller, je intensiver sie sich auf Erklärungen einließen.

Ich fand heraus, daß diese Leute ganz verschiedenen Nationalitäten angehört hatten und daß ihre Lebenswege sehr unterschiedlich verlaufen waren, und obwohl viele eng miteinander verwandt waren, galt das doch nicht für alle. Viele hatten ihre Verwandten schon in anderen Bereichen Scheols aus den Augen verloren oder waren ihnen erst gar nicht begegnet, wohingegen andere schon im Augenblick ihres Todes von ihren Lieben willkommen geheißen worden waren! Und Menschen aus der ganzen Welt mit all ihren verschiedenen Glaubensrichtungen fanden sich hier an diesem Ort ein, an dem sich allmählich ein Licht auftat.

›Was euer Leben auf der Erde betrifft, gab es da Gemeinsamkeiten?‹ fragte ich schließlich. Dazu konnten sie nichts sagen, sie wußten es nicht. Sie hatten sich nie gegenseitig über ihr Leben befragt, und als ich ihnen eilig und auf gut Glück Fragen stellte, fand ich keine Gemeinsamkeiten! Es gab sehr reiche und sehr arme unter ihnen, einige hatten unaussprechlich viel gelitten, während andere in goldenem Wohlstand und Müßiggang gelebt und, noch ehe sie starben, gelernt hatten, die Schöpfung zu lieben. Doch mir schien, daß ich vielleicht die Antworten sammeln und sie in irgendeiner Form auswerten könnte. Denn eins war klar, all diese Seelen hatten gelernt, Gott zu vergeben, auf die eine oder andere Art. Aber es war durchaus möglich, daß sich die eine Art besser für meine Zwecke eignete, mehr bewirkte als eine andere. Vielleicht. Ich war mir nicht sicher. Und zur Zeit konnte ich es noch nicht erkennen.

Ich legte meine Arme um diese Seelen und zog sie zu mir heran. ›Ich möchte, daß ihr euch mit mir auf eine Reise begebt‹, sagte ich zu ihnen; inzwischen hatte ich mit wirklich jedem dieser Wesen gesprochen und war mir nun sicher, woran ich war. ›Ich möchte, daß ihr mit in den Himmel kommt und vor Gott tretet. Es ist vielleicht nur für kurze Zeit, und ihr seht Ihn vielleicht nur eine Sekunde lang, möglicherweise wird Er es nicht einmal zulassen, daß ihr Ihn überhaupt erblickt. Ihr findet euch unter Umständen hier wieder und habt, wenn auch nicht gelitten, so doch auch nicht viel dazugelernt. Die Wahrheit ist: Ich kann nicht garantieren, was geschieht! Niemand kennt Gott.‹

›Das wissen wir‹, antworteten sie.

›Doch ich ersuche euch, vor Gott hinzutreten und Ihm zu sagen, was ihr mir gesagt habt. Und nun endlich will ich euch Antwort auf eure Fragen geben: Ich bin Memnoch, Sein Erzengel, ein ebensolcher Engel wie die, von denen ihr während eures irdischen Lebens gehört habt! Werdet ihr nun mitkommen?‹

Einige waren erstaunt und zögerten. Doch die Mehrzahl willigte übereinstimmend mit ungefähr folgenden Worten ein: ›Wir wollen mitgehen. Nur einen Blick auf Gott zu werfen, nur die Chance dazu zu haben bedeutet uns mehr als alles andere. Lieber wollen wir uns nicht mehr an den süßen Duft der Olivenbäume erinnern, an das Gefühl des jungen Grases unter den Füßen oder an den Geschmack des Weines oder an die Leidenschaft, die wir unseren Geliebten entgegenbrachten. Wir kommen mit.‹

Doch ein paar weigerten sich. Wir anderen bemerkten nicht sofort, daß sie sich völlig zurückgezogen hatten. Sie erkannten mich nun als das, was ich wirklich war, einen Engel, und somit wurde ihnen bewußt, was man ihnen bisher vorenthalten hatte, und in Sekundenschnelle hatte ihnen diese Erkenntnis ihren Frieden und die Kraft zur Vergebung geraubt. Sie starrten mich voller Zorn und Entsetzen an. Die anderen Seelen versuchten sie eilends von ihrem Sinneswandel abzubringen, doch sie wollten nichts davon hören. Nein, *diesen* Gott wollten sie nicht sehen, denn er hatte Seine Schöpfung im Stich gelassen, sie allein gelassen mit ihren götzengeschmückten Altären und mit ihrem sinnlosen Flehen um sein Eingreifen, Sein Strafgericht! Nein und nochmals nein!

›Kommt‹, sprach ich zu den übrigen, ›laßt uns alles daransetzen und den Versuch wagen; wir suchen den Himmel auf! Wie viele sind wir? Tausendmal zehn? Eine Million? Was macht es aus? Gott sagte zehn, aber nicht höchstens zehn. Mindestens zehn meinte er. So laßt uns gehen!‹

Kapitel 16

In der nächsten Sekunde weiß ich Bescheid, dachte ich. Entweder Er läßt uns ein, oder Er wendet all Seine Macht gegen uns und wirft uns wieder hinab, wie Er mich einst auf die Erde niedergeworfen hat. Er könnte uns sogar alle auf der Stelle vernichten, denn gewiß kann Er Sein Urteil über Erfolg oder Mißerfolg meiner Mission fällen, ehe ich noch die Himmelstore erreicht habe. Was hatte Er in Seiner unendlichen Weisheit gesagt? ›Komm zurück, sobald du kannst.‹

Ich zog die Seelen dicht an mich heran – so hielt ich dich auch, als ich dich mit mir nahm –, und wir stiegen aus Scheol auf zum Licht des Himmels, das hellodernd über die Mauern und Tore strahlte. Und diese Tore, die ich in früheren Äonen nie wahrgenommen hatte, wurden auch jetzt aufgestoßen, und wir – ein Erzengel und gerade mal ein paar Millionen menschlicher Seelen – fanden uns mitten im Himmel vor erstaunten, lachenden, auf uns zeigenden, irritierten, geschockten Engeln wieder, die sich in einem großen Kreis um uns scharten. Ich bat lauthals um Aufmerksamkeit, bis endlich Schweigen im Himmel herrschte.

Nun, so weit, so gut. Wir sind drin, dachte ich. Doch die menschlichen Seelen! Die sahen nun die Engel vor sich, und sie waren außer sich vor Freude. Die Erinnerung an diesen Moment läßt mich tanzen und singen! Die Seelen jubilierten, und als die Engel ihre überwältigenden, kakophonischen Gesänge anstimmten, in die sie ihre Fragen und Ausrufe kleideten, begannen auch die menschlichen Seelen zu singen!

Und ich wußte, der Himmel würde niemals mehr sein wie vorher. Ich begriff es sofort. Denn Folgendes geschah: Diese Seelen hatten die Fähigkeit zur Projektion, die sie in Scheol erworben hatten, mit sich hierhergebracht, diese machtvolle Fähigkeit, ihre ganze Willenskraft einzusetzen, um aus dem Nichts heraus eine Umwelt für sich zu erschaffen, wie sie sie sich wünschten.

Und im gleichen Moment wurde die gesamte Beschaffenheit des Himmels auf dramatische Weise und in einem unglaublichen Ausmaß verändert. Türme, Burgen und Schlösser erhoben sich, so wie auch du sie dort gesehen hast; mit Kuppeln versehene Paläste und Bibliotheken und Gärten mit atemberaubenden, über alles hinwegwuchernden Blumen – eben all die Dinge, die Engel im Traum nicht in den Himmel gebracht hätten … Ja, und da waren sie nun. Ausgewachsene Bäume ragten empor, duftgeschwängerte Regenschauer rieselten wie sanftes Geflüster herab. Der Himmel über uns erwärmte sich, und rings umher breiteten sich die Farben aus. Diese Seelen nahmen das irreale Gewebe des Himmels, woraus immer es auch bestehen mag – Energie, Grundstoff, Licht Gottes, Schöpferkraft Gottes –, und nur einen Lidschlag später umgaben sie uns mit den wundersamsten Konstruktionen, in denen sich ihr Wissensdurst, ihre Vorstellung von Schönheit und all ihre Sehnsüchte verkörperten!

All ihr irdisches Wissen, ihre Erfahrungen brachten sie mit sich hierher in den Himmel und ließen eine unwiderstehliche, ihnen liebgewordene Schöpfung neu entstehen! Der Aufruhr übertraf alles, was ich seit der Erschaffung des Universums mit angesehen hatte.

Und die höchste Verwunderung zeigte der Erzengel Michael, der mich anstarrte, als wollte er sagen: ›Memnoch, die hast *du* hierhergebracht!‹

Doch ehe er diese Worte ausrufen konnte – die Seelen standen derweilen noch beisammen und ließen es auf sich wirken, daß sie tatsächlich sowohl die Engel als auch die Dinge berühren konnten, die sie mit ihrer Vorstellungskraft erzeugten –, erstrahlte Gottes Licht hinter den Seraphim und Cherubim, und sehr sachte und wohlbedacht senkte es sich auf die menschlichen Seelen, erfüllte sie und legte ihr Innerstes bloß, so wie es auch bei den Engeln ist.

Voller Freude jauchzten die menschlichen Seelen, und Lobgesänge kamen von den Engeln. Die Arme weit ausgebreitet, stimmte ich meinen Gesang an: ›Herr, Herr, hier sind Deine Seelen, des Himmels würdig, und sieh, was sie dem Himmel geschenkt haben, Herr, sieh auf Deine Schöpfung, sieh die Seelen jener an, denen die Entwicklung vergönnt war, aus winzigsten Zellen, zu Fleisch und Blut, durch Scheol hindurch bis hin zu Deinem Thron zu gelangen. Herr, hier sind wir! Ja, Herr, ich habe es vollbracht. Es ist geschehen. Ich bin zurückgekommen, und Du hast es gestattet.‹ Und da ich schon mehr als genug gesagt hatte, fiel ich auf die Knie nieder.

Die Gesänge hatten sich zu heller Verzückung gesteigert, die kein Mensch aus Fleisch und Blut ertragen hätte. Lobeshymnen erhoben sich aus allen Richtungen. Die menschlichen Seelen verdichteten sich, wurden sichtbar, bis sie uns ebenso deutlich erschienen wie wir ihnen. Einige hatten sich an den Händen gefaßt und hüpften auf und nieder wie kleine Kinder, andere riefen und schrien, wobei ihnen Tränen über das Gesicht liefen.

Und dann verstärkte sich das Licht noch, und wir wußten, Gott wollte sprechen, und wir alle schwiegen still. Und Gott sagte: ›Meine Kinder, meine geliebten Kinder. Hier bringt Memnoch uns seine Millionen von Seelen, und sie alle sind des Himmels würdig.‹ Dann schwieg Gottes Stimme, das Licht wurde übermächtig und liebevoll, der gesamte Himmel war reinste Liebe und Einheit mit Gott.

Ich legte mich erschöpft am Grunde des Himmels nieder und starrte aufwärts in das wunderbar blaue Firmament mit seinen ewigen, blitzenden Sternen. Ich hörte die umherhastenden menschlichen Seelen, hörte die Begrüßungshymnen und die Chöre der Engel. Alles hörte ich, und dann, die Sterblichen nachahmend, schloß ich die Augen.

Schlief Gott je? Ich weiß es nicht. Ich schloß meine Augen, ich lag ganz still im Lichte Gottes, und nach all den endlosen Jahren in Scheol fühlte ich mich endlich wieder warm und geborgen.

Nach geraumer Zeit bemerkte ich, daß einige Seraphim zu mir getreten waren und auf mich herabblickten, ihre Gesichter beinahe unerträglich hell vom reflektierten Licht.

›Memnoch, Gott wünscht mit dir allein zu sprechen‹, sagten sie.

›Ja, sofort!‹ rief ich und sprang auf die Füße.

Weit entfernt von den jubilierenden Chören, schweigend, ruhig, ohne einen Gefährten, einen Arm schützend über die Augen gelegt, stand ich nun da, der Gegenwart Gottes so nahe, wie es mir nur möglich war.

Kapitel 17

›Nimm den Arm herunter und sieh mich an‹, sagte der Herr.

In dem Bewußtsein, daß das meine völlige Vernichtung bedeuten, daß alles nur ein närrisches Mißverständnis gewesen sein könnte, gehorchte ich.

Der Glanz war in ein gleichförmiges Strahlen übergegangen, von himmlischer Pracht, und in seiner Mitte sah ich ganz deulich ein Antlitz wie mein eigenes. Ich könnte nicht sagen, ob es ein menschliches Antlitz war – vielleicht nur ein Gesichtsausdruck oder bloße Ausdruckskraft –, und dieses dem Höchsten eigene Antlitz betrachtete mich nun direkt und eindringlich.

Es war so schön, daß ich mir nicht einmal vorstellen konnte, mich abzuwenden, doch als es zusehends mehr Glanz ausstrahlte, war ich gezwungen zu blinzeln, es kostete mich Anstrengung, meine Augen nicht zu bedecken aus Furcht, das Augenlicht für immer zu verlieren.

Doch dann wurde das Licht schwächer, so daß ich es ertragen konnte, und es umhüllte mich, ohne mich weiter zu blenden. Ich stand zitternd da und war zugleich froh, daß ich nicht versucht hatte, mein Gesicht zu verbergen.

›Memnoch‹, sprach Gott. ›Das hast du gut gemacht. Du hast in Scheol Seelen gefunden, die des Himmels würdig sind; du hast die Freude und die Seligkeit im Himmel vermehrt; das hast du wirklich gut gemacht.‹

Ich stammelte meinen Dank, der eigentlich ein anbetendes Loblied war, in dem ich das Offensichtliche wiederholte, daß nämlich Gott all diese Seelen geschaffen habe und ihnen nun in Seiner Güte erlaubt habe, zu Ihm zu kommen.

›Das macht dich sehr glücklich, nicht wahr?‹ fragte Er.

›Nur, wenn es Dich auch beglückt, Herr‹, antwortete ich, was ein ganz klein wenig gelogen war.

›Geselle dich wieder zu den Engeln, Memnoch‹, sagte er. ›Daß du dich ohne meine Erlaubnis mit Fleisch und Blut umhüllt hast, habe ich dir vergeben, und auch, daß du mit den Menschentöchtern geschlafen hast. Was du für die Seelen in Scheol erhofft hast, ist eingetreten. Verlasse mich nun und tu nach deinem Gefallen, aber mische dich nie wieder in den Lauf der Natur ein, und laß dich nie wieder mit den Menschen ein, da du ja darauf bestehst, daß sie nicht Teil der Natur sind – womit du unrecht hast.‹

›Herr‹, begann ich zaghaft.

›Jaaa???‹

›Herr, diese Seelen, die ich aus Scheol holte, also, das ist nur ein winziger Bruchteil der Seelen dort und ein noch kleinerer Bruchteil derer, die sich völlig auflösten und dahinschwanden seit Anbeginn der Welt. Herr, in Scheol herrschen Verwirrung und Mißverständnis. Diese hier waren nur die Auserwählten.‹

›Sollte mich das überraschen? Wie könnte ich das nicht wissen?‹ fragte Er.

›Herr, willst Du mich nicht nach Scheol zurückkehren lassen, um die Seelen zu lehren, die die Stufe des Himmlischen noch nicht erreicht haben? Du wirst mich doch sicherlich den Versuch machen lassen, sie zu reinigen, sie von dem zu befreien, was sie bisher des Himmlischen Segens unwürdig macht.‹

›Weshalb?‹

›Herr, Millionen Seelen gehen Dir verloren für jede Million, die errettet wurde.‹

›Dir ist doch klar, daß ich das weiß, nicht wahr?‹

›Herr, hab Erbarmen mit ihnen! Hab Erbarmen mit den Menschen, die in all ihren unzähligen Ritualen nur versuchen, Dir näherzukommen, Dich zu erkennen, Deinen Zorn zu besänftigen.‹

›Warum?‹

Ich wußte keine Antwort. Mir hatte es die Sprache verschlagen. Ich dachte nach und sagte schließlich: ›Herr, kümmern Dich die Seelen nicht, die dort verwirrt und leidend in der Dunkelheit treiben?‹

›Warum sollten sie?‹ fragte Er.

Wieder nahm ich mir Zeit mit der Antwort, denn es war ganz wichtig, daß diese Antwort auf Ihn wirkte. Doch während dieser Pause sprach Er: ›Memnoch, kannst du die Sterne zählen? Kennst du ihre

Namen, ihre Kreise, ihre Bestimmung in der Natur? Kannst du nur ganz grob die Anzahl der Sandkörner im Meer schätzen, Memnoch?‹

›Nein, Herr, das kann ich nicht.‹

›Überall in meiner Schöpfung gibt es Wesen, deren Samen in die Tausende gehen, nur eine winzige Anzahl davon überlebt jedoch – denk an die Fische, an Schildkröten, geflügelte Insekten. Hunderte einer Art, vielleicht sogar Millionen, können geboren werden, während die Sonne einen Tag abmißt, und nur eine Handvoll wird überleben und aufs neue zeugen. Ist dir das nicht bekannt?‹

›Doch, Herr, ich weiß das. Ich wußte es schon immer. Ich wußte es schon, als die Tiere sich zu entwickeln begannen. Doch, ich weiß das.‹

›Was bedeutet es mir also, wenn nur eine Handvoll Seelen das Himmelstor erreicht? Vielleicht werde ich dich abermals nach Scheol senden, im Lauf der Zeit. Ich will nichts versprechen.‹

›Herr, der Mensch ist ein denkendes, fühlendes Wesen, und er leidet.‹

›Müssen wir schon wieder über den Lauf der Natur streiten? Die Menschheit ist meine Schöpfung, Memnoch, und ihre Entwicklung, auch wenn du es nicht wahrhaben willst, folgt meinen Gesetzen.‹

›Aber, Herr, alles unter der Sonne muß sterben, nur diese Seelen leben möglicherweise ewig! Sie stehen außerhalb dieses Kreislaufs! Sie sind aus einem überirdischen Stoff, aus Wissen und Willenskraft gemacht. Herr, im Rahmen dieser Gesetzmäßigkeit müssen sie dafür bestimmt sein, in den Himmel zu kommen, wie könnte es anders sein? Deshalb bitte ich Dich, Herr, ich bitte Dich, erkläre es mir; denn so sehr ich Dich auch liebe, ich verstehe es nicht.‹

›Memnoch, das Überirdische und die Willenskraft sind in meinen Engeln verkörpert, und sie gehorchen meinen Gesetzen.‹

›Ja, Herr, doch sie sterben nicht. Und Du sprichst zu uns, Du offenbarst Dich uns, Du liebst uns, und Du eröffnest uns viele Dinge.‹

›Meinst du nicht, daß mein Licht den Menschen in den Schönheiten der Schöpfung offenbar wird? Glaubst du nicht, daß diese Seelen, die du selbst mir herbrachtest, sich durch ihr Verständnis für die Herrlichkeit der Schöpfung so weit entwickelt haben?‹

›Es könnten aber viel, viel mehr kommen, Herr, wenn man sie nur ein wenig unterstützte. Ihre Zahl hier ist so klein. Herr, die niederen Tiere, können die sich etwas vorstellen, was sie nicht haben? Ich meine, der Löwe sieht das Fleisch der Gazelle, und er bekommt es, nicht wahr? Menschliche Seelen haben eine Vorstellung von dem allmächtigen Gott und sehnen sich nach Ihm.‹

›Das hast du mir schon bewiesen‹, sagte Er. ›Allen im Himmel hast du es bewiesen.‹

›Doch ich brachte nur so wenige! Herr, wenn Du doch nur aus Fleisch und Blut wärest, wenn Du doch nur hinabgegangen wärest wie ich –‹

›Memnoch, Vorsicht!‹

›Nein, Herr, vergib mir, aber meine tiefgreifendsten Gedanken will ich Dir nicht vorenthalten, und diese Überlegungen in Sachen Logik sagen mir: Gingest Du leibhaftig hinab, wie ich es tat, würdest Du diese Geschöpfe besser kennenlernen. Denn Du glaubst, Du kennst sie, doch Du kennst sie nicht!‹

Keine Antwort.

›Herr, Dein Licht durchdringt den menschlichen Leib nicht. Es verwechselt ihn mit dem des Tieres, und so war es schon immer! Herr, Du magst alles wissen, jedoch weißt Du nicht jede kleinste Kleinigkeit! Das kann nicht sein, sonst überließest Du diese Seelen in Scheol nicht ihren Höllenqualen. Und Du würdest es nicht zulassen, daß die Menschen auf der Erde leiden, ohne die Zusammenhänge zu verstehen. Das glaube ich nicht! Ich glaube, das könntest Du nicht! Ich glaube es einfach nicht.‹

›Memnoch, ich habe es nicht nötig, mich zu wiederholen.‹

Darauf antwortete ich nicht.

›Ich gehe sehr freundlich mit Dir um‹, sagte Gott.

›Ja, das tust Du, aber Du irrst in dieser Angelegenheit, denn immerdar und in Ewigkeit brächte man Dir Lobgesänge dar! Und Herr – diese Seelen dort unten könnten zu Dir kommen, Dir Lob und Preis zu singen!‹

›Ich brauche die Hymnen nicht, Memnoch‹, sagte Er.

›Warum singen wir dann?‹

›Du, du von all meinen Engeln, bist der einzige, der mich anklagt! Der kein Vertrauen in mich hat. Nun, diese Seelen, die du von Scheol hierherbrachtest, vertrauen mir im Gegensatz zu dir! Daß sie der Weisheit Gottes vertrauten, gehörte doch gerade mit zu deinen Auswahlkriterien!‹

Doch er konnte mich nicht zum Schweigen bringen: ›Herr, als ich in menschlicher Verkörperung auf Erden wandelte, machte ich eine Erfahrung, die all meine vorherigen Vermutungen bestärkte, und alles, was ich seither sah, hat es bestätigt. Was erwartest Du, Herr, soll ich Dir Lügen erzählen? Meine Zunge Dinge sagen lassen, die schlichte

Unwahrheiten sind? Herr, mit der Menschheit hast Du etwas geschaffen, das Du selbst nicht völlig durchschaust! Es gibt keine andere Erklärung, denn wenn es eine gäbe, dann gäbe es die Natur nicht und die Naturgesetze.‹

›Geh mir aus den Augen, Memnoch. Entferne dich von mir, geh hinab auf die Erde, und misch dich in *nichts* ein, hörst du?‹

›Herr, probiere es selbst aus. Begib Dich ins Fleisch, wie ich es tat. Du, der Du alles vollbringen kannst, hülle Dich in Fleisch –‹

›Schweig, Memnoch.‹

›Oder wenn Du es nicht wagst, wenn es des Schöpfers nicht würdig ist, Seine Schöpfung bis in die kleinste Zelle zu verstehen, dann laß alle Lobgesänge verstummen, von Menschen und Engeln! Laß sie verstummen, da Du sagst, Du brauchst sie nicht, und dann sieh, was Deine Schöpfung Dir bedeutet!‹

›Ich verstoße dich, Memnoch!‹ verkündete Er, und im gleichen Augenblick erschien vor meinen Augen wieder der gesamte Himmel mitsamt seinen Millionen geretteter Seelen, mitsamt allen Engeln, und vor mir standen Michael und Raphael und sahen mit Entsetzen, wie ich zurückgedrängt wurde, durch die Tore gezwungen wurde und hinein in den wirbelnden Sturm.

›Du hast kein Erbarmen mit Deiner Schöpfung, Mein Gott!‹ brüllte ich aus voller Lunge, um das Dröhnen der bedrückenden Gesänge zu übertönen. ›Die Menschen, nach Deinem Bilde geschaffen, haben recht, Dich zu verachten, denn neun von zehn wären besser nie geboren worden!‹«

Memnoch hielt inne.

Er runzelte ganz leicht die Stirn, gerade nur einen Moment lang ein kleines, absolut symmetrisches Stirnrunzeln, dann neigte er den Kopf, als lausche er auf etwas. Schließlich wandte er sich langsam mir zu.

Ich hielt seinem Blick stand.

»Genau das hättest du doch auch getan, nicht wahr?« fragte er.

»Gott steh mir bei«, sagte ich. »Ich weiß es wirklich nicht.«

Die Landschaft veränderte sich. Noch während wir einander ansahen, füllte sich die Welt mit neuem Leben. Ich bemerkte Menschen in der näheren Umgebung, Männer mit Ziegen- und Schafherden, und in weiter Ferne sah ich die Mauern einer Stadt und oberhalb davon eine kleine Siedlung auf einem Hügel. Tatsächlich befanden wir uns nun in einer recht bevölkerten Welt, archaisch zwar, doch so ganz anders als die heutige war sie auch wiederum nicht.

Natürlich konnten uns diese Leute weder hören noch sehen. Das wußte ich inzwischen. Memnoch blickte mich immer noch fragend an, und ich begriff nicht, was er wollte. Die Sonne schien mit voller Kraft auf uns herab, und ich bemerkte, daß meine Hände Blut schwitzten; auch auf meiner Stirn stand Schweiß. Ich wischte ihn ab und betrachtete das Blut auf meiner Hand. Memnochs Haut glänzte nur matt, mehr nicht. Er starrte mich nach wie vor an.

»Was ist geschehen?« fragte ich. »Warum sagst du nichts? Was ist? Warum sprichst du nicht weiter?«

»Du weißt verdammt genau, was geschah«, sagte er. »Schau dir jetzt nur deine Kleidung an, sie ist besser für die Wüste geeignet. Ich möchte, daß du dort hinübergehst, dort über die Hügel ... mit mir.«

Er stand auf, und ich folgte ihm. Keine Frage, wir waren im Heiligen Land. Wir kamen an Dutzenden von Leuten vorbei, an Fischern an einem Seeufer nahe einem Dorf, an Hirten, die kleine Herden zu Siedlungen oder Gehegen trieben.

Alles wirkte sehr vertraut, irritierend vertraut, stärker noch als ein Déjà-vu-Erlebnis. Es weckte eine sehr genaue Erinnerung, die unauslöschlich in meinem Gedächtnis eingeprägt war. Und damit meinte ich alles um mich herum – selbst den nackten, verkrüppelten Mann, der, auf einen Stock gestützt, wutentbrannt laut schimpfend an uns vorbeihumpelte, ohne uns zu bemerken.

Unter der Staubkruste, die alles bedeckte, fand ich die vertrauten Formen und Gestalten und Verhaltensweisen, die jedermann aus der Schrift, von Stichen und ausgeschmückten Illustrationen her und selbst aus Filmen kennt. Das hier war heiliger, aber auch vertrauter Boden – in seiner ganzen bloßen, glühenden Herrlichkeit.

Hoch oben auf den Hügeln standen Leute vor ihren Höhlen. Hier und da saßen sie in kleinen Gruppen im Schatten eines Gehölzes zusammen und redeten oder dösten. Von ferne drang der Lärm befestigter Städte herüber. Die Luft war voller Sand, er flog mir in die Nase und klebte an meinen Lippen und in meinem Haar.

Memnochs Flügel sah man nicht. Schmutzflecken waren auf unser beider Kleidung, die, wie mir schien, aus Leinen gemacht war, durch das die Luft kühlend hindurchstrich. Wir trugen lange, schmucklose Gewänder; sonst war unser Äußeres, unsere Gestalt jedoch unverändert.

Vom strahlend blauen Himmel brannte die Sonne herab, und ich empfand den Schweiß einerseits als angenehm, andererseits als unerträglich. Nur flüchtig kam mir der Gedanke, daß ich zu jeder anderen Zeit schon die Sonne an sich bestaunt hätte, dieses Wunder des Sonnenlichts, das den Kindern der Nacht versagt ist – und doch hatte ich während der ganzen Zeit nicht daran gedacht, nicht ein einziges Mal, denn da ich das Licht Gottes geschaut hatte, war die Sonne für mich nicht mehr das wahre Licht.

Wir stiegen die felsigen Hügel hinauf, über steile Pfade zwischen aufragenden Felsen und zerzaustem Gestrüpp hindurch, bis schließlich vor uns weiter unten eine große, trostlose, glutheiße Sandwüste auftauchte, über die ein trockener Wind wehte.

Gleichsam an der Schwelle zu dieser Wüste blieb Memnoch stehen, dort, wo der feste, aus hartem Gestein bestehende holprige Untergrund in weichen Sand überging und jeden weiteren Schritt noch beschwerlicher machte. Ich holte ihn dort ein, denn ich war etwas zurückgeblieben. Er legte seinen linken Arm um mich, die gespreizten Finger drückten sich fest gegen meine Schulter. Ich war froh über diese Geste, denn ich war zusehends besorgt; genaugenommen beschlich mich eine Furcht und eine so böse Vorahnung, wie ich sie nie zuvor verspürt hatte.

»Nachdem Er mich verstoßen hatte«, fuhr Memnoch nun fort, »wanderte ich umher.« Seine Augen waren auf die Wüste gerichtet, so schien mir, und auf die kahlen, im Sonnenlicht gleißenden Felsen, die in der Ferne feindlich wie die Wüste selbst aufragten. »Ich streifte umher, so wie du oft umhergestreift bist, Lestat. Ohne Schwingen, untröstlich, ließ ich mich treiben, Städte und Einöden, Staaten und ganze Kontinente durchquerte ich. Wenn du willst, kann ich dir das irgendwann einmal erzählen. Jetzt ist es nicht wichtig. Wichtig ist, daß ich es nicht wagte, mich den Menschen zu zeigen oder zu offenbaren, sondern mich vor ihnen verbarg, unsichtbar, mir also keinen Körper schuf aus Furcht, Gott aufs neue zu erzürnen. Ich wagte auch nicht, mich unter irgendeiner Maske verborgen den Menschen und ihrem Streben anzuschließen, aus Angst vor Gott und wegen des Bösen, das ich über die Menschen bringen könnte. Und aus genau der gleichen Furcht heraus ... kehrte ich nicht nach Scheol zurück. Ich wollte die Leiden dort nicht vermehren. Nur Gott konnte diese Seelen erlösen. Welche Hoffnung konnte ich ihnen schon geben?

Doch sehen konnte ich Scheol, seine unermeßliche Größe, und ich fühlte das Leid der Seelen dort, und ich staunte über die Sterblichen, die ständig sich wandelnde Denkschemata hervorbrachten, kompliziert und wirr, und dabei eine Überzeugung, eine Religionsgemeinschaft, einen Glauben nach dem anderen aufgaben wegen des erbärmlichen irdischen Jammertals.

Einmal kam mir ein kühner Gedanke – ich könnte nach Scheol gehen und die Seelen dort so sorgfältig unterrichten, daß sie schließlich selbst fähig wären, den Ort zu verändern, etwas darin zu schaffen, was dem Gefühl der Hoffnung entsprang und nicht der Hoffnungslosigkeit, so daß mit der Zeit eine Art Garten daraus würde. Immerhin hatten diese Auserwählten, die ich in den Himmel mitgenommen hatte, ihren Teil Scheols auch umgestaltet. Aber was, wenn ich scheiterte und das Chaos nur noch vergrößerte? Ich wagte es nicht. Ich wagte es nicht, diesen Traum zu verwirklichen, aus Furcht vor Gott und aus Furcht vor meiner eigenen Unfähigkeit.

Ich stellte viele Theorien auf im Laufe meiner Streifzüge, aber meine Haltung zu den Dingen, die ich für wahr hielt, die ich fühlte und die ich Gott dargelegt hatte, änderte sich nicht. Ich betete sogar oft zu Ihm, obwohl Er weiterhin schwieg, und sagte Ihm, daß ich immer noch fest glaubte, daß er den edelsten Teil Seiner Schöpfung im Stich gelassen hatte. Und es gab Zeiten, da sang ich Ihm Loblieder. Oft aber blieb ich stumm. Schaute, lauschte … wachte …

Memnoch, der Wächter, der Gefallene Engel.

Wie wenig war mir doch bewußt gewesen, daß meine Auseinandersetzung mit Gott gerade erst begonnen hatte. Doch dann kam die Zeit, da drängte es mich zur Rückkehr in eben jene Täler, die ich einst als erste besucht hatte und wo die Menschen ihre ersten Städte errichtet hatten.

Dieses Land war für mich das Land der ersten Anfänge. Wenn sich auch aus vielen anderen Stämmen große Völker entwickelt hatten, so war es doch hier gewesen, wo ich bei den Menschentöchtern gelegen hatte. Hier hatte ich im Fleischlichen etwas gelernt, von dem ich immer noch meinte, daß Gott Selbst es nicht wußte.

Nun, als ich zu diesem Ort kam, nannte er sich Jerusalem; er liegt übrigens nur ein paar Meilen westlich von hier.

Ich war mir der Zeitumstände wohl bewußt, nämlich, daß die Römer das Land regierten, daß die Hebräer eine lange, schreckliche Knechtschaft durchlitten und daß diese Stämme, die ihren Ursprung in den frühesten Siedlungen hier hatten – und die an den *einen Gott* geglaubt hatten –, nun unter der Knute von Polytheisten standen, die nicht einmal ihre eigenen Göttersagen besonders ernst nahmen.

Aber die Stämme der Monotheisten waren zerstritten, es gab die Pharisäer und Sadduzäer und andere, die in den Höhlen der Hügel dort drüben versuchten, reine Glaubensgemeinschaften aufzubauen.

Wenn es etwas gab, was jene Epoche wirklich bemerkenswert für mich machte – also wirklich von jeder anderen unterschied –, dann war es das römische Imperium, das größer war als jedes andere Imperium des Westens und dem doch das große chinesische Imperium so völlig unbekannt war, als sei es von einer anderen Welt.

Irgend etwas zog mich auf jeden Fall hierher, das wußte ich. Etwas war hier gegenwärtig; nicht daß ich herbeigeordert wurde, das nicht, doch mir schien, als riefe jemand nach mir, aber nicht mit der vollen Kraft seiner Stimme. Also blieb mir nur zu suchen, umherzuwandern. Vielleicht verfolgte oder verführte dieses Etwas mich wie ich dich. Ich weiß es nicht.

So begab ich mich nach Jerusalem und lauschte den Reden der Menschen. Sie sprachen von Propheten, von heiligen Männern, die in der Wildnis lebten, von Streitereien über die Gebote, über Läuterungen und den Willen Gottes. Ich hörte von heiligen Büchern und heiligen Bräuchen und von Männern, die sich ›taufen‹ ließen im Wasser, um so in den Augen Gottes ›errettet‹ zu sein.

Und sie sprachen von einem Mann, der erst kürzlich in die Wildnis gegangen war. Sie erzählten, daß in dem Augenblick, als er in den Fluten des Jordans stand und das Wasser der Taufe über ihn gegossen worden war, sich der Himmel geöffnet hätte und ein von Gott gesandtes Licht über ihm erschienen sei.

Natürlich hörte man ähnliche Geschichten überall auf der Welt. Es war also nichts Ungewöhnliches, nur daß es mich magisch anzog. Denn dies war mehr als jedes andere mein Land; und wie von einem unsichtbaren Faden gezogen, machte ich mich auf den Weg und wanderte von Jerusalem nach Osten, ins Ödland hinein. Meine scharfen Engelssinne spürten die Nähe eines Mysteriums, das die heiligsten Dinge betraf, so daß es einem Engel auf Anhieb klar sein mußte, wenn auch vielleicht keinem Menschen. Mein Verstand rebellierte gegen die Stärke dieser Empfindung, doch ich setzte meinen Weg fort und wanderte trotz der Tageshitze in die Wüste, ohne meine Schwingen und unsichtbar.«

Memnoch zog mich mit sich, und wir gingen über den Sand, in den ich zwar nicht so tief einsank, wie ich geglaubt hatte, der jedoch sehr heiß war und durchsetzt mit kleinen Steinchen. Durch Bodensenken und über leichte Erhebungen hinweg erreichten wir schließlich eine kleine ebene Fläche, auf der einige Felsblöcke zusammengetragen zu sein schienen, als sei es ein Versammlungsplatz. Doch das Ganze wirkte ebenso natürlich wie der Ort, an dem wir uns vorher so lange aufgehalten hatten. Ein Markstein in der Wüste sozusagen, ein Denkmal vielleicht.

Wie auf die Folter gespannt, wartete ich darauf, daß Memnoch weitersprach. Meine Beunruhigung wurde immer größer. Dann verlangsamte er den Schritt, bis wir nur noch einen Steinwurf von dieser Felsgruppe entfernt waren.

»Immer näher«, sagte er, »kam ich zu diesem markanten Ort, den du dort siehst, und mit meinen Engelsaugen, so scharf wie die deinen, erspähte ich schon von weitem einen einzelnen Mann. Doch ich erkannte auch, daß dies kein Mensch war, sondern daß dieser Mann vom Licht Gottes erfüllt war.

Ich konnte es nicht glauben, und doch war ich nicht in der Lage, innezuhalten, bis ich schließlich hier, an dieser Stelle, stehenblieb und die Gestalt anstarrte, die dort auf dem Felsen vor mir saß und zu mir aufsah.

Es war Gott. Ohne Zweifel. In Fleisch und Blut, von der Sonne verbrannt, dunkelhaarig, mit den dunklen Augen der Wüstenvölker, und doch war es Gott! *Mein Gott!*

Da saß er leibhaftig und schaute mich an mit menschlichen und gleichzeitig göttlichen Augen, und ich konnte das Licht sehen, das Ihn erfüllte, das Licht, das in Ihm versiegelt und von der Außenwelt abgeschirmt war durch Sein Fleisch, als sei das der undurchdringlichste Stoff zwischen Himmel und Erde.

Wenn es etwas gab, das noch verwirrender war als diese Offenbarung, dann war es die Tatsache, daß Er mich anblickte, daß Er mich erkannte und auf mich gewartet hatte und daß, als ich ihn ansah, ich ganz in Liebe zu Ihm ergriffen war.

Immer und ewig singen wir von der Liebe. Ist denn kein anderes Lied für die gesamte Schöpfung vorgesehen?

Mit Entsetzen betrachtete ich Seinen sterblichen Körper, nahm die sonnenverbrannte Haut, Seinen Durst, Seinen Hunger und Seine von der Sonne gequälten Augen wahr, ich fühlte die Gegenwart des allmächtigen Gottes und empfand rückhaltlose Liebe.

›So bin ich also gekommen, Memnoch‹, sagte er mit der Stimme und in der Sprache der Menschen.

Ich fiel vor Ihm nieder. Das war ganz instinktiv. Ich lag da, streckte die Hand aus und berührte einen Riemen Seiner Sandalen. Ich stieß einen Seufzer aus, und ein Zittern ging durch meinen Körper, weil ich aus meiner Einsamkeit erlöst war, weil ich die Kraft der göttlichen Anziehung spürte, die so zutiefst befriedigend war. Schließlich weinte ich, einfach weil ich Ihm nahe war, Ihn sehen konnte, und ich fragte mich erstaunt, was das alles bedeuten mochte.

›Steh auf, komm und setz dich zu mir‹, sagte Er. ›Ich bin nun ein Mensch und zugleich Gott, doch ich fürchte mich.‹ Seine Stimme klang unbeschreiblich bewegend, menschlich, doch voller göttlicher Weisheit. Er sprach in der Sprache und dem Tonfall Jerusalems.

›Oh, Herr, wie kann ich Deine Schmerzen lindern?‹ fragte ich, denn er litt sichtlich. Ich stand auf. ›Was hast Du getan und warum?‹

›Ich habe genau das getan, wozu du mich aufgefordert hast, Memnoch‹, antwortete Er und zeigte mir ein traumverlorenes, gewinnendes Lächeln. ›Ich habe mich ins Fleisch begeben. Nur daß ich dich noch übertroffen habe, denn ich wurde von einer sterblichen Mutter geboren, in die ich selbst den Samen gelegt hatte; und seit dreißig Jahren lebe ich jetzt auf dieser Welt, von Kindheit an bis zum Mannesalter, und lange Zeit haben mich Zweifel an mir selbst geplagt – haben mich sogar vergessen, nicht mehr glauben lassen, daß ich wirklich Gott bin!‹

›Ich sehe Dich, ich erkenne Dich. Du bist der Herr, Mein Gott‹, sagte ich. Ich war so beeindruckt von Seinem Antlitz und davon, Ihn wiederzuerkennen unter dieser Maske aus Haut, die sich über die Knochen seines Schädels spannte. Eine Sekunde lang fühlte ich das gleiche wie damals, als ich den Schimmer Seines Antlitzes hinter dem Licht erblickt hatte, und ebendiesen Ausdruck nahm ich auch jetzt in seinem menschlichen Gesicht wahr. Ich fiel auf die Knie. ›Du bist Mein Gott‹, beteuerte ich.

›Ich weiß das jetzt, Memnoch, doch du mußt verstehen, daß ich mich vom Fleische völlig vereinnahmen ließ, daß ich völliges Vergessen zuließ, um zu erfahren, was Menschsein bedeutet, wie du mir geraten hast, die Leiden, die Ängste, die Sehnsüchte der Menschen kennenzulernen – und zu sehen, zu welchen Lernprozessen sie fähig sind, sowohl hier als auch im Jenseits. Ich habe getan, was du mir rietest, und das konsequenter als du es je gekonnt hättest, Memnoch, denn ich trieb es, wie Gott es tun muß, bis zum Äußersten!‹

›Herr, ich kann den Anblick Deines Leidens kaum ertragen‹, sagte ich eilig, unfähig, meine Augen von Ihm loszureißen, während ich gleichzeitig Wasser und Nahrung für Ihn herbeisehnte. ›Erlaube, daß ich Dir den Schweiß trockne, Dir Wasser bringe. Mit engelhafter Schnelligkeit soll das geschehen. Ich will Dir Erleichterung verschaffen, Dich waschen und in feinstes Tuch kleiden, wie es für Gott auf Erden angemessen ist.‹

›Nein‹, antwortete er. ›In den Tagen, da ich mich für wahnsinnig hielt und mir kaum in Erinnerung rufen konnte, daß ich Gott bin, als ich bewußt meine Allwissenheit aufgegeben hatte, um Leiden zu erfahren, Grenzen zu erkennen, da hättest du mich vielleicht überreden können, das als meinen Weg zu sehen. Da hätte ich vielleicht dein Angebot angenommen. Ja, ein König zu sein, mich ihnen so zu offenbaren! Aber jetzt nicht mehr. Ich weiß, wer ich bin und was ich bin, und ich weiß, was geschehen wird. Und, Memnoch, du hast recht, es gibt Seelen in Scheol, die bereit für den Himmel sind, und ich selbst werde sie dorthin bringen. Denn ich habe aus dem gelernt, was du mir zu lernen nahelegtest.‹

›Herr, Du hast Hunger. Du leidest schrecklichen Durst. Diese Steine hier, Du hast die Macht, sie in Brot zu verwandeln, damit Du essen kannst. Oder laß mich Dir Nahrung holen.‹

›Jetzt wirst du mir endlich einmal zuhören!‹ wies Er mich lächelnd zurecht. ›Rede jetzt nicht mehr von Essen und Trinken. Wer ist denn hier der Mensch? Ich. Ich habe mich ins Fleisch begeben. Du unmöglicher Gegner, du streitlustiger Teufel! Still jetzt! So hab einmal nur Mitleid und höre, was ich zu sagen habe.‹ Er lachte mich an, Sein Antlitz war voller Güte und Mitgefühl. ›Komm her, schaffe auch du dir einen Körper, leiste mir Gesellschaft‹, sagte Er. ›Sei mein Bruder und setz dich neben mich – Gottes Söhne wir beide – und laß uns reden.‹

Ich erfüllte sofort seinen Wunsch und schuf mir, ohne nachzudenken, einen Körper, der dem, den du hier vor dir siehst, ziemlich ähnelte, denn das war für mich so selbstverständlich geworden wie das Denken. Ich schuf mir auch ein ähnliches Gewand und setzte mich schließlich neben Ihn auf den Felsblock. Ich war aber größer als Er, hatte nicht darauf geachtet, mich Seinen – den menschlichen – Maßen anzupassen, doch das holte ich eilig nach, so daß wir schließlich einigermaßen gleich proportioniert waren. Ich blieb jedoch durchaus engelhaft und empfand weder Hunger noch Durst noch Müdigkeit.

›Wie lange bist Du schon in dieser Wildnis?‹ fragte ich. ›Die Leute in Jerusalem reden von fast vierzig Tagen.‹

Er nickte. ›Das könnte stimmen‹, antwortete er. ›Und nun ist es an der Zeit, daß ich mein geistliches Amt antrete, das ich drei Jahre innehaben werde. Ich werde die eine große Lektion lehren, die man, um im Himmel aufgenommen zu werden, unbedingt wissen muß – und die ist: sich der Schöpfung bewußt sein, ihre Entwicklung verstehen, ihre Schönheit und ihre Gesetze würdigen, denn erst dann kann man Leid und Schmerz und scheinbare Ungerechtigkeit akzeptieren; und wer dieses tiefe Verständnis erlangt, wer seine Seele der Einsicht in Gott und Seine Werke überläßt, dem verspreche ich die Himmlische Herrlichkeit. Das ist mein Geschenk an die Menschen, und ich denke, damit schenke ich ihnen genau das, was du von mir verlangt hast.‹

Ich wagte nicht zu antworten.

›Liebe, Memnoch, ich habe gelernt, sie zu lieben, wie du es vorausgesagt hast. Ich habe wie die Menschen Liebe und zärtliche Zuneigung zu geben gelernt, und auch ich habe bei Frauen gelegen und diese Ekstase erfahren, diesen auflodernden Jubel, den du mit solcher Beredsamkeit beschrieben hast. Damals konnte ich mir nicht vorstellen, jemals Verlangen nach etwas so Unbedeutendem zu hegen.

Der Liebe werden meine eindringlichsten Worte gelten. Ich werde Dinge sagen, die man verdrehen und mißverstehen wird. Doch die Botschaft soll sein: Liebt euch! Du hast mich überzeugt, und ich habe mich selbst überzeugt, daß es die Liebe ist, die die Menschen über die Tiere erhebt, auch wenn die Menschheit aus dem gleichen Stoff ist wie die Tiere.‹

›Willst Du ihnen eine Anleitung geben, wie man einander lieben soll? Wie man Kriege abschafft, wie man sich in Andacht zusammenfinden soll –?‹

›Aber nein. Das wäre eine absurde Einmischung und würde den gesamten großartigen Ablauf, den ich in Gang gesetzt habe, außer Kraft setzen. Es würde die Dynamik des sich fort und fort entfaltenden Universums beeinträchtigen.

Memnoch, für mich sind die menschlichen Wesen immer noch Teil der Natur, wie ich immer gesagt habe, nur daß die Menschen besser sind als die Tiere. Es ist eine Frage der Abstufung. Ja, die Menschen wehren sich gegen das Leid, sie sind sich ihrer Leiden bewußt. Aber in dem Maße, wie Leiden sie läutert und sie in ihrer Entwicklung vorantreibt, verhalten sie sich in gewissem Sinne wie die ihnen unterlegenen Tiere. Sie sind intelligent genug, einen Wert in der Leidensfähigkeit zu erkennen, wohingegen Tiere nur lernen, Leiden instinktiv zu vermeiden. Der Mensch jedoch kann tatsächlich durch die Leiden einer einzigen Lebensspanne geläutert werden. Doch er ist und bleibt Teil der Natur. Die Welt wird sich weiterhin entwickeln wie bisher, voller Überraschungen. Manchmal werden das grausame Überraschungen sein, manchmal wunderbare, manchmal wunderschöne. Doch eins steht fest, die Welt wird weiterhin wachsen, die Schöpfung wird sich weiterhin entfalten.‹

›Ja, Herr‹, sagte ich, ›doch ist nicht Leiden eine schreckliche Sache?‹

›Was habe ich dich gelehrt, Memnoch, als du zum ersten Mal zu mir kamst, um mir zu sagen, daß Verwesung ein Fehler, daß der Tod ein Fehler sei? Erkennst du nicht die Größe im menschlichen Leiden?‹

›Nein‹, erwiderte ich. ›Ich sehe nur das Ende aller Hoffnungen, den Tod der Liebe, den Untergang der Familie, die Zerstörung des Seelenfriedens; ich sehe unerträgliche Schmerzen; ich sehe die Menschen unter dieser Last straucheln, haßerfüllt und bitter werden.‹

›Memnoch, du siehst nicht in die Tiefe. Du bist nur ein Engel. Du weigerst dich, die Natur zu verstehen, und so war es von Anfang an mit dir.

Mein Licht soll auf der Erde leuchten während dreier Jahre, die ich noch im Fleische verbringe. Ich werde die Weisheit lehren, die ich in diesem Körper aus Fleisch und Blut gewonnen habe; dann werde ich sterben.‹

›Sterben? Wieso das? Ich will sagen, wie meinst Du das, sterben? Deine Seele …‹ Unsicher brach ich ab.

Er lächelte.

›Du hast doch eine Seele, Herr? Ich meine, Du bist Mein Gott in Gestalt dieses Menschensohnes, Dein Licht durchflutet jedes Partikelchen dieses Körpers, aber Du … Du hast doch keine Seele, nicht wahr? Keine menschliche Seele!‹

›Memnoch, diese Unterscheidungen sind unwichtig. Ich bin der leibhaftige Gott. Wie sollte ich eine menschliche Seele haben? Wichtig ist nur, daß ich in diesem Körper bleiben werde, auch wenn er gepeinigt und geschlagen wird. Mein Tod wird Zeugnis meiner Liebe für die sein, die ich erschaffen habe und denen ich so viel Leid zu ertragen zumute. Ich werde ihre Schmerzen teilen und dadurch wissen, was sie erleiden.‹

›Bitte, Herr, vergib mir, aber mit dieser ganzen Idee stimmt etwas nicht.‹

Auch jetzt schien er belustigt. Seine dunklen Augen spiegelten stummes, wohlwollendes Lachen. ›Was stimmt damit nicht, Memnoch? Daß ich den Mythos des sterbenden Gottes der Wälder aufgreife, den die Menschen sich erdacht, den sie besungen haben, der schon seit urdenklichen Zeiten in ihrer Vorstellung lebt – ein Gott, der stirbt, ein Symbol des Kreislaufs der Natur, in dem alles, was geboren wird, sterben muß?

Ich werde sterben, und ich werde auferstehen von den Toten, so wie in all den alten Mythen auf der ganzen Welt jener Gott am Ende des Winters, in jedem neuen Frühjahr, wiederauferstand. Ich werde dieser Gott sein, der vernichtet und aufs neue geboren wird, mit dem Unterschied, daß es hier, in Jerusalem, kein Ritual sein wird mit menschlichem Stellvertreter, sondern es wird im wahrsten Sinne des Wortes geschehen. Der *Sohn Gottes* selbst wird den Mythos mit Leben erfüllen. Ich habe beschlossen, diese Legenden durch meinen tatsächlichen Tod zu heiligen.

Ich werde aus dem Grabe hervortreten. Meine Auferstehung wird die Bestätigung dafür sein, daß jedem Winter ein neuer Frühling folgt, daß alles, was der Natur entspringt, den ihm bestimmten Platz hat.

Doch, Memnoch, erinnern wird man sich an mich wegen meines Sterbens. Wegen meines Todes. Denn er wird schrecklich sein. Nicht wegen der Auferstehung werden sie meiner gedenken, dessen sei gewiß, denn das ist etwas, was viele einfach weder wahrnehmen noch glauben werden. Doch durch meinen Tod, mein Sterben wird sich die Aussage dieser Mythologien in vollem Umfang bestätigen, und genau das unterstreichen auch alle früheren Sagen. Gott opfert sich in diesem Sterben, damit er seine eigene Schöpfung erkenne. Genau das sollte ich doch deiner Ansicht nach tun.‹

›Nein, nein, warte, Herr, es ist wirklich etwas falsch daran!‹

›Du vergißt dich immer wieder, und du vergißt, mit wem du sprichst‹, sagte er milde.

Ich sah ihn an, fasziniert von dieser Verbindung des Menschlichen mit dem Göttlichen, hingerissen von Seiner Schönheit und überwältigt von Seiner Göttlichkeit. Dennoch war ich der festen Überzeugung, daß all dies verkehrt war.

›Memnoch, was ich dir gerade anvertraut habe, weiß niemand außer mir‹, sprach er. ›Rede nicht mit mir, als könnte ich mich irren. Verschwende diese kurzen Augenblicke nicht, die du hier mit dem *Sohn Gottes* teilst! Kannst du nicht von mir, der ich leibhaftig vor dir stehe, lernen, wie du von leibhaftigen Menschen gelernt hast? Kann ich dich gar nichts lehren, mein geliebter Erzengel? Warum sitzt du hier und verhörst mich? Was nur kannst du meinen mit dem Wort *falsch*?‹

›Ich weiß es nicht, Herr, ich weiß nicht, wie ich Dir antworten soll. Ich finde nicht die richtigen Worte. Ich weiß nur, daß es nicht funktionieren wird. Zuerst einmal, wer denn wird Dich foltern, wird Dich töten?‹

›Die Bürger von Jerusalem‹, sagte Er. ›Ich werde es schaffen, allen ein Ärgernis zu sein, den traditionsbewußten Hebräern ebenso wie auch den gleichgültigen Römern; alle werden sie Anstoß nehmen an meiner Botschaft, die von reiner Liebe spricht und davon, was diese Liebe von den Menschen fordert. Ich werde für die Rituale und Gesetze der anderen nur Verachtung zeigen. Und so werde ich ins Räderwerk ihrer Gerechtigkeit geraten.

Man wird mich des Hochverrats bezichtigen, wenn ich von meiner Göttlichkeit spreche und davon, daß ich der *Sohn Gottes* bin, der lebendige Gott … Und schon allein wegen meiner Botschaft wird man mich derart erfindungsreich quälen, daß es niemals in Vergessenheit geraten wird, sowenig wie mein Tod – durch Kreuzigung.‹

›Kreuzigung? Herr, hast Du Menschen so sterben sehen? Weißt Du, wie sie leiden? Sie hängen dort, ans Holz genagelt, unfähig, ihr eigenes Gewicht abzustützen. Schließlich werden sie immer schwächer und ersticken in Blut und Schmerzen.‹

›Natürlich habe ich es gesehen. Es ist eine übliche Form der Exekution. Sehr furchtbar und sehr menschlich.‹

›Oh, nein, nein, nein‹, rief ich aus. ›Das kann nicht sein. Willst Du Deine Lehren mit der öffentlichen Zurschaustellung Deines Scheiterns und mit Deiner Hinrichtung krönen – mit solcher Grausamkeit und dem Tod selbst?‹

›Ich scheitere nicht, Memnoch‹, sprach Er, ›ich werde ein Märtyrer wegen meiner Lehren sein! Das unschuldige Lamm als Blutopfer für den *lieben Gott* hat es schon seit Anbeginn der Menschheit gegeben. Um Gott ihre Liebe zu zeigen, geben die Menschen ihm instinktiv das, was für sie von besonderem Wert ist. Wer wüßte das besser als du, der du um ihre Altäre schlichst und ihren Gebeten lauschtest? Und du hast darauf bestanden, daß auch ich lauschte. Opferung und Liebe haben sich in dem Ritus vereint.‹

›Herr, sie opfern aus Furcht! Das hat doch nichts mit Liebe zu Gott zu tun! Diese Opfergaben? Die Kinder, die man Baal opferte?

Und wer weiß wie viele hundert andere scheußliche Rituale? Aus Furcht opfern sie! Warum sollte Liebe Opfer verlangen?‹

Ich preßte die Hände auf meinen Mund, ich konnte nicht mehr logisch denken, so entsetzt war ich. In diesem alles erstickenden Gewebe des Schreckens war mir mein Faden verlorengegangen.

Schließlich sprach ich meine Gedanken offen aus: ›Es ist alles verkehrt, Herr. Daß Gott sich in menschlicher Gestalt derart erniedrigen sollte, ist an sich schon unaussprechlich, aber daß die Menschen Gott dies antun dürfen … Aber werden sie überhaupt wissen, was sie da tun, und daß Du Gott bist? Ich meine, wie könnten sie … Herr, sie werden es in Irrtum und Verblendung tun. Das bedeutet Chaos, Herr! Finsternis!‹

›Natürlich‹, sagte Er. ›Wer würde bei klarem Verstand den Sohn Gottes kreuzigen?‹

›Welche Bedeutung hat es denn dann?‹

›Memnoch, es bedeutet, daß ich mich nach eigenem Willen dem Menschsein unterworfen habe, aus Liebe zu denen, die ich erschaffen habe. Ich bin im Fleische, Memnoch, seit dreißig Jahren. Würdest du mir bitte erläutern, was du willst?‹

›Herr, auf diese Art zu sterben kann nicht richtig sein. Es ist ein gräßlicher Tod, Herr, ein blutiges, scheußliches Exempel, das da der Menschheit präsentiert wird. Und Du selbst sagst, vor allem deswegen wird man sich Deiner erinnern? Nicht so sehr Deiner Auferstehung von den Toten wegen, nicht des göttlichen Lichts wegen, das aus Deinem menschlichen Körper hervorbrechen und das Leid von Dir nehmen wird?‹

›Das Licht wird nicht aus diesem Körper hervorbrechen‹, sprach Er. ›Dieser Körper wird sterben. Ich werde den Tod erfahren. Ich werde in Scheol eingehen und für drei Tage dort verweilen unter den Gestorbenen, und dann werde ich in diesen Körper zurückkehren und ihn vom Tode erwecken. Und richtig, wegen meines Sterbens werde ich in Erinnerung bleiben, denn wie kann ich auferstehen, wenn ich nicht sterbe?‹

›Tu es nicht!‹ flehte ich. ›Ich bitte Dich wirklich. Mach Dich nicht zum Opfertier. Ergib Dich nicht ihren fehlgeleiteten, blutigen Ritualen. Herr, bist Du je ihren stinkenden Altären nahe gekommen? Ich weiß, ich forderte Dich auf: Lausche ihren Gebeten, aber damit meinte ich nicht, daß Du Dich von Deiner erhabenen Höhe herabbegeben solltest, um den Gestank von Blut und toten Tieren zu riechen oder die dumpfe Angst im Auge des Opfers zu sehen, wenn seine Kehle durchtrennt wird! Sahst Du die Säuglinge, die man in den feurigen Rachen des Gottes Baal warf?‹

›Memnoch, diesen Weg zu Gott hat der Mensch selbst gewählt. Auf der ganzen Welt sprechen die Mythen die gleiche Sprache.‹

›Ja, aber doch nur, weil Du nie eingeschritten bist, um dem Einhalt zu gebieten. Du ließest es geschehen, Du ließest die Menschen sich höher entwickeln, so daß sie voller Entsetzen auf ihre tierischen Vorfahren zurückblickten. Sie sahen, daß sie sterblich sind, und versuchen nun, einen Gott zu besänftigen, der sie all diesem Schrecken preisgegeben hat. Herr, sie suchen nach einem Sinn, doch in dem, was Du vorhast, werden sie ihn nicht finden. Niemals!‹

Er betrachtete mich, als sei ich wahrhaft wahnsinnig. Schweigend starrte Er mich an. ›Du enttäuschst mich‹, sagte Er leise und sanft. ›Du verletzt mich, Memnoch, du verletzt mein menschliches Herz.‹ Er legte seine aufgesprungenen Hände um mein Gesicht, die Hände eines Mannes, der gearbeitet hatte in dieser Welt, geschuftet, wie ich während meines kurzen Aufenthaltes dort nie geschuftet hatte.

Ich schloß die Augen und schwieg. Doch mir war etwas aufgegangen. Eine Enthüllung, eine Einsicht, ein plötzliches Erfassen dessen, was hier so verkehrt war, doch konnte ich es verstandesmäßig erklären? Fand ich die richtigen Worte?

Ich öffnete die Augen, ließ mich von ihm halten, spürte die Schwielen an seinen Händen, während ich in sein hageres Antlitz blickte. Wie sehr Er doch gefastet, wie sehr Er gelitten hatte in dieser Wüste, und wie sehr Er sich in diesen dreißig Jahren abgemüht hatte! O nein, wie verkehrt das doch alles war!

›Was, mein Erzengel, was ist verkehrt?‹ verlangte er zu wissen, unendlich geduldig, unendlich bestürzt.

›Herr, die Menschen versuchen ihre Leiden in Ritualen zu bannen, weil sie in ihrer den Naturgesetzen unterworfenen Welt Leiden nicht ausschließen können. Die den Gesetzen der Natur folgende Welt, die muß überwunden werden! Warum muß derartiges Leid, wie Du es den Menschen auferlegst, ertragen werden? Herr, ihre Seelen kommen entstellt und von Leid verzerrt nach Scheol und schwarz wie Asche durch die Flammen von Elend, Gewalt und Not, deren Zeugen sie waren. Leiden ist das Böse in dieser Welt. Es bedeutet Verfall und Tod, und es ist entsetzlich. Herr, wie kannst Du glauben, daß all dies Leid für irgend jemanden gut sein könnte? Dieses Leiden, die unbeschreibliche Hinnahme von Schmerz, Blut und Vernichtung muß aus der diesseitigen Welt beseitigt werden, wenn der Mensch je zu Gott finden soll!«

Er gab keine Antwort, ließ die Hände sinken.

›Mein Engel‹, sagte Er dann, ›nun, da ich ein menschliches Herz habe, erzeugst du in mir nur noch mehr Zuneigung für dich. Wie schlicht du doch bist! Und wie fremd dir dieses weite Feld der Schöpfung ist.‹

›Aber ich habe Dich doch gedrängt herabzukommen! Wie kann es mir fremd sein? Ich bin der Wächter! Ich sehe, was andere Engel nicht zu sehen wagen aus Furcht, in Tränen auszubrechen und Dich damit zu erzürnen!‹

›Memnoch, du kennst einfach das Fleisch nicht! Dieser Begriff ist zu vielschichtig für dich. Was, glaubst du, lehrte deine Seelen in Scheol Vollendung? War es nicht das Leiden? Ja, vielleicht kommen sie entstellt, verbrannt dorthin, wenn sie auf der Erde nicht über ihre Leiden hinauszublicken vermochten, und manche mögen verzweifeln und vergehen. Doch in Scheol, in Jahrhunderten des Leidens, des Sehnens, werden die übrigen geläutert und verklärt. Memnoch, Leben und Tod gehören zum Kreislauf der Natur, und eines seiner Produkte ist das Leid. Und die Menschen sind nicht davon ausgenommen, nur weil sie zu dieser Erkenntnis fähig sind! Memnoch, daß diese erleuchteten Seelen, die du aus Scheol zu mir brachtest, dies erkannten und die Schönheit darin zu akzeptieren gelernt hatten, das war es, was sie würdig machte, die Himmelstore zu durchschreiten!‹

›Nein, Herr, das ist nicht wahr!‹ rief ich. ›Du siehst das falsch. Völlig falsch. Oh, jetzt sehe ich, was passiert ist.‹

›So? Was versuchst du mir zu sagen? Daß ich, Gott, der Herr, nach dreißig in diesem menschlichen Körper verbrachten Jahren nicht die Wahrheit gefunden habe?‹

›Aber das ist es ja gerade! Die ganze Zeit über wußtest Du, Du bist Gott. Du sprichst von Zeiten, in denen Du glaubtest, verrückt zu sein, es fast vergessen zu haben, doch die waren nur kurz! Zu kurz! Und auch jetzt, da Du Deinen Tod planst, weißt Du, wer Du bist, und Du wirst es auch nicht vergessen, nicht wahr?‹

›Nein, das werde ich nicht. Denn natürlich muß ich der leibhaftige Sohn Gottes sein, um mein Werk zu vollenden, um dieses Wunder zu vollbringen. Das ist der springende Punkt!‹

›Dann, Herr, weißt Du nicht, was es heißt, im Fleische zu sein!‹

›Was fällt dir ein anzunehmen, du wüßtest es, Memnoch?‹

›Als Du mich in diesem Körper aus Fleisch und Blut zurückließest – nachdem Du mich niedergeworfen hattest vor die Füße der Menschentöchter, damit sie mich pflegten und heilten –, da gab es kein Versprechen, keine Gewißheit, daß Du mich wieder im Himmel aufnehmen würdest. Herr, Du bist nicht fair bei Deinem Experiment. Du wußtest die ganze Zeit über, Du würdest in den Himmel zurückkehren – zurückkehren und wieder Gott sein!‹

›Und wer könnte besser verstehen, was es bedeutet, in diesem Fleische zu sein?‹ wollte er wissen.

›Jemand, der sich nicht dem absolut beruhigenden Gefühl überlassen kann, daß er der unsterbliche Schöpfer des Universums ist‹, sagte ich. ›Jeder sterbliche Mann, der jetzt gerade dort auf Golgatha vor den Toren Jerusalems am Kreuz hängt, wüßte es besser als Du!‹

Er starrte mich mit weit aufgerissenen Augen an. Doch Er erhob keine Einwände. Sein Schweigen machte mich nervös. Und abermals blendete mich die Macht Seines Ausdrucks, die göttliche Ausstrahlung dieses Menschen, und den Engel in mir drängte es, einfach den Mund zu halten und Ihm vor die Füße zu fallen. Doch ich wollte das nicht tun!

›Herr‹, fuhr ich fort, ›sogar als ich nach Scheol ging, wußte ich nicht, ob ich je in den Himmel zurückkehren könnte. Verstehst Du? Ich behaupte gar nicht, Deine Einsicht in die Dinge zu haben. Sonst würden wir jetzt nicht so miteinander reden. Aber ich hatte nicht die mindeste Gewißheit, daß ich den Himmel je wieder betreten durfte. Und da die Gefahr bestand, daß ich diesem Leid, dieser Finsternis nie mehr entkommen könnte, machte ich sie zu meinen Lehrmeistern. Siehst Du nicht den Unterschied?‹

Er überlegte eine Weile, dann schüttelte Er traurig den Kopf. ›Memnoch, du bist derjenige, der nichts einsieht. Ist der Mensch denn jemals Gott näher, als wenn er um der Liebe zu einem anderen Menschen willen leidet, als wenn er stirbt, damit ein anderer leben kann, oder sich in den sicheren Tod stürzt, um seine Angehörigen zu schützen, oder wenn er die grundsätzlichen Wahrheiten des Lebens, die ihn die Schöpfung lehrt, verteidigt?‹

›Aber all das muß nicht sein, Herr! Nein und abermals nein. Weder Blut noch Leid, noch Krieg müssen sein, denn nicht diese Dinge lehren die Menschen zu lieben! All diese bluttriefenden, gräßlichen Schrecknisse hatten sich schon in der Tierwelt abgespielt. Herzlichkeit und gegenseitige Zuneigung, das waren die Lehrmeister der Menschen – die Liebe zu den Kindern, zu einem Gefährten, die Fähigkeit, füreinander Verständnis zu haben, und der Wunsch, den anderen zu beschützen, Barbarei und Roheit aufzugeben, um eine Familie, einen Clan, einen Stamm aufzubauen, der Frieden und Sicherheit für alle bedeutete!‹

Wieder langes Schweigen und schließlich ein ganz sanftes Lachen. ›Memnoch, mein Engel. Was du über das Leben gelernt hast, hast du im Bett gelernt.‹

Ich antwortete nicht sofort. Der Kommentar zeugte natürlich sowohl von Geringschätzung als auch von Humor. Aber dann sagte ich: ›Das ist wahr, Herr. Aber Leiden ist für die Menschen so entsetzlich, und Ungerechtigkeit schadet ihrer geistigen Ausgeglichenheit so sehr, daß sie all das vergessen, was das Bett sie lehrte, wie erhaben es auch war!‹

›Doch wenn Leiden zur Liebe führt, Memnoch, gewinnt sie eine Macht, die durch Unschuld nie erreichbar wäre.‹

›Warum sagst Du das? Ich glaube es nicht! Herr, ich glaube, Du verstehst einfach nicht. Herr, hör mir zu. Es gibt nur eine Möglichkeit, zu beweisen, daß ich im Recht bin. Nur eine!‹

›Wenn du auch nur einen Augenblick glaubst, du könntest dich meiner Berufung, meinem Opfergang in den Weg stellen, wenn du glaubst, du könntest die Flut der gewaltigen Kräfte stoppen, die auf dieses Ereignis hinwirken, dann bist du kein Engel, sondern ein Dämon!‹

›Das will ich gar nicht‹, sagte ich. ›Bringe es zu Ende. Unterrichte sie; bringe sie gegen Dich auf, laß Dich gefangennehmen, anklagen und ans Kreuz schlagen, ja, all das. Doch tu es als Mensch.‹

›Genau das ist meine Absicht!‹

›Nein, denn Du wirst nie vergessen, daß Du Gott bist. Ich sage: Vergiß, daß Du Gott bist! Begrabe Deine Göttlichkeit im Fleische, wo sie schon einmal verschüttet war. Begrabe sie, Herr, so daß Dir nur Dein Vertrauen, Dein Glaube an die Seligkeit bleibt, als hätte sie sich Dir in einer großartigen, unleugbaren Erscheinung offenbart.

Hier, in dieser Wüste, begrabe die feste Gewißheit, daß Du Gott bist, und dann leide, erleide Dein Schicksal, wie ein Mensch es erleiden müßte. Dann endlich wirst Du wissen, was Leiden in seinem tiefsten Kern bedeutet. Der Todeskampf wird bar jeder Glorie sein! Und Du wirst sehen, was Menschen sehen, wenn Fleisch zerfetzt wird, Blut fließt und es noch dazu das eigene ist. Es ist widerwärtig!‹

›Memnoch, auf Golgatha sterben jeden Tag Menschen. Daß der *Sohn Gottes* auf Golgatha ganz bewußt im Körper eines Menschen stirbt, das ist wichtig.‹

›Oh, nein, nein‹, rief ich. ›Das ist ein Unheil!‹

Plötzlich schien er so tieftraurig, daß ich dachte, er werde meinetwegen weinen. Seine Lippen waren rissig und von der Hitze ausgetrocknet, seine Hände wirkten so dünn, daß die Venen durchschienen. Er war nicht einmal ein besonders außergewöhnliches Exemplar Mensch, nur ein ganz gewöhnlicher Mann und noch dazu durch lange Jahre mühevoller Arbeit verschlissen.

›Sieh Dich an‹, sagte ich, ›halb verhungert, durstig, leidend und erschöpft, irrst Du im Dunkel des Lebens, dem wahren, selbstgezeugten Übel der Natur umher, und Du träumst davon, diesen Körper in Glorie zu verlassen! Was für eine Lehre kann in einem solchen Leid sein? Und wem wirst Du die Schuld an diesem Mord geben? Was wird aus all den Sterblichen, die sich Dir verweigern werden? Nein, Herr, bitte hör auf mich. Wenn Du Deiner Göttlichkeit nicht abschwören willst, unterlaß das Ganze. Ändere Deinen Plan.

Kein Sterben und vor allem: kein Mord! Laß Dich nicht an einem Holzstamm aufhängen wie der Gott der Wälder in der griechischen Sage. Komm mit mir nach Jerusalem, genieße Frauen und Wein, Gesang und Tanz, sieh die Geburt von Kindern und all die Freuden, die das menschliche Herz fühlen kann, denen es Ausdruck verleihen kann!

Herr, auch für den härtesten Mann gibt es Augenblicke – zum Beispiel, wenn er sein Kind im Arm hält, sein eigen Fleisch und Blut –, deren Glück und tiefe Befriedigung so erhebend sind, daß kein Schrecken der Welt ihm diesen Frieden nehmen kann! Daß Menschen allen widrigen Umständen zum Trotz im Einklang mit sich selbst leben können, das ist ihre Fähigkeit, Liebe und gegenseitiges Verständnis zu empfinden! Die Menschen schaffen das, Herr! Ganz gewiß! Komm, tanz mit Deinem Volk, schmause mit ihm. Schling Deine Arme um Männer und Frauen und liebe sie im Fleische!‹

›Memnoch, ich habe Mitleid mit dir‹, sagte er. ›Wie ich Mitleid mit den Menschen habe, die mich töten und meine Gebote falsch auslegen werden. Doch meine Träume gelten denen, die bis ins tiefste Herz von meinem Leiden betroffen sein werden und dessen auf ewig gedenken, denn sie werden erkennen, wie sehr ich die Sterblichen liebe, da ich den Tod auf mich nahm, ehe ich die Tore Scheols öffnete. Ich bemitleide dich. Deine Haltung macht deine Schuld zu schwer, als daß du sie ertragen könntest.‹

›Meine Schuld? Welche Schuld?‹

›Du bist die Ursache für all dies, Memnoch. Du hast gesagt, ich solle mich leibhaftig hinabbegeben. Du warst es. Du hast mich dazu gedrängt, hast mich herausgefordert, und nun bist du nicht fähig, das Wunder meines Opfers zu erkennen.

Und wenn du es sehen wirst, wenn du die Seelen, geläutert durch Leiden, gen Himmel aufsteigen sehen wirst, was wirst du dann von deinen armseligen kleinen Entdeckungen halten, die du in den Armen der Menschentöchter machtest? Was wirst du denken? Kannst du es nicht sehen? Ich werde das Leiden belohnen, Memnoch! Es soll im Kreislauf des Lebens die alles aufwiegende, unbeschränkte Kraft sein! Es soll Früchte tragen, und allenthalben soll es von der Herrlichkeit künden, die in ihm selbst begründet liegt.‹

›Nein, nein, nein!‹ Ich sprang empört auf. ›Herr, tu, um was ich Dich bitte. Bring es zu Ende, wenn Du denn mußt! Gründe dieses Wunder auf einen Mord – wenn das Dein Wille ist, soll es so geschehen. Doch löse Dich von dem sicheren Bewußtsein, Gott zu sein, damit Du wirklich und wahrhaftig stirbst, Herr, damit du fühlst, wie ein Mensch fühlt, wenn sie die Nägel in Dein Fleisch treiben, und nichts anderes; und damit Deine Seele menschlich ist, wenn Du die Düsternis Scheols betrittst. Herr, bitte, ich flehe Dich an. Im Namen der gesamten Menschheit bitte ich Dich. Ich kann nicht in die Zukunft sehen, doch niemals fürchtete ich sie so sehr wie jetzt.‹«

Memnoch verstummte.

Wir waren ganz allein in der Sandwüste, Memnoch blickte in die Ferne, und ich stand neben ihm, zutiefst verunsichert.

»Er hat deine Bitte nicht erfüllt, nicht wahr?« fragte ich. »Memnoch, als Gott starb, starb er in dem Wissen, daß er Gott ist. Starb und stand wieder auf von den Toten, mit diesem göttlichen Wissen. Die Menschen disputieren und debattieren und stellen es in Frage – Er aber war sich dessen bewußt. Und auch als sie die Nägel einschlugen, wußte Er da: Ich bin Gott?«

»Ja«, sagte Memnoch. »Er war ein Mensch, aber dieser Mensch war nie ohne die göttliche Kraft.«

Plötzlich lenkte mich etwas ab. Und Memnoch schien zu erschüttert für weitere Worte.

Etwas hatte sich in unserer Umgebung verändert. Ich blickte zu dem

Ring aus Felsbrocken und bemerkte, daß dort eine Gestalt saß, ein dunkelhäutiger, dunkeläugiger Mann, ausgezehrt und voller Wüstenstaub. Er sah zu uns herüber. Und obwohl nicht eine Faser seines Fleisches anders als menschlich aussah, war es doch offensichtlich Gott.

Ich stand wie versteinert. Ich verlor die Orientierung, wußte nicht vor noch zurück, kannte weder rechts noch links. Dennoch fürchtete ich mich nicht, und dieser Mann, dieser Dunkeläugige, schaute uns einfach nur an. Zärtlichstes Mitgefühl strahlte sein Gesicht aus und die gleiche rückhaltlose Akzeptanz, die ich auch im Himmel empfunden hatte, als er sich mir zugewandt und mich bei den Armen gehalten hatte.

Der Sohn Gottes.

»Komm her, Lestat«, rief er jetzt leise, die menschliche Stimme übertönte kaum den Wüstenwind. »Komm näher.«

Ich sah Memnoch an, auch er sah jetzt zu ihm hinüber und lächelte bitter. »Lestat, es ist immer gut, seinen Worten zu folgen, egal wie er sich verhält.«

Blasphemie. Ich wandte mich zitternd ab.

Geradewegs ging ich auf die Gestalt zu, mir jedes Schrittes durch den kochend heißen Sand bewußt, während ich die dunkle, hagere Gestalt, diesen müden, leidenden Mann, immer deutlicher wahrnahm. Ich sank vor ihm auf die Knie und schaute auf in sein Gesicht.

»Der lebendige Herr«, hauchte ich.

»Ich möchte, daß du nach Jerusalem gehst«, sagte Er. Er streckte die Hand aus und strich mir das Haar zurück, seine Hand war genau, wie Memnoch sie beschrieben hatte – trocken, rissig, sonnenverbrannt, wie auch seine Stirn es war. Doch der Tonfall seiner Stimme war zugleich natürlich und erhaben, ein Timbre noch über das Engelhafte hinaus. Es war die Stimme, die im Himmel zu mir gesprochen hatte, sie war nur irdischen Lauten angepaßt.

Ich konnte nicht antworten. Ich war zu gar nichts imstande. Ich wußte, ich würde nichts tun, außer Er sagte es mir. Memnoch stand mit gekreuzten Armen da und beobachtete uns. Und ich kniete, schaute in die Augen des *leibhaftigen Gottes*, kniete völlig allein vor ihm.

»Geh nach Jerusalem«, wiederholte Er. »Es wird dich nicht viel Zeit kosten, kaum mehr als ein paar Augenblicke, doch geh hin, zusammen mit Memnoch, am Tag meines Sterbens, und sieh meinen Leidensweg – sieh mich mit Dornen gekrönt mein Kreuz tragen. Tu das für mich, ehe du deine Entscheidung triffst, ob du Memnoch dienen willst oder Gott, dem Herrn.«

Alles in mir sträubte sich, ich wußte, das brachte ich nicht fertig. Ich konnte es nicht ertragen! Ich konnte das nicht mit ansehen. Ich konnte nicht. Ich war wie gelähmt. Ungehorsam, Blasphemie, darum ging es gar nicht. Ich hielt einfach den Gedanken daran nicht aus! Ich starrte Ihn an, sah Sein sonnenverbranntes Gesicht, Seine milde blickenden, liebevollen Augen, sah den Sand auf Seinen Wangenknochen. Das dunkle Haar war vernachlässigt, windzerzaust, aus der Stirn zurückgestrichen.

»Nein! Ich kann das nicht! Ich kann es nicht ertragen!«

»O doch, du kannst das«, bestimmte Er. »Lestat, du mein unerschrockener Bote, der so vielen den Tod gebracht hat. Willst du wirklich in deine Welt zurückkehren, ohne diesem Ereignis auch nur einen Blick zu gönnen? Willst du wirklich nicht die Gelegenheit wahrnehmen, mich mit Dornen gekrönt zu sehen? Wann hast du je eine Herausforderung ausgeschlagen? Bedenke, was ich dir hier anbiete. Nein, du würdest nicht davor zurückschrecken, selbst wenn Memnoch dir abraten würde.«

Ich wußte, Er hatte recht. Und dennoch, es war nicht auszuhalten. Ich konnte nicht nach Jerusalem gehen und zusehen, wie der wahrhaftige Christus Sein Kreuz trug. Ich konnte es absolut nicht! Ich hatte nicht die Kraft, ich würde … ich schwieg.

Der Aufruhr meiner Gedanken versetzte mich in totale Verwirrung und lähmte mich noch immer. »Wie kann ich das mit anschauen?« sagte ich und schloß die Augen. Wenig später öffnete ich sie wieder und sah zuerst Ihn und dann Memnoch an, der näher gekommen war und mich mit einem durchdringenden, kühlen Blick musterte, mit einem Ausdruck, der nicht versteinert, sondern wie unbeteiligt, ruhig wirkte.

»Memnoch«, wies Gott ihn an. »Führe ihn hin, zeig ihm den Weg, laß ihn einen Blick auf das Ereignis werfen. Sei du sein Führer, dann kannst du erneut an ihn appellieren und mit deinen Nachforschungen fortfahren.«

Gott sah mich an, lächelte. Trotz der ihm eigenen Herrlichkeit glich er einem zerbrechlichen Gefäß. Ein Mann mit Fältchen um die Augen von der Sonne, mit abgenutzten Zähnen, ein Mensch.

»Merke dir, Lestat«, sprach er zu mir. »Dies hier, das ist nur die Welt. Und die Welt kennst du. Scheol wartet. Du hast die irdische Welt gesehen und den Himmel, doch die Hölle kennst du noch nicht.«

Kapitel 18

Wir waren in Jerusalem, einer Stadt aus Stein und Lehm in stumpfbraunen und kränklichgelben Farbtönen. Es mußten wohl drei Jahre vergangen sein. Wir befanden uns eingezwängt in eine gewaltige Ansammlung von Menschen, die mit teilweise zerlumpten Gewändern bekleidet und verschleiert waren – ich roch menschlichen Schweiß, heißen, stickigen Atem, beißenden Gestank von menschlichen Ausscheidungen und Kameldung. Und obwohl uns niemand Beachtung schenkte, waren wir doch dem Druck der Körper ausgesetzt, ungewaschene Männer wurden gegen mich gedrängt oder schoben sich vorbei, und in den engen Gassen innerhalb der Stadtmauern spürte ich genau wie vorher in der Wüste den Sand wie Salzkörner in der Luft.

Die Leute standen dicht gedrängt in gewölbten Eingängen oder schauten aus Fenstern herab. Ruß mischte sich mit der staubigen Luft. Frauen mit Schleiern über dem Gesicht huschten, sich aneinander festhaltend, an uns vorbei. Von weiter vorn hörte ich Schreien und Rufen. Dann merkte ich, daß die Massen uns so eng einschlossen, daß ich mich nicht mehr bewegen konnte. Verzweifelt sah ich mich nach Memnoch um.

Da war er, dicht neben mir, und beobachtete das Treiben ganz ruhig. Hier inmitten der lehmfarbenen, schmutzbefleckten Menschen, dieser alltäglichen Geschöpfe einer vergangenen, rauheren Zeit, strahlten wir keinerlei übernatürlichen Glanz aus.

»Ich will das alles gar nicht!« rief ich störrisch in dem Versuch, mich zu verweigern, während die Menge mich mit sich riß. »Ich glaube, ich kann das nicht! Ich kann nicht zusehen, Memnoch, das kann keiner von mir verlangen. Nein ... ich will das nicht weiter mitmachen. Memnoch, laß mich hier raus!«

»Ruhig«, sagte er streng. »Wir haben fast die Stelle erreicht, an der Er vorbeikommt.«

Den rechten Arm schützend um mich gelegt, teilte er – scheinbar mühelos – die Menschenmasse vor uns, bis wir eine breite Hauptstraße erreichten. Wir standen zwischen den Leuten in dcr ersten Reihe, als die Prozession herannahte. Das Geschrei wurde ohrenbetäubend. Römische Soldaten marschierten voran, die Uniformen von Sand verkrustet, die Gesichter müde, fast gelangweilt, trübsinnig. Gegenüber, auf der anderen Straßenseite, warf eine schöne Frau, deren Haar mit einem langen, weißen Schleier bedeckt war, die Arme in die Luft und schrie gellend auf.

Sie hielt ihren Blick auf den Sohn Gottes gerichtet. Er war gerade in Sichtweite gekommen. Zuerst sah ich den schweren Querbalken des Kreuzes, der über Seine Schultern hinausragte, dann Seine Hände, an den Balken gebunden, die schon von Blut trieften. Sein Kopf hing herab, das braune Haar war stumpf und verfilzt und bedeckt mit der barbarischen schwarzen Krone aus harten Dornen. Die Zuschauer rechts und links verspotteten ihn oder waren ganz still. Von den nahen Mauern wehte beißender Uringestank heran.

Er hatte kaum genug Raum, mit Seiner Last voranzukommen. Sein Gewand war zerfetzt, die Knie zerschunden und blutig, dennoch schleppte er sich vorwärts. Das Gesicht abgewandt, torkelte Er auf uns zu, dann fiel Er, die Straßensteine bohrten sich in Seine Knie. Männer hinter Ihm trugen den langen Balken des Kreuzes, der bald in den Boden gerammt werden würde.

Die Soldaten rissen Ihn sofort wieder hoch und brachten den Balken auf Seinen Schultern ins Gleichgewicht. Nun sah ich Sein Gesicht, keine drei Fuß entfert. Verbrannt, hohlwangig, der zitternde Mund geöffnet, die dunklen Augen weit aufgerissen, sah Er uns an, ausdruckslos, kein flehender Blick. Das Blut aus Seiner von Dornen zerstochenen Stirn floß in dünnen Rinnsalen über Augen und Wangen bis auf die nackte Brust, die die zerrissenen Lumpen Seines Gewandes freigaben, sie war bedeckt mit geschwollenen roten Striemen von Peitschenhieben!

»Mein Gott!« Wieder ging mir alle Willenskraft verloren. Memnoch hielt mich aufrecht, während wir beide in Gottes Antlitz starrten. Und das Volk, das schrie und kreischte und fluchte in einem fort und schob sich unaufhaltsam weiter. Kleine Kinder gafften, Frauen jammerten; manche lachten. Eine große, gräßliche, stinkende

Menge unter der gnadenlosen Sonne, die auf die uringetränkten Mauern brannte!

Erkannte Er uns? Schmerzensschauer schüttelten ihn. Er keuchte, als ersticke Er, und ich sah, daß dort, wo der Balken scheuerte, der Stoff auf Seinen Schultern mit Blut getränkt war. Er konnte sich kaum noch aufrecht halten, dennoch stießen sie Ihn vorwärts, und dann war Er direkt vor uns, die Augen niedergeschlagen, das Gesicht naß von Blut und Schweiß. Langsam wandte Er sich mir zu.

Ich weinte hemmungslos. Was sah ich hier mit an? Eine Brutalität, wie sie nie und nirgends scheußlicher gewesen war, und die Legenden und Gebete meiner Kindheit kamen mir mit bizarrer Lebendigkeit in den Sinn. Und – ich konnte tatsächlich das Blut riechen. Der Vampir in mir roch es. Ich hörte mein eigenes Schluchzen, ich streckte die Arme aus. »Mein Gott!«

Die Welt verstummte um mich. Leute schrien und stießen, doch nicht in der Welt, in der wir uns befanden. Die Zeit stand still und in ihr die Erfüllung und die Todesqual dieses Augenblicks. Er starrte mich und Memnoch an.

»Lestat«, flüsterte er mit so matter, gebrochener Stimme, daß ich sie kaum vernehmen konnte. »Du willst es schmecken, nicht wahr?«

»Herr, was sagst Du da?« schrie ich, die Stimme von Tränen erstickt.

»Das Blut. Koste es. Koste das Blut Christi.« Und ein schreckliches, resigniertes Lächeln, einer Grimasse gleich, zeigte sich auf Seinem Gesicht. Sein Körper krümmte sich unter dem schweren Balken, frisches Blut lief über Sein Gesicht, als drückten sich die Dornen mit jedem Atemzug tiefer in Sein Fleisch, und die Striemen auf Seiner Brust schienen zu platzen, da Blut aus ihnen hervorquoll.

»Nein, mein Gott«, schrie ich und griff nach ihm, spürte unter meinen Händen Seine zerbrechlichen, an den riesigen Balken gebundenen Arme, diese schmerzenden, dürren Arme unter dem zerrissenen Stoff, und ich war wie gebannt von dem Blut.

»Das Blut Gottes, Lestat«, hauchte er. »Erinnere dich all des menschlichen Blutes, das über deine Lippen floß. Ist mein Blut dessen nicht würdig? Fürchtest du dich?«

Schluchzend legte ich die Hände um Seinen Nacken, der Balken drückte gegen meine Knöchel, ich küßte Seine Kehle, mein Mund öffnete sich, willenlos, widerstandslos, und meine Zähne durchbrachen das Fleisch.

Ich hörte Ihn stöhnen, ein langanhaltendes, hallendes Seufzen, das anschwoll und die Welt zu erfüllen schien, und das Blut ergoß sich in meinen Mund.

Das Kreuz, die Nägel, durch Seine Handgelenke getrieben – nicht durch die Hände –, Sein Körper, der sich drehte und wand, als wolle Er in letzter Sekunde entkommen. Sein Kopf, heftig gegen den Balken gestoßen, so daß die Dornen sich in den Schädel bohrten, und dann die Nägel für die Füße. Seine Augen verdreht, dann das Dröhnen, das Dröhnen des Hammers; und das Licht, das unermeßliche Licht, das aufstieg, so wie es sich über der himmlischen Balustrade erhoben hatte; und es erfüllte die Welt und überstrahlte selbst den warmen, üppigen, köstlichen Fluß seines Blutes, das ich in mich aufnahm. Unvermittelt und geräuschlos zog sich das Licht zusammen und formte einen Tunnel oder Pfad, und ich wußte, dieser Pfad führte geradewegs von der Erde zum Licht.

Schmerz! Das Licht verschwand. Die Trennung war unerträglich! Ein harter Schlag traf meinen Körper mit voller Wucht. Ich wurde in die Menschenmenge zurückgeschleudert. Sand stach mir in die Augen. Geschrei brandete um mich herum auf. Ich spürte das Blut auf meiner Zunge. Es tropfte von meinen Lippen. Mit erstickender Glut stürzte die Zeit wieder auf mich ein. Und Er stand vor uns, starrte uns an, und Tränen flossen aus Seinen Augen, mischten sich mit dem Blut, das schon Sein Gesicht bedeckte.

»Mein Gott, Mein Gott, Mein Gott!« Weinend schluckte ich die letzten Tropfen seines Blutes; ich schluchzte.

Die Frau von gegenüber tauchte plötzlich in meinem Gesichtsfeld auf. Ihre Stimme übertönte das Gekreische und die Flüche, diese gräßliche Kakophonie rüder, gefühlloser Keifereien von Zuschauern, die um gute Plätze zum Gaffen kämpften.

»Mein Gott!« schrie sie mit trompetengleicher Stimme und trat Ihm in den Weg. Sie blieb vor Ihm stehen und zog den feinen weißen Schleier von ihrem Haar, mit beiden Händen hielt sie ihn vor Sein Gesicht.

»Herr, Gott, ich bin Veronika«, rief sie. »Erinnere Dich; Veronika. Zwölf Jahre litt ich unter Blutfluß, doch als ich den Saum Deines Gewandes berührte, war ich geheilt.«

»Unrein! Unflat!« ertönten Rufe.

»Gesetzesbrecher, Gotteslästerer!«

»Sohn Gottes, wage es nur!«

»Unrein, unrein, unrein!«

Das Geschrei Rasender. Leute griffen nach ihr, schienen jedoch voller Widerwillen, sie wirklich zu berühren. Man warf mit Kieseln und Steinen nach ihr. Die Soldaten waren unentschlossen, verblüfft, aber aggressiv.

Doch Gott, der im Fleische erstandene Gott, die Schultern gebeugt unter dem Balken, sah sie nur an, und dann sagte Er: »Ja, Veronika, sachte, nimm den Schleier, meine Liebe, deinen Schleier.«

Sie breitete das jungfräulich weiße Gewebe trostreich, lindernd über sein Gesicht, um den Schweiß, das Blut abzutupfen. Für einen kurzen Moment zeichnete sich sein Profil deutlich unter dem Tuch ab, und dann, als sie sein Gesicht vorsichtig abtupfen wollte, zogen die Soldaten sie fort, und sie stand da, den Schleier in ihren erhobenen Händen, so daß jeder ihn sehen konnte.

Auf dem Tuch war Sein Antlitz!

»Memnoch, sieh!« rief ich. »Sieh doch den Schleier der Veronika! Das Schweißtuch!«

Das Antlitz hatte sich makellos auf dem Tuch abgebildet, perfekt wie ein Siegelabdruck, wie kein Maler es hätte wiedergeben können; als habe der Schleier, wie eine moderne Kamera, ein vollkommenes Bild vom Antlitz Christi gemacht. Nur ungleich lebendiger, denn Haut schien wie eine dünne Folie auf dem Abbild zu liegen, das Blut darauf war Blut, die Augen hatten sich wie Duplikate in das Tuch gebrannt, und auch die Lippen hatten ihren hautfarbenen Abdruck hinterlassen.

Jeder im Umkreis sah die Ähnlichkeit. Die Leute schubsten und stießen uns, um es näher zu sehen. Geschrei erhob sich.

Die Hand Christi löste sich aus dem Strick, der sie an den Kreuzbalken band, und griff nach dem Tuch in Veronikas Hand; sie fiel weinend auf die Knie, die Hände vor das Gesicht geschlagen. Die Soldaten waren bestürzt und irritiert, stießen das Volk mit den Ellbogen zurück und knurrten die Drängelnden wütend an.

Christus wandte sich mir zu und reichte mir den Schleier. »Nimm ihn, bewahre ihn! Nimm ihn mit dir fort und verberge ihn!« keuchte Er.

Ich umklammerte den Stoff, voller Furcht, ich könnte ihn beschädigen oder das Abbild verwischen. Hände streckten sich aus, griffen danach. Ich drückte ihn fest an meine Brust.

»Er hat den Schleier«, schrie jemand. Ich wurde zurückgestoßen.

»Her mit dem Schleier!« Ein Arm mühte sich, ihn mir zu entreißen.

Leute stürzten sich auf uns, doch die, die plötzlich hinter uns nachdrängten, um das Spektakel besser sehen zu können, versperrten ihnen den Weg und stießen uns unbeabsichtigt an den andern vorbei. Der Druck der Masse schob uns weiter, wir taumelten zwischen den schmutzstarrenden, zerlumpten Körpern umher, um uns herum ohrenbetäubendes Getöse, Kreischen und Fluchen.

Die Prozession war schon außer Sichtweite; die Rufe nach »dem Schleier« wurden mit zunehmender Entfernung schwächer. Ich faltete ihn klein zusammen, drehte mich um und rannte los. Ich wußte nicht, ob Memnoch mir folgte, auch nicht, wohin ich lief. Ich hastete einfach nur durch die engen Gassen. Menschen strömten, ohne mich zu beachten, an mir vorüber, entweder gingen sie zur Kreuzigung oder einfach nur ihren gewohnten Weg.

Meine Füße waren wund und aufgerissen, meine Lungen brannten vom Laufen. Wieder schmeckte ich Sein Blut, sah in einem blendenden Blitz das Licht. Halbblind umklammerte ich das Tuch, schob es unter mein Gewand an meine Brust, wo ich es fest an mich preßte. Keiner würde es bekommen. Keiner.

Ein entsetzliches Wimmern kam über meine Lippen. Ich blickte auf. Der Himmel wankte; der blaue Himmel über Jerusalem, die mit Sand gesättigte Luft, alles wankte: Ein Wirbelwind hatte mich in seinem gnädigen Griff. Das Blut Christi sank in meine Brust, in mein Herz, durchströmte mein Herz und erfüllte meine Augen mit seinem Licht.

Der Wirbel trug mich in aller Stille mit sich. Ich mußte meine ganze Willenskraft aufbieten, um an mir herunterzuschauen, in mein Gewand zu greifen, das kein Gewand mehr war, sondern wieder Jacke und Hemd – der Anzug, den ich schon im New Yorker Schnee getragen hatte –, und unter dem Stoff meiner Weste, auf dem Hemd, ertastete ich den zusammengelegten Schleier! Der Wind schien ihn mir aus der Kleidung zerren zu wollen, schien mir die Haare vom Kopf zu reißen. Doch ich preßte die Hände fest auf das Tuch, hielt es sicher an meinem Herzen.

Von der Erde stieg Rauch auf. Wieder Geschrei und Weinen. Klang das schrecklicher als das um Christus auf der Straße zum Kalvarienberg?

Mit einem harten, schmetternden Aufprall krachte ich gegen eine

Wand, auf einen Fußboden. Pferde rasten vorbei, ihre Hufe schlugen Funken auf dem Gestein und verfehlten meinen Kopf nur knapp. Eine sterbende Frau lag vor mir, offensichtlich war ihr Genick gebrochen, Blut strömte aus Nase und Ohren. Menschen flohen in alle Himmelsrichtungen. Und wieder der Geruch nach Exkrementen und Blut.

Hier war eine Stadt im Kriegszustand, plündernde Soldaten zerrten unschuldige Menschen unter Torbögen hervor, Schreie hallten wider aus endlosen Gewölben. Flammen waren so nah, daß sie mein Haar ansengten.

»Der Schleier, der Schleier«, sagte ich mir und tastete mit der Hand danach – er war immer noch sicher versteckt zwischen Weste und Hemd. Ein Soldat trat hart gegen meine Schläfe und warf mich rückwärts auf das Pflaster.

Ich sah um mich und fand mich keineswegs auf einer Straße, sondern in einer riesigen, kuppelüberwölbten Kirche wieder, mit Galerien aus romanischen Bögen und Säulen. Rings um mich her, inmitten glitzernder, goldener Mosaiken, wurden Männer und Frauen abgeschlachtet, und Pferde trampelten über sie hinweg. Der Körper eines Kindes prallte gegen die Wand über mir, der Schädel brach, und es fiel mit seinen kleinen Gliedern wie Abfall vor meinen Füßen nieder. Berittene hieben mit Breitschwertern nach den Flüchtenden, hackten in Schultern und Arme. Ein plötzlicher, gewaltiger Flammenausbruch erleuchtete den Raum taghell. Männer und Frauen flohen durch die Portale, doch die Soldaten verfolgten sie. Der Boden schwamm in Blut, die Welt schwamm in Blut.

Rundum glühten deckenhoch die goldenen Mosaiken mit den Bildern der Heiligen, einer neben dem anderen – ihre Mienen schienen nun, da sie dieses Schlachtfeld erblickten, in Grauen erstarrt. Flammen flackerten tanzend auf. Stapel von Büchern brannten! Zerschmetterte Ikonen und Statuen lagen geschwärzt in schwelenden Haufen umher, das Gold glomm auf, als es von den Flammen verzehrt wurde.

»Wo sind wir?« schrie ich.

Memnochs Stimme erklang direkt neben mir. Er lehnte gelassen an der steinernen Wand. »Das ist die Hagia Sophia, mein Freund«, sagte er. »Es ist nichts Besonderes. Nur der vierte Kreuzzug.«

Mit der rechten Hand griff ich nach ihm, nicht willens, die linke von dem Schleier zu lösen.

»Was du hier siehst, sind die römischen Christen, die die griechischen Christen abschlachten. Das ist alles. Ägypten und das Heilige Land sind für den Augenblick vergessen. Die venezianischen Truppen haben gerade drei Tage gewährt bekommen, in denen sie die Stadt plündern dürfen. Eine politische Entscheidung. Natürlich waren sie alle hergekommen, um das Heilige Land, wo wir beide letztens noch waren, zurückzugewinnen, aber die Schlacht kann im Moment nicht geschlagen werden, deshalb haben die Obersten die Truppen erst einmal auf diese Stadt losgelassen. Christen erschlagen Christen. Rom gegen Griechenland. Möchtest du nach draußen gehen? Möchtest du mehr davon sehen? Millionen von Büchern für immer verloren. Manuskripte in Griechisch, Syrisch, Äthiopisch und Latein. Bücher über Gott und über die Menschen. Möchtest du durch die Klöster gehen, wo die Nonnen von Glaubensbrüdern aus ihren Zellen gezerrt und vergewaltigt werden? Konstantinopel wird geplündert. Was ist denn schon dabei? Glaub mir, überhaupt nichts.«

Ich lag ausgestreckt am Boden, weinend, versuchte die Augen davor zu verschließen, war aber nicht in der Lage dazu – zuckte vor dem Dröhnen der gefährlich dicht vorbeipreschenden Pferdehufe zurück und keuchte wegen des Blutgeruchs des toten Kindes, das schlaff zu meinen Füßen lag wie ein von der See hereingespültes, nasses Bündel. Ich weinte in einem fort. In meiner Nähe lag der Körper eines Mannes, dessen Kopf halb vom Rumpf getrennt war, das Blut bildete eine Pfütze auf den Steinen. Eine zweite Gestalt stand taumelnd über ihn gebeugt, grapschte mit blutigen Händen nach etwaigem Besitz, fand nur den nackten rosa Kinderkörper und warf ihn zur Seite; der Kopf war nun fast völlig zerschmettert.

»Der Schleier«, flüsterte ich.

»Ach ja, der kostbare Schleier«, sagte Memnoch. »Möchtest du eine Abwechslung in der Szenerie? Wir können woandershin gehen. Vielleicht nach Madrid, da könnten wir ein Autodafé genießen, wenn du weißt, was das ist. Da foltern sie die Juden und verbrennen sie bei lebendigem Leibe, wenn sie sich nicht zu Christus bekehren. Vielleicht sollten wir auch zurück nach Frankreich gehen und uns ansehen, wie sie im Languedoc die Katharer abschlachten? Du mußt doch davon gehört haben, du bist schließlich dort aufgewachsen. Alle Ketzer wurden ausgelöscht, alle. Eine sehr erfolgreiche Mission der Dominikanermönche, die dann natürlich gleich mit den Hexen weitermachten. Die Auswahl ist groß. Sollten wir vielleicht nach

Deutschland gehen und uns mit dem Martyrium der Wiedertäufer befassen? Oder nach England, wo Königin Maria die Leute verbrennen läßt, die sich während der Regierungszeit ihres Vaters Heinrich gegen den Papst wandten. Eine ganz außergewöhnliche Szene habe ich immer wieder aufgesucht. Straßburg, 1349. Zweitausend Juden wurden da im Februar jenes Jahres verbrannt, weil man sie beschuldigte, den Schwarzen Tod hervorgerufen zu haben. Quer durch ganz Europa gehen diese Greuel …«

»Ich kenne die Geschichte«, schrie ich, nach Atem ringend. »Ich kenne sie!«

»Ja, aber sie geschehen zu sehen ist doch etwas anderes, nicht wahr? Wie ich schon sagte, dies hier ist nur eine Kleinigkeit. Alles, was sie bewirkt, ist, die griechischen und römischen Christen auf ewig zu entzweien.

Und wenn Konstantinopel geschwächt ist, wird das neue Volk der Schrift, werden die Moslems durch die Verteidigungslinien nach Europa eindringen. Möchtest du eine dieser Schlachten sehen? Wir können auch direkt ins zwanzigste Jahrhundert wechseln, nach Bosnien oder Herzegowina, wo Moslems und Christen sich jetzt gerade bekämpfen. Die Namen dieser Länder sind zur Zeit in den Straßen New Yorks in aller Munde.

Und wenn wir schon alle Völker der Schrift in Betracht ziehen – Moslems, Juden, Christen –, warum dann nicht auch die hungernden Kurden im Irak, deren Ländereien ausgetrocknet, deren Stämme ausgelöscht werden? Wenn du willst, könnten wir uns auch auf die heiligen Stätten beschränken – Moscheen, Kathedralen, Kirchen. Mit der Methode kämen wir bis in die heutige Zeit.

Denk dran, nicht einer meiner Vorschläge bezieht Menschen ein, die nicht an Gott oder Christus glauben. Wir reden hier über die Völker der Heiligen Schrift, jenes Buches, das mit dem *einen Gott* beginnt und doch ständig sich verändert und wächst.

Und an diesem Tag und in dieser Nacht gehen Dokumente von unschätzbarem Wert in Flammen auf. So entfaltet sich also die Schöpfung; das ist Evolution; für irgend jemanden muß dieses Leiden wohl gerechtfertigt sein, da all diese Menschen, die du hier siehst, den gleichen Gott anbeten.«

Ich reagierte nicht.

Er hielt gnädigerweise inne, nicht aber die Kämpfe. Es gab eine Explosion. Aufbrüllend rasten die Flammen empor, so daß ich die

Heiligenbilder hoch oben in der Kuppel sehen konnte. In einer überwältigenden Stichflamme glühte der gesamte großartige Raum der Basilika um mich herum auf – das weite Oval, die gestaffelten Reihen der Säulen, die hohen Halbbögen, die die Kuppel trugen. Die Flammen fielen in sich zusammen, loderten dann erneut auf, während Schreie sich zu ungekannter Lautstärke steigerten.

Da schloß ich die Augen und lag erschöpft da, ungeachtet der Stöße und unempfindlich gegen die Füße, die über mich hinweg- und auf meinen Rücken niedertrampelten. Ich hatte den Schleier und lag einfach da, regungslos.

»Kann die Hölle schlimmer sein als das hier?« fragte ich. Meine Stimme war so leise, daß ich dachte, er könne sie über den Schlachtenlärm hinweg gar nicht hören.

»Ich weiß es wirklich nicht«, sagte er in dem gleichen vertraulich-leisen Ton, als ob unser müheloses Verstehen durch die Besonderheit unserer Verbindung bedingt sei.

»Ist Scheol so? Können Seelen fort von dort?«

»Glaubst du, ich würde mich auch nur ansatzweise auf diesen Kampf mit Ihm einlassen, wenn das nicht ginge?« fragte er so, als empfinde er die bloße Vorstellung einer ewigen Hölle als anstößig.

»Schaff mich hier raus, bitte«, flüsterte ich. Meine Wange ruhte auf dem steinernen Pflaster. Der Geruch von Pferdedung mischte sich mit dem von Urin und Blut. Doch am schlimmsten war das Schreien und das ständige Waffengeklirr!

»Memnoch, bring mich hier weg! Erklär mir, worum es geht in diesem Kampf zwischen dir und Ihm! Was sind eure Regeln?«

Mit Mühe setzte ich mich auf und zog die Beine an, mit der rechten Hand rieb ich mir die Augen, da die linke immer noch den Schleier umklammert hielt. Der Rauch löste einen Hustenanfall bei mir aus und ließ meine Augen brennen.

»Erklär mir, was du damit gemeint hast, als du sagtest, du brauchtest mich, du seiest dabei, den Kampf zu gewinnen? Worum geht es in dem Kampf zwischen dir und Ihm? Was soll ich dabei tun? Wieso bist du Sein Widersacher? Und was, in Gottes Namen, erwartest du von mir?«

Ich sah ihn an. Er saß entspannt da, die Arme über einem hochgezogenen Knie verschränkt, sein Gesicht plötzlich hell von den auflodernden Flammen beleuchtet und im nächsten Moment wieder ganz fahl. Er war über und über beschmutzt, er schien erschlafft und unter einer befremdlichen, aus Untätigkeit herrührenden Trübsal zu leiden. Sein Gesichtsausdruck war aber weder bitter noch sarkastisch, nur nachdenklich – zur Maske des Duldens erstarrt, ganz ähnlich den Gesichtern auf den Mosaiken, den leblosen Zeugen des Geschehens.

»Also übergehen wir all diese Kriege? Lassen unzählige Massaker unbeachtet? Ignorieren die große Zahl der Märtyrer?« fragte er. »Aber dir mangelt es ja nicht an Vorstellungskraft, Lestat.«

»Gönn mir eine Pause, Memnoch. Beantworte meine Fragen. Ich bin kein Engel, nur ein Vampir. Bitte, laß uns hier weggehen.«

»Gut«, sagte er. »Machen wir uns auf. Du warst eigentlich sehr tapfer, so wie ich es mir vorgestellt habe. Deine Tränen fließen reichlich, und sie kommen von Herzen.«

Ich schwieg. Mein Atem flog. Ich klammerte mich an den Schleier. Mit der anderen Hand hielt ich mir ein Ohr zu. Konnte ich mich überhaupt bewegen? Ob er uns wieder mit diesem Wirbelwind davontrug? Und gehorchten mir meine Glieder überhaupt noch?

»Wir machen uns also auf den Weg, Lestat«, wiederholte er.

Ich hörte, wie der Wind aufkam. Es war derselbe Wirbelsturm, und schon blieben die Mauern zurück. Ich preßte die Hand gegen den Schleier. Memnoch flüsterte mir ins Ohr: »Ruh dich jetzt aus.«

Seelen umschwirrten uns im Dämmerlicht. Mein Kopf lag an seiner Schulter, ich spürte den Wind an meinen Haaren zerren. Als ich die Augen schloß, sah ich den Sohn Gottes, der einen unendlich weiten, düsteren Ort betrat. Das Licht seiner schlanken, deutlich sichtbaren Gestalt erleuchtete in breiten Strahlen die vielen geplagten menschlichen Umrisse, Geistkörper, Seelen.

»Scheol«, versuchte ich zu sagen. Doch wir befanden uns in dem Wirbelsturm, und was ich sah, war eine bloße Spiegelung auf dem schwarzen Hintergrund meiner geschlossenen Augen. Wirr leuchtete das Licht auf, seine Strahlen verschmolzen in einer hochauflodernden Flamme, als sei ich mitten darin, und Gesänge hoben an, immer lauter und klarer, und übertönten die wimmernden Seelen ringsum, bis die sich vermischenden Klänge zum Wesen der Vision und zum Wesen des Wirbels wurden. Und sie wurden eins.

Kapitel 19

Ich lag irgendwo am Boden, im Freien, auf steinigem Untergrund. Den Schleier fühlte ich als Wölbung unter meiner Kleidung, aber ich wagte nicht, danach zu tasten oder gar ihn herauszuziehen und genauer zu untersuchen.

Memnoch stand in einiger Entfernung, in voller Größe und ganz sein verklärtes Selbst, seine Schwingen hoch hinter sich aufgerichtet. Und ich sah Gott in Seiner Menschengestalt, auferstanden, die Wunden an seinen Knöcheln und Gelenken noch immer rot entzündet. Er war so groß wie Memnoch, beide überragten sie einen Menschen bei weitem. Sein Gewand war sauber und frisch, und sein dunkles Haar, wenn auch immer noch in Blut getränkt, war schön gekämmt. Mir schien, daß Seine Haut stärker leuchtete als vor Seiner Kreuzigung. Ein machtvoll strahlender Glanz ging von Ihm aus, der Memnochs Ausstrahlung blasser erscheinen ließ. Doch stand der eine dem andern in nichts nach, sondern bei beiden war es im Grunde die gleiche Art Licht.

Da lag ich nun, schaute zu ihnen auf und lauschte ihrem Streit. Und nur aus den Augenwinkeln – bevor noch ihre Stimmen deutlich zu mir herüberschallten – sah ich, daß wir uns hier auf einem mit Toten übersäten Schlachtfeld befanden. Dies war nicht der vierte Kreuzzug, das erkannte ich. Dieser Kampf hatte zu einem früheren Zeitpunkt stattgefunden. Die Kleidung und die Rüstungen waren von einer Art, die ich eher mit dem dritten Jahrhundert in Verbindung gebracht hätte, obwohl ich mir nicht ganz sicher war. Aber eindeutig war es eine frühere Epoche.

Die Toten stanken. Die Luft war vom Summen Tausender Insekten erfüllt, und selbst einige bedrohliche Geier hüpften unbeholfen umher und zerrten an dem aufgeblähten, ekligen Fleisch der gefallenen Soldaten; in einiger Entfernung hörte ich das häßliche Gebelfer von Wölfen, die um die Beute stritten.

»Ja, ich verstehe!« rief Memnoch zornig. Er sprach eine Sprache, die weder Englisch noch Französisch war, dennoch verstand ich jedes Wort. »Das Tor zum Himmel steht nach dem Tode jedem offen, der der Harmonie der Schöpfung und der Güte Gottes gegenüber tiefe Einsicht und völlige Zustimmung zeigt! Aber was ist mit den anderen! Mit den Millionen anderen Menschen!«

»Und ich frage dich abermals«, sagte der Sohn Gottes, »warum sollte ich mich um die anderen kümmern? Um die ohne Einsicht, ohne Akzeptanz, ohne Wissen um Gott. Warum? Was bedeuten sie mir?«

»Sie sind Deine Kinder, Deine von Dir geschaffenen Kinder, und nichts anderes! Mit der gleichen Fähigkeit, den Himmel zu erreichen, wenn sie nur einen Weg fänden! Und ihre Anzahl übersteigt milliardenfach jene wenigen, denen die Weisheit, die Unterweisung, die Lebenserfahrung, die Einsicht und die Gabe für den Himmel zuteil wurde. Und das weißt Du! Wie kannst Du es zulassen, daß so viele in den Schatten Scheols verschwinden, zerfallen oder, dem Irdischen verhaftet, zu bösen Geistern werden. Bist Du nicht gekommen, um sie alle zu erretten?«

»Ich kam, die zu retten, die gerettet werden wollen!« sprach Er. »Ich sage dir noch einmal, es ist ein Kreislauf, der natürliche Kreislauf, und für jede Seele, die nun ungehindert ins Himmlische Licht tritt, müssen tausend andere scheitern. Welcher Nutzen liegt denn sonst in dieser tiefen Einsicht und der Bejahung der Dinge, im Erkennen ihrer Schönheit? Was sollte ich denn deiner Ansicht nach tun?«

»Hilf den verlorenen Seelen! Hilf ihnen. Überlaß sie nicht dem Wirbelwind, überlasse sie nicht Scheol, wo sie sich in Jahrtausenden mühen, durch Beobachtung des irdischen Treibens Einsichten zu gewinnen! Weißt Du, was Du getan hast? Du hast alles schlimmer gemacht als vorher!«

»Was fällt dir ein!«

»Du hast es schlimmer gemacht! Sieh dir dieses Schlachtfeld an – Dein Kreuz erschien vor dieser Schlacht am Himmel, und nun wird Dein Kreuz zum Wahrzeichen des Kaiserreichs! Seit dem Tode derer, die Zeugen Deiner Auferstehung waren, sind nur einige wenige der Gestorbenen in Dein Licht eingegangen, Unmengen sind in die Irre gegangen, verstrickt in Streitereien, Kämpfe und Mißverständnisse, schmachten sie in Finsternis!«

»Mein Licht gehört denen, die es empfangen wollen.«

»Das lasse ich nicht gelten!«

Gott versetzte Memnoch einen heftigen Schlag ins Gesicht. Memnoch taumelte rückwärts, die Flügel wie in dem Reflex, aufzufliegen, ausgebreitet. Doch sie kamen wieder zur Ruhe, und nur ein paar zierliche weiße Federn flatterten durch die Luft, während Memnoch seine Hand an die Wange hob, wo der Abdruck der Hand Gottes flammte. Ich konnte den Abdruck der Hand deutlich sehen, blutrot wie die Wundmale an den Händen und Füßen Christi.

»Nun gut«, sprach Gott. »Da dir die verlorenen Seelen stärker am Herzen liegen als dein Gott, so soll es dein Los sein, sie zu sammeln! Scheol soll dein Königreich sein! Schare sie dort um dich, millionenfach, und lehre sie den Weg zum Licht. Ich sage, keine Seele soll sich auflösen oder verlöschen, solange du die Kraft hast, sie ins Sein zurückzurufen; ich sage, es soll keine verloren sein, doch sie alle sollen deiner Verantwortung unterstehen, sollen deine Schüler, deine Gefolgsleute, dir dienstbar sein.

Und bis zu dem Tage, da Scheol leer und verödet ist! Bis zu dem Tag, der alle Seelen geradewegs vor die Himmelstore führt, sollst du mein Widersacher sein, mein Teufel. Du bist verdammt, nicht weniger als ein Drittel deiner Zeit auf der Erde zu verbringen, die du doch so sehr liebst, und ein weiteres Drittel in Scheol oder der Hölle, wie immer du dein Reich nennen möchtest. Und nur hin und wieder werde ich dir in meiner Barmherzigkeit gestatten, den Himmel zu betreten, und gib acht, daß du dann deine Engelsgestalt annimmst!

Auf Erden soll man dich als Dämon betrachten! Als Antichrist – als Gott des Tanzens, des Trinkens, des Feierns und des Fleisches und all der Dinge, die *du* so sehr liebst, daß du *mich* herausfordertest. So sollen sie dich wahrnehmen, und deine Flügel sollen schwarz wie Ruß und Asche sein, und deine Beine sollen Bocksbeinen gleichen, als wärest du Pan selbst! Oder erscheine als einfacher Mensch, ja, diese Gnade sei dir gewährt, daß du dich als Mensch unter ihnen bewegen kannst, da du es ja für ein so wertvolles Unterfangen hältst, menschlich zu sein. Doch niemals wirst du als Engel unter ihnen erscheinen, nein, niemals!

Nie sollst du deine Engelsgestalt nutzen dürfen, um sie zu verwirren und irrezuleiten, sie zu blenden oder zu demütigen. Du und deine Wächter haben das schon zur Genüge getan. Doch wenn du meine Tore durchschreitest, achte darauf, daß du mir zu Ehren eine angemessene Gestalt annimmst, mit Flügeln so weiß wie Schnee und ebensolchen Gewändern. Vergiß nicht, in meinem Reich dein wahres Ich zu sein!«

»Ich werde es schaffen!« beharrte Memnoch. »Ich kann sie lehren, kann sie anleiten. Laß mich nur die Hölle nach meinen Vorstellungen führen, und ich werde sie alle bekehren; ich kann all das rückgängig machen, was ihnen Dein natürlicher Kreislauf auf Erden angetan hat.«

»Schön, dann möchte ich gern sehen, daß du es tust!« sagte der Sohn Gottes. »Schicke mir all die Seelen, die durch dein Purgatorium gegangen sind. Vorwärts! Mehre meine Herrlichkeit. Mehre den *bene ha elohim*. Der Himmel ist unendlich, und deine Bemühungen sind dort willkommen.

Aber der Himmel wird erst wieder für alle Ewigkeit deine Heimat sein, wenn du diese Aufgabe vollendet hast, wenn alle, die sterben, direkt in den Himmel eingehen, oder erst am Ende der Welt – wenn die Evolution so weit fortgeschritten ist, daß Scheol, gleich aus welchen Gründen, leer ist. Und, Memnoch, merke dir meine Worte: Dieser Tag kommt vielleicht nie! Ich habe die unendliche Entfaltung des Universums verheißen! Du hast also ein recht dauerhaftes Amt inmitten der Verdammten.«

»Und auf der Erde? Welche Macht habe ich dort? Ziegengott oder Mensch, was ist meine Aufgabe?«

»Was du tun sollst? Warne die Menschen. Ermahne sie, damit sie zu mir kommen und nicht nach Scheol!«

»Und das kann ich so machen, wie ich es mir vorstelle? Indem ich ihnen sage, welch ein gnadenloser Gott Du bist und daß es eine Sünde ist, in Deinem Namen zu töten, daß Leid selten zu Erlösung führt, sondern viel eher zu Qualen und Verdammnis? Ich kann ihnen die Wahrheit sagen? Daß sie Deinen Religionen, Deinen heiligen Kriegen, Deinem großartigen Märtyrertum entsagen müßten, wenn sie zu Dir kämen? Sie sollten zu verstehen suchen, was die Geheimnisse des Fleisches und die Ekstasen der Liebe ihnen offenbaren? Diese Erlaubnis gibst Du mir? Du erlaubst mir, ihnen die Wahrheit zu sagen?«

»Sag ihnen, was du willst! Und jedesmal, wenn ein Mensch sich deiner Lehren wegen von meiner Kirche, meinen Offenbarungen abwendet – so mißverstanden und verfälscht sie auch sein mögen –, jedesmal gehst du das Risiko ein, einen weiteren Schüler in deiner Höllenschule aufzunehmen, eine weitere Seele, die du reformieren mußt. Deine Hölle wird gestopft voll sein, bis zum Überfließen!«

»Nicht durch meine Werke, Herr«, sagte Memnoch. »Sie wird überfließen, aber das werde ich Dir zu verdanken haben!«

»Wie kannst du es wagen!«

»So laß es geschehen, Mein Herr, immerdar, wie Du gesagt hast, mag die Natur sich entfalten. Nur bin ich jetzt ein Teil von ihr, die Hölle ist ein Teil von ihr. Und wirst Du mir jene Engel zur Seite stellen, die meinen Glauben teilen, für mich arbeiten und die Dunkelheit mit mir zusammen ertragen wollen?«

»Nein! Nicht einen Engel will ich dir geben! Rekrutier deine Helfer bei den erdgebundenen Seelen. Mach die zu deinen Dämonen! Die Wächter, die wie du stürzten, sind willens zu büßen. Nicht einen stelle ich dir zur Seite. Du bist ein Engel. Steh für dich selbst ein.«

»Sehr gut, ich stehe für mich selbst ein. Und wenn Du mich auch mit dieser irdischen Form absichtlich behinderst, ich werde dennoch triumphieren. Von Scheol aus werde ich Dir mehr Seelen ins Himmelreich senden, als Du direkt durch das Himmelstor bringen wirst. Ich werde Dir mehr geläuterte Seelen zuführen, die vom Paradiese singen, als Du je durch Deinen engen Tunnel hindurchschaffen kannst. Ich werde es sein, der Dir den Himmel füllt und Deine Herrlichkeit mehrt. Du wirst sehen!«

Beide verstummten, Memnoch voller Wut, und auch Gott, der Menschensohn, schien erregt. Zwei Gestalten, die einander ansahen, beide von gleicher Größe, nur mit dem Unterschied, daß Memnochs weit ausgespreizte Schwingen den Anschein einer gewissen Macht erweckten und Gott das um so mächtigere, herzzerreißend schöne Licht ausstrahlte.

Unerwartet lächelte Gott. »So oder so triumphiere ich, nicht wahr?«

»Ich verfluche Dich!« rief Memnoch.

»Nein, das tust du nicht«, sprach Gott betrübt und sanft. Er streckte die Hand aus und berührte Memnochs Wange, und der Abdruck Seiner zornigen Hand verschwand von der Engelshaut. Gott neigte sich zu Memnoch und küßte ihn auf den Mund.

»Ich liebe dich, du mein mutiger Widersacher! Daß ich dich schuf, ist gut, genauso gut wie alles, was ich sonst geschaffen habe. Bringe mir Seelen. Auch du bist nur Bestandteil des Kreislaufs, Teil der Natur, genauso wunderbar wie ein Blitz oder ein heftiger Vulkanausbruch, wie ein Stern, der plötzlich in einer unendlich weit entfernten Galaxis explodiert, so daß abertausend Jahre vergehen, bis sein Licht die Erde erreicht.«

»Du bist ein erbarmungsloser Gott«, sagte Memnoch, ohne auch nur einen Zentimeter zu weichen. »Ich werde sie lehren, Dir zu vergeben für das, was Du bist – majestätisch, unendlich, schöpferisch und unvollkommen.«

Gott lachte leise und küßte Memnoch abermals, diesmal auf die Stirn. »Ich bin ein weiser und geduldiger Gott. Ich bin der Eine, der dich schuf.«

Die Bilder vergingen. Nicht, daß sie langsam verblaßten, sie waren einfach nicht mehr da.

Ich war allein auf dem Schlachtfeld. Der Gestank hing über mir wie eine Gaswolke und vergiftete jeden meiner Atemzüge. Denn so weit ich sehen konnte, überall lagen Tote.

Ein Geräusch schreckte mich auf. Die hagere, hechelnde Gestalt eines Wolfes näherte sich mir, mit gesenktem Kopf folgte er einer Fährte. Als er mich mit seiner Nase anstieß, sah ich seine schrägen, aufwärtsgerichteten Augen, roch seinen heißen Raubtieratem. Ich wandte den Kopf ab. Er schnüffelte an meinem Ohr, an den Haaren, dann kam ein tiefes Grollen aus seiner Kehle. Ich schloß einfach die Augen und tastete mit der rechten Hand unter meinem Jackett nach dem Schleier.

Jetzt kratzten seine Zähne in meinem Nacken. Mit einem Ruck drehte ich mich um, sprang auf und warf den Wolf mit einem mächtigen Hieb zurück, so daß er heulend um die eigene Achse wirbelte und sich dann hastig davonmachte. Über die Leichen hinweg rannte er fort.

Ich atmete tief die Luft ein. Den Himmel über mir erhellte irdisches Tageslicht, und ich sah weiße Wolken, schlichte, weiße Wolken und in der Ferne den Horizont. Ich horchte auf das aufgeregte Summen der Insekten, die in Schwärmen um die Leichen herumschwirrten, und sah die unbeholfenen häßlichen Geier, die durch dieses Festmahl tapsten. Von weit her klang menschliches Weinen herüber.

Doch der Himmel war phantastisch klar und hell. Die Wolken zogen fort, und die Sonne kam mit all ihrer Macht hervor, und ihre Strahlen wärmten mir Hände und Gesicht und fielen zugleich auf die aufgedunsenen, aufplatzenden Leichen um mich herum.

Ich glaube, ich verlor das Bewußtsein. Das hätte ich mir jedenfalls gewünscht. Ich wollte nur noch auf den Boden zurücksinken, meine Stirn auf die Erde pressen und die Hand unter meine Jacke schieben. Ich wollte spüren, daß der Schleier noch dort war.

Kapitel 20

Der Garten des Wartens. Die friedvolle, strahlende Stätte vor den Himmelstoren. Der Ort, den eine Seele manchmal wieder verlassen darf, nachdem der Tod sie ereilt hat und ihr dann bedeutet wird, sie könne zurückkehren, ihre Zeit sei noch nicht gekommen.

In der Ferne, unter dem leuchtenden Kobaltblau des Firmaments, hießen die, die schon hier weilten, die gerade erst Verstorbenen willkommen. Immer neue Gruppen trafen ein. Ich sah ihre Umarmungen, hörte ihre Aufschreie. Aus den Augenwinkeln bemerkte ich die schwindelerregend hohen Mauern des Himmels und seine Tore. Dieses Mal nahm ich auch Engel wahr, sie waren weniger körperlich als die übrigen Wesen, und Chor um Chor zog durch die himmlischen Gefilde. Ungebunden, wie ihnen der Sinn stand, gesellten sie sich zu den Gruppen der Sterblichen, die über die Brücke schritten. Sichtbar oder unsichtbar mischten sich die Engel voller Interesse unter die Seelen, um dann wieder aufwärts zu schweben, wo sie mit dem unerschöpflichen Himmelsblau verschmolzen.

Die himmlischen Klänge tönten undeutlich und schmerzlich verlockend aus den Mauern herüber. Wenn ich die Augen schloß, konnte ich die saphirnen Farben fast vor mir sehen! Und alle Lieder hatten nur den einen Refrain: »Kommt herein, kommt her, seid mit uns. Das Chaos endet hier. Dies ist das Himmelreich.«

Doch ich war fern von all dem, in einem kleinen Tal. Inmitten wilder Blumen, kleiner weißer und gelber Wiesenblumen, saß ich am grasbewachsenen Ufer des Stroms, den alle Seelen überqueren müssen, um in den Himmel zu kommen. Doch hier, an dieser Stelle, schien er nur noch irgendein mächtiger, rauschender Fluß zu sein. Oder vielleicht erzählte sein Rauschen auch nur dies – wenn Rauch und Krieg, Unrat und Blut, Schmerz und Gestank enden: Alle Ströme sind machtvoll wie dieser. Wasser singt ein vielstimmiges Lied; auf seinem flinken Weg über glitschigen Fels, durch winzige Rillen und über plötzliche Untiefen mischt es, sich überstürzend, Kanon und Fuge in eins. Und das Gras beugt sein Haupt und schaut.

Ich lehnte an einem Baumstamm, möglicherweise einem Pfirsichbaum. Wenn denn ein solcher immerdar Blüten und Früchte zugleich trüge, niemals eins ohne das andere, so daß seine Äste niederhingen, nicht in Ehrfurcht vor dieser Fruchtbarkeit, sondern in seinem Reichtum, seinem Duft, seiner Hingabe – der Verknüpfung zweier Lebensphasen zu ewigem Überfluß. Über mir, zwischen sacht wehenden Blütenblättern, in einer unermeßlichen Fülle, bemerkte ich die flüchtigen Bewegungen kleiner Vögel. Und darüber wiederum Engel, ganze Scharen von Engeln, als seien sie aus Luft. Die hellen, klaren, glitzernden Geister waren so schwach sichtbar, als könne der Himmel sie in einem einzigen Atemzug zu sich nehmen.

Und dann dieses gemauerte Paradies, ein Paradies der Mosaiken. Nur daß keine Kunstform es übertreffen könnte. Frag die, die kamen und wieder gehen durften. Die, deren Herz auf dem Operationstisch stillstand, deren Seele sich zu diesen Gefilden erhob, ehe sie wieder in den dazugehörigen Körper zurückgeschickt wurden: Nichts Irdisches kommt dem gleich.

Kühle, süßduftende Luft umfing mich und entfernte allmählich, nach und nach, die Schichten von Ruß und ekligem Schmutz, die an meiner Kleidung hafteten.

Ganz plötzlich, als erwachte ich aus einem Alptraum, griff ich unter mein Hemd und zog den Schleier heraus. Ich faltete ihn auseinander. Das Antlitz brannte gleichsam, die dunklen Augen fixierten mich, das Blut war so leuchtend rot wie zuvor, die Haut perfekt schattiert. Das Abbild hatte eine Tiefe, die an eine Holografie denken ließ, und der Ausdruck veränderte sich etwas, als sich das Tuch in der leichten Brise bewegte. Doch war nichts verschmiert oder zerrissen, alles war noch unversehrt.

Ich merkte, wie ich nach Luft schnappte, und mein Herz raste gefährlich. Hitze strömte mir ins Gesicht. Die braunen Augen blickten beständig und geradeheraus, hatten sich nicht schützend geschlossen in jenem Moment, als sich das weiche, feine Gewebe darüberlegte. Ich drückte den Schleier dicht an mich, dann, einer Panik nahe, faltete ich ihn wieder zusammen und schob ihn unter meine Kleidung, dieses Mal direkt auf meine Haut, unters Hemd. Hektisch mühte ich mich, alle Knöpfe wieder in die richtigen Knopflöcher zu stecken. Das Hemd war in Ordnung, das Jackett war verdreckt, aber noch heil, doch es hatte nicht einen Knopf mehr, selbst die kleinen Knöpfe an den Ärmeln, die doch keinerlei Zweck erfüllten und nur als Zierat gedacht waren, fehlten. Ich schaute auf meine Füße, die Schuhe waren rissig und zerfetzt, und die Nähte hielten kaum noch zusammen. Wie fremd sie doch aussahen in ihrem modisch-schicken Leder; ich hatte in letzter Zeit nichts dergleichen zu Gesicht bekommen.

Blütenblätter landeten in meinem Haar, ich reckte den Arm hoch und löste damit einen kleinen Schauer aus, weiß und rosa, der auf Hosen und Schuhe niederrieselte.

»Memnoch!« rief ich suchend. Ich schaute mich um. Wo war er? War ich hier ganz allein? Weit, weit in der Ferne bewegte sich die Prozession glücklicher Seelen über die Brücke. Öffneten und schlossen sich die Tore, oder bildete ich mir das nur ein?

Ich schaute nach links zu einem Olivenhain hinüber und sah dort eine Gestalt, die ich nicht sofort erkannte; doch dann wurde mir klar, daß es Memnoch war in Gestalt des Unauffälligen. Er wirkte konzentriert, sein Ausdruck war hart und unbewegt, als er zu mir herübersah. Plötzlich dehnte er sich aus, ihm wuchsen riesige schwarze Flügel und mit Hufen versehene Bocksbeine, und das engelhafte Antlitz glänzte wie lebender schwarzer Granit. Memnoch, mein Memnoch, es war Memnoch, wie ich ihn kannte, in Gestalt des Dämons.

Ich schreckte nicht zurück. Ich bedeckte auch nicht die Augen. Ich studierte bewußt die Einzelheiten seines von einem Gewand verhüllten Körpers – wie der Faltenwurf des Stoffs sich um die gräßlichen, fellbedeckten Beine schmiegte, wie die Hufe sich in den Untergrund gruben; doch seine Arme und Hände waren so wunderschön wie zuvor, das Haar war dieselbe fließende Mähne, nur jettschwarz. Als einzigem in diesem Garten fehlte ihm jede Farbe. Er wirkte deutlich sichtbar und stabil in seiner Erscheinung, wenigstens für mich.

»Meine Beweisführung ist einfach«, begann er. »Findest du es immer noch schwierig, sie zu verstehen?«

Seine schwarzen Schwingen neigten sich, legten sich wie eine Umarmung dicht um seinen Körper, die unteren Spitzen nach innen gerichtet, damit sie nicht über den Boden streiften. Er kam auf mich zu, in einer scheußlichen, tierhaften Bewegung, die den überwältigend vollkommenen Oberkörper vorwärtstrug – ein in seiner Bewegungsfähigkeit eingeschränktes Wesen, wie gefangen in der menschlichen Vorstellung vom Bösen.

»Da hast du recht«, sagte er, und langsam, beinahe schmerzerfüllt, ließ er sich nieder. Die Schwingen verschwanden wieder, weil sie ihm eine sitzende Haltung nicht gestattet hätten. Und da saß er nun, der Ziegengott mit wirrem Haar, und funkelte mich an. Doch seine Miene, wie gemeißelt aus Dunkelheit anstelle des schimmernden Fleisches, wirkte weder lieblicher noch weiser, noch grausamer, sondern zeigte den vertrauten gelassenen Ausdruck.

Und dann fuhr er fort: »Weißt du, was Gott eigentlich tat? Er wiederholte ständig: ›Memnoch, alles im Universum wird benötigt ... es wird Gebrauch davon gemacht, verstehst du?‹ Und dann stieg Er herab, um zu leiden, zu sterben, und Er stand auf von den Toten, damit das menschliche Leiden geweiht werde, als Heiligtum bewahrt werde, ein Mittel zum Zweck, und der Zweck war Erleuchtung, Überhöhung der Seele.

Der Mythos vom leidenden, sterbenden Gott jedoch, sei es der der Sumerer oder der griechische Dionysos oder welche irdische Gottheit auch immer, deren Tod und Zerstückelung der Schöpfung vorausgingen – es war ein absolut menschlicher Mythos, etwas von Menschen Erdachtes, die sich eine Schöpfung aus dem Nichts, eine Schöpfung, die kein Opfer verlangte, nicht vorstellen konnten. Der sterbende Gott, der die Menschheit gebiert, war eine sehr frühe Idee in den Köpfen derer, die noch zu primitiv waren, um sich etwas Absolutes, Vollkommenes vorstellen zu können. Und so pfropfte er – der Leibhaftige Gott – sich auf diesen menschlichen Mythos, der doch nur der Versuch war, Dingen eine Erklärung, eine Bedeutung zuzuweisen, die sie unter Umständen gar nicht haben.«

»Ja.«

»Welches Opfer brachte Er denn, als Er die Welt schuf?« fragte Memnoch. »Er war weder Tiāmat, den Marduk erschlug, noch Osiris, der in Stücke zerhackt wurde. Was gab Er, der allmächtige Gott, auf, damit die Materie und die Welt entstehen konnten? Ich kann mich nicht erinnern, daß ihm etwas genommen wurde. Daß es aus Ihm, von Ihm kam, das ist wahr, doch ich habe keine Erinnerung daran, daß Er geschmälert, verkleinert, verstümmelt oder verringert worden wäre durch den Akt der Schöpfung des physikalischen Universums! Nach der Schaffung der Planeten und der Sterne war Er immer noch der gleiche Gott! Wenn überhaupt, hatte Er dazugewonnen, oder zumindest schien es in den Augen Seiner Engel so, als sie von ungekannten, unterschiedlichsten Erscheinungsbildern Seiner Schöpfung sangen. Und als die Evolution ihren Siegeszug auf dem von Ihm vorgegebenen Pfad antrat, da wuchs und vergrößerte sich Seine ureigenste Natur als Schöpfer in unseren Augen.

Doch als Er als Gott im Fleische auftrat, ahmte er Mythen nach, die die Menschen in dem Bemühen geschaffen hatten, alles Leiden zu heiligen, um sich selbst zu versichern, daß Geschichte nicht Grauen ist, sondern einen Sinn hat. Er nahm eine von Menschen gemachte Religion und schüttete Seine göttliche Gnade über diese Götzenbilder aus. Durch Seinen Tod rechtfertigte Er das Leiden, wohingegen es in Seiner Schöpfung keine Rechtfertigung dafür gab, verstehst du?«

»Seine Schöpfung war unblutig und erforderte kein Opfer«, sagte ich. Meine Stimme klang dumpf, doch mein Geist hatte noch nie so lebhaft gearbeitet. »So meinst du es doch. Aber Er ist tatsächlich der Auffassung, daß Leiden heilig ist oder sein kann. Nichts verkommt. Alles wird verwendet.«

»Ja, aber ich vertrete den Standpunkt, daß er den einen furchtbaren Makel Seines Kosmos – menschlichen Schmerz, menschliches Elend, unaussprechliche menschliche Leidensfähigkeit – aufgriff und ihm einen Platz zuwies, indem er die schlimmsten abergläubischen Vorstellungen der Menschen benutzte.«

»Aber wenn jemand stirbt«, fragte ich, »was passiert dann? Finden die, die an Ihn glauben, denn auf Anhieb den Tunnel und das Licht und den Weg zu ihren Liebsten?«

»Wenn sie irgendwo in Frieden und Wohlstand leben, ist das durchaus so, ja. Sie steigen ohne Haßgefühle, ohne Unmut direkt empor in den Himmel. Aber das geschieht ebenso mit einigen, die nicht an Ihn oder seine Lehren glauben.«

»Weil sie schon die Erleuchtung erfahren haben?«

»Ja. Und natürlich befriedigt Ihn das und vergrößert Sein Reich, und für den Himmel sind diese Seelen, die aus allen Ecken der Welt kommen, stets von Vorteil und eine Bereicherung.«

»Und die Hölle ist ebenfalls voller Seelen?«

»An Größe übertrifft die Hölle den Himmel derart, daß es schon lachhaft ist. Wo auf diesem Planeten hat Er denn geherrscht, ohne daß es zu Selbstaufopferung geführt hätte, zu Ungerechtigkeit, Verfolgung, Folter, Krieg! Von Tag zu Tag vermehrt sich die Zahl meiner bestürzten, verbitterten Schüler! In Zeiten schlimmster Entbehrungen und Schrecken gehen nur ganz wenige Seelen überhaupt in Seinen Frieden ein.«

»Und Ihm ist es gleichgültig?«

»Genau. Er sagt, wenn vernunftbegabte Wesen leiden, ist es vergleichbar mit Verwesung; es ist wie Dünger für das Wachstum ihrer Seelen! Von Seiner erhabenen Höhe herab schaut Er auf ein Massaker, und Er sieht Herrlichkeit. Er sieht, daß die Menschen für ihre Angehörigen nie tiefere Liebe empfinden, als wenn sie deren Verlust beklagen müssen; daß sie nie stärker lieben, als angesichts der siegreichen vorwärtsstürmenden Armee, die das Heim zerstört, die Herden zerstreut und mit ihren Spießen die Kinder zerfleischt, oder wenn sie sich für eine abstrakte Vorstellung von Gott aufopfern.

Seine Rechtfertigung? Das ist der Ablauf der Natur. Es ist, was Er selbst geschaffen hat. Und wenn zerschlagene, verbitterte Seelen zuerst durch meine Hände gehen und meine Lehren in der Hölle ertragen müssen, nun denn, um so herrlicher werden sie einst sein!«

»Und so wird deine Aufgabe immer schwieriger.«

»Ja und nein. Ich stehe vor dem Sieg. Allerdings muß ich zu seinen Bedingungen siegen. Die Hölle ist ein Ort des Leidens. Doch das sollten wir sehr sorgfältig überprüfen. Sieh dir an, was Er tat:

Als Er die Tore Scheols aufstieß, als Er sich in das Dämmerlicht Scheols begab wie der Gott Tammuz in der sumerischen Sage, scharten sich die Seelen um Ihn, und sie sahen die Wunden an Seinen Gliedern. Daß Er für sie gebüßt hatte, für sie gestorben sein sollte, gab ihnen, die so verunsichert waren, ein Ziel; und natürlich kamen sie in Seinem Gefolge durch die Tore des Himmels – denn plötzlich schien all ihr Leiden einen Sinn bekommen zu haben.

Aber hatte es wirklich einen Sinn? Kannst du den Kreislauf der Natur mit einem geheiligten Sinn versehen, indem du einfach dein göttliches Selbst darin einfügst? Genügt das?

Was geschieht denn mit den Seelen, die vor Verbitterung welken, die nie zur Reife kommen, weil die Stiefel der Krieger über sie hinweggetrampelt sind? Was ist mit den Seelen, die, durch unerträgliche Ungerechtigkeit verkrüppelt, mit Flüchen auf den Lippen in die Ewigkeit eingehen? Was ist mit dieser ganzen modernen Welt, die einen persönlichen Zorn gegenüber Gott empfindet, einen solchen Zorn, daß sie Jesus Christus und Gott selbst verflucht, wie schon Luther es tat und Dora und du ja auch – wie alle?

Die Menschen in der Welt des ausgehenden 20. Jahrhunderts

haben nicht etwa den Glauben an Ihn aufgegeben. Es ist eher so, daß sie Ihn hassen, Ihn ablehnen; sie sind wütend auf Ihn. Sie fühlen ... sie fühlen ...«

»Sie fühlen sich Ihm überlegen«, sagte ich ruhig, und mir war intensiv bewußt, daß er genau die Worte wiederholte, die ich zu Dora gesagt hatte. Wir hassen Gott. Wir hassen Ihn.

»Ja«, bestätigte er. »Ja, ihr fühlt euch Ihm überlegen.«

»Du aber auch.«

»Ja. Ich kann den Seelen in der Hölle nicht Seine Wunden vorführen. Das würde sie nicht überzeugen, diese bekümmerten Opfer, diese wütenden Leidenden, die Schmerz ertrugen über alle Seine Vorstellungen hinaus. Ich kann ihnen nur sagen, daß es die Dominikaner waren, die sie, in Seinem Namen, bei lebendigem Leibe verbrannten, daß sie sie für Hexen hielten. Oder daß die spanischen Söldner, die ihre Familien, ihre Verwandten, ihre Dörfer ausradierten, ganz richtig handelten, da ja auf dem Banner, das sie vorantrugen in die Neue Welt, seine blutenden Glieder abgebildet waren. Meinst du, es könnte jemanden aus der Hölle erlösen, wenn er erfährt, daß Gott es geschehen ließ? Und daß Er andere Seelen zu sich aufsteigen läßt, ohne daß sie auch nur ein winziges bißchen Leid zu ertragen hatten?

Wenn ich ihre Ausbildung mit dieser Vorstellung begänne – Christus ist für euch gestorben –, was denkst du, wie lange diese höllische Erziehung dauern würde?«

»Du hast mir noch nicht gesagt, was die Hölle ist und wie du dort lehrst.«

»Natürlich auf meine Art und Weise, das kann ich dir versichern. Ich habe meinen Thron über den Seinen erhoben – wie die Dichter und die Schriftgelehrten sagen –, denn ich weiß, daß es nie notwendig war zu leiden, damit eine Seele ins Himmelreich eingehen kann, daß weder Fasten noch Geißelung, weder Kreuzigung noch Tod notwendig waren für Empfänglichkeit und tiefes Verständnis für Gott. Ich weiß, die menschliche Seele wuchs über die Natur hinaus, und dafür brauchte sie nicht mehr als ein Auge für die Schönheit der Schöpfung! Hiob war vor seinen leidvollen Erfahrungen der gleiche Hiob wie hinterher! Was konnte das Leiden Hiob lehren, was er nicht schon vorher gewußt hatte?«

»Aber wie machst du das in der Hölle wieder gut?«

»Ich beginne jedenfalls nicht damit, den Seelen zu erzählen, daß für Gott das menschliche Auge die Vollkommenheit der Schöpfung darstellt, egal, ob es mit Grausen auf einen geschändeten Körper schaut oder ob sein Blick in Frieden auf einem Garten ruht.

Und daß es so ist, darauf besteht Er. Dein Wilder Garten, Lestat, das ist *Seine* Version von Vollkommenheit. Es entstand alles aus dem gleichen Samen, und ich, Memnoch, der Teufel, bin einfach nicht in der Lage, das zu erkennen. Ich habe nur den schlichten Verstand eines Engels.«

»Wie stellst du das an, daß du Ihn in deiner Hölle bekämpfst und dennoch den Verdammten zum Himmel verhilfst? Wie?«

»Was, glaubst du, ist die Hölle?« fragte er. »Du mußt doch inzwischen eine Vermutung haben.«

»Also, zuerst einmal ist sie das, was wir Purgatorium nennen«, antwortete ich. »Jedermann kann erlöst werden. Das habe ich eurer Auseinandersetzung auf dem Schlachtfeld entnommen. Was also müssen die Seelen in der Hölle auf sich nehmen, damit sie dem Himmel gerecht werden?«

»Was sollten sie deiner Ansicht nach tun müssen?«

»Ich weiß nicht. Ich habe Angst. Wir sind auf dem Wege dorthin, nicht wahr?«

»Ja, aber ich möchte jetzt gerne wissen, was du erwartest.«

»Ich weiß nicht. Ich weiß nur, daß Wesen, die anderen das Leben genommen haben – so wie ich –, dafür büßen sollten.«

»Büßen oder dafür bezahlen?«

»Wo ist der Unterschied?«

»Nun, angenommen, dir würde Gelegenheit gegeben, Magnus zu vergeben, dem Vampir, der dir all dies eingebrockt hat; angenommen, er stünde hier vor dir und sagte: ›Lestat, vergib mir, daß ich dich aus deinem sterblichen Dasein gerissen habe, daß ich dich dem Kreislauf der Natur entrissen habe, daß du meinetwegen Blut trinken mußt, um zu existieren. Tu mit mir, was du willst, damit du mir vergeben kannst.‹ Was würdest du tun?«

»Du hast ein schlechtes Beispiel gewählt«, sagte ich. »Ich wüßte nicht, was ich ihm zu vergeben hätte. Ich glaube, er wußte nicht, was er tat. Er ist mir egal. Er war ein Monster der Alten Welt. Daß er mich auf die Straße des Teufels brachte, geschah aus einem verqueren, nicht auf mich persönlich gerichteten Impuls heraus. Ich denke nicht einmal mehr an ihn. Er interessiert mich nicht. Wenn er Vergebung braucht, soll er sie bei den Sterblichen suchen, die er während seines Daseins tötete.

In seiner Feste gab es ein Verlies, in dem sich die Leichen abgeschlachteter Jünglinge stapelten – junger Männer, die mir alle ähnlich sahen. Ich sehe sie immer noch vor mir. Aber das ist ja nur eines von vielen Massakern – Berge von toten jungen Männern, alle blond und mit blauen Augen. Jünglinge, nicht nur ihrer Zukunft, auch ihres Lebens beraubt. All die, denen er auf welche Art auch immer das Leben nahm, müßten ihm vergeben. Jeder einzelne müßte ihm vergeben können.«

Ich bebte schon wieder. Das war mein mir nur allzu vertrauter Zorn. Und wie zornig war ich nur allzuoft geworden, wenn man mir Vorwürfe gemacht hatte wegen meiner diversen extravaganten Angriffe auf Sterbliche, Männer und Frauen. Und Kinder. Hilflose Kinder.

»Und du?« fragte Memnoch. »Was, meinst du, wäre notwendig, damit du in den Himmel kommst?«

»Na, offensichtlich würde für dich zu arbeiten ausreichen«, sagte ich herausfordernd. »So hörte es sich wenigstens an, als du mit mir darüber sprachst. Aber du hast mir immer noch nicht genau gesagt, was du wirklich tust! Du hast mir die Schöpfungsgeschichte und die Leidensgeschichte erzählt, du sprichst von deinen Wegen und Seinen Wegen, du erläuterst, mit welchen Mitteln du auf der Erde gegen ihn arbeitest, und ich kann mir die indirekten Folgen deines Widerstandes vorstellen – wir sind beide dem Sinnlichen verhaftet, wir beide glauben an die Weisheit des Fleisches.«

»Dazu kann ich nur Amen sagen.«

»Aber du hast mich immer noch nicht darüber aufgeklärt, was du in der Hölle tust. Wieso stehst du vor dem Sieg? Beförderst du die Seelen derart rasch in Seine Arme?«

»Schnell und in vollkommener Übereinstimmung mit seinen Forderungen«, antwortete er. »Aber jetzt rede ich nicht von meinem Angebot an dich oder von meinem irdischen Widerstand gegen Ihn. Ich frage dich: Nach allem, was du gesehen hast – was sollte die Hölle deiner Meinung nach sein?«

»Ich habe Angst zu antworten. Denn ich gehöre dahin.«

»Es gibt doch nichts, wovor du wirklich Angst hättest. Na los. Sag deine Meinung. Wie sollte die Hölle sein, was sollte eine Seele ertragen müssen, um des Himmels würdig zu sein? Genügt es zu sagen: ›Ich glaube an Gott‹; ›Jesus, ich glaube an deinen Leidensweg‹; ›Ich bereue alle meine Sünden, Herr, denn sie haben Dich beleidigt‹?

Oder: ›Es tut mir leid, daß ich nicht an Dich geglaubt habe, als ich noch lebte, doch nun weiß ich, daß alles wahr ist, und bumm, peng, ein Blick auf diesen infernalischen Ort, und ich bin bereit! Ich würde nie wieder so handeln, und nun, bitte, laß mich schnell in den Himmel.‹«

Ich gab keine Antwort.

»Sollten denn alle einfach direkt in den Himmel kommen?« fragte er. »Ich meine, jeder?«

»Nein. Das darf nicht sein«, sagte ich. »Kein Geschöpf wie ich, niemand, der andere Lebewesen gequält und getötet hat, niemand, der vorsätzlich Heimsuchungen von so schwerwiegenden Auswirkungen über die Menschen gebracht hat wie Seuchen oder Feuer oder Erdbeben. Das heißt also, niemand, der ein derartiges Unrecht verübt hat, daß es einer Naturkatastrophe vergleichbar oder schlimmer war. Wenn ein solcher Mensch sofort in den Himmel käme, das wäre ungerecht, zumindest solange er nicht weiß und versteht, was er getan hat, solange ihm die Einsicht in sein Tun fehlt! Der Himmel würde im Handumdrehen zur Hölle, wenn jede grausame, selbstsüchtige, bösartige Seele sofort in den Himmel käme. Ich möchte im Himmel nicht die ungeläuterten irdischen Monster treffen! Wenn es so einfach wäre, dann wäre das Leiden dieser Welt verdammt nahe –«

»Verdammt nahe? Woran?«

»Verdammt nahe dran, unverzeihlich zu sein«, flüsterte ich.

»Und was wäre verzeihlich – vom Standpunkt einer Seele gesehen, die voller Schmerz und unklarer Vorstellungen starb? Einer Seele, die erkannte, daß Gott gleichgültig ist?«

»Ich weiß nicht«, sagte ich. »Als du die Ausgewählten Scheols beschriebst, diese erste Million Seelen, die du durch die himmlischen Tore führtest, da sprachst du nicht von geläuterten Ungeheuern, du schildertest Menschen, die Gott vergeben hatten, die mit Ihm versöhnt waren, trotz der Ungerechtigkeiten der Welt, oder?«

»Das stimmt. Genau die hatte ich gefunden, und die konnte ich in voller Gewißheit durch die Himmelstore führen, ja.«

»Doch es klang genau so, als seien diese Leute alle Opfer der göttlichen Ungerechtigkeit gewesen. Du meintest nicht die Seelen der Schuldigen, nicht wahr? Diejenigen, die wie ich sind – Missetäter, Gesetzesbrecher, diejenigen, die die Ungerechtigkeiten verübten.«

»Glaubst du nicht, daß sie auch ihre Geschichte haben?«

»Einige mögen Entschuldigungen haben, die in ihrer Dummheit, ihrer Einfalt, in ihrer Furcht vor der Obrigkeit verwurzelt sind. Was weiß ich. Aber allzu viele Sünder müssen wohl wie ich sein. Sie wissen um ihre Schlechtigkeit, und sie kümmern sich nicht darum. Sie tun, was sie tun, weil … weil sie es gerne tun. Ich mache gerne neue Vampire. Ich trinke gerne Blut. Ich töte gerne. Das war immer so.«

»Ist das wirklich der Grund? Einfach weil du es gerne tust? Oder liegt es nicht eher daran, daß du zu einem perfekten, übernatürlichen Mechanismus mutiertest, der in Ewigkeit nach Blut verlangt und nur mit Blut gedeiht – aus dem Leben gerissen und in ein zwielichtiges Kind der Nacht verwandelt durch eine ungerechte Welt, die dir und deinem Schicksal genausowenig Beachtung schenkte wie einem Kind, das in der gleichen Nacht in Paris an Hunger starb?«

»Ich will weder mein Tun rechtfertigen noch, was ich bin. Wenn du das von mir denkst, wenn du aus dem Grund möchtest, daß ich dir in der Hölle beistehe oder daß ich deshalb Gott anklage … dann hast du den Falschen erwischt. Ich verdiene es, für das, was ich anderen genommen habe, zu zahlen. Wo sind sie, die Seelen derer, die ich ermordet habe? Waren sie bereit, in den Himmel zu kommen? Sind sie zur Hölle gefahren? Oder haben sie ihre Persönlichkeit verloren und schweben immer noch in diesem Wirbelsturm zwischen Himmel und Hölle? Ich weiß, daß es dort Seelen gibt, ich habe sie selbst gesehen, die, die für sich noch nicht den richtigen Platz gefunden haben.«

»Ja, das trifft zu.«

»Es könnten die Seelen meiner Opfer sein! Ich bin die Verkörperung von Gier und Grausamkeit. Ich habe meine sterblichen Opfer so gierig verschlungen, wie man Speisen verschlingt. Dafür gibt es keine Rechtfertigung.«

»Meinst du, ich wollte Rechtfertigung von dir?« fragte Memnoch. »Habe ich denn bisher irgendeine Gewalttat entschuldigt? Wie kommst du darauf, daß ich dich besser leiden könnte, wenn du deine Taten entschuldigen oder rechtfertigen wolltest? Habe ich jemals eine Handlung verteidigt, durch die jemandem Leid geschah?«

»Nein, das nicht.«

»Nun, was also?«

»Was ist die Hölle, und wie kannst du sie führen? Du willst nicht, daß die Seelen büßen. Nicht einmal, daß ich büße, scheinst du zu wollen. Auf Gott kannst du auch nicht weisen und sagen: Alles, was er machte, ist gut und sinnvoll! Das geht auch nicht. Du bist Sein Gegenspieler. Was also ist die Hölle?«

»Was denkst du denn?« fragte er mich erneut. »Worauf würdest du dich aus moralischen Gründen einlassen ... ehe du mich hier und jetzt zurückweist! Ehe du mich fliehst. Wie müßte die Hölle beschaffen sein, an die du glauben könntest, die du – wärest du an meiner Stelle – selbst schaffen würdest?«

»Ein Ort, an dem man dessen gewahr wird, was man anderen angetan hat; wo man bis in die kleinste Einzelheit jeder seiner Taten ins Auge blicken muß, so daß man *nie, niemals* wieder das gleiche täte. Ein Ort, an dem die Seelen – buchstäblich – reformiert werden, indem sie ihre Sünden erkennen und auch erkennen, wie sie sie hätten vermeiden können und wie sie besser und richtiger gehandelt hätten. Wenn sie *verstehen*, wie du es von den Erwählten Scheols gesagt hast, wenn sie zu vergeben lernen, nicht nur Gott wegen des riesigen irdischen Schlamassels, sondern auch sich selbst wegen ihrer Verfehlungen, wegen ihrer abscheulichen jähzornigen Reaktionen, wegen ihrer Bosheit, wegen ihrer Gemeinheit. Wenn sie endlich jedem Wesen in völligem Verzeihen Liebe entgegenbringen, dann erst sind sie des Himmels würdig. *Die Hölle müßte also der Ort sein, an dem sie die Folgen ihrer Taten erkennen, doch verbunden mit der barmherzigen Einsicht, daß sie es nicht besser gewußt haben.*«

»Ja, genau so«, stimmte Memnoch zu. »Zu wissen, was anderen geschadet hat, zu erkennen, daß man unwissend war, daß man Macht hatte, obwohl es an Weisheit fehlte, und sich das zu verzeihen! Seinen Opfern zu vergeben und Gott zu vergeben und sich selbst zu vergeben.«

»Ja, so sollte es sein. Das wäre das Ende meines Zorns, meiner Empörung. Ich könnte meine wütend geballten Fäuste sinken lassen, wenn ich nur Gott und den Menschen und mir selbst vergeben könnte.«

Daraufhin schwieg Memnoch. Er saß da mit verschränkten Armen, die Augen weit geöffnet, die dunkle, glatte Stirn schimmerte in der feuchten Luft.

»So ist die Hölle, nicht wahr?« fragte ich angstvoll. »Es ... es ist der Ort, wo man dich lehrt zu verstehen, was du einem anderen Wesen angetan hast ... wo du dahin gelangst zu erkennen, welches Leid du über andere gebracht hast!«

»Ja, und sie ist schrecklich. Ich habe sie geschaffen, und ich leite sie, um die Seelen der Gerechten und der Ungerechten zu heilen, die Seelen derer, die Leiden ertrugen, und derer, die Gewalt verübten. Und nur das eine lehrt diese Hölle – Liebe.«

Ich fürchtete mich – fürchtete mich, so wie ich mich gefürchtet hatte, als wir nach Jerusalem gingen.

»Diese meine Seelen. Er liebt sie, wenn ich sie Ihm dann zuführe«, sagte Memnoch. »Und jede einzelne betrachtet Er als Rechtfertigung für seine Auffassung!«

Ich lächelte bitter.

»Kriege sind Ihm etwas Erhabenes, und Seuchen sind wie die Farbe Purpur vor Seinen Augen, und Selbstaufopferung betrachtet Er als eine ganz persönliche Verherrlichung Seiner Glorie! Als ob Er sich je aufgeopfert hätte! Er versucht, mich durch große Zahlen unterzukriegen. Auf der Erde ist im Namen des Kreuzes mehr Unrecht begangen worden als aus jedem anderen Grund, sei es für ein Symbol, einen Glauben oder eine Philosophie.

Und ich kann die Hölle mit derartiger Geschwindigkeit leeren, Seele um Seele, weil ich ihnen die absolute Wahrheit über menschliches Leiden offenbare, ihnen sage, was sie wissen und was sie tun müssen, damit sie in Scharen durch Seine Tore strömen können.

Doch wer kommt deiner Ansicht nach in die Hölle und fühlt sich am heftigsten betrogen? Wer fühlt den größten Zorn, die mindeste Neigung zu vergeben? Das Kind, das in der Gaskammer eines Konzentrationslagers starb? Der bluttriefende Krieger, dem man gesagt hatte, wenn er die Feinde des Staates ausrotte, sei ihm ein Platz in Walhalla, im Paradies, im Himmel sicher?«

Ich gab keine Antwort. Ich hörte ihm schweigend zu, beobachtete ihn.

Er beugte sich vor, lenkte bewußt meine Aufmerksamkeit auf sich, und dann änderte er seine Gestalt, verwandelte sich vor meinen Augen aus dem Teufel, dem bocksbeinigen, mit Hufen versehenen Tier-Mann, in den Engel Memnoch – Memnoch in seinem lose fallenden Gewand, der mich mit seinen hellen, strahlenden Augen unter den gerunzelten goldenen Brauen anblitzte.

»Die Hölle ist der Ort, an dem ich ausgleiche, was Er an Unrecht zuließ«, sagte er. »In der Hölle stelle ich den Gemütszustand wieder her, in dem der Mensch sich ohne Leiden wahrscheinlich befinden würde! In der Hölle lehre ich die Menschen, daß sie besser sein können als Er.

Aber die Hölle, das ist meine Strafe – dafür, daß ich mit ihm rechte –, deshalb muß ich dort sein, um den Seelen zur Erfüllung dieses Kreislaufs der Natur zu verhelfen, wie er ihn sieht, dafür muß ich mit ihnen dort leben! Und wenn ich sie nicht förderte, sie nicht unterrichtete, würden sie dort vielleicht auf ewig bleiben müssen!

Doch die Hölle ist nicht das eigentliche Schlachtfeld. Meine Schlacht wird auf der Erde geschlagen, Lestat. Ich bekämpfe Ihn nicht in der Hölle, sondern auf der Erde. Ich durchstreife die Welt in dem Bemühen, jedes Seiner Werke niederzureißen, mit dem Selbstaufopferung und Leiden, Aggression, Grausamkeit und Zerstörung geheiligt und verherrlicht werden. Ich führe die Männer und Frauen fort von den Kirchen und hin zu Tanz, Gesang, Gelagen und Umarmungen in Freiheit und Liebe. Ich tue alles, um die Lügen in den Grundlagen Seiner Religion bloßzulegen. Ich bemühe mich um die Vernichtung des Lügengewebes, dem Er zu wachsen gestattet, während das Universum in seiner unendlichen Entfaltung voranschreitet.

Er allein kann sich ungestraft am Leiden erfreuen! Und das nur, weil Er Gott ist und bis heute nicht weiß, was Leiden bedeutet, weil Er es nie kennengelernt hat. Die Wesen, die Er geschaffen hat, haben ein empfindlicheres Gewissen und eine größere Fähigkeit zu lieben als Er Selbst. Und der endgültige Sieg über das irdische Böse wird erst errungen sein, wenn Er entthront ist, wenn Er, ein für allemal, entmystifiziert, ignoriert, zurückgewiesen, beiseite gestoßen ist und die Menschen endlich nach dem Guten und dem Richtigen, nach Ethik und Liebe in sich selbst und in ihren Mitmenschen suchen.«

»Sie bemühen sich darum, Memnoch! Wirklich!« sagte ich. »Genau das stellen sie sich vor, wenn sie sagen, daß sie Ihn hassen. Das meinte Dora, als sie die Fäuste ballte und sagte: ›Frag Ihn, warum Er dies alles zuläßt!‹«

»Ich weiß. Willst du mir nun helfen, gegen Ihn und Sein Kreuz zu kämpfen, oder nicht? Willst du mich begleiten von der Erde durch den Himmel bis hin zu dieser verseuchten Hölle schmerzhafter Erkenntnisse – verseucht von der Besessenheit von Seinem Leiden! Du wirst mir nicht hier oder da oder dort dienen, sondern an allen drei Orten. Und genau wie ich wirst auch du vielleicht bald so weit kommen, daß dir der Himmel in seiner Höhe fast so unerträglich wird wie die Hölle. Die himmlische Seligkeit wird deinen Eifer noch erhöhen, das Übel, das Er schuf, zu bessern, du wirst mit dem Wunsch in die Hölle zurückkehren, auf diese gequälten, fehlgeleiteten Seelen einzuwirken, sie aus ihrem Sumpf ans Licht zu ziehen. Und auch wenn du selbst im Himmlischen Licht weilst, du kannst sie nicht vergessen! Das bedeutet es, mir zu dienen.«

Er unterbrach sich, dann fragte er: »Hast du den Mut, sie zu sehen?«

»Ich will sie sehen.«

»Ich warne dich, es ist die Hölle.«

»Ich bekomme gerade eine kleine Ahnung davon ...«

»Sie wird nicht ewig existieren. Der Tag wird kommen, da entweder Seine menschlichen Anbeter diese Welt in die Luft fliegen lassen oder alle Menschen in Erleuchtung und Ergebung sterben und so geradewegs in Seine Arme gelangen.

Eine vollkommene Welt oder eine zerstörte Welt – so oder so wird eines Tages die Hölle ihr Ende finden. Und dann werde ich zurückkehren in den Himmel, zum ersten Mal in meinem Dasein frei von Zweifeln, zufrieden darüber, dort zu sein, zum ersten Mal seit Anbeginn der Zeit.«

»Nimm mich mit in die Hölle, bitte. Ich will sie jetzt sehen.«

Er streckte den Arm aus und strich mir übers Haar, dann legte er beide Hände um mein Gesicht. Sie waren warm und liebevoll, und ein Gefühl tiefer Ruhe breitete sich in mir aus.

»Oft schon in der Vergangenheit glaubte ich deine Seele zu haben!« sagte er. »Ich sah, wie sie sich von deinem Körper zu lösen schien; doch dieses starke, übernatürliche Fleisch, das übernatürliche Gehirn, der Mut des Helden – der zu sein du dir ja vorgenommen hattest – ließen das Monster in seiner Gesamtheit bestehen. Deine Seele flackerte auf und glühte darin, meinem Griff entzogen. Und nun, nun nehme ich das Wagnis auf mich, stürze dich vorzeitig hinein und stelle Bleiben oder Gehen in dein Belieben, allein in der Hoffnung, daß du ertragen kannst, was du hörst und siehst, und daß du aus freiem Willen zurückkehrst oder bei mir bleibst und mir hilfst.«

»Gab es in meinem Leben einen Moment, in dem meine Seele direkt in den Himmel aufgestiegen wäre, vorbei an dir, vorbei an dem Wirbelsturm?«

»Was glaubst du?«

»Ich erinnere mich an etwas ... damals, als ich noch lebendig war ...«

»Ja?«

»Ein glückerfüllter Augenblick in meinem Dorf in Frankreich – mein Nicolas, mein guter Freund, und ich saßen im Wirtshaus zusammen und tranken und redeten. Und dann plötzlich dieser glückliche, strahlende Augenblick, in dem mir alles erträglich schien und wunderschön und bar jeden zukünftigen oder vergangenen Schrekkens. Nur ein Augenblick, eine trunkene Sekunde. Ich habe es in einem meiner Bücher beschrieben, habe versucht, dieses Gefühl erneut heraufzubeschwören. Das war ein Augenblick, in dem ich alles vergeben, alles hätte geben können – in dem ich mir vielleicht nicht einmal meiner Existenz mehr bewußt war; alles, was ich wahrnahm, lag außerhalb meiner selbst, jenseits meines Ich. Was weiß ich! Wenn in dem Augenblick der Tod gekommen wäre –«

»Doch was kam, war Furcht – Furcht, denn dir wurde klar, selbst wenn du in diesem Moment stürbest, gäbe es vielleicht keine Erkenntnis für dich, vielleicht wäre da nur das Nichts …«

»… Ja. Und nun fürchte ich etwas noch Schlimmeres. Daß da ganz sicher etwas ist und daß das schlimmer sein könnte als das bloße Nichts.«

»Mit deiner Vermutung hast du recht. Um im Menschen den Wunsch nach Vergessen hervorzurufen, braucht man kaum mehr als Daumenschrauben oder Nägel oder Feuer. Das ist nicht viel. Zu wünschen, daß man nie gelebt hätte, das stell dir vor.«

»Ich kenne das Gefühl. Ich habe Angst, es abermals zu empfinden.«

»Wenn du das fürchtest, bist du weise, doch es zeigt, daß du mehr denn je bereit bist für die Enthüllungen, die auf dich warten.«

Kapitel 21

Der Sturm fegte über das steinige Feld, dann verebbte seine mächtige Zentrifugalkraft und entließ die Seelen, die sich mühsam freikämpften und menschliche Gestalt annahmen. Sie hämmerten an die Tore der Hölle oder wanderten entlang der unglaublich hohen Mauern, über die hinweg der flackernde Widerschein lodernder Feuer auf sie fiel. Sie suchten sich gegenseitig zu fassen oder sprachen beschwörend aufeinander ein.

Alle Stimmen verloren sich im Getöse des Sturms. Seelen kämpften und mühten sich, andere stöberten suchend umher, als sei ihnen ein sehr kleiner Gegenstand verlorengegangen; schließlich hoben sie die Arme und überließen sich aufs neue der Gewalt des Wirbelsturms.

Der dünne, blasse Umriß einer Frau streckte sich nach einer Schar weinend umherirrender Kleinkinder, um sie in die Arme zu schließen; manche von ihnen waren kaum alt genug, um aufrecht zu gehen. Vereinzelte Geister von Kindern streunten jämmerlich schluchzend umher.

Wir näherten uns den Toren – schmalen, schlanken Bögen, die sich schwarz und spiegelglatt hoch hinaufschwangen, wie aus Onyx, von kunstfertigen Handwerkern des Mittelalters bearbeitet. Um uns herum herrschte leises, weinerliches Klagen. Von allen Seiten griffen Geisterfinger nach uns; Geflüster umschwirrte uns wie die Fliegen die Leichen auf dem Schlachtfeld. Geister zerrten an meinem Haar und meiner Kleidung.

Helft uns, laßt uns ein, seid verflucht, verdammt, laß mich fort, befreie mich, sei verflucht auf ewig, seid verdammt, helft mir, Hilfe … ein anschwellender dröhnender Chor von Schmähungen.

Ich mühte mich, freie Sicht zu gewinnen. Verletzlich wirkende Gesichter schwebten vor mir, Münder seufzten leidenschaftlich, trauervoll.

Die Tore waren gar nicht massiv, sondern bloße Durchgänge. Und jenseits standen Hilfreiche Tote, wie es schien, von etwas dichterer Struktur, doch noch immer durchscheinend, nur etwas lebhafter gefärbt und deutlicher wahrnehmbar. Sie winkten den verirrten Seelen, riefen sie beim Namen, brüllten lauthals über den heulenden Sturm hinweg, daß sie einen Weg hineinfinden müßten, daß hier nicht die ewige Verdammnis sei.

Man hielt Fackeln hoch, auf den Mauerkronen brannten Laternen. Das Firmament wurde von Blitzen zerrissen, und gewaltige Funkenschauer aus modernen wie antiken Kanonen flogen hochauf. Der Gestank von Pulver und Blut lag in der Luft. Wieder und wieder flammten Lichter auf, wie ein zauberhaftes Feuerwerk zum Ergötzen eines Kaiserhofs des alten China. Dann wurde das Ganze abermals von eisiger Dunkelheit verschlungen.

»Tretet ein«, sangen die Hilfreichen Toten, diese menschlich geformten, mit menschlichem Ebenmaß ausgestatteten Geister – wie Roger damals waren sie sich bewußt, Geister zu sein –, die in Gewänder aus allen möglichen Epochen, allen möglichen Landstrichen gekleidet waren. Männer, Frauen, Kinder, alte Leute; ihre Körper schienen nicht völlig kompakt, aber auch nicht schemenhaft, und sie alle streckten ihre Hände diesem jenseits liegenden Tal entgegen in dem Versuch, diesen dort drüben Kämpfenden, Fluchenden, nicht vom Fleck Kommenden behilflich zu sein.

Da gab es indische Seelen in seidenen Saris und ägyptische in baumwollenen Djellabas und Seelen, die in Moden längst vergangener Königreiche gekleidet waren. Prachtvolle, mit Juwelen besetzte Hofgewänder, Gewänder aus der ganzen Welt waren hier zu sehen; mit Federn verzierte der sogenannten wilden Völker, dunkle Priesterröcke und ganz individuelle Entwürfe vom plump gearbeiteten bis hin zum absolut prächtigsten Stück.

Ich hielt mich an Memnoch. War das hier nun schön, oder war es eher schaurig, dieser Wust aus allen Ländern und Epochen? Unbekleidete, Schwarze, Weiße, Asiaten, alle Rassen bewegten sich mit hilfsbereit dargebotenen Händen zuversichtlich zwischen den verlorenen, verwirrten Seelen!

Meine Füße schmerzten; der Boden bestand aus schwarzem, scharfkantigem, trocknem Mergel, mit Muschelschalen übersät. Wozu das? Wozu?

Überall gab es Böschungen und flache Senken, das Gelände stieg hoch auf zu steilen Klippen und führte über tiefe Abgründe, in flakkerndem, dunstigem Dämmerlicht – dem Höllenschlund gleich.

Feuerschein zuckte und blitzte in Torwegen, Treppen führten schwindelerregend die unglaublich steilen Mauern hinauf, die alles überragten, Täler, die ich gerade noch in der Ferne erkennen konnte, oder brausende Ströme, golden und dampfend und rot von Blut.

»Memnoch, hilf mir!« flüsterte ich. Ich wagte nicht, die Hand von dem Schleier zu lösen, so konnte ich mir nicht beide Ohren zuhalten. Das Geheul schnitt in meine Seele, als sei es eine Axt und könnte Teile davon abschlagen. »Memnoch, das ist unerträglich!«

»Wir alle wollen dir helfen«, riefen die Hilfreichen Geister, gleichzeitig drängte eine ganze Meute, die Augen voller Anteilnahme weit aufgerissen, von allen Seiten heran, um mich zu küssen und zu umarmen. »Lestat ist gekommen. Lestat ist hier. Memnoch hat ihn hergebracht. Komm, tritt ein in die Hölle.«

Stimmen ertönten und verstummten wieder oder überlagerten sich, es klang psalmodierend, so, als bete eine große Gemeinde den Rosenkranz, und jeder begänne an einer anderen Stelle.

»Wir lieben dich.«

»Hab keine Angst.«

»Wir brauchen dich.«

»Bleib bei uns.«

»Verkürze unsere Frist.«

Ihre zarte, wohltuende Berührung fühlte ich trotz des Entsetzens, das mir dieses geisterhafte, bleiche Licht einflößte, trotz der explosionsartigen Stichflammen und des stinkenden Rauchs.

»Memnoch!« Ich klammerte mich an seine geschwärzte Hand, während er mich hinter sich herzog; er wirkte ganz abwesend, seine Augen schienen prüfend über sein Reich zu schweifen.

Unterhalb von uns lagen die endlosen Ebenen, bevölkert mit umherstreifenden oder streitenden Verstorbenen. Weinende und verlorene, suchende und angsterfüllte, die von den Hilfreichen Geistern geleitet, zusammengeschart und getröstet wurden. Dazwischen andere, die in der Hoffnung auf ein Entkommen kopflos davonrannten und doch nur in endlosen Kreisen durch die geisterhafte Menge taumelten.

Woher kam dieses höllische Licht, diese grelle, erbarmungslose Beleuchtung? Funkenschauer, plötzliche Ausbrüche von feurigem Rot, Flammen, bogenförmig über den Gipfeln aufsteigende Kometenschwärme.

Geheul echote von den Klippen. Seelen wimmerten und sangen. Die Hilfreichen Toten eilten, den Gestürzten auf die Füße zu helfen, oder führten diejenigen, die sich endlich an der einen oder anderen Treppe oder an einer Tor- oder Höhlenöffnung oder einem Weg eingefunden hatten.

»Ich verfluche Ihn, verfluche Ihn, verfluche Ihn!« hallte es von den Berghängen und aus den Tälern wider.

»Keine Gerechtigkeit. Trotz allem, was geschah!«

»Erzähl mir doch nicht ...«

»... Jemand muß für Gerechtigkeit sorgen ...«

»Komm, ich halte dich fest bei der Hand«, sagte Memnoch und ging voran, wobei er den unnachgiebig strengen Ausdruck seines Gesichts beibehielt. Er führte mich eilig eine hallende Treppenflucht hinunter, die sich steil und gefährlich schmal um die Klippen wand.

»Ich halte das nicht aus!« schrie ich laut, doch die Worte wurden mir vom Munde fortgerissen. Wieder griff ich mit der Rechten in meine Jacke, tastete nach der Erhebung, die der Schleier darunter bildete, dann tastete ich an der zerfressenen, bröckelnden Wand entlang. Waren das Gravuren im Gestein? Hatten schon andere Hände versucht, sich an dieser Stelle festzuklammern oder emporzuklettern? Dieses durchdringende Schreien und Wimmern raubte mir den Verstand. Doch schon hatten wir ein weiteres Tal erreicht.

Oder war es etwa eine eigene Welt, in ihrer Eigenständigkeit ebenso weitläufig und vielschichtig wie der Himmel? Denn auch hier gab es Myriaden von Palästen und hochragenden Türmen und Bogengängen in gedämpften Farben, dunkle Braun- und Ockerabstufungen und brünierte oder sogar schwarz angelaufene Goldtöne. Alle Räume waren bevölkert mit Geistern jeden Alters und jeder Nation, die in Gespräche, Auseinandersetzungen, Streit oder Gesänge vertieft waren. Einige umarmten sich sogar, als hätten sie im Angesicht all des Wehklagens freundschaftliche Bande geknüpft. Da gab es Söldner in den Uniformen gegenwärtiger oder längst vergangener Kriege. Frauen waren in den formlos-schwarzen Umhang des Heiligen Landes gehüllt, und die Seelen unserer heutigen Zeit trugen schicke Konfektionskleidung, die nun von Staub und Ruß befleckt war, so daß die glänzenden Stoffe matt wirkten, als könne keine Farbe ihrer unheilvollen Herrlichkeit Glanz verleihen. Und alle Seelen weinten und tätschelten einander die Wangen oder nickten verständnisvoll, wenn sie mit zusammengeballten Fäusten ihren Grimm herausschrien.

Seelen in zerlumpten Mönchskutten von unansehnlichem Braun, Nonnen mit noch frisch gestärktem Habit, Fürsten mit samtenen Puffärmeln und Nackte, die sich bewegten, als hätten sie nie Kleidung gekannt. Schwere Baumwollkleider und alte Spitze, neumodische gleißende Seide und hauchdünne oder dichtgesponnene Kunstfasern, der olivgrüne Rock des Soldaten oder auch schimmernde bronzene Rüstungen. Bauerntuniken aus grobem Tuch, elegante wollene Maßanzüge in der heutigen Mode und Silberlamé-Abendroben. Und alle Haarfarben der Welt wehten und mischten sich im Wind. Die Gesichter zeigten den Teint aller Rassen. Alte Leute knieten mit gefalteten Händen, beugten ihre kahlen Köpfe mit den weichen rosigen Runzeln im Nacken. Dort die dünnen weißen Seelenformen derer, die in ihrem Leben hungern mußten, sie schlürften mit dem Mund aus den dahinströmenden Bächen, wie es Hunde tun; und dort andere, sie lagen ausgestreckt auf dem Rücken, mit halbgeschlossenen Augen, um die Felsen und knorrigen Bäume nicht sehen zu müssen, und sangen, träumten vor sich hin oder beteten.

Mit jeder Sekunde gewöhnten sich meine Augen mehr an dieses trübe Dämmerlicht, und mehr und mehr Einzelheiten fielen mir auf. Jeder Quadratmeter brachte mir neue klärende Einsichten in das, was ich da vor mir sah! Denn um jede echte Seele scharten sich Dutzende von Gestalten, tanzend, singend, jammernd, die nichts anderes als Bilder waren, Projektionen, die der jeweiligen Seele entsprangen, dazu bestimmt, mit ihr Zwiegespräch zu halten.

Die grausigen Umrisse einer in Flammen stehenden Frau waren nicht mehr als eine Schimäre für jene aufheulenden Seelen, die sich ins Feuer stürzten, um sie vom Pflock zu befreien, die Flammen auszutreten, die schon nach ihrem Haar züngelten. Die Frau zu retten aus dieser unsäglichen Todesqual! Es war der Hexenplatz! Und alle brannten sie! Rettet sie! O Gott, ihr Haar steht in Flammen!

Tatsächlich waren auch die Soldaten, die da ihre Kanonen luden und sich schon die Ohren verstopften, nichts als eine Illusion, gedacht für die Legionen echter Seelen, die dort weinend auf den Knien lagen. Auch ein riesiger Klotz von Mann, der eine Axt schwang, war nur ein Phantom für die, die mit Bestürzung auf ihn starrten, da sie in ihm sich selbst erkannten.

»Ich kann's nicht ... ich kann nicht hinsehen!«

Monströse Bilder von Mord und Folter blitzten brennendheiß vor meinen Augen auf. Phantome wurden zu einem Tod in Kesseln mit kochendem Pech gezerrt. Söldner sanken mit aufgerissenen Augen auf die Knie, der Fürst eines längst vergangenen persischen Reiches stieß einen schrillen Schrei aus und sprang mit weit ausgebreiteten Armen hoch in die Luft, die schwarzen Augen blitzten von reflektiertem Feuer.

Das Wehklagen, das Geflüster steigerte sich zu nachdrücklichem Protest, zu Fragen und Feststellungen. Ringsum konnte man einzelne Stimmen vernehmen, wenn man nur den Mut aufbrachte, zu lauschen, um so das Leitmotiv, gespielt auf einer hauchfeinen Stahlsaite, aus einer ohrenbetäubenden Totenklage herauszuhören.

»Ja, ja, und ich dachte, und ich wußte …«

»… meine Schätzchen, meine Kleinen …«

»… in deine Arme, weil du nie, niemals …«

»… und nur ich, habe ich immer geglaubt, und du …«

»Ich liebe, liebe, liebe dich, ja, ja, und für immer … und du, du wußtest es nicht. Nein, du wußtest es nicht.«

»… und ich glaubte die ganze Zeit, ich täte das Richtige, aber ich wußte, ich fühlte …«

»… den Mut zur Umkehr zu haben; zu sagen, es war nicht …«

»… wir wußten es doch nicht! Wir wußten es nicht …«

Das alles verschmolz letztendlich zu diesem unaufhörlichen Aufschrei: »Wir wußten es nicht!«

Vor mir ragten die Mauern einer Moschee empor, auf der sich kreischende Menschen drängten, die versuchten, ihre Köpfe vor herabstürzendem Schutt zu schützen, dazwischen das betäubende Aufbrüllen von Artilleriedonner. Und alles, alles nur Phantome.

»Wir waren unwissend, unwissend«, wimmerten die Stimmen der Seelen.

Die Hilfreichen Seelen fanden sich ein, knieten nieder, Tränen strömten über ihre Wangen. »Ja, wir verstehen euch, und ihr habt es auch verstanden.«

»Und in jenem Jahr, einfach heimgehen, zusammensein …«

»Ja …«

Ich stolperte über einen Stein, strauchelte und fiel mitten in einen wimmelnden Trupp Söldner. Aneinandergeklammert, tränenüberströmt, krochen sie auf allen vieren und wiegten gleichzeitig die gespenstischen Phantombilder Überwältigter, Erschlagener, Verhungerter in ihren Armen, und sie alle schluchzten in geteiltem Leid.

Plötzlich brachen schnell aufeinanderfolgende Explosionen mit zunehmender Heftigkeit los, wie nur die Kriege unseres heutigen Zeitalters sie erzeugen können. Der Himmel war taghell, wenn denn Tageslicht so fahl und erbarmungslos in flackernder Finsternis vergehen konnte. Greifbare Finsternis!

»Hilfe, hilf mir hier raus«, schrie ich, doch niemand schien mein Schreien zu hören oder ihm Beachtung zu schenken. Ich suchte Memnoch, doch ich befand mich in einem steigenden Aufzug. Vor meinen Augen öffnete sich ein beängstigender Raum, mit prachtvollen Kronleuchtern, glänzend gewachsten Böden und endlosen Teppichen. Der harte Glitzerschein unserer der Technik verschriebenen Welt. Und Roger rannte mir entgegen. Roger in seiner überwältigend todschicken Aufmachung – purpurfarbenes Seidenjackett und enge maßgeschneiderte Hosen, duftwassergetränktes Haar und manikürte Hände.

»Lestat«, rief er, »Terry ist hier, sie sind hier. Lestat!«

Er klammerte sich an meine Jacke. Es starrten mich dieselben Augen an, die ich in seinem Geisterantlitz gesehen hatte. Ich spürte seinen Atem in meinem Gesicht. Der Raum begann sich in Rauch aufzulösen. Ein verschwommener Geist, Terry mit dem hellen, wasserstoffblonden Haar schlang vehement die Arme um Roger, in ihrem Blick ein Staunen, die rosa Lippen sprachlos. Und plötzlich waren da Memnochs Schwingen, die sich ausbreiteten und mich von der Szene ausschlossen, und der Boden öffnete sich zu einem gähnenden Abgrund.

»Ich wollte ihm von dem Schleier berichten …«, beharrte ich und wehrte mich gegen seinen harten Griff. Doch Memnoch hielt mich fest.

»Hier entlang!«

Das höllische Himmelsgewölbe spuckte einen weiteren glühenden Funkenregen aus, und zwischen den gegeneinandergetürmten, aufberstenden Wolken schossen Bündel von Blitzen über unsere Köpfe hinweg; mit Getöse brach ein eisiger Regenguß über uns herein.

»O Gott, o Gott, o Gott«, heulte ich. »Das kann unmöglich deine Schule sein! Gott! Ich sage nein!«

»Schau! Schau hin!«

Er wies auf die Gestalt Rogers, die sich auf allen vieren wie ein Hund im Kreise drehte, umringt von all den Menschen, die er getötet hatte. Männern, die ihn mit ausgestreckten Armen anflehten, Frauen, die sich die Kleider zerfetzten und ihre Verletzungen zur Schau stellten, während die Stimmen sich ringsum drohend überschlugen, als wolle der Höllenklang selbst unverhofft zerbersten. Terry – genau die Terry von vorhin – hatte immer noch die Arme um Rogers Hals geschlungen. Roger lag mit aufgerissenem Hemd und barfuß am Boden, wurde zusehends von wucherndem Dschungel umgeben. Schüsse hallten durch die Finsternis. Das Krachen automatischer Waffen, die ihre zahllosen tödlichen Geschosse in rückhaltlosem Ungestüm ausspien. Zwischen Kletterpflanzen und monströsen Baumriesen schienen die Lichter eines Hauses auf. Roger drehte sich zu mir um, versuchte sich aufzurichten, doch weinend sank er zurück, Tränen strömten über sein Gesicht. »... Und jede, aber auch jede meiner Taten für sich betrachtet, Lestat, und ich wußte nichts ... ich wußte gar nichts ...«

Deutlich und zugleich fordernd richtete er sich vor mir auf, um doch nur mit der Masse all der anderen vor meinen Augen zu verschmelzen.

Wohin ich schaute, überall sah ich sie. Die anderen.

Eine Szene überblendete die nächste. Aschengraue Farben schillerten heller oder verblichen in undurchdringlichem, nebelhaftem Dunst, und hier und da erhoben sich geläuterte Seelen aus den grausig wilden, turbulenten Gefilden der Hölle. Da, Paukenschläge! Durchdringende, schrille Schreie einer unerträglichen Folter. Männer, in grobe weiße Gewänder gehüllt, wurden in auflodernde Scheiterhaufen gestoßen; flehend reckten sie ihre Arme den anderen Seelen entgegen, die jedoch schreckten reuevoll zurück und heulten und kreischten in grausiger Erkenntnis: »Mein Gott, mein Gott, ich verzeihe Dir und mir selbst!«

Was bedeutete diese unvermittelt aufkommende, gestankverseuchte Sturmböe?

Seelen erhoben sich mit ausgestreckten Armen, ihre Gewänder fielen von ihnen ab oder verblaßten zu den kaum sichtbaren Roben der Erlösten, während ein Tunnel sich öffnete.

Ich sah das Licht, sah Myriaden von Seelen dem himmlischen Glanz entgegeneilen, aufwärtsfliegen in den Tunnel, der sich trichterförmig weitete, als sie emporschwebten. Einen Augenblick, einen gesegneten winzigen Augenblick nur, hallte die Himmelsmusik in dem Tunnel wider, als bilde nicht die Luft seine Form, sondern ein massives Material, das diese ätherischen Klänge reflektierte. Die klar geordneten Rhythmen, die herzzerreißende Schönheit der Melodien übertönte für einen Moment das katastrophale Leiden dieses Ortes.

»Ich wußte nichts, ich wußte nichts!« Die Stimmen verhallten. Der Tunnel schloß sich.

Ich stolperte, irrte ohne Ziel umher. Hier folterten Soldaten eine junge Frau mit Speeren, während andere sich weinend zwischen die sich krümmende Frau und ihre Peiniger zu werfen suchten. Dort liefen Kleinkinder auf kurzen rundlichen Beinchen, die Ärmchen ausgestreckt, ihren weinenden Vätern, Müttern, Mördern in die wartenden Arme.

Und dort, zu Boden gestreckt, den Körper in eine Rüstung gezwängt, lag ein rotbärtiger Mann und verfluchte laut heulend Gott, verfluchte den Teufel und das Schicksal. »Ich will nicht, will nicht, will nicht!«

»Und wer steht wohl hinter diesen Türen?« fragte eine schwermütig blickende Hilfreiche Seele mit wunderschönem Haar, das sich, in ätherischem Silberton schimmernd, um ihr Gesicht schmiegte, und legte ihre weiche Hand an meine Wange. »Sieh, dort!« Die Flügeltüren zwischen den Bücherwänden wollten sich öffnen. »Deine Toten, du mein Lieber, deine Toten, all die, die du gemordet hast!«

Ich starrte den Söldner an, der da hilflos auf dem Rücken lag und mit weitaufgerissenem Mund brüllte: »Nie und nimmer werde ich zugeben, daß es richtig war, nie, nie ...«

»Nicht meine Opfer!« schrie ich auf. Ich drehte mich um und rannte. Ich stolperte und fiel abermals mit dem Gesicht voran in die wattigweiche Menge sich um mich schließender Körper. Weiter hinten gingen die Ruinen einer Stadt im Feuer unter, ihre Mauern zerbröckelten. Wieder krachte die Kanone, und giftiges Gas strömte aus, so daß die Leute hustend und nach Atem ringend niederfielen. Aber der Chorgesang des »Ich wußte es nicht« übertönte all das und schuf einen Augenblick der Ordnung, der schlimmer war als das Chaos!

»Hilf mir!« Ich hörte nicht auf zu schreien. Nie zuvor hatte ich bloßes Schreien als so befreiend empfunden. Diese Erbärmlichkeit, zum höchsten Himmel aufzuschreien an dieser gottverlassenen Stätte, wo die Luft selbst ein einziger Schrei war, auf den niemand hörte, niemand außer den lächelnden Hilfreichen Seelen.

»Lerne, mein Liebster.«

»Lerne.« Gewisper wie Küsse. Ein Inder, dürr wie eine Vogelscheuche mit dunklem, turbanumwundenem Gesicht. »Lerne, gewinne Einsicht, Jüngling.«

»Wende den Blick nach oben, sieh die Blüten, sieh den Himmel ...« Ein Hilfreicher Geist bewegte sich in anmutigen Tanzschritten sicheren Fußes über den lose nachgebenden, mergelbedeckten Grund, sein fließendes weißes Gewand wehte zwischen den streifigen Ruß- und Schmutzwolken.

»Mach mir nichts weis, hier ist kein Garten!« schrie ich aus vollem Halse. Ich lag auf den Knien, meine Kleider hingen in Fetzen, aber unter meinem Hemd war der Schleier. Immer noch!

»Nimm meine Hand ...«

»Nein, laß mich los!« Meine Hand schlüpfte unter das Jackett und legte sich schützend über das Tuch. Eine undeutliche Gestalt wankte auf mich zu, grabschte nach mir. »Du, du verfluchter Bursche, du Dreckskerl, in den Straßen von Paris, wie Luzifer selbst voll goldenen Lichts, du! Was hast du mir angetan!«

Vor meinen Augen erschien die Taverne, der junge Mann, der, von meiner sterblichen Faust getroffen, hintenüberfiel, die übereinanderrollenden Fässer und das Gebrüll der wütenden, trunkenen Männer, die mich immer dichter einschlossen.

»Nein, hör auf damit!« brüllte ich. »Schafft ihn mir vom Hals. Ich habe keine Erinnerung an ihn. Den habe ich nicht getötet. Ich sag's euch, ich erinnere mich nicht daran, absolut nicht ... Claudia, wo bist du? Wo bist *du*, der ich wirklich Unrecht tat! Claudia! Nicolas, helft mir!«

Aber waren sie denn überhaupt hier, irrten sie in diesem wütenden Getümmel umher, oder waren sie längst fort, fort durch den Tunnel und hinauf in die gleißende Herrlichkeit aufgestiegen, hin zu den beseligenden Hymnen, in deren Akkorden und Melodien die Stille verwebt war. Bitte, laß sie nicht hier sein, bitte, laß sie dort oben sein!

Meinem Geschrei war jede Würde abhanden gekommen, und wie trotzig klang es dennoch in meinen Ohren! »Helft mir, egal wer! Hilfe!«

»Kann nur der Tod dich dazu bringen, mir zu dienen?« fragte Memnoch. Als schwarzer granitener Engel der Finsternis, so ragte er vor mir auf, die Schwingen gespreizt. O ja, verdecke die Schrecken der Hölle, lösche sie aus, bitte, selbst wenn es dazu dieser gräßlichsten aller gräßlichen Gestalten bedarf! »In der Hölle schreist du, wie du im Himmel gesungen hast! Dies ist mein Königreich, dies ist unser Werk. Erinnere dich an das Licht!«

Ich knallte rücklings auf meine Schulter und stieß mir im Fallen den linken Arm, da ich meine Rechte einfach nicht von dem Schleier lösen wollte. In einer blitzhaften Vision sah ich über mir den blauen Himmel, und Pfirsichblüten schwebten aus grünem Laub herab, während noch die saftigen Früchte an den Zweigen hingen.

Rauch stach mir in die Augen. Eine auf ihren Knien liegende Frau sagte zu mir: »Jetzt weiß ich, daß ich Vergebung nur in mir selbst finden kann, aber wie konnte ich ihr nur all dies antun, wo sie doch so klein war, wie konnte ich nur …«

»Ich dachte, anderes sei wichtiger«, hauchte ein junges Mädchen, die Arme beim Sprechen um meinen Nacken gelegt, so daß ihre Nase fast die meine berührte, »… aber weißt du, seine Freundlichkeit, ein wenig Händchenhalten, und er …«

»Vergib!« gebot Memnoch und schaffte sich Platz, indem er die Seele sachte beiseite schob. Doch die Menge zingelte uns ein; bleiche Gestalten hasteten über mich hinweg, einer mir nicht verständlichen Begnadigung entgegen oder auch nur aus Angst.

»Vergebt!« flüsterte Memnoch. Er zerrte den blutüberströmten Mönch in der zerfetzten braunen Kutte auf die Füße, die mit Brandblasen bedeckt, von vorsätzlichem Feuer versengt waren. »Dort, in deinem Herzen, hast du die Kraft!« sagte Memnoch. »Sei besser als Er, gütiger als Er, sei Ihm ein Beispiel.«

»Ich liebe … selbst Ihn noch …«, kam es wie ein Hauch von den Lippen der Seele, als sie sich plötzlich auflöste. »Ja, daß wir so leiden, kann Er nicht gewollt haben … unmöglich.«

»Nun, hat er die Prüfung bestanden?« verlangte ich zu wissen. »Genügte diese Seele mit dem, was sie gerade sagte, den Anforderungen dieses höllischen Ortes, war das ausreichend? Unkenntnis Gottes, genügt das? Oder kriecht sie jetzt schon anderswo in diesem Dreck? Oder zieht der Tunnel sie hinauf in die Höhe? Memnoch! Hilf mir!«

Ich schaute mir die Augen aus, suchte nach dem Mönch mit den versengten Füßen.

Eine Explosion zerfetzte die Türme der Stadt und legte sie in Trümmer. War das Glockengeläut? Die gewaltige Moschee war zusammengesunken. Ein Mann schoß mit einem Gewehr auf die Fliehenden. Verschleierte Frauen fielen laut kreischend zu Boden.

Lauter und lauter dröhnten die Glocken.

»Guter Gott, Memnoch, da läutet eine Glocke, hör nur, mehr als eine sogar.«

»Das sind die Glocken der Hölle, Lestat, und die läuten nicht für einen X-beliebigen! Sie läuten für uns, Lestat!«

Er packte mich am Kragen, als wolle er mich von den Füßen reißen. »Erinnere dich deiner eigenen Worte, Lestat. Die Glocken der Hölle, die Höllenglocken rufen dich!«

»Nein, laß mich los. Ich wußte nicht, was ich da sagte. Das war Poesie, dichterische Freiheit. Dummheit! Laß mich fort. Ich halte das nicht aus!«

Um einen Tisch saß ein Dutzend Leute versammelt, die über einer Landkarte diskutierten, einige umarmten einander, während sie auf verschiedene in stumpfen Farben markierte Punkte wiesen. Ein Kopf wandte sich um. Ein Mann? Ein Antlitz. »Du!«

»Laß mich gehen.« Ich fuhr herum und wurde gegen eine Bücherwand geschleudert. Buchrücken glommen im Licht, Bücher stürzten eins nach dem andern herab, mir auf die Schultern, lieber Gott, meine Glieder hielten das nicht mehr lange aus. Meine Faust krachte wie von selbst durch die glänzende Weltkugel, die erhaben auf ihrem geschnitzten hölzernen Halbrund thronte. Ein Kind hockte am Boden und starrte mit leeren Augenhöhlen zu mir auf.

Ich sah den Korridor und rannte los.

»Nein, ich will weg hier. Ich kann nicht, ich will nicht. Ich will nicht.«

»Willst nicht?« Memnoch packte meinen rechten Arm, das finster blickende Antlitz drohte über mir, die Schwingen spannten sich und hoben sich empor und verdeckten das Licht, als sie sich um mich schlossen, als sei ich sein Eigentum.

»Willst du mir nicht helfen, diesen Ort zu leeren? Diese Seelen alle ins Himmelreich zu schicken?«

»Ich kann es nicht!« schrie ich. »Ich will es nicht!«

Und plötzlich stieg rasende Wut in mir auf. Ich spürte, wie sie jede Furcht, jedes Zittern, jeden Zweifel in mir auslöschte, sie rauschte durch meine Adern wie glühendes, flüssiges Metall. Mein ach so vertrauter Zorn, der rettende Ausweg Lestats.

»Ich will nicht teilhaben an so etwas, nicht dir zuliebe, nicht Ihm zuliebe und den Seelen hier zuliebe auch nicht. Für niemanden!«

Ich taumelte rückwärts, funkelte ihn wütend an. »Nein, nicht dies. Nicht einem Gott zuliebe, der so blind ist wie Er, und erst recht nicht für jemanden, der verlangt, was du von mir verlangst. Du bist verrückt, ihr beide seid verrückt. Ich werde dir nicht helfen! Ich will nicht! Ich verzichte!«

»Das würdest du mir antun, du würdest mich im Stich lassen?« Er schien zutiefst getroffen, das dunkle Antlitz war schmerzverzerrt, Tränen schimmerten auf den glatten schwarzen Wangen. »Du könntest mich mit dieser Sache hier allein lassen, du würdest keinen Finger rühren, um mir zur Seite zu stehen, nach allem, was du getan hast? Du, Kain, Mörder deiner Brüder, Mörder der Unschuldigen, du kannst mir nicht helfen?«

»Hör auf damit, hör auf! Ich will nicht. Ich kann das hier nicht unterstützen! Ich kann nicht daran beteiligt sein. Ich kann es nicht ertragen! Ich kann in dieser Schule nicht lehren!«

Meine Kehle war heiser und brannte vom Schreien, und dennoch schienen meine Worte in dem tosenden Lärm unterzugehen, doch er hörte sie.

»Nein, nein! Ich will es nicht. Nicht in diesem System, nicht nach diesen Regeln, nicht nach diesem Plan. Nie, nie, niemals!«

»Feigling!« brüllte er, die mandelförmigen Augen riesengroß aufgerissen, Flammenreflexe zuckten auf dem harten Schwarz seiner Stirn und seiner Wangen. »Deine Seele ist in meiner Hand, ich biete dir die Erlösung zu einem Preis, um den die, die das hier seit Jahrhunderten ertragen, mich kniefällig bitten würden!«

»Ich nicht! Ich will nicht teilhaben an diesem Schmerz, nein, jetzt nicht und niemals ... Geh zu Ihm, ändert die Regeln. Sorgt dafür, daß das alles einen Sinn bekommt, macht es besser; aber nicht dies hier, das jedes von Menschen erträgliche Maß übersteigt, das ist unfair, unfair, unfair, es ist unzumutbar.«

»Das ist die Hölle, du Dummkopf! Was hast du erwartet? Daß du dem Fürsten der Hölle dienst, ohne im geringsten zu leiden?«

»Ich werde das niemandem antun!« kreischte ich lauthals. »Zur Hölle mit dir und mit mir.« Ich knirschte mit den Zähnen, und die innerste Gewißheit, im Recht zu sein, ließ mich schäumen und toben. »Ich werde in dieser Angelegenheit nicht gemeinsame Sache mit dir machen. Verstehst du nicht? Es ist unakzeptabel für mich. Ich kann mich darauf nicht einlassen. Ich kann mich nicht damit abfinden. Ich verlasse dich auf der Stelle, du hast mir die freie Entscheidung gelassen, ich gehe zurück! Gib mich frei!«

Damit drehte ich mich um.

Er griff abermals nach meinem Arm, und da kannte meine Wut keine Grenzen mehr. Ich schleuderte ihn zurück, so daß er rücklings zwischen taumelnde, sich auflösende Seelen fiel. Die Hilfreichen Geister liefen neugierig und aufgeregt rufend durcheinander, ihre bleichen ovalen Gesichter blickten verstört und bekümmert.

»Geh du nur«, fluchte Memnoch, der noch genau dort am Boden lag, wo ich ihn niedergestreckt hatte. »Und so wahr Gott mein Zeuge ist, du wirst, wenn du stirbst, auf den Knien rutschend zu mir zurückkehren – mein Schüler, mein Anhänger. Doch nie wieder wird es dieses Angebot geben, dich zu meinem Prinzen, meinem Gehilfen zu machen!«

Ich erstarrte, über die Schulter hinweg stierte ich auf den Gestürzten, dessen Ellbogen sich in die weichen, schwarzen Daunen seines Flügels gruben, als er versuchte, wieder auf die behuften Füße zu kommen, um sich abermals auf mich zu stürzen mit diesem monströs behinderten Gang.

»Hast du mich gehört!«

»Ich kann dir nicht dienen«, brüllte ich mit der ganzen Kraft meiner Lunge. »Ich bringe es einfach nicht über mich!«

Dann wandte ich mich endgültig ab in der Gewißheit, daß ich mich nicht noch einmal umschauen würde. Mich beherrschte nur ein Gedanke: Flucht! Ich rannte wie wahnsinnig, schlitterte über losen Mergel und schlüpfrige Hänge, stapfte durch die seichten Wasserläufe, zwischen den herbeiströmenden Gruppen verdutzter Hilfreicher Toter hindurch und quer über wimmernde Seelen hinweg.

»Wo sind die Stufen? Wo sind die Tore? Du kannst mir das nicht abschlagen. Dazu hast du kein Recht. Der Tod hat mich noch nicht geholt!« schrie ich, aber ohne mich auch nur einmal umzublicken oder im Laufen innezuhalten.

»Dora! David! Helft mir!« rief ich, so laut ich konnte. Doch da war Memnochs Stimme, dicht an meinem Ohr. »Lestat, tu das nicht. Bleib hier. Kehr nicht um. Lestat, tu's nicht, das ist Torheit, merkst du das nicht? Bitte, um der Liebe Gottes willen, wenn du Ihn überhaupt lieben kannst, die Seelen hier lieben kannst, dann hilf mir!«

»Nein!« Ich drehte mich zu ihm um und gab ihm einen gewaltigen Stoß, der ihn rücklings die Stufen hinabtaumeln ließ, die benommene Gestalt wirkte durch die riesigen flatternden Schwingen unbeholfen und grotesk. Ich drehte mich auf dem Absatz um und floh vor ihm. Weit voraus konnte ich schon das Licht am Ende der Treppe sehen und die geöffnete Tür. Ich raste darauf zu.

»Haltet ihn fest!« schrie Memnoch. »Laßt ihn nicht fort, er darf den Schleier nicht mitnehmen.«

»Er hat das Schweißtuch der Veronika!« kreischte einer der Hilfreichen Toten, indem er sich auf mich stürzte.

Beinahe wäre ich ausgeglitten, doch ich fing mich und rannte weiter, in großen Sätzen, mit schmerzenden Beinen. Ich fühlte die Hilfreichen Toten immer näher an mich herankommen.

»Haltet ihn!«

»Laßt ihn nicht fort!«

»Haltet ihn!«

»Nehmt ihm den Schleier ab!« rief Memnoch. »Unter seinem Hemd, das Schweißtuch, er darf es nicht mitnehmen!«

Mit der linken Hand trieb ich die Hilfreichen Toten in einem wattigen, gestaltlosen Haufen gegen die Klippe. Weit über mir war die Tür. Ich sah das Licht schon, ich sah es, und ich wußte, es war irdisches Licht, leuchtend hell und natürlich.

Memnochs Hand krallte sich in meine Schulter und wirbelte mich herum.

»Nein, so nicht!« knurrte ich ihn an. »Gott vergib mir und du auch, aber du kriegst weder mich noch den Schleier!«

Ich hob den linken Arm, um seine grabschenden, klauenartigen Hände abzuwehren, und stieß ihn erneut, aber er flog förmlich auf mich zu, als kämen ihm nun seine Flügel zu Hilfe, und er nagelte mich fast an die Stufen. Ich spürte den Druck seiner Finger auf meinem linken Auge! Spürte, wie sie das Lid aufzwangen und meinen Augapfel in auflodemdem Schmerz tief in die Höhle preßten, und dann glitt die gelatineartige Masse über meine Wange und zwischen meinen zitternden Fingern hindurch.

Ich hörte Memnoch aufkeuchen.

»Oh, nein«, stöhnte er; er preßte seine Hand vor den Mund und starrte voller Entsetzen auf das gleiche Ding, das auch ich anstarrte.

Mein Auge, mein rundes blaues Auge lag schimmernd auf der Stufe. Und all die Hilfreichen Toten starrten es ebenfalls an.

»Tretet drauf, zermalmt es«, schrie einer von ihnen und stürzte vor. »Ja, zertretet es, zerquetscht es, zerdrückt es!« kreischte ein anderer und schoß förmlich darauf zu.

»Nein, laßt das, nein! Halt, aufhören, ihr alle!« schrie Memnoch. »Nicht in meinem Reich, das werdet ihr hier nicht tun!«

»Zertretet das Auge!«

Das war er, der Augenblick, das war meine Chance! Ich raste die Treppe hinauf, meine Füße berührten kaum die Stufen, ich fühlte, wie mein Kopf, meine Schultern in das Licht, in das Schweigen eintauchten und in den Schnee.

Ich war frei.

Die Erde hatte mich wieder; unter meinen Füßen war gefrorener Boden, schlüpfriger Schneematsch. Einäugig, blutend, den Schleier immer noch unter meinem Hemd, so rannte ich durch das Schneetreiben, durch Schneeverwehungen, und nun hallten meine Schreie von Gebäuden wider, die mir vertraut waren, von den dunklen, unerbittlichen Wolkenkratzern der Stadt, die ich kannte. Heimat, Erde.

Die Sonne war gerade hinter dem dunkelgrauen Gespinst des niedergehenden Schneesturmes verschwunden. Vor dem reinen Weiß des Schnees verging das winterliche Zwielicht um so schneller in der Dunkelheit.

»Dora, Dora, Dora!«

Weiter und weiter rannte ich.

Schattenhafte Gestalten Sterblicher schleppten sich durch das Unwetter, eilten über schmale, schlüpfrige Pfade, Autos krochen durch das Schneegestöber, ihre Scheinwerfer versuchten, das zunehmend dichter werdende Weiß zu durchdringen. Der Schnee häufte sich zu derartigen Wehen, daß ich auf die Knie fiel und mich dann wieder hochrappelte; doch ich gab nicht auf.

Endlich ragten die Spitzbögen und Türme von St. Patrick vor mir auf. – St. Patrick! – Und jenseits davon die emporstrebenden Mauern des Olympic Tower. Seine gläsernen Fronten wirkten wie polierter Fels, scheinbar unbezwingbar, seine Höhe monströs, als wolle er, wie der Turm zu Babel, den Himmel erreichen.

Ich blieb stehen, mein Herz drohte zu zerspringen.

»Dora! Dora!«

Ich erreichte den Eingang zur Halle, dahinter die schwindelerregenden Lichter, die glatten Böden, das Gewühl Sterblicher, realer, solider Menschen ringsum, die sich verblüfft nach dem Etwas umsahen, das sich in blitzhafter Bewegung ihren Augen entzog. Diffuse Musik und betäubende Lichter, ein Schwall künstlicher Wärme!

Ich fand das Treppenhaus und schoß empor wie ein glühender Funke durch den Kamin, so daß ich direkt durch die hölzerne Wohnungstür krachend in das Apartment taumelte.

Dora.

Ich sah sie, roch sie, roch wie zuvor das Blut zwischen ihren Schenkeln. Sah ihr zartes kleines Gesicht, weiß und niedergeschlagen, und rechts und links von ihr wie Kobolde aus Kinderreimen und Höllenmärchen Armand und David, Vampire, Monster, die mich beide ebenso mit Erstaunen und Verwunderung anstarrten.

Anfangs bemühte ich mich, das linke Auge, das doch gar nicht mehr da war, zu öffnen, dann bewegte ich den Kopf hin und her, um die drei mit dem einen, dem noch vorhandenen rechten Auge deutlich erkennen zu können.

Ein kleiner scharfer Schmerz, wie von tausend Nadelstichen, bohrte in der leeren Höhle, in der sich mein linkes Auge befunden hatte.

Oh, das Entsetzen auf Armands Gesicht. In seiner üblichen Eleganz stand er da, in einem Mantel aus schwerem Samt, modischen Spitzen, und die Stiefel glänzten wie Glas. Sein Gesicht, immer noch das des Botticelli-Engels, wurde von Schmerz verzerrt, als er mich ansah.

Und David – welches Bedauern, welches Mitgefühl. Der betagte englische Gentleman und der junge großartige Körper, in dem er eingeschlossen war – dies beides gebannt in einer Gestalt, die in winterliche Tweed- und Kaschmirstoffe gekleidet war. Monster als Menschen gekleidet, aber erdverhaftet, real!

Und die helle, jungenhafte Gestalt meiner Dora, meine schlanke, sehnsüchtige Dora mit den großen dunklen Augen.

»Mein Schatz, mein Liebling«, rief sie, »ich bin hier!« Ihre dünnen, warmen Arme legten sich um meine schmerzenden Schultern, ungeachtet des Schnees, der aus meinen Haaren und Kleidern rieselte. Ich sank auf die Knie, vergrub mein Gesicht in ihrem Rock, nahe dem Quell des Blutes, Blut eines lebendigen Schoßes, Blut der Erde, Doras Blut, das ihr Körper spendete. Und dann fiel ich lang auf den Boden. Ich konnte mich nicht rühren, nichts sagen. Ich spürte ihre Lippen auf den meinen.

»Du bist in Sicherheit, Lestat«, sagte sie.

Oder war das Davids Stimme?

»Du bist bei uns«, sagte sie.

Oder kam das von Armand?

»Wir sind hier, bei dir.«

»Schau dir das an, seine Füße. Er hat nur noch einen Schuh an.«

»… seine Jacke, zerfetzt … da ist kein Knopf mehr dran.«

»Schatz, Schatz.« Sie küßte mich.

Zärtlich, ganz vorsichtig, um sie nicht mit meinem Gewicht zu erdrücken, hielt ich sie und legte sie nieder und schob ihren Rock hoch. Ich drückte mein Gesicht gegen ihre lebendig-warmen, nackten Schenkel. Der Duft des Blutes überschwemmte meinen Verstand.

»Verzeih mir, verzeih mir«, murmelte ich, und dann drang meine Zunge in die dünne Baumwolle ihres Slips, zerrte den Stoff fort von dem weichen, flaumigen Schamhaar, schob die blutgetränkte Binde zur Seite und leckte von diesen jungen rosa Schamlippen das Blut, das aus ihrem Schoß floß. Nicht das reine Blut, doch ihr Blut, aus ihrem starken, jungen Körper, Blut von den festen, glühenden Zellen ihres Fleisches, Blut, das keinen Schmerz verursachte, kein Opfer verlangte, sondern nur ein mitleidiges, zärtliches Ertragen ihrerseits, das Ertragen dieses unsäglichen Aktes, daß meine Zunge derart in sie eindrang und selbst das verborgendste Blut noch aufsaugte. Sachte, sachte schleckte ich noch den winzigsten Tropfen aus ihrem Schamhaar.

»Unrein, unrein!« hallte es in meinen Ohren. Das hatten sie geschrien auf der Straße nach Golgatha, als Veronika sagte: »Herr, ich berührte den Saum deines Gewandes, und meine Blutung war gestillt.«

»Unrein, Gott sei Dank«, hauchte ich, und meine Zunge labte sich an der verborgenen, blutbedeckten Stelle, an dem Duft und Aroma ihres süßen Blutes. Blut, einem Organ entspringend, dem keine Wunde zugefügt werden muß, damit es ungehindert fließt. Die Pforte zu ihrem Blut, und sie gewährte mir den Zugang in tiefster Verzeihung meines unerhörten Handelns.

Schnee schlug gegen die Scheiben. Hören, sogar riechen konnte ich ihn, den blendenden weißen Schnee eines scheußlichen New Yorker Unwetters. Tiefster, weißer Winter, der mit seinem eisigen Mantel alles bedeckte.

»Mein Liebling, mein Engel«, flüsterte sie.

Ich lag schwer atmend gegen sie gelehnt. Das gesamte Blut hatte ich in mich aufgenommen. Den letzten Tropfen noch hatte ich aus ihrem Schoß gesogen, selbst von der Binde nahe ihrer Haut hatte ich es geleckt.

Sie richtete sich auf und beugte sich vor, bedeckte mich mit ihren verschränkten Armen, als wolle sie mich vor anderen Blicken – Davids, Armands – schützen. Und während des ganzen Geschehens hatte sie mich nicht einmal fortgestoßen oder hatte protestiert oder war zurückgeschreckt. Und als ich nun weinte, drückte sie mein Gesicht an ihre Brust.

»Du bist in Sicherheit«, wiederholte sie. Sicher, alle sagten sie es, als sei es eine Zauberformel. Sicher, sicher, sicher.

»Oh, nein«, schluchzte ich. »Nein, keiner von uns ist mehr sicher. Und nie wieder wird es Sicherheit geben, nie, niemals mehr …«

Kapitel 22

Ich ließ mich nicht von ihnen anfassen. Das heißt, ich rückte noch nichts heraus, weder meinen zerfetzten Schuh noch sonst irgend etwas. Weg mit euren Kämmen, euren Handtüchern, euren Annehmlichkeiten. Ich behielt das Geheimnis, das sich unter meiner Jacke verbarg, beharrlich für mich.

Nur um eines bat ich sie, um eine dicke, schwere Decke, in die ich mich einwickeln könnte. Sie fanden etwas, ein großes Plaid, das weich und wollig war, aber das war nebensächlich.

Die Wohnung war fast ausgeräumt. Sie hatten sich die ganze Zeit über damit befaßt, Rogers Schätze in den Süden umzulagern, so erzählten sie mir. Sterbliche Agenten hatten diese Aufgabe übernommen, und so waren die meisten Statuen und Ikonen in das Kloster in New Orleans gebracht worden und hatten ihre Heimat dort in der Kapelle gefunden, die ich noch leer, nur mit der Statue des Gekreuzigten, gesehen hatte. Welch ein Omen!

Sie waren nicht ganz fertig geworden; einige wenige kostbare Gegenstände befanden sich noch hier, ein oder zwei Kisten, Kartons mit Unterlagen, Akten.

Ich war wohl für einen Zeitraum von drei Tagen verschwunden gewesen. Die Nachrichtensendungen waren voll mit Geschichten über Rogers Tod. Allerdings wollten sie mir nicht erzählen, wie es herausgekommen war. Das Gerangel um die Macht in der Unterwelt, in den Drogenkartellen war voll im Gange. Auch die Verbindung zwischen Roger und Dora schien aufgedeckt. Inzwischen hatten die Reporter es aber aufgegeben, den TV-Sender wegen Dora anzusprechen. Von dieser Wohnung hier hatte keiner eine Ahnung. Niemand wußte, daß sie hier war. Es wußten auch nur die wenigsten Leute von dem großen Kloster, in das sie zurückkehren wollte, wenn Rogers Hinterlassenschaft endgültig dort hingeschafft worden war.

Der Kabelsender hatte Doras Show eingestellt. Die Gangstertochter predigte nicht mehr. Und ihren Anhängern hatte sie sich weder gezeigt noch zu ihnen gesprochen.

Zeitungsartikel und Ausschnitte im Fernsehen hatten ihr gezeigt, daß der Skandal sie mit einer unbestimmt-mysteriösen Aura umgeben hatte. Doch im großen und ganzen betrachtete man sie als eine Art Sackgasse, die zu nichts führte – eine kurzfristig interessante Fernsehpredigerin, die von den Geschäften ihres Vaters nichts geahnt hatte.

Durch Davids und Armands Gesellschaft hatte sie die Verbindung zu ihrer früheren Welt verloren, saß hier in New York, während der schlimmste Winter seit fünfzig Jahren die Stadt in seinen Klauen hielt. Sie hatte hier inmitten der religiösen Kunstwerke und Reliquien gehaust und den beiden zugehört, ihren sanften Tröstungen, ihren wundersamen Geschichten, unentschieden, wie sie sich weiter verhalten sollte, doch immer noch im Glauben an Gott …

Das also waren die Neuigkeiten für mich.

Ich nahm die Wolldecke entgegen und marschierte – immer noch nur mit dem einen Schuh – durch das Apartment. Schließlich zog ich mich in das kleine Zimmer zurück und wickelte mich in die Decke. Das Fenster hier war verhängt, so daß die Sonne nicht hineinscheinen konnte.

»Kommt bloß nicht in meine Nähe«, sagte ich. »Ich brauche jetzt den Schlaf eines Sterblichen. Ich muß erst mal eine Nacht durchschlafen und den nächsten Tag dazu, dann werde ich euch alles erzählen. Aber faßt mich nicht an, kommt mir nicht zu nahe.«

»Kann ich nicht in deinen Armen schlafen?« fragte Dora, ein bleiches, pulsierendes, blutdurchströmtes Menschenwesen, wie sie da im Türrahmen stand, mit ihren vampirischen Schutzengeln hinter sich.

Der Raum lag im Dunkeln. Einzig eine Truhe mit sakralen Kunstwerken war hier zurückgeblieben.

»Nein. Wenn erst die Sonne aufgegangen ist, wird mein Körper sich unter allen Umständen, ohne daß ich es beeinflussen kann, gegen sterbliche Anwesende verteidigen. Du kannst diesen Schlaf nicht mit mir teilen. Das ist unmöglich.«

»Dann laß mich wenigstens jetzt bei dir bleiben.«

Die beiden anderen starrten über ihre Schulter hinweg auf die Lider meines leeren linken Auges, die sich schmerzhaft zuckend aufeinanderpreßten. Es mußte geblutet haben. Doch unser Blut gerinnt schnell. Das Auge war bis zu seiner Wurzel herausgerissen worden. Doch wo war diese Wurzel?

Ich konnte immer noch das süße köstliche Blut riechen, das Blut, das ich von ihr genommen hatte. Es haftete an meinen Lippen; ihr Blut.

»Laß mich schlafen«, sagte ich.

Ich verschloß die Tür und streckte mich auf dem Boden aus. Mit angewinkelten Knien lag ich, warm und geborgen in die Wolldecke gehüllt. Der Duft der Kiefernnadeln und der Erde, die sich in meinen Kleidern verfangen hatten, stieg mir in die Nase. Ich roch Rauch und bröckelnde getrocknete Exkremente und natürlich Blut, das menschliche Blut von den Schlachtfeldern, das Blut aus der Hagia Sophia, das von dem toten Kind auf mich gespritzt war, und da war der Geruch von Pferdemist und der Geruch des höllischen Mergels.

Das hatte ich nun alles mit in diese Decke eingewickelt, und eine Hand preßte ich immer noch auf das Stoffbündel, auf den zusammengelegten Schleier auf der bloßen Haut meiner Brust.

»Kommt mir nicht zu nahe«, flüsterte ich abermals, bestimmt für die Ohren der Unsterblichen dort vor der Tür, die ganz durcheinander und verwirrt waren.

Dann schlief ich.

Liebliche Ruhe, liebliche Dunkelheit. Wäre doch der Tod wie dies hier. Könnte man doch schlafen, immerfort schlafen, einen ewigen Schlaf.

Kapitel 23

Vierundzwanzig Stunden lang hatte ich wie bewußtlos geschlafen. Ich erwachte erst wieder am nächsten Abend, als die Sonne schon hinter dem winterlichen Horizont versank.

Ein hübsches Sortiment meiner eigenen Kleidung war auf der hölzernen Truhe ausgebreitet und dazu ein Paar Schuhe.

Ich fragte mich lebhaft, wer all das aus den Koffern ausgewählt hatte, die David zuvor von meinem nahe gelegenen Hotel hatte herüberschicken lassen. Vermutlich war er das wohl selbst gewesen. Ich mußte lächeln, als ich daran dachte, wie oft in unserem Leben David und ich schon bis zum Hals in geradezu abenteuerliche Bekleidungsprobleme verstrickt gewesen waren.

Aber wissen Sie, wenn ein Vampir solche Kleinigkeiten, wie es Kleider sind, wegläßt, macht die Story keinen richtigen Sinn. Selbst die grandiosesten Sagengestalten – wenn sie aus Fleisch und Blut sind – kommen nicht umhin, sich über solche Dinge wie die Schnallen ihrer Sandalen Gedanken zu machen.

Mir wurde nur allzu deutlich klar, daß ich zurück war aus jenen Gefilden, in denen die Beschaffenheit der Kleider vom Willen ihres Trägers abhing. Und daß ich schmutzverkrustet war und tatsächlich nur einen Schuh trug.

Ich stand auf, hellwach, und zog den Schleier sorgsam hervor, ohne ihn aufzufalten oder auch nur einen flüchtigen Blick darauf zu werfen, obwohl ich glaubte, das dunkle Abbild durch den Stoff hindurch wahrnehmen zu können. Ganz bedachtsam zog ich alles, was ich am Leibe trug, aus und stapelte es auf der Wolldecke, damit auch nicht eine Kiefernnadel versehentlich verlorenging. Dann eilte ich ins Bad nebenan – einen kleinen Raum, gekachelt wie üblich und voller Schwaden von heißem Wasserdampf – und badete, als würde ich im

Jordan getauft. David hatte all die netten Kleinigkeiten bereitgelegt – diverse Kämme, Bürsten, Scheren. Wesentlich mehr benötigen Vampire eigentlich nicht.

Während ich badete, hatte ich die Tür des Badezimmers offengelassen. Hätte jemand gewagt, meinen Schlafraum zu betreten, ich wäre sofort aus dem dampfenden Bad herausgeschossen und hätte ihn rausgeschmissen.

Endlich, naß und sauber, verließ ich die Wanne, kämmte mich, trocknete mich gründlich ab und zog Stück für Stück meine eigenen Kleider an, meine seidene Unterwäsche, die schwarzen Socken, die Hose aus Wollstoff, das Oberhemd, eine Weste und einen doppelreihigen blauen Blazer.

Dann bückte ich mich und hob den gefalteten Schleier auf. Ich hielt ihn in der Hand, wagte aber immer noch nicht, ihn auseinanderzufalten. Aber ich konnte die dunklen Stellen auf der Innenseite erkennen. Jetzt war ich mir ganz sicher. Ich steckte ihn unter die Weste und knöpfte sie bis obenhin zu.

Ich schaute in den Spiegel. Ich sah einen Irren, der in einem Anzug von Brooks Brothers steckte – ein Dämon mit aufgelösten blonden Locken und offenem Kragen starrte mich mit einem entsetzten Auge aus dem Spiegel an.

Das Auge, lieber Gott, das Auge!

Ich hob die Finger, um die leere Höhle zu betasten, die Lider, die sich schützend darüber schlossen. Was nur, was konnte man tun? Hätte ich doch wenigstens eine schwarze Augenklappe, so ein Ding, wie es die Edelleute früher benutzten. Aber die hatte ich natürlich nicht.

Mein Gesicht war geschändet durch das fehlende Auge.

Ich merkte, daß ich heftig zitterte. David hatte mir eine meiner sehr breiten, schalartigen Krawatten rausgelegt, aus violetter Seide. Die schlang ich derart um meinen Kragen, daß er wie einer dieser steifen altmodischen Stehkragen aufrecht stand und die Seide sich in dichten Falten um ihn legte, wie es auf manchen Portraits von Beethoven zu sehen ist. Die Enden der Krawatte steckte ich in die Weste. Nun glühte mir das rechte Auge leuchtend violett aus dem Spiegel entgegen, in Einklang mit dem Violett des Halstuchs. Doch das wog die Schwärze, die ich auf der linken Seite sah, nicht auf, sondern zwang mich erst recht, hinzusehen.

Ich schlüpfte in meine Schuhe, warf noch einen Blick auf das

Häufchen ruinierter Klamotten, las mit spitzen Fingern ein paar Krümel Staub und welke Blätter auf und fügte sie behutsam der Sammlung auf der Decke zu. Dann trat ich hinaus in die Diele.

Das Apartment war herrlich warm und duftete nicht unbedingt überwältigend, nämlich nach einer ziemlich populären Sorte Räucherstäbchen – ein Duft, der mich an katholische Kirchen von früher erinnerte, wenn der Meßdiener das Weihrauchfäßchen an seiner Kette hin- und herschwang.

Ich nahm die drei sehr deutlich wahr, als ich den Wohnraum betrat. Sie saßen in dem freundlichen, hellen Lampenschein zusammen, dessen gleichmäßiges Licht die nächtlichen Fenster zu einem Spiegel werden ließ, hinter dem der Schnee unaufhörlich auf New York niederfiel. Mich verlangte danach, den Schnee zu sehen. Ich ging an den dreien vorbei und drückte mein Auge an das Glas. St. Patricks Dächer waren über und über mit frischgefallenem Schnee bedeckt, obwohl von den steilen Türmen ein Großteil immer wieder herabrieselte, doch jede kleinste Verzierung hatte ein weißes Häubchen. Die Straße unten war ein unwegsames weißes Tal. Hatte man selbst den Einsatz von Schneepflügen aufgegeben?

Ich blickte hinunter auf die New Yorker Bürger. Waren das nur die Lebendigen? Ich versuchte, mit meinem rechten Auge alles zu durchdringen. Die, die ich sah, schienen mir lebendig zu sein. Ich prüfte mit meinen übernatürlichen Sinnen die Dächer der Kirche in plötzlicher Panik, daß ich jeden Moment einen kunstvoll in die Mauern eingefügten Wasserspeier entdecken könnte und feststellen müßte, daß er lebendig war und mich beobachtete.

Doch ich spürte nichts, niemanden außer die hier in diesem Zimmer, die ich liebte, die geduldig warteten, bis ich mein melodramatisches und ausuferndes Schweigen beendete.

Ich wandte mich um. Armand hatte sich wieder mit höchst modischem Samt und bestickter Spitze ausstaffiert, diesem »romantischen New Look«, den man allenthalben in den schicken Läden dieser Stadt finden konnte. Sein rotbraunes Haar fiel locker und ungeschnitten herab wie in längst vergangenen Zeiten, als er, ein dem Satan Geweihter in den Augen der Pariser Vampire, sich nicht die Eitelkeit erlaubt hatte, auch nur ein einziges Löckchen davon abzuschneiden. Aber nun war es sauber gewaschen und glänzte in sattem Kastanienbraun vor dem dunklen Blutrot seines Jacketts. Und ach, seine schwermütigen, ewig jungen Augen, die mich betrachteten, die glatten, knabenhaften Wangen, der engelhafte Mund. Er saß am Tisch, zurückhaltend, aber erfüllt von Liebe und Neugier und auch einer Art Demut, die zu sagen schien: »Vergiß all unsere Auseinandersetzungen. Ich bin für dich da.«

»Ja«, sagte ich laut. »Ich danke dir.«

David, der kräftige, braunhaarige, anglo-indische junge Mann, saß da und sah so verlockend und zum Anbeißen aus wie stets seit der Nacht, da ich ihn zu einem der Unseren gemacht hatte. Er trug seinen geliebten englischen Tweed mit Lederflicken an den Ellbogen und eine Weste, die genauso hoch geschlossen war wie meine, außerdem hatte er ein Kaschmirhalstuch umgelegt, vielleicht weil er trotz all seiner Stärke sich doch noch gegen die ungewohnte Kälte schützen mußte.

Es ist schon merkwürdig, auf welche Art wir die Kälte empfinden. Man kann sie einfach ignorieren. Aber dann, von einer Sekunde zur anderen, nimmt man sie doch sehr persönlich.

Meine strahlende Dora saß mir am nächsten, Armand gegenüber, und David, das Gesicht mir zugewandt, zwischen ihnen. Also blieb für mich nur der Stuhl, der mit dem Rücken zum Fenster und zum nächtlichen Himmel stand. Ich starrte ihn an. Ein so simples Objekt, ein mit schwarzem Lack überzogener Stuhl in fernöstlichem Design, andeutungsweise chinesisch, sehr funktional und eindeutig teuer.

Als Dora sich erhob, wirkte es, als ob ihre langen Beine sich unter ihr auseinanderfalteten. Sie trug ein dünnes, langes Kleid aus burgunderfarbener Seide, nur dieses leichte Kleid, offensichtlich schien ihr die künstliche Wärme des Raumes zu genügen, um sich behaglich zu fühlen. Ihre weißen Arme waren unbedeckt. Sie sah bekümmert aus; die glänzenden schwarzen Haare lagen wie ein kleines Käppchen um ihren Kopf und bogen sich in zwei Spitzen bis zur Mitte ihrer Wangen – der bevorzugte Haarschnitt von vor achtzig Jahren, aber auch von heute. Ihre Augen waren wie immer groß und rund und strahlten Liebe aus.

»Was ist geschehen, Lestat?« fragte sie. »Ach, bitte, erzähl es uns.«

»Wo hast du dein Auge gelassen?« fragte Armand. Das war genau die Frage, auf die man bei ihm gefaßt sein mußte. Er war nicht aufgestanden. David, der englische Gentleman, war schon deshalb aufgestanden, weil Dora aufgestanden war, doch Armand saß einfach da, schaute zu mir hoch und fragte ganz direkt und ohne Umschweife: »Was ist damit passiert? Hast du es noch?«

Ich sah Dora an. »Man hätte das Auge retten können«, zitierte ich aus ihrer Geschichte von Onkel Mickey, den Gangstern und dem Auge, »wenn diese Schurken es nicht zertreten hätten.«

»Was sagst du da?« fragte sie.

»Ich weiß nicht, ob sie es wirklich zertreten haben«, sagte ich, irritiert durch das Zittern in meiner Stimme, von der Dramatik, die sich darin ausdrückte. »Es waren auch keine Gangster, sondern es waren Geister, und ich war auf der Flucht und ließ das Auge zurück, ließ es auf den Stufen liegen. Vielleicht haben sie es zerdrückt, zertreten wie einen Klumpen Matsch, was weiß ich. Haben sie Onkel Mickey eigentlich mit seinem Glasauge begraben?«

»Ja, ich denke schon.« Dora sprach wie betäubt. »Darüber haben sie mir nie etwas erzählt.«

Ich spürte, wie die beiden andern sie mit ihren telepathischen Sinnen durchforschten, wie Armand mich durchbohrte, wie sie die Bilder auffingen, die Onkel Mickey in der Bar zeigten, halb zu Tode getreten, und die Gangster, die mit ihren spitzen Schuhen das Auge zerquetschten.

Dora stöhnte auf. »Was ist dir geschehen?«

»Ihr habt Rogers Sachen alle fortgebracht?« fragte ich. »Beinahe alle?«

»Ja, sie sind in der Kapelle von Sankt Elisabeth, da sind sie sicher«, sagte Dora.

»Sankt Elisabeth.« Das war der Name des Klosters gewesen, als es noch ein Waisenhaus war. Ich hatte den Namen nie vorher von ihr gehört.

»Keiner wird auf die Idee kommen, sie da zu suchen. Die Presse interessiert sich sowieso nicht mehr für mich. Und Rogers Feinde kreisen um seine Unternehmen wie die Geier; sie haben sich auf seine Bankguthaben und laufenden Wechsel eingeschossen und auf die Bankschließfächer und ermorden sich gegenseitig wegen der Schlüssel. Seine Vertrauten haben seine Tochter zur Zufallsbeteiligten erklärt, unwichtig, ruiniert. Zählt nicht.«

»Gott sei Dank«, seufzte ich. »Hast du die Nachricht von seinem Tod verbreitet? Wird bald alles vergessen sein, was seine Geschichte betrifft und welche Rolle du dabei gespielt hast?«

»Man fand seinen Kopf«, sagte Armand ruhig.

Mit gedämpfter Stimme erzählte er es. Ein paar Köter hatten den Kopf aus einem Abfallhaufen gezerrt und sich darum gebalgt. Ein alter Mann, der sich unter einer Brücke an einem Feuer wärmte, hatte sich das gut eine Stunde lang angesehen, bis ihm bewußt wurde, daß das ein menschlicher Kopf war, um den die Hunde sich rauften. Man brachte den Kopf zu den zuständigen Stellen, und durch genetische Tests an Haut und Haaren stellte man fest, daß es Roger war. Zahnabdrücke brachten nichts, denn Roger hatte tadellose Zähne. Blieb also nur Dora, um ihn zu identifizieren.

»Er muß es gewollt haben, daß man ihn findet«, sagte ich.

»Wie kommst du darauf? Wo bist du gewesen?« fragte David.

»Ich habe deine Mutter gesehen«, wandte ich mich an Dora. »Ihre blondierten Haare und ihre blauen Augen. Sie werden bestimmt bald im Himmel sein.«

»Was um alles in der Welt redest du, mein Liebling?« fragte sie. »Mein Engel, was erzählst du mir da?«

»Setzt euch hin, alle. Ich werde euch die ganze Geschichte erzählen. Hört mich ohne Unterbrechung an. Nein, ich will mich nicht setzen, nicht mit diesem Himmel und dem wirbelnden Wind und dem Schnee und dieser Kirche hinter meinem Rücken. Ich werde hier auf und ab gehen, und ihr hört euch an, was ich euch zu sagen habe.

Und merkt euch eins. Was ich auch erzähle, ich habe es wirklich erlebt! Vielleicht hat man mich nur reingelegt, ausgetrickst. Vielleicht bin ich einer Täuschung erlegen. Aber diese Geschichte habe ich mit eigenen Augen wahrgenommen, mit eigenen Ohren gehört!«

Und dann erzählte ich ihnen alles, von ganz vorne angefangen. Jeder von ihnen kannte schon Bruchstücke davon, nun lieferte ich ihnen die fehlenden Teile – angefangen bei meinem ersten verhängnisvollen Blick auf Roger und meiner Liebe zu ihm, zu seinem unverfrorenen, weißblitzenden Lächeln und den schuldbewußten, glühenden schwarzen Augen, bis hin zu dem Augenblick gestern abend, als ich mich durch die Tür dieses Apartments katapultierte.

Ich erzählte ihnen alles. Jedes Wort, das Memnoch und Gott, der Menschensohn, gesagt hatten. Alles, was ich im Himmel und in der Hölle gesehen hatte. Ich redete von den Gerüchen und Farben in Jerusalem. Ich redete und redete und redete …

Die Geschichte verschlang die Nacht, sie fraß die Stunden, während ich auf und ab schritt wie in Raserei, mich wiederholte, um bestimmte Stellen ganz korrekt wiederzugeben. Zum Beispiel die Schritte der Evolution, die die Engel so geschockt hatten, und die unendlich großen Bibliotheken des Himmelreichs und den Pfirsichbaum mit Früchten und Blüten zugleich und dann die Begegnungen mit Gott; und den Söldner, der dort in der Hölle lang auf dem Rükken lag und sich weigerte nachzugeben. Ich beschrieb ihnen genau das Innere der Hagia Sophia. Ich redete von den nackten Männern auf dem Schlachtfeld. Und immer wieder beschrieb ich ihnen die Hölle. Schilderte den Himmel. Ich wiederholte ihnen meine letzte Weigerung gegenüber Memnoch, daß es mir unmöglich sei, ihm beizustehen, daß ich mich außerstande sah, in seiner Schule zu lehren!

Nicht einen Laut hörte ich von ihnen, während ich sprach. Als ich geendet hatte, starrten sie mich an.

»Du hast den Schleier?« fragte Dora mit bebenden Lippen. »Du hast ihn behalten?«

Sie neigte den Kopf leicht zur Seite in einer Vergebung andeutenden Geste, falls ich jetzt sagte: »Nein, ich habe ihn draußen auf der Straße verloren, ich habe ihn an einen Bettler verschenkt!«

»Der Schleier beweist gar nichts«, sagte ich, »was immer man auch darauf sieht, ist bedeutungslos! Wer solche Sinnestäuschungen erzeugen kann, kann auch ein Bildnis auf ein Tuch zaubern! Das ist kein Beweis für Lüge oder Wahrheit, nicht für Betrug oder Hexerei oder göttliche Erscheinungen.«

»Als du in der Hölle warst«, fragte sie ganz lieb, ganz sanft, und ihr bleiches Gesicht leuchtete im warmen Licht der Lampe, »hast du Roger da erzählt, daß du Veronikas Schleier hast?«

»Nein, Memnoch hat es verhindert. Und ich sah Roger auch höchstens für eine Minute, kaum sah ich ihn, war er auch schon wieder verschwunden. Aber ich weiß, er wird hinauf in den Himmel kommen, bestimmt, denn er ist clever, er hat sich sicher schon zurechtgelegt, wie es funktioniert. Und Terry wird mit ihm gehen. Sie werden in Gottes Armen sein, es sei denn, Gott ist ein billiger Zauberkünstler und alles war nur eine riesige Lüge. Aber wozu sollte das gut gewesen sein? Welchen Zweck hätte das gehabt?«

»Du glaubst nicht an das, worum Memnoch dich bat?« fragte Armand. Erst jetzt bemerkte ich, wie erschüttert er war. Er wollte, daß es die Wahrheit war! Wie sehr er einem Knaben glich, der er gewesen sein mußte, als er zum Vampir wurde, jung und voller irdischer Anmut.

»Ja doch, das schon!« sagte ich. »Ich habe ihm geglaubt, aber das Ganze könnte schließlich ein Betrug sein, siehst du das nicht?«

»Hast du nicht gespürt, daß es stimmte«, beharrte Armand, »daß er dich brauchte?«

»Was? Sind wir wieder da angekommen, wo wir uns darüber stritten, ob wir Gott dienen, wenn wir Satan dienen? Du und Louis, die im Theatre des Vampires darüber diskutierten, ob wir Kinder Gottes sind, wenn wir Kinder Satans sind?«

»Ja!« sagte Armand. »Und, hast du ihm geglaubt?«

»Ja. Nein. Ich weiß nicht. Ich weiß es nicht!« schrie ich. »Ich hasse Gott mehr, als ich ihn je gehaßt habe. Beide, Memnoch und Gott, erregen gleichermaßen meinen Zorn, verdammt seien sie!«

»Und Christus?« fragte Dora, den Tränen nahe. »Taten wir Ihm leid?«

»Ja, auf Seine Art. Ja. Vielleicht. Mag sein. Wer weiß? Aber Er nahm seinen Leidensweg nicht einfach als Mensch auf sich, wie Memnoch es von Ihm erbeten hatte, Er trug Sein Kreuz als der im Fleische erstandene Gott. Ich sage euch, deren Spielregeln sind nicht unsere Regeln. Wir haben bessere Regeln aufgestellt. Wir sind nicht in Gottes Hand, wir sind in der Hand von ein paar Verrückten!«

Sie brach in leises, bekümmertes Jammern aus. »Warum können wir es denn nie, niemals wissen?« weinte sie.

»Ich weiß nicht!« erklärte ich. »Ich weiß, sie waren da, sie sind mir erschienen, sie zeigten sich mir. Aber ich bin immer noch im ungewissen!«

David schaute düster, die Brauen gerunzelt, wie Memnoch sie runzeln konnte, in tiefstes Nachdenken versunken. Dann fragte er: »Und wenn das Ganze eine Reihe von Trugbildern und Tricks war, Vorstellungen aus deinem tiefsten Herzen, die dir aus deiner Seele vor Augen gezerrt wurden, was war dann der Zweck? Wenn das nicht ein ganz geradeheraus und ehrlich gemeinter Vorschlag war, sein Stellvertreter, sein Prinz zu werden, was hätte er dann für ein Motiv haben können?«

»Was denkst du denn?« fragte ich ihn. »Sie haben mein Auge! Ich sage dir, nicht ein Wort von mir ist gelogen: Sie haben mein verdammtes Auge, verflucht noch mal. Ich weiß nicht, was das alles sollte, wenn es nicht wahr ist, absolut wahr bis zur letzten Silbe.«

»Daß du glaubst, daß es wahr ist, wissen wir«, sagte Armand. »Ja, du bist ganz und gar davon überzeugt. Du hast es mit deinen eigenen Augen gesehen. Ich glaube auch, daß es wahr ist. Schon immer während meiner langen Wanderung durch dieses Tal des Todes habe ich daran geglaubt!«

»Sei doch nicht solch ein gewöhnlicher Trottel!« schimpfte ich bitter. Doch ich sah das Feuer in Armands Gesicht, ich sah sehr wohl die Ekstase und den Gram in seinen Augen. Ich sah, daß der Glaube, die Überzeugung ihn förmlich elektrisierte.

»Deine Kleider«, sprach David nachdenklich, ruhig, »in dem Zimmer drüben. Du hast sie da aufgestapelt, und diese Beweisstücke könnten ein paar wissenschaftliche Erkenntnisse erbringen.«

»Hör auf, wie ein Gelehrter zu denken. Dies sind Wesen, die ein Spiel spielen, das nur sie selbst verstehen. Es sollte für sie nicht schwer sein, ein paar Kiefernnadeln und ein bißchen Schmutz an meine Kleider zu heften. Aber ja, du hast recht, ich habe diese Überreste verwahrt, ja, alles habe ich mitgebracht, nur nicht mein gottverfluchtes Auge, das habe ich auf den Stufen zur Hölle zurückgelassen, damit ich selbst davonkam. Ich möchte diese Beweisstücke natürlich auch analysieren lassen. Ich möchte ebenfalls wissen, was das für ein Wald war, in dem ich herumspazierte, während ich Memnoch lauschte!«

»Sie haben dich entkommen lassen«, vermutete David.

»Du hättest sein Gesicht sehen müssen, als er meinen Augapfel auf den Stufen liegen sah«, sagte ich.

»Was sahst du in seinem Gesicht?« fragte Dora.

»Entsetzen, Entsetzen darüber, daß so etwas geschehen konnte. Weißt du, ich denke, als er nach mir griff – so, auf diese Art –, schossen zwei seiner Finger über das Ziel hinaus und krallten sich in meine Augenhöhle. Er hatte mich wohl nur bei den Haaren packen wollen. Doch als seine Finger sich in die Augenhöhle bohrten und er sie erschrocken zurückziehen wollte, sprang der Augapfel heraus und glitt über meine Wange – er war vor Schreck wie gelähmt!«

»Du liebst ihn«, flüsterte Armand mit erstickter Stimme.

»Ja, ich liebe ihn. Ich denke, er hat so ziemlich recht mit allem, was er sagte. Aber ich glaube an nichts davon.«

»Warum hast du nicht zugesagt?« wollte Armand wissen. »Warum hast du ihm nicht deine Seele überlassen?«

Oh, wie unschuldig er sich anhörte, wie sehr von Herzen doch diese Worte kamen, einem Herzen so uralt und kindlich und so übernatürlich stark, daß es Hunderte von Jahren gedauert hatte, bis es gefahrlos neben sterblichen Herzen schlagen konnte. Armand, der kleine niedliche Teufel.

»Warum hast du nicht zugestimmt?« drängte er.

»Sie haben dich entkommen lassen, und sie hatten einen Grund dafür«, sagte David. »Genau wie bei meiner Vision in dem Café.«

»Ja, sie hatten einen Plan«, antwortete ich. »Aber habe ich diesen Plan etwa vereitelt?« Ich sah ihn um Antwort bittend an, ihn, den Weisen, den Alten, was menschliche Lebensjahre anging. »David, habe ich ihre Pläne durchkreuzt, als ich dich aus deinem Leben riß? Habe ich auf irgendeine Art ihre Pläne durchkreuzt? Oh, wenn ich mich nur an ihre Worte erinnern könnte, an ihre anfänglichen Worte zu Beginn dieser Geschichte. Vergeltung. Jemand sagte, es sei nicht einfach nur Vergeltung. Doch ich nahm ja alles nur bruchstückhaft wahr. Ich kann mich nicht richtig erinnern. Was ist bloß geschehen? Werden sie meinetwegen noch einmal kommen?«

Ich begann wieder zu weinen. Zu dumm. Erneut begann ich, Memnoch in all seinen Erscheinungsformen zu schildern, selbst in seiner Gestalt als der Unauffällige, die so außergewöhnlich gewesen war ihrer Proportionen wegen. Schilderte die gespenstischen Schritte, die Schwingen, den Rauch, die Herrlichkeit des Himmels, die Gesänge der Engel.

»Saphirfarben ...«, wisperte ich. »Die Dinge dort, all das, was die Propheten sahen und in ihre Schriften einstreuten mit Worten wie Topas und Beryll und Feuer und Gold und Eis und Schnee, das alles war dort ... Und Er sagte: ›Trink mein Blut!‹ Und ich tat es!«

Sie rückten nah zu mir heran. Ich hatte sie erschreckt. Ich war zu laut geworden, durchgedreht, wie besessen. Sie umringten mich, ihre Arme an meinen Körper gedrückt. Doras glühende weiße Menschenarme, die Wärmste, Süßeste von den dreien, und Davids finstere Stirn gegen meine Wange gepreßt.

»Wenn du«, sagte Armand, während seine Finger in meinen Kragen schlüpften, »wenn du mich trinken ließest, wüßte ich es ...«

»Nein, alles, was du erfahren würdest, ist, daß ich glaube, was ich sah, und nicht mehr!« antwortete ich.

»Nein.« Er schüttelte den Kopf. »Ich werde das Blut Christi erkennen, wenn es über meine Zunge fließt.«

Ich wehrte ab. »Faßt mich nicht an. Ich weiß ja nicht einmal, wie das Tuch jetzt aussieht. Unter Umständen sieht man nur eine paar verschmierte Stellen, als hätte ich im Traum damit den blutigen Schweiß von meinem Gesicht gewischt. Los, zurück mit euch, laßt mich los!«

Sie gehorchten. Ich stand mit dem Rücken zur Innenwand, so daß ich links von mir den Schnee sehen konnte – obwohl ich dazu natürlich jetzt den Kopf wenden mußte. Ich betrachtete die drei. Mit der Rechten kramte ich unter der Weste, zog das dicke Bündel Stoff hervor, und ein kaum wahrnehmbares, aber merkwürdiges Gefühl überkam mich, das ich ihnen nicht hätte erklären können, das ich mir nicht einmal selbst erklären konnte. Unter meinen Fingern fühlte ich das Gewebe, die Struktur des Stoffes, uraltes Webmuster! Ohne selbst einen Blick darauf zu werfen, zog ich den Schleier hervor und hielt ihn auseinandergefaltet in die Höhe wie Veronika, als sie ihn dem Volk zeigte.

Stille. Bewegungslosigkeit.

Dann sah ich Armand auf die Knie fallen. Und Dora stieß einen langen, spitzen Schrei aus.

»Lieber Gott«, sagte David.

Mit zitternden Fingern senkte ich das weit ausgebreitete Tuch, das ich immer noch mit beiden Händen hielt, und indem ich es zum Fenster drehte, konnte ich nun seine Spiegelung in der dunklen Scheibe vor dem Schnee im Hintergrund sehen. Ich brachte es nicht fertig, direkt darauf zu schauen, als sei es die Gorgone, deren Anblick tödlich ist.

Sein Antlitz! Sein Antlitz in das Tuch eingebrannt. Nun schaute ich hin. *Der lebendige Gott* fixierte mich, in jeder kleinsten Einzelheit auf dieses Tuch gebannt, nicht gemalt, getupft, gestickt oder gezeichnet, nein, tief in die Fasern eingebrannt. Sein Antlitz, das Antlitz Gottes, festgehalten in diesem einen Augenblick, blutüberströmt, wie es war, durch seine Dornenkrone.

»Ja«, hauchte ich. »Ja, so war es.« Auch ich sank auf die Knie. »Oh, ja, absolut vollkommen bis ins winzigste Detail.«

Ich merkte, daß Dora mir den Schleier abnahm. Wenn das David oder Armand versucht hätten, ich hätte ihn ihnen auf der Stelle entrissen. Doch Doras zarten Händen vertraute ich ihn an, und nun hob sie ihn empor und zeigte ihn ringsum, so daß wir alle Seine dunklen Augen aus dem Tuch hervorleuchten sahen!

»Es ist Gott!« schrie sie. »Es ist das Schweißtuch der Veronika!« Ihre Stimme steigerte sich von Triumph zu Freudenschreien. »Vater, du hast es geschafft. Du hast mir das Schweißtuch geschenkt!«

Und sie verfiel in ein Lachen wie jemand, dem alle Visionen zuteil geworden sind, die man nur ertragen kann, und tanzte im Kreis durch den Raum, den Schleier hoch in den Händen, dabei sang sie immer nur ein und dasselbe Wort.

Armand war niedergeschmettert, gebrochen, lag auf den Knien, und blutige Tränen rannen ihm über die Wangen, bildeten grausige Streifen auf dem Weiß seiner Haut.

Ergeben und bestürzt saß David einfach da und beobachtete. Mit konzentrierten Blicken prüfte er das wehende Tuch, das Dora immer noch mit ausgestreckten Armen hochhielt. Intensiv prüfte er meinen Gesichtsausdruck und die zusammengesunkene, weinende Gestalt Armands, dieses verlorenen Kindes in seinem exquisiten Samt- und Spitzenanzug, der nun von blutigen Tränen befleckt war.

»Lestat«, rief Dora aus, und ihre Tränen strömten, »du hast mir das Antlitz meines Gottes gebracht! Uns allen hast du es geschenkt. Versteh doch! Memnoch hat verloren! Memnoch ist geschlagen. Gott ist Sieger! Gott hat Memnoch für Seine eigenen Zwecke benutzt. Er verstrickte Memnoch ins Labyrinth seiner Pläne. Gott triumphiert!«

»Nein, Dora, nein! Das kannst du nicht glauben«, brüllte ich. »Und wenn das gar nicht die Wahrheit ist? Wenn das alles nur Lug und Trug ist? Dora!«

Sie schoß an mir vorbei, rannte den Flur entlang und zur Tür hinaus. Wir drei standen wie erstarrt. Wir hörten den Lift losfahren. Sie hatte das Schweißtuch!

»David, was wird sie tun? David, hilf mir.«

»Wer kann uns jetzt noch helfen?« fragte David, halbherzig, aber ohne Bitterkeit, nur mit dieser Nachdenklichkeit, seinen ewigen gründlichen Erwägungen. »Armand, reiß dich zusammen. Du kannst dich dem nicht hingeben«, sagte er. Seine Stimme klang betrübt.

Doch Armand war verloren. »Warum?« fragte er; er war nur noch ein Kind, ein demütig kniendes Kind. »Warum?«

So mußte er ausgesehen haben, als Marius ihn vor Jahrhunderten aus seinem venezianischen Gefängnis befreite, wo man ihn als Lustknaben hielt – ein Knabe nur, den er in den Palast des Untoten mitnahm.

»Warum soll ich nicht daran glauben? Oh, mein Gott, ich *glaube* es! Es ist das Antlitz Christi!« Er rappelte sich hoch, wie trunken, und dann ging er langsam, schwerfällig, Schritt für Schritt ihr nach.

Als wir die Straße erreichten, stand Dora schon vor den Portalen der Kathedrale und rief laut: »Macht die Türen auf! Schließt die Kirche auf! Ich habe das Schweißtuch!« Sie trat mit dem rechten Fuß gegen die bronzene Tür. Rund um sie versammelten sich Sterbliche, murmelten vor sich hin.

»Das Schweißtuch, das Schweißtuch!« Sie starrten es an, als sie sich zu ihnen umwandte und es abermals in die Höhe hielt. Dann hämmerten alle gemeinsam gegen das Portal.

Der Himmel über ihnen zeigte eine Spur Helligkeit, kündigte die kommende Sonne an, die schon hinter dem Horizont zu erahnen war auf ihrem unaufhaltsamen Weg, um ihr tödlich gleißendes Licht über uns auszugießen, wenn wir nicht Schutz suchten.

»Macht auf!« kreischte sie.

Aus allen Himmelsrichtungen kamen die Menschen herbei, schluchzten, fielen nieder beim Anblick des Tuches.

»Geht«, sagte Armand, »sucht euch einen Unterschlupf, ehe es zu spät ist. David, los, bring ihn hier weg.«

»Und du, was willst du tun?« fragte ich drängend.

»Ich werde Zeugnis ablegen. Ich werde hier stehenbleiben mit weit ausgebreiteten Armen«, rief er, »und wenn die Sonne aufgeht, soll mein Tod das Wunder bestätigen!«

Die mächtigen Tore waren endlich geöffnet worden. In Schwarz gekleidete Menschen schreckten voller Erstaunen zurück. Der erste Schimmer silbernen Morgenlichts fiel hell auf das Schweißtuch, zusammen mit wärmerem, gelbem elektrischen Licht und auch Kerzenschein, und ein Schwall warmer Luft kam aus dem Kirchenschiff.

»Das Antlitz Christi!« rief Dora schrill.

Der Priester sank auf die Knie. Der ältere Mann in Schwarz, Klosterbruder, Priester oder was er war, starrte offenen Mundes auf das Tuch. »Lieber Gott, lieber Gott«, sagte er und bekreuzigte sich, »daß ich das noch erleben darf, Herr … *es ist das Schweißtuch der Veronika!*«

Menschen eilten an uns vorbei, stolpernd, drängelnd, um Dora in die Kirche zu folgen. Ihre Schritte hallten in dem riesigen Mittelschiff wider.

»Uns bleibt keine Zeit mehr«, sagte David an meinem Ohr. Er hatte mich von den Füßen gehoben, stark wie Memnoch, nur daß da nicht dieser Wirbelsturm war, sondern allein der anbrechende Wintermorgen und der rieselnde Schnee und das immer lauter werdende Geschrei und Gekreische von Männern und Frauen, die in langem Strom zur Kirche hindrängten, und dann begannen oben in den Kirchtürmen die Glocken zu läuten.

»Mach zu, Lestat, komm mit!«

Wir rannten gemeinsam fort, schon vom Licht geblendet, und hinter mir hörte ich Armands Stimme, die sich über dem Lärm der Menge erhob. »Seid meine Zeugen, dieser Sünder stirbt für Ihn!«

Der Geruch von Feuer kam zugleich mit einer wilden Explosion! Ich sah den glühenden Widerschein auf den gläsernen Wänden der Wolkenkratzer, während wir flohen. Ich hörte die schrillen Schreie.

»Armand!« heulte ich auf. David zerrte mich weiter, ein paar eiserne Stufen hinab, die hallten und dröhnten wie die Glocken von der Kathedrale. Mir schwindelte, ich gab David nach. Gab meinen Willen auf, voller Kummer, aus dem ich nur herausbrüllen konnte: »Armand, Armand!«

Nach und nach erkannte ich in dem Dunkel Davids Umrisse. Wir saßen in einem feuchten, eiskalten Loch, ein Keller unter einem Keller, unter der hohen, windgepeitschten, pfeifenden Höhle eines verlassenen Gebäudes. David grub ein Loch in die aufgerissene Erde.

»Los, hilf mir«, rief er. »Ich werde schon ganz gefühllos, das Licht kommt, die Sonne ist aufgegangen, sie werden uns finden.«

»Nein, werden sie schon nicht.«

Ich wühlte und grub unser Grab, zog ihn tiefer und tiefer mit mir und schüttete die weiche Erde über uns zu. Nicht einmal die Geräusche der Stadt durchdrangen diese Dunkelheit. Nicht einmal die Kirchenglocken.

Hatte sich der Tunnel für Armand geöffnet? War seine Seele aufgestiegen? Oder durchschritt er gerade die Tore der Hölle?

»Armand«, flüsterte ich. Und als ich die Augen schloß, sah ich Memnochs leiderfülltes Gesicht vor mir: »Lestat, hilf mir!«

Mit dem letzten bißchen Gefühl in meiner Hand tastete ich nach dem Tuch. Aber nein, das Tuch war weg. Ich hatte Dora das Schweißtuch gegeben! Dora hatte es, und sie hatte es dort oben in die Kirche gebracht.

Du würdest doch nie mein Gegner sein wollen!

Kapitel 24

Wir beide saßen auf der niedrigen Mauer an der Fifth Avenue, Ecke Central Park. Drei Nächte hatten wir schon hier verbracht. Wir hatten beobachtet.

Denn so weit das Auge reichte, zog sich die Schlange hin, fünf bis sechs Leute nebeneinander, Männer, Frauen, Kinder, die sangen, während sie mit den Füßen stampften, um sich warm zu halten. Dazwischen eilten Nonnen und Priester hin und her und teilten heiße Schokolade und Tee an die Frierenden aus. In gleichmäßigen Abständen waren in großen Tonnen Feuer entzündet worden. So weit das Auge reichte. Und weiter noch, quer durch die City, entlang der glitzernden Auslagen von Bergdorf Goodman und Henri Bendel, an den Kürschnern, den Juwelieren, den Buchhändlern vorbei bis hinein in die Kathedrale, standen die Menschen Schlange.

David hatte die Arme verschränkt, mit gekreuzten Füßen lehnte er mehr an der Mauer, als daß er stand. Ich hatte es vorgezogen, wie eins der Kids dazuhocken, ein Knie angezogen, mein verwüstetes, einäugiges Gesicht aufwärtsgewandt, das Kinn auf der geballten Faust und den Ellbogen auf dem Knie abgestützt, so lauschte ich der Menge.

Ein ganzes Stück weiter vorn konnte man schrille Schreie und laute Stimmen hören. Bestimmt hatte gerade jemand eine reine Serviette gegen das Schweißtuch gedrückt, und wieder war das Bildnis übertragen worden! Und so würde es auch morgen abend wieder sein und vielleicht auch am Abend darauf und auch am übernächsten Abend. Wie oft noch, das wußte niemand. Man wußte nur, daß das Antlitz seinen Abdruck auf dem daraufgepreßten Stoff hinterließ und es sich so wie Glut von Tuch zu Tuch fraß, einer Flamme gleich, die von einem Docht zum andern überspringt.

»Komm endlich«, sagte David. »Wir frieren hier zu Eis. Komm, laß uns ein Stück gehen.«

Also gingen wir.

»Warum?« fragte ich. »Warum diese Richtung, nur um denselben Anblick zu haben wie letzte Nacht und vorletzte Nacht? Damit ich abermals krampfhaft versuche, zu Dora vorzudringen, obwohl mir klar ist, daß jede Zurschaustellung von übermäßiger Kraft oder übernatürlichen Gaben nur das Wunderbare des Ganzen noch zusätzlich bekräftigt! Sie wird mir nie wieder zuhören. Das weißt du genau. Und wer ist heute auf den Stufen erschienen, wer wird sich heute bei Sonnenaufgang opfern, um dem Wunder Nachdruck zu verleihen?«

»Mael ist da.«

»Ach ja, der Druidenpriester, einmal ein Priester, immer ein Priester. So hat er also den heutigen Sonnenaufgang gewählt, um, Luzifer gleich, in einem Flammenmeer zu vergehen.«

In der vergangenen Nacht war es irgendein zerlumpter vagabundierender Bluttrinker gewesen, von weiß Gott woher, wir kannten ihn nicht. Doch bei Tagesanbruch wurde er zu einer übernatürlichen lodernden Fackel, Futter für die vielen Videokameras und Zeitungsfotografen. Die Blätter waren voll mit Bildern dieses Auflodern und voll mit Bildern des echten Schweißtuchs.

»Halt, warte«, sagte ich. Wir waren am Central Park angelangt. Die Menge hier sang aus vollem Halse den alten, kämpferischen Choral:

»Großer Gott, wir loben Dich,
Herr, wir preisen Deinen Namen!«

Ich starrte sie an wie benommen. Der Schmerz in meiner linken Augenhöhle schien sich zu verschlimmern, doch was sollte sich darin schon verändern, wenn man davon absah, daß ich mir mit jeder weiteren Stunde der Tiefe der Höhlung stärker bewußt wurde.

»Ihr seid Dummköpfe, ihr alle!« brüllte ich. »Das Christentum ist die blutigste Religion, die es je gab. Das kann ich bezeugen!«

»Jetzt halt den Mund und tu, was ich dir sage«, zischte David und zog mich mit sich fort. Wir tauchten in dem Menschenstrom auf den vereisten Gehwegen unter, ehe jemand Zeit fand, sich nach uns umzusehen. Er hatte mich oft genug derart zurückhalten müssen und war es wirklich leid. Ich konnte es ihm nicht verdenken.

Einmal hatten mich sogar Polizisten festgehalten. Sie hatten mich erwischt und mich aus der Kathedrale gezerrt, als ich versucht hatte, mit Dora zu sprechen. Als sie mich nach draußen geschafft hatten, waren sie nach und nach alle zurückgewichen. Sie hatten, wie bei Sterblichen häufig, gespürt, daß ich kein lebender Mensch war.

Es wimmelte von Polizisten. Überall waren sie im Einsatz, halfen, wo nötig, schenkten warmen Tee aus und wärmten sich die kalten, verfrorenen Hände über den in Tonnen brennenden Feuern.

Niemand nahm Notiz von uns. Warum auch? Wir waren nur zwei Männer, langweilig, trist, Teil der Menge. Unsere schimmernde Haut machte nicht viel her inmitten des blendendweißen Schnees, inmitten der ekstatischen Pilger, die eine feierliche Hymne nach der anderen sangen.

Die Buchhandlungen hatten ihre Schaufenster mit Bibeln vollgestopft und mit Büchern über das Christentum. Eine riesige Pyramide war aus »Veronika und ihr Tuch« betitelten Büchern in lavendelblauem Umschlag aufgebaut, Autorin Ewa Kuryluk, und ein anderer Stapel aus »Holy Faces, Secret Places« von Ian Wilson.

Und überall Bibeln, Bibeln, Bibeln – Bibeln, die man verkaufte, oder Bibeln, die man verschenkte.

Eine Schar Nonnen verteilte Bilder, auf denen die heilige Veronika abgebildet war. Doch der Hit auf dem ganzen Markt waren die Farbfotos von dem Original-Schweißtuch, die die Fotografen in der Kirche aufgenommen und dann zu Tausenden vervielfältigt hatten.

»Amazing grace, amazing grace …«, sang eine Gruppe im Chor und wiegte sich im Takt dazu, während sie ihren Platz in der Schlange zu behaupten suchte. »Gloria in excelsis Deo!« röhrte ein bärtiger Mann mit weit ausgebreiteten Armen.

Als wir uns allmählich der Kirche näherten, sahen wir immer wieder kleine Diskussionsgruppen. Im Mittelpunkt einer dieser Gruppen stand ein junger Mann, der mit ehrlichem Eifer und wie ein Schnellfeuergewehr auf die Leute einredete: »Im 14. Jahrhundert wurde sie offiziell als Heilige anerkannt, und man glaubte, ihr – Veronikas – Schweißtuch sei während des vierten Kreuzzugs verlorengegangen, als die Venezianer die Hagia Sophia stürmten.« Er unterbrach sich, um seine Brille wieder zurechtzurücken. »Natürlich wird der Vatikan sich mit der Beurteilung dieser Sache Zeit lassen, wie immer, aber es sind inzwischen dreiundsiebzig Abdrücke von dem Originaltuch abgenommen worden, und das noch dazu vor den Augen unzähliger Zuschauer, die bereit sind, das vor dem Heiligen Stuhl zu bezeugen.«

An einer anderen Stelle standen mehrere dunkel gekleidete Männer, vielleicht Priester, ich war mir nicht sicher, umringt von Zuhörern, die die Augen wegen des fallenden Schnees zusammenkniffen.

»Ich behaupte ja nicht, daß die Jesuiten nicht kommen dürfen«, verteidigte sich einer der Männer. »Ich sagte nur, daß sie nicht kommen werden, um die Sache in die Hand zu nehmen. Dora hat die Franziskaner gebeten, Sachwalter des Schweißtuchs zu sein, wenn es aus der Kathedrale fortgebracht wird.«

Und hinter uns sagten zwei Frauen übereinstimmend, daß schon Tests gemacht worden wären und das Alter des Tuchs nicht anzuzweifeln sei. »Diese Sorte Flachs wird heutzutage nirgends mehr angebaut, man könnte einen solchen Stoff gar nicht mehr herstellen; der Stoff selbst, so sauber und neu, wie er ist, ist an sich schon ein Wunder.«

»... sämtliche Körperflüssigkeiten, jeder Teil des Abdrucks besteht aus Partikeln eines menschlichen Körpers. Sie brauchten das Tuch nicht einmal anzukratzen, um das herauszufinden! Das ... das ist ...«

»... Enzymreaktionen. Aber man weiß ja, wie verdreht solche Sachen wiedergegeben werden.«

»Nein, nicht die ›New York Times‹. Die ›New York Times‹ wird doch nicht schreiben, daß drei Archäologen es für authentisch halten.«

»Gott und der Teufel sind beide Idioten!« rief ich.

Einige Frauen drehten sich zu mir um und starrten mich strafend an.

»Nimm Jesus als deinen Erlöser an, mein Sohn«, sagte eine von ihnen. »Geh und sieh dir das Schweißtuch selbst an. Für deine Sünden ist Er gestorben.«

David zog mich fort. Niemand schenkte uns Beachtung. Weit und breit war kein Ende der Grüppchen von Philosophen und Augenzeugen und ihrer Belehrungen abzusehen. Ringsum warteten Leute darauf, daß die vom Anblick des Schweißtuchs Verzauberten die Kirchenstufen herabstolperten, mit tränenüberströmten Gesichtern. »Ich habe es gesehen, ich habe es gesehen, es ist das Antlitz Christi.«

Und dort, im Hintergrund des Portals, an eine Säule gelehnt wie ein großer spinnenartiger Schatten, sahen wir die Gestalt des Vampirs Mael. Den Augen der Menge fast völlig entzogen, wartete er darauf, mit zum Kreuz ausgebreiteten Armen ins Licht der aufgehenden Sonne zu treten.

Er sah uns verstohlen an. »Ihr auch!« Er sprach unhörbar für die Sterblichen, seine übernatürliche Stimme klang nur in unseren Ohren. »Kommt her, stellt euch der Sonne, breitet die Arme aus! Lestat, Gott wählte dich zu Seinem Boten.«

»Komm hier weg«, sagte David. »Wir haben genug gesehen für diese Nacht – und für viele weitere Nächte.«

»Und wohin sollen wir gehen?« fragte ich. »Hör auf! Hör auf, an meinem Arm zu zerren. David? Hast du gehört?«

»Ich höre ja schon auf«, sagte er höflich und mit so leiser Stimme, als wollte er mir nahelegen, auch meine zu senken. Der Schnee rieselte jetzt ganz weich hernieder. Das Feuer in der neben uns stehenden eisernen Tonne knisterte leise.

»Die Bücher, was habt ihr damit gemacht?« Wie, um alles in der Welt, konnte ich die nur vergessen haben?

»Was für Bücher?« fragte er. Und zog mich von der Gehwegmitte fort vor ein Schaufenster, hinter dem ein Häufchen Neugieriger die gemütliche Wärme drinnen und den Blick auf die Kirche gegenüber genoß.

»Die Bücher von Wynken de Wilde. Rogers zwölf Bücher! Was habt ihr damit gemacht?«

»Die sind hier«, antwortete er. »Oben im Olympic Tower. Sie hat sie dir dagelassen. Lestat, ich habe es dir schon erklärt. Letzte Nacht hat sie doch mit dir gesprochen.«

»In Gegenwart all der Leute war es wohl unmöglich, die Wahrheit zu sagen.«

»Sie hat dir gesagt, daß die Sachen jetzt dir gehören.«

»Wir müssen die Bücher holen!« Was war ich doch für ein Trottel, diese wunderschönen Bücher zu vergessen.

»Beruhige dich, Lestat, sei still. Hör auf, die Leute auf dich aufmerksam zu machen. Ich sagte doch, wir haben das Apartment noch. Sie hat es niemandem gegenüber erwähnt. Sie überläßt es uns. Sie wird nicht einmal erwähnen, daß wir je dort waren. Das hat sie mir versprochen. Sie hat dir das Kloster urkundlich übertragen, Lestat, verstehst du? Sie hat alle Bande zu ihrem früheren Leben durchtrennt. Ihre alte Religion ist tot und begraben. Dora ist wiedergeboren, sie betrachtet sich als Bewahrerin des Schweißtuchs.«

»Aber wir wissen doch überhaupt nicht, was wahr ist!« brüllte ich. »Wir werden es nie wissen. Wie kann sie die Geschichte akzeptieren, wenn wir es doch nicht wissen und nie wissen werden!« Ich holte tief Luft. »Ich will in das Apartment, die Bücher holen.« Gott, ich fühlte mich so müde.

»Aber sicher, wenn du willst, machen wir das.«

Die Leute auf der Straße sangen: »Und Er begleitet mich, und Er spricht zu mir, und ich darf Ihn beim Namen nennen.«

Das Apartment war unberührt. Soweit ich sehen konnte, war sie nicht wieder hiergewesen. Auch keiner von uns. David hatte zur Kontrolle hereingeschaut, und er hatte mich nicht belogen. Alles war, wie wir es verlassen hatten. Außer, daß in dem kleineren Zimmer, in dem ich geschlafen hatte, nur noch die Truhe stand. Meine Kleider und die Wolldecke, auf der sie gelegen hatten, waren fort, mitsamt den Schmutzpartikeln und Kiefernnadeln der vorzeitlichen Waldböden.

»Hast du das weggenommen?«

»Nein. Ich glaube, das hat sie machen lassen. Immerhin waren das die ramponierten Reliquien ihres Engelsboten. Die Vatikanbehörden haben die Sachen, soweit ich weiß.«

Ich mußte lachten. »Und die werden das ganze Material analysieren, diese organischen Krümel vom Waldboden.«

»›Die Kleidung des göttlichen Boten‹, so hat es schon in den Zeitungen gestanden«, sagte David. »Lestat, du mußt zur Vernunft kommen. Du kannst dich in der Welt der Sterblichen nicht wie der Elefant im Porzellanladen benehmen. Du bist ein Risiko für dich selbst und für andere. Du bist für alles hier draußen ein Risiko. Du mußt dich zurückhalten.«

»Jetzt bin ich ein Risiko! Nachdem ich das hier angerichtet habe, ein Wunder vollbracht, einfach so, eine Bluttransfusion für genau die Religion, die Memnoch so anwidert. Oh, Gott!«

»Schhh. Ruhig. Da ist die Truhe. Die Bücher sind da drin.«

Ah, also hatten die Bücher in meinem kleinen Schlafraum gelegen. Das tröstete mich doch sehr. Ich saß am Boden, im Schneidersitz, und wiegte mich weinend hin und her. Ach, das ist wirklich sonderbar verrückt, mit nur einem Auge zu weinen! Gott, kann auch das andre Auge tränen? Das kann ich mir nicht vorstellen.

Ich denke, auch die Tränendrüsen wurden ausgerissen, oder was meinen Sie?

David stand in der Diele. Das durch die gläserne Wand einfallende Licht ließ sein Profil eiskalt und ruhig erscheinen.

Ich beugte mich über die Truhe und öffnete den Deckel; eine chinesische Truhe, über und über mit tief eingeschnitzten Figuren versehen. Und da waren die zwölf Bücher, jedes einzelne sorgfältig noch so eingewickelt, wie wir beide sie für den Transport verpackt hatten, alle gut ausgepolstert und geschützt und trocken. Das sah ich, ohne die Verpackung zu öffnen.

»Ich möchte, daß wir jetzt hier verschwinden«, drängte David. »Aber wenn du wieder rumschreist oder wenn du wieder anfängst, öffentliche Erklärungen abzugeben ...«

»Oh, ich weiß, wie über du es hast, mein Freund«, antwortete ich. »Es tut mir leid. Es tut mir so leid.«

Einen Tumult nach dem andern hatte ich ausgelöst, und er hatte mich jedesmal herausgeholt und mich aus dem Blickfeld der Sterblichen gezerrt. Ich mußte wieder an die Polizisten denken. Ich hatte ihnen nicht einmal Widerstand geleistet. Ich mußte daran denken, wie sie einer nach dem andern zurückgewichen waren, wie vor etwas so durch und durch Verdorbenem, daß ihre Körperzellen ein Signal aussandten. Weicht zurück!

Und *sie* sprach von einem Boten Gottes! Sie war sich dessen so sicher!

»Wir müssen es jetzt dabei bewenden lassen«, sagte David. »Es ist passiert. Es werden noch weitere kommen. Ich will sie gar nicht erst sehen. Du etwa? Willst du Santino oder Pandora oder Jesse oder wem auch immer Rede und Antwort stehen? Was können wir denn noch tun? Ich will hier weg, sofort!«

»Du glaubst, daß Er mich zum Narren gehalten hat, nicht wahr?« fragte ich und sah zu ihm auf.

»Wer? Gott oder der Teufel?«

»Das ist es ja eben«, sagte ich. »Ich weiß es nicht. Sag mir, was du glaubst.«

»Ich will nur fort, denn wenn ich bleibe, werde ich zusammen mit den anderen im Morgengrauen dort auf den Stufen stehen – mit Mael und wer weiß, wem sonst noch. Und es kommen noch andere. Ich kenne sie. Ich sehe sie.«

»Nein, das kannst du nicht machen! Was, wenn es bis ins winzigste I-Tüpfelchen nur Betrug war? Was, wenn Memnoch nicht der Teufel war und Gott nicht Gott? Und die ganze Sache nur ein gräßlicher Schwindel war, den Monster an uns verübt haben, die nicht besser sind als wir selbst? Wie kannst du überhaupt daran denken, dich denen da vor dem Portal anzuschließen? Die Erde ist unser! Halt dich an sie! Du hast keine Ahnung! Keine Ahnung von dem Wirbelsturm, von der Hölle. Du weißt nichts davon. Nur Er kennt die Spielregeln. Und man glaubt, daß nur Er die Wahrheit spricht! Und Memnoch hat Ihn immer wieder geschildert, als sei Er ein Wahnsinniger, ein geistig Minderbemittelter, was Moral betrifft!«

Langsam wandte sich David um, das Licht spielte mit den Schatten in seinem Gesicht. Leise fragte er: »Sein Blut, Lestat, könnte es wahrhaftig in dir sein?«

»Glaub es besser nicht!« sagte ich. »Bitte, du nicht! Nein. Glaub es nicht. Ich weigere mich, mitzuspielen. Ich weigere mich, für eine Seite Partei zu ergreifen. Ich habe den Schleier mitgenommen, damit ihr, du und Dora, meinen Worten glaubt, das war alles, und dann passiert das hier, dieser Wahnsinn!«

Mir wurde ganz schwach. Für einen Augenblick sah ich das Himmlische Licht, oder es schien mir wenigstens so. Ich sah Ihn an der Balustrade stehen. Ich roch diese durchdringenden abscheulichen Ausdünstungen, die so oft von der Erde, von Schlachtfeldern und aus der Hölle aufgestiegen waren. David kniete neben mir und hielt mich fest. »Schau mich an, fall mir nicht ausgerechnet jetzt um! Ich möchte, daß wir gehen, wir müssen weg hier. Hörst du? Wir gehen nach Hause. Und dann mußt du mir die ganze Geschichte noch mal von vorn erzählen, du wirst sie mir diktieren, Wort für Wort.«

»Wozu sollte das gut sein?«

»Die Wahrheit liegt in den Worten; die Details deiner Geschichte und ihr Aufbau werden uns verraten, was wer für wen getan hat. Ob Gott dich benutzte oder Memnoch! Ob Memnoch die ganze Zeit gelogen hat! Ob Gott ...«

»Ah, das kann einem Kopfschmerzen machen, was? Ich will nicht, daß du es niederschreibst. Das ergibt nur eine weitere Version, und wir haben schon genügend Versionen. Was hat Dora denn den Leuten über ihre nächtlichen Besucher erzählt, über ihre gütigen Dämonen, die ihr das Schweißtuch brachten? Und meine Kleider hat sie geklaut! Was ist, wenn an dem Stoff Zellen von meiner Haut kleben?«

»Komm jetzt, nimm die Bücher, ich helfe dir, hier sind drei Stoffbeutel, aber wir brauchen nur zwei, du nimmst das eine Bündel, ich das andere.«

Ich gehorchte seinen Anweisungen. Die Bücher waren in den beiden Taschen. Wir konnten gehen.

»Warum habt ihr sie hiergelassen, als ihr die anderen Sachen fortgebracht habt?«

»Sie wollte, daß du sie bekommst«, sagte er. »Habe ich dir doch gesagt. Ich sollte dafür sorgen, daß sie in deine Hände übergehen. Und außerdem hat sie dir nun auch noch die restliche Sammlung überlassen. Für sie sind alle Bande durchschnitten. Diese neue Bewegung hat eine Anziehungskraft, die Fundamentalisten und Fanatiker, Weltchristen und die Christen aus Ost und West gleichermaßen anspricht.«

»Ich muß noch einmal versuchen, mit ihr zu reden.«

»Nein. Unmöglich. Komm endlich. Hier, da ist ein Wintermantel. Zieh ihn an.«

»Wirst du dich auf immer um mich sorgen?« fragte ich.

»Mag sein.«

»Warum gehe ich jetzt nicht zu Dora in die Kirche und verbrenne das Schweißtuch! Ich könnte es. Mit der Kraft meines Geistes gelänge es mir, ich könnte es in Flammen aufgehen lassen.«

»Warum tust du's dann nicht?«

Mich schauderte. »Ich ... ich ...«

»Na, was? Deine Kräfte reichen so weit, daß du die Kirche nicht einmal betreten müßtest. Du könntest das Tuch verbrennen, schätze ich. Aber es wäre doch interessant, wenn es nicht Feuer finge, oder? Aber gehen wir davon aus, es würde brennen, stell dir vor, es würde schwarz und flammte auf wie das Holz im Kamin, wenn du es mit der telekinetischen Kraft deines Geistes entzündetest. Was dann?«

Ich brach in Tränen aus. Nein, so etwas konnte ich nicht tun. Ich konnte einfach nicht. Und schließlich war ich mir nicht sicher, war mir einfach nicht sicher. Wenn Gott mich nun hereingelegt hatte, nach Seinem Willen, galt das dann für uns alle?

»Lestat!« Er funkelte mich an, oder besser gesagt, er durchbohrte mich mit seinem starren, autoritären Blick. »Ich werde dir jetzt etwas sagen, und hör mir gut zu! Pflege nie wieder so vertrauten Umgang mit den Menschen! Führe ihnen nicht noch mehr Wunder vor. Du kannst nichts weiter tun. Laß Dora erzählen, was und wie sie es will, von Engelsboten und allem sonst. Das ist sowieso schon Geschichte.«

»Laß mich noch einmal mit den Reportern sprechen!«

»Nein!«

»Ich werde auch samtpfotig und brav sein diesmal, ich verspreche dir, ich werde niemanden erschrecken. Ich schwör's dir, David ...«

»Zu gegebener Zeit, Lestat, wenn du dann noch willst ... zu gegebener Zeit ...«

Er beugte sich vor und strich mir besänftigend übers Haar. »Komm jetzt mit mir. Wir gehen.«

Kapitel 25

Es war kalt in dem Kloster. In den Räumen mit ihren dicken Ziegelmauern herrschten niedrigere Temperaturen als draußen. Mir schien, daß ich mich daran von meinem letzten Besuch her noch erinnern konnte. Warum hatte Dora mir das geschenkt? Warum? Sie hatte es mir überschrieben und Rogers Kunstschätze und Reliquien dazu. Was bedeutete das? Doch nur eins, daß sie sich davongemacht hatte, so wie ein Komet übers Firmament huscht.

Gab es noch ein Land auf diesem Planeten, in dem ihr Gesicht, ihre Stimme, ihre Geschichte mit dem Schweißtuch noch nicht in den Nachrichtensendungen aufgetaucht war?

Doch wir waren daheim, dies war unsere Stadt, New Orleans, unser heimeliges Land, und hier fiel kein Schnee. Hier gab es nur den zarten Duft der Olivenbäume und der Magnolien in dem alten Klostergarten, die gerade ihre rosa Blütenblätter abwarfen. Sieh an, rosafarbene Blüten liegen am Boden.

So ruhig hier. Niemand wußte von diesem Ort. So hatte also das »Biest« seinen Palast und konnte die Erinnerung an die »Schöne« pflegen und in alle Ewigkeit darüber grübeln, ob Memnoch in seiner Hölle weinte oder ob sie beide – die Söhne Gottes – im Himmelreich lachten!

Ich betrat die Kapelle. Ich hatte geglaubt, ich fände Verpackungen, aufgehäufte Kisten und Kartons vor. Statt dessen fand ich hier ein Heiligtum in Vollendung. Alles war aufgestellt, wie es sich gehörte; ausgepackt, abgestaubt, standen die Dinge im dämmrigen Licht. Standbilder des heiligen Antonius, der heiligen Lucia, das Jesuskind von Prag in seinem spanischen Aufputz, und an den Wänden waren die Ikonen aufgehängt, fein säuberlich befestigt.

»Aber wer hat das gemacht?«

David war fort. Wohin? Er würde zurückkommen. Unwichtig. Ich hatte die zwölf Bücher. Ich brauchte ein warmes Plätzchen, wo ich mich niederlassen konnte, vielleicht die Altarstufen, und Licht brauchte ich. Mit nur einem Auge brauchte ich etwas mehr als den Schimmer, den die Nacht durch die hohen farbigen Glasscheiben warf.

Eine Gestalt stand im Vestibül. Geruchlos. Ein Vampir. Mein Zögling, zweifellos. Jung. Es konnte nur Louis sein.

»Hast du das alles gemacht?« fragte ich. »Hast du das alles hier so wunderschön angeordnet?«

»Es schien mir das einzig Richtige zu sein.« Er kam auf mich zu. Ich sah ihn unverzerrt, obwohl ich den Kopf etwas zur Seite drehen mußte, um ihn mit dem einen Auge richtig ins Blickfeld zu bekommen; dabei mußte ich mich ständig zurückhalten, mein linkes, nicht vorhandenes Auge nicht aufreißen zu wollen.

Groß, bleich, ein wenig ausgezehrt. Das schwarze Haar kurz. Die grünen Augen sehr sanft. Der anmutige Gang eines Wesens, das es nicht mag, zu lärmen oder Aufsehen zu erregen oder gesehen zu werden. Schmuckloser schwarzer Anzug – wie ihn die Juden in New York trugen, die sich draußen um die Kathedrale versammelt hatten und das ganze Spektakel beobachteten, oder wie die Amish-People, die mit dem Zug gekommen waren –, so einfach und schlicht wie der Ausdruck seines Gesichts.

»Komm mit mir nach Hause«, sagte er.

Diese menschliche Stimme. So liebevoll.

»Es ist noch genug Zeit, wieder herzukommen und nachzudenken. Möchtest du nicht lieber daheim sein, im Viertel, inmitten all unserer eigenen Sachen?«

Wenn irgend etwas auf der Welt mich wirklich trösten konnte, dann war er es – wie er so ausgesprochen hinreißend den schmalen Kopf zur Seite neigte oder wie er mich fortwährend ansah, mich mit einer Art vertraueneinflößender Ruhe vor dem bewahren wollte, was er für mich befürchtet haben mußte und auch für sich selbst und uns alle.

Mein vertrauter Freund, der immerwährende Gentleman, mein sanfter, duldsamer Schüler. Von seiner Epoche ebenso wahrhaftig dazu erzogen, viktorianische Höflichkeit zu üben, wie von mir dazu, ein Monster zu sein. Was, wenn Memnoch nach ihm verlangt hätte? Und warum hatte Memnoch das nicht gewollt?

»Was habe ich nur angerichtet?« fragte ich. »War das Gottes Wille?«

»Ich weiß nicht«, antwortete er. Er legte seine weiche Hand auf die meine. Seine schleppende Stimme war Balsam für meine Nerven. »Komm nach Hause. Ich habe mir stundenlang im Rundfunk und im Fernsehen die Geschichten angehört von dem dunklen Engel der Nacht, der Veronikas Schweißtuch brachte. Und die zerschlissenen Kleider des Engels sind in die Hände von Priestern und Wissenschaftlern gelegt worden. Dora hat alles fest im Griff. Das Tuch hat schon Heilungen verursacht. Aus aller Welt strömen die Menschen nach New York. Ich bin froh, daß du zurück bist. Ich möchte dich hier, bei mir haben.«

»Habe ich Gott gedient? Kann das möglich sein? Einem Gott, den ich immer noch hasse?«

»Ich habe die Geschichte noch nicht aus deinem Mund gehört«, sagte er. »Wirst du sie mir erzählen?« Geradeheraus und direkt, ohne überschwengliche Gefühle. »Oder verursacht es dir zuviel Pein, alles noch einmal zu erzählen?«

»David soll es aufschreiben, aus dem Gedächtnis.« Ich pochte an meine Schläfe. »Wir haben doch ein so gutes Gedächtnis. Ich glaube, einige der Unseren können sich an Dinge erinnern, die nie wirklich geschehen sind.«

Ich schaute mich um. »Wo sind wir? Oh, mein Gott, ich hatte es vergessen. Wir sind in der Kapelle. Da ist der Engel mit dem Weihwasserbecken in der Hand, und dieses Kruzifix, das war vorher schon hier.«

Wie steif und leblos dieser gekreuzigte Christus aussah, wie wenig ähnlich dem Abbild auf dem glänzenden Schweißtuch.

»Louis, was hast du gedacht, als du das Tuch sahst?«

»Daß es der Christus war, an den ich einst geglaubt habe. Daß es der Sohn Gottes war, wie ich ihn kannte, als ich noch ein Kind war und dieses Land hier tiefer Sumpf.« Er klang ganz geduldig. »Komm mit heim. Laß uns hier weggehen. Hier gibt es ... Dinge.«

»So?«

»Nennt man sie Geister? Seelen?« Er schien nicht ängstlich. »Sie sind unscheinbar, aber ich kann sie spüren, und du weißt, Lestat, daß ich nicht deine Kräfte habe.« Wieder sein Lächeln. »Du müßtest es auch merken. Spürst du sie nicht?«

Ich schloß die Augen oder genauer, ein Auge. Ich hörte ein merkwürdiges Geräusch wie von vielen, vielen Kinderfüßen, die in Reih und Glied gingen. »Ich glaube, sie singen die Rechentafel.«

»Und was soll das sein?« fragte Louis. Er drückte meinen Arm und beugte sich dicht zu mir herüber. »Lestat, was ist eine Rechentafel?«

»Ach, du weißt doch, so haben die Waisenkinder hier im Haus früher multiplizieren gelernt, sie haben es bestimmt immer in der Klasse gesungen – ›Zwei mal zwei ist vier, zwei mal drei ist sechs, zwei mal vier ist acht‹. So geht das doch, nicht wahr? Das singen sie gerade …«

Ich stockte. Da war jemand im Vorraum direkt vor der Kapelle, in dem Raum, der zwischen der Tür zur Halle und dem Kapelleneingang liegt, genau an der Stelle, in deren tiefen Schatten ich mich damals vor Dora versteckt hatte.

Es war einer von uns. Zweifellos. Und der Jemand war alt, sehr alt. Ich konnte seine Macht spüren. Jemand, der so alt war, daß es nur Memnoch oder der Leibhaftige Gott ermessen könnte oder … Louis vielleicht, Louis, wenn er seinen Erinnerungen traute, den kurzen Blicken, den kurzen, niederschmetternden Erfahrungen mit den sehr, sehr Alten, vielleicht …

Er hatte immer noch keine Angst. Er beobachtete mich, war auf der Hut, aber im Grunde ohne Furcht.

»Komm, ich laß mich doch nicht davon ins Bockshorn jagen!« Ich schritt darauf zu. Ich hatte die beiden Beutel mit den Büchern über die Schulter geworfen, meine Linke krallte sich um den Stoff. So hatte ich die rechte Hand frei. Und mein rechtes Auge, das hatte ich auch noch. Wer war dieser Besucher?

»Das da hinten ist David«, sagte Louis in beruhigendem Tonfall.

»Nein, daneben. Schau doch, schau genauer hin, da, in den tiefen Schatten. Schau, der Umriß einer Frau, so weiß und hart, daß sie genausogut eine von den Statuen sein könnte. – Maharet!« rief ich.

»Ich bin hier, Lestat«, sagte sie.

Ich lachte. »Na, wenn das, als der Herr ihn rief, nicht Jesaja antwortete: ›Ich bin hier, Herr.‹«

»Ja«, stimmte sie zu. Ihre Stimme war kaum vernehmbar, doch glockenklar, geläutert von der Zeit, längst befreit von jeglicher Körperlichkeit.

Ich näherte mich zögernd, trat aus der Kapelle heraus und in den kleinen Vorraum. Neben ihr stand David, als sei er ihr gesalbter Stellvertreter und jederzeit bereit zu springen, um ihren Willen zu erfüllen. Sie war nun die Älteste, unsere Eva, unser aller Mutter, zumindest die Mutter, die uns geblieben war. Und als ich sie jetzt ansah, entsann ich mich wieder der grausamen Wahrheit im Zusammenhang mit ihren Augen: Als sie noch ein Mensch war, hatte man sie geblendet, und sie benutzte nun fremde Augen zum Sehen, Augen von Menschen.

Blutende menschliche Augen schauten aus ihrem Gesicht, einem Toten oder vielleicht auch einem Lebenden geraubt und in ihre Augenhöhlen verpflanzt, wo ihr vampirisches Blut sie eine Zeitlang gedeihen ließ. Doch wie müde wirkten sie in ihrem schönen Gesicht. Was hatte Jesse gesagt? Sie ist wie aus Alabaster gemacht. Und Alabaster ist ein Stein, durch den das Licht hindurchscheint.

»Ich werde mir kein menschliches Auge beschaffen«, murmelte ich in mich hinein.

Sie sagte nichts. Sie war nicht gekommen, um Urteile, Empfehlungen abzugeben. Aber warum war sie hier? Was wollte sie?

»Möchtest du auch meine Geschichte hören?«

»Dein liebenswürdiger englischer Freund sagt, daß es genau so war, wie du es geschildert hast. Er sagt, die Lieder, die sie im Fernsehen bringen, erzählen die Wahrheit; daß du der Engel der Nacht bist, daß du ihr das Schweißtuch gabst. Er sagt, daß er dabei war, als du alles erzählt hast.«

»Ich bin kein Engel! Ich hatte nie die Absicht, ihr das Tuch zu geben! Ich nahm es mit als Beweis. Ich nahm es, weil ...«

Meine Stimme brach.

»Weil was?« fragte sie.

»Weil Christus es mir gegeben hat!« flüsterte ich. »Er hat gesagt: ›Nimm es‹, und das habe ich getan.«

Ich weinte. Und sie wartete ab. Geduldig, feierlich. Louis wartete, David wartete, bis ich endlich aufhörte.

»Wenn du es schon aufschreibst, David, dann schreib jedes, aber auch jedes noch so doppelsinnige Wort auf, hörst du? Ich werde es nicht selbst schreiben. Ich nicht. Nun, vielleicht ... wenn ich meine, daß du es nicht genau triffst, dann schreibe ich es, von Anfang bis Ende. Was willst du, Maharet? Nein, ich schreibe es doch nicht. Warum bist du hier, Maharet, warum besuchst du das ›Biest‹ hier in seiner neuerworbenen Burg, warum? Antworte mir.«

Sie sagte kein Wort. Ihr langes, blaßrotes Haar fiel ihr bis über die Hüften. Sie trug ein ganz schlichtes Modell, ein langes, lose fallendes Oberteil, das ein Gürtel um ihre zierliche Taille raffte, und einen ihre kleinen Stiefel bedeckenden Rock. Das Aroma des menschlichen Blutes, das ihren Augen entströmte, war durchdringend. Und wie sie in ihrem Gesicht flammten, schienen mir diese toten Augen erschreckend, unerträglich.

»Ich werde keinem Menschen das Auge nehmen!« sagte ich. Das

hatte ich schon zuvor gesagt. War ich jetzt arrogant oder unverschämt? Sie hatte eine solche Macht. »Ich will keinem Menschen das *Leben* nehmen.« Jetzt sprach ich aus, was ich damit eigentlich gemeint hatte. »Nie, nie, nie wieder, solange ich lebe und standhalte und darbe und leide, nie wieder will ich einem Menschen das Leben nehmen oder meine Hand gegen ein Mitgeschöpf erheben, egal, ob Mensch oder einer von uns. Ich will nicht ... ich bin ... ich will ...«

»Ich werde dich hier festhalten«, sagte sie. »Als Gefangenen. Nur für eine Weile, bis du ruhiger geworden bist.«

»Du bist verrückt. Du hältst mich nirgendwo fest.«

»Wir haben Ketten für dich bereit. David, Louis – ihr werdet mir helfen.«

»Was soll das? Ihr zwei wagt es? Ketten, wer redet hier von Ketten? Wer bin ich – der Sündenbock, der in die Grube gestoßen wird? Das würde Memnoch köstlich amüsieren, wenn er mich nicht endgültig fallengelassen hätte.«

Aber keiner von ihnen rührte sich. Sie standen unbewegt, und Maharets schlanke, weiße Gestalt verriet nichts von der in ihr lauernden, grenzenlosen Kraft. Und sie litten, alle drei.

Oh, ich witterte ihr Leiden.

»Ich habe etwas für dich«, sagte sie und streckte mir die Hand entgegen. »Wenn du es liest, wirst du schreien und weinen, und wir werden dich hier festhalten, still und behütet, bis du dich beruhigt hast. Mehr nicht. Hier in diesem Haus, unter meinem Schutz. Du wirst mein Gefangener sein.«

»Was? Was ist das?« wollte ich von ihr wissen.

Sie streckte mir ein zerknittertes Pergamentpäckchen entgegen.

»Was zur Hölle ist das!« rief ich. »Wer hat dir das gegeben?« Ich mochte es nicht berühren.

Mit ihrer Kraft, der ich mich unmöglich widersetzen konnte, ergriff sie mein linkes Handgelenk, so daß ich den Stoffbeutel mit den Büchern gezwungenermaßen fallen lassen mußte, und drückte mir das kleine, unordentliche Päckchen in die Hand.

»Man hat es mir ausdrücklich für dich gegeben.«

»Wer gab es dir?« drängte ich.

»Der, der die Nachricht darin geschrieben hat. Lies sie!«

»Was zur Hölle!« fluchte ich. Mit den Fingern der Rechten riß ich das dicke, knittrige Papier auf.

Mein Augapfel. Mein Auge glänzte auf dem Geschriebenen. Dieses kleine Päckchen enthielt mein Auge, meinen Augapfel, in einen Brief eingeschlagen. Mein blaues Auge, ganz und lebendig.

Ich rang nach Atem, als ich es nahm und zu meinem Gesicht führte, hineindrückte in die wunde, schmerzende Höhle. Ich spürte seine Nervenfasern tief ins Hirn eindringen, spürte, wie sie sich mit dem Sehnerv dort verknüpften. Die Welt flackerte und flammte in meinem wiedergewonnenen vollständigen Gesichtsfeld auf.

Sie stand und starrte mich an.

»So, schreien werde ich?« rief ich. »Schreien? Warum sollte ich? Was denn, glaubst du, sehe ich nun? Ich sehe nichts anderes als vorher!« Ich schaute von rechts nach links, ohne diesen erschreckenden schwarzen Fleck, der da vorhin noch gewesen war. Die Welt war wieder vollständig, die farbigen Fenster und das schweigende Trio, das mich beobachtete. »Oh, danke, Gott!« flüsterte ich. Doch was meinte ich damit? War das ein Dankgebet oder nur ein Stoßseufzer?

»Lies«, sagte sie, »lies, was auf dem Pergament steht.«

Eine archaische Handschrift. Was war das? Ein Trugbild! Worte einer Sprache, die keine Sprache war, dennoch so klar artikuliert, daß ich sie aus den spinnenbeinigen Krakeln erkennen konnte, geschrieben mit Blut und Tinte und Ruß:

Meinem Prinzen.
Ich statte dir Dank ab
für eine Arbeit,
die du perfekt erledigtest.
In Liebe,
Memnoch,
der Teufel

Ich brüllte laut auf.

»Lügen, Lügen, Lügen!« Die Ketten rasselten. »Welches Metall, glaubt ihr, könnte mich halten, niederwerfen! Seid verdammt. Lügen! Du hast ihn gar nicht gesehen. Das hat er dir nie gegeben!«

David, Louis, Maharets Kraft, unvorstellbare Kraft, gewachsen seit unendlich lang zurückliegenden Zeiten, Zeiten, bevor man noch die ersten Zeichen in Tontafeln ritzte – diese Kraft umgab mich, schloß mich ein. Ihre Kraft gab den Ausschlag, weniger die der beiden anderen; ich war wie ein Kind für sie, das nach ihr schlug und sie mit Verwünschungen überschüttete

Mein Geheul hallte von den Wänden wider, als sie mich durch die

Dunkelheit schleppten in einen Raum, den sie für mich vorgesehen hatten. Vermauerte Fenster, ohne Licht, ein Kerker, und die Ketten spulten sich um mich auf, als ich dagegen anwütete.

»Das sind Lügen, Lügen, nichts als Lügen! Ich glaube nicht dran! Wenn ich schon hereingelegt wurde, dann von Gott!« Ich brüllte unaufhörlich. »Er hat mir das angetan. Es ist nicht wahr, es sei denn, Er war es, Gott, der Menschensohn. Nicht Memnoch. Nein, niemals, niemals. Lügen!«

Bis ich endlich am Boden lag, machtlos. Mir war alles egal. Es lag ein gewisser Trost darin, angekettet zu sein, nicht in der Lage zu sein, die Wände mit meinen Fäusten zu zertrümmern oder mir den Kopf an der Wand einzuschlagen oder Schlimmeres …

»Lügen, Lügen, ein riesiges Lügengebäude! Das war alles, was ich gesehen habe! Wieder mal ein riesiger Circus maximus aus Lügen!«

»Nicht alles ist gelogen«, sagte Maharet. »Nicht alles. Das ist das ewige, uralte Dilemma.«

Ich wurde still. Ich spürte, wie mein linkes Auge sich langsam immer tiefer in meinem Hirn verwurzelte. Das hatte ich nun wieder. Mein Auge. Und wenn ich an Memnochs Gesichtsausdruck dachte, dieses von Entsetzen gezeichnete Gesicht, als er auf das Auge schaute, und an die Geschichte von Onkel Mickeys Auge … Ich kapierte es einfach nicht. Gleich würde ich wieder in Geheul ausbrechen.

Undeutlich glaubte ich Louis' sanfte Stimme zu hören, protestierend, bittend, argumentierend. Ich hörte Schlösser schließen, hörte Nägel in Holz eindringen. Ich hörte Louis betteln.

»Nur für eine Weile, nur für kurze Zeit …«, sprach Maharet. »Er ist einfach zu stark für uns, wir können nichts anderes tun. Entweder das, oder wir müssen ihn töten.«

»Nein«, schrie Louis auf.

Ich hörte David protestieren, nein, das dürfe sie nicht tun.

»Ich habe es nicht vor«, sagte sie ruhig. »Doch er muß so lange hierbleiben, wie ich es für richtig halte.«

Dann waren sie fort.

»Singt«, flüsterte ich. Ich sprach zu den Geistern der Waisenkinder. »Singt …«

Doch das Kloster war einsam und verlassen. All die kindlichen Geister waren geflohen. Ich war allein im Kloster. Ich, Memnochs Diener, Memnochs Prinz. Ich war allein in meinem Gefängnis.

Kapitel 26

Zwei Nächte oder drei vergingen. Draußen flutete der Verkehr durch die breite Straße dieser Stadt der Moderne. Paare gingen vorbei, flüsterten in den abendlichen Schatten. Ein Hund heulte.

Vier Nächte, fünf Nächte?

David setzte sich zu mir, las mir aus seinem Manuskript meine Geschichte vor, Wort für Wort, alles, was ich erzählt hatte, wobei er immer wieder unterbrach, um zu fragen, ob es so richtig wäre, ob ich genau diese Worte benutzt hätte oder ob er jenes Bild korrekt wiedergäbe. Und Maharet pflegte zu antworten.

Aus ihrer Ecke heraus sagte sie dann zum Beispiel: »Ja, genau das hat er gesehen, so hat er es dir erzählt. So lese ich es in seinem Geist. Das sind seine Worte. Das hat er gefühlt.«

Einmal, da mußte schon eine Woche vergangen sein, beugte sie sich über mich und fragte, ob ich nach Blut dürste. Ich antwortete: »Ich will nie wieder Blut trinken. Ich will eintrocknen, mich in Kalkstein verwandeln. Sie werden mich in einen Brennofen stecken.«

Eines Abends kam Louis, mit der ruhigen Gelassenheit eines Kaplans, der ein Gefängnis besucht, dessen Regeln nicht für ihn gelten, für das er aber auch keine Bedrohung darstellt. Bedächtig setzte er sich neben mich, schlug die Beine übereinander und blickte ins Nichts, als sei es unhöflich, mich, einen Gefangenen, den Ketten fesselten, anzustarren.

Er legte mir eine Hand auf die Schulter. Sein Haar sah einigermaßen schick aus – was heißt, es war geschnitten und gekämmt und nicht voller Staub. Sein Anzug war ebenfalls sauber und neu, als habe er sich extra für mich in Schale geworfen.

Ich lächelte bei dem Gedanken in mich hinein, daß er sich meinetwegen so aufgeputzt haben könnte. Aber hin und wieder machte er das tatsächlich, und als ich auch noch bemerkte, daß er ein Hemd mit altmodischen Knöpfen aus Perlmutt und Gold trug, wußte ich, daß ich recht hatte. Ich hieß das willkommen wie ein Kranker das kühlende Tuch auf seiner Stirn. Seine Finger drückten ein klein wenig fester zu, und ich freute mich auch darüber. Aber ich war nicht allzu interessiert daran, es ihn merken zu lassen.

»Ich habe in Wynkens Büchern gelesen«, sagte er. »Weißt du, ich habe sie mitgenommen. Ich bin deswegen extra noch einmal zurückgegangen. Wir hatten sie in der Kapelle gelassen.« Und nun schaute er mich doch an, mit einem Blick, sehr geradeaus und voller Hochachtung.

»Oh, danke, daß du das getan hast. Ich hab' sie im Dunkeln fallen lassen, ich ließ sie los, als ich nach dem Auge griff, oder hat sie meine Hand festgehalten? Egal, ich habe den Beutel fallen lassen, samt den Büchern. Ich komme hier nicht weg mit diesen Ketten, ich kann mich nicht rühren.«

»Ich habe die Bücher mit zu uns nach Hause genommen, in die Rue Royale. Da liegen sie jetzt, zur Schau gestellt wie kostbare Steine, damit wir sie bestaunen können.«

»Mmh, hast du schon die winzigen Bilder betrachtet, ich meine, sie wirklich genau angesehen?« fragte ich. »Ich noch nicht. Ich hab' nur ... es geschah alles so schnell hintereinander, und ich habe sie eigentlich nicht einmal aufgeschlagen. Aber du hättest den Geist von Roger an der Bar sehen müssen und hören, was er gesagt hat, als er mir die Bücher beschrieben hat.«

»Sie sind phantastisch, großartig. Du wirst sie lieben. Du wirst dich in den kommenden Jahren immer wieder an ihnen erfreuen, wenn du sie, eine Kerze neben dir, betrachtest. Ich habe gerade erst begonnen, mich damit zu beschäftigen, darin zu lesen. Mit einem Vergrößerungsglas. Aber das wirst du nicht brauchen. Du hast schärfere Augen als ich.«

»Wir beide ... wir können sie vielleicht ... gemeinsam lesen.«

»Ja ... alle zwölf Bücher«, sagte er. Leise erzählte er von den vielen erstaunlichen kleinen Bildern, winzigen Menschen, von Tieren und Blumen und von dem Löwen, der neben dem Lamm lag.

Ich schloß die Augen. Ich war dankbar. Ich war zufrieden. Er spürte, ich wollte jetzt nicht mehr reden.

»Ich bin da unten in der Stadt, in unserer Wohnung. Ich erwarte dich. Sie können dich nicht mehr lange hier festhalten.«

Was ist lange?

Mir schien, das Wetter wurde besser. David hätte sich auch mal wieder sehen lassen können. Manchmal schloß ich Augen und Ohren vor jedem Laut, der mit Absicht an mich gerichtet wurde. Ich hörte die Zikaden singen, wenn der Himmmel wohl im Abendrot prangte und andere Vampire noch schliefen. Ich hörte die Vögel, wenn sie in den Eichen der Napoleon Avenue raschelten.

Ich hörte die Kinder! Sie kamen, die Kinder. Sie sangen. Und hin und wieder tuschelten zwei in hastigem Geflüster, als ob sie, unter einem Zelt aus Bettüchern verborgen, Vertraulichkeiten austauschten. Und Füße trippelten die Treppe auf und ab.

Und dann, von jenseits der Mauern, der plärrende, wachsende Lärm der von Elektrizität vibrierenden Nacht.

Eines Abends, als ich die Augen öffnete, waren die Ketten verschwunden. Ich war allein, und die Tür stand offen.

Meine Kleider waren zerfleddert, aber es machte mir nichts aus. Ich richtete mich auf, mit ächzenden Gliedern, und endlich wieder, nach sicherlich vierzehn Tagen, fühlte ich mit der Hand mein Auge und versicherte mich, daß es wirklich da war – obwohl ich es doch während meiner Gefangenschaft schon benutzt hatte und schon geraume Zeit vorher aufgehört hatte, darüber nachzudenken.

Ich verließ das Kloster über den alten Innenhof. Für einen Sekundenbruchteil glaubte ich, ein eisernes Schaukelgestell zu sehen, so eins, wie es auf Spielplätzen für die Kinder aufgestellt wird. Ich sah die wie ein A geformten Rahmen an beiden Enden, den Querbalken und sogar die beiden Sitzbretter und Kinder, die darauf schaukelten, kleine Mädchen mit wehenden Haaren, ich hörte ihr Lachen. Benommen richtete ich meinen Blick nach oben auf die bunten Glasfenster der Kapelle.

Die Kinder waren fort, der Hof, mein Palast nun leer. Dora hatte alle Zelte hinter sich abgebrochen, alle Fesseln durchtrennt. Längst schon ging sie den Weg ihres ach so großen Triumphes.

Ich wanderte ein ganzes Stück die St. Charles Avenue hinab, unter den vertrauten Eichen entlang, über altes Pflaster, vorbei an alten und neuen Häusern. Und dann weiter über die Jackson Avenue, hinein in diese merkwürdige Mischung aus Tavernen und Neonschildern, zu Pensionen umfunktionierten Gebäuden, heruntergekommenen Häusern und ausgefallenen Läden, diesem grellen Ausschuß, der sich bis zur Innenstadt erstreckte.

Ich kam zu einem verlassenen Laden, in dem einst teure Automobile ausgestellt wurden. Fünfzig Jahre lang waren hier schicke Wagen verkauft worden, und nun war es ein riesiger öder Saal mit gläsernen Wänden. Ich konnte mein Spiegelbild in dem Glas ganz deutlich und vollkommen sehen. Es war wieder mein – mein übernatürliches Augenlicht, makellos konnte ich sehen, mit beiden blauleuchtenden Augen.

Und ich sah mich selbst.

Ich möchte, daß Sie mich nun sehen. Ich möchte, daß Sie mich betrachten, wie ich hier vor Ihnen stehe, während ich diese Geschichte beschwöre, jedes Wort davon beschwöre, aus tiefstem Herzen.

Ich bin der Vampir Lestat. Und was ich gesehen habe, habe ich gesehen. Und was ich gehört habe, habe ich gehört. Und was ich weiß, weiß ich! Es ist alles, was ich weiß.

Glauben Sie mir, Wort für Wort, glauben Sie mir, was ich erzählt und aufgeschrieben habe.

Ich bin noch immer hier, der Held meiner eigenen Träume, und ich bitte Sie, gewähren Sie mir einen Platz in den Ihren.

Ich bin der Vampir Lestat.

So lassen Sie mich nun aus der Literatur scheiden und in die Legende eingehen.

ENDE

28. Februar 1994, 21.43 Uhr
Adieu, mon amour